国家"双一流"拟建设学科"南京大学中国语言文学艺术"资助项目
江苏高校优势学科建设工程"南京大学中国语言文学"资助项目
江苏省 2011 协同创新中心"中国文学与东亚文明"资助项目

中 国 诗 学

第三十二辑

主　编　　巩本栋　蒋　寅
编　委　　王小盾　王兆鹏　左东岭　刘　石
　　　　　刘玉才　刘跃进　孙克强　邬国平
　　　　　张伯伟　吴光兴　张宏生　周裕锴
　　　　　徐　俊　彭玉平　傅　刚　戴伟华

人民文学出版社

图书在版编目(CIP)数据

中国诗学. 第三十二辑/巩本栋,蒋寅主编. —北京:人民文学出版社,2021
ISBN 978-7-02-015751-8

Ⅰ. ①中… Ⅱ. ①巩…②蒋… Ⅲ. ①诗学—研究—中国 Ⅳ. ①I207.2

中国版本图书馆 CIP 数据核字(2021)第 266781 号

责任编辑　葛云波
装帧设计　黄云香
责任印制　王重艺

出版发行　人民文学出版社
社　　址　北京市朝内大街 166 号
邮政编码　100705

印　　刷　三河市鑫金马印装有限公司
经　　销　全国新华书店等

字　　数　400 千字
开　　本　787 毫米×1092 毫米　1/16
印　　张　18.75　插页 2
版　　次　2021 年 12 月北京第 1 版
印　　次　2021 年 12 月第 1 次印刷

书　　号　978-7-02-015751-8
定　　价　55.00 元

如有印装质量问题,请与本社图书销售中心调换。电话:010-65233595

目　次

【诗学文献学】

论江淹"种苗在东皋"诗误入陶集的历程……………………………贺　伟（1）
《四库全书》本《古今岁时杂咏》考辨………………………王　倩　赵庶洋（7）
元人整理刊刻唐人诗集的贡献和特色…………………………………罗　鹭（14）
新见国图藏稿本《吉祥止止轩诗话》考述……………………………郝　腾（27）
程颂万《画兰笙歌赠梅郎畹华》"檀十"考论…………………………高明杨（35）

【诗歌史】

永明体声律的一种特殊形式
　　——以沈约、谢朓为中心 ……………………………………何良五（40）
杂言实验与文体革新
　　——以沈约《八咏》为中心 ……………………………………马　跃（53）
论道观与唐诗的创作、传播……………………………………………韩文涛（64）
权德舆游戏诗创作探究…………………………………………………王红霞（73）
平淡真乐与诗扬造化
　　——邵雍的自得心境及其诗学观念 …………………………袁　辉（80）
苏轼评张舜民"稍能诗"的检讨…………………………………………成明明（89）
陆游蜀中三州诗歌中的地域感知与乡思样态…………………………黄楚蓉（98）
文学史的史学建构
　　——以宋人尤袤为例 …………………………………………朱光立（107）
南宋释行海及其《雪岑和尚续集》考论………………………………巢彦婷（116）
"元诗四大家"之成立考原………………………………………………石勖言（124）
论元代上京纪行诗风物描写的新变……………………………………张慧颖（140）
"虽终于布衣,而声价重一代"
　　——谢榛成名考论 ……………………………………………黄昌宇（147）
光绪初年扬州词人群体述论……………………………………………尚　鹏（156）

1

远与彭城溯一源
　　——论黄节对陈师道诗的接受 …………………………………… 李　明（165）

【诗学史】

《文镜秘府论》"江宁侯"新考 ……………………………………… 李腾焜（177）
端午五首的复写：试探梦窗词阐释新方法 ………………………… 王居衡（182）
杜诗题赋：清代杜诗学的一条建构线索 …………………………… 贾文霞（191）

【文献辑录】

书画文献所见《沈周集》未收诗词辑补 …………………… 胡　炜　魏　刚（200）
新见国图藏翁方纲早年诗稿辑录 …………………………………… 赵宝靖（220）
加拿大不列颠哥伦比亚大学藏《五律英华》薛雪批校辑考 ……… 韦胤宗（234）
《全清词·顺康卷》及《补编》拾遗30家280首
　　——据唱和诗词总集《素心集》辑补 ………………………… 王　凯（250）
上海图书馆藏姚光稿本《倚剑吹箫楼诗话》十则 ………………… 刘慧宽（260）
庞石帚《养晴室遗集》补遗 ………………………………………… 冷浪涛（267）

【书评】

体大思周，纵横深广
　　——王友胜《历代宋诗总集研究》述评 ……………………… 彭　敏（276）
考据工夫与思想视野
　　——《尺牍·事行·思想：朱彝尊研究论集》读后 ………… 李　程（282）
清代乾隆时期诗学的新发现与再认识
　　——评《清诗话全编·乾隆期》 ……………………………… 张宇超（287）

《中国诗学》撰稿格式 ……………………………………………………………（294）

Contents

Studies in Poetic Docments

The Course of "Seedling in Donggao" Entering Tao Yuanming's Collection ...... He Wei (1)
Discussions on *Gu Jin Sui Shi Za Yong* 古今岁时杂咏 of the *Complete Library
   of the Four Treasuries* 四库全书 Edition .... Wang Qian and Zhao Shuyang (7)
The Contributions and Features of Published Tang Poetry Collections
   in the Yuan Dynasty .... Luo Lu (14)
Textual Research on the New Found Manuscript of *Jixiang Zhizhixuan Shihua*
   吉祥止止轩诗话 Collected in the National Library of China .... Hao Teng (27)
Textual Research on Tan Shi of Cheng Songwan' *Hua Lan Sha Ge Zeng
   Mei Lang Wanhua* .... Gao Mingyang (35)

Studies in Poetic History

A Special Model of the Yongming Style——On Shen Yue and Xie Tiao ... He Liangwu (40)
Poetry of Variable-Character Lines and Stylistic Innovation: Centering
   on Shen Yue's "Eight Chant Poems" 八咏 .... Ma Yue (53)
Explore Taoist Temples and the Creation and Dissemination of Poetry
   in the Tang Dynasty .... Han Wentao (64)
The Research on the Creation of Quan Deyu's Game Poems .... Wang Hongxia (73)
Plain with Happy and Elevating Destiny with Poetry——The Self-contained
   Mood and Construction of Poetic Concept of Shao Yong Poems .... Yuan Hui (80)
Su Shi's Comment on Zhang Shun-min's "Writing Poetry at an
   Average Level" .... Cheng Mingming (89)
The Sence of Space and the Modes of Homesickness in Lu You' Poems
   Written in the Three States in Sichuan .... Huang Churong (98)
Historical Construction of Literary History: A Case Study of You Mao ...... Zhu Guangli (107)
Textual Research on the Southern Song Dynasty Poet Xinghai and His
   Sequel of Monk Xue Cen .... Chao Yanting (116)
Tracing the Formation of "the Four Greatest Poets of Yuan Dynasty" .... Shi Xuyan (124)
New Changes in the Description of Scenery in the Shangjing Travel

Poems in Yuan Dynasty .... Zhang Huiying (140)
An Research of Xie Zhen How to Become Famous .... Huang Changyu (147)
On the Group of Poets in Yangzhou in the Early Years of Guangxu .... Shang Peng (156)
The Influence of Chen Shidao on Huang Jie's poetry .... Li Ming (165)

Studies in History of Poetics

New Examinations of "Jiang Ning Hou" in *The Iterature Mirror of Secrets*
  文镜秘府论 .... Li Tengkun (177)
Reproduction of the Five Dragon Boat Festival Poems: A Probe into New
  Interpretation Method of Mengchuang Ci .... Wang Juheng (182)
Taking Du Fu's Poems as the Title of Fu: A Constructive Clue of Du Fu's
  Poetics in Qing Dynasty .... Jia Wenxia (191)

Compilation

Supplement to the Collection of Poems and Ci not Included in the "*Shen*
  Zhou Ji" in the Literature of Calligraphy and Painting .... Hu Wei and Wei Gang (200)
Research and Collection on Weng Fanggang's Early Poems Newly
  Discovered in the National Library of China .... Zhao Baojing (220)
Editing and Study on Xu Xue's Marginalia of *Wulu Yinghua* 五律英华
  Held at the University of British Colunbia Library in Canada .... Wei Yinzong (234)
The Addendum to *Shunkang Volume of Quan Qing Ci* was Written by 30
  Authors with 280 Ci Addendum according to the Responsory
  Collection of *Suxin Collection* .... Wang Kai (250)
Ten Selections of Yao Guang's Manuscript of Poems Comments of the
  Yijianchuixiaolou Collected by Shanghai Library .... Liu Huikuan (260)
A Supplement to Pang Shizhou's Collection of Essays .... Leng Langtao (267)

Book Review

Grand, Thoughtful, Far-reaching and Extensive: A Review of Wang Yousheng's
  The Study on Poetry Collections of Song Dynasty .... Peng Min (276)
Textual Research Effort and Ideological Vision——A Comment about
  Slips, Actions and Thoughts: Zhu Yizun Research Collection .... Li Cheng (282)
New Discovery and Recognition of Poetics in Qianlong Period
  of Qing Dynasty .... Zhang Yuchao (287)

论江淹"种苗在东皋"诗误入陶集的历程

贺 伟

  种苗在东皋,苗生满阡陌。虽有荷锄倦,浊酒聊自适。日暮巾柴车,路暗光已夕。归人望烟火,稚子候檐隙。问君亦何为,百年会有役。但愿桑麻成,蚕月得纺绩。素心正如此,开径望三益。(《杂体三十首·陶徵君田居》)[1]

  此篇乃江淹模仿陶诗而作,遣词造语多处化用陶集文本,"种苗在东皋"化用《归园田居》其三"种豆南山下"、《归去来兮辞》《登东皋以舒啸》,"虽有荷锄倦"化用《归园田居》其三"带月荷锄归"等[2]。这首拟作写得如何?古人颇存分歧,归纳起来,大致有三种意见:

  1. 模拟相当成功。陈善说:"东坡和陶诗自谓不甚愧渊明,然坡语微伤巧,不若陶诗体合自然也。要知陶渊明诗,观江文通《杂体》诗中拟渊明作者,方是逼真。"[3]在陈善看来,苏轼《和陶诗》稍欠自然,不如江淹拟作,后者逼真地再现了陶诗艺术特色。《禁脔》云:"诗分三种趣:一曰奇趣,二天趣,三胜趣。《田家》云云,江淹《效渊明体》云'日暮巾柴车,路暗光已寂。归人望烟火,稚子候檐隙',此二诗脱去翰墨痕迹,令人想见其处,此所谓奇趣。"[4]对江诗评价颇高。

  2. 拟作整体较成功,局部细节存在出入。汤汉注:"此江淹拟作,见《文选》。其音节文貌绝似,至'但愿桑麻成,蚕月得纺绩',则与陶公语判然矣!"[5]韩子苍曰:"江淹《杂拟》诗亦颇似之,但'开径望三益'此一句不类。"[6]他们认为江淹拟作音节文貌接近陶诗,个别语句不类。

  3. 模拟很失败,与陶诗完全异样。邱嘉穗云:"此系江淹《杂拟》误入集中,以前数作次第例之,殊不合。但玩其风趣,已开韦、柳、王、储拟陶一派,亦可法也。"[7]温汝能说:"此诗通体俱不类陶,'虽有荷锄倦'句尤不类……细按之亦非江作。"[8]两人主张拟作跟陶诗"不合"、"不类"。

  至迟治平三年(1066)思悦编陶集,此拟诗已作为《归园田居》组诗第六首,混入陶集[9]。现存的几种宋本陶集,宋刻递修本、曾集本皆录之[10],汤汉注本将其从正集移除,附于卷末。苏轼《和陶归园田居六首》、程俱《得小圃城南,用渊明归园田居韵六首》、李纲《和陶渊明归田园六首并序》、张九成《拟归田园》、陈造《和陶渊明归园田居六首》、赵秉文《和渊明归田园居送潘清容》,均将其当作《归园田居》第六首追和。

本文收稿日期:2021 年 5 月 6 日

与此同时,部分学者开始了对此诗辨伪。《容斋随笔》卷三《东坡和陶诗》:"《归园田居》六诗其末'种苗在东皋'一篇,乃江文通《杂体三十篇》之一,明言效陶徵君《田居》……今陶集误编入,东坡据而和之。"[11]《苕溪渔隐丛话》引《遯斋闲览》曰:"《文选》有文通《拟古诗》三十首……《拟陶渊明归田园》诗云:'种禾在东皋,苗生满阡陌。'今此诗亦收在《陶渊明集》中,皆误也。"[12]这一观点被后世普遍采纳,古直、王瑶、王叔岷、逯钦立、龚斌整理陶集不再收录,杨勇置于卷末"附录"部分,袁行霈编于"外集"。"种苗在东皋"为何、如何、何时混入陶集?学界尚未给出说明。

> 临别我伤悲,送归子自适。刘金不可散,卜盖何由惜。(何逊)从来重分阴,未曾轻尺璧。故任情一异,于是望三益。(高爽)尔自高楼寝,予返东皋陌。寄语落毛人,非复平原客。(何逊)问舍且求田,音乐无可择。胜门成好事,盘纡欲何索。(高爽)[13]

这是一首联句诗,友人高爽前往晋陵郡任职,何逊与之联句赋诗话别(何逊《往晋陵联句》)。"三益"指三益友,语出《论语·季氏》:"益者三友,损者三友。友直,友谅,友多闻,益矣。"[14]"东皋陌",李伯齐注"东皋田,谓田野。返东皋陌,谓回到乡间故乡隐居",又引《文选》卷四十阮嗣宗《诣蒋公》"籍无邹卜之德,而有其陋,猥见采擢,无以称当。方将耕于东皋之阳,输黍稷之税,以避当涂者之路"[15]。此处"东皋陌"更准确的文本来源,应是江淹《陶徵君田居》"种苗在东皋,苗生满阡陌……素心正如此,开径望三益"。江诗结句"开径望三益",也和"于是望三益"一致。何逊"常袭用陶诗之语,化用陶诗之意"[16],如《入东经诸暨县下浙江作》"日夕聊望远,山川空信美。归飞天际没,云雾江边起"[17],化用陶渊明《饮酒》其五"山气日夕佳,飞鸟相与还";《赠诸游旧》"一涂今未是,万绪昨如非"[18],化用《归去来兮辞》"实迷途其未远,觉今是而昨非";《同虞记室登楼望远归》"登楼欲望远,遥遥见白衣"[19],用"陶潜尝九月九日无酒,宅边菊丛中摘菊盈把,坐其侧久,望见白衣至,乃王弘送酒"[20]典故。陶集"东皋"仅一见,即《归去来兮辞》"登东皋以舒啸","东皋"指水边高地,与何逊诗中的"东皋陌"不符。考虑到何逊对陶作的喜爱,他或许已将《陶徵君田居》当成陶诗引用。

李白《赠崔秋浦》其二"崔令学陶令,北窗常昼眠。抱琴时弄月,取意任无弦。见客但倾酒,为官不爱钱。东皋多种黍,劝尔早耕田"[21],王维《奉送六舅归陆浑》"伯舅吏淮泗,卓鲁方喟然。悠哉自不竞,退耕东皋田。条桑腊月下,种杏春风前。酌醴赋《归去》,共知陶令贤"[22],韦应物《任洛阳丞请告》"方凿不受圆,直木不为轮。揆才各有用,反性生苦辛。折腰非吾事,饮水非吾贫……著书复何为,当去东皋耘"[23],将陶渊明和"东皋种黍"、"东皋田"、"东皋耘"相联系,他们读到的陶集很可能包含"种苗在东皋"。果真如此,至迟盛唐,《陶徵君田居》便已进入陶集。

江淹拟诗混入陶集的原因较容易推断。《陶徵君田居》大量袭用陶集意象词汇,与陶渊明诗文高度相似。江淹《杂体三十首》序云"今作三十首,学其文体,虽不足品藻渊流,庶亦无乖商榷云尔"[24],明确交代了的模拟性质,按说不应弄混作者,构成组诗的每一篇作品皆有标题(如《左记室思咏史》、《郭弘农璞游仙》),但当它们脱离组诗整体序列,在社会上单独流传,本身的模拟特征便隐而不显。这种情况下,组诗中的篇目很容易被当成"原作"(左记室思《咏史》、郭弘农璞《游仙》),导致作品归属的转变。后世多有把江淹拟作,当成所拟作者作品的情况,如《野客丛书》卷十二《江淹拟古》:

> 《邂斋闲览》云:"《文选》有江淹拟汤惠休诗曰'日暮碧云合,佳人殊未来',今人遂用为休上人诗故事。"仆谓此误自唐已然,不但今也。如韦庄诗曰"千斛明珠量不尽,惠休虚作碧云词"。许浑《送僧南归诗》曰"碧云千里暮愁合,白雪一声秋思长",曰"汤师不可问,江上碧云深"。权德舆《赠惠上人诗》曰"支郎有佳思,新句凌碧云"。孟郊《送清远上人诗》曰"诗夸碧云句,道证青莲心"。张祜《赠高闲上人诗》曰"道心黄檗老,诗思碧云秋"。雪窦诗曰"碧云流水是诗家",曰"汤惠休词岂易闻,暮风吹断碧谿云"。此等语皆以为汤诗用。[25]

据引文,唐代存在不少将江淹模拟汤惠休的《休上人怨别》一诗,当成汤氏本人作品的案例。再如阮籍《咏怀》其四十五"幽兰不可佩,朱草为谁荣",陈伯君校曰:

> 范陈本(嘉靖二十二年范钦、陈德文刻《阮嗣宗集二卷》)、刘成德本(明刘成德辑《汉魏诗集》)、顾本(明顾大猷《选诗三卷补一卷》)《咏怀》其二十二,均以江淹《杂体诗三十首》中之《阮步兵咏怀》"青鸟海上游,鸒斯蒿下飞。沉浮不相宜,羽翼各有归。飘飘可终年,沉灖安是非。朝云乘变化,光耀世所希。精卫衔木石,谁能测幽微"一首为阮氏自作,并有小注:"本集无此首而有'幽兰不可佩'一首。"[26]

崇祯年间潘璁编刻《阮陶合集》中的《阮嗣宗集二卷》,同样收"青鸟海上游"篇。可见,明代颇多将江淹模拟阮籍《咏怀》的"青鸟海上游"一诗,当成阮氏本人作品,进而补入《阮籍集》的现象。逯钦立辑校《先秦汉魏晋南北朝诗》亦存在类似疏漏。《全魏诗》卷七曹植名下收《诗》"君王礼英贤,不吝千金璧。从容冰井台,清池映华薄",《全晋诗》卷三张华名下收《诗》"兰径少行迹,玉台坐网丝",《全宋诗》卷五颜延之名下收《诗》"太微凝帝宇,瑶光正神县",《全宋诗》卷九鲍照名下收《诗》"竖儒守一经,未足识行藏"[27],此处所举四诗并非曹植等人佚句,依次出自江淹《杂体三十首》中的《陈思王赠友》、《张司空离情》、《颜特进侍宴》、《鲍参军戎行》。同理类推,《陶徵君田居》被当作"陶徵君"的"田居"诗,进而补入《归园田居》题下,是不足为奇之事。

《苕溪渔隐丛话前集》卷四"五柳先生下"引韩子苍云:

> 《田园》六首,末篇乃序行役,与前五首不类。今俗本乃取江淹"种苗在东皋"为末篇,东坡亦因其误和之。陈述古本止有五首,予以为皆非也,当如张相国本题为《杂诗》六首[28]。

韩驹,字子苍,仙井监(今四川仁寿县)人,生于北宋末,卒于绍兴五年(1135),历任著作郎、秘书少监、中书舍人等职,生平事迹见《宋史》卷四四五《文苑传》。据韩驹语,两宋之际流传的《归园田居》组诗存在多种文本形态:诗题有"归园田居"、"杂诗"(张相国本)之殊,数量有五首(陈述古本)、六首之别[29],第六首有"序行役"作、江淹"种苗在东皋"之分。题作"归园田居"且第六首为"种苗在东皋"的文本,乃当时社会通行的陶集面貌("俗本"),苏轼等人和陶所据底本也是如此。

韩驹所言"末篇序行役之作"究竟何指已难得其详,陶澍曰:"子苍以《田园》六首末首乃叙行役,不知所指何篇?张相国本今亦未见,识以俟考。"[30]田晓菲怀疑即《杂诗》其九"遥遥从羁役,一心处两端。掩泪泛东逝,顺流追时迁……萧条隔天涯,惆怅念常餐。慷慨思南归,路遐无由缘"[31]。此诗确属羁旅行役题材,"慷慨思南归"等句表达了归隐田园的愿望。

《艺文类聚》引宋陶潜《杂诗》曰:"开荒南野际,守拙归园田。方泽十余亩,草屋八九间。榆竹荫后檐,桃李罗堂前。"[32]如果"杂诗"的题目不是欧阳询等编者所加,唐初似乎流传着某种陶集,"开荒南野际"题作"杂诗",而非"归园田居"。这样看来,韩子苍"当如张相国本题为《杂诗》六首"的观点并非空穴来风。"遥遥从羁役"能与"开荒南野际"五诗连结一起,作为"《田园》六首"末篇,也可得到解释,因为它们诗题相同("杂诗")。但此"序行役"之作,跟其它五首田园诗内容题材存在明显差异,终究不像组诗中的篇目。由于题材、意象、词汇和《归园田居五首》高度相似,江淹拟作逐渐取而代之,成为组诗第六首,进而被宋人广泛接受。陈述古本《归园田居》"止有五首",当是删除《陶徵君田居》的结果。

综上,陶集后世流传过程中产生很多混乱,表现之一便是《归园田居》组诗标题、收诗数量、所收作品有不少版本。初唐某陶集中,某首题为"杂诗"的序行役之作(可能是"遥遥从羁役"),和"开荒南野际"五诗混连一起,组成《田园》六首。大约同时稍后(据李白、王维、韦应物诗推知),江淹《陶徵君田居》被当作"陶徵君"的"田居"诗补入陶集。到了宋代,由于江淹拟作与《归园田居五首》高度相似,它顺利取代"《田园》六首"末篇"序行役"之作,成为被时人广泛接受、最为通行的《归园田居六首》版本。随着洪迈等人辨伪工作的深入,汤汉将其从正集删去,附于卷末,再到后来,它被陶集整理者一致舍弃,重新回到江淹《杂体三十首》名下。

《陶徵君田居》真伪问题虽已得到解决,仔细勾勒它进入陶集的历程,仍有值得思考处。

在一首几十字篇幅的诗里,《陶徵君田居》大量使用"种苗"、"东皋"、"荷锄"、"桑麻"等词汇,使得它与陶渊明作品高度相似。仅从是否逼真原作来说,江淹拟作无疑很成功。它被当成陶诗、混入陶集的事实,也证明了此点。但由于多处袭用陶集意象词汇,叙事密度增加,导致江诗缺乏一种整体的浑然天成。《陶徵君田居》前四联、后三联承转不太自然,"人工的痕迹还是很明显。它刻意阐释陶渊明田居生活中某种意义,解释的特点很突出;相比陶诗的自然流露、自得风流的作风,毕竟隔了一层"[33]。

宋代以来的批评家强调陶渊明无意为诗,陶诗不可力学而至[34],对苏轼次韵和陶颇有微词,"渊明所以为高,正在其超然自得,不费安排处。东坡乃欲篇篇句句依韵而和之,虽其高才,合凑得着,似不费力,然已失其自然之趣"[35]。江淹的案例表明,只要选取陶集高频词汇、典型意象,加以巧妙布局构思,大体能"还原"陶诗艺术特征。苏轼次韵和陶,限制较多,又未大量沿袭陶集意象词汇,与陶诗相似度不高,因此带有较多个人色彩,一定程度上凸显了作者性情。《和陶杂诗》"斜日照孤隙,始知空有尘。微风动众窍,谁信我忘身。一笑问儿子,与汝定何亲"[36],陈模指出:"有旷适之意。然其旷适者,却与渊明不同。盖其一气赶从后,飘飘然豪俊之气终不掩。故止可以为东坡之诗,而非渊明之诗也。"[37]元好问《跋东坡和渊明〈饮酒〉诗后》:"东坡和陶,气象只是东坡。如云'三杯洗战国,一年消强秦',渊明决不能为此。"[38]"在陶诗基础之上,刻意求新出奇,见出个性,正是苏轼和陶诗的特色所在"[39],

相较之下,《陶徵君田居》更像陶诗翻版,作者个性湮没无彰。陈善持"逼真"陶作的标准衡量江淹、苏轼拟诗,得出后者劣于前者,"这种评论是以抹杀和诗的个性为前提的,认为'相似'才是成功的条件,其出发点便违背了审美陌生化的艺术规律"[40]。

田晓菲说:"手抄本文化所特有的文本流动性、随意性,使得中古时期文学作品的作者归属、题目、文集编排次序以及编选内容,常常发生混淆……一些诗文被系于某一知名作者的名下,或是因为风格的相似,或是因为可以和作者生平事迹相互印证,或是有意作伪。"[41]《陶徵君田居》经历的轨迹,鲜明印证了上述论断。因题材风格接近陶诗,江淹《杂体三十首·陶徵君田居》先被当作陶渊明的"田居"诗,进而补入"归园田居"题下,成为组诗第六首,导致作者归属、作品题目、陶集编排次序的多重转变。考察此诗误入陶集的历程,有助于加深对手抄本文化中作品流动的认识。

注 释:

[1][24] 胡之骥注,李长路、赵威点校《江文通集汇注》卷四,中华书局1984年版,第157页。

[2] 江淹此诗化用陶渊明作品36处,详参李剑锋《元前陶渊明接受史》,齐鲁书社2002年版,第60页。

[3][6] 北京大学、北京师范大学中文系编《陶渊明资料汇编》,中华书局1962年版,下册第380、379页。

[4] 何汶撰,常振国、绛云点校《竹庄诗话》卷二十引,中华书局1984年版,第395页。《禁脔》即惠洪《石门洪觉范天厨禁脔》。

[5] 汤汉《陶靖节先生诗注》,《中华再造善本·唐宋编》影印国家图书馆藏南宋咸淳间刻本,北京图书馆出版社2003年。

[7] 邱嘉穗《东山草堂陶诗笺》,《续修四库全书》集部别集类第3册,齐鲁书社1997年版,第235页。

[8] 温汝能《陶诗汇评》,见周斌、杨华主编《陶渊明集版本荟萃》中册,巴蜀书社2016年版,第210页。

[9] 《书靖节先生集后》:"愚尝采拾众本,以事雠校。诗赋传记赞述杂文,凡一百五十有一首,洎《四八目》上下二篇,重条理编次为一十卷……治平三年五月望日思悦书。"袁行霈《陶渊明集笺注》附录《谍传序跋》,中华书局2011年版,第424页。思悦本陶集共收作品151首,"诗赋传记赞述杂文"乃所收作品的文体类型。宋刻递修本《陶渊明集》第一至第四卷"诗",第五卷"赋辞",第六卷"记传赞述",第七卷"传赞",第八卷"疏祭文",合之即"诗赋传记赞述杂文",《四八目》同样分上下卷,收录诗文篇目也是151首。这些巧合恐非偶然,思悦本收录的作品当与宋刻递修本相同。

[10] 宋刻递修本《陶渊明集十卷》,《中华再造善本·唐宋编》;绍熙三年(1192)曾集刻《陶渊明诗一卷杂文一卷》,《中华再造善本·唐宋编》。

[11] 孔凡礼点校《容斋随笔 三笔》卷三,中华书局2005年版,第455页。

[12][28] 胡仔著,廖德明校点《苕溪渔隐丛话前集》卷四,人民文学出版社1962年版,第25页。

[13][15][17][18][19] 李伯齐《何逊集校注》,中华书局2010年版,第50、52、85、183、57页。

[14] 程树德撰,程俊英、蒋见元点校《论语集释》卷三三,中华书局1990年版,第1149页。

[16] 范子烨《竹林轩学术随笔》,凤凰出版社2012年版,第93页。

[20][32] 欧阳询编,汪绍楹校《艺文类聚》卷四、卷六五,上海古籍出版社2007年版,第81、1161页。

〔21〕 王琦注《李太白全集》，中华书局1977年版，第549页。
〔22〕 陈铁民《王维集校注》，中华书局1997年版，第564页。
〔23〕 孙望《韦应物诗集系年校笺》，中华书局2002年版，第12页。
〔25〕 王楙撰，王文锦点校《野客丛书》，中华书局1987年版，第136页。
〔26〕 陈伯君《阮籍集校注》，中华书局1987年版，第335页。
〔27〕 逯钦立辑校《先秦汉魏晋南北朝诗》，中华书局1983年版，第463页、623页、1238页、1313页。
〔29〕 钟书林说"江淹拟陶诗，陈述古本、张相国本无，其《归园田居》中只有诗五首"（《隐士的深度：陶渊明新探》，中国社会科学出版社2015年版，第320页），其言不确。陈述古本《归园田居》确为五首，然张相国本乃六首，且题作"杂诗"，而非"归园田居"。
〔30〕 陶澍注《靖节先生集》，见周斌、杨华主编《陶渊明集版本荟萃》中册，第533页。
〔31〕 "陶集通行版本中有《杂诗》十二首，其中有三首描写行役，而且《杂诗》其九分明写的是诗人因公事离开田园之后对回归的向往"（田晓菲《尘几录——陶渊明与手抄本文化研究》，中华书局2007年版，第84页）。
〔33〕 钱志熙《陶渊明经纬》，北京大学出版社2019年版，第281页。
〔34〕 叶梦得"（陶渊明）直是倾倒所有，借书于手，初不自知为语言文字也，此其所以不可及"（《陶渊明资料汇编》上册第53页），杨时"陶渊明诗所不可及者，冲澹深粹，出于自然。若曾用力学，然后知渊明诗非着力之所能成"（《陶渊明资料汇编》上册第43页）。
〔35〕 朱熹《论陶三则》，《陶渊明资料汇编》，上册第76页。
〔36〕 孔凡礼点校《苏轼诗集》，中华书局1982年版，第2272页。
〔37〕 陈模撰，郑必俊校注《怀古录校注》，中华书局1993年版，第30页。
〔38〕 钟优民《陶渊明研究资料新编》，吉林教育出版社2000年版，第158页。
〔39〕〔40〕 李剑锋《元前陶渊明接受史》，第297页。
〔41〕 田晓菲《尘几录——陶渊明与手抄本文化研究》，第249页。

〔作者简介〕 贺伟，1990年生，男，清华大学人文学院博士生，研究方向为魏晋南北朝文学。

郭曾炘集（清代诗人别集丛刊）

（谢海林辑校，人民文学出版社2018年12月版）

郭曾炘（1855—1928），侯官人。光绪六年（1880）进士。入直枢垣数年，屡掌礼部，与政界权要、学林名流多有往来。溥仪诏赠太子太保，谥号文安。工诗，善评论，与陈宝琛、樊增祥、孙雄、李宣倜、丁传靖等唱和。著有论诗绝句《杂题国朝诸名家诗集后》百余首、《读杜劄记》等。此次点校整理，收有诗集十一卷、奏疏一卷、笔札一卷以及《邴庐日记》。是集为晚清民初社会、政治、诗坛等提供丰富的文献史料，具有重要的学术价值。书后附录主要人物小传等。

《四库全书》本《古今岁时杂咏》考辨

王 倩 赵庶洋

《古今岁时杂咏》（下简称《杂咏》）是由北宋宋绶、南宋蒲积中先后编次而成的一部以岁时为主题的诗歌总集，共四十六卷，以节气时令顺序编排，每一节气时令下分为古诗和今诗两部分。前者选录魏晋至唐代之诗，为宋绶所编；后者选录南宋绍兴丁卯（1147）之前宋人之诗[1]，偶选唐诗，为蒲积中所编。

此书宋刻本已不传，现存均为明清抄本，约有十几种，各本均有不同程度的缺漏和文字讹误。由于抄本数量较多，且分散于国内外各大图书馆，核检较为不便，而文渊阁《四库全书》本较为易得，成为学者常使用的版本，目前通行的整理本也以之为底本整理[2]。然经研究发现，四库本《杂咏》中存在诸多问题，殊失原书面貌。

四库本《杂咏》之底本，《四库全书总目》云为"江苏巡抚采进本"[3]，《江苏采辑遗书目录》著录"《岁时杂咏》，宋眉山蒲积中编。按此书因宋宣献本采诗之有关岁时者，共四十六卷（抄本）"[4]，此抄本至今尚未发现，其具体情形不得而知。但是，通过四库本与其他明清抄本的对比[5]，可知其底本当与传世诸抄本之面貌相去不远，因此通过与传世抄本的对比可以发现四库本存在沿袭底本错误未能校正和妄改底本两大问题，尤其是后一问题使四库本在文本上有多处大失《杂咏》一书原貌，若作为阅读研究的根据或点校整理《杂咏》的底本，极易失误。

一、沿袭底本错误

《杂咏》一书由于宋本久佚，今传本均为明清时期的抄本，通过校勘可知，这些抄本应当出自同一个宋本，然而每个抄本都难免存在或多或少的抄写错误。四库本虽号称经过馆臣校订，但是现在看来当时校勘并未广校诸本，只是做了一些他校和理校的工作，其中有许多文字讹误并未校出，如四库本卷一许浑《元正》"华夷一轨人方泰，莫学论兵误主恩"，清稽瑞楼本同，钞宋本"主恩"作"至尊"，宋蜀刻本《许用晦文集》卷一同；又如四库本卷七王维《和圣制十五夜燃灯酺宴应制》"春引迎三事，司仪列万方"，清稽瑞楼本同，钞宋本"春"作"奉"，宋蜀刻本《王摩诘文集》卷四同，可见四库本沿袭的底本中这些因传抄而产生的错误，仅靠他校和理校是无法完全校正的。

本文收稿日期：2021 年 7 月 12 日

与上举诗文讹误相比，四库本《杂咏》中作者题名项沿袭底本讹误的影响要更大。《杂咏》同一诗人名下若有多首诗歌，则只于首诗下列其姓名或字号，其后诗歌承前省略。这种体例的缺陷是，一旦诗人姓名发生脱漏，极易导致其名下诗作被误认作前一诗人，《杂咏》的明清诸抄本均有漏抄诗人姓名的情况，四库本也不例外。这种漏抄，需要根据多种抄本互相校勘并参据诗人别集等文献考定方能解决，但馆臣显然对其所据底本中存在的这一问题未能进行系统校订。如四库本卷三一晏殊《中秋月》诗下又有《同前》一首，下无作者名，若按本书体例当亦为晏殊诗，《全宋诗》卷一七二即据之将后诗辑为晏殊诗，并与前一首合并为《中秋月二首》，实则钞宋本《同前》一首下署"雍学士子方"，乃雍子方诗。又如四库本卷八范成大[6]《上元有感》诗后有《上元观灯》，下无作者名，《全宋诗》卷二二七四据之辑为范成大诗，实则诸本[7]作吴龙图诗。

尤其严重者，如四库本卷三七刘筠名下除《九日赴宴不及简馆中同寮》诗外，还有《黔中重九》、《九日登屏障山》、《次韵和县楼九日》、《九日蕺山戒珠寺作》、《九日》、《九日汴中》、《九日怀舍弟》、《九日登尧山书事》、《九日三首》、《和景初九日登高不见菊》、《九日》、《和燕勉道九日》、《九日》、《客中九日》、《九日寄湛文之》、《九日作》、《九日招友人》、《重九舟次太湖惜此佳时无菊可以自慰呼儿取彩菊戴之》、《九日与蔡伯世兄弟城上采菊伯世诵居仁九日绝句因用其韵》、《九日登武氏东山》、《九日寄侄世衡》二十三首诗，这二十三首诗明石城书屋本分别署贾崇仪、陶崇仪、白子仪、吴史馆（充）、石敏若、苏子美（舜钦）、唐子西（庚）、夏竦、宋白、王逢原、葛次仲集句、崔正言（《和燕勉道九日》下八首）、豹林先生（《九日登武氏东山》下二首），均非刘筠诗，知四库本此二十三首诗作者均漏抄，无独有偶，钞宋本仅末二首署"豹林先生"，前二十一首之作者也均漏抄，可见四库本当是沿袭底本之误。四库本同卷"李新"[8]名下有《秦岷道中值重九》、《西岗重九》、《忠告重九》、《重阳舟次高邮》、《重阳》、《闰重阳》、《九日罗江旅情呈文孺》、《次韵重阳二首》、《重阳近有作》、《九日无菊》、《重阳后有作》、《重阳后折菊泛酒》、《重阳酝未熟无菊绝句》、《又三绝戏老友》十七首诗，钞宋本除第一首诗下署"陇西先生"、第二首诗下署"李新"外，其余与四库本同，然明石城书屋本此十七首诗分别署陇西先生、李新（《西岗重九》下二首）、余安行、东溪先生（《重阳》下十三首），除《西岗重九》、《忠告重九》二诗为李新所作，其余十五首均非李新诗，知四库本之底本应漏抄此十五首作者，四库本沿之。《全宋诗》卷一一二于刘筠诗末存目中据明抄本将四库本误归入刘筠的诗歌作了辨正，除《秦岷道中值重九》、《西岗重九》、《忠告重九》外，《全宋诗》卷一一六三误辑李新诗十四首，《全宋诗辑补》误辑李新诗一首（《秦岷道中值重九》）[9]。由四库本与钞宋本之漏抄情形基本一致，也可知其底本面貌当与钞宋本比较接近。

在校勘中发现，《杂咏》今传诸本当出自同一个宋本，此宋本卷一一、卷一九、卷四三有阙页，或注"后宋原刻阙必补"，或留有相当篇幅空白以为提示。然四库本于阙页处既无标注，也未留空白，而是接续抄写，直接给读者造成完整无缺的错觉。四库本中之所以出现这种处理方式，很可能与《四库全书》编纂期间的制度规定有关，据《纂修四库全书档案》载乾隆五十二年六月十三日谕旨"今竟舛谬丛生，应删不删，且空白未填者竟连篇累页"[10]，知四库馆于校办诸书不允许有空页出现，《杂咏》之空页乃因底本如此，且无法校补，然若仍其原貌，恐亦为馆中制度所不允许，故采取了直接抹去阙页痕迹，弥缝为完整无缺的假象的办法。

8

乾隆年间编纂《四库全书》时于全国各地征集图书,于《杂咏》一书若能着意搜求,当不难汇集两三个较好的抄本进而以之校订为一个讹误较少的版本,然而从本节所举诸例看来,馆臣没能搜求异本对校,校订中又未能忠实保存其所据底本的原貌,因此,不适宜作为阅读研究的根据,更不适宜作为校订整理的底本。

二、妄改底本

通过与钞宋本为代表的其他明清钞本的对比,可以发现四库本还从内容与形式两方面毫无根据地"改造"了底本面貌,包括臆改诗文、诗人姓名张冠李戴、移易顺序、妄补诗歌等等。这些"改造"毫无根据,犯了校勘的大忌,使四库本严重偏离了此书的原貌。

(一)臆改诗文

《杂咏》各抄本中均有一定数量的文字讹误,四库本经过馆臣校订,一般认为其文字优于其他抄本,这也是学者选择其作为整理本底本的一个重要原因。然与钞宋本比对可知,馆臣校订时并未参校善本,仅据主观臆断,虽然也能校正部分错误,但是更多的却是臆改诗文以致讹误更加严重。

卷一钞宋本薛逢《元日田家》"相逢但祝新正寿,对举那愁暮景催"句之"对举",四库本作"对酒",虽较易理解,然《唐诗纪事》卷五九作"对举"。四库本当为馆臣以"对举"为误,臆改为"对酒"。卷一八钞宋本欧阳修《上巳日赴宴口占》"赐饮初逢禊节佳,昆池新涨碧无涯"句之"昆池",四库本作"御沟",宋庆元二年周必大刻本《欧阳文忠公集》卷一四作"昆池"。"昆池"、"御沟"形音均差别较大,显非抄写之误,而应为馆臣臆改。卷三七钞宋本宋祁《十日宴江渎亭》作"□鳃冲余藻,游龟避折莲"句阙一字,诸本均同,四库本阙字作"河",然《武英殿聚珍版丛书》本《景文集》卷一九作"戏",四库本当为臆补。

(二)诗人姓名张冠李戴

《杂咏》今诗部分所录诗人,由于与编纂时代相近,故蒲氏称谓颇不统一,在称本名外,尚有称字号、官职等多种情况。馆臣为了保持一致,将凡用诗人字、号、谥者均改为诗人本名,如"东坡"改为"苏轼"、"文忠公"改为"欧阳修"、"梅圣俞"改为"梅尧臣"等,这些人所共知的字号调整虽未出错,但强改底本已属不妥。然书中有一部分诗人名号难以知其姓名,馆臣未加考证便替换为其所熟知的宋人之名,造成张冠李戴的错误。

如钞宋本中有多处作者署"东溪先生",四库本改作"沈遘"。有学者即据此辑得沈遘佚诗64首,认为这些佚诗有可能是由于靖康之变造成的流失所致[11]。然另有学者指出,沈遘有《西溪文集》,"东溪先生"并非沈遘,而是宋人高登[12]。又如钞宋本卷八《阙下元夕会饮寄大有》诗下署"豹林先生",四库本改作"张咏"[13],然《郡斋读书志》卷一九载"《张乖崖集》十卷,右皇朝张咏,字复之……自号乖崖公"[14],不言张咏号"豹林先生",且《续古逸丛书》景宋本《乖崖先生文集》未收《杂咏》所录"豹林先生"诗,知此"豹林先生"非张咏。学者指出"豹林先生"应为种放[15],甚是,可见四库本改动之妄。《全宋诗》卷五一据四库本《杂咏》辑得张咏诗一首,《全宋诗辑补》又补辑三首[16],实皆为种放诗,为四库本误导。又钞宋本《杂咏》录范资政诗六首[17]、范侍郎诗一首[18],四库本将二人均改为"范成大",顾嗣立爱汝堂刻本《石湖居士集》并未收录这些诗作。《全宋诗》卷二二七四据四库本辑入范成大名下，然按云"此书(指《杂咏》)有绍兴丁卯(1147)蒲积中自序。时(1147)范成大年二十二。书中又收有南宋杨万里、戴复古、汪元量诸家诗，疑为后人增补。又，范成大诗集为自编，而此书所录十首诗，皆为《石湖诗集》中所无，可疑"[19]，敏锐指出所谓"范成大"的疑点，实则《全宋诗》所言"书中收有南宋杨万里、戴复古、汪元量诸家诗"，并疑其出于后人增补，仍是受四库本《杂咏》误导，三人诗作在钞宋本中作"杨齐"、"戴朝议"、"绍宗"，作"杨万里"、"戴复古"、"汪元量"乃四库本妄改，《杂咏》中不存在蒲积中之后又有人增补的情况。钞宋本卷四二《除夜》诗署"宋龙图"，四库本改作"宋祁"，然《杂咏》他卷录宋祁诗达九十五首之多，均署"宋景文"[20]，仅此一处称"宋龙图"，显然应非宋祁诗，而是另一位宋姓龙图阁直学士之诗。宋代早于蒲积中又曾做过龙图阁直学士的宋姓人除宋祁外，还有宋敏求，他于熙宁八年(1075)任龙图阁直学士[21]。宋敏求为宋绶之子，其文集不传。蒲积中与之时代接近，当有机会见到其诗歌作品并将其编入书中，因此，"宋龙图"应为宋敏求，四库本将之径改为"宋祁"亦误。此外，四库本将钞宋本"陇西先生"改作"李新"、"蔡侍郎(持正)"改为"蔡襄"、"王左丞(和甫)"改为"王安国"等，当均为妄改。

(三)移易顺序

在将四库本与钞宋本对校时发现，四库本多处诗歌排序明显不同，初看之下觉四库本排序似乎更合理，但是结合钞宋本卷首目录可知并非此书原貌。

《杂咏》钞宋本及其他抄本卷首有目录二卷。考上文所云因阙页而导致阙漏的诗作，目录中均载其诗题，多存正文所阙诗之题[22]，知目录应为原书所有，非出后人新编。四库本《杂咏》卷前并无目录，很可能是抄录时予以省略。以目录为参照，可以发现馆臣对一些诗歌的排序有意进行了移易。

如钞宋本卷九"晦日"今诗李新《正月晦日书事》、《正月末再来渡石桥见桃花盛开有感而赋》二首，卷首目录同，然四库本将二诗移入本卷古诗唐刘友贤《晦日高文学置酒林亭》诗后，《晦日重宴九首》诗前，作者改为李郢。李新(1063—1125)，字符应，自号跨鳌先生。《郡斋读书志》卷一九著录《跨鳌集》五十卷[23]。原本久佚，四库馆臣从《永乐大典》中辑出，编为三十卷[24]，二诗均见于四库本《跨鳌集》，可见其非晚唐诗人李郢之诗。疑馆臣所据底本"李新"误抄为"李郢"，馆臣熟知《杂咏》"古"、"今"两部分诗作的排列均按照诗人先后排列的体例，遂据此体例将之移入古诗部分。

又如钞宋本卷一二卷末有伍唐珪《寒食日献郡守卫使君》，杜甫《小寒食舟中作》、《熟食日宗文宗武》、《又示两儿》，王建[25]《寒食行》五首诗，卷首目录同，然四库本移在卷一一羊士谔《寒食宴城北山池即郡守郑钢自为折柳亭》诗后，推测馆臣移动的原因，当由于伍唐珪、杜甫、王建均早于本卷所录白居易、李商隐、韦庄、罗隐诸人，而且卷一一羊士谔诗后有阙页，馆臣盖以为这五首诗就是卷一一所阙诗作错页至此，故而将之调整至卷一一。然存世抄本均如此排列，说明应是原本如此，且据卷首目录知卷一一所阙者为《寒食直归遇雨》、《寒食出游》、《济源寒食六首》共八首，并非这五首，因此馆臣尽凭体例就做如此调整，根据不足。此书最初为宋绶所编《岁时杂咏》，专录宋以前人诗，后经蒲积中增补宋人诗方成《古今岁时杂咏》，这五首诗很有可能是宋绶编成之后对此书尚有增补或蒲积中对唐人诗也略有增补所致,故而附于"寒食"诗卷末而未按照体例排入相应位置,四库本移易之后就将增补的痕迹完全抹去[26]。

另外,如钞宋本卷八司马光《和子华相公上元游园二首》其二复见于此卷司马樵名下,司马樵为司马光侄孙[27]。四部丛刊景宋绍兴本《温国文正公文集》卷一五收此诗,作司马樵诗者当误,然诸本均如此,卷首目录亦重出,证明原本如此,这应是蒲积中误编。四库本无司马樵而替换以王庭珪《辰州上元》诗(钞宋本及目录均无此诗),这应当是馆臣的妄补,虽纠正了原书错误,却有失原貌。

结　语

四库本《杂咏》不仅沿袭了其所据底本的众多问题而未能校正,而且在校订过程中未广搜善本仔细考订,而是任意妄改,严重破坏了原书面貌,掩盖了其文本层次和价值,不利于后世学者开展深入研究。整理本《杂咏》以四库本为底本,虽云参校国图所藏明抄本,却未能发现四库本中存在的诸多问题并加以校正,于明抄本的优长亦未能充分表彰,失校之处甚多,基本承袭了四库本的缺陷。四库本和整理本是目前学术界阅读研究《杂咏》以及利用此书对唐宋诗歌进行辑佚校订的主要参考,然而很多研究者不明了四库本及整理本中存在的问题,受其误导出现了诸如误辑、漏辑等问题,给学术研究造成负面影响。因此《古今岁时杂咏》一书有必要重新整理,才能满足学术研究的需要。新的整理本应以接近此书宋本面貌的钞宋本为底本,以版本校勘为主,广泛校以存世明清抄本,辅以他校,参据传世总集、别集等材料以考订异文,尊重传本面貌,不妄改臆补,方能最大限度恢复此书原貌,为唐宋诗歌研究提供一个最为可靠的《古今岁时杂咏》文本。

注释:

[1]　蒲积中生平不详,据其序的落款时间推测其录诗时间下限在绍兴丁卯(1147)年左右。
[2]　徐敏霞校点《古今岁时杂咏》(下简称"整理本"),辽宁教育出版社1998年版。
[3][24]　永瑢等《四库全书总目》,中华书局1970年版,第1696页中、第1343页上。
[4]　张升编《〈四库全书〉提要稿辑存》,第4册,北京图书馆出版社2006年版,第511页。
[5]　《古今岁时杂咏》存世明清抄本众多,散藏于国内外各藏书机构。笔者目前所见以北京大学图书馆藏清叶志诜题跋本爲最佳,此本应为明抄本,虽具体抄写年代不详,然避"玄"、"朗"、"曙"、"敬"、"殷"等宋讳,卷三四及卷三五缺叶处有"照宋本原阙"、"照宋本原阙二页"字样,可见当抄自宋本,其他诸本讳字保存不如此本严格,故本文以此本作为对比的主要依据(简称"钞宋本"),并参考国图藏明石城书屋抄本(简称"明石城书屋本")、清陈揆稽瑞楼抄本(简称"清稽瑞楼本")。
[6]　钞宋本作"范资政",此人非范成大,为四库本误署,后文有讨论。
[7]　钞宋本同样漏抄"吴龙图"名,此处据明石城书屋本、清稽瑞楼本。
[8]　此处四库本所署"李新",钞宋本作"陇西先生",而此人并非李新,下文有所讨论。
[9]　此外,《全宋诗辑补》还误辑《杂咏》卷三二"陇西先生"《次韵八月十七玩月》诗为"李新"诗。
[10]　中国第一历史档案馆编《纂修四库全书档案》(下),上海古籍出版社1997年版,第2030页。
[11]　林阳华《补〈全宋诗〉沈遘诗六十四首》,《古典文献研究学刊》2011年第3期,第91—95页。

〔12〕 包菊香指出《全宋诗》据清朱象贤《回文类聚续编》卷八将《上元》一诗收入"高登"名下,故将《全宋诗》未收"东溪先生"之诗全部归于"高登"名下。见《〈古今岁时杂咏〉版本及其文献价值(下)》,《北京大学中国古文献研究集刊》2007年第6辑,第81—96页。周小山指出高登与蒲积中同时而略早,有节行,亦颇有声望,且从《杂咏》所录"东溪先生"诗歌的数量上来看,作为后世并无诗名的"东溪先生",其诗歌分布达16卷,凡60首左右,数量排在第7位,仅次于苏轼、梅尧臣、张耒、晏殊、宋祁、司马光等各位大诗人之后,对于这样的现象大概只能归于其人与作者时代相近、声望高。见《补〈全宋诗〉沈遘诗六十四首质疑》,《古籍整理研究学刊》2012年第2期,第59—60页。

〔13〕 钞宋本题作豹林先生诗还有卷一五《清明阙下寄弟汶》,卷二二《山中伏日》,卷三二《中秋寄侄世材》,卷三七《九日登武氏东山》、《九日寄侄世衡》,以上四卷四库本均漏抄诗人姓名。整理本误信四库本,据明抄本将卷三二、卷三七补作"张咏",卷二二沿袭四库本漏抄之误,卷一五又据明抄本补作"豹林先生",其体例之乱,由此可见一斑。

〔14〕〔23〕 晁公武撰,孙猛校证《郡斋读书志校证》,上海古籍出版社2019年版,第968页、第1024页。

〔15〕 包菊香据据宋释文莹《湘山野录》卷上、江少虞《事实类苑》卷四四所记"初种隐居,少时与弟汶往拜陈希夷挦",与《杂咏》卷一五《清明阙下寄弟汶》诗题所示相吻合,又据宋范仲淹《东染院使种君墓志铭》(《范文正集》卷一三)"君讳世衡,字仲平……君之弟世材以一官让君……君男八人,长曰诂,文雅纯笃,养志不仕,有叔祖明逸之风",与《杂咏》三二所录《中秋寄侄世材》和卷三七《九日寄侄世衡》吻合,确定"豹林先生"为种放。见包菊香《〈古今岁时杂咏〉版本及其文献价值(上)》。

〔16〕 《全宋诗》据四库本《杂咏》于张咏名下误辑"豹林先生"《阙下元夕令领大有》诗一首,《全宋诗辑补》据整理本《杂咏》误以"豹林先生"为种放,误辑《中秋寄侄世材》、《九日登武氏东山》、《九日寄侄世衡》诗三首。

〔17〕 范资政六首分别为卷四《立春》,卷八《元夕呈冲卿侍郎》、《上元有感》、《上元观灯》,卷三八《初冬》、《立冬夜舟中作》。

〔18〕 范侍郎诗一首为卷四〇《冬至夜发峡州舟中作》。

〔19〕 傅璇琮等主编《全宋诗》第41册,北京大学出版社1991年版,第26056页。

〔20〕 钞宋本《杂咏》于首次出现的宋祁诗歌下署"宋景文",随后几卷误抄为"宋景公",《杂咏》所录"宋景公"诗除卷一五《和三司尚书清明》、《奉和圣制清明日二首》之二,卷一八《和郭六玉津上巳宴罢见寄》,卷二七《七月六日绝句》,卷三七《偶思桓景登高故事》、《九日》(商馆凭高爽气浓)外,有八十九首为《武英殿聚珍版丛书》本《景文集》所收,误抄无疑。

〔21〕 "(熙宁八年十一月)癸未,右谏议大夫、集贤院贤士宋敏求为龙图阁直学士,右司郎中、知制诰陈襄为枢密直学士。先是,知制诰邓润甫言:'近者群臣专尚告讦,此非国家之美,宜登用淳厚之人以变风俗。'上嘉纳之。居数日,敏求及襄有是命。"李焘撰《续资治通鉴长编》卷二七〇,中华书局2004年版,第6626—6627页。

〔22〕 如卷四三诸本于唐太宗《正月临朝》后阙诗若干,目录存阙诗十三首之诗题,分别为《正月奉教作》、《耗磨日饮二首》、《同前》、《正月闺怨》、《忆长安十二咏》、《状江南十二月》、《第三岁日咏春风》、《正月水边柳》、《河南府试正月乐辞》、《初春寄薛崇军事》、《正月崇让宅》、《正月》。

〔25〕 四库本漏抄"王建",承上归于杜甫。

〔26〕 宋绶之孙宋刚叔曾作《续岁时杂咏》,关于此书的记载,最早见于晁补之与毕仲游的记载。晁补之《续〈岁时杂咏〉序》载"宋氏故多贤,而宣献之孙曰刚叔,尤笃志于学,不愧其先人,又尝集宋诗人之所为,为《续岁时杂咏》,以成其祖之意,盖若干篇。"见宋晁补之撰《济北晁先生鸡肋集》,四部丛刊景明本,卷三

四。毕仲游《续岁时杂咏诗序》的记载较晁补之的记载更为详备,"尝闻宣献公……《岁时杂咏》,予未之见也。而宣献公之孙有刚叔者,复次本朝公卿大夫、高才名士与其家内外先世之作,诗歌、赋、颂、吟词、篇曲三千三十有五,以续前编甚备。予壮其事,因借观三月而告之。"见栾贵明辑《四库辑本别集拾遗》,中华书局,1983年版,第72页。

〔27〕"司马才仲《夏阳集》两卷。右皇朝司马槱,字才仲,温公之侄孙。"《郡斋读书志校证》卷一九,第968页。

〔作者简介〕 王倩,1996年生,南京大学文学院2019级中国古典文献学专业硕士研究生。赵庶洋,1983年生,文学博士,南京大学文学院副教授,主要研究方向为唐宋文学文献、古籍整理与研究。

《周勋初文集》

(凤凰出版社2021年版)

本文集收录当代文史研究大家周勋初先生著作,首次推出五种。

《九歌新考》考辨梳理《九歌》的来源与性质,其中"秦汉宗教一般"、"东皇太一考"、"楚祀河伯辨"三篇,提出了前人没有提出的问题,发掘此前未发掘的资料,对《九歌》中存在的问题进行了新的考索。

《韩非子札记》四十八篇,涉及版本校勘、作者编者、作品年代与真伪、对先秦诸子的批评、对春秋战国历史及其风俗人情、文物制度的叙述、对法家学派思想渊源及其集大成者韩非子思想理论的剖析诸多方面,全面深入而自成系统。论断谨慎,考证细密。

《诗仙李白之谜》以淳朴自然的写作风格,让读者发现"陌生的李白"——扑朔迷离的身世、充满异域风情的家族姓名、两次入赘的婚姻经历、对唐王朝与边疆民族战争的微妙态度。通过九个问题,反复思考并还原李白屡遭挫折与倍受赞誉的双重处境。

《师门问学录》是博士研究生课程的一份教学实录,既有导师循循善诱,传授治学经验心得,评述研究成果、研究现状等教的内容;也有学生结合自身学术背景等,确立主攻方向、提炼研究课题、收集整理材料、形成学术观点、撰写修改论文等的内容。全书围绕唐宋文学研究这个中心,广泛涉及文学史、文化史、近代学术史及当代研究现状。

《撷英集》是学术自选集,包括学术小传、代表性学术成果、学术年谱三部分。第一部分是学术生涯的简介和总结;第二部分包括文史研究、序、叙录、访谈录、前言后记、教学讲演等六个专栏,分门别类地介绍在不同领域取得的代表性学术成果;学术年表亲自编订,尤为权威。一册在手,可见周勋初先生深闳博大的学术人生。

元人整理刊刻唐人诗集的贡献和特色*

罗 鹭

  元代诗学以宗唐为主流,表现在选本方面,有《笺注唐贤三体诗法》、《注唐诗鼓吹》和《唐音》等的流行;在诗史专著方面,则有《唐才子传》问世。这些唐诗著述都对后世产生了深远的影响。元人在唐人诗集的整理刊刻方面是否也取得了超越前人的成绩和贡献呢?钩沉相关史料后可以发现,元人在这方面的贡献既不如宋代,也比不上明清。从数量上看,宋代、明代和清代都刊刻了数以百计的唐人诗集,而元人刊刻的唐人诗集,目前可考的仅三十余种,而且大多是对宋刻本的重编或翻刻;从质量方面看,后世所传唐人诗集大多是宋人编纂定型的,元人整理刊刻的同类唐人诗集的版本价值普遍低于宋刻本,尤其是在精校、精注方面,远远比不上宋人和清人的贡献。究其原因,主要是因为宋代是雕版印刷的黄金时期,宋人在唐人诗集的整理刊刻方面作出了巨大贡献[1]。而元代统治时间较短,图书市场还存留有大量宋代印刷的书籍和书板。例如,南宋末年临安陈宅书籍铺刊刻的唐诗小集多达116种[2],元人尚比较容易获得,如吴师道《吴礼部诗话》就记载其中的《李端集》和《于武陵集》等[3]。又如,上海古籍出版社曾汇编《宋蜀刻本唐人集丛刊》,其中如《孟浩然诗集》等十余种钤有元代"翰林国史院官书"长方朱印。可见宋刻本唐人诗集是元代官私藏书的重要来源,元人购买和阅读唐人诗集并不完全依赖时下的新刻本,而是有大量的旧书资源可以利用。这在一定程度上影响了元刻唐人诗集的市场需求,导致刊刻的数量有所下降。尽管如此,元人在整理刊刻唐人诗集方面还是做出了一定的贡献,尤其是在集注和评点方面颇有特色。但目前学术界对元刻唐人诗集的研究,仍以具体的个案研究为主,缺乏系统的文献梳理和宏观的综合研究,给人"只见树木,不见森林"的印象。有鉴于此,本文以全面的文献调查和考证为基础,力图全方位揭示元人整理刊刻唐人诗集的贡献和特色。

一、元刻本唐人诗集书目辑考

  有关元刻本唐人诗集的数量,学术界尚无准确的统计。万曼《唐集叙录》著录25种,但其中不乏讹谬之处。例如,该书据孙星衍《平津馆鉴藏记》、丁丙《善本书室藏书志》等书目著录元刊本《骆宾王文集》十卷[4],今考南京图书馆藏丁丙题跋本,所谓元刊本实为明刻本。

本文收稿日期:2021 年 1 月 2 日

潘国允、赵坤娟《蒙元版刻综录》著录23种,由于主要是汇抄书目而成,讹误更多。如所谓"元后至元六年(1340)安正书院刻十一行本"《分类补注李太白诗》二十五卷[5],实际上应当是叶德辉《郎园读书志》中著录的"明正德庚辰刘氏安正堂刻本",出于"明书估刘宗器安正堂"之手[6];所谓"元邵武郡守西蜀冯师虞刻本《李文公集》十八卷"[7],实为明成化十一年(1475)刻本之误。因为根据《(万历)邵武府志》,冯师虞是明人,名冯孜,师虞是其字,四川南充人,天顺元年登进士第,成化六年至十二年任邵武知府[8]。此外,该书著录的元刻本《张说之文集》二十五卷、《台阁集》一卷、《刘宾客文集》三十卷《外集》十卷、《香奁集》三卷等[9],也大多没有实物依据和可靠的文献记载,令人不敢确信。陈伯海、朱易安《唐诗书目总录》著录19种,基本上属于存世的版本,故较为可靠,但著录馆藏机构并不详尽,版本也不全。如元刻本《唐翰林李太白诗集》二十六卷,仅著录清华大学图书馆有藏[10],但实际上台湾"国家图书馆"和日本御茶の水图书馆也有收藏,等等。笔者在前人的基础上,经过全面调查,获知目前存世的元刻本唐人诗集不少于26种,另有亡佚者7种,总计33种。对于存世的元刻本,本文仅简要罗列书名、卷数、作者、版本和收藏机构,偶或略加按语;对于亡佚的元刻本唐人诗集,则详细注明出处。现据作者时代先后顺序辑录书目如下。

(一)《须溪先生校本唐王右丞集》六卷,宋刘辰翁评,元刻本,国图、日本静嘉堂藏[11]。

(二)《须溪先生批点孟浩然诗集》三卷,宋刘辰翁评,元至元二十四年(1287)后刻本,佚。按:至元二十四年康绍宗刻本《须溪先生校本韦苏州集》刘辰翁跋后有"孟浩然诗/陆续刊行"刊语二行[12],可知《须溪先生批点孟浩然诗集》之刊行当在至元二十四年后。元刻本在清代尚存,黄丕烈曾以之校宋蜀刻本《孟浩然诗集》三卷[13],惜今已亡佚。

(三)《分类补注李太白诗》二十五卷,宋杨齐贤集注,元萧士赟补注,元至大三年至四年(1310—1311)建安余志安勤有堂刻本,国图、上图、南图、浙图、津图、重庆、吉林、上博、北大、复旦、川大、北师大、日本宫内厅、静嘉堂、尊经阁、天理图书馆、京都大学、早稻田、龙谷大学等藏。按:据郭立暄研究,此本有元末和明代翻刻本:南图藏本和国图藏邢之襄旧藏本实为元末翻本,津图藏本为明翻甲本,复旦藏本为明翻乙本[14]。其他藏本是否为翻刻本,还须进一步研究。至于元末翻刻本的机构,疑与《集千家注分类杜工部诗》同为至正年间积庆堂、广勤堂等翻刻。惜无牌记等佐证,只能存疑。

(四)《唐翰林李太白诗集》二十六卷,《年谱》一卷,宋薛仲邕撰,元刻本,清华、台图、日本御茶の水藏。

(五)《李翰林诗范德机批选》四卷,元范梈选,元刻本,台图藏。

(六)《须溪先生校本韦苏州集》十卷《拾遗》一卷,宋刘辰翁评,元至元二十四年康绍宗刻本,南图、津图、杨氏枫江书屋藏。

(七)《集千家注分类杜工部诗》二十五卷,宋徐居仁编,黄鹤补注,《年谱》一卷,黄鹤撰,元皇庆元年(1312)建安余志安勤有堂刻本,国图、南图、杜甫草堂、台北故宫、日本东洋文库藏。

(八)《集千家注分类杜工部诗》二十五卷、《杜工部文集》二卷,宋徐居仁编,黄鹤补注,《年谱》一卷,黄鹤撰,元至正七年至八年(1347—1348)潘屏山圭山书院、积庆堂刻(叶氏广勤书堂印)本,国图、上图、南图、重庆、甘肃、镇江、哈尔滨、北大、人民大学、北师大、复旦、华东师大、南博、青岛市博、杜甫草堂、台图、台北故宫、台北中研院傅斯年图书馆、台湾大学、日本宫内厅、公文书馆、静嘉堂、石井积翠轩、韩国成均馆大学尊经阁、美国国会图书馆等藏。

（九）《集千家注批点杜工部诗集》二十二卷，宋刘辰翁评点，元初彭镜溪刻本，存佚不明。按：日本国立国会图书馆藏元刊本《集千家注批点杜工部诗集》，卷首有罗履泰以通序，称其族孙祥翁之"舅氏彭镜溪，又铨摘旧注，不失去取，刻之以便览者"[15]，可知彭镜溪本为须溪评点杜诗的早期刻本。曾祥波认为"罗本可以视为高本的'前身'"[16]，说明此本的刊刻在高本之前。此本《诗集》分二十二卷，与高楚芳本分《诗集》二十卷、《文集》二卷不同。行款为九行十八字、黑口、左右双边，与傅增湘《藏园群书经眼录》著录的明初刻本行款相同[17]。傅氏经眼的版本藏于上海涵芬楼，《涵芬楼烬余书录》著录为元刊本[18]，故存世九行本究竟是元刻还是明刻尚有争议。

（十）《集千家注批点杜工部诗集》二十卷《文集》二卷《年谱》一卷，宋刘辰翁评点。高楚芳编，元至大元年（一作至正二十八年）云衢会文堂刊本，杜甫草堂、台北故宫、日本天理图书馆、京都大学等藏。

（十一）《集千家注批点杜工部诗集》二十卷《文集》二卷《年谱》一卷，宋刘辰翁评点，高楚芳编，元至正十一年（1351）潘宅积庆堂刊本，日本天理图书馆、广岛大学、大东急纪念文库、石井积翠轩藏。按：此本仅见于日本收藏和著录。日本大谷大学藏五山版即据此本翻刻（详见下文考述），疑所谓元刻本均为五山版，尚须进一步研究。

（十二）《集千家注批点杜工部诗集》二十卷《文集》二卷《年谱》一卷，宋刘辰翁评点，高楚芳编，元刻十三行本，国图、台北故宫、日本公文书馆藏。

（十三）《杜工部草堂诗笺》四十卷《外集》一卷《诗史补遗》十卷《年谱》二卷《传序碑铭》一卷《诗话》二卷，宋鲁訔、蔡梦弼等编注，元大德年间桂轩陈氏翻宋刻本，上图、北大、香港大学、台图、日本公文书馆、韩国奎章阁藏。

（十四）《黄氏补千家注纪年杜工部诗史》三十六卷，宋黄希、黄鹤补注，《年谱辨疑》一卷，黄鹤撰，元至元十九年（1282）福建刻本，台图藏。

（十五）《黄氏补千家注纪年杜工部诗史》三十六卷，宋黄希、黄鹤补注，《年谱辨疑》一卷，黄鹤撰，元至元二十四年（1287）武夷詹光祖月崖书堂刻本，国图、鲁博、台北故宫藏[19]。

（十六）《杜工部诗范德机批选》六卷，元范梈批选，元刻本，天一阁、台图藏。

（十七）《重雕老杜诗史押韵》八卷，元初刻本，湖南省图藏。

（十八）《新刊杜工部诗类》，元吴主一刊本，佚。按：此书已佚，仅存虞集《新刊杜工部诗类序》，略云："曹南吴主一深得悟诗法之要，唐人之可尚者，既取殷璠所选《河岳英灵》以见当世之制作，复取高仲武所录《中兴间气》以邕其余风者，并刻诸梓。李唐一代之诗学，无出于此。已而心以为未足，取杜子美一家之言，又刻之。"[20]吴主一即吴志淳，字主一，以字行，其先曹南人，工诗，善草隶，以父荫历官靖安、都昌二县簿，元末弃官隐居豫章及鄞县东湖，名重东南，与虞集、揭傒斯皆有交游。他热衷于传播唐诗文献，先后刊刻《河岳英灵》、《中兴间气》等唐诗选本，又编刻《杜工部诗类》问世，惜已亡佚。

（十九）《朱文公校昌黎先生文集》四十卷《外集》十卷《遗文》一卷，宋朱熹考异，王伯大音释，元后至元七年（1341）日新书堂刻本，北大、中央民大、社科院文学所、上图、南图、津图、鲁图、鲁博、天一阁、吉林大学、台北故宫、日本公文书馆、早稻田大学、庆应义塾大学斯道文库、韩国高丽大学晚松文库等藏。按：各家藏本或著录为元日新书堂刻本，或著录为元建阳书坊刊本，或著录为元刻本或元刻明修本，行款皆为十三行二十三字、黑口、四周双边，应当是同一版本，其中不排除明代翻刻本的可能，尚待进一步调查与研究。

（二十）《朱文公校昌黎先生文集》四十卷《外集》十卷《遗文》一卷，宋朱熹考异，王伯大音释，元刻十二行本，国图、北大、辽宁省图、辽宁省博、哈尔滨、吉林大学等藏。按：此本避宋讳，为元代坊刻本翻刻宋版书之习气，故或作宋刻元修本。因各家藏本皆有残阙，无明确版本信息，须进一步详考。

（二十一）《增广注释音辩唐柳先生集》四十三卷《外集》二卷，宋童宗说注释，张敦颐音辩，潘纬音义，元建阳书坊刊十三行本，上图、北大、天一阁、台北故宫、日本国会图书馆、静嘉堂、美国芝加哥大学东亚图书馆等藏。

（二十二）《增广注释音辩唐柳先生集》四十三卷《外集》二卷，宋童宗说注释，张敦颐音辩，潘纬音义，元刻十二行本，国图、上图、吉林市图等藏。按：此本与《朱文公校昌黎先生文集》十二行本行款相同，当为同时同一书坊所刻，亦避宋讳，仍须详考。

（二十三）《歌诗编》四卷，李贺撰，蒙古宪宗六年（1256）碣石赵衍刻本，国图藏。

（二十四）《唐李长吉歌诗》四卷《外卷》一卷，宋刘辰翁评，元剑江王庭光刻本，佚。按：刘辰翁评点李贺诗在元代最受读者欢迎，流传较广，但文字讹误严重，"剑江王庭光笃好雅尚，取善本校而刻之，寄声庐陵，俾识其端"[21]。可知剑江王庭光曾刊刻此集，虽然并非刘辰翁评点李贺诗的最早版本，但受到刘辰翁之子刘将孙的肯定，版本应当比较可靠。

（二十五）《唐李长吉歌诗》四卷《外卷》一卷，宋刘辰翁评，元后至元三年（1337）复古堂刻本，佚。按：此本已佚，但明弘治刻本《锦囊集》四卷《外集》一卷的底本是元刻本，外集后有"至元丁丑二月朔日复古堂识牌记"，此处之至元丁丑应当是后至元三年，详见下文考证。

（二十六）《唐李长吉歌诗》四卷《外卷》一卷，宋吴正子笺注，宋刘辰翁评点，元建刊袖珍本，台图藏。

（二十七）《增广音注唐郢州刺史丁卯诗集》二卷《续集》一卷，许浑撰，元祝德之订正，元大德十一年（1307）信安祝德之刻本，国图、北大、日本尊经阁藏。

（二十八）《增广音注唐郢州刺史丁卯诗集》二卷《续集》一卷，元祝德之订正，元建安叶氏刊本，国图藏。

（二十九）《增广音注许郢州丁卯诗集》二卷，元祝德之订正，元刻十二行本，日本宫内厅藏。

（三十）《梨岳诗集》一卷《附录》一卷，李频撰，元大德元年（1297）十七世孙建德李邦材刻，后至元三年裔孙李会同增刻本，佚。按：此集元刻本清初尚存，钱曾《读书敏求记》曾有著录："集刊于至元后丁丑，卷终有'雍虞集收藏'字迹，其殆道园家藏本欤？"[22]惜今已亡佚。现存最早版本为明钞本，《四部丛刊三编》据以影印，有元贞三年（同年改元大德）裔孙李邦材序、大德元年吕师仲序、大德三年邑人邵文龙跋、后至元三年张复跋，可知该集刊刻始末。

（三十一）《笠泽丛书》四卷、《补遗》一卷，陆龟蒙撰，元后至元五年（1339）十一世孙陆德原吴县甫里书院刻本，佚。按：陆心源皕宋楼旧藏旧抄本《重刊校正笠泽丛书》有后至元五年十一世孙陆德原题跋,称此集刻于甫里书院[23]。甫里书院即陆德原所捐建,用于祭祀陆龟蒙,并得到元代官方认可。

(三十二)《谗书》五卷、《甲乙集》三卷,罗隐撰,元大德六年(1302)裔孙罗应龙徽州重刻本,佚。按:国家图书馆藏明抄本的祖本是元刻本,卷首有大德六年黄真辅序、方回跋,皆称该书为罗隐裔孙徽州路学正罗应龙捐俸重刊[24]。

(三十三)《船子和尚拨棹歌》一卷,释德诚撰,元刻本,上图藏。

二、元人对李、杜诗集的整理刊刻

每个时代都有通行的李、杜诗集,其版本不尽相同。从上文可知,元人整理刊刻的李、杜诗集全本、选本、注本、评本多达15种,约占目前所知元刻本唐人诗集总数的一半。其中李白诗集的元刻本有3种,杜甫诗集的元刻本则多达12种。可见李、杜诗集,尤其是杜甫诗集是元人整理刊刻的重点对象。现对其中最有特色的版本加以考述。

(一)元初翻刻宋版杜诗注本

宋人在杜诗的注释方面取得了很大成就,影响较大的有赵次公、鲁訔、曾噩、黄鹤、蔡梦弼等人的注本,宋代书坊将各家注本汇集在一起,标榜百家、千家等名目,以满足市场需求。元初至元、大德年间,图书市场流通的杜诗注本以翻刻宋版为主。由于时代较近,翻刻较多、对后世影响较大的主要是黄鹤补注本和蔡梦弼笺注本。

黄鹤注本题《黄氏补千家集注杜工部诗史》,三十六卷,宋代初刻本已佚。原《"国立中央图书馆"宋本图录》、昌彼得《台湾公藏宋元本书目》等著录有宋嘉定十五年(1222)建安坊刻本,但台湾《"国家图书馆"善本书志初稿》著录为元至元十九年建刻本,仅存残卷九卷(含目录一卷、卷四至卷七、卷十三、卷二十一至二十三),目录后有牌记:"书肆所刊诗集甚多,而工部诗史尚缺。本堂因得公库善本,详加校正。岁在辛巳之季,令工绣梓,文成乃壬午之春节。因书以记岁月云。"[25]此处之壬午年,可能指涉宋嘉定十五年、元至元十九年(1282)、至正二年(1342)三个年份,以至元十九年的可能性最大,理由如下:首先,黄鹤注本虽编成于嘉定九年(1216),然宝庆二年(1226)春夏之际才请友人董居谊作序、吴文作跋,且序跋中皆未提及刊版之事,则此书之初刻,可能在宝庆二年之后。但牌记中明确说:"本堂因得公库善本,详加校正",说明此本并非初刻本,而是据公库藏本重刻。很难想象,此书在作者请人作序之前已经有两个版本流传于世,并被公库收藏。其次,傅增湘曾在1939年经眼现藏于台湾"国家图书馆"的残本,当时所见比今本多卷十四、十五、二十等三卷,傅增湘的鉴定意见是:"刊印虽精,而气味殊薄,且宋讳不避,恐为元初所覆也。"[26]而至元二十四年(1287)武夷詹光祖月崖书堂刻本避宋讳,故《宝礼堂宋本书录》等误以为是宋本[27]。如果嘉定十五年原刻本不避宋讳,而元刻本反而避宋讳,这实在是不可思议的事情。再次,如果此处之壬午是指至正二年,那么,既然有至元二十四年武夷詹光祖刻本的存在,牌记中"书肆所刊诗集甚多,而工部诗史尚缺"的说法就难以成立。因此,台图藏本应当是至元十九年刻本。其时距宋亡只有两年,经历了宋元易代之际的战乱,书籍多有缺佚,此时率先重刻《黄氏补千家集注杜工部诗史》,正是书肆的明智选择。五年之后,武夷詹光祖月崖书堂又重刻宋本,与至元十九年刻本相比，虽然版式行款相同，字迹也相似，但月崖书堂本的刊刻质量明显高于此本：除遵照宋本避宋讳外，正文中的注者姓氏皆用醒目的阴文刊刻，方便读者阅读。

蔡梦弼笺注本《杜工部草堂诗笺》，因《古逸丛书》翻刻宋本而为学术界所熟知。但宋嘉泰、开禧间建阳刻本的行款是每半叶十一行十九字，《古逸丛书》本行款为每半叶十二行二十字，与元大德间桂轩陈氏重刊本同。傅增湘曾比较《古逸丛书》本与宋刻五十卷本的四大差异：（一）宋刻原为五十卷，《古逸》本为四十卷，别出《补遗》十卷；（二）《古逸》本自卷十九以后颠倒混淆，不可致诘；（三）宋刻本每标签题"杜工部草堂诗笺"，《古逸》本于书名或加"增修"、或加"集注"，或改题"黄氏集千家注杜工部"，歧见杂出；（四）《古逸》本卷七第十二叶、卷十第十叶、卷十二第七叶、十叶，其注文无一字与宋刻本相同，可能是宋刻阙叶，后人强行衔接；此外，文字讹误多达数千处[28]。这些差异同样适用于大德桂轩陈氏刊本。黎庶昌在刊刻跋语中称所得底本为南宋刻本，然其底本下落不明，且存世宋刻十二行本见于著录的只有北京大学图书馆和杜甫草堂博物馆藏残本。由于元代重刊本也避宋讳，因此，不排除二本是元刻本的可能性。北京大学图书馆藏有宋刻十一本和十二行本各一部，皆为李盛铎旧藏，十二行本残存三十九卷（一至十八、二十至四十），《中国古籍善本书目》著录为元刻本[29]，其说可从。

大德桂轩陈氏刊本《杜工部草堂诗笺》四十卷、《目录》一卷、《外集》一卷、《诗史补遗》十卷、《年谱》二卷、《传序碑铭》一卷、《诗话》二卷，除北大藏本外，存世元刻本有六部，以上海图书馆藏本最为完整，曾经明代藏书家朱承爵旧藏，《中华再造善本》即据此本影印。该本与日本公文书馆藏大德间桂轩陈氏刊本为同版，但目录后的"桂轩陈氏大德重刊"牌记被挖去，大概是书商想以之冒充宋刻本。公文书馆藏本虽印刷较早，但残阙《外集》一卷、《诗史补遗》十卷、《传序碑铭》一卷、《诗话》二卷。此外，中国国家图书馆藏有《外集》一卷、《诗史补遗》十卷，台图残存九卷（卷一至三、卷九至十四），香港大学图书馆藏有《杜工部草堂诗话》二卷、《传序碑铭》一卷，奎章阁韩国学研究所藏有零本二册。

（二）建安余志安勤有堂刻李、杜诗集

建安余氏勤有堂是活跃于宋元之际的书坊，在元代刊刻了大量典籍。至大、皇庆年间，余志安勤有堂先后刊刻了《分类补注李太白诗》和《集千家注分类杜工部诗》，卷数都是二十五卷，行款均为每半叶十二行二十字、小字双行二十六字、黑口、四周双边，大概是想将李、杜二大家之集作为整体推向市场，故卷数、字体、版式等保持高度一致。前者刻于至大三年至四年，板片曾经明代修补，故存世数量多达二三十部；后者刻于皇庆元年，目前见于著录的有六部。

《分类补注李太白诗》二十五卷，元代通行的是宋杨齐贤集注、元萧士赟补注本，卷首有至元二十八年（1291）萧士赟《序例》。萧士赟是宋末江西诗人萧立（号冰崖）之子，故序后镌刻"冰崖后人"印章。他有感于"古今注杜诗者号千家，注李诗者曾不一二见，非诗家一欠事欤"，故专意于李白诗之诵习，后来得见杨齐贤注本，"惜其博而不能约，至取唐广德以后事及宋儒记录诗词为祖，甚而并杜注内伪作苏东坡笺事已经益守郭知达删去者亦引用焉，因取其本类此者为之节文，择其善者存之，注所未尽者，以予所知附其后，混为一注。全集有赋八篇，子见本无注，此则并注之，标其目曰《分类补注李太白集》"[30]。注成之后，很快就锓梓传世，但初刻本已不见于著录，存世版本以余氏勤有堂刻本为最早，且流传至今的多为元刻明修本，故传本颇夥。该本卷首依次为《序例》《目录》以及旧序，目录后有"建安余氏勤有堂刊"篆书长方牌记，目录末叶版心记"至大辛亥三月刊"[31]，卷二十五后有"至大庚戌余志安刻于勤有书室"一行。庚戌、辛亥分别为至大三年、四年，一年之后，勤有堂紧接着又刊刻了杜甫诗集。

《集千家注分类杜工部诗》二十五卷，是余氏勤有堂在宋人黄鹤补注的基础上重新编次而成。《天禄琳琅书目》著录此书牌记为："《门类目录》后有'皇庆壬子'钟式木记、'勤有堂'、炉式木记，《传序碑铭》后有'建安余氏勤有堂刊'篆书木记，诗题目录及卷二十五后皆别行刊'皇庆壬子余志安刊于勤有堂'。"[32]此书卷首亦有《传序碑铭》一卷、《注杜诗姓氏》一卷、《年谱》一卷，与黄鹤补注本《黄氏补千家注纪年杜工部诗史》同。然《诗史》为三十六卷，勤有堂本为与《分类补注李太白诗》卷数相同而改为二十五卷；《诗史》卷首的《集注杜工部诗姓氏》始于唐韩愈、元稹，终于谢良佐、谢逸，勤有堂本起始姓氏相同，终于文天祥、谢枋得、刘辰翁，且在唐贤、宋贤之后，于刘辰翁名氏之上标注"时贤"，说明经过元人重编；《诗史》以编年为序，勤有堂本按题材分类编排。勤有堂本存世尚有六部，分别藏于南京图书馆、杜甫草堂（二部）、台北故宫博物院（二部）、东洋文库。

（三）至正间潘屏山圭山书院、积庆堂翻刻杜诗

皇庆元年建安余志安勤有堂刊刻《集千家注分类杜工部诗》问世后，至正年间，潘屏山圭山书院、积庆堂进行翻刻，版式行款完全相同，皆为每半页十二行二十字、小字双行二十六字、黑口、四周双边。潘屏山刻本有圭山书院、积庆堂牌记，书版后为叶氏广勤堂所有，故不少图书馆又著录为叶氏广勤堂刻本。但圭山书院刻本、积庆堂刻本、广勤堂刻本"其实都是同一版片生出的不同名目"[33]。因此，有关该书版本的著录颇为复杂和混乱，需要加以梳理。

首先，《铁琴铜剑楼藏书目录》著录元刊本《集千家注分类杜工部诗》二十五卷附《文集》二卷、《年谱》一卷云："此即皇庆元年余氏勤有堂刊本，后广勤书堂得其板，附以《文集》二卷，故所刊字迹迥异。而《目录》后及卷二十五末叶，原有'皇庆壬子余志安刊于勤有堂'一条，亦已铲去不存。"[34]据此，瞿氏认为广勤书堂得到的书板就是余氏勤有堂刻本，即广勤书堂刻本为余氏勤有堂刻本的后印本。这一说法是错误的，将余氏勤有堂刻本与广勤堂本进行对比，可以发现二者的版式行款完全相同，字体也非常接近，但细玩其字体刀法，仍有细微的差异，且勤有堂刻本注文笔划稍粗，端庄精整，而广勤堂本笔划纤细，文弱乏力，可证二者不是同一书版。

其次，关于刊刻牌记。上海图书馆藏潘屏山刻本《集千家注杜工部诗门类》后有"至正戊子"钟型牌记、"积庆堂"鼎型牌记，而广勤堂本将"至正戊子"改为"三峰书舍"、将"积庆堂"改为"广勤堂"；潘屏山本目录后有"至正丁亥潘屏山刊于圭山书院"题记，广勤堂刊本有铲削痕迹[35]。皕宋楼藏本序第十六页"杨蟠《观子美画像》诗后有'积庆堂刊本'印，是页板心有'至正戊子二月印'一条"[36]，台湾傅斯年图书馆藏本与之相同，而日本国立公文书馆内阁文库藏本挖改为"广勤书堂新刊"长方牌记。

再次，关于刊刻时间。马旭认为广勤堂本在前而积庆堂本在后[37]，但根据牌记，潘屏山

圭山书院与积庆堂本的刊刻时间是在至正七年丁亥至八年戊子。而广勤堂本的刊刻时间，杨绍和认为："卷之二十五后有'壬寅年孟春广勤堂新刊'一行。按：元有两壬寅，一大德六年，一至正二十二年，此不知为大德、为至正也。"[38]如上所述，既然广勤堂本是据皇庆年间勤有堂本翻刻的，此壬寅就应当是至正二十二年[39]，甚至可能已经入明，因为广勤堂的刻书事业在明代还延续了相当长的时间[40]。

再次，至正十一年潘宅积庆堂还曾翻刻《集千家注批点杜工部诗集》二十卷《文集》二卷附《年谱》一卷，元刻本在国内已无传本，而日本著录有四部。考日本大谷大学附属图书馆藏有五山版，是据元刊本覆刻，曾为神田喜一郎旧藏[41]。故日本藏本哪些是元刻本，哪些是五山版，还须逐一经眼后加以考证。

《集千家注批点杜工部诗集》题高楚芳编、刘辰翁评点，是元代最为流行的杜诗版本。卷首有元大德七年癸卯（1303）刘将孙序，刘将孙还曾为高楚芳撰写《墓志铭》："芳所名崇兰，字楚芳……方聚佳士校《杜诗注》刻本，如日课，其所尚固然……里名辈困乏，时而周之。"[42]可知高楚芳家境较富裕，故能够编校刊刻杜诗注本。今台北故宫博物院藏元刊本目录后有"云衢会文堂/戊申孟冬刊"牌记，只用干支纪年，未署年号。考元代有二个戊申年，一为至大元年戊申（1308），一为至正二十八年戊申（1368）。《日藏汉籍善本书录》著录日本天理图书馆、京都大学附属图书馆藏本作至正二十八年云衢会文堂刊本[43]；然傅增湘经眼本著录为至大元年[44]，今藏成都杜甫草堂博物馆。考刘将孙序作于大德七年，下距至大元年戊申只有五年，且高楚芳卒于是年，故此集刊刻于至大元年的可能性最大，应当是高楚芳编校本的最早刻本。云衢会文堂本行款为十四行二十四字至二十六字不等。此外又有元刻十三行本、十二行本，十二行本又有十二行二十四字、十二行二十二字两种版本。可见此书在元代屡经翻刻，潘宅积庆堂自然也不例外，在至正七年翻刻二十五卷本后，仅隔三年又翻刻此二十卷本。

（四）范德机批选李、杜诗集

台湾"国家图书馆"藏有元刊本《李翰林诗范德机批选》四卷，又有《杜工部诗范德机批选》六卷，行款皆为十一行二十二字、黑口、四周单边、双鱼尾，应当是同时所刻。范德机即范梈，为"元诗四大家"之一，在元代诗坛享有盛誉。二书卷端题"高密郑鼐编次"，并镌刻"郑氏鼎夫"白文方印，卷末皆有郑鼐跋，惜有残阙。郑鼐生平事迹不可考，《杜工部诗范德机批选》卷首虞集序称"豫章郑鼐鼎夫"，则实为江西南昌人，高密盖为其郡望。虞序又称郑鼐"承德机之教"、"尝为校官"，可知其为范德机弟子，又曾任学官，故有是编之刻。虞集序末镌刻"虞伯生印"、"虞雍公世家"二方印章，似据虞集手书墨迹上版。如果虞序可靠，则此集之编刻当在至正八年（1348）虞集去世之前。以上二书皆见于弘治年间编刊的《建阳县志续集》著录[45]，可知是建阳书坊所刻。清华大学图书馆藏《李翰林诗范德机批选》著录为"明嘉靖间郑鼐刻本"[46]，则似乎误以郑鼐为明人。又，《天一阁书目》著录《范德机批选李翰林诗》四卷："先刻《范选杜诗》已，读者便之，因复取《范批选李集》并锓诸梓。旧编皆以乐府、歌行编类为次第，今则以五七言长短句为之纲，诸体以次刻焉。宝应元年李阳冰序。"[47]可知杜诗刊刻在前，李诗刊刻在后。《范选李诗》今不见于天一阁博物馆著录，但该馆现存元刻本《杜工部诗千家注》六卷，题元范梈批选，仅存卷三至五，十二行二十字、白口、左右双边[48],与台图藏本行款不同,是否为元刻本,疑不能明,尚待进一步考证。

范批杜诗按文体分类,每类之下再据黄鹤编年,选录作品311首,有效仿《三百篇》之意;范批李诗先按题材分类,题材下再细分文体。二书皆有圈点符号,又有范梈批语,张健《元代诗法校考》从中辑录杜诗批语21题、李诗批语19题,认为是研究范梈诗学思想的真实资料[49]。范梈批语在明代影响较大,高棅《唐诗品汇》多有征引。但范梈批语的真实性,元末明初诗人周霆震曾表示质疑:"近时谈者尚异,糠秕前闻,或冠以虞邵庵之序而名《唐音》,有所谓始音、正音、遗响者,孟郊、贾岛、姚合、李贺诸家悉在所黜;或托范德机之名选《少陵集》,止取三百十一篇,以求合于夫子删诗之教。一唱群和,梓本散行,贤不肖靡然师宗,以为圣人复起,殆不可易。余何人也,而敢与之言哉!"[50]周霆震认为《唐音》卷首的虞集序和《杜工部诗选》托名范德机都是元人伪造,但根据虞集本人在《道园天藻诗稿序》中所述:"近日襄城杨士弘伯谦,雅好吟咏,有得于魏晋至唐词人体制音律之善,取盛唐合作,录为《唐音》。"[51]可知《唐音》虞序并非伪托,则《范诗杜选》伪托之说亦属孤证,难以令人信服。即使不是范梈本人编选,也可能是其弟子郑鼐根据范梈平日讲学或手批本编录而成,建阳书坊看重范梈的名声,故标榜以牟利。因此,其中的范梈批点未必全出于伪托。明初文坛领袖杨士奇曾予以表彰:"盖世之选李、杜者,范德机为精云。"[52]可见范选李、杜诗集虽为坊刻,也是有其可取之处的。

三、刘辰翁批点唐人诗集的刊刻与畅销

宋末元初的刘辰翁,是中国诗歌评点史上的第一位大家,几乎遍评唐、宋名家之作[53]。刘辰翁评点诗歌的目的,已经脱离了科举的功利性,从"为人"转而"为己",更倾向于"自得其乐",藉评点以寄情志,并用来指导子孙及门人的诗歌写作[54],因而在元代很受欢迎。元人程钜夫说:"自刘会孟尽发古诗人之秘,江西诗为之一变,今三十年矣。"[55]欧阳玄也说:"宋末,须溪刘会孟出于庐陵。适科目废,士子专意学诗。会孟点校诸家甚精,而自作多奇崛,众翕然宗之,于是诗又一变矣。"[56]元代诗法著述《诗法正论》引用揭傒斯之语曰:"近年诗流,善评者无如刘会孟,能赋者仅见范德机。"[57]在刘辰翁的影响下,元代盛行唐风,经他评点的的唐人诗集,成为元人的畅销读物,对元代诗学产生了巨大的影响。

在唐人诗集中,刘辰翁最先评点的是李贺诗。据刘辰翁之子刘将孙记载:"先君子须溪先生于评诸家诗,最先长吉。盖乙亥辟地山中,无以纾思寄怀,始有意留眼目,开后来。自长吉而后,及于诸家。尚恨书本白地狭,旁注不尽意开示其微,使览者隔反神悟,不能细论也。自是传本四出,近年乃无不知读长吉诗,效昌谷体,然类辗转讹脱。剑江王庭光笃好雅尚,取善本校而刻之,寄声庐陵,俾识其端。"[58]乙亥为宋德祐元年、元至元十二年(1275),是刘辰翁评点唐诗之始,次年临安沦陷,则此集之刊刻,当在入元之后。《涵芬楼烬余书录》著录明弘治刊本《锦囊集·外集》后有牌记:"《李长吉诗》,旧藏京本、蜀本、会稽本、宣城本,互有得失,独上党鲍氏本诠次为胜。今定以鲍本而参以诸家。笺注则得之临川吴西泉,批点则得之须溪先生,与[兴]观评论并附其中。斋居暇日,会梓入梓,庶几观者了然在目。至元丁丑二月朔日复古堂识。"[59]考元代有两个至元年号,一为至元十四年(1277),一为后至元三年

(1337)，《蒙元版刻综录》著录为至元十四年[60]，叶德辉《书林清话》定为后至元三年[61]。前者距刘辰翁批点时间只有二年，且南人尚多使用景炎年号，故此时刊刻的可能性较小，当以后至元三年为是。复古堂本所用笺注出自吴西泉，今台湾"国家图书馆"藏元建刊袖珍本《唐李长吉歌诗》四卷《外卷》一卷，卷端题"西泉吴正子笺注、须溪刘辰翁评点"，可知与复古堂刊本同源，只是不知何者在前、何者在后。建刊袖珍本每半页八行十八字、细黑口、四周双边、双鱼尾，刻印俱佳，是元代坊刻袖珍本的代表。

评点完李贺诗集后，刘辰翁紧接着评点的是韦应物诗和孟浩然诗。元刻本《须溪先生校本韦苏州集》十卷《拾遗》一卷，今存三部，分藏于南京图书馆、天津图书馆和杨氏枫江书屋。《拾遗》卷末有德祐元年（1275）刘辰翁跋："韦应物居官自愧，闵闵有恤人之心，其诗如深山采药，饮泉坐石，日晏忘归；孟浩然如访梅问柳，偏入幽寺。二人趣意相似，然入处不同，韦诗润者如石，孟诗如雪，虽淡无采色，不免有轻盈之意。德祐初初秋看二集并记。须溪。"[62]可知刘辰翁在同一年之中先后批点李贺、韦应物、孟浩然三种唐人诗集。但韦集之刊刻迟至至元二十四年丁亥（1287），由于康绍宗要刊刻此书，刘辰翁继德祐元年撰写题跋之后，又为其作序："丁亥正月，为康绍宗刻此本，复书其后。"[63]据此，元刻本的版本可定为至元二十四年康绍宗刻本。拾遗卷末有"孟浩然诗/陆续刊行"刊语二行，知《须溪先生校本孟浩然诗》刊刻于此年之后。刘批孟诗的元刻本，清嘉庆年间尚存，黄丕烈藏有宋蜀刻本《孟浩然诗集》三卷，曾以之"校元刻《须溪先生批点孟集》，乃知辰翁强分门类，遂致全篇或脱或衍，字句间更不足言矣"[64]。黄氏旧藏本未见传世，上海图书馆藏明活字印本《须溪先生批点孟浩然集》三卷，应当是据元刻本翻印。但元刻本一般题"须溪先生校本"，此本改为"须溪先生批点"，可能已非元刻本原貌。

存世的刘辰翁批点唐人诗集尚有元刻本《须溪先生校本唐王右丞集》六卷，现存二部，分藏国家图书馆和日本静嘉堂文库。国图藏本有《四部丛刊初编》和《中华再造善本》影印本，流传颇广。行款与《须溪先生校本韦苏州集》不同，为每半页八行二十字、细黑口、左右双边、双黑鱼尾。卷中批语较少，以圈点为主，很多作品连圈点都没有，可能是书坊为了射利，辗转翻刻，遂失其真。至于刘辰翁批点杜诗，因与千家注合刻，详见上文，此不赘述。

结　语

元人整理刊刻唐人诗集的贡献，虽然无法与宋代和明清媲美，但仍然具有鲜明的特色，表现在以下三方面。首先，从刊刻途径来看，元刻本唐人诗集以坊刻本为主体，所刻数量不少于20种，且集中在福建和江西地区。而家刻本仅有李频、陆龟蒙、皮日休等人的后裔在元代为其先祖整理刊刻遗著。可见商业出版是唐人诗集在元代刊刻与流通的主要途径。其次，从选题对象来看，元刻本唐人诗集的作者非常集中，主要涉及李、杜、韩、柳、李贺、许浑等六家，数量多达26种，约占元刻本唐人诗集总量的79%。而所刻各家诗集的版本也相对集中，如李白诗集的通行本是杨齐贤集注、萧士赟补注的《分类补注李太白诗》二十五卷，杜甫诗集的通行本是托名宋代徐居仁编次、黄鹤补注的《集千家注分类杜工部诗》二十五卷或高崇兰编、刘辰翁批点的《集千家注批点杜工部诗集》二十卷，韩愈诗文集的通行本是《朱文公校昌黎先生文集》四十卷,柳宗元诗文集的通行本是《增广注释音辩唐柳先生集》四十三卷。这些诗集都是一版再版,版印情况极为复杂,与宋末刻本和明初刻本容易混淆,尚待细致梳理和研究。再次,刘辰翁评点本唐人诗集在元代图书市场很受欢迎。经刘辰翁批点的唐人诗集主要有李贺、王维、韦应物、孟浩然等数家,被书坊不断翻刻,流通较广,影响颇大。查洪德认为"元人主导性的诗风追求是清和(清、和)、恬淡、平易"[65],这恐怕与元代王孟韦柳一派诗集的流行不无关系。因此,全面考察元人整理刊刻唐人诗集的基本情况,不仅有助于加深我们对元代唐诗学的了解,也有助于研究由此形成的元代诗歌特色。

注 释:

* 本文系教育部人文社会科学一般项目"书棚本唐宋诗集编刻流传研究"(18YJA751024)、四川大学中国语言文学与中华文化全球传播学科群建设专项经费"中青年学者成长基金"(XKQZQN04)项目。

[1] 有关宋人对唐人诗集的整理刊刻情况,可参曹之《宋代整理唐集考略》,《古籍整理研究学刊》1997年第1期,第13—18页;刘华天《宋代传播唐人别集研究——以宋人对唐人别集的整理出版为考察对象》,湖北大学2009年硕士论文,第19—24页;陈伯海主编《唐诗学史稿》(增订本)第二章第一节之"唐人别集的辑佚与校刊",上海古籍出版社2016年版,第176—180页;樊昕《唐人文集宋代生存状况研究》附录一《宋人制作唐集编年》,扬州大学2014年博士论文,第216—232页。

[2] 罗鹭《书棚本唐人小集综考》,《国学研究》第三十三卷,北京大学出版社2014年版,第311—336页。

[3] 吴师道《吴礼部诗话》,《历代诗话续编》,中华书局1983年版,第612页。

[4][39] 万曼《唐集叙录》,中华书局1980年版,第26、124页。

[5][7][9][60] 潘国允、赵坤娟《蒙元版刻综录》,内蒙古大学出版社1996年版,第79、140、213—214、147页。

[6] 叶德辉撰,杨洪升点校《郎园读书志》卷七,《中国历代书目题跋丛书》第三辑,上海古籍出版社2010年版,第334页。

[8] 韩国藩修,侯裒纂《(万历)邵武府志》卷二二、二七《官师志》,明万历四十七年(1619)刻本。

[10] 陈伯海、朱易安《唐诗书目总录(增订本)》,上海古籍出版社2015年版,第389页。

[11] 本文调查元刻本唐人诗集的书目出处,主要依据《中国古籍善本书目》(集部),上海古籍出版社1998年版;《国家图书馆宋元善本图录》,浙江古籍出版社2019年版;阿部隆一《(增订)中国访书志》,日本东京汲古书院1983年版;《"国立中央图书馆"善本书目》,台北中华丛书委员会1958年版;《"国立"故宫博物院善本旧籍总目》,台北故宫博物院1983年版;严绍璗《日藏汉籍善本书录》,中华书局2007年版;《静嘉堂文库宋元版图录》,日本东京汲古书院1992年版;《宫内省图书寮汉籍善本书目》,日本昭和六年(1931)东京筑地活版制造所印本;全寅初《韩国所藏中国汉籍总目》,韩国学古房2005年版;曹亦冰、卢伟主编《美国图书馆藏宋元版汉籍图录》,中华书局2015年版等。未见于上述诸书的是利用了相关馆藏书目或网络书目数据库。

[12][62][63] 刘辰翁评点《须溪先生校本韦苏州集》卷末拾遗、拾遗、卷首,《中华再造善本》,北京图书馆出版社2006年影印元刻本。

[13][64] 顾广圻撰,黄丕烈注《百宋一廛赋》,《顾千里集》卷一,中华书局2007年版,第13页。

[14] 郭立暄《中国古籍原刻翻刻与初印后印研究(通论编)》,中西书局2015年版,第61页。

[15] 刘辰翁评点《集千家注批点杜工部诗集》卷首,日本国立国会图书馆藏元刊本。

[16] 曾祥波《宋元"集注批点杜集"成书及其价值发微》,《文献》2021年第2期,第68页。

〔17〕〔26〕〔44〕 傅增湘《藏园群书经眼录》,中华书局1983年版,第1033—1034、1030、1031页。

〔18〕〔59〕 张元济《涵芬楼烬余书录》,《张元济全集》第8卷,商务印书馆2009年版,第379、385页。

〔19〕 台北故宫博物院著录为宋宝庆二年刻本,据丁延峰考证,实为元詹光祖刻本。参见丁延峰《存世杜集宋刻本辑录》,《古籍文献丛考》,黄山书社2012年版,第58页。

〔20〕〔51〕 王颋点校《虞集全集》,天津古籍出版社2007年版,第488、511页。

〔21〕 刘将孙《刻长吉诗序》,《全元文》第20册,凤凰出版社2004年版,第146页。

〔22〕 钱曾《读书敏求记》卷四,书目文献出版社1984年版,第134页。

〔23〕〔36〕 陆心源《皕宋楼藏书志》卷七一,《续修四库全书》第929册,上海古籍出版社2002年版,第123、94页。

〔24〕 罗隐《谗书》卷首,国家图书馆藏明抄本。

〔25〕 丁延峰《存世杜集宋刻本辑录》,第58、62页。

〔27〕 潘宗周编,柳向春标点《宝礼堂宋本书录》,《中国历代书目题跋丛书》第二辑,上海古籍出版社2007年版,第280—281页。

〔28〕 傅增湘《藏园群书题记》卷一一《校宋残本杜工部草堂诗笺跋》,上海古籍出版社1989年版,第588页。

〔29〕 《中国古籍善本书目》集部,上海古籍出版社1996年版,第67—68页。

〔30〕 杨齐贤集注,萧士赟补注《分类补注李太白诗》卷首《序例》,《中华再造善本》影印元建安余氏勤有堂刻本,北京图书馆出版社2003年版。

〔31〕 丁丙《善本书室藏书志》卷二四,《续修四库全书》第927册,上海古籍出版社2002年版,第437页。

〔32〕 于敏中编《天禄琳琅书目》卷六,《清人书目题跋丛刊》第十册,中华书局1995年版,第120页。

〔33〕 陈正宏、梁颖《古籍印本鉴定概说》,上海辞书出版社2005年版,第163页。

〔34〕 瞿镛《铁琴铜剑楼藏书目录》卷一九,《续修四库全书》第926册,第312页。

〔35〕 陈正宏、梁颖《古籍印本鉴定概说》,第162—163页;郭立暄《中国古籍原刻翻刻与初印后印研究》(图版编·通论),第136—138页。

〔37〕 马旭《〈集千家注分类杜工部诗〉作者及版本源流考》,《古籍整理研究学刊》2020年第4期,第29页。

〔38〕 杨绍和《楹书隅录》卷四,《续修四库全书》第926册,第672页。

〔40〕〔61〕 叶德辉《书林清话》卷四"元建安叶氏刻书"条,辽宁教育出版社1998年版,第94、84页。

〔41〕 平野显照《大谷大学所藏五山版诸本について》,联合报文化基金会国学文献馆编《第一届中国域外汉籍国际学术会议论文集》,台北联合报文化基金会国学文献馆1987年版,第591页。按:大谷大学所藏五山版在严绍璗《日藏汉籍善本书录》(中华书局2007年版,第1440页)中被直接著录为至正十一年潘宅积庆堂刻本,误。

〔42〕 刘将孙《高楚芳墓志铭》,《全元文》第20册,第460页。

〔43〕 严绍璗《日藏汉籍善本书录》,第1441页。

〔45〕 赵文修、袁铦续修《(景泰)建阳县志续集》,明弘治十七年刻本。

〔46〕 清华大学图书馆编《清华大学图书馆藏善本书目》,清华大学出版社2003年版,第275页。

〔47〕 范邦甸等撰,江曦、李婧点校《天一阁书目》,《中国历代书目题跋丛书》第三辑,上海古籍出版社2010年版,第530页。

〔48〕 翁连溪编校《中国古籍善本总目》,线装书局2005年版,第1189页。

25

〔49〕〔57〕 张健《元代诗法校考》，北京大学出版社2001年版，第441—449、238—239页。

〔50〕 周霆震《张梅间诗序》，《全元文》第39册，第149—150页。

〔52〕 杨士奇《东里续集》卷一九《李诗（题跋）》，《景印文渊阁四库全书》第1238册，台北：商务印书馆1986年版，第615页。

〔53〕 吴承学《评点之兴——文学评点的形成和南宋的诗文评点》，《文学评论》1995年第1期，第30页。

〔54〕 张静、焦彤《论刘辰翁的评点目的》，《中州学刊》2006年第5期，第247—248页。

〔55〕 程钜夫《严元德诗序》，《全元文》第16册，第150页。

〔56〕 欧阳玄《罗舜美诗序》，《全元文》第34册，第445页。

〔58〕 刘将孙《刻长吉诗序》，《全元文》第20册，第146页。

〔65〕 查洪德《元代诗学通论》，北京大学出版社2014年版，第273—2274页。

〔作者简介〕 罗鹭，1981年生，文学博士，四川大学中国俗文化研究所、文学与新闻学院副教授，主要研究元诗文献、元代诗学。

"中国诗歌研究史"丛书

（左东岭主编，人民文学出版社2020年4月版，共9卷）

"中国诗歌研究史"丛书由左东岭主编，由李炳海、赵敏俐、钱志熙、吴相洲、王培友、查洪德、左东岭、王小舒、梁庭望等共同撰写的学术史著作，系统地反思了20世纪中国先秦诗歌研究、汉代诗歌研究、魏晋南北朝诗歌研究、隋唐五代诗歌研究、宋代诗歌研究、金元诗歌研究、明代诗歌研究、清代诗歌研究、少数民族诗歌研究的理论方法、学术贡献和经验教训。丛书不仅系统地总结了20世纪中国诗歌研究的优劣得失，而且指出了未来中国诗歌研究的新的增长点，是一套具有重要参考价值的学术史著作。该丛书是首都师范大学教育部重点人文社会科学研究基地重点项目成果，与已出版的"中国诗歌通史"丛书（人民文学出版社2012年出版）和即将出版的"中国诗歌研究资料汇编"丛书相辅相成。

新见国图藏稿本《吉祥止止轩诗话》考述

郝 腾

《六红诗话》为清嘉庆时期吕善报所著诗话,记载乾嘉诗坛名流和越中本土诗人甚多,持论平正,"纪事录诗亦皆精审,非泛泛者可比"[1]。对研究长期以来为学界所忽视的越中诗学以及乾隆性灵诗学向近代宋诗运动转变有着重要意义。国家图书馆藏清代吕善报《吉祥止止轩诗话》稿本,历来罕见著录,《中国古籍总目》未收,蒋寅《清诗话考》、张寅彭《新订清人诗学书目》、吴宏一《清代诗话知见录》等诗话目录也都失收。经过笔者比较可以确认,《吉祥止止轩诗话》是吕善报诗话著作《六红诗话》的早期稿本,《六红诗话》由《吉祥止止轩诗话》删削增订改动而来。作为清代乾嘉时期的重要诗学文献,《吉祥止止轩诗话》有着多方面的价值,值得关注和利用。

一、《吉祥止止轩诗话》稿本述略

吕善报(1772—?),字玖芸,一字珊音,号诗憨,晚号鹿虹,又作六红,浙江山阴人。曾祖吕基茂以恩贡仕至广州知府[2],父畅亭公,诗学白居易,为湖北黄安县尉[3],与两任河南巡抚何煟、何裕城父子为姑表之亲。[4]生于何煟河南抚署[5],后佐其中表何裕城幕府,游历颇广,一生八应浙江乡试而不报。平生有意辑录时人诗作,编有《国朝涵今集》、《窥斑集》等,著有《九芸诗略》、《六红诗话》[6],欲与王士禛、沈德潜、袁枚二家诗话争胜。[7]太平天国战乱后,遗稿散佚,只有《六红诗话》四卷通行于世。[8]

国家图书馆藏《吉祥止止轩诗话》,共计三册六卷,誊清稿本,全书无框格界栏,无叶次。正文以墨笔正楷书写,每半叶八行,行十八字,整齐清晰,书内有少量删改,以墨笔小字书于原文右侧。首叶题"吉祥止止轩诗话卷一",次行下题"山阴 吕善报玖芸著"。钤傅增湘"双鉴楼"和"会稽鲁氏贵读楼藏书印"两枚朱文藏印。《自序》末钤"善报"二字朱印。知此书经"会稽鲁氏贵读楼"及傅增湘收藏,卒入藏国家图书馆。然此本未见录于傅增湘《藏园群书经眼录》、《藏园订补邵亭知见传本书目》、《藏园群书题记》等,"会稽鲁氏贵读楼"亦暂未可考知为何人藏书楼。

卷首有作者《自序》云:

本文收稿日期:2021年6月18日

天既付我以口,则一切话皆可入话,而惟诗之是话,何哉?余未尝不欲与仕者话经济,与隐者话烟霞,与农圃话校雨量晴,与商贾话籴贱贩贵,顾性所不近,往往欲话辄止。夫磁石引针,琥珀拾芥,物之以气相感也。余虽不工诗,而最喜诗。诗即针也,诗即芥也。余亦何能辞磁石、琥珀而不为,而不一话夫诗耶?若曰穷愁著书,则余岂敢。嘉庆己巳重阳,珊音吕善报自题。

嘉庆己巳为嘉庆十四年(1809),即《吉祥止止轩诗话》稿本写成或始作的时间。此序与《六红诗话》自序极为相似,今存《六红诗话》为道光二十四年(1844)刻本,《六红诗话·自序》较《吉祥止止轩诗话·自序》多出"于吉祥止止轩"六字,又多出一首题词和一句小注,分别是"采采流水,寥寥长风。超心炼冶,蓄素守中。玖芸自题"和"甲戌冬仲诗憨第五次定本"。甲戌为嘉庆十九年(1814),吉祥止止轩为吕善报室名,珊音、玖芸为吕善报字,六红、诗憨为吕善报号。由此可以初步判定,《吉祥止止轩诗话》是早年稿本,历经五次删改后,增补改题《六红诗话》,成为定本。《六红诗话》定本于嘉庆十九年,直到道光二十四年,才由其子吕菘扉刊刻完成。

二、《吉祥止止轩诗话》与《六红诗话》的异同

如前文所述,《吉祥止止轩诗话》和《六红诗话》的自序极为相似,有着清晰的传承关系,但要考证二者关系,除《自序》之外,还要考察二本的册数和条目次序。

《吉祥止止轩诗话》稿本共六卷,经过查检,每册二卷,共三册(国图网站显示为4册)。《六红诗话》道光刻本有四卷,共四册。《六红诗话》共319则,据蒋寅统计:"卷一七十八则,卷二七十九则,卷三八十一则,卷四八十一则。"[9]据笔者统计,《吉祥止止轩诗话》共346则,卷一59则,卷二40则,卷三56则,卷四70则,卷五63则,卷六58则。经过对比,有81则为《吉祥止止轩诗话》所有而《六红诗话》所无,54则为《六红诗话》所有而《吉祥止止轩诗话》所无,两者差异竟至130余则之多。

与《吉祥止止轩诗话》相比,《六红诗话》约有十分之四的条目排序错杂混乱,这里面既有《六红诗话》经过五次增删变动导致错位的原因,也有卷数合并产生的混乱。为了避免卷数不同导致条目混乱的影响,集中选择《六红诗话》卷一的前五十九则,与《吉祥止止轩诗话》进行比较。如在《六红诗话》卷一第二十一则、二十二则分别是"郏县仝车同轨中康熙乙酉河南解元"(注:条目名截取每条开头句,下同)、"山阴何丹亭一桂不知何许人",《吉祥止止轩诗话》同卷在这两则中间比《六红诗话》多出了9则,分别是①"正是客心孤迥处"则、②"蕉心死后犹全掩"则、③"红桂飘香露玉清"则、④"东坡诗'春事阑珊芳草歇'"则、⑤"纪文达尚书昀《滦阳续录》"则、⑥"嵊县吴宗蓬明经"则、⑦"杨升庵《丹铅总录》"则、⑧"咏苔佳句甚少"则、⑨"余父执天长施孝廉"则。这9则全都见于《六红诗话》,其中第⑥⑦⑧⑨则基本顺序一致,位于"山阴何丹亭一桂不知何许人"则后面几则处,中间有新的条目插入。第②④⑤顺序一致,则更靠后,居于本卷靠近中间位置。第①则位于卷一第三的位置,第③则位于"郏县仝车同轨中康熙乙酉河南解元"则前两则处。通过与《吉祥止止轩诗话》的对比,同一卷的诗话条目在《六红诗话》里的次序改动可见一般,连续的九则被分拆成不同的位置。

如果同一卷诗话条目前后次序变化还不够大，那么还可以比较同一诗话条目在《六红诗话》和《吉祥止止轩诗话》中所处的位置，以见两种诗话的次序差异。如"山阴余杏林国琛世家子也"和"赵槐庭先生大奎，山阴之樗里人也"这两则在《六红诗话》处于卷一第三十、第三十一则的位置，而在《吉祥止止轩诗话》却位于卷二第四、第三则的位置。"有刘姓者，年十一，贫而慧，有神童之目"这一则在《六红诗话》里位于卷一第四十则的位置，在《吉祥止止轩诗话》中却处于卷二第三十三则的位置。"金人刘瞻'厨香炊豆角，井臭落春花'"这一则在《六红诗话》卷一第四十六则，在《吉祥止止轩诗话》中却是位于卷三第五十则。"西施苎萝村地属诸暨，二千年来绝无异说"这一则在《六红诗话》卷一第五十四则，在《吉祥止止轩诗话》中却位于卷三第五则。经过以上比较，同一诗话条目在两书中的次序差异可谓十分明显，这是由于作者多次增删改动后的结果，以至于比对十分困难。至于《六红诗话》卷一前五十九条之后的情况更加复杂，仅举一例，如《六红诗话》卷二的前两则分别为"扬楫过渭河，清流闻过奖"和"严海珊遂成《明史杂咏》"，这两则在《吉祥止止轩诗话》中却位于卷四第二和第一的位置，次序也相反。从诗话条目次序的巨大差异可以看出，《吉祥止止轩诗话》虽是《六红诗话》的早期稿本，但并不是其刊刻所依据的底本，吕善报自己也称"《六红诗话》费心裁"，"性懒增删已五回"[10]，前后改动差距如此之大，后来索性连书名都加以改变。

三、稿本《吉祥止止轩诗话》的文献学价值

《吉祥止止轩诗话》是《六红诗话》的早期形态，两者在内容上存在诸多不同，通过文本比勘，有助于了解吕善报诗话的早期面貌及删改、增补过程，具有丰富的文献学价值。

首先，还原历史现场。如《六红诗话》卷三"有某甲惑于狎邪之游"条，"有某甲"三字在《吉祥止止轩诗话》卷四作"有平某者"，因此条诗话言及同乡山阴平氏狎妓，极易产生纠纷，刊刻后则删除平某姓氏。又如《六红诗话》卷三"己巳腊月，于胡松坪大宇处见南丰熊司马某所撰《闻闻录》二卷"条[11]，此条讲张岱《快园道古》被熊氏《闻闻录》抄袭之事，但隐去熊氏之名，而《吉祥止止轩诗话》卷四则指出抄袭者为"熊励亭司马懋奖"。经过二本文本比勘，可以发现《吉祥止止轩诗话》稿本在一定程度上保留了吕善报诗话原貌，再现了历史真实，为推原本事提供了文献依据。

其次，可供文本校勘。《六红诗话》卷三"艮男又有《秋花杂咏》"条，《秋花杂咏》之题在《吉祥止止轩诗话》卷四此处题作"《秋花四十咏》"，考如皋黄理字艮男，黄理《黄氏随笔》嘉庆刻本中正有《秋花四十咏》一卷，知《吉祥止止轩诗话》"《秋花四十咏》"为是。《六红诗话》之"杂"，或为"四十"连写之讹。

第三，反映《诗话》的修改细节，丰富了《诗话》的内容。如《六红诗话》卷四"查伊璜名继佐"条："查伊璜名继佐，钮玉樵《觚剩》讹作'培继'，余前曾力辩其误。今阅张陶庵《快园道古》所载私史一事，伊璜自诉，非尽吴顺恪之营救。"[12]而《吉祥止止轩诗话》卷六在"伊璜自诉"处作："则伊璜名继佐更灼然无疑。至私史脱祸，亦由伊璜自诉。"此句前后文字更加连贯照应，而《六红诗话》则较简洁。再如《六红诗话》卷三"沈选《国朝诗别裁》"条：

> 沈选《国朝诗别裁》，例不录生者，而番禺何冕调孝廉絃教授惠阳，其人尚存，遽入其

诗,则误矣。顺德罗履先孝廉天尺因以诗调何云……后《别裁》经高庙钦定,何诗乃汰去。罗诗名《瘦晕山房集》,何诗名《嚻材草》,皆超拔可诵。[13]

而《吉祥止止轩诗话》卷五作:

> 沈选《国朝诗别裁》,例不录生者,而粤东何冕调教授惠阳,其人故存,遽入其诗,则误之甚也。罗履先因以诗调何曰……后《别裁》经高庙钦定,何诗乃汰去。履先名天尺,顺德人,乾隆戊午举人,著有《瘦晕山房集》,余曾录十余首,存《窥斑集》中。

从两段文字可以看出,《六红诗话》有着较为明显的修改润色的痕迹,从语句表达上更加精炼和准确。但《吉祥止止轩诗话》也提供了罗天尺的科第信息,以及罗氏诗歌被选录在吕善报所编《窥斑集》中的新内容,这对认识吕善报本人《诗话》创作的来源提供了一个清晰的视角,"收录时人诗帙,盈箱满笈,汇而选之,曰《涵今集》。复以其余,纂《六红诗话》四卷"[14],其《诗话》部分条目正是吕善报本人在编辑诗歌选集之余的产物,这对认识吕氏的诗话性质有着重要的意义。

除了条目语句的修改,还有许多用例的不同。如《六红诗话》卷三"咏古诗有以着议论为佳者"条举例作:"郑板桥燮《西楚》云:'新安竟忍坑秦卒,壩上焉能杀汉王?'"[15]而《吉祥止止轩诗话》卷四则为:"陶篁村元藻《留侯》云:'三寸舌谈真磊落,一编书授岂荒唐?'"《西楚》是郑板桥的咏史名作,颔联亦为全诗警句,用对比的手法表达了项羽的残暴不仁以及失败的必然性,而陶元藻《留侯》诗例仅对留侯张良神奇的黄石授书传闻进行质疑,表达效果一般。从越中地域诗人陶元藻换成扬州诗人郑板桥,这反映了吕善报取材用例范围扩大以及审美水平的提高。又《六红诗话》卷三"《清素堂集》,吴门石远梅钧所撰"条作:"五言如'月苦啼山鬼,霜严冻女萝'、'孤烟上疏木,旭日淡寒村'。"[16]《吉祥止止轩诗话》卷四此处的两诗例顺序前后相反,也反映了诗话修改痕迹。

用例中同样存在删削的情况,如《吉祥止止轩诗话》卷二"赵槐庭先生大奎"条诗例,"五言如'径开经树外,僧返碧云中'"句,即在《六红诗话》卷一被删除,此句模仿气浓重,新意不足,赵大奎是吕善报同乡诗人,为《六红诗话》跋文作者之一,这反映了吕善报精益求精的修改态度。至于人名和地名的同名异称现象更多,如"金陵"和"白下","袁简斋枚"和"袁子才枚"等,细微末节,不遑举例。

经过细致的文本比勘可知,稿本《吉祥止止轩诗话》提供了更丰富的历史本事,有着一定的校勘学价值,并为考察从稿本到刻本的删改润色提供了丰富的文献。

四、稿本《吉祥止止轩诗话》的编纂学价值

将《吉祥止止轩诗话》与《六红诗话》对读,对考察《六红诗话》的编撰体例有着重要的价值。吕善报在编撰《六红诗话》前,为编辑诗歌总集经历长期的资料储备,最早在乾隆五十六年(1791)开始整理资料,"余辛亥夏曾为(丁垶)删纂诗集"[17],前后编成《国朝涵今集》三集。[18]同乡赵大奎介绍诗话的编撰过程称:"(吕善报)尤耽于诗,兼志在阐幽明微,考证得失。收录时人诗帙,盈箱满笈,汇而选之,曰《涵今集》。复以其余,纂《六红诗话》四卷,单词

只义,无不采入,俾不至湮没。"[19]

基于编选总集撰写的诗话,在清代是一种重要的学术传统,如朱彝尊《静志居诗话》之于《明诗综》,沈德潜《说诗晬语》之于《古诗源》、《唐诗别裁集》等,王昶《蒲褐山房诗话》之《湖海诗传》,选诗与诗话相辅相成,王士禛更是选编数量众多的诗选,方有《渔洋诗话》。吕善报撰写诗话正是有着与王士禛、沈德潜、袁枚三家诗话争胜目的,因此讨论三家的诗话条目远比订误其他诗话的条目数量多,《六红诗话》涉及王士禛、沈德潜和袁枚的分别有十一、十一、二十一条,约占百分之十七,用心可见一斑。

关于诗话与选诗的关系,吕善报有这样的认识:"作诗话较选诗有三善:选诗必成篇章,然后可选,而诗话则一联一句,无不可采录;选诗就诗论诗,其不选者,不暇旁及,而诗话则论古议今,正谬订误,无不可细载;选诗必择大雅,有醇无疵,而诗话则一切方言俚语、诡异诙谐,无不可遍收。有此三善,故唐、宋以来作之者最多。前贤以为诗话作而诗亡,此语未免过激。"[20] 而《六红诗话》的撰写体例即为点评落选于总集的残章佳句、正谬订误以及其他杂谈。吴鸾书也称其"盖寻章摘句,弗拘一格,而持论不偏"[21]。吕善报自己也说:"余选《国朝涵今集》,有句佳而全首不称者,诗虽不入选,而佳句终不忍割爱,为附记于此。"[22] 吕善报正是在选诗的基础上,利用诗话灵活的特点,对落选的诗歌佳句进行点评,既保证了选诗和诗话的相对独立,又能起到互补作用。

而这一种体例也正是造成《六红诗话》与《吉祥止止轩诗话》不同的重要因素。

《吉祥止止轩诗话》有大量条目在《六红诗话》中被删除,其中删除较多的即为采录篇章全文的条目。《吉祥止止轩诗话》中有两条关于《红楼梦》的诗话材料。如卷二有"近日小说群推《红楼梦》"条,为《六红诗话》卷二共有,而另一条因为篇幅较长而被删,即《吉祥止止轩诗话》卷三的"仁和缪莲仙艮辑录其交游游戏之作为文章"条,此条辑录了余思谦的《〈红楼梦〉歌》,吕善报对此十分喜爱道:"余尤爱俞潜山思谦《〈红楼梦〉歌》,《红楼梦》为近日稗官家翘楚,潜山集句如出己手,且序次井然,可与本书并传不朽。其词曰:'金陵自昔擅繁华,况是通侯阀阅家……'"从今天的角度来看,这则对《红楼梦》的文人阅读以及传播研究都有着积极的意义,但对吕善报来说,因此诗属于采录全义,造成条目篇幅过大,与《六红诗话》的体例违背而被删。

《六红诗话》卷二"春巢有《咏芦花》句"条只有一句:"春巢有《咏芦花》句云:'生来踪迹多依水,如此头颅渐着霜。'不必定是芦花,而又不可谓不是芦花,故妙。"而《吉祥止止轩诗话》卷三作"余尝爱春巢《咏芦花》",在品评赏析的"芦花"之妙后,又抄录其《咏债》南曲:"又有《咏债》南曲一套,描写人情入细,亦足传也,录之。"全文抄录何春巢的《咏债》,曲牌分别为【南曲双调·步步娇】、【醉扶归】、【皂罗袍】、【好姐姐】、【香柳娘】以及【尾声】,同样因体例相违而被删。

陈维崧是清代阳羡词派的开山领袖,《吉祥止止轩诗话》卷六就辑录其佚词:"陈其年《题汪蛟门画册·罗敷媚》云:'郁金台后相思树,花月玲珑,庭院暝濛,凤胫兰膏潋滟红。双星一气沉香火,火娇小鸟,龙斜压薰,笑尔葡萄宝幔空。(娇羞不肯入鸳衾,兰膏光里两情深。)是何年少朝天客,火满京华,漏歇南衙,蝶梦才归尚恋花。麝衾兽炭围花褥,休数其他,一例豪奢,不是田家即窦家。(无端嫁得金龟婿,辜负香衾事早朝。)……数阕极有姿致,《词钞》失载。此老本不辞曲子相公号,不避法秀劝淫戒者,良由遗佚,非芟弃也。朱竹垞云其年词多至三千余,今按《检讨词集》,只七百余首,知流落人间者尚不满三之一也。'"陈维崧此组词写汪懋麟娶妾事,风格婉转含蓄,与其雄浑粗豪的主流词风不符,对了解陈氏多元词风有着重要意义。然而此则几乎全文转录自江浩然《溺笑闲谈》,也因体例不符而删除。

同样被删的例子还有《吉祥止止轩诗话》卷二"夹竹桃清妍拔俗,自梅圣俞后绝无佳作"条,也是辑录当代咏夹竹桃诗歌。以及卷五"乙卯丙辰教匪滋事"条,吕善报高度称赞"无名氏"《宝鸡题壁诗》十八首"悲壮淋漓,不亚老杜",全部抄录。吕氏撰写时间在张问陶诗集刊刻出版之前而不知作者,此则被删的原因仍然是它符合选诗的体例,而不符合诗话的体例。通过这些例子,对吕善报的诗话体例有了更加清晰的认识,也对《吉祥止止轩诗话》因混乱了选诗和诗话体例被删略有了更深的理解。

当然,《吉祥止止轩诗话》被删的内容远不止此。一些意趣乏味的内容和笔记性质的闲谈琐记本就可有可无,如卷一"白文公居洛为香山九老会"条详细备列参会诸人姓名与年龄,毫无趣味;卷三"小霞又言近有某巨公戏作《大鼻诗》"条颇粗俗不堪,删除固宜。有些条目近乎笔记闲谈,如卷一"南宋时有方士许姓者"谈论方士的奇闻轶事,卷六"伪宋主韩林儿都亳州封明太祖为吴国公"条讨论朱元璋溺杀韩林儿之事,同卷"野史载广明之乱黄巢得脱为僧"条等也讨论史事较多,这种史料笔记性质的条目不少被《六红诗话》摒弃,也反映了吕善报认真著述的态度。

但有些论诗论诗的条目很有价值,被删实在可惜。如谈论咏物诗做法:"余尝谓咏物诗虽小技,全要有寄托、有讽刺乃佳,否则直是猜谜语耳。谢宗可、瞿佑以咏物擅名,亦皆不免此病。"[23]并指出兰廷瑞《咏信天翁》和郭登《咏蠹鱼》两首佳作为雍正朝俞长仁《列朝咏物诗》失收,此条或因首句"寄托"和"猜谜语"二词近《随园诗话》而遭弃[24],然而二者论述各有侧重,并不相同。而再如谈论诗句用字的:"五绝以'者'、'也'二语助为韵,惟王龙标、孟襄阳二作为佳。余尝仿为之,云:'富贵自有时,郁郁胡为者?不见陇头梅,先春发生也。'见者每赏其落韵自然。"[25]这则以自己创作为例谈语助为韵之难,这种谈诗条目被删属实可惜,也可能是基于作者诗学观念变化而作出的选择(下文详表)。

吕善报一生参加八次浙江乡试,《吉祥止止轩诗话》记录了丰富的科举见闻,这种科举类的条目有些就不见于《六红诗话》。如卷一"乡、会试获隽者例刊硃卷分送亲友"条谈科第高中者刊刻分送亲朋的硃卷,都是精益求精的改良之作,而非原作。再如谈论科场错题事故的:"《易》'离为目'说,《卦传》第九章之词也。'离为火、为日、为电'说,《卦传》第十一章之词也。乾隆乙卯二场,主试者误记,出题作《离为目为电》,一时士子相顾愕然,至辰刻始牌示改正,易题作《为日为电》。是秋余亦应试,至三场事竣,偶步至贡院前,见照壁上大字贴一联云:'离为目为电,利与命与仁','利与命与仁',即是科头场首题也。可谓天然巧合。"[26]乡试头两场考题居然来自贡院照壁对联。卷二"吾越岁科两试新生送学绣旗鼓吹迎导舆前"条,谈论绍兴科举考试送学时气势盛大的场面,都有助于深化清代科举的认识与研究。

总体来说,这些删改反映了吕善报精益求精、严格取舍的著述态度和编纂原则。正是由于吕善报诗话体例的逐渐清晰明确,以及认真严肃的态度,才导致《吉祥止止轩诗话》相关条目被删,在条目数量和次序上异于《六红诗话》。

五、稿本《吉祥止止轩诗话》的诗学理论价值

吕善报学诗主张较为通达,不专主一家[27],任性而从,跳出了强烈的门户宗派之争,与诗坛主流的宗唐与宗宋诗潮迥异。这种自由开放的诗学主张有着较为明显的地域延续性,上承"越中七子"之一的童钰[28],下启李慈铭的诗论:"学诗之道,必不能专一家,限一代。凡规规摹拟者,必其才力薄弱,中无真诣,循墙摸壁,不可尺寸离也……作诗者当汰其繁芜,取其深蕴,随物赋形,奚为我有。"[29]这突显了越中诗学的传承脉络,吕善报正是嘉道时期越中诗学发展脉络上不可忽视的一环,因此有必要综合《吉祥止止轩诗话》和《六红诗话》,方能更好地认识吕善报诗学理论。

吕善报论诗注重天分和识见,反对学人之诗,极力抨击材质低下的学人之诗,"吾越之素不以诗名者,所谓学人之诗也"[30],《六红诗话》中没有更多详细的深入阐发,作为重要的材料补充,《吉祥止止轩诗话》中他这样称:

> 自严沧浪有"诗有别裁,非关学也"之论,而后人是非之者各半。然是之者其人多聪慧,非之者其人多愚鲁,则沧浪之论虽不必谓诗人个个皆然,又何苦谓诗人个个皆不然?善乎!袁子才太史之言曰:"磨铁可以成针,磨砖不可以成针",亦视其人之材料何如耳。今之诗资不近者,一见五言八韵之应试诗已不能措手,而犹欲于成名后作半路出家之诗翁,不亦苦哉!"[31]

吕善报认同严羽和袁枚的观点,认为诗歌与诗人的个人天分和材质有关,诗人的天分材质和个人的体悟重于后天的知识学习。士子忙碌于举业,举业之外阅读量匮乏,连知识学问尚且不足,何况被抑制和扼杀的才情和个性。

吕善报服膺袁枚,对袁枚诗句"贫能行乐仙应妒,老不逃禅佛亦愁"高度评价称:"此有卓识,有定力,真读书人语也。"[32]吕善报欣赏同乡诗人商嘉言"诙谐"风趣的《过年二十四咏》,称:"游戏之作,最足以见人性灵。"诙谐风趣正是性灵诗的特点之一[33],就现有材料来看,吕善报这个诗论与袁枚是很接近的。吕善报删除《吉祥止止轩诗话》中受到袁枚诗论影响的条目,反映了他不愿随其后的竞争心理。

吕善报还对秀水诗派和虞山诗派的不良诗风有所批评。秀水派诗人宗法江西诗派黄庭坚,诗歌具有瘦硬险涩的风格倾向,吕氏评价秀水诗人姚宗木时,称其"诗尚清真刻挚"[34],这个诗风和秀水派名家钱载诗歌"清真铲刻"[35]的风格十分接近。钱载由于长期的馆阁词臣经历,加上诗歌好用语助虚词和以文为诗,当时即被舒位视作"老学究"[36]。钱锺书也认同此说,解释道:"自宋以来,诗用虚字,其弊有二:一则尖薄,乃酸秀才体,钟敬伯、谭友夏、蔡敬夫是也;一则肤廓,乃腐学究体,邵尧夫、陈公甫、庄定山是也。蘀石固亦老学究耳。"[37]钱载诗风具有学究的酸腐特点,在乾隆诗坛是十分显著的。作为一个影响力较大的地域诗派,秀水派诗风对这种陈腐泛滥的"学人之诗"有着不可或缺的促进因素。吕氏即对此现象予以批评,评价某学究得意的《日长如小年》诗句"久矣犹朝旭,悠哉未夕阳"时,直接挖苦对方,称:"试帖耳,何苦乃耳!"[38]《吉祥止止轩诗话》中一些谈论己诗用语助词的条目,正是与此

诗学观念冲突而被删除。吕善报直言道："余最不喜长律,动辄百韵,或五十韵,刺刺不休,如村夫谈家常,一味平铺直叙,绝不见筋节。"[39]对此"近今诗家,茶灶香炉,诗筒酒盏,动辄连篇累幅,数见不鲜"的诗坛现状,忧虑"又安得一夔夔生新之士以救其弊乎!"[40]甚至无奈又愤懑道:"取法乎上仅得乎中,取法乎中仅得乎下。最不解今之肄业诗文者专取法乎下,何也?"[41]这反映了嘉庆诗坛性灵诗学渐渐消退,向道光以来宋诗派的转变趋势。吕善报还对虞山派后学"宗法西昆,摘艳薰香"[42]的诗风有所指摘,《吉祥止止轩诗话》卷三云:"人皆谓韩致光诗绮丽秾艳,后世作闺情诗者,大半祖之,不知其沉郁悲愤处,不亚老杜,即如《秋夜忆家》(诗略),凄楚可怜,近时崇尚西昆者恐不能遽及此也。"指出了虞山派形式上的弊病和思想上的不足。《吉祥止止轩诗话》为全面准确认识吕善报诗论提供了重要的文献,有着不可忽视的价值。

综上所述,国家图书馆发现的《吉祥止止轩诗话》,是吕善报《六红诗话》的早期稿本,与《六红诗话》有着较大的差异,不仅有着丰富的文献学价值,而且有助于全面认识和评价吕善报诗话的编纂原则和诗学理论。

注 释:

[1][3][4][5][7][10][11][12][13][14][15][16][17][18][19][20][21][22][27][28][30][32][34][38][40] 吕善报《六红诗话》,张寅彭选辑,吴忱、杨焄点校《清诗话三编》(四),上海古籍出版社2014年版,第2809、2833、2822、2837、2921、2921、2874、2919、2886、2925、2879、2879、2826、2873、2873、2856、2924、2843、2843、2859、2884、2898、2911、2868、2856页。

[2] 顾廷龙主编《清代硃卷集成》二八五册,台北文成出版社1992年版,第366页。

[6][9] 蒋寅《清诗话考》,中华书局2007年版,第467页。

[8] 潘衍桐《两浙輶轩续录》(九),浙江古籍出版社2014年版,第2394页。

[23][25][26][31][39][41] 吕善报《吉祥止止轩诗话》,国家图书馆藏稿本,卷四、卷三、卷二、卷五、卷五、卷五。

[24] 袁枚著,王英志批注《随园诗话》,凤凰出版社2009年版,第35页。

[29] 李慈铭《越缦堂日记》,广陵书社2004年版,第5337页。

[33] 蒋寅《清代诗学史》第二卷,中国社会科学出版社2019年版,第306页。

[35][42] 钱仲联《梦苕庵诗话》,张寅彭主编《民国诗话丛编》(六),上海书店出版社2002年版,第326、288页。

[36] 舒位《乾嘉诗坛点将录》,张寅彭选辑,吴忱、杨焄点校《清诗话三编》(四),第2350页。

[37] 钱锺书《谈艺录》,生活·读书·新知三联书店2008年版,第495页。

〔作者简介〕 郝腾,1991年生,江苏沛县人,南京师范大学文学院中国古代文学专业2018级博士生,研究方向为明清文学。

程颂万《画兰箑歌赠梅郎畹华》"檀十"考论

高明杨

《画兰箑歌赠梅郎畹华》是晚清著名诗人程颂万(1865—1932)于1919年冬梅兰芳莅临武汉演出时题赠梅氏的一首七言歌行。此诗感情真挚,才藻艳发,在当时传为佳话。[1]巩本栋曾作《〈画兰箑歌赠梅郎畹华〉小笺》,笺释详审,考辨精当,但美中不足的是,对"北面芬奇泰西使,衙官檀十海东仙"句中的"檀十"标注"未详",仅称"一九一九年四月,梅兰芳曾赴日本演出,檀十或指某日本名伶"[2],而无多说明。本文旨在考述"檀十"的真实姓名和事迹,发掘其声名远播域外的详情,并藉此进一步把握该诗的内涵。

一

程颂万共有两首诗提及"檀十",第二处是《都门歌者赠之金陵》,亦称"西洋第一芬奇古,东海无双檀十郎"[3]。与前一诗句相较,后一诗句不仅将"达芬奇"与"檀十郎"并置,而且直接用"西洋第一"和"东海无双"来形容二者在艺坛上的地位。"泰西"、"西洋"泛指欧洲地区,与此相对的"海东"、"东海"则常指日本。据诗意可知,"檀十"在日本艺术界的影响可与"西洋第一"的达芬奇比肩。同时值得注意的是,两诗赠予的对象分别为"梅兰芳"和"都门歌者",二者均为传统意义上的优伶。由此推测,"檀十"确应如巩本栋所言,指日本某伶界名宿,而就当时日本戏曲发展情况,则当指歌舞伎剧演艺家。"檀十"既在日本歌舞伎剧界影响极大,而寻绎近代日本著名歌舞伎世家,发现"市川団十郎(いちかわだんじゅうろう)"其罗马音 Ichikava Danjuro,日本国内习称为"団十郎(だんじゅうろう)",罗马音 Danjuro。通过对比"団"与"檀"的发音,笔者发现"檀"音读为"だん",罗马音 Dan,正与日语"団"的音读"だん"相同。[4]由此我们认为"檀十"最可能是"団十郎"。

市川団十郎并非单个歌舞伎艺人的名称,而是由元禄时期江户歌舞伎剧代表演员初世市川団十郎创建的宗派座主的沿袭名号。正如高阶秀尔所言:"这些名号已经超越个人,成为一种权威或威望。名号沿袭就是对于这种历史遗产的继承,并将其变得更为丰富的一种巧妙的手法。"[5]他们世代传承独门演技,在日本歌舞伎剧界具有独一无二的重要地位,其历代座主均称市川団十郎。

据程颂万所处时代进一步推测,"檀十"所指应为第九世市川団十郎(1838—1903)或第

本文收稿日期:2021 年 6 月 26 日

十世市川团十郎(1882—1956)。而据河竹繁俊《日本演剧史概论》收录市川家谱系图显示，十世市川团十郎为九世市川团十郎养子，本名堀越福一郎，前名市川三升(五世)，昭和三十一年(1954)去世，死后追赠十世市川团十郎名号。[6]值得注意的是，自从1854年八世市川团十郎自杀身亡之后，直至1954年十世市川团十郎被追赠名号，这一百年间，市川家族，承袭市川团十郎名号者仅九世市川团十郎一人。综合种种迹象推测，第九世市川团十郎更为接近程颂万笔下的"檀十"和"檀十郎"。

九世市川团十郎(1838—1903)原名堀越秀，是七世市川团十郎(1791—1859)第五子，八世市川团十郎(1823—1854)异母弟，自小便被歌舞伎名优第六代河原崎权之助收为养子，取名长十郎，后改名权十郎。1874年回到宗家中继承祖业，袭第九世市川团十郎，时人习称团十郎。因其传承市川家的家艺，恢复了"歌舞伎十八番"的传统，被誉为"明治剧坛最大的巨星"[7]，"剧圣"、"第一人者"[8]。自江户元禄时代初世市川团十郎创立宗派，传袭至今已历十三代座主，但是被称为"剧圣"者，仅九世市川团十郎一人而已。九世市川团十郎作为明治时期歌舞伎剧改良运动的重要代表，以其卓越的贡献荣膺明治剧坛领袖，不仅开创了明治歌舞伎最具特色的"活历史剧"，同时还是"天览剧"的首席演员。[9]

二

作为日本歌舞伎演艺史上标志性人物，九世市川团十郎不仅传承家艺，恢复传统剧目，而且还锐意革新，顺应潮流，创作"活历史剧"，并得到日本政府的支持。此后歌舞伎剧步入艺术之列，歌舞伎演员的地位也得到了提高。九世市川团十郎从一个属于江户市民的武戏艺人，"升华"为国剧的歌舞伎演员[10]，其声名也随之流播中国，传扬海外。

九世市川团十郎对日本歌舞伎剧的改良引起中国戏曲界的关注，而梅兰芳就是关注者之一。梅绍武《梅兰芳和日本戏剧之父坪内逍遥》提到："据先父当年说，市川团十郎先生在日本歌舞伎中享有和谭鑫培老先生在京剧中同等的崇高地位，拿手杰作之一是《劝进帐》。"[11]梅兰芳将九世市川团十郎与谭鑫培相比，足见其在梅氏心中之地位。九世市川团十郎去世之后，日本歌舞伎界数位名伶追怀其贡献，敬仰其声名，集资为其铸造铜像。东京市政厅除为铸像捐款之外，另指拨浅草公园一方空地为其立像。《小时报》在其国外小新闻专栏刊登此事，题称《日本名伶亦铸铜像》：

> 日本老伶第九世市川团十郎(姓堀越名秀)，技艺极佳一时，曾有伶界泰斗之称，犹我国之有谭鑫培也。不幸逝世，人多惜之。昨读日报，载有其国名伶幸四郎、小团次、左团次、八百岁、堀越福三郎等，为之议铸铜像，甚得各方赞助，不日可告成功，东京市厅除捐助一千元外，并指拨浅草公园空地一方。[12]

由上述引文可知，九世团十郎"伶界泰斗"的声名，早已流播中国，产生了深远影响。国内学者对九世市川团十郎推崇备至，回忆在日本聆听九世团十郎演出场景的文章时见诸报端。如《申报》刊载的《戏园防火说》云："忆昔岁浪游日本东京时，曾应友人招，观剧于歌舞伎座，适妙伶市川团十郎演忠臣藏全部，一时柔红媚绿，鸟语花香，裙屐纷来，多至三千余辈。"[13]言辞之间,表现出作者对九世团十郎演出场面的高度赞许。

清末报刊评论家王韬曾于1879年赴日本游历考察,并在日本维新人士小西藤田栗的陪同下,来到新富座观看新戏,其中就有九世市川团十郎的演出。据《扶桑游记》记载:"二十日同小西藤田栗往新富剧场观剧,是日演《阿传事迹始末》。盖在明治十二年一月也,剧场演此时事以寓劝惩。日本优伶于描情绘景作悲欢离合状,颇擅厥长,唯所扮妇女多作男子,声如为阿传者,其声闻之欲呕。是日诸优推市川团十郎为巨擘。"[14]九世市川团十郎于1874年回归市川家继承祖业,沿袭名号。由此可以推断,王韬于1879年观看歌舞伎剧《阿传事迹始末》的主演应即九世市川团十郎。王韬作为早期维新变法的积极呼吁者之一,其《扶桑游记》流传甚广,在国内引起广泛关注,直接推助了九世市川团十郎名声的传播。

梁启超曾久居日本,熟谙当时维新情势,广泛涉猎维新书籍,精骛神游,搦笔染翰,写就名篇《论政治能力》。他在文中言及日本明治维新各界代表,其中戏曲界即推九世市川团十郎:

> 夫一国之中,不能人人而华那而卢孟,无待言也。且使一国之中而果人人华那、人人卢孟,则其国尚可以成国乎?吾有以知其必不能矣。尝数日本人物,不必西乡、木户、大久保、伊藤,乃见重于其社会也。若前岛密,所知者邮便耳;若井上胜,所知者铁道耳;若大浦兼武,所知者警察耳;若伊泽修二,所知者音乐耳;若落合直文,所知者国文耳;若石黑忠德,所知者赤字社耳;若市川团十郎,所知者演剧耳;试问彼诸人者,其功德之在日本,视西乡辈又何多让也。[15]

在梁启超看来,一国维新不必人人皆为国之领袖,只需要精通某一领域,引领某一行业,即可为国贡献力量,正如九世市川团十郎对于戏剧之贡献,其功德之在日本,不亚于西乡隆盛、木户孝允等维新派领袖。

孙中山流亡日本期间,曾拜访九世市川团十郎、优宫崎寅藏,畅谈戏曲改良,见于1925年《申报》载:"光绪中叶,孙中山等诸志士以革命之嫌不容于清吏,遁迹海外,与日本大运动家优宫崎寅藏及伶界领袖市川团十郎等论交,乃知发扬国光,改良民俗,非从戏剧入手不为功。"[16]从中可以看出九世市川团十郎的剧坛领袖地位。此外,《申报》曾刊登汪笑侬莅沪演出广告,提及日本《九州日报》将之比于九世市川团十郎:"汪笑侬君于辛丑年间在上海曾经《消闲报》取为文榜状元,北上后名声大噪,日本《九州日报》比之于团十郎,加以月桂冠。美国新闻则以君之剧具哲学之原理、心理学之作用,中外驰名,毋庸赘述。"[17]与汪笑侬关系密切的陈去病在《二十世纪大舞台丛刊》第二期曾刊登日本名优九世市川团十郎遗像,并作《日本名优市川团十郎遗像赞》云:

> 噫!之二者是皆团十郎之遗像也。虽少壮与衰颓,各疏形而异象。然其精神激越,意气高朗,曾无爽于铢两。何况腾播口舌,灿发思想;速扶桑之新,振国民之慷慨。岂非东方伟人,宁只舞台雄长。独奈天不慭遗,风流长往,萧萧芝居,谁其嗣响?遂令合之兴者,过市川之区,读伊原之传,有不胜其低徊而怅惘。[18]

陈去病高度肯定九世市川团十郎的贡献,认为其运用戏剧艺术刷新日本国民思想,加速日本社会革新,堪称"东方伟人"。此外,九世市川团十郎的声名不仅影响至中国,同时还远播到欧洲等西方世界[19],这里就不赘述了。

三

1919年冬,梅兰芳与王凤卿、朱素云等名伶应武汉大舞台之约,专程赴汉演出,为期一月,期间程颂万应受邀往观。《画兰箑歌赠梅郎畹华》称"丁歌甲舞看年年,娓娅应为天所怜。奔月有娥腾大地,散花随佛下诸天",又称"幽兰吐抱琼为骨,座客精魂皆恍惚"[20],很可能即是对梅兰芳等人演出场面的生动描绘。

如上所述,无论是从日语发音还是远播中国的影响力,《画兰箑歌赠梅郎畹华》"北面芬奇泰西使,衙官檀十海东仙"中之"檀十"均应指向九世市川团十郎。程颂万将梅兰芳与九世市川团十郎相比,其用意不仅在于称赞京剧名家梅兰芳演艺精湛,声誉日隆,联系市川家族在当时日本戏剧界的地位,以及梅兰芳祖父三代从事演艺的传统,透露出作者更深层的写作动机,即将梅氏三代譬之于市川家族,寄寓他对梅兰芳传衍父、祖演剧事业的更高期待。诗第八韵称"接席词流数四朝,流光佳侠垂三世",巩本栋小笺称:

> 四朝,指咸丰、同治、光绪、宣统四朝。流光:谓福泽流传至后世……三世:谓梅巧玲、梅竹芬和梅兰芳三代。案三代亦应包括梅兰芳伯父梅明祥。明祥字雨田。雨田精胡琴,为谭鑫培操琴,时称京师第一琴师……梅兰芳少孤,雨田视兰芳如己出。此两句谓梅氏三代演艺相传,名闻数朝。[21]

三代是否包括梅明祥姑且不论,梅巧玲和梅竹芬肯定是寓于其中的。不仅此联从梅兰芳写到梅氏三代人,此前数句也多所发挥,如第五、六联写梅巧玲:"郎祖内廷巧给事,文皇往往呼名字。冠缨宠赐映砗磲,宫扇排头蔼珠翠";第七联写梅竹芬:"阿爷未惜泠㳇早,奉诏宣仁偕百戏",对此巩本栋小笺中均有详细说明,此可见程颂万对梅氏三代知之独深,因此将"衙官檀十海东仙"作为类比,正不必拘拘于梅兰芳与九世市川团十郎之间,而更应着眼于梅氏家族和市川家族之间的可比性。

进而来说,程颂万将梅兰芳和"檀十"、梅氏家族与市川家族相类比,更是想表达中国同样拥有令人骄傲的文化艺术,拥有不逊色于西洋和东洋的世界级艺术家。十九世纪末,晚清政府与东西方列强屡战屡败,不得不签下一系列丧权辱国的条约,正值青壮年的程颂万遂有志于事功,热心兴办教育,从事新学事业,积极投身于东西方文化的传承与传播。创作此诗时,统治者虽已变换,但积贫积弱的现实并未改变。通过对此诗的深入追索,可发现程颂万不仅深入了解传统文化艺术,而且对文化振兴寄寓殷切的期待。

综合上述,揭开"檀十"的真面目不仅有助于进一步了解该诗的含义,而且可藉此还原国内知识界与九世市川团十郎直接或间接交流的情形,透视清末民初的艺界景观,并管窥晚年程颂万复兴文化的爱国热忱。

附记:本文承蒙业师王京州教授倾心修改,在此表示衷心感谢!

注　释：

〔1〕 梅兰芳以其祖父所绘兰花扇相赠，程颂万遂赋诗以谢。诗不见于《十发居士全集》，其墨迹原藏于程千帆箧中，后捐赠给泰州梅兰芳博物馆。详见巩本栋《〈画兰箑歌赠梅郎畹华〉小笺》，《古典文献研究》第11辑，凤凰出版社2008年版，第452页。

〔2〕 《〈画兰箑歌赠梅郎畹华〉小笺》发表时删节此数句，近年于广陵书社刊布程颂万原诗手稿，并附载此文，因采自原稿，故保留了"未详"等说法。

〔3〕 程颂万《都门歌者赠之金陵》，《石巢集》卷十二，民国十二年武昌刻《十发居士全集》本。

〔4〕 从"团十郎"与"檀十郎"罗马发音相近的角度探考，受到暨南大学邹逸轩的启发，特此致谢。

〔5〕 高阶秀尔《日本人眼中的美》，湖南美术出版社2018年版，第83页。

〔6〕 河竹繁俊《日本演剧史概论》，郭连友译，文化艺术出版社2002年版，第391页。

〔7〕 西山松之助《市川团十郎的世代》，集英社1981年版，第211页。

〔8〕 江户川乱步《江户川乱步作品集》，新星出版社2011年版，第225页。

〔9〕 参见河竹繁俊《日本演剧史概论》及《日本的演剧》（东京堂，1943年版）、唐月梅《日本戏曲史》（昆仑出版社，2008年版）。

〔10〕 尹文成、汤重南、贾玉芹《日本历史人物传》，黑龙江人民出版社1987年版，第403页。

〔11〕 梅绍武《我的父亲梅兰芳》，文化艺术出版社2011年版，第288页。

〔12〕 铁生《日本名伶亦铸铜像：团十郎之不朽》，《小时报》1918年6月1日，第三版。

〔13〕 《戏园防火说》，《申报》1897年3月29日，第8600号，第一版。

〔14〕 王韬《扶桑游记》第一卷，清光绪小方壶斋《舆地丛抄》本。

〔15〕 梁启超《论政治能力》，《新民说》，商务印书馆2016年版，第73页。

〔16〕 菊屏《清季沪上新剧之三派》，《申报》1925年4月1日，第18707号，第二版。

〔17〕 《第一台礼聘寰球欢迎独一无二哲学大家汪笑侬现得来电今日到申》，《申报》1916年12月6日，第15641号，第四版。

〔18〕 陈去病《日本名优市川团十郎遗像赞》，张夷标点《浩歌堂诗钞》，上海古籍出版社2016年版，第268页。

〔19〕 参宫智麻里《英文资料から読む西洋人の見た九代目市川団十郎》，《佛教大学大学院纪要文学研究科篇》2018年第46卷。

〔20〕〔21〕 巩本栋《〈画兰箑歌赠梅郎畹华〉小笺》，《古典文献研究》第11辑，第450、451页。

〔作者简介〕 高明杨，1989年生，暨南大学文学院硕士研究生，主要研究方向为中国古典文献学、明清文学文献。

永明体声律的一种特殊形式

——以沈约、谢朓为中心

何良五

  自 1934 年陈寅恪《四声三问》发表以来,学界对于永明体的探讨不断,众声纷纭而莫衷一是。学界对其声律规则、产生的原因、对近体诗的影响等进行深入探讨,取得许多成绩。对其声律规则的研究,成果最多,然争议最大。究其原因,一,对相关材料的真实性、价值高低未作辨析,笼统使用,产生众多互相矛盾的观点;二,研究中加入"后见之明",将近体诗声律作为永明体诗歌发展的唯一终点,企图建立明确的发展路线;三,由"后见之明"带来的方法局限,以平仄二分、二四字声调对立作为分析手段,将永明诗歌"按压"到这一模式当中,忽略其它的分析方式;四,认识上的局限,将永明体视为一种既成的、定型的声律格式,未见其实验性、探索性的特点,忽视永明体声律的种种可能性。

  自上世纪七十年代末、八十年代初以来,对永明体声律进行细化、量化的研究,建立在大量数据统计基础之上,发现前人未注意的某些问题,结论较为可信。如徐青认为沈约等人提倡的"新体诗的格律若从声律结构上细加分析,则可归纳成三类:即粘式结构、对式结构、粘对混合式结构"[1]。吴小平论及"齐梁体"诗歌特征,认为"'齐梁体'至少有对式、粘对结合式、粘式结构叠合式、粘式和不规则式等五种声律形式"[2]。杜晓勤将联与联间相"粘"者称为"粘式律",将全诗联间均"不粘"者称为"对式律",将全诗中各联之间既有"粘"也有"不粘"者称为"对式律"[3],分析齐梁诗歌向盛唐诗歌的嬗变。这一方法也存在某些问题。首先,研究对象出现偏差,这些研究的取材对象超出永明体诗歌的范围,而以大量齐梁诗乃至陈朝诗歌作为分析对象,其结论不能完全适用于永明体。其次,这种分类方式也存在某些破绽,所谓粘式律、对式律和粘对律,其成立基础在于两句一联完全符合近体诗平仄相对的原则,然而永明体有大量不符合此原则的诗句(被抛弃于统计数据之外)。再次,以平仄二分的方法来分析永明诗声律,并不能还原永明时期的声调情况,如胡大雷便指出"'永明体'的规则并不等同于'平仄'规则,平仄概念在元兢时尚未使用",而"今人探讨永明声病说,往往陷入一个误区,就是都以平仄来分析'永明体'诗句"[4]。

  除此之外,还有一些学者放弃平仄分类的统计方法,直接统计平、上、去、入四声的使用情况,得出不同于前人的观点。何伟棠统计沈约、谢朓、王融诗歌的声调,发现"在他们的平

本文收稿日期:2020 年 8 月 5 日

韵五言之中占比重为85.62%的句子是二五字异声的律句,占比重为71.34%的诗联是二五字异声的律联"[5]。这打破了此前仅从二、四字异声来分析永明体声律的桎梏,证明了永明体诗歌并非仅以"平仄"来建构声律,而是细化到"四声",以四声制韵。此后,以"四声"分析永明体声律规则的研究渐多。近年来,张洪明对沈约的112首五言诗(不包括古风和乐府诗)的声调进行数据统计,得出沈约五言诗两两声调对立的规则:

> a. 2—5 对立:若一行的第五个声调是上、去、入声,2、5 位置上的声调一定不同。
>
> b. 2—4 对立:若一行的第五个声调是平声,2、4 位置上的声调一定不同,2、5 位置上的声调任意。
>
> c. 5—10 对立:若一联两行互不押韵,这两行第五个位置上的声调必须不同。[6]

这一分类较何伟棠更为细致,且三条规则的数据统计结果分别为98%、93.81%、99.26%,故结论极为可信。

何伟棠、张洪明的研究,带来结论上的更新与方法上的启示。但其结论是否代表永明体诗歌的所有声律规则?二人的研究有两个特点:一,关注一联两句之内的声调规则,而不考虑诗联之间的联系;二,注重分析声调相异的情况,而不考虑相同声调互相呼应所产生的效果。实际上,这也是自1930年代始已存在的一种见解,如郭绍虞便认为"永明体所注意的只是一句两句中间的声律,还没有注意到通篇的声律","他只要求其异,重在异的配合"[7];徐青认为"齐梁时代沈(约)、刘(勰)的诗律理论对诗律结构的安排,是以一联两句为基础而加以考虑的"[8];吴小平认为"这个方法论原则只是局限在一联之内发挥作用,不涉及联与联之间的关系"[9]。沈约本人的论述,也一直强调"一简之内"、"两句之中",不涉及联间关系;"低昂互节"、"音韵尽殊",也只强调声音相异而不涉及音韵相同。[10]然而,一个最基本的认识是,声音的圆融和谐必定是由异声与同声相互搭配而产生,"假若只重在异的方面……绝不会定出声律来的"[11]。尽管诗歌句末同韵、同调,能造成同声相应的效果,但是否还存在另一种可能,将相同的声调用于句中,以产生异、同搭配的声音效果?

基于这一猜想,对沈约、谢朓、王融三人的五言诗声调进行分析,大致遵循以下原则:首先,从认知上,将永明体视为一种处于试验、探索当中的诗体,而非既成的、一定的声律规则。因此,承认永明体声律的多种可能性,不要求某一种声律规则适用于所有诗歌。其次,在方法上,摒弃平仄二分的归类方法,不以近体诗声调规则来分析永明体诗歌,不考虑"八病",径以"四声"标出句中各字声调(声调以广韵为标准)。为使结果简明直观,以 A\B\C\D 指代平、上、去、入四声。再次,就研究对象而言,以沈、谢、王的五言诗为分析对象,三人是最重要的永明体诗人,这点毋庸置疑。经过细致地标注、考察之后,发现沈约、谢朓诗中存在一种极隐蔽、极高妙的声调形式,以沈约的话来说,历千年而"此秘未睹"。

一、"字字皆调":沈约五言诗入韵句声调分析

沈约有《初春》[12]一诗,该诗声调情况如下:

扶道觅阳春,a. 佳人共携手。草色犹自菲,b. 林中都未有。
　　　　　　　　A A C A B 　　　　　　　　　　A A C A B
无事逐梅花,c. 空中信杨柳。且复归去来,d. 含情寄杯酒。[13]
　　　　　　　　A A C A B 　　　　　　　　　　A A C A B

此诗中,a\c\d 三句同一位置上的声调全部相同,b 句与其它三句有三个声调相同。如此数量众多的声调在诗句中的同一位置出现,显然不是巧合所能解释的。再如《伤春》:

弱草半抽黄,a. 轻条未全绿。年芳被禁籞,b. 烟华绕层曲。
　　　　　　　　A A C A D 　　　　　　　　　　A A C A D
寒苔卷复舒,c. 冬泉断方续。早花散凝金,d. 初露泫成玉。
　　　　　　　　A A C A D 　　　　　　　　　　A C B A D

此诗中,a\b\c 三句同一位置上的声调全部相同,d 句与上三句有三个字的声调相同。通过对以上两首诗歌声调的观察,可以很直观地感受到,诗人在精心调配一种声调格式,使入韵句中同一位置上的声调相同。再看一首长诗的情况,《循役朱方道路》:

分濡出帝京,a. 升装奉皇穆。洞野属沧溟,b. 联郊溯河服。
A D C A 　　　A A C A D 　　C B D A A 　　　A A C A D
日映青丘岛,c. 尘起邯郸陆。江移林岸微,d. 岩深烟岫复。
D C A A B 　　A B A A D 　　A A A C A 　　　A A A C D
岁严摧磴草,e. 午寒散峤木。萦蔚夕飙卷,f. 蹉跎晚云伏。
C A A C B 　　B A C A D 　　A C D A B 　　　A A B A D
霞志非易从,g. 旌躯信难牧。岂慕淄宫梧,h. 方辞兔园竹。
A C A D A 　　A A C A D 　　B C A A A 　　　A A C A D
羁心亦何言,i. 迷踪庶能复。
A A D A A 　　A A C A D

此诗中,a\b\g\h\i 五句诗同一位置上的声调全部相同,e 句有四个字的声调与这五句诗的声调相同,c\d\f 三句有三个字的声调与之相同。要在这样一首长诗中达到这种效果,绝对不是巧合。其实,对比此诗奇数句的声调情况,这一特点便显得更加突出。

九功播桃壄,a. 七德陈舞悬。展事昌国图,b. 息兵由重战。
　　　　　　　　D D A B A 　　　　　　　　　　D A A C C
皇情咨阅典,c. 出车迨辰选。饰徒映寒隰,d. 翻绥临广甸。
　　　　　　　　D A B A C 　　　　　　　　　　A A A B C
飒杏佩吴戈,e. 参差腰夏箭。风旆舒复卷,f. 云霞清似转。
　　　　　　　　A A A C C 　　　　　　　　　　A A A C C
轻舞信徘徊,g. 前歌且遥衍。秋原嘶代马,h. 朱光浮楚练。
　　　　　　　　A A B A C 　　　　　　　　　　A A A B C
虹蜺写飞文,i. 岩阿藻俆绚。发震岳灵从,j. 扬旌水华变。

      A A B A C   A A B A C
凭高训武则,k. 中天起遐眷。凤盖掩洪河,l. 珠旗扫长汧。
      A A B A C   A A B A C
方待翠华举,m. 远适瑶池宴。(《从齐武帝琅琊城讲武应诏》)[14]
      B D A A C

  此诗声调情况较为复杂,g\i\j\k\l 五句的声调全部相同,且五句基本上连在一起;e\f 两句的声调全部相同,且两句相连,b 句有四字与这两句的声调相同;d\h 两句的声调完全相同,但两句相距较远,"同声相应"的效果较差。此诗共 26 句,13 个偶数句,基本上每一句中五个字的声调,都与其它诗句的声调部分相同,甚至全部相同。

  经过对以上五首诗(特别是《循役朱方道路》、《从齐武帝琅琊城讲武应诏》)的声调分析,应足见这一结论的正确:沈约有意在诗歌偶数句的同一位置上,使用相同声调的字。这一结论不需要数据证明,因为要达到这一状态,难度极大,极为困难,概率基本为零。只要有四五个例子,便可证明这一结论的正确性。为使结论更加具有说服力,再举例如下:

  西都富轩冕,南宫溢才彦。[15] 高阙连朱雉,方渠渐游殿。
  A A C A B A A D A C A D A A B A A B A C
  广川肆河济,长岑绕崤汧。 曲梁济危渚,平皋骋悠眄。
  B A C A C A A B A C D A C A B A A B A C
  清渊皎澄澈,曾山郁葱蒨。 阳泉濯春藻,阴丘聚寒霰。
  A A B A D A A D A C A A D A B A A B A C
  西华不可留,东光促奔箭。 望都游子怀,临戎征马倦。
  A A D B A A A D A C C A A B A A A A B C
  既豫平台集,复齿南皮宴。 一窥长安城,羞言杜陵掾。(《奉和竟陵王郡县名》)
  C C A A D D B A A C D A A A A A A B A C

  宴镐锵玉銮,游汾举仙轪。荣光泛彩旄,修风动芝盖。[16]
      A A B A C   A A B A C
  淑气婉登晨,天行耸云斾。帐殿临春籞,帷宫绕芳荟。
      A A B A C   A A B A C
  渐席周羽觞,分墠引回濑。穆穆宝化升,济济皇陛泰。[17]
      A A B A C   C C A B C
  将御遗风轸,远侍瑶台会。(《三日侍林光殿曲水宴应制》)
      B C A A C

  君东我亦西,衔悲涕如霰。浮云一南北,何由展言宴。
  A A B D A A A B A C A A D A D A A B A C

43

方作异乡人，赠子同心扇。遥裔发海鸿，连翩出檐燕。
ADCAA CBAAC　ACDBA <u>AADAC</u>
春秋更去来，参差不相见。(《送别友人》)
AAACA <u>AADAC</u>

出空宁可图，入庭倍难赋。非烟复非云，如丝复如雾。
　　DABAC　　　　　　<u>AADAC</u>
霡霂裁欲垂，霏微不能注。虽无千金质，聊为一辰趣。[18]（《见庭雨应诏》）
　　<u>AADAC</u>　　　　　　<u>AADAC</u>

以上四首诗，偶数句中五个字的声调，基本上都存在对应的关系，尤其如《奉和竟陵王郡县名》一诗，十句诗当中有五句声调格式都为"平平上平去"，三句声调格式都为"平平入平去"，而这两种声调模式又十分接近，基本上十句诗中有八句诗的声调完全一致；而《送别友人》一诗，五句中有四句诗的声调两两相同；《见庭雨应诏》四句中有三句诗的声调完全相同；《酬华阳陶先生》、《咏山榴》三句中有两句诗的声调完全相同。

经过以上分析，这一结论完全可得到证明：沈约有意在诗入韵句的同一位置上，使用相同声调的字。将这一规律推展到极致，便是一首诗所有入韵句中的每一个字，都与同一位置上的字的声调相同。要达到这一境界，其难度之大，概率之小，自不必说。沈约能否达到这一境界？答案是肯定的。且看被张洪明称为"挑战极限的声律模式"[19]的一首：

汉池水如带，a. 巫山云似盖。瀸洦背吴潮，b. 潺湲横楚濑。
CABAC　　<u>AAABC</u>　DDCAA　<u>AAABC</u>
一望沮漳水，c. 宁思江海会。以我径寸心，d. 从君千里外。(《饯谢文学》)
DCAAB　　<u>AAABC</u>　BBCCA　<u>AAABC</u>

此诗a\b\c\d 四句，全部采用"平平平上去（AAABC）"的格式，一句中的每一个字的声调，都与其它三句同一位置上字的声调相同，"字字皆调"。这是何等的精思妙想！又需要花费多大的精力来选字配调！如此一来，便能在吟咏之时形成一种回环往复、珠圆玉润的音乐美。然而，此诗用调虽极为精巧绝妙，但未必算是最佳。且看《八关斋》诗：

a. 因戒倦轮飘，b. 习障从尘染。c. 四衢道难辟，d. 八正扉犹掩。
ACCAA　　<u>DCAAB</u>　　CABAD　　<u>DCAAB</u>
e. 得理未易期，f. 失路方知险。g. 迷涂既已复，h. 豁悟非无渐。
DBCDA　　<u>DCAAB</u>　　AACBD　　<u>DCAAB</u>

此诗b\d\f\h 四句全部采用"入去平平上（DCAAB）"的声调模式，字字皆调，前后相应，回环往复，圆转不尽。不仅如此，此四句中每句皆将平、上、去、入四声用到，达到沈约所谓"一简之内，音韵尽殊"的美学追求。因此，一句之内，音韵尽殊，这是"异音相从"；整首诗中，二、四、六、八四句字字皆调，是"同声相应"。如此一来，兼具"异音"搭配形成的错落美与"同声"相应形成的节奏美，兼顾句中与联间，形成一种全篇的和谐声调。

二、知音:沈、谢之交及谢朓五言诗入韵句声调分析

以上列举的十一首沈约诗,有不少是作于永明中后期,尤其如《奉和竟陵王郡县名》、《从齐武帝琅琊城讲武应诏》两首长诗,于入韵句中连续、大量地使用相同模式的声调,证明在永明中后期,沈约有意追求这一声律效果。其中,最值得注意的便是《饯谢文学》诗,它作于永明九年(491),正处于《南齐书》所谓"永明末"这一时段当中。且此诗是为送别谢朓而写,谢朓正是鼓吹、创作永明体诗歌最重要的诗人之一。沈约在送别谢朓的一首诗中,以如此奇特、精妙的构思来安排入韵句中各字的声调,是不是可以理解为,两位最重要的永明体诗人在进行一种心照不宣、心有灵犀式的交流与互动?对于沈约此诗,谢朓以《和别沈右率诸君》[20]作答,仔细分析此诗,便会有一个相当惊异的发现:

春夜别清樽,江潭复为客。叹息东流水,何如故乡陌。
　　　　　　A A C A D　　　　　　　A A C A D
重树日葳蕤,芳洲转如积。望望荆台下,归梦相思夕。
　　　　　　A A C A D　　　　　　　A C A A D

除第八句两字外,第二、四、六句中各字的声调顺序竟然完全一致,与沈约《饯谢文学》一诗何其相似!也就是说,沈约以入韵句中各字声调顺序相同这一规则来写诗,赠给谢朓,而谢朓能够领会或者早已熟谙这一规则,并按照这一规则选用"四声",敷演成篇,回赠沈约。这是一种何等精妙的艺术游戏!外人虽不一定能识别,但沈约、谢朓二人,必当心照不宣,惺惺相惜,彼此互为知音。如果认为这只是特例,纯属巧合,可再举一例,以为明证。《奉和竟陵王同沈右率过刘先生墓》约作于永明八年(490),稍早于《和别沈右率诸君》:

嘉树因枝条,琢玉良可宝。若人陵曲台,垂帷茂渊道。
　　　　　　D D A B B　　　　　　　A A C A B
善诱宗学原,鸣钟霁幽抱。仁焉徂宛洛,清徽夜何早。
　　　　　　A A C A B　　　　　　　A A C A B
岁晚结松阴,平原乱秋草。不有至言扬,终滞西山老。
　　　　　　A A C A B　　　　　　　A C A A B

此诗除第二句、第十二句不合规则,中间连续的四个入韵句声调顺序完全一致,与《和别沈右率诸君》殊无二致。永明八年,竟陵王萧子良与沈约等人经过刘瓛墓,萧子良作诗一首,沈约、谢朓等人作诗奉和。沈、谢二人虽非互为赠答,但二诗既为同题奉和之作,其实也类似于互相切磋琢磨。谢朓在同题奉和诗中,采用这一声调模式,沈约必定能够领会妙处,所以说,这首诗也可以看做沈、谢二人之间的一次交流互动。

沈约、谢朓在赠答诗及同题奉和诗中使用同样的声调模式,足以证明这一声调模式是二人有意的创造,而非随意为之。谢朓能否如沈约一般,写出入韵句中各字声调顺序完全一致的作品?其实《和别沈右率诸君》基本上已达到这一要求,但还有更加精妙的诗作:

积水照颓霞,高台望归翼。平原周远近,连汀见纤直。
　　　　A A C A D　　　　　　　A A C A D
葳蕤向春秀,芸黄共秋色。薄暮伤哉人,婵媛复何极。(《望三湖》)
　　　　A A C A D　　　　　　　A A C A D

此诗四个入韵句,也如沈约《饯谢文学》、《八关斋》一样,句中各字的声调顺序完全一致。而且声调顺序都是"平平去平入",与《和别沈右率诸君》中入韵句(除第八句)的声调顺序相同。在两首诗中使用同一种声调顺序,也可以说明这确实是一种有意的安排。如果细心观察,便会发现沈约《伤春》、《循役朱方道路》二诗中也大量使用这一声调顺序。此外,谢朓还有许多诗作虽然不是完全符合这一规律,但可以明确看出是在按照这一规则来安排声调,现亦列举如下:

二别阻汉坻,双崤望河澳。兹岭复巉屼,分区莫淮服。
　　　　A A C A D　　　　　　　A A C A D
东限琅琊台,西距孟诸陆。阡眠起杂树,檀栾荫修竹。
　　　　A B C A D　　　　　　　A A C A D
日隐涧疑空,云聚岫如复。出没眺楼雉,远近送春目。
　　　　A B C A D　　　　　　　B B C A D
戎州昔乱华,素景沦伊谷。阽危赖宗衮,微管寄明牧。
　　　　C B A A D　　　　　　　A B C A D
长蛇固能翦,奔鲸自此曝。道峻芳尘流,业遥年运倏。
　　　　A A C B D　　　　　　　D A A C D
平生仰令图,吁嗟命不淑。浩荡别亲知,连翩戒征轴。
　　　　C A C D D　　　　　　　A A C A D
再远馆娃宫,两去河阳谷。风烟四时犯,霜露朝夜沐。
　　　　B C A A D　　　　　　　A C A C D
春秀良已凋,秋场庶能筑。(《和王著作融八公山》)
　　　　A A C A D

惟昔逢休明,十载朝云陛。既通金闺籍,复酌琼筵醴。
　　　　D C A A B　　　　　　　C D A A B
宸景厌照临,昏风沦继体。纷虹乱朝日,浊河秽清济。
　　　　A A A C B　　　　　　　D A C A B
防口犹宽政,餐荼更如荠。英衮畅人谋,文明固天启。
　　　　A A C A B　　　　　　　A A C A B
青精翼紫轪,黄旗映朱邸。还覩司隶章,复见东都礼。
　　　　A A C A B　　　　　　　C C A A B
中区咸已泰,轻生谅昭洒。趋事辞官阙,载笔陪旌棨。

46

$\underline{\text{A A C A B}}$　　　　　　　$\underline{\text{C D A A B}}$

邑里向疏芜,寒流自清泚。衰柳尚沉沉,凝露方泥泥。

$\underline{\text{A A C A B}}$　　　　　　　$\underline{\text{A C A A A}}$

零落悲友朋,欢娱燕兄弟。既秉丹石心,宁流素丝涕。

$\underline{\text{A A C A B}}$　　　　　　　$\underline{\text{A A C A B}}$

因此得萧散,垂竿深涧底。(《始出尚书省》)

$\underline{\text{A A C B}}$

山中上芳月,故人清樽赏。　　远山翠百重,回流映千丈。

$\underline{\text{C A A A B}}$　　　　　　　$\underline{\text{A A C A B}}$

花枝聚如雪,芜丝散犹网。[21] 别后能相思,何嗟异封壤。(《与江水曹至干滨戏》)

$\underline{\text{A A C A B}}$　　　　　　　$\underline{\text{A A C A B}}$

怆怆绪风兴,祁祁族云布。严气集高轩,稠阴结寒树。

$\underline{\text{A A D A C}}$　　　　　　　$\underline{\text{A A D A C}}$

日月谬论思,朝夕承清豫。徒藉小山文,空挥章台赋。(《奉和随王殿下》其三)

$\underline{\text{A D A A C}}$　　　　　　　$\underline{\text{A D A A C}}$

以上列举七诗,大多作于永明末和建武初。《和王著作融八公山》是唱和王融之作,王融也是永明体极重要的诗人之一。此诗入韵句大量运用"平平去平入(AACAD)"这一声调顺序,如前所述,谢朓《和别沈右率诸君》、《望三湖》及沈约《伤春》、《循役朱方道路》中也大量运用这一模式。《始出尚书省》总共有15个入韵句,其中7句的声调顺序都为"平平去平上(AACAB)",这在长诗中尤为不易。并且,"平平去平上(AACAB)"也在谢朓其它诗歌中(如《奉和竟陵王同沈右率过刘先生墓》、《与江水曹至干滨戏》、《祀敬亭山庙》)大量出现。

三、"好诗圆美流转如弹丸":沈、谢对通篇声律的探索

以上所列举的14首沈约诗、13首谢朓诗(尤其是《饯谢文学》、《八关斋》、《望三湖》),以及沈约、谢朓之间的赠答诗(《饯谢文学》与《和别沈右率诸君》),同题奉和诗(谢朓《奉和竟陵王同沈右率过刘先生墓》),足以证明这样一个结论:沈约、谢朓有意在五言诗入韵句的相同位置上,使用同一声调的文字;这是二人有意创造的"永明体"声律模式之一。即便如此,仍有这样两个疑问:其一,王融诗是否符合这一声律模式?其二,这一声律模式为何不体现于沈、谢其它五言诗中?

关于第一个疑问,也对王融诗的声调进行了统计,但没有在其诗中找出如《饯谢文学》、《八关斋》、《望三湖》一般完全符合这一模式的作品。即便如此,仍有数诗大致符合这一规律,如《同沈右率诸公赋鼓吹曲二首》,其二《芳树》[22]诗的声调情况为:

47

相望早春日,烟华杂如雾。复此佳丽人,含资结芳树。
　　　A A D A C　　　　　　　A A D A C
绮罗已自怜,萱风多有趣。去来徘徊者,佳人不可遇。
　　　A A A B C　　　　　　　A A A B C

此诗第二、四句声调顺序完全一致,第六、八句声调顺序完全一致,与谢朓《奉和随王殿下诗十六首(其三)》的声调规则是相同的。值得注意的是,此诗是与沈约、谢朓等人同题唱和之作,且第二、四句"平平入平去(AADAC)"这一声调顺序经常出现在沈约诗中(如《奉和竟陵王郡县名》、《送别友人》、《见庭雨应诏》),第六、八句"平平平上去(AAABC)"正是沈约《饯谢文学》一诗四个入韵句所采用的声调顺序,如此种种,当可推知王融此诗绝非无意为之。此外,《齐明王歌辞七首(其三)》、《大惭愧门诗》、《和南海王殿下咏秋胡妻诗(其二)(其五)》、《咏琵琶诗》、《奉和代徐诗二首(其二)》等诗,也间有数句符合这一声调模式。但不得不承认,相比于沈约、谢朓而言,这一声调模式在王融诗中体现得并不明显。据王融《芳树》一诗推知,他应当明了沈、谢这一声律模式之创想,但他在多大程度上认可这一声律模式,以及愿意花费多大的心思精力来创作这种声律模式的诗歌,却是不得而知的。即便如此,上文列举的沈约、谢朓诗,足以证明这一声律模式是存在的。

　　第二个疑问是,这一声调模式为何没有应用于沈、谢其它诗歌当中?如前所述,应将永明体视为一种处于试验、探索当中的诗体,而非既成的、一定的声律规则。沈约等人发现汉语四声之后,将其运用于诗歌创作当中。但是,前人既没有一定的规则、方法可供参考,他们也不可能预想到此后数百年的格律变化,所以只能是提出某些大致的运用规则(沈约"若前有浮声,则后须切响。一简之内,音韵尽殊;两句之中,轻重悉异"等语),在实际创作时进行试验、探索、创造。因此,试图以某一固定的声律规则来解释所有的永明体诗歌,注定是要失败的;应当承认永明体声律规则的多样性。基于这一认识,可以将上文总结的声调规则视为永明体声律模式之一。

　　以上证明了入韵句相同位置上使用同一声调的字,确实是沈约等人试验的永明体声律模式之一;以下将对这一声律模式所取得的效果进行简要分析。此处拟将这种声调模式,与五言格律诗的声调模式进行比较,以探讨二者之异同。随便选取五言格律诗的一种样式,如:

　　　———||,|||——。
　　　||——|,——||—。
　　　———||,|||——。
　　　||——|,——||—。

忽略句中声调的细微差别,以第二、四字为主要区别特征,则"———||"与"——||—"可以视为同一声调模式,假设为A;"|||——"与"||——|"可以视为同一声调模式,假设为B。那么,这种模式便可以简化为:

```
A   ,   B。
B   ,   A。
A   ,   B。
B   ,   A。
```

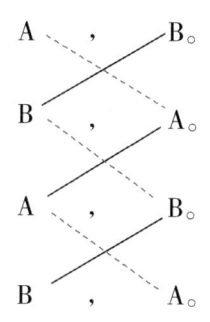

八句之间,都有联系,也可用"异音相从"、"同声相应"来解释。"异音相从",指每一联的两句之间声调模式不同(A—B);"同声相应",如上图所示,A—A 与 B—B 之间或连续相应,或隔句相应。八句之间,声调模式有同有异,故能取得很好的音乐效果。按照这一模式来分析《饯谢文学》、《八关斋》、《望三湖》这三首诗,情况如下:

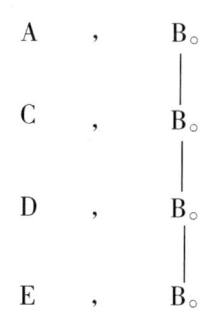

```
A   ,   B。
        |
C   ,   B。
        |
D   ,   B。
        |
E   ,   B。
```

这一声调模式,一联两句之间"异音相从",奇数句之间"异音相从",偶数句之间"同声相应"。如此,则如五言格律诗一样,八句之间声调模式有同有异,也能取得较好的音乐效果。由此可知,沈约、谢朓等人也在探索联与联之间的关系,企图构建一种通篇的声律,并非"没有注意到通篇的声律"。

当然,前辈学者并非没有注意到这一特殊声调模式。早在上世纪三十年代,郭绍虞便已归纳出"四联同调式"、"单句同调式"、"双句同调式"[23]这三种声律模式,其中"双句同调式"与本文所指模式相近。然而其聚焦点并非"永明体",故诗例多唐人之作;此外,其所为"调"实为平仄,而非四声,亦不足以显示沈约等人诗歌声调的精妙之处。此后,徐青将郭绍虞所谓"四联同调式"称为"对式律",并指出对式律诗"诗行一多,重叠的次数越多,而这样,势必带来单调少变的结果,使人感到音响上的重复"[24]。杜晓勤《齐梁诗歌向盛唐诗歌的嬗变》一书也有类似研究。以上诸家皆以平仄二分为基本手段,以近体诗律句为基本分析单位,试图勾勒齐梁诗声律向盛唐诗声律转变的轨迹。然而从本文研究开看,沈约等人是以"四声"为声律的基本单位,而非平仄。其次,沈约、谢朓诗歌中有许多并非律句,不能归纳到"双句同调式"、"对式律"等形式当中。由此可知,"对式律"这一分析方法其实是存在缺陷的。

其次,可以对单个句子的声调模式进行分析。如果仔细观察上文列举的 28 首诗,便会发现有几种声调模式经常出现。28 首诗中符合声调顺序完全一致的共有 111 句,其中占比最多的四种声调模式为:"平平上平去(AABAC)"24 句,占比 21.62%;"平平去平入(AA-

CAD)"20句,占比18.02%;"平平去平上（AACAB）"19句,占比17.12%;"平平入平去（AADAC）"10句,占比9.01%。这四种声调模式总占比为65.77%,另外还有13种声调模式,占比34.23%。明了这些数据之后,可以对之前的研究进行某些商榷。其一,将永明体"四声"之用简化为平仄之分[25],是不恰当的。以《望三湖》四个入韵句都采用"平平去平入（AACAD）"这一声调模式为例,一句之内,第三字去声与第五字入声严格区分,绝不相同;而四个入韵句的第三字都为去声,上声、入声皆不可用（其它声调模式亦可推知）。由此可知,沈约等人在选用四声时,上、去、入并不是"作一个抑调来用的",而是有所区分的;将永明体声律视为平仄之运用,或仅以平仄来分析永明体诗歌,都是不严谨的。其二,徐青、杜晓勤等人提出的"对式律"这一声律模式,虽极具创见,却仍有所缺漏。其所谓"对式律诗"是指"全诗由相同或相近的一种律联重叠而成"[26],但上文列举沈、谢使用较多的四种声调模式,都不是律句,可知很多诗句都被排除在研究对象之外。而这些被抛弃的诗句却自有规则,且与徐青等人提出的"对式律诗"极为相识,故知其研究方法存在一定缺陷。并且,仅以平仄来分析南北朝诗,尤其是永明诗,不足以揭示其运用"四声"的精妙之处。

接下来,对这四种出现较多的声调模式进行分析。前面已说到,沈约等人在创作这类诗歌时,确实是四声分用的。但是为了分析的方便,这里忽略上、去、入三声的细微差别,将其视为同一种声调类型,即仄声。那么,以上四种声调模式可以简化为同一种类型,即：

平　平　仄　平　仄　　（— — ｜ — ｜）

沈约、谢朓大量使用这一声调类型的诗句,企图建立一种全篇之间的联系。按照沈约"若前有浮声,则后须切响"的构想,这一模式可以分为两个部分：平平仄（— — ｜）,平仄（— ｜）。二者皆是前为"浮声",后为"切响",形成鲜明的声音区别。这一模式与格律诗的律句大体相似而又有所不同,但其究竟具有何种声音美感,以至于让沈、谢花费如此精力,却是不得而知。但是,这绝对是沈、谢对诗句声调模式的一种有意探索。

结　论

本文对沈约、谢朓、王融的五言诗声调进行了标注分析,发现沈、谢诗中存在一种特殊的声调形式,并以大量的诗句以及沈、谢之间的唱和诗为据,证明了沈、谢五言诗中存在这样一种特殊的用调方式：在入韵句的同一位置上,使用相同声调的文字。这一声调形式秘行于沈约、谢朓等人之间,经千五百年而"此秘未睹",是为一憾。不论这一声调形式是否为游戏之作,也不论这一模式在诗律史上占有多大分量,至少要能知道、能领会沈约等人的这一尝试。他们是在以个人之力,探索一种符合整篇诗歌的声律模式,这在古典诗律史上恐怕还是第一次。尽管这一探索的结果是失败的,但他们为此而付出的精思、心血,却是值得敬佩的。只有识得古人用心用力处,才不会愧对古人。

明了这一特殊声调形式之后,可以对之前的某些成见及成果进行探讨。首先,将永明体运用"四声"简化为运用平仄,或仅以平仄来分析永明体诗歌,是不够严谨的。在本文列举的这一诗歌类型当中,上、去、入三声严格区分,不可混用,说明永明体诗歌的精细之处,是"四声"分用的。其次,永明体并非"没有注意到通篇的声律","不涉及联与联之间的关系"。上文列举的特殊声调形式,说明沈约、谢朓试图以每一联的入韵句来建立全篇之间的联系,构建一种"通篇的声律"。再次,沈约等人并非"只要求其异,重在异的配合"。在一句之内,沈约等人确实是强调"异的配合",但在句与句之间,尤其是入韵句之间,沈约等人追求其声调之同,而且是同一位置上的声调相同,从而形成一种"同声相应"的效果。如此,则句内之"异"与句间之"同"结合,构成一种异同搭配的诗律形式。最后,"对式律诗"的提法虽极有创见,但在研究南北朝诗尤其是永明诗时,将许多诗句排除在外,从而忽略了某些相似的声律规则。当然,若只是研究律句的格式及演变轨迹,则不存在以上问题。

总之,在入韵句的同一位置上使用相同声调,是沈约、谢朓等人对"永明体"诗歌声律的一种尝试。今人在分析永明体声律时,须摒弃"后见之明",将永明体视为沈、谢等人对汉语诗律的一次探索、实验,承认其多样性。随着数据库的建立及数字统计的便捷化,对永明体声调情况的统计、分析必将愈加方便,届时可能会发现永明体更多的"未睹"之"秘"。

注 释:

[1] 徐青《南北朝诗律述要》,《厦门广播电视大学学报(综合版)》2001年第1期。

[2][9] 吴小平《论"齐梁体"及其与五言声律形式的关系》,《辽宁大学学报》1987年第2期,第26、27页。

[3] 杜晓勤《齐梁诗歌向盛唐诗歌的嬗变》,北京大学出版社2009年版,第10页。

[4] 胡大雷《"永明体"一联声律规则还原——以比照不同时期"齐梁调诗"作分析》,《南京师范大学文学院学报》,2009年第1期,第6页。

[5] 何伟棠《从永明体到近体》,广东高等教育出版社1994年版,第7页。

[6][19] 张洪明《汉语诗律起源——证自沈约诗案例研究》,《岭南学报》2016年第2期,第116、119页。

[7][11][23] 郭绍虞《照隅室古典文学论集》,上海古籍出版社1983年版,第240—241、241、340—342页。

[8][24] 徐青《古典诗律史》,青海人民出版社1980年版,第53、8页。

[10] 沈约著、陈庆元校笺《沈约集校笺》,浙江古籍出版社1995年版,第484页。

[12] 文中所引沈约诗皆以《沈约集校笺》为准,若字词存在异文,且异文与已标注字词的声调不同,则注释说明;若对标注的声调没有影响,则不做说明。

[13] 此诗中,"佳人",另作"相将";"林中",另作"林交"或"林教"。见《沈约集校笺》第401页。

[14] 此诗中,"七德"另作"七政";"云霞清似转"另作"云葭清似啭";"掩"另作"卷";"扫"另作"拂"。见《沈约集校笺》第337页。

[15] "崝岈"另作"崝泙",见《沈约集校笺》第374页。

[16] 《沈约集校笺》正文作"軗",按校记,当作"轪"。见《沈约集校笺》第340、413页。

[17] "皇陛"另作"皇家"、"皇阶"。见《沈约集校笺》第340页。

[18] 《沈约集校笺》正文作"趋",校记曰各本作"趣"。见《沈约集校笺》第401页。

[20] 本文所引谢朓诗皆以曹融南《谢宣城集校注》为准,对字词异文的处理方式与沈约诗相同。

[21] "芜丝散犹网",另作"垂藤散似网"或"垂藤散犹网"。见《谢宣城集校注》第246页。

[22] 曹融南《谢朓事迹诗文系年》推断此诗作于永明九年前后,陈庆元《沈约事迹诗文系年》系此诗

于永明十年。该诗字句以《谢宣城集校注》所附王融《芳树》为准,见《谢宣城集校注》第169页。

〔25〕 如启功说:"沈约等人在音理上虽然发现了四声,但在写作运用上却只是要高低相间和抑扬相对……在这里上、去、入之间看不出选用的理由和区别,可见上、去、入在当时实是作一个抑调来用的,归结起来,仍是平仄而已……后世的种种误解,大约都由于把辨四声认作用四声了。"参见《诗文声律论稿》,中华书局2000年版,第62页。

〔26〕 徐青《南北朝对式律诗和诗律》,《湖州师专学报》1993年第4期,第29页。

〔作者简介〕 何良五,男,1991年生,湖北武汉人,湖北大学文学院讲师,研究方向为魏晋南北朝文学。

曹贞吉集(清代诗人别集丛刊)

(宋开玉辑校,人民文学出版社2018年12月版)

曹贞吉(1634—1698),曹贞吉是清代康熙前期重要的文学家,能诗善词,卓然自成一家。其词在清初诸老中"最为大雅"(陈廷焯《白雨斋词话》卷三),《珂雪词》是唯一入选《四库全书》的清人词,张之洞《书目答问》列为清人词集第一家。本次整理收录曹贞吉《珂雪初集》、《珂雪二集》、《珂雪三集》、《珂雪三集古近体诗》、《朝天集》、《鸿爪集》、《黄山纪游诗》、《珂雪词》、《珂雪文稿》,另有诗、词、文补遗。书后附有序跋、题记、诗话、词话、题评、传记资料和曹贞吉年谱简编。

姜宸英集(清代诗人别集丛刊)

(杜广学辑校,人民文学出版社2018年12月版)

姜宸英(1628—1699)是清初著名文人。本书汇集了姜宸英现存的各种作品,《湛园未定稿》十卷、《西溟文钞》四卷、《真意堂佚稿》一卷、《湛园藏稿》四卷、《湛园题跋》一卷、《湛园札记》四卷、《苇间诗集》五卷、《湛园诗稿》三卷、《诗词拾遗》一卷,加以标点、校勘,力求做出一部准确完备的整理本。附录内容包括:姜宸英的各种传记、作品序跋、各家评论、友朋酬赠之作。整理者广为搜集,将其汇集起来加以整理,编为一集,从而可以给研究者提供较大便利。

杂言实验与文体革新

——以沈约《八咏》为中心

马 跃

在现存的南朝诗中,有一批句式杂糅的作品,以沈约的组诗《八咏》为代表。马积高很早便指出其中的《岁暮愍衰草》"可注意之处是在形式",并从句式的角度加以分析:沈约糅合骚体句式、骈赋句式与五言诗句,在形式上有所创造[1]。他曾将赋分为骚体赋、文赋、诗体赋三个大类,其中文赋又经历了逞辞大赋、骈赋、律赋、新文赋四个阶段,他对《岁暮愍衰草》句式的划分,根植于对赋体的分类。至于骚体句式和骈赋句式的差异,则并未给出明确的界定,不过从他对赋的分类法中或可推测:骚体句式的标志是使用"兮"字,并隐然有以《楚辞》为基准的倾向,骈赋句式的特点是对称和排偶,且以四六句为主。可以看出,二者并非以统一的标准定义,故对句式的划分或尚有开拓的余地。另可注意的是,糅合骚体句式和骈赋句式,在南朝是一种较为常见的写法,沈约的特别之处乃是以五言诗句为底色,同时糅合上述两种赋化句,《岁暮愍衰草》共46句,五言诗句23,占全篇半数,此篇作品中还有两句七言诗句,同样值得关注。

由于这组诗句式的特殊性,学者在讨论时常将它作为南朝诗与赋互相渗透的例证[2]。不过,将目光扩大到《八咏》中的其他篇目,会看到更复杂的创作现象:《登台望秋月》《会圃临春风》糅合了三言、五言、六言和七言句,句式同样是较为复杂的,而《夕行闻夜鹤》除一句三言和六句六言外,主体由33句五言诗句构成,《霜来悲落桐》除首句的三言外,全篇皆以五言诗句构成,形式并不那么"杂"。八首诗的句式杂糅程度不同,却没有任何两首在句式的组合上完全一致。这些现象引发了笔者的进一步思考:句式杂糅是否就无规律可循?不同的句式是否有较为合理的划分方式?沈约在创作时是否完全即兴下笔?根据中古文学生成的特性,与前代或同时代文本完全孤立的作品,其存在的可能性微乎其微。沈约在创作时可能借鉴哪些资源?以他的文名,这样特殊的作品在后世又有怎样的回响?应该如何看待这种特殊的写作方式?

一、沈约的杂言实验

在讨论这些问题之前,笔者尝试对句式进行划分。先看诗体,决定句式的深层因素在于

本文收稿日期:2021年5月11日

节奏,关于这一点,松浦友久和葛晓音已有极为精彩的发明[3]。概括来说,成熟的五七言诗句以2/3、4/3节奏为主。再看赋体,南朝赋渐以四言和六言句为主,常见节奏分别为2/2、3X2,皆以二音节收尾,彼此容易合拍,除四六句外,赋中有时还可见到三言、五言、七言乃至八言和九言句,乃至形成看似无规律的杂言文本。即使是同样字数句式的内部,节奏也会有变化,故不妨根据节奏的不同对句式进行归类。

《八咏》的常见句式为三言、四言、五言、六言和七言。三言的节奏一致为1/2,四言和六言句的节奏划分通常无异议,为赋体常见的2/2和3X2,由于2/2节奏亦可用于诗体,故这里暂且不做归类,3X2由于含有虚字,不妨称之为"赋化句"。五言和七言的情况要复杂一些,五言句的节奏包括2X2和2/3,七言句的节奏包括3X3和4/3,皆因虚字的有无存在两种情况。这里根据虚字的有无,将2X2和3X3称为"赋化句",无虚字的2/3和4/3称为"诗化句"。也就是说,"赋化句"包括含有虚字的六言(3X2)、五言(2X2)和七言(3X3),"诗化句"包括不含虚字的五言(2/3)和七言(4/3),借助这样的划分,观察杂言本文的文体规律。

完整的《八咏》文本见于《玉台新咏》,题目分别为《登台望秋月》、《会圃临春风》、《岁暮愍衰草》、《霜来悲落桐》、《夕行闻夜鹤》、《晨征听晓鸿》、《解佩去朝市》和《披褐守山东》。《八咏》句式多变,常被视为杂言诗,有时也被当做赋。比如其中的《岁暮愍衰草》,《艺文类聚》收录时进行过删改,题为《愍衰草赋》。后来明人张溥所编的《汉魏六朝百三家集》也沿用了这个题目,与沈约的其他赋相列,所存句子与《艺文类聚》一致,当是直接从中抄录。清人陈元龙编《历代赋汇》将其编入草木类,依然沿袭了《愍衰草赋》的题目,所存残句同样与《艺文类聚》一致。从中可以看出,《艺文类聚》的删改很大程度上影响了后人对这篇作品的认识,使其在文体上完成了从诗到赋的转变。此处暂不讨论类书删改的得失,要思考的问题是:为何欧阳询等人会对题目进行这样的改动?

先看《岁暮愍衰草》,借助上文所举"诗化句"与"赋化句"的区分,对其句式结构分析如下[4]:

句式	文本	节奏	句数
三五言	愍衰草,衰草无容色。	1/2 2/3	2
五言	憔悴荒径中,寒荄不可识。	2/3	2
五言	昔时兮春日,昔日兮春风。含华兮佩实,垂绿兮散红。	2兮2	4
五言	氛氲鸤鹊右,照曜望仙东。	2/3	2
七言	送归顾慕泣淇水,嘉客淹留怀上宫。	4/3	2
五言	岩陬兮海岸,冰多兮霰积。烂漫兮客根,攢幽兮寓隙。	2兮2	4
六言	布绵密于寒皋,吐纤疏于危石。既惆怅于君子,倍伤心于行役。露高枝于初旦,霜红天于始夕。雕芳卉之九衢,賁灵茅之三脊。	3X2	8
五言	风急崤道难,秋至客衣单。既伤檐下菊,复悲池上兰。飘落逐风尽,方知岁早寒。流萤暗明烛,雁声断才续。委绝长信宫,芜秽丹墀曲。霜夺茎上紫,风销叶中绿。	2/3	12
五言	山变兮青薇,水折兮平芋。秋鸿兮疏引,寒鸟兮聚飞。	2兮2	4
五言	径荒寒草合,桐长旧岩围。夜渐蘼芜没,霜露日沾衣。愿逐晨征鸟,薄暮共西归。	2/3	6

全篇共46句,句式有三言、五言、六言、七言不等。三言1句,五言35句,数量最多,既有节奏为2兮2的赋化句(12句),也有节奏2/3的诗化句(23句)。六言8句,为3X2节奏的赋化句。七言两句,为节奏4/3的诗化句。综合来看,除三言无法归类外,诗化句25,赋化句20,数量相差不大,从句式上很难判断是诗体还是赋体,故后人对其进行文体的分类时,就难免出现分歧[5]。按照这种方式,可以对八首诗分别进行诗化句和赋化句数量的对比统计:

题目	句总数	诗化句数	赋化句数
《登台望秋月》	42	23	14
《会圃临春风》	50	21	14
《岁暮愍衰草》	46	25	20
《霜来悲落桐》	44	43	0
《夕行闻夜鹤》	40	33	6
《晨征听晓鸿》	40	15	24
《解佩去朝市》	40	11	28
《被褐守山东》	40	27	12

八首中有四首句数为40,其他四首句数也在40-50之间,说明沈约写作时大概以40句为基准。八首中包括三言、四言、五言、六言和七言句,但五言和六言句最多,可能沈约驾驭这两种句式时最得心应手。从诗化句和赋化句的数量来看,《晨征听晓鸿》、《解佩去朝市》的赋化句多于诗化句,体式更像赋。其余六首皆诗化句多于赋化句,其中《霜来悲落桐》全是五言诗化句,体式最单纯。《夕行闻夜鹤》只有6句赋化句,也像五言诗。《被褐守山东》诗化句和赋化句数量接近,像五言诗和赋的拼贴。《登台望秋月》、《会圃临春风》和《岁暮愍衰草》使用的句式最多,节奏搭配和变化最复杂。《八咏》中既有诗体,也有赋体,还有一些难以归类的杂言体。此外沈约还存有一篇《天渊水鸟应诏赋》,其辞云:"天渊池鸟,集水涟漪。单泛姿容与,群飞时合离。将骞复敛翻,回首望惊雌。飘薄出孤屿,未曾宿兰渚。飞飞忽云倦,相鸣集池篲。可怜九层楼,光影水上浮。木来暂止息,遇此遂淹留。若夫侣浴清深,朋翻迴旷。翠鬣紫缨之饰,丹冕绿襟之状。过波兮湛澹,随风兮回漾。竦臆兮开萍,蹙水兮兴浪。"[6]是四言句、五言诗化句、五言赋化句和六言赋化句的结合体,说明沈约有意探索不同句式和节奏的搭配效果,可能是想创造一种句式和表达更为自由的杂言新体式。

《八咏》写法多变,杂言内部的节奏也稍显凌乱,说明沈约还处于句式实验的阶段,尚未找到心目中的最佳方案。但在写作技法上,《八咏》提供了一些重要经验:

(一)句式搭配。《八咏》特别注意不同句式之间的衔接,形成多种搭配方案。如:

1. 三言和五言组合

八首诗皆以三言加五言句开头,是固定组合[7]。比如"望/秋月,秋月/光如练"(《登台望秋月》)、"临/春风,春风/起春树"(《会圃临春风》)、"愍/衰草,衰草/无容色"(《岁暮愍衰草》),三言的末尾和五言的开头都是二音节,彼此容易合拍。同时,三言采用题目后三字,五言的前两字重复三言末尾的名词,是顶真手法。这种结合有时还用于非开头的位置,比如

55

《会圃临春风》的"开燕裙,吹赵带,赵带飞参差,燕裙合且离",使前后四个三言句和十个五言诗化句彼此相连。

2. 五言诗化句与六言赋化句组合

五言节奏为2/3,六言节奏为3X2,首尾相接同样易于合拍。在改变句式时,沈约注意通过押韵来加强句子的联系,比如"散朱庭之奕奕,入青琐而玲珑。闲阶悲寡鹄,沙洲怨别鸿"(《登台望秋月》),珑、鸿押东韵,"鸣珠帘于绣户,散芳尘于绮席。是时怅思妇,安能久行役"(《会圃临春风》),席、役押昔韵。有时五言和六言衔接时,也注意使用顶真的手法,比如《夕行闻夜鹤》的"憨海上之惊凫,伤云间之离鹤。离鹤昔未离,近发天北垂",以"离鹤"一词勾连五言和六言句,"离"字在两句中使用了三次,修辞与节奏彼此搭配。

3. 七言句的两种组合倾向

首先是七言和六言的组合,从理论上说,无论是"3X3"还是"4/3"节奏,七言末尾都是三音节,与六言赋化句3X2开头彼此合拍,但沈约使用的七言加六言组合大多是3X3配合3X2,比如《会圃临春风》的"想芳园兮可以游,念兰翘兮渐堪摘。拂明镜之冬尘,解罗衣之秋襞",这可能是因为带有虚字的赋化句可以进一步弱化句式不同造成的生硬感,使之更好地衔接。其次是七言与五言的组合,多以4/3与2/3组合,无虚字使得五七言诗化句具有天然的亲缘性。

依据上述规律,可以看到更复杂的搭配方式:

4. 五言2/3 + 六言3X2 + 五言2/3

《夕行闻夜鹤》全篇即以这样的组合方式构成,《晨征听晓鸿》的第2—17句也是"五六五"的组合,偶数句翰、换韵通押。

5. 三言1/2 + 五言2X3 + 七言3X4

这种组合的节奏从一至四,环环相扣,具有天然的音律美。最典型的即是《岁暮憨衰草》的第1—12句,三言加五言使用上文总结的第一种手法连接,五言加七言"氛氲鸡鹃右,照曜望仙东。送归顾慕泣淇水,嘉客淹留怀上宫",东、宫皆押东韵,通过押韵加强联结。

(二)押韵和转韵

《八咏》虽句式不同,但内部都是押韵的[8],试对其押韵情况统计如下表:

题目	用韵
登台望秋月	霁、阳唐、暮、东
会圃临春风	遇、支、泰、支、药铎、耕庚、陌麦昔
岁暮憨衰草	职、东、陌昔、寒、烛、微
霜来悲落桐	暮、先、屑薛、支脂、药铎、阳唐、笑啸、侵
夕行闻夜鹤	支、药铎、支、语、翰换、侵
晨征听晓鸿	翰换、职、微
解佩去朝市	暮、阳唐、未、咍
被褐守山东	东、纸止

其用韵特点可归纳如下：

1. 不限于押平声韵,平仄韵交替使用。

2. 无论是押韵还是转韵,常与句式相配合。比如开头四句中,往往二四句押韵,如《登台望秋月》的"望秋月,秋月光如练。照曜三爵台,徘徊九华殿","练"、"殿"押霰韵,下文虽同为五言句,却转用阳唐二韵。又如《解佩去朝市》中"去朝市,朝市深归暮。辞北缨而南徂,浮东川而西顾",是赋化句与诗化句的结合,暮顾都押暮韵,加强了不同句式的联系。

3. 以隔句押韵为主,但常有首句入韵的情况。例如：

  九华玳瑁梁,华榱与璧珰。以兹雕丽色,持照明月光。凝华入黼帐,清辉悬洞房。先过飞燕户,却照班姬床。(《登台望秋月》阳唐)

  伊吾人之菲薄,无赋命之天爵。抱局促之长怀,随冬春而哀乐。愍海上之惊凫,伤云间之离鹤。(《夕行闻夜鹤》药铎)

  秋蓬飞兮未极,寒草萎兮无色。楚山高兮杳难度,越水深兮不可测。(《晨征听晓鸿》职)

  守山东,山东万岭郁青葱。两溪共一写,水洁望如空。(《被褐守山东》东)

不限于所举,八首中皆有首句入韵的例子,且组合时不受句式的限制。虽然《八咏》句式节奏各异,但其用韵方式是基本一致的。

(三)叠字、顶真、蝉联、回文等修辞的综合运用。

叠字在诗中十分常见,比如"桂宫袅袅落桂枝,早寒凄凄凝白露。上林晚叶飒飒鸣,雁门早鸿离离度(《登台望秋月》)"、"清庙徒肃肃,西陵久茫茫"(《解佩去朝市》)。叠字的使用使诗歌的声音更悠远。

顶真是这组诗中最常见的修辞方式,当句式变换或是需要转韵时,顶真的使用,有助于增强句子之间的关联。此外同一种句式内部也常用顶真手法,比如："照曜三爵台,徘徊九华殿。九华玳瑁梁,华榱与璧珰"(《登台望秋月》)、"回簪复转黛,顾步惜容仪。容仪已照灼,春风复回薄"、"曲房开兮金铺响,金铺响兮妾思惊"(《会圃临春风》)。

除顶真外,还有更加灵活的蝉联。比如"宿茎抽晚干,新叶生故枝。故枝虽辽远,新叶颇离离"(《霜来悲落桐》)、"自此别故群,独向潇湘渚。故群不离散,相依江海畔"(《夕行闻夜鹤》)。语词的重复加强了连贯性。

回文如"昔时兮春日,昔日兮春风"(《岁暮愍衰草》),两句之中只有一字相异。

以上四种修辞的共同点在于字词的重复,效果是使句子之间的结合更紧密,具有悠扬宛转的余韵。句式与韵式、修辞的彼此配合,使《八咏》呈现出别致的形式之美。通过上述分析可以看到,即是句式杂糅,《八咏》依然遵循着一定的创作规律,解决这一问题后,不禁要追问,是什么促使他进行这样的写作尝试？

二、《八咏》创作契机初探

《八咏》是由八首杂言文本构成的组诗,总题目"八咏"以数字领衔,类似的题目,可以找到曹植的《九咏》[9]。不过,从现存的残句来看,《九咏》并非组诗的形式,主体由 3 兮 2、2 兮 2 和 3 兮 3 三种句式构成,是《楚辞》的常用句式,内容是建安文学中常见的求女题材,借此言志,二者并不具有必然的关联。不过,通过《九咏》,可以联想到屈原的《九章》及其拟作[10]。《九章》是由九首作品构成的组诗,包括《惜诵》、《涉江》、《哀郢》、《抽思》、《怀沙》、《思美人》、《惜往日》、《橘颂》和《悲回风》,王逸认为这是屈原"放于江南之野,思君念国,忧心罔极"之作,并分疏每首的大意,大致可以勾勒出这样一条线索:屈原尽忠事君,为谗邪所陷,先是博采众善以自处(《惜诵》),后徘徊江上,感叹君子不遇(《涉江》),遭到放逐后,不忍离开故国(《哀郢》),又反复陈志(《抽思》、《思美人》、《惜往日》、《橘颂》、《悲回风》),最终仗节死义(《怀沙》)。《九章》是逐臣之辞,整体以抒情为主,其中穿插由物候变化引发的愁思,如《涉江》"乘鄂渚而反顾兮,欸秋冬之绪风"一节引发对行旅的追忆,《抽思》由"悲秋风之动容兮,何回极之浮浮"带出内心独白,《思美人》以"开春发岁兮,白日出之悠悠"领起对芳草之质的怀想。这样的主题,《八咏》与之颇为相似。

铃木虎雄《沈约年谱》将《八咏》系于永明十一年(493),是年齐武帝崩、文惠太子薨,王融卒[11]。以此年为分界,南齐由盛转衰。林晓光对永明十一年的政局做过精彩的分析,齐武帝死后,王融拥立萧子良发动政变失败,被下狱赐死,萧子良忧惧而死,竟陵集团随即烟消云散[12]。在此后与徐勉的通信中,沈约自称"永明末,出守东阳,意在止足"[13],作为竟陵集团的成员,外任以避开政治中心的漩涡,退而自守,实是一种自我保全的策略。作于退守期间的《八咏》,时常流露出一种复杂的心绪:"既伤檐下菊,复悲池上兰。飘落逐风尽,方知岁早寒"(《岁暮愍衰草》)、"曲池无复处,桂枝亦销亡。清庙徒肃肃,西陵久茫茫"是对零落销亡的永明故友的缅怀(《解佩去朝市》),沈约本人也"自此别故群,独向潇湘渚"(《解佩去朝市》)。出守是自保的权宜之计,有时也会产生"余亦何为者,淹留此山东"的疏离感(《登台望秋月》),发出"安能久行役"的疑惑(《会圃临春风》),可谓是"既惆怅于君子,倍伤心于行役"(《岁暮愍衰草》)。由此引发对命运与自我价值的怀疑:"天道有盈缺,寒暑递炎凉"(《解佩去朝市》)、"芬芳本自乏,华实无所施"、"顾已非嘉树,空用凭阿阁"(《霜来悲落桐》),这些疑惑缠绕着他,无法求得确切的答复。同时,诗中也可以看到不同姿态,幸存于政变之际的沈约,为求自保,战战兢兢地发出另一种声音:"幸帝德之方升,值天纲之未毁",作为东阳太守,只愿"清心矫世浊,俭政革民侈。秩满抚白云,淹留事芝髓"(《被褐守山东》),一副清心寡欲的样子,然而他"被褐守山东"的身份仅存在了三年,"秩满"之后也未曾"淹留",很快便回京任职了。

在此,看到了《八咏》与《九章》的某种共通性,写作的契机是时运不顺,被放逐而远游,因物候的变化引起思绪,以组诗的形式传达复杂心态。在形式上,也有一些共性可讨论。《八咏》的分标题皆是 2/3 节奏的五言句,后面的三个音节以动词加名词的形式构成,《九章》的分题除《橘颂》外,同样以动词加名词的形式构成,其中《思美人》、《惜往日》、《悲回风》与"愍衰草"、"悲落桐"等诗题的命名构成方式十分相像[14]。值得注意的还有《九章》中这三首的开头:"思美人兮,擥涕而伫眙"、"惜往日之曾信兮,受命诏以昭时"、"悲回风之摇蕙兮,心冤结而内伤",题目与首句前三字相同,《八咏》的分题命名方式与之一致,结合沈约自身的经历,他在创作时很可能以《九章》为重要的参照,这可以解释为何《八咏》中有大量的赋化句。进一步思考:除赋化句外,沈约又加入诗化句,这是出于怎样的考虑呢?

赋中加入诗化句的现象出现在南朝[15],如鲍照的《芜城赋》"直视千里外,唯见起黄埃"[16]、《飞蛾赋》"拔身幽草下,毕命在此堂"[17],江淹的"紫茎绕径始参差,红荷绿水才灼烁"(《水上神女赋》)[18]、"春闱闷此青苔色,秋帐含兹明月光"(《别赋》)[19],以上作品中诗化句只占很小的比重。在《八咏》之前或与之大致同时,大量将诗化句与赋化句结合的作品,可以举出谢庄的《怀园引》和《山夜忧吟》,前者在赋化句中大量插入2/3节奏的五言诗化句,后者除五言外,还加入了不少4/3节奏的七言诗化句,此外鲍照有《与谢尚书庄三连句》,其辞云:"霞辉兮涧朗,日静兮川澄。风轻桃欲开,露重兰未胜。水光溢兮松雾动,山烟叠兮石露凝。掩映晨物彩,连绵夕羽兴。"[20]在现存的8句中,半数为五言诗化句,鲍照此诗写给谢庄,可以看到他们共同的兴趣所在。这些现象说明将赋化句与诗化句相结合,在南朝形成了一种写作风气[21],沈约本人也不例外。值得注意的是,谢庄两篇作品题目标注的"引"、"吟",使人联想到乐府中琴歌的命名,如《霹雳引》、《思归引》、《贞女引》、《处女吟》等等。翻阅《乐府诗集》收录的琴曲歌辞,可以发现早期琴歌多为含有"兮"字的骚体,如《神人畅》、《思亲操》和《南风歌》,这类题为"引"、"吟"的作品,与乐府或许存在某种亲缘关系,类似的还有夏侯湛的《山路吟》,多是以"兮"为虚字的赋化句,这类标题还可以扩展到"咏"、"歌"、"谣"等题目,如夏侯湛的《离亲咏》、《江山泛歌》、《长夜谣》,湛方生的《怀归谣》,谢庄的《瑞雪咏》,皆符合这一规律。

沈约以"咏"命名,或许受到此类作品的影响。值得注意的是夏侯湛还有一批题为《春可乐》、《秋可哀》的作品,其开头的写作方式也很值得注意:"春可乐兮,乐东作之良时"、"春可乐兮,乐崇陆之可娱"、"秋可哀兮,哀秋日之萧条"[22],首句与标题一致,一二句使用顶真,《八咏》开头的写法与此完全一致,很可能受其影响。

由此推断:《八咏》是沈约在永明末年竟陵集团崩溃后、避祸出守东阳所作,他联想到同样被放逐远游的诗人屈原,参照《九章》的形式创作了八首组诗。同时,赋体发展至南朝,已有诗化句入赋的现象,沈约参照谢庄等人的作品,将赋化句与诗化句结合,并学习"引"、"吟"、"歌"、"谣"等类似琴曲歌辞的标题,将组诗命名为"咏"。

三、沈约的后继者

前文已总结了《八咏》的文体特征和创作契机,下面将讨论这组诗对后世文学的影响。目前可以找到直接以《八咏》为题目效仿者,首推唐代诗人上官仪的《八咏应制》[23]:

> 启重帷,重帷照文杏。翡翠藻轻花,流苏媚浮影。瑶笙燕始归,金堂露初晞。风随少女至,虹共美人归。罗荐已擘鸳鸯被,绮衣复有蒲萄带。残红艳粉映帘中,戏蝶流莺聚窗外。洛滨春雪回,巫峡暮云来。雪花飘玉辇,云光上璧台。共待新妆出,清歌送落梅。
>
> 入丛台,丛台裹春露。滴沥间深红,参差散轻素。妆蝶惊复聚,黄鹂飞且顾。攀折殊未已,复值惊飞起。送影舞衫前,飘香歌扇里。望望惜春晖,行行犹未归。暂得佳游趣,更愁花鸟稀。且学鸟声调凤管,方移花影入鸳机。

参照《八咏》分题，可以将之分别命名为《启重帷》和《入丛台》，二者全由诗化句构成，其中《启重帷》共18句，三言1句，五言13句，七言4句，《入丛台》共16句，三言1句，五言13句，七言2句。与八咏相同者，主体由五言构成，首两句由三言和五言组合而成，使用顶真，首句当与分题重合。主体由三言+五言+七言的方式构成，音节相扣。在用韵方面，《启重帷》分别押梗、微、泰、灰/咍四韵，《入丛台》押暮、止、微三韵，前者平仄交替，后者由两组仄声韵转押平声。修辞如首句的顶真，叠字"望望"、"行行"，双声叠韵"鸳鸯"、"丛台"、"滴沥"、"参差"，"暂得佳游趣，更愁花鸟稀。且学鸟声调凤管，方移花影入鸳机"以"花""鸟"对应后两句，增强关联性。不过，这组诗也与《八咏》存在不同，从诗题上看是应诏而作，其内容像是写舞女，很可能是宴饮时所写，不似《八咏》有着放逐远游的背景和心绪。在句式上，沈约糅合诗化句和赋化句，上官仪则全用诗化句，主体是三、五、七言组合。

此处对此种组合稍作分析，前文已经指出，三五七言组合的节奏从一至四，环环相扣，音律和谐。不过比起三五七言，六朝诗中更常见的组合是三三七，在乐府中最多，如鲍照《代淮南王》："淮南王，好长生，服食练气读仙经"、"合神丹，戏紫房，紫房彩女弄明珰"[24]即是其例。这种句式中七言的节奏服从于三言，并对单调急促的三言句产生缓冲[25]。三言加五言，五言加七言的组合有时也可以见到，比如鲍照《梅花落》："中庭杂树多，偏为梅咨嗟。问君何独然？念其霜中能作花，露中能作实。摇荡春风媚春日，念尔零落逐寒风，徒有霜华无霜质。"[26]王融《奉和秋夜长》："秋夜长，夜长乐未央。舞袖拂花烛，歌声绕凤梁。"[27]萧绎《古意咏烛》："花中烛，焰焰动帘风。不见来人影，回光持向空。"[28]像《八咏》这样把三五七言结合的作品并不多见[29]，在表达效果上，三言的节奏单调，缺乏轻重长短的调节，七言有休音且头重脚轻，节奏有很强的流丽感，五言头轻脚重，古雅庄重，将五言插入其间，很大程度上弱化了三言和七言的流丽感，具有缓冲的作用，这样的诗型，十分适合用来表达一些古典的意绪，余韵十足。萧琮的《悲落叶》、《听钟鸣》即是这样的作品，以下就此两题分别选取一首[30]：

悲落叶，联翩下重叠。重叠落且飞，从横去不归。长枝交荫昔何密，黄鸟关关动相失。夕蕊杂凝露，朝花翻乱日。乱春日，起春风，春风春日此时同。一霜两霜犹可当，五晨六旦已飒黄。乍逐惊风举，高下任飘扬。

听钟鸣，当知在帝城。西树隐落月，东窗见晓星。雾露胎胎未分明，乌啼哑哑已流声。惊客思，动客情，客思郁纵横。翩翩孤雁何所栖，依依别鹤半夜啼。今岁行已暮，雨雪向凄凄。飞蓬旦夕起，杨柳尚翻低。气郁结，涕滂沱。愁思无所托，强作听钟歌。

诗题与首句相同，除上述两首外，前两句常常通过顶真或个别字的重复相连，如"悲落叶，落叶何时还"、"听钟鸣，听听非一所"[31]，全篇由三五七言构成，上引《悲落叶》共15句，三言3句，五言7句，七言4句，《听钟鸣》共19句，三言4句，五言11句，七言4句。前者押帖、微、质、东、唐/阳，平仄交替，后者押庚/清、齐、歌，全为平声韵。叠字如"翩翩"、"依依"，顶真如"悲落叶，联翩下重叠。重叠落且飞，从横去不归"，"乱春日，起春风，春风春日此时同"则以春字作系联，写法与《八咏》相近。至于两组诗的写作背景，据《梁书》本传，萧琮为萧衍第二子，其身世存在争议，自以为齐东昏侯之子，后奔魏。两组诗的写作背景，《梁书》称是因"不得志"而作，《洛阳伽蓝记》记载洛阳城东建阳里土台上有二精舍，有钟一口，由于钟声响亮，后被移置宫中，萧琮奔魏"闻此钟声，以为奇异，遂造《听钟歌》三首"[32]，则很可能作于北魏的首都洛阳。这种曲折的经历，使两组诗带有飘零的身世之感，如"悲落叶，落叶何时还。夙昔共根本，无复一相关"，"人生譬如此，零落不可持"，"惊客思，动客情，客思郁纵横"，"愁思无所托，强作听钟歌"，"二十有余年，淹留在京域"，两组诗传播极广，《梁书》即称"当时见者莫不悲之"。

《悲落叶》、《听钟鸣》在清代引起了很大的回响，宋琬、柳如是、屈大均、吴应奎、汪中等人皆有拟作。宋琬《听钟鸣》小序云："余览北魏诗有萧综《听钟鸣》、《悲落叶》二篇，词甚凄惋。彼以贵藩播越，不失显膴，然尚内不自得，有忧生飘泊之嗟。矧余羁囚，日与法吏为伍，每当宵箭将终，晨钟发响，凄戾之音，心飞魂栗！讵必听猿而涕下，闻琴而累欷哉！岁时晼晚，庭树萎然，爰效其体，以识余之愤懑焉。"其辞云："听钟鸣，所听非一声。一声才到枕，双泪忽纵横。白头老乌作鬼语，群飞哑哑还相惊。明星落，悲风哀。关山宕子行不返，高楼思妇难为怀。何况在罗网，夜半闻殷雷。无糜复无褐，肠内为崩摧。听钟鸣，心独苦。狱吏抱钥来，不许吞声哭。"[33]此诗作于狱中，有感于萧琮之作的"凄惋"，拟作以抒发"愤懑"，以三五七言结构全篇，具体包括 357/337/5/35 等节奏，参差错落，末尾使用五言，使抒情变得舒缓、韵味深长。值得一提的还有屈大均所作的两首《梦江南》词："悲落叶，落叶落当春。岁岁叶飞还有叶，年年人去更无人，红带泪痕新。""悲落叶，叶落绝归期。纵使归来花满树，新枝不是旧时枝，且逐水流迟。"[34]同样以三五七言结撰，结句用五言，况周颐《蕙风词话》即称第二首"末五字含有无限凄惋，令人不忍寻味，却又不容已于寻味"[35]，便点出了这种收束方式富有余韵的特点。

从后人对《八咏》的接受方式，可以看出这组诗对文体发展的影响。《八咏》本是诗化句与赋化句杂糅的体式，而萧琮、上官仪的拟作排除了赋化句的成分，以诗化句结撰全篇。上节列举了《八咏》的五种句式搭配方式，其中的第一和第五种影响最广。将三言和五言以顶真的方式相连，将五言作为三言和七言之间的缓冲，配合五言本身所具有的典雅庄重感，这样的诗体非常适合用来传达一种古典的意绪。以诗化句构成的三五七言体，正脱化于《八咏》这样句式驳杂的文本中，其影响甚至延续到词体，由此可见杂言文本对文学体式革新的作用。

余　论

本文试图勾勒的线索是：《八咏》是沈约退守东阳时所作的组诗，他在创作时受到屈原组诗《九章》的影响，并参照谢庄等人的杂言作品，将诗化句与赋化句结合，通过对句式和韵式、修辞等技法的搭配摸索，形成了较成熟的写作经验。随后，萧琮、上官仪排除其中的赋化句成分，以三言、五言和七言诗化句组合为一种参差错落的新诗体，其中萧琮由梁入魏，在《悲落叶》、《听钟鸣》二题的写作中极尽飘零凄婉之意，对清诗的写作产生了很大影响。《八咏》的作为句式丰富的杂言体式，其传续与影响横跨诗、赋乃至词体。

回到本文开头提出的最后一个问题：如何看待《八咏》这样的写作方式？由于句式杂糅

的特质,实在很难区别它是诗还是赋,与其纠缠文体的归属,不妨将其视为带有实验性质的流动性文本,在这类本文中,诗人可以任意进行技法的组合,探索其表达效果。罗兰·巴特(Roland Barthes)曾区分"可读之文"(texte lisible)与"可写之文"(texte scriptible),前者有明确的所指意向,后者缺乏确定的意义,是无可归类的边缘性作品[36]。虽然这样的作品"偶一露面,疏忽已逝",但在语言的边界展开活动,实际正处于运作的真正中心。借鉴这种划分,《八咏》也可被看作是"可写之文",它缺乏固定的结构,在文体的边界滑动,秩序缺失的边线之间正是产生愉悦的场所。此类实验性作品为诗歌语言的生长提供了土壤:萧琮、上官仪等人作为《八咏》的接受者,参与到体式的生产之中,使用音律和谐、意绪舒缓的三五七言体进行表达。由于与杂言体式具有天然的亲缘性,三五七言体依然未能凝结为"可读之文",仅首两句和基本结构大致不变,句式的组合方式依然在不断变化,这种变化性也使它保持了极强的生命力,在诗体乃至词体中持续流动。总之,杂言文本如同写作的实验场,揭示出诗歌发展的关键环节,值得进一步关注。

注 释:

〔1〕 马积高《赋史》,上海古籍出版社1987年版,第214页。

〔2〕 程章灿讨论南朝赋的诗化,将《岁暮愍衰草》置于"诗赋合一的轨迹"这一线索中,《魏晋南北朝赋史》,江苏古籍出版社2001年版,第241页。傅刚认为南朝诗文赋交流融汇,散文和辞赋以成熟的骈偶技巧影响了诗歌,《八咏》即是此一线索下的产物,《魏晋南北朝诗歌史论》,商务印书馆2017年版,第238—239页。

〔3〕 参见松浦友久《中国诗歌原理》,孙昌武、郑天刚译,辽宁教育出版社1990年版;葛晓音《先秦汉魏六朝诗歌体式研究》,北京大学出版社2012年版。

〔4〕〔27〕 吴兆宜《玉台新咏笺注》卷九、卷十,中华书局1985年版,第439、487页。其他七首在卷九,为避免征引繁琐,后文不再出注。

〔5〕《艺文类聚》题为赋,代表了唐人对这篇作品的认知。不过,这种分类也有很大的偶然性,《愍衰草赋》所在的"草"部,诗的部分多咏春草、青草,可能是未能将此篇归入诗类的原因之一。

〔6〕〔22〕〔28〕 欧阳询编《艺文类聚》卷九十、卷三、卷八十,上海古籍出版社1982年版,1557、45/53、1371页。

〔7〕 唯《被褐守山东》为三言+七言,是一种变体。

〔8〕 只有少数例外,例如《会圃临春风》的"经洞房,响纨素,感幽闺,思帷帘"四句不与上下文押韵。

〔9〕 此篇作品主体见于《艺文类聚》卷五十六,另有残句保存于《文选》、《北堂书钞》、《太平御览》中。

〔10〕 洪兴祖《楚辞补注》,中华书局1983年版,第120页。类似的组诗,还有东方朔《七谏》、王褒《九怀》、刘向《九叹》、王逸《九思》。

〔11〕 铃木虎雄《沈约年谱》,马导源译,商务印书馆1935年版,第30页。

〔12〕 林晓光《王融与永明时代:南朝贵族及贵族文学的个案研究》第五章《悲剧落幕——从永明政局看拥立竟陵政变始末》,上海古籍出版社2014年版。

〔13〕《梁书》卷十三《沈约传》,中华书局1973年版,第235页。

〔14〕《岁暮愍衰草》亦作《愍衰草赋》,题目由五字构成,重心实在"愍衰草"三字。

〔15〕 学者常提到班固《竹扇赋》,认为是七言诗体赋,为创格。实际这篇赋依靠《古文苑》存有十一句

七言,应是残篇。而整个汉代乃至魏晋,除此篇外,并无以七言诗句构成的赋。林晓光以之对比班固《幽通赋》和班彪《北征赋》乱辞,将《竹扇赋》还原为"四言+三言+兮"句式。参见林晓光《从"兮"字的脱落看汉晋骚体赋的文体变异》,《中国社会科学》2018年第8期。

〔16〕〔17〕〔20〕〔24〕〔26〕 丁福林、丛玲玲《鲍照集校注》卷一、卷一、卷七、卷三、卷七,中华书局2012年版,第23、63、647、203、621页。

〔18〕 胡之骥《江文通集汇注》卷一,中华书局1984年版,第24页。

〔19〕 李善注《文选》卷十六,上海古籍出版社1986年版,第754页。

〔21〕 值得注意的还有江淹赋的歌辞和乱辞,常有诗化句加入,如《学梁王菟园赋》的两组歌辞:"碧玉作椀银为盘,一刻一镂化为鸾"、"美人不见紫锦衾,黄泉应至何所禁",《江文通集汇注》卷二,第97页。

〔23〕 《全唐诗》卷四十,中华书局1960年版,第506—507页。

〔25〕 葛晓音《论汉魏三言体的发展及其与七言的关系》,《先秦汉魏六朝诗歌体式研究》,第182页。

〔29〕 南齐诗人陆厥有《临江王节士歌》,虽然也是以三五七言组合,但是以三三七言开头,与《八咏》不同。郭茂倩《乐府诗集》卷八十四,中华书局1979年版,第1184页。

〔30〕 《艺文类聚》、《梁书·萧琮传》皆有收录,二者互有异同。为方便叙述,这里采用《艺文类聚》的版本,分别见《艺文类聚》卷八十八,第1509页;卷三十,第539页。

〔31〕 此句见《梁书》卷五十五,第825页。

〔32〕 周祖谟《洛阳伽蓝记校释》卷二,中华书局2010年版,第55页。

〔33〕 宋琬《安雅堂未刻稿》卷二,齐鲁书社2003年版,第397—398页。

〔34〕 饶宗颐初纂,张璋总纂《全明词》,中华书局2004年版,第3139页。

〔35〕 收入唐圭璋《词话丛编》,中华书局2005年版,第4518页。

〔36〕 罗兰·巴特(Roland Barthes)《S/Z》,屠友祥译,上海人民出版社2000年。原译"能引人阅读之文"、"能引人写作之文"。这两个概念的提出,源自罗兰·巴特对巴尔扎克的小说《萨拉辛》的解读,论述时特别强调读者的作用,可写之文的不确定性,使读者可以参与到文本意义的生产中。这对概念同样可以借鉴到诗体,如果以是否存在固定的体式作为衡量标准,《八咏》也可以被视为缺乏特定结构的"可写之文"。

〔作者简介〕 马跃,1993年生,南京大学文学院2019级博士生。

何道生集(清代诗人别集丛刊)

(许隽超辑校,人民文学出版社2018年12月版)

何道生(1766—1806),字立之,号兰士。与法式善、张问陶、杨芳灿等倡和,为王昶、张问陶所称。著有《双藤书屋诗集》十二卷。这次整理的《何道生集》以何道生为主,兼及何元烺、何熙绩、何耿绳,共两代四人。内容包括何道生《双藤书屋诗集》十二卷、《双藤书屋试帖》二卷,何熙绩《月波舫遗稿》,何元烺《方雪斋试帖》,何耿绳《退学诗斋诗集》、《学治一得编》,以及族谱传记等资料。

论道观与唐诗的创作、传播*

韩文涛

道教发展至唐代而臻于极盛,遍布全国的道观不仅在诗人日常生活中扮演着重要角色[1],还显著促进了唐诗的创作与传播:唐代道观通过外部环境优美、内部设计巧妙、文化氛围浓厚、政治文化地位特殊等因素,直接刺激唐诗的创作;唐代道观的大量题壁、诗板与刻石,在唐诗传播中发挥着不可忽视的作用,而诗人的游览与唐诗的传播,亦为道观文化底蕴的积累做出了极大贡献。

一、道观与唐诗的创作

道观对唐诗创作的影响是广泛而深刻的:优美的外部环境、巧妙的内部设计直接刺激了诗歌创作,浓厚的文化氛围丰富了诗人的知识积累、提高了诗人的文化修养,而大量看似"偶然"的发生在道观中的诗歌创作事件,则出于"必然"。

(一)外部环境优美

道观多兴建于山环水绕、风景优美的洞天福地,即便处于都邑闹市之中,也必精心营造清雅优美的环境,这对诗人的创作具有天然助益。

吴筠《简寂先生陆君碑》描绘简寂观景色云:"众峰干霄,飞流注壑,窈窕幽霭,宜其为至人之所止焉。"[2] 唐代诗人顾况、韦应物、灵澈、白居易、吕岩、黄滔、修睦、齐己、李中等人均留有优美的诗作。如韦应物在简寂观瀑布下接连赋诗二首,其一云:

> 茶果邀真侣,觞酌洽同心。旷岁怀兹赏,行春始重寻。聊将横吹笛,一写山水音。(《简寂观西涧瀑布下作》)[3]

可见诗人与友人同赏山水美景、吹笛赋诗的惬意场面,而末句的"写"字,明确点出了道观美景对于唐诗创作的助益作用。黄滔则云:

> 古观云溪上,孤怀永夜中。梧桐四更雨,山水一庭风。诗得如何句,仙游最胜宫。(《寄李校书游简寂观》,卷七〇四,8176页)

本文收稿日期:2021年6月16日

正因游览了最负盛名的道教宫观,诗人才写出如此美妙的诗句,这直接点破了道观美景对于诗歌创作的推动作用。又如,李白描写蜀中名胜云台观的美景云:

  三峰却立如欲摧,翠崖丹谷高掌开。白帝金精运元气,石作莲花云作台。(《西岳云台歌送丹丘子》,卷一六六,第1719页)

景色非凡,所以游览此观者颇多好句,其著名者如杜甫:"君王台榭枕巴山,万丈丹梯尚可攀。春日莺啼修竹里,仙家犬吠白云间"(《滕王亭子》,卷二二八,第2476页);钱起:"林行拂烟雨,溪望乱金碧。飞鸟下天窗,袅松际云壁"(《寻华山云台观道士》,卷二三六,第2615页);孟郊:"华岳独灵异,草木恒新鲜。山尽五色石,水无一色泉"(《游华山云台观》,卷三七五,第4225页)等等。风景优美的云台观,引得历代诗人题咏不绝,晁公武《郡斋读书志》记载:"《云台编》六卷,右皇朝耿思柔纂华州云台观内古今君臣所题诗"[4],"古今君臣"的题诗可以结集成编,这更加证明了道观景色对诗歌创作的巨大作用。

游览道观欣赏美景的闲情雅趣,足以促使诗人诗思流畅毫无阻滞,如白居易游楼观后作:"吟诗石上坐,引酒泉边酌"(《寄王质夫》,卷四三四,第4809页),元稹游九华观后作:"霞朝澹云色,霁景牵诗思"(《元和五年予官不了罚俸西归三月六日至陕府与吴十一兄端公崔二十二院长思怆曩游因投五十韵》,卷四〇〇,第4495页)等,"吟诗石上"、"景牵诗思"是唐诗得益于道观美景的直接证明,更有甚者如陆龟蒙:

  昔闻明月观,只伤荒野基……连山忽中断,远树分毫厘。周回二十里,一片澄风漪……此会非俗致,无由得旁窥。但当乘扁舟,酒翁仍相随。或彻三弄笛,或成数联诗。自然莹心骨,何用神仙为。(《明月湾》,卷六一八,第7171页)

诗人慕"明月观"之名而来,却发现早已荒败破落,只存地基,然而这并没有减损游兴,诗人借机饱览了周遭景色,吟诗弄笛,如入仙境。

综上可见,道观及其周边美景对诗歌创作的积极推动作用,而神仙意识、神仙美学已然深刻影响了诗人欣赏美景时的思维方式与诗歌的语言表达。

(二)内部设计巧妙

道观内部设计巧妙,主要体现在宫观建筑的安排与园林花木的布置两方面。

1. 宫观建筑

为了突出显赫地位,道观的正殿一般建于中轴线之上,其余配殿、楼台、斋堂或对称分布,或灵活布局,总体结构严谨方正而绝无刻板呆滞之感,对此,唐人多有描述,如骆宾王云:"玉殿斜连汉,金堂迥架烟"(《游灵公观》,卷七八,第844页);韩愈云:"殿阶铺水碧,庭炬坼金葩"(《奉和杜相公太清宫纪事陈诚上李相公十六韵》,卷三四四,第3874页),而皮日休的描绘更加详尽:"两廊洁寂历,中殿高巉屼。静架九色节,闲悬十绝幡。微风时一吹,百宝清阑珊。"(《上真观》,卷六一〇,第7095页)诗人游于道观建筑群之中,自然会对道教追求内敛、自持的审美心理有更加清晰地体认。

2. 园林花木

殿堂之外,道观一般在僻静之处建有清幽雅致的园林,这与皇宫的御花园类似而又别具神仙意味:道观园林以假山为仙山,以花木喻仙人、仙药,而北京白云观更将其园林直接命名为"小蓬莱"以拟仙境，可见其用意。人游其中，自然生出身处仙境之感，如李白云："道童对月闲吹笛，仙子乘云远驾车。怪石堆山如坐虎，老藤缠树似腾蛇。"（《太华观》，续拾卷十四，第11100页）又如储光羲："坐弄竹阴远，行随溪水喧。石池辨春色，林兽知人言。"（《昭圣观》，卷一三七，第1388页）在道观园林之中，原本普通的景致具备了"石如坐虎"、"林兽能言"的灵性，构建起一个神奇瑰丽的想象世界。其他如杜甫："翠柏深留景，红梨迥得霜。风筝吹玉柱，露井冻银床。"（《冬日洛城北谒玄元皇帝庙》，卷二二四，第2392页）王建："空廊鸟啄花砖缝，小殿虫缘玉像尘。"（《题应圣观》，卷三〇〇，第3396页）描写精致充满意趣之句，不胜枚举。

为营造肃穆的氛围，道观园林多植竹柏，而诗人游览时往往见之，遂将慕道羡仙之情转移到此类植物上，如刘得仁云：

清风枝叶上，山鸟已栖来。根别古沟岸，影生秋观苔。遍思诸草木，惟此出尘埃。恨为移君晚，空庭更拟栽。（《昊天观新栽竹》，卷五四四，第6336页）

竹柏本含坚贞静穆的特性，更因栽种于道观园林而得到极大强化，以致成为诗人心中"出尘埃"的代表，爱屋及乌之情显而易见。而李远："圆节不教伤粉箨，低枝犹拟拂霜坛"（《邻人自金仙观移竹》，卷五一九，第5978页），更是直接将道观所植之竹移至自家，其赏爱之情不可谓不深。

道观建筑雄深富丽，道观园林设计精巧，这使得道观整体氛围安肃静穆、自持内敛，皮日休云："古观岑且寂，幽人情自怡"（《三宿神景宫》，卷六一〇，第7092页），"怡"字点明了道观对诗人情绪的净化作用，而这对诗歌创作无疑会产生极大促进。

（三）文化气息浓郁

唐代道观中，道士文化修养较高，藏书、碑铭丰富，具有浓郁的文化气息，这对唐诗创作具有明显的推动作用。

1. 道士文化修养较高

自南北朝清整之后，道教贵族化特征越发明显，而很多道教的核心人物均出自世家大族，其文化修养水平较常人为高。时至唐代，由于国家支持、皇室入道等原因，道士的文化修养又得到提升，《唐六典》云："道士修行有三号：其一曰法师，其二曰威仪师，其三曰律师，其德高思精谓之炼师。"[5] 道士修行等次的评判标准，除教理、法术等具体内容之外便是文化修养。著名道士如李荣、司马承祯、李含光、吴筠、杜光庭等，思想之通达、眼界之开阔自不必论，就连一般道士也普遍具备较高的文化修养，如孟浩然赞扬对方："少小学书剑"（《伤岘山云表观主》，卷一六〇，第1659页），王昌龄《武陵龙兴观黄道士房问易因题》则记载了其向道士问《易》之事，皎然赞扬对方："耳目何所娱，白云与黄卷"（《兵后早春登故郭南楼望昆山寺白鹤观示清道人并沈道士》，卷八一五，第9263页），"学书"、"问易"、"道典"等，均是对道士文化修养的直接肯定。

道士普遍具备了较高的文化修养，因而才能与诗人进行包括诗文酬唱在内的高层次交流，如王勃："林泉明月在，诗酒故人同"（《秋日仙游观赠道士》，卷五六，第681页），张说："参佐多君子，词华妙赏音。留题洞庭观，望古意何深"（《岳州九日宴道观西阁》，卷八八，第

968—969页),李中:"棋散庭花落,诗成海月斜。瀛洲旧仙侣,应许寄丹砂"(《赠上都紫极宫刘日新先生》,卷七四七,第8593页),徐铉:"达士无不可,至人岂偏为。客愁勿复道,为君吟此诗"(《回至南康题紫极宫里道士房》,卷七五五,第8679页)等,由"诗酒故人"、"词华妙赏"、"棋散诗成"、"为君吟诗"等语,可见道士的多才多能与高雅超逸,而双方论文赏曲、优游酬唱的融洽气氛已跃然纸上。因此,道士的文化修养对唐诗创作的作用便不言而喻了。

2. 藏书、碑铭丰富

(1)藏书

道观的"道藏阁"、"经阁"、"经楼"是我国古代重要的藏书地之一。大型道观一般藏书较多,如《唐会要》记载:玄都观道士尹崇"通三教,积儒书万卷"[6],昊天观主尹文操《玉纬经目》著录道经7300卷,太清宫到唐末时期仍藏各类典籍5300卷等等。另据《唐会要》记载:天宝十四载(755)"颁御注道德经并疏义,分示十道,各令巡内传写,以付宫观"[7],可知各地道观不论大小均设有藏书之地。道观所藏道经及其他典籍,在诗人游览道观时可方便阅读,如韦应物:"聊披道书暇,还此听松风"(《开元观怀旧寄李二韩二裴四兼呈崔郎中严家令》,卷一八七,第1918页),卢纶:"朱字灵书千万轴,苍髯道士两三人"(《题天华观》,卷二七九,第3167页)等,可知道观丰富的藏书可以帮助诗人深刻理解道教的精意,而由王勃"玉笈三山记,金箱五岳图"(《寻道观》,卷五六,第676页)可知,道观还收藏有丰富的图册,这对于诗人直观了解道教神仙世界、拓展想象力具有极大帮助。

(2)碑铭

唐代道观拥有大量的碑刻铭文,除皇帝御书匾额主要用于提高道观声望、吸引诗人游览之外,其余碑铭中有相当一部分具备很高的艺术价值,如欧阳询《大唐宗圣观记》、李邕书《天长观碑》、权德舆《兴唐观新钟铭》与《唐故太清宫三洞法师吴先生碑铭》、冯宿撰柳公权书《太清宫钟铭》等,皆出自书法名家、诗文名家之手。此外,唐代不但升《道德经》居九经之首,还多次将其刻成石碑,分立于各个道观之内,留存全今较为完整者仍有六种,如刻于景龙二年(708)的龙兴观《道德经》碑,文字简古,远胜他本,是历来老学研究者的首选。

诗人游览道观时,自会被大量碑铭石刻吸引:薛逢:"因求天宝年中梦,故事分明载折碑"(《社日游开元观》,卷五四八,第6381页),许坚:"茅氏井寒丹已化,玄宗碑断梦仍劳"(《题茅山观》,卷七五七,第8701页)等,可见道观内的碑铭蕴含着丰富的史料价值;萧祜:"故碑石像凡几年,云郁雨霏生绿烟"(《游石堂观》,卷三一八,第3590页),杜光庭:"碑刊古篆龙蛇动,洞接诸天日月闲"(《题本竹观》,卷八五四,第9727页)等,可见碑铭已被诗人视为道观的重要风景,亦是诗歌描写的内容之一;吕岩:"云中闲卧石,山里冷寻碑"(《赠江州太平观道士》,卷八五八,第9760页),李郢:"读碑丹井上,坐石涧亭阴"(《游天柱观》,卷五九〇,第6903页)等,则简单记录了人们在道观读碑时的一般场景;王建:"荒泉坏简朱砂暗,古塔残经篆字讹"(《同于汝锡游降圣观》,卷三〇〇,第3396页),薛逢:"苔侵古碣迷陈事,云到中峰失上方"(《题春台观》,卷五四八,第6385页)等,可见诗人们对于道观碑铭的损毁漫涣流露出了惋惜与感慨之情。可见碑铭对诗人了解道观历史、道教知识,提高艺术修养、刺激诗歌创作起到了一定作用。

(四)诗歌创作的偶然事件与必然规律

在唐代道观中,还曾发生过一系列诗歌创作的"偶然"事件,如奉和应制、题咏花木、结交道士等,但其发生于此却蕴含着各自的"必然"规律。

1. 奉和应制

唐帝常于道观举行祭祀活动,心有所感,随时赋诗,群臣则纷纷奉和,如中宗曾"于景龙中,置修文馆学士,盛引词学之臣,从侍游宴……冬幸新丰,历白鹿观……帝有所感,即赋诗,学士皆属和焉。集四十卷"(卷二,第23页),当时奉和而存诗至今者,包括李峤、李乂、刘宪、沈佺期、张说、苏颋、崔湜、郑愔、徐彦伯、赵彦昭、武平一等人,其场面之盛大实属罕见。此外,如王维、储光羲、席豫等人在降圣观奉和玄宗而留有诗作之类的"偶然"事件,更是频见于各类典籍。

帝王赋诗,群臣奉和,本是较为偶然的创作事件,但在唐代,统治者已将道观视作自己的家庙,因此唐帝经常出入而有很大概率会在此赋诗。群臣奉和圣制之作,除对帝王及国家表达赞颂之情外,更在无形之中理解并接受了唐代政权、神权、教权统一的国家政策。

2. 题咏花木

作为构景的主要元素,花木的栽培是各个道观的用心之处,而精雅的园林与优美的花木,对诗人产生了巨大的吸引力,张籍:"街西无数闲游处,不似九华仙观中。花里可怜池上景,几重墙壁贮春风"(《九华观看花》,卷三八六,第4376页),即为明证,而最负盛名者当属唐昌观中的玉蕊花:

唐昌观中的玉蕊花由唐昌公主手植,"每发若琼林瑶树"(卷四六三,第5297页),十分优美,宪宗元和年间花仙降临的传说,更令诗人们遐想连篇,并由此催生了大量诗作,如杨凝、武元衡、杨巨源、王建等人曾结伴赏花,均以《唐昌观玉蕊花》为题赋诗。张籍曾作:"新红旧紫不相宜,看觉从前两月迟。更向同来诗客道,明年到此莫过时"(《唐昌观看花》,卷三八六,第4367页),因为迟来两个月,诗人错过了素艳胜雪的玉蕊花,即使有各类红紫杂花也难称其心,而末句殷勤叮嘱更显失望惋惜之情。"诗客"二字,直接点出了此行赏花赋诗的目的。此后,严休复又曾于此作《唐昌观玉蕊花折有仙人游怅然成二绝》,张籍、刘禹锡、元稹等人皆有和作。诗人常咏的道观花木还有玄都观桃与洞灵观冬青等,不再赘举。

咏花本是诗歌创作的习见主题,但唐代诗人热衷于题咏道观之花,深层原因与神仙信仰有关。玉蕊花与传说中的琪树花相似,而桃树桃花更与神仙世界渊源不浅,就连普通的冬青亦因冬夏常青的特性而附会了长生的意味。道观栽种花木既可美化环境,又能招揽游人,诗人亦因内心的慕道羡仙意识而被吸引前来,留下诗作。

3. 结交道士

道教为唐代国教,道观遍布全国,道士数量显著增加,与诗人的交往也越发频繁。道观是道士的常住之地,诗人与其交往也多发生于此,如刘孝孙、陆敬、赵中虚、许敬宗为寻沈道士而同游清都观,并以"仙"、"都"、"芳"、"清"四字作限韵五律四首;又如,白居易与玉芝冠王道士交好,连作《赠王山人》两首以赠,刘禹锡随即作《同白二十二赠王山人》,姚合、许浑、雍陶亦有诗赠之,可见其联系之频繁;此外,皮日休与开元观顾道士交好,在其殁后作《伤开元观顾道士》以吊之,陆龟蒙、张贲、郑璧等皆作诗以和,可见其交谊之深厚。其他以"寻某观道士"、"寻某道士"、"寻某道士不遇"、"伤某道士"为题者数量众多,不可胜数。

诗人与道士交往酬唱,除因道士具备较高文化修养之外,另一个关键因素是,诗人已将道士视作活动在人间的神仙,这是当时整个社会慕道羡仙意识的集中反映。

正因道观具备了优美的环境、精巧的设计以及浓厚的文化氛围,才成为诗人乐于游赏的场所之一,而以道观为中心发生的某些看似"偶然"的诗歌创作活动,在唐代社会背景中却实属"必然"。这些因素均对唐诗的创作产生了显著的推动。

二、道观与唐诗的传播

道观是唐诗传播的重要据点之一,诗人与道士交往酬唱、诗人在道观宴集吟诗等常规途径已有较多讨论,我们则从道观的题壁、诗板、刻石等角度,探讨其与唐诗传播的关系。

(一)题壁

雕版印刷术虽发明于唐,但直到五代以后才得以普及,因此隋唐及以前的书籍多为写本,唐诗的传播亦主要依赖于手抄。但抄本有其天然的限制,首先需要一定的财力支撑,其次费时费力,且难以批量生产,这使抄本数量较为稀少。由此直接导致两个缺陷:受众面小与时效性差。前者,如《太平广记》引《大唐新语》载李姓书生剽窃李播的行卷,招摇撞骗,"游于江淮间,已二十载"[8],竟无人发觉;后者,如白居易:"百里音书何太迟,暮秋把得暮春诗。柳条绿日君相忆,梨叶红时我始知"(《渭村酬李二十见寄》,卷四三八,第4875页),仅仅百余里的距离,在有专人寄送的情况下,仍旧用掉了将近半年的时间。诸如此类。可见抄本的特性,限制了唐诗传播的广度与速度。

相对来说,题壁成本低廉、操作方便,在一定程度上克服了抄本的局限,而在道观题壁更有别处不具备的"受众面广"、"时效性强"两大优势,这对唐诗传播十分有利:

1. 受众面广。唐代道观或建于洞天福地,或建于通都大邑,前者多游人访客赏玩,后者多皇室官僚出入,人流量远较其他场所为多,这使得题于道观的诗歌极易取得理想的传播效果。例如,李亿状元及第之后于崇真观题名时,见鱼玄机《游崇真观南楼睹新及第题名处》一诗才得以与其相识,两人社会地位相差悬殊,而由题壁得以成就一份情缘,可见道观题壁诗歌传播面之广。又如,宋庄绰《鸡肋编》记载吕洞宾事:

> 吕洞宾尝游宿州天庆观……以石榴皮书于道士门扉上云:"手传丹篆千年术,口诵黄庭两卷经。"字皆入木极深。后人有疾病者,刮其字以水服之皆愈。今刮取门木,皆穿透矣。[9]

由"刮其字"、"皆穿透"可知,道教信仰的广泛群众基础对唐代诗歌的传播产生了一定的推动作用。道观题壁诗歌的接受者,不但有文人士子,还有平民女子与穷苦百姓,可见其受众面之广。

2. 时效性强。两京道观多建于交通便利、客流繁多之处,于此题壁,诗作传播极快,因而朝廷对道观的监察也十分严密,《旧唐书》记载:"元和十年(815)……禹锡作《游玄都观咏看花君子》诗,语涉讥刺,执政不悦……大和二年(828)……复作《游玄都观》诗……执政又闻《诗序》，滋不悦"，[10]据刘禹锡诗序："因再题二十八字，以俟后游"（卷三六五，第4126页），可知二诗均题于玄都观壁。诗人因此二诗被贬，固然是因"语涉讥刺"，但其被贬速度之快却直接反映出道观题壁传播的时效性之强。

此外，唐代道观经济已有相当规模，日常运转得以正常维持，这使得题于其间的诗歌能在一定时期之内得到较好保存，许浑云："月过碧窗今夜酒，雨昏红壁去年书"（《再游姑苏玉芝观》，卷五三四，第6139页），武元衡曾作有《夏日陪冯许二侍郎与严秘书游昊天观览旧题寄同里杨华州中丞》，由"去年书"、"览旧题"可知，题壁诗可在较长的一段时间之内得以保存。

正因具备了以上优点，诗人们才会热衷于在道观题壁，唐范摅《云溪友议》"灵丘误"条云：

> 麻姑山，山谷之秀，草木所奇。邓仙客至延康，四五代为国道师，而锡紫服。洎死，自京辇归，葬是山，是谓"尸解"也。然悉为丘垄，松柏相望。词人经过，必当兴咏几千首矣。[11]

麻姑是见证过三次沧海桑田变化的著名道教寿仙，邓仙客则是得道的尸解仙，游人们因神仙信仰与祈求长寿而来，兴之所至，吟诗题壁，其动机与行为与一般道观题壁并无太大差异。由此可以推断，道观题壁风气在唐代盛行的程度，及其曾经创作总量的众多。

（二）诗板

题壁者自然希望其作品能长久保存，但实际情况却不尽如意，除风雨剥蚀，日月相摧等自然老化原因之外，人为因素也很难控制，如项斯云："为月窗从破，因诗壁重泥"（《题令狐处士溪居》，卷五五四，第6465页），因题诗太过众多，主人不得不重新粉刷污染了的墙壁，其上的题诗基本就此失传。

为解决以上问题，诗板应运而生。诗板又称"诗版"、"诗牌"、"碧板"等，与今之宣传栏相似，张祜云："寂寞空门支道林，满堂诗板旧知音"（《题灵彻上人旧房》，卷五一一，第5879页），郑谷云："胜地昔年诗板在，清歌几处郡筵开"（《送进士吴延保及第后南游》，卷六七六，第7807页），可见诗板在唐代已然十分盛行。诗板体现出主动管理题壁诗的意识，道观中亦设有诗板，马湘序云："晋陵道士朱含真，居龙兴观东轩，马自然常过之，含贞必竭力以奉。临别，与以三符，命版题诗庑下"（《题龙兴观壁》，卷八六一，第9788页），可知龙兴观既有专门题壁的廊庑，又设有诗板。

题诗于板，既可保持墙壁整洁，又可对诗作进行初步筛选，齐己云："宋杜诗题在，风骚到此真"（《游道林寺四绝亭观宋杜诗版》，卷八四〇，第9549页），专门将宋之问与杜审言的诗作题写于板，已可大致将其视作唐诗选本的原始雏形。道观诗板的"选本"倾向更强，如齐己云："何处陪游胜，龙兴古观时。诗悬大雅作，殿礼七真仪"（《赴郑谷郎中招游龙兴观读题诗板谒七真仪像因有十八韵》，卷八四三，第9591页），"大雅"的具体所指，为整首诗的关键所在。《诗经》的"大雅"与"颂"多应用在宫廷及宗庙，侧重表现帝国统一气象，并歌颂祖先功业以求护佑[12]，而龙兴观是长安的一大重要道观，专设老君院，许多高规格的国家斋醮均在此举行，如《金箓斋启坛仪》指出，位于"三箓七品"之首的金箓斋，是道教至高神"三清"所降,具有异常强大的功能:"为国主帝王,镇安社稷,保佑生灵,上消天灾,下禳地祸,制御劫运,宁肃山川,摧伏妖魔,荡除凶秽。"[13]而据王翰:"泰山岩岩兮凌紫氛,中有群仙兮乘白云,陈金荐璧兮□□□"(《龙兴观金箓建醮》,补遗卷一,第10044页)可知,龙兴观便曾举行过金箓斋,而其法度之森严、文辞之典重,则体现出国家祭祀与祖先崇拜的融合。因此,齐己以"大雅"指称题写在龙兴观诗板上的作品,可知其与《诗经》的"大雅"与"颂"相似,均为气象恢弘、典雅厚重之作,这对于唐诗的传播,以及道观肃穆气氛的营造,均有推动作用。

与绝对静止的题壁相比,诗板具有一定程度的流动性,唐末王仁裕《玉堂闲话》记载:"兴元斗山观……仁裕辛巳岁为节度判官,尝以片板题诗于观。癸未年入蜀,因谒严真观,见斗山诗牌在焉,不知所来。旧说云,斗山一洞与严真观井相通也"(卷七三六,第8487页),兴元是汉中的旧名,与成都相距千里且山水阻隔,而将诗板由此至彼的原因归结为斗山观之洞与严真观之井的相通,其心理依据无疑是道教的洞天福地理论,虽不足为凭,但的确证明了诗板具备一定的流动性,而这对唐诗的传播有一定的辅助作用。

(三) 刻石

众所周知,将文字刻于金石便可长久保存,故唐人多将诗歌刻于石碑之上,宋赵明诚《金石录》所载唐人石刻诗目与道观相关者数量众多,如"第一千三百五十,唐明皇《谒玄元庙》诗,行书"[14],"第一千九百二十八,唐郑畋《谒升仙太子庙》诗,正书"[15]等等。另,宋阮阅《诗话总龟》记载:"宿州天庆观西庑下有石刻二诗,盖至道中有卖墨人尝游于此,一日题诗……或以为吕仙翁诗也。"[16]而据宋陈思《宝刻丛编》:"唐《游玄都观》诗,唐刘禹锡撰并书,太和十年(《京兆金录》)。"[17]可知,刘禹锡的题诗很快又被转刻于石上。清王培荀《乡园忆旧录》记载:"唐人有《岱观四诗》刻石,朱竹垞跋云:'右唐张嘉贞、任要、韦洪、公孙皋四诗,俱刻于岱岳观碑侧。'"[18]综上可见,唐代道观刻石诗歌已经具备了相当的规模。

虽然将诗歌刻于石上,主要是为提高道观的声誉,以便招揽游人,但客观上起到了传播唐诗的作用,正如陆游《老学庵笔记》记载:

> 予游邛州天庆观,有陈希夷(按:即陈抟)诗石刻云:……天庆本唐天师观,诗后有文与可跋,大略云:"高公者,此观都威仪何昌一也。希夷从之学锁鼻术。"予是日迫赴太守宁文交臣约饭,不能尽记,后卒不暇再到,至今以为恨。[19]

而文与可跋文《书邛州天庆观希夷先生诗后》赞陈抟云:

> 先生本儒人,既由虚无,凡作歌诗,皆摆落世故,披聋剧盲,蹊穴易知。每一篇坠尘中,虽市人亦诵(讽)诵不休。[20]

由此可知,正是因为陈抟的诗作保存在了道观的刻石之上,才能到几百年之后的南宋后期,产生较为广泛的社会影响。诸如此类,不再赘举。

题壁、诗板、刻石,是道观以实物载体传播唐诗的典型形式,这在当时有其明确的功利目的,但客观上促进了唐诗的传播,增加了道观的文化底蕴。

作为唐代政治文化地位特殊的一大文化活动中心,道观与唐诗创作、传播的关系十分紧密:唐代道观优美的外部环境、巧妙的内部设计和浓厚的文化氛围等诸多因素,均不同程度地促进了唐诗的创作;唐代道观通过题壁、诗板、刻石等多种形式,为唐诗迅速、广泛而持久的传播提供了不可忽视的保障。这不仅体现了道观在文化活动中的积极作用,还为探讨唐诗的创作与传播提供了新的研究角度,更为唐诗学的丰富与完善提供了新的案例,兼具诗学、宗教学、文化学等多重意义。

注　释:

　　* 本文为国家社科基金重大招标项目(17ZDA247)阶段性成果。
〔1〕 韩文涛《论道观与唐代诗人》,《宗教学研究》2020 年第 03 期,第 53—59 页。
〔2〕 董诰等编《全唐文》卷九二六,中华书局 1983 年版,第 9659 页。
〔3〕 中华书局编辑部点校《全唐诗》(增订本)卷一九二,中华书局 1999 年版,第 1987 页。
〔4〕 晁公武撰,孙猛校证《郡斋读书志校证》卷二十,上海古籍出版社 1990 年版,第 1068 页。
〔5〕〔6〕〔7〕 李林甫等撰,陈仲夫点校《唐六典》卷四、卷五十、卷三六,中华书局 1992 年版,第 125、876、659 页。
〔8〕 李昉等编《太平广记》卷二六一,中华书局 1986 年版,第 2036 页。
〔9〕 庄绰撰,萧鲁阳点校《鸡肋编》卷下,中华书局 1983 年版,第 119 页。
〔10〕 刘昫《旧唐书》卷一六〇,中华书局 1975 年本,第 4211—4212 页。
〔11〕 范摅《云溪友议》卷上,古典文学出版社 1958 年版,第 6 页。
〔12〕 袁行霈《李白〈古风〉(其一)再探讨》,《文学评论》2004 年第 01 期,第 60 页。
〔13〕 杜光庭《金箓斋启坛仪》一卷,明万历正统道藏洞玄部威仪类·第 9 册,第 67 页。
〔14〕〔15〕 赵明诚《金石录》卷七、卷十,中华书局 1991 年版,第 179、270 页。
〔16〕 阮阅编,周本淳校点《诗话总龟》增修卷四六,人民文学出版社 1987 年版,第 443 页。
〔17〕 陈思《宝刻丛编》卷七,清文渊阁四库全书本,第 120 页。
〔18〕 王培荀《乡园忆旧录》卷五,清道光二十五年刻本,第 196 页。
〔19〕 陆游撰,李剑雄等点校《老学庵笔记》卷六,中华书局 1997 年版,第 78 页。
〔20〕 文同《丹渊集》卷四十,四部丛刊景明汲古阁刊本,第 206 页。

〔作者简介〕 韩文涛,1985 年生,文学博士,现为华南师范大学文学院博士后、特聘副研究员,研究方向为中国古代文学。

权德舆游戏诗创作探究

王红霞

权德舆,中唐贞元、元和年间的政界名宿、文苑宗匠。其诗"工古调乐府,极多情致"[1]、不乏"绝似盛唐"及"韦苏州、刘长卿处"[2],在中唐诗的发展进程中具有上承盛唐余脉,下启中唐诗风的作用。贞元年间,权氏仕途通达,生活优裕,诗歌内容和艺术技巧与前期相比,发生了比较大的变化,写了大量的游戏之作。

一、权德舆游戏诗体式类别

权德舆的游戏诗,体式不同、内容风格各异。根据诗"名",可以将其分为以下几种类别:

第一,使用旧名:指使用前代已有的游戏诗体标题,如"离合"、"回文"、"建除"、"八音"等体式。权德舆对此类诗体极为熟悉、运用自如。《离合诗赠张监阁老》:"黄叶从风散,共嗟时节换。忽见鬓边霜,勿辞林下觞。躬行君子道,身负芳名早。帐殿汉官仪,巾车塞垣草。交情剧断金,文律每招寻。始知蓬山下,如见古人心。"[3]该诗是写给时任秘书监张荐的,诗中"离合"的文字为"思张公"三个字。具体做法是:第1至4句合为"思"(首句首字"黄",去掉次句首字"共"字,得"田"字;三句首字"忽",去掉四句首字"勿",得"心"字。"田"加"心",合成"思"字。以下同此原理);第5至8句合为"张";第9至12句合为"公"。此诗不同于一般离合诗的拆开某句某字,选取其中一部分单独成字,而是将4句诗中的文字拆分拼接,组成新字,其难度是很大的。他还作有回文诗《春日雪酬潘孟阳回文》:"酒杯春醉好,飞雪晚庭闲。久忆同前赏,中林对远山。"(《全唐诗》卷三二七,第3669页)倒读,则为:"山远对林中,赏前同忆久。闲庭晚雪飞,好醉春杯酒。"该诗不但具有回文诗回环往复均能成诵的特征,而且涵盖宴饮、赏景、忆旧、念友等内容,可谓蕴含丰富、情景协谐。"建除"之称,起自古代术数家。术数家认为天文中的"建除十二辰"(亦称"建除十二神"),与自"寅"至"丑"的十二辰相对应,分别象征人事上的"建、除、满、平、定、执、破、危、成、收、开、闭"十二种情况,后因以"建除"指根据天象占测人事吉凶祸福的方法。[4]"建除体"诗歌,为南朝宋鲍照所创,其特征是将上述十二个字嵌入诗中。权德舆写有《建除诗》(建节出王都),全诗共二十四句,单句首字即建除法所用的十二字。诗中表现了为国尽忠、建功立业的思想。"八音",指"金、石、土、革、丝、木、匏、竹",金为钟镈、石为磬、土为埙、革为鼓鼗、丝为琴瑟、木为柷敔、

本文收稿日期:2019 年 12 月 21 日

匏为笙、竹为管箫。将此八个字依序列于句首,即为"八音诗"。权德舆的《八音诗》(金谷盛繁华)共十六句,单句首字即用"八音"字。该诗以石崇宠爱绿珠为始,中及竹林七贤之事,终结为"谦光"以"养生",展现了作者的生存之道。

上述所列四种,是公认的"游戏体"诗歌。此外,古乐府中形制为"三言、六句、以首句名篇"的流行于南朝的"五杂组"(五杂俎),以"言情纤艳"为特征的"玉台体"等诗歌体式,也为权德舆所借用。他以此称名的诗歌,在表情达意方面虽有所变化(如《玉台体十二首》写一位新娘初入夫家,惟恐处事不当的外表心态,感情真挚、朴素含蓄),但其整体风格十分轻松,亦可归之于"游戏"诗作类群。

第二,利用本名:指直接利用所咏人或物名称为诗名,如"数名"、"星名"等。权德舆此类诗歌如下:《数名诗》(一区扬雄宅),诗中每两句嵌入一个数字,共计十个数字。这十个数字由"一"至"十",在全诗20句的单句,按序编排。《星名诗》(虚怀何所欲),全诗十二句,每句之中皆嵌入一个星宿名,即"虚、岁、翼、心、爽、井、酒、幽、壁、室、进贤、少微"。《卦名诗》(节变忽惊春),诗中每句中嵌入《易经》一个卦名:"节、临、颐、履、渐、随、观、咸、泰、屯、中孚、家人",共计十二个。《药名诗》(七泽兰芳千里春),诗中嵌入"泽兰、络(落)石、白薇(微)、钓藤(钩藤)"四味中药。《古人名诗》(藩宣秉戎寄),每句嵌入一个古代人名,共计二十人,他们是:宣秉(东汉)、石崇(晋朝)、纪信(西汉)、张良(西汉)、苏则(三国魏)、李斯(秦朝)、顾荣(晋朝)、陈丰(西汉)、林类(春秋)、郭躬(东汉)、满宠(三国魏)、蒙恬(秦朝)、钟皓(东汉)、景丹(东汉)、谷永(西汉)、梁冀(东汉)、符(苻)生(前秦)、展禽(春秋)、直不疑(西汉)、支离疏(《庄子》)。《六府诗》(金罍映玉俎),全诗为五言、共12句,其中单句分别以"金木水火土谷"("六府"字)居首。《州名诗寄道士》(金兰同道义),此诗五言八句,每字皆为唐时州郡名称,共计四十个。《广陵诗》(广陵实佳丽),共二十八句,诗中描述了作为隋末陪都的扬州,其交通便利、经济发达、人员众多、文化繁荣的景象。这些利用真实名称为诗名的作品,并非生拼硬凑之作,亦能做到对句工整、音韵和谐,不失为诗义兼具的佳作。

第三,选择新名:指作者自行确定诗名。透过这些作品的名称,亦可推断出当属游戏之作。例如:《大言》:"华嵩为佩河为带,南交北朔跬步内。抟鹏作腊巨鳌鲙,伸舒轶出元气外。"(《全唐诗》卷三二七,第3671页)《小言》:"蟏鸡伺晨驾蚊翼,毫端棘刺分畛域。蛛丝结构聊荫息,蚁垤崔嵬不可陟。"(《全唐诗》卷三二七,第3672页)前者以夸张手法,选择极大之物入为己用,后者亦用夸张(缩小)手法,列举极微小之物入诗。又如:《安语》:"岩岩五岳镇方舆,八极廓清氛祲除。挥金得谢归里闾,象床角枕支体舒。"(《全唐诗》卷三二七,第3671页)列举极其安稳泰然之事例。《危语》:"被病独行逢乳虎,狂风骇浪失棹橹。举人看榜闻晓鼓,屠夫孽子遇妒母。"(《全唐诗》卷三二七,第3671页)列举极端危险之事例。此四诗显然不是严肃郑重之作。另如《知非》、《诫言》等诗歌,亦可归于此类之中。

第四,以"戏"为名:指诗歌标题中带"戏"字。包括"戏赠、戏题、戏和、戏书、戏酬"等,其计二十一首。在权德舆的生活中,可"戏"之处多多。身体多病(《多病戏书因示长孺》)、贫穷困苦(《丙寅岁苦贫戏题》)、奉赠致意(《戏赠张炼师》、《戏赠天竺灵隐二寺寺主》、《戏赠表兄崔秀才》、《醉后戏赠苏九翛(苏常好读元鲁山文或劝入关者故戏之)》)、酬和应答(《戏和三韵》、《中书送敕赐斋馔戏酬》、《杂言和常州李员外副使春日戏题十首》)、寄友念亲

(《省中春晚忽忆江南旧居戏书所怀因寄两浙亲故杂言》、《和王祭酒太社宿斋不得赴李尚书宅会戏书见寄》)等等,均可付之于游戏之笔。

第五,名外有"戏":指未曾在题目显示"游戏"标识,而内容具有"游戏"特征。比如,权德舆在一首本应属于"闺怨"的《古乐府》中写道:"光风澹荡百花吐,楼上朝朝学歌舞。身年二八婿侍中,幼妹承恩兄尚主。绿窗珠箔绣鸳鸯,侍婢先焚百和香。莺啼日出不知曙,寂寂罗帏春梦长。"(《全唐诗》卷三二八,第3675页)读罢此诗,感觉其主旨似是炫耀"身年二八婿侍中,幼妹承恩兄尚主"的恩宠。《览镜见白发数茎光鲜特异》一诗,本应对白发初现感到惊异、抒发迟暮之叹息,但作者所写却是:"秋来皎洁白须光,试脱朝簪学酒狂。一曲酣歌还自乐,儿孙嬉笑挽衣裳。"(《全唐诗》卷三二〇,第3610页)不仅没有丝毫的伤悲,反而与儿孙嬉笑歌乐。甚至在女子乞巧的"七夕",他也置身其中、充满羡慕之心:"外孙争乞巧,内子共题文……羡此婴儿辈,吹呼彻曙闻。"(《全唐诗》卷三二九,第3684页)除此之外,他还作有不少以"口号"命名的诗歌(《李十韶州寄途中绝句使者取报修书之际口号酬赠》、《奉和崔阁老清明日候许阁老交直之际辱裴阁老书招云与考功苗曹长先城南游览独行口号因以简赠》、《奉和许阁老霁后慈恩寺杏园看花同用花字口号》、《徐孺亭马上口号》),以及"赋得"、"限字"、"限韵"、"定名"的作品(如《送薛十九丈授将作主簿分司东都赋得春草》、《送二十叔赴任余杭尉(琴字)》、《送李处士归弋阳山居(限姓名中用韵)》、《送湖南李侍御赴本使赋采菱亭诗》、《杂言赋得风送崔秀才归白田限三五六七言(暄字)》)。此类作品,皆属应景之需的"急就章",归之于游戏之作,当不为过。

二、权德舆创作游戏诗之因缘

《旧唐书·权德舆传》云权德舆"生四岁,能属诗;七岁居父丧,以孝闻;十五为文数百篇,编为《童蒙集》十卷,名声日大。韩洄黜陟河南,辟为从事,试秘书省校书郎。贞元初,复为江西观察使李兼判官,再迁监察御史。府罢,杜佑、裴胄皆奏请,二表同日至京。德宗雅闻其名,征为太常博士,转左补阙……(贞元)十年,迁起居舍人。岁中,兼知制诰。转驾部员外郎、司勋郎中,职如旧。迁中书舍人……德舆居西掖八年,其间独掌者数岁"[5]。《新唐书·权德舆传》、韩愈《唐故相权公墓碑》有相似文字。同时期文人杨嗣复在《丞相礼部尚书文公权德舆文集序》中盛赞权德舆曰:"凡四任九年,专掌诏诰。大则发德音,修典册,洒朝廷之利泽,增盛德之形容;小则褒才能,叙官业,区分流品,申明诫劝。无诞词,无巧语,诚直温润,真王者之言"[6],可见,其才华从其史志及其著作皆可证之。长期担任皇帝的"首席秘书",扎实的文化根基、文学功底及高超的写作表达能力,是必须且不可或缺的。权德舆不仅可以中规合制地写作官方文书,凡与文才相关的问题,他都能够应对自如:"权丞相德舆言无不闻,又善廋词。尝逢李二十六于马上,廋词问答,闻者莫知其所说焉。或曰,廋词何也?曰:隐语耳。《语》不曰:'人焉廋哉! 人焉廋哉!'此之谓也。"[7]

权德舆的超卓文才,在其游戏诗创作中,也得到了充分的展示。他在《数名诗》中分别列出:"一区扬雄宅,二顷季子田,三端固为累,四体苟不勤,五侯诚暐晔,六翮未鶱翔,七人称作者,八桂挺奇姿,九歌伤泽畔,十翼有格言。"(《全唐诗》卷三二七,第3669页)这十个数名词,皆出自文献经典:"一区"(《汉书·扬雄传》)、"二顷"(《史记·苏秦列传》)、"三端"(《韩诗外传》:指文士笔端,武士锋端,辩士舌端)、"四体"(《论语·微子》)、"五侯"(《汉书·元后传》)、"六翮"(《战国策·楚策四》)、"七人"(《论语·宪问》:七位贤人)、"八桂"(《山海经·海内南经》)、"九歌"(《楚辞》)、"十翼"(《易经》:"上象,下象,上象,下象,系上,系下,文言,说卦,序卦,杂卦"的合称)。他的《药名诗》,是一首七言绝句:"七泽兰芳千里春,潇湘花落石磷磷。有时浪白微风起,坐钓藤阴不见人。"(《全唐诗》卷三二七,第3670页)该诗的特殊之处在于,嵌入的四种药名所处位置,全都打破汉语通常的组词结构(泽兰:<u>七泽</u>+<u>兰芳</u>;落石:<u>花落</u>+<u>石磷</u>;白微:<u>浪白</u>+<u>微风</u>;钓藤:<u>坐钓</u>+<u>藤阴</u>)。至于其《古人名诗》,不仅采用与《药名诗》相同的特殊组词方式,而且所列的二十个人名,跨越春秋至魏晋时期,如果对历史人物事件不够熟悉,是难以做到的。可见,权德舆的游戏诗,决非一般意义的凑趣、趁韵之作,而是以深厚的文化素养、高超的写作技巧与表现能力作为支撑的。

同时,还与权德舆的文学创作理念有关。其文、诗各有分工。他现存散文410余篇,包括赋、制、策问、表、状、疏、议、书、序、记、论、赞、铭、答问、说、碑铭(塔铭、墓志铭)、行状、传、谥册文、告文、祭文等21种文体类别。其中,文学特征较为突出的赋(3篇)、记(14篇)和论(1篇),所占比例极小(不足散文总数的二十分之一),其余表(61篇)、状(60篇)、铭(83篇)、祭(31篇)等,皆为外制与内容限定严格的应用文体。在散文创作中,权德舆严格遵守各个文种的外在格式要求,行文用语流畅切当,深受官方器重与人们的喜爱。他在德宗朝担任知制诰、中书舍人,曾经独自一人"直禁垣,数旬始归。尝上疏请除两省宫,德宗曰:'非不知卿之劳苦,禁掖清切,须得如卿者,所以久难其人。'"(《旧唐书》卷一四八,第4002、4003页)德宗皇帝竟然要求他连续几十天"值班",可见对他文才的欣赏与器重。值得注意的是,权德舆文章绝少闲逸空疏之作,多是用来发表政见、申明观点、提携后进、抒写情谊的切实之文。名篇如《论江淮水灾上疏》、《上陈阙政》、《请置两省官表》、《论度支疏》、《论裴延龄不应复判度支疏》、《淮西招讨事宜状》、《论旱灾表》、《昭义军事宜状》、《山东行管事宜状》(见《全唐文》卷四八六、卷四八八),所论皆为军国大事,并且用语直切、锋芒毕露。《新唐书·权德舆传》对其表章疏奏多有引述。[8]权德舆坚持原则、不畏权贵、关心现实、忧国爱民的思想理念,在其散文创作中得到了鲜明体现。至于其诗歌创作,虽然被严羽、胡震亨等人认为"有绝似盛唐"及"韦苏州、刘长卿处"(见《沧浪诗话·诗评》、《唐音癸签》卷七),但所作深切关涉现实者鲜少。在其近400首诗歌中,以"奉和、送、赠、酬、戏"命名者占据半数以上,其他作品亦不外观赏风景、抒写感怀、家人团聚、友朋宴饮之类。李白诗的豪情万丈、杜甫诗的忧国怜民,甚至与他同期的韩愈反映现实问题、李贺发抒个人不平之类的特征,在权德舆诗中难觅其踪。如果不考虑更多因素,这一状况的形成,与其对自己"散文"与"诗歌"创作的不同分工定位,是密切相关的。

权德舆的诗歌创作,主要学习继承唐初诗风。如《郊居岁暮因书所怀》:"养拙方去喧,深居绝人事。返耕忘帝力,乐道疏代累。翛然衡茅下,便有江海意。宁知肉食尊,自觉儒衣贵。烟霜当暮节,水石多幽致。三径日闲安,千峰对深邃。策藜出村渡,岸帻寻古寺。月魄清夜琴,猿声警朝寐。"(《全唐诗》卷三二〇,第3612页)《暮春闲居示同志》:"避喧非傲世,幽兴乐郊园。好古每开卷,居贫常闭门。曙钟来古寺,旭日上西轩。稍与清境会,暂无尘事烦。静看云起灭,闲望鸟飞翻。乍问山僧偈,时听渔父言。"(《全唐诗》卷三二〇,第3612页)颇似王绩之诗。近体诗中,也不乏此类之作。且看《田家即事》:"闲卧藜床对落晖,翛然便觉世情非。漠漠稻花资旅食,青青荷叶制儒衣。山僧相访期中饭,渔父同游或夜归。待学尚平婚嫁毕,渚烟溪月共忘机。"(《全唐诗》卷三二〇,第3612页)清代金圣叹评此诗前四句曰(前解):"此日先生不知何故偶过田家,适睹其粗衣粝食,淡然充足,于是忽发大悟。自悔鹿鹿世上,生计艰难,不觉又悯又笑,因而吐此苦吟也。一、二'暂'字、'便'字,妙!言此理本在眼前,何故人都不省! 三、四承写'非'字,言稻花漠漠,便拟救饥;荷叶青青,妄思制服,真画尽儒衣旅食人无量饥寒苦恼也。"又评后四句(后解):"前解写'非'字,此解写'翛然'字也。言假如山僧期饭,渔父约游,但离世情,何快不有! 然则自今以后,我于一切世情,独有男婚女嫁,其事不得尽废,其余我当一笔勾也。"[9]这种语言质朴、格调自然、贴近现实生活的诗风,构成了权德舆诗歌的基本特征。

在权德舆生活的中唐时期,格律诗创作已经完全成熟,成为诗人大量使用的体式。权德舆也创作了一些格律诗,但不同于时人的极度关注现实、抒发个人深沉情感之特征(如韩愈、柳宗元、白居易、元稹等),而是以通俗浅白语言,叙述现实寻常之事、发抒人之常情。如在《酬主客仲员外见贺正除》一诗中感叹云:"五年承乏奉如纶,才薄那堪侍从臣。禁署独闻清漏晓,命书惭对紫泥新。周班每喜簪裾接,郢曲偏宜讽咏频。忆昔曲台尝议礼,见君论著最相亲。"(《全唐诗》卷三二一,第3619页)在《酬灵彻上人以诗代书见寄》一诗中云:"莲花出水地无尘,中有南宗了义人。已取贝多翻半字,还将阳焰谕三身。碧云飞处诗偏丽,白月圆时信本真。更喜开缄销热恼,西方社里旧相亲。"(《全唐诗》卷三二、第3621页)这两首七律,不仅叙事表情平正和缓,更是多用"承乏"、"那堪"、"每喜"、"偏宜"、"已取"、"还将"、"旧相亲"等民间俗语。从某种意义上讲,可视之为晚唐"律诗通俗化"(杜荀鹤等人为代表)的先驱。

具体到权德舆的游戏类诗歌,可以看作是在其承继初唐诗风基础上,进一步通俗化、轻松化、世俗化的产物。当然,也是接受其诗歌创作理念的约束、或者说是践行其诗歌创作理念的产物。特别重要的是,他的创作理念与创作实践,对当时的文坛诗界发挥着极大的影响力。原因在于:权德舆久居朝廷中枢,深得德宗、宪宗信任。宪宗称赞他"器度端实,智资通敏,学成师法,文为国华"(《全唐文》卷五六《授权德舆礼部尚书同平章事制》,第613页)、"奥学雄词,虚襟旷度,禀中和之气,宏信厚之规"(《全唐文》卷五七《权德舆守礼部尚书制》,第618页)。他的政治地位尊崇、社会影响很大:"德舆自贞元至元和三十年间,羽仪朝行,性直亮宽恕,动作语言,一无外饰,蕴藉风流,为时称向。于述作特盛,《六经》百氏,游泳渐渍,其文雅正而弘博,王侯将相洎当时名人薨殁,以铭纪为请者什八九,时人以为宗匠焉。"(《旧唐书》卷一四八,第4005页)他还多次担任科举主考官:"贞元十七年冬,以本官知礼部贡举。来年,真拜侍郎,凡三岁掌贡士(贞元十八年、十九年、永贞元年;贞元二十年停举),至今号为得人。"(《旧唐书》卷一四八,第4003页)"贞元中,奉诏考定贤良草泽之士,升名者十七人;及为礼部侍郎,擢进士第者七十有余。鸾凰杞梓,举集其门。登辅相之位者,前后凡十人,其他征镇岳牧文昌掖垣之选,不可悉数。继居其任者,今犹森然。"(见《全唐文》卷六一一杨嗣复《丞相礼部尚书文公权德舆文集序》,第6176页)由此不难看出,权德舆能够占据文坛宗匠盟主地位,除了自身的才华、君王的信任,还在于众多门生后学的大力推崇。因此,他的文章诗作(包括游戏诗)得以广泛流传、响应摹仿,则是必然之事。这一过程,也是展现与践行其诗歌创作理念的过程。据清人宋育仁《三唐诗品》卷二所载:有论者认为权德舆诗歌"其源出于陆韩卿,而远祖嵇叔夜。风流典赡,累在才多。下笔不休,取评冗散。乃如'浩歌坐虚室,庭树生凉风',亦自工意发端,通体神远,律裁清稳。七言绮丽,离合、建除,称名六府。梁陈小体,亦拟简文"[10]。又见明人徐献忠《唐诗品》所载:"权公幼有令度,神情超越,遂专词艺,为时所慕。贞元以后,近体既繁,古声渐杳,公乃独专其美,取隆高代。"[11]正是注意到了权德舆诗歌(包括游戏诗)的渊源所自,以及其创作理念与定位。

权德舆之所以创作大量的游戏诗,还与当时的现实有关。权德舆生活的时期(代宗、德宗、宪宗),"安史之乱"已经平定、国家政局粗安,号称"中兴"。朝野上下,形成乐享太平的社会风尚。权德舆于德宗、宪宗朝久居朝堂,更是深切感受到这种社会氛围。奉诏献诗、酬赠应答,成为其生活常态:德宗作诗《重阳中外同欢》,余字韵,群臣亦以其韵奉和,故权德舆云:'宸衷在化成,藻思焕琼琚。微臣侍窃忭,岂足歌唐虞。'又《重阳即事》《丰年多庆》二诗,以同字韵,亦依以奉和,故德舆前章云:'天道光下济,睿词敷大中。'后章云:'泽均行苇厚,年庆华黍丰。'"[12]元和八年六月"壬寅,宰臣武元衡李吉甫李绛、旧相郑余庆权德舆各奉诏令进旧诗。"(《旧唐书》卷一五,第446页)他现存的奉和诗、酬赠诗多达八十余首,可以印证其诗酒生活状况。那些游戏诗歌,比之奉和酬赠之作稍加轻灵,它们整体上相差不多,均与当时的社会环境十分契合。

从文坛情况来看,唐代宗大历年间(766—779)成名的"大历十才子",此时仍然一定程度上引领着诗坛风气。"十才子"亲历了天下倾覆的巨变,渴望太平盛世的重现;身居官场且知其险恶,向往与世无争的宁静生活。他们"既畏惧宦海风波,希望全身远害,复留恋爵禄,下不了隐退的决心,这样一种矛盾心态……外化形态就是一种双重人格:在观念上志尚清虚,追慕淡泊宁静的隐士生活,而在实际生活中却耽于口体之奉,离不开感官享乐……他们为自己找到了一种可以泯灭矛盾冲突,使观念和行为达成和谐的最佳生活方式——吏隐,也就是居官如隐,半官半隐,既官又隐"[13]。权德舆在很大程度上承接了这种处世之道,并且显得更加从容自信;他也同时承继了大历诗风,一方面表达对隐居生活的仰慕,另一方面又描述世俗的惬意生活。奉和、酬赠、归隐之类,与"十才子"的作品差别不大,游戏之作较之他们为多,并且得到同道们的应和(许孟容、冯伉、潘孟阳等人,均有和答权德舆游戏诗之作)。明代学者胡震亨,曾在《唐音癸签》中专门举例论述"唐人杂体诗",其中以权德舆为例的是"离合诗"("字相拆合成文,始汉孔融,唐权德舆有离合诗,时人多和之")、"古人名诗"("唐权德舆及皮陆并有古人名诗"),并且认为"皆古来滑稽余派,欲废之不得者"[14]。胡氏的评论,既是对权德舆游戏诗的肯定,也反映出当时社会风气及诗坛的大致状况。

总之,由于权德舆具备的个性特征、才学识见、仕途际遇,以及当时的社会形势、文坛状况等因素,使之占据文坛诗界领袖之位,产生了比较重要的影响。这种影响力,亦有来自其游戏诗者。通过权德舆的游戏诗,可以体会到他的人生样貌;同时,通过对其人生经历的解读,亦可详悉他何以创作包括游戏诗在内的诗歌。

注　释：

〔1〕　辛文房著，周绍良笺证《唐才子传笺证》，中华书局2010年版，第1256页。
〔2〕　何文焕《历代诗话》，中华书局1981年版，第696页。
〔3〕　彭定求等编《全唐诗》卷三二七，中华书局1999年版，第3668页。
〔4〕　按：《淮南子·天文训》："寅为建，卯为除，辰为满，巳为平，主生；午为定，未为执，主陷；申为破，主衡；酉为危，主杓；戌为成，主少德；亥为收，主大德；子为开，主太岁；丑为闭，主太阴。"此法的运用，分为按"年"或"月"两种方式。汉代以降，多以"月"为依据。
〔5〕　刘昫等编《旧唐书》卷一四八，中华书局1975年版，第4002、4003页。
〔6〕　董诰等编《全唐文》卷六一一，中华书局1983年版，第6176页。
〔7〕　李昉等编《太平广记》卷一七四，中华书局1961年版，第1292页。
〔8〕　宋祁等编《新唐书》卷一六五，中华书局1975年版，第5076—5079页。
〔9〕　金圣叹《金圣叹选批唐诗》，浙江古籍出版社1985年版，第193页。
〔10〕　张寅彭《清诗话三编》上海古籍出版社2014年版，第6834页。
〔11〕　陈伯海《唐诗汇评》，浙江教育出版社1995年版，第1571页。
〔12〕　计有功《唐诗纪事》卷二，上海古籍出版社2013年版，第16页。
〔13〕　蒋寅《大历诗风》，凤凰出版社2009年版，第39页。
〔14〕　吴文治《明诗话全编》，凤凰出版社1997年版，第7067—7069页。

〔作者简介〕　王红霞，1969年生，文学博士，四川师范大学文学院教授，博士生导师，研究方向为唐宋文学。

《周本淳集》（全八册）

（人民文学出版社2021年12月版）

周本淳先生是著名古典文学学者，在古籍研究以及整理方面均有丰硕的成果。本书汇集周本淳先生平生著作，包括第一卷"论文集"（分为5辑：刮垢磨光——校点古籍类、钩深致远——考辨立论类、指疵决疑——学术商榷类、咬文嚼字——词义辨析类、含英咀华——诗词赏析类），第二卷《离骚浅释》《诗词蒙语》《蹇斋诗录》等，第三卷《诗话总龟》，第四卷《唐才子传校正》，第五卷《唐人绝句类选》《唐音癸签》，附录有夫人钱煦《定轩诗词钞》、周先民编《周本淳先生年谱》《周本淳著述总目》。

平淡真乐与诗扬造化

——邵雍的自得心境及其诗学观念[*]

袁 辉

作为"北宋五子"之一,邵雍是两宋文化演进中少数以诗著称的理学家之一,其诗歌以独特的艺术彰显被南宋严羽称以"康节体"。长久以来,其"康节体"诗因鲜明的语录倾向以及理障等特征而饱受鄙嗤。然统观其诗,在一定程度上虽确如诸多诗评家所论,不无粗疏直白之弊,但"康节体"诗风的形成不仅与邵雍基于自得的主体心态密切相关,更是其独特思想学术和诗学观念的有机统一。《伊川击壤集》中诗歌大多具备深厚的义理贯注与坚实的人格依托,不宜直以语录视之。"康节体"在整体艺术风格上呈现出平淡真乐的诗歌境界,对自宋初以来唐宋诗风转型和诗史演进具有特殊的认知价值,理应引起学界的重视。

一、静乐安闲的人生情态与诗歌创作

"康节体"独特诗学风貌的形成,是邵雍特定人生情态与思想心态的诗化呈现。

邵雍早年隐读于苏门山百源之上,"自雄其才,慷慨欲树功名"[1]。与众多在北宋崇文家法下成长起来的士人一样,邵雍起初非无奋然有为、致功苍生之愿,但历经多次科举折戟,遂绝仕进之念。迁洛之后,亦非没有入仕可能,"初举遗逸,试将作监主簿,后又以为颍州团练推官,辞疾不赴"[2]。究其原因,诚如其自谓"鹓鸿自有江湖乐,安用区区设网罗"(《谢富丞相招出仕二首》其二)[3],江湖之乐是难以为仕禄之网所拘限的。直到晚年,朝廷还曾连下三诏,邀其出仕,邵雍仍以"六十病夫宜揣分,监司无用苦开陈"(《诏三下答乡人不起之意》)[4]之语坚辞不受,其心意之笃,可见一斑,故终以布衣名动天下。

退居洛阳之后绝意仕进的邵雍,寄意于林泉之间,憧憬云水之身的闲适与快慰,潜心于先天之学的研思,不复彷徨纠结仕与隐的抉择。然而对于早年科场失意的经历,邵雍却终究难以彻底释怀。"功名时事人休问,只有两行清泪揩"(《还鞠十二著作见示共城诗卷》)[5],从中,仍可窥得其内心无以言喻的失落与遗憾。邵雍最终选择迁居洛阳,固不乏"以为洛邑天下之中,可以观四方之士"[6]的因由,但也未始没有通过改换环境,逃离共城,以与昔日之旧我诀别的念头,这或许是邵雍迁洛更为深层的心理动因。况且"邵康节志大而好游于公卿之间"[7],洛阳地近汴京,时有公卿退居于此,邵雍恰可相与过从,置酒高会,这也当是促成其居洛的另一层重要原因。因此,邵雍静乐安闲的生命情态并非一蹴而就。与之相应,"康节体"的诗学境界也随之呈现为一个渐趋深化的过程。

先看保存在集外诗中的共城时期诗作。如作于庆历年间的组诗《共城十吟》，诗前小序云："去年冬，会病归自京师，至今年春，始偶花之繁茂，复悼身之穷处，故有春郊诗一什。虽不合于雅焉，抑亦导于情耳。"[8]就中分明透露出诗人进退无措的寥落心绪，充满着悲慨失路的惆怅与苦闷。如"访彼形容苦，酬于家业贫。自惭功济力，未得遂生民"[9]，满腔抱负已经愈发难以实现；又如"独怜身卧病，犹许后春寻"[10]、"总是灰心事，冥焉昼午过"[11]诸句，字里行间不难感受功业无成带给诗人无奈的沮丧与空虚的寥寂。

共城时期是邵雍生命中最为黯淡的一段时光。这些充满愁闷的诗句，无不是其此期心迹的真实映现。然而，正因为有了这段于困境中艰难抉择与前行的心路历程，才实现邵雍在人格情性上从慷慨轻狂到平淡自摄的合乎逻辑的衍化。从共城到洛阳，不仅是地域的转换，更包含着心态与情志的变迁。

邵雍一生大致可分为三个时期：早年刻苦励学，青年折戟科场，再到晚年洛阳闲居。共城时期的困顿与苦闷，适为促成其心态转向的关捩所在。"其于书无所不读，诸子百家之学，皆究其本源，而释、老、技术之说，一无所惑其志"[12]，年少时的百源苦读，虽然最终并未使他能够在政治理想上一逞其志，但却令其深受儒家经典的浸濡。所以当经历过这段步履维艰的精神突围与心理蜕变之后，曾经苦闷一时的邵雍依然能够志无所惑，甚至将生命意志释放到更为广阔的思想视域，并将其提升为带有普遍价值的生命体验，最终得以超脱其间，以更为理性的眼光探寻自然宇宙与社会历史的发展规律，建构起"元会运世"的先天象数学体系，从而参悟天人，以物观物，抵达平淡自适、静乐安闲的生命境界。

邵雍晚年有"男子平生事，须于痛定观"（《所感吟》）[13]的感慨，诚谓夫子自道之语。"百千难过尚惊惕，三十岁前尤苦辛。少日只知难险事，老年方识太平身"（《岁暮吟》）[14]，惊惕苦辛的岁月强化了邵雍在精神苦难面前的自我审视，坚定笃实的儒家信仰与委运自任的道家情结，则造就了他在失路之际的浴火重生。这种安乐自适的风月情怀终难为高门显宦所企及。

二、性命之学与平淡清和的诗学理念

"康节体"诗风的形成，与邵雍独特的思想学术体系也有密切关系。康节之学也由之构成其诗学观念的重要思想渊源。

《四库全书总目·〈击壤集〉提要》云：

> 邵子抱道自高，盖亦颜子陋巷之志，而黄冠者流，以其先天之学出于华山道士陈抟，又恬淡自怡，迹似黄老，遂以是集编入《道藏·太元部》贱字、礼字二号中，殊为诞妄。今并附辨于此，使异教无得牵附焉。[15]

出于对邵雍道学正统地位的维护，四库馆臣指斥将《击壤集》编入《道藏》的"诞妄"之举，破斥"异教"牵附，含有尊儒贬道倾向，非堪公允之论。邵雍终始以儒学自认本无疑问，但"恬淡自怡，迹似黄老"之语同样显示出康节之学的另一层思想取向。

邵雍年轻时曾从学李挺之,修习物理性命之学。他初于《易》学用力尤勤,由之渐窥儒学堂奥,又未为师学所拘限,多有自得而自成体系。程颢谓"若先生之道,就所至而论之,可谓安且成矣"[16],邵雍于万事之理皆长于推本究源,洞幽烛微而又高明通达,故进得既安且成之境,深晓进退亲疏、用舍行藏之理。这当与其善于吸收诸家思想有关,尤以受道家影响为著。

陈来在其《宋明理学》一书中谈及邵雍的思想特点时,于先天象数学之外又提出:"他的思想的另一特色是,与周敦颐提倡的孔颜乐处相呼应,他提倡'安乐逍遥'的精神境界。在这两点上,他都受道教的影响很大。"[17]王新春也认为"在'北宋五子'中,邵雍的道家情结最为明显"[18]。虽皆指其学术而言,但实已揭示出在邵雍思想心态中兼摄儒道的精神取向。所谓"儒风一变至于道"(《安乐窝中吟》其九)[19],反映的正是其往来儒道间的思想融贯。邵雍立身不仅有儒家曾点气象、孔颜乐处式的安贫乐道,亦具道家逍遥自任、委运任化的洒落放旷,其风神雅韵均在《击壤集》中有着鲜明的呈现。

邵雍象数学素称玄奥,又不乏道家色彩。与以性理为核心的新儒学统绪相比,后人多以学术别态视之。但从《击壤集》来看,对其诗歌底色影响尤巨者,仍在以"观物说"为立论之基的心性思想。南宋魏了翁认为"邵子平生之书,其心术之精微,在《皇极经世》;其宣情寄意,在《击壤集》"[20]。《击壤集》所展示出的,是一位圆融智慧又不失活泼生机的诗人形象。如其自序所言,乃"伊川翁自乐之诗也,非唯自乐,又能乐时,与万物之自得也"[21]。这种情态下创作的诗歌正彰显出理学诗在发展最初阶段所呈现出的高水准的创作风貌。

邵雍素重"道"之大端,认为须着眼于具体事物的理、性、命,方得循途而入:

> 《易》曰:"穷理尽性以至于命。"所以谓之理者,物之理也。所以谓之性者,天之性也。所以谓之命者,处理性者也。所以能处理性者,非道而何?[22]

与先天象数学相比,此说更近于宋儒传统道学体系的"性理"论。天地万物的本然属性无外乎理、性、命三端,共同统摄于"道"之范畴。邵雍将道推为"天地之本",视作先于客体世界的超验存在,并在此基础上提出其著名的"观物说":

> 圣人之所以能一万物之情者,谓其能反观也。所以谓之反观者,不以我观物也。不以我观物者,以物观物之谓也。既能以物观物,又安有我于其间哉![23]

在邵雍看来,圣人之观物,得以抽离主体化的情感投射,以物之本然状态予以观照,由反观即以物观物的方式乃可达到"一万物之情"的境地。这是邵雍观照外物的独特方式,即摆脱主体价值评判的好恶所产生的偏差,不用极,不执偏,纯以一己之和气行之,从而体会观物之乐,不为私念所羁,达到心灵的通脱与洞达。所谓"物理悟来添性淡,天心到后觉情疏"(《答人放言》)[24],这是邵雍哲学思理境界的诗意呈现。对他而言,以物观物,情感方能合于"中节"的要求,对于外物与社会的了解、感知与体会才能趋于洞彻而不至于昏蔽。这是邵雍之"乐"的根源所在。由此,曾经历科场失意的邵雍才能重新超拔于既有的精神困境,淡化一己得失,为天下太平、时和岁丰感到由衷的欢悦之情。邵诗中随之所涵养出的平淡之风才愈发真朴而不至枯拙,其自乐的状态也得以持久而又有所节制。避仕不避世,是邵雍隐居都市而能独守己心之乐的生存姿态的显现。就中所彰显出的,是传统隐逸文化在北宋演进过程中独有的精神轨迹。

邵雍在《闲行吟》中云:"长忆当年扫弊庐,未尝三径草荒芜。欲为天下屠龙手,肯读人间非圣书。否泰悟来知进退,乾坤见了识亲疏。自从会得环中意,闲气胸中一点无。"[25]该诗可视作邵雍生命与思想历程的缩影。所谓环中之意,或谓庄子所言道之枢,仍属本体范畴。闲气得以尽消,心地自然澄明。"平生积学无他效,只得胸中恁坦夷"(《自咏吟》)[26],心态之平适,正是性理之学给予邵雍的独特精神体验。

邵雍诗歌的平淡风貌亦与其"和"的观念有关,其根源仍在"以物观物"说。在他看来,凡事不可陷溺,皆须秉持中节,以维持外部环境与内在体验的平衡。邵雍晚年知足保和心态的形成,与其独特观物思想基础上形成的"持中尚和"观念密不可分,进而影响到了其诗的创作风貌。

与传统士大夫的意趣相近,邵雍往往通过饮酒赏花来娱情遣兴。"花枝照酒卮,把酒嘱花枝。"(《对花》)[27]也由之构成了其隐居生活的日常。邵雍具有自己独特的饮赏之道,适如《安乐窝中吟》中所言"饮酒莫教成酩酊,赏花慎勿至离披。人能知得此般事,焉有闲愁到两眉"[28],正道出了个中三昧。在他看来,酒迄酩酊,醉意迷离,无暇他顾又焉有欢愉之心;花至离披,绚烂之后归于衰败,徒启伤感之情,这两种情态均无法予人身心适意之感。举杯把盏、醉眼赏花,只有有所节制,不失限度,才能产生欢愉之感。如其论饮酒之道:"人或善饮酒,唯喜饮之和。"(《善饮酒吟》)[29]以和为限,不仅于身能得其所宜,心亦诚得其乐。又如"美酒饮教微醉后,好花看到半开时"(《安乐窝中吟》其七)[30],体现的恰是邵雍饮赏之道的独得之密,亦即饮教微醺,花赏半开。可见,这种独特心法的核心要义正在于一个"和"字。这既是邵雍观物之乐所秉持的原则,也是其"中和"观念日常化、生活化的诗意显现,所以朱熹曾谓:"康节凡事只到半中央便止,如'看花切勿看离披'是也"[31],其中所体现出的是邵雍一以贯之的观物方式与处世态度。

邵雍对于四季变换尤为敏感。"昊天之四府者,春夏秋冬之谓也,阴阳升降于其间矣"[32],他认为昊天四府蕴含自然之气的阴阳运化,理当顺应其间。这就形成了邵雍夏冬闭户而春秋出游的习惯。如其《小车吟》一诗中所言:"春暖未苦热,秋凉未甚寒。小车随意出,所到即成欢。"[33]在他看来,春秋出游是顺应四时节气的体现,因此所到成欢,乐自由生,最感惬意。而在春秋变幻时节,他又独倾心于春季,故谓"四时只有三春好,一岁都无十日闲"(《年老逢春十三首》其八)[34]。《击壤集》中以"春"为题的篇章次第出现,如《新春吟》、《暮春吟》、《喜春吟》、《乐春吟》等,至令观者有应目不暇之感。从题名即可看出,其间大多充溢着欢快盎然、乐不自胜的情调。邵雍之所以如此喜春,正合于一年之中天地自然的"和"气最为盈盛的时节,尤以春分为最,故又谓"四时唯爱春,春更爱春分"(《乐春吟》)[35]。这在邵雍天地运化的观念中才是真正的春和之时。然其之所感,又并非完全出于季节性的外部感受,而是更多源自一种"和气四时均,何时不是春"(《静乐吟》)[36]的主体体验。因此,春分之和也与邵雍本人和气满怀的洒落胸襟适相映衬。程颢谓其"观万物皆有春意"[37],当指此而言。这种如春意般的朗畅和气,正符合邵雍"生平不作皱眉事,天下应无切齿人"(《诏三下答乡人不起之意》)[38]的处世姿态与主体情怀,也是其诗呈现出平淡自然风貌的基本质素。

邵雍其人其诗之间是相互融契的,诗歌也由之成为其独特人格性情的集中呈现。"须秉中和气,方生粹美人"(《岁暮自贻吟》)[39]、"性亦故无他,须是识中和"(《中和吟》)[40],当这种以"中和"为尚的人格体验投射到其诗歌创作中时,即使其体现出清和雍容的艺术风貌,同时也彰显出邵雍本人不胶着于物、不陷溺于情,脱却世俗的物累与情累,心次悠然、胸襟洒落的精神气象,这又与其以观物之学为主导的思想建构相通。由是观之,"洛阳最得中和气"(《和君实端明洛阳看花》)[41]恐怕才是邵雍最终决定迁居于此的重要因素。中和之道乃邵雍立身之本,他抱道自高而不卑于下,安贫处陋又不媚于上,始终持守人格之独立,既堪与高官公卿相接,又能与里巷百姓同乐。正如弟子张崏在其行状中所言:

> 先生清而不激、和而不流,遇人无贵贱贤不肖,一接以诚,长者事之,少者友之,善者与之,不善者矜之。故洛人久而益尊信之,四方之学者与士大夫之过洛者,莫不慕其风而造其庐。[42]

邵雍以其颇具和气的性情与襟怀获取了社会各阶层真诚的敬意与景仰。

这种一己和气,在日常生活中,又时常表现于邵雍在"闲"与"静"的修养功夫上。二者所代表的,均是"中和"之思反诸内心的情志体验,是心意内省的虚灵状态,既可分说,又堪并言。众多周知,观时照物是邵雍哲学体系的重要内容,而《〈击壤集〉自序》中则言"因闲观时,因静照物"。只有闲观静照,方得心地之澄明。"好静未能忘水石,乐闲非为学神仙"(《有客吟》)[43]、"闲余知道泰,静久觉神开"(《天宫幽居即事》)[44]、"静把诗评物,闲将理告人"(《静乐吟》)[45]、"闲为水竹云山主,静得风花雪月权"(《小车吟》)[46],此类"闲"、"静"对言之句在邵诗中不胜枚举,无不包含从容自得的意态。如其《天津感事二十六首》其二一:"著身静处观人事,放意闲中炼物情。去尽风波存止水,世间何事不能平。"[47]于"静处""闲中"实现对人事物情的参悟,也炼就了邵雍如止水般坦荡澄澈、无所挂碍的清和心境。其虽号为隐逸,却非凭空高蹈,而多源于对世态人情的幽微体察。正因如此,邵雍的闲静之心与平和之境方能持得固、守得稳,如其所谓"先能了尽世间事,然后方言出世间"(《极论》)[48]。邵雍之抱道自高、绝尘出世,正建立在其通晓世情的基础之上。

邵雍同样将此心境投射于其观物之学。《秋怀三十六首》其二谓:"红兰静自披,绿竹闲相倚。荣利若浮云,情怀淡如水。"[49]该诗表面上以景物起意,实则反之于心,是诗人自身情怀的写照。对于一心追慕陶渊明的邵雍而言,正是在这般静思默察中方得窥开物理人情,摒却尘世烦忧,从觅悟然自乐之境。其《龙门道中作》一诗颇能明此心志:

> 物理人情自可明,何尝戚戚向平生。卷舒在我有成算,用舍随时无定名。满目云山俱是乐,一毫荣辱不须惊。侯门见说深如海,三十年来掉臂行。[50]

人生烦忧实所难免,出处进退、卷舒用舍亦需因时而宜。云山之乐俱在一怀,又何关涉荣辱?整首诗于平淡中又凭添几分逸怀浩气,这正是邵诗独擅胜场之处。

三、万物自得与真乐攻心的诗学观念

长久以来,论者探讨"康节体"诗旨,多拈出一个"乐"字。[51]纵观全部《击壤集》中诗,几乎始终都是在无可遏止地抒发作为邵雍独得之秘的"乐"之体验。而其之所"乐",又是以"真"为前提的,适如诗中自言:"宾朋莫怪无拘检,真乐攻心不奈何。"(《林下五吟》其三)[52]甚者则如"烦恼全无半掐子,喜欢常有百来车"(《对花吟》)[53]句,直予人口不择言之感。即便笃定如朱熹者,也觉得邵诗"篇篇只管说乐,次第乐得来厌了"[54]。然而值得注意的是,这种贯注其间、酣畅淋漓的乐至极处,往往呈现出狂放自逸的姿态。细味其诗,个中并非没有伴狂之嫌。对此,邵雍本人也并无避忌,在他"欢极情怀却似悲"(《首尾吟》其六六)[55]的快乐体验中,又分明彰显出其内心隅落间潜藏着的难以言说的悲楚。

与后世理学家崇道抑情的观念相比,邵雍在对失意情绪的坦陈与抒发上,显然更为真诚。其诗固不乏谈道说理之好,但亦藉以宣情寄意。年少的诸般遭际以及现实忧戚也很难在其心中消泯殆尽,偶尔发之也多点到即止,并且往往潜隐于"真乐"的表面之下,甚至时以牢骚戏谑之语出之。如此非但丝毫无损其诗之真意,反而使其坦言之"乐"的内涵愈显真诚与丰富。

如前所论,"康节体"中的快乐书写与邵雍其人平和洒落的襟怀品格紧相关联,是迁洛后伴随着心态转变与思想进境逐步形成的。在北宋诗坛,就对"乐"主题表现的集中程度而言,恐无以过之者。如此,邵诗既得与主流诗坛的节奏相呼应,又体现出鲜明的个性色彩。"天和将酒养,真乐用诗勾"(《逍遥吟》其二)[56],诗歌成为邵雍表达内心"真乐"体验的重要途径。他不厌其烦地在诗中吟咏快乐,原因无外乎二:一是精神上的自足。邵雍定居洛阳后,矢志隐逸,无复世用,更无复矜较于得失。"眼前随分好光阴,谁道人生多不足"(《安乐窝前蒲柳吟》)[57]、"平生足外更何乐,富贵荣华过则悲"(《游山三首》其三)[58],隐居读书时以安乐名居,也许有以学自任、安于苦读之意,到了晚年则含有更多知足保和的心意体验融于其间;二是心地坦荡,无所愧怍。"素业经纶无少愧,全功天地不虚生"(《依韵和王安之少卿谢富相公诗》)[59]。邵雍行事始终恪守儒家传统,投身皇极,造心精微,与人相处一接以诚,不以钻营为务,唯以适心是求。"心与身俱安,何事能相干"(《心安吟》)[60],胸中洒落坦诚,自然落得一身快活。他曾在《不去吟》中咏道"俯仰天地间,自知无所愧"[61],其绝笔诗《病亟吟》末亦云"俯仰天地间,浩然无所愧"[62]。孟子始倡"养浩然气",至此亦成为宋儒所推重的精神气质,如程颢评石延年《金乡张氏园亭》诗即云"形容得浩然之气"[63]。邵雍同样终生以"无愧"自重。心中无愧,自然乐得所安,这正是邵雍真乐渊薮所在。

统而观之,《击壤集》所抒邵雍个人襟怀,皆可视作由观物所及的自得之乐,适如其自序所言"《击壤集》,伊川翁自乐之诗也。非唯自乐,又能乐时,与万物之自得也。"[64]从这个角度而言,"康节体"诗是邵雍独特人格思想与精神世界的诗意化呈现,彰显出浓厚的个性化色彩。所得不同,乐亦各异,如其《懒起吟》:"半记不记梦觉后,似愁无愁情倦时。拥衾侧卧未欲起,帘外落花撩乱飞。"[65]该诗短章精悍。帘外落花自然飘落,与诗人慵懒闲散风貌适相契合,物我心意相融,安乐静闲之态跃然纸上。该诗通篇未着"乐"字,而乐自在其中,真意发露,气韵盎然。

再如《安乐窝中四长吟》一诗将吟诗、写书、焚香与饮酒四事作为其主要生活内容和快乐承载进行吟咏,就中逸、严、清与美的主体感受又何尝不是自得之乐的典型写照?又如邵雍藉以自况的四言长诗《安乐吟》,通篇多以俗语白话出之,对其居洛三十年间的自得之乐进行全景描绘。"已把乐为心事业,更将安作道枢机"(《首尾吟》其七三)[66],作为有着"风月情怀,江湖性气"的快活人,最乐之事无过身心两安,邵雍当此诚无所愧。

邵雍时以"窃料人间乐,无如我最多"(《尧夫何所有》)[67]自任,其乐虽常源于外物景致感发,但却多基于安乐自得的心意体验。他从未真正摒弃忧扰,却并非陷溺其间。"世上闲愁都一致,人间何务更能为"(《老去吟》)[68]、"浮生日月无多子,忍向其间更敛眉"(《游山三首》其二)[69]诸句,正是其避忧取乐,将入世之愁化而泯之的心迹坦露。邵诗之乐虽有自乐、乐时与乐物之别,但归根结底仍在乐心:

  平生无苦吟,书翰不求深。行笔因调性,成诗为写心。诗扬心造化,笔发性园林。所乐乐吾乐,乐而安有淫。(《无苦吟》)[70]

邵雍向不主苦吟,而唯乐是求。这种人格风貌与精神气质体现于诗学观念上,就使得他看来,过于雕琢诗艺反而有碍于主体性情的抒发,心之造化也随之受到壅蔽,故不为其所取。而是听任心之所之,纵笔之所至,因之成诗,从而不避俗俚,以文为诗,更倾向于心意的体知与感发。"因乘意思要舒放,肯把语言生事治"(《老去吟》)[71]、"中间些子好光景,安得工夫入语言"(《恍惚吟》)[72]诸语,正可视作其纵心徜游于言意之间的诗学观念的反映。由此可见,对于后世所诉"非诗"之弊,邵雍实有意为之,目的则在破除外在语言形式对于诗歌内蕴尤其是性情感发的桎梏。这是"康节体"呈现出通俗平易诗风的根本原因,重意轻言也随之成为其后两宋理学诗发展的重要特征。"快心亦恐诗拘束,更把狂诗大字书"(《答客吟》)[73],可见邵雍摆脱文字形式羁牵的愿景何等强烈。张海鸥指出:"从艺术美的意义上说,他并不是优秀的诗人,但从生命哲学的意义上说,他却堪称'诗意的栖居'者。"[74]邵雍的创作,反对以诗拘心,追求以诗适心,放意情志又多源于内心之自得,所以其之真乐持久而稳固,更内化为显著的人格底色。这种秉于自得之乐的诗学观念在求新尚异的北宋前期诗坛独出机杼,虽鲜有附和,却一定程度上避免了当时主流诗坛因刻意生新而产生的尖涩之弊,呈现出流动活泼的诗韵气象。

除自得以外,邵诗中还蕴有常为人所忽视,抑或为其道学家身份遮蔽掉的"乐",最突出者属亲情之乐。邵雍笃于情意,二十六岁时其生母过世,三十七岁迁洛之后,又侍父邵古近三十载,对亲情感怀至深。治平丁未(1067)秋,邵雍游伊、洛二川,抵亲人坟上,有《十八日逾牵羊坂南达伊川坟上》一诗:"三尺荒坟百尺山,生身慈爱在其间。此情至死不能尽,日暮徘徊又且还。"[75]诗语真挚沉痛,道尽对至亲的无限怀念。南宋王柏曾记载好友苏基先拜亲墓下,每诵此诗"未尝不为之心目凄断"[76]。其弟邵睦去世,邵雍连写多诗痛悼。如"不知肠有几千尺,不知泪有几千斛"(《又一首》)[77]诸句,其情感之铺张宣泄也为集中所仅有,浓浓手足之情令人为之恻然。

以上所叙虽皆为失亲之悲,但却分明体现出向来厌弃溺于情好,主张观物之乐的宋儒邵雍重情之深。这种与其理学思想看似矛盾的心意体验,却恰恰体现出邵雍对于人间至情最为由衷的感怀与珍重。亲情之乐于邵雍诗篇中所在多有,如"堂上慈亲八十余,阶前儿女笑相呼。旨甘取足随丰俭,此乐人间更有无?"(《闲居述事》其四)[78]和谐圆满的家庭场景令邵雍感到无比欣悦,快乐之情溢于言表。又如"长忆乍能言,朝游父母前。方行初下膝,既老遂华颜。在昔四五岁,于今六十年。却看儿女戏,又喜又潸然。"(《长忆乍能言》)[79]此番情怀既充满对双亲的深挚怀念,又极尽对后辈的无限怜爱。再如:"尧夫非是爱吟诗,诗是尧夫自足时。开口笑多无若我,同心言少更为谁。田园管勾凭诸子,樽俎安排仰老妻。不信人间有忧事,尧夫非是爱吟诗。"(《首尾吟》其六十八)[80]一诗叙写家庭日常场景,"凭"、"仰"诸字传递出邵雍独特的亲情归属。这份"同心言少"的平淡温暖为其减却诸多俗世烦忧,显为杜甫《江村》诗之风调。此三诗中邵雍已不再是面孔板滞的道学家,诗语也已转化为诗人口吻,诚谓"语爱何尝过父子,讲和曾未若夫妻"(《首尾吟》其六六)[81]。尽管此类题材在其诗中不占主导,且往往不乏如《诫子吟》般的理学话语,但这几首诗已经典型地体现出诗人邵雍对承欢膝下、天伦之乐的满足与快慰。这样的诗歌非但无碍其庄重的理学家身份,反而在普通读者心中得以凭添几分温情与敬意。

总之,邵诗所呈现出的平淡真乐的生命境界,是贯注于"康节体"中最为重要的精神气质与心意体验,其价值非惟诗歌体式的探索,更在于对世间浮嚣的游离与涤荡。他的平淡,安宁而洒落;他的真乐,坦率而真诚。不同生活与思想背景的人读其诗,感其为人,皆得有所会心。心境的躁乱因之澄明,思想之纠结藉以释然。正如清人吴源起所言:

> 躁者以静,竞者以恬,忿怒者因之而和平,悲戚者因之而顺适,则其自乐夫时与物者,又能使后世之读是诗而俱有以乐其乐也。先生之志几于无我,而其乐也岂易量乎?(《康熙重刊本伊川击壤集序》)[82]

也许,这正是邵雍诗歌的独特魅力所在。

注 释:

* 本文系国家社科基金一般项目"政治文化视域下的北宋士人心态与文学演进研究"(21BZW097)阶段性成果。

[1] 脱脱等《宋史》卷四百二十七,中华书局1977年版,第12728页。

[2][16][37][63] 王孝鱼点校《二程集》,中华书局1981年版,第502、503、97、413页。

[3][4][5][8][9][10][11][13][14][19][21][24][25][26][27][28][29][30][33][34][35][36][38][39][40][41][43][44][45][46][47][48][49][50][52][53][55][56][57][58][59][60][61][62][64][65][66][67][68][69][70][71][72][73][75][77][78][79][80][81] 郭彧整理《邵雍集》,中华书局2010年版,第206、270、333、542、544、544、493、476、340、179、211、276、456、329、341、344、340、461、324、422、358、270、437、507、383、227、238、358、371、235、407、218、210—211、301、440、527、279、395、205、395、356、465、514、179、330、528、398、352、205、459、352、366、352、251、259、237、398、527—528、527页。

[6][12][42] 张崏《行状略》,朱熹编《伊洛渊源录》卷五,《丛书集成初编》本,商务印书馆1936年版,第47、47—48、47页。

[7] 王夫之《宋论》卷三,中华书局1998年版,第69页。

[15] 永瑢等撰《四库全书总目》卷一五三,中华书局2008年版,第1322页。

[17] 陈来《宋明理学》,北京大学出版社2020年版,第135页。

[18] 王新春《邵雍天人之学视野下的孔子》,《文史哲》2005年第2期,第38页。

〔20〕 魏了翁《鹤山先生大全文集》卷五二,《四部丛刊》影印乌程刘氏嘉业堂藏宋刊本。

〔22〕〔23〕〔32〕 邵雍《观物内篇》,卫绍生整理《皇极经世书》,中州古籍出版社1993年版,第253、295—296、254页。

〔31〕〔54〕 朱熹《朱子语类》卷一百,中华书局1986年版,第2544、2553页。

〔51〕 如程杰《诗可以乐——北宋诗文革新中"乐"主题的发展》一文将"康节体"的理学"观物之乐"视作北宋中期"乐"主题思想深化和丰富形态的一种集中表现,载《中国社会科学》1995年第4期,第169页。张海鸥在《邵雍的快乐诗学》一文中则径将其命作"快乐诗学",认为其建立在邵雍快乐哲学的基础之上,载《中山大学学报》(社会科学版)2004年第1期,第27页。

〔74〕张海鸥《邵雍的快乐诗学》,第29页。

〔76〕王柏《慕庵记》,《鲁斋王宪公文集》卷五,《续金华丛书》本。

〔82〕祝尚书编《宋集序跋汇编》,中华书局2010年版,第346页。

〔作者简介〕 袁辉,1985年生,山东聊城人,文学博士,聊城大学文学院讲师,研究方向为唐宋文学。

程千帆古诗讲录

(张伯伟编,人民文学出版社2020年6月版,456页)

　　程千帆是古典文学研究大家,还是培育专业人才卓有成效的教育大家。今张伯伟主编《程千帆古诗讲录》,收入徐有富、曹虹、张伯伟等教授四种听课笔记(《历代诗选讲录》、《唐宋诗讲录》、《古诗讲录》、《杜诗讲录》)以及《杜诗讲义》。前有程先生《论今日大学中文系教学之蔽》代前言,后有张伯伟《我们需要什么文学教育》编后记。全书生动具体地呈现了程先生授课的精彩风貌,藉此可领会其接引门人独特而有效的治学门径,堪称传统教育的精品教材。学术大家讲古典诗歌,深入浅出,对于今天欣赏、研读古诗有许多重要的启迪,是传统文化教育的典范精品。

苏轼评张舜民"稍能诗"的检讨*

成明明

北宋文人张舜民（生卒年不详），字芸叟，号浮休居士，邠州（今陕西彬县）人。据《宋史》本传，治平二年（1065）进士及第，为襄乐县令。元丰四年（1081），环庆帅高遵裕辟其掌机宜文字，后因作诗讽刺王师无功谪监郴州酒税。历任陕西转运使、右谏议大夫等，坐元祐党籍，政和中卒。有《画墁集》一百卷、《画墁词》一卷、《画墁录》一卷、《使辽录》二卷。苏轼评其"稍能诗"，可谓带有幽默感的肯定性、阶段性评价，但苏轼在特定语境中的肯定，北宋末和南宋文人已经不能准确体会，这一评语被误读为否定倾向之论断，一定程度上影响了舜民诗歌的传播与接受。事实上，舜民中年以后诗艺有了很大提升，题材丰富、技巧娴熟、意蕴深厚，部分作品混入苏轼集中竟然不能分辨。本文拟对苏轼评价舜民"稍能诗"作全面检讨，揭示名人评价被曲解产生的社会效应与文人实际创作间的差距，从而理性看待文学史上的所谓定评，避免人云亦云造成再次误读。

一、"稍能诗"的提出、转述与蠡测

德国康斯坦茨学派的代表人物沃尔夫冈·伊瑟尔认为，"文本和读者的相会使文学作品真正进入存在，但这种相会决不可能被准确地定位"[1]。这种定位，包括文本意义、结构彰显、作品价值等诸多要素。读者在阅读中，根据自己的社会经验、文化审美、价值认同对作家、作品做出某种解释和判断，成为影响作家作品存在样态的重要契机。

（一）"稍能诗"的提出与转述

苏轼《书张芸叟诗》云："张舜民芸叟，邠人也。通练西事，稍能诗。从高遵裕西征回，途中作诗二绝。一云：'灵州城下千株柳，总被官军斫作薪。他日玉关归去路，将何攀折赠行人。'一云：'青铜峡里韦州路，十去从军九不回。白骨似沙沙似雪，将军休上望乡台。'为转运判官李察所奏，贬郴州监税。舜民言：'官军围灵武不下，粮尽而退。西人从城上大呼："官军汉人兀擦否？"或仰而答曰："兀擦！"城上皆大笑。'西人谓'惭'为'兀擦'也。"[2]这段文字中的"稍能诗"是作为通晓西夏之事的陪衬出现，"稍"有略微之意；紧接着苏轼引用了舜民被贬的文字因缘，继而转述舜民对战后双方对话的陈述，强化了王师无功的真实性和舜民被

---

* 本文收稿日期：2021年4月10日

贬的冤屈,无疑也是阐明二人交往的真实。

"稍能诗"评语一出,被宋人笔记和诗话多次转载引录。成书于绍兴六年(1136)的曾慥《类说》卷一〇引《仇池笔记》"西征途中诗"条曰:"张舜民通练西事,稍能诗。从高遵裕西征回途中作诗曰云云。"[3]胡仔《苕溪渔隐丛话》前集卷五二引东坡云云。[4]同样的记载亦见《诗人玉屑》卷一八"张芸叟西征二绝"条[5]。以上材料转述了苏轼的评论,没有做进一步阐释,直到《苕溪渔隐丛话》后集卷三三引《复斋漫录》出现了更明确的判断:"观东坡所记芸叟西征途中诗,止云'张舜民通练西事,稍能诗'而已。则东坡盖不以善诗待芸叟邪?"[6]可见,苏轼以舜民"稍能诗"的判语为宋人所熟知,而且《复斋漫录》认为苏轼不以擅长诗歌来看待舜民。至此,"稍能诗"被解读成了明确无误的否定性论评。那么,苏轼本意究竟如何呢?

(二)苏轼"稍能诗"评价的心理蠡测

据李之亮《张舜民行踪简编》[7],舜民享年约80岁。我们从苏辙和晁补之等人作品中明确表达出对舜民的尊重情谊来看,估计舜民比苏轼略长几岁。依据苏轼为人,是不大可能以"稍能诗"去评价一个道德操守颇高之人,也不大可能丝毫不流露对其遭贬的同情之意。苏轼在何种情境下出此言论,需要考察一番。

元丰五年(1082),舜民作诗讥讽王师无功被贬邕州,后经查实,于元丰六年改郴州酒税。舜民抵达郴州途中经过黄州拜访了苏轼。据孔凡礼《苏轼年谱》所载,元丰六年九月二十日,舜民来访苏轼;二十四日,应舜民之邀二人同游武昌西山;二十五日,二人会食李观宅中,谈论鱼之话题。"张舜民尝自述从征灵武时所作诗,苏轼为记之。或为此时事"[8],"今考其实,知轼所言者,乃舜民中年作品"[9]。也就是说,"稍能诗"的评语出自二人相遇于黄州,同为被贬之身,且苏轼就其中年作品而发。舜民来访时,苏轼因乌台诗案被贬黄州已近四年,《赤壁赋》、《念奴娇》(大江东去)、《后赤壁赋》等优秀的作品均已完成,应该说苏轼处于旷达乐观、洒脱释然的状态。对于舜民的贬谪"自述",苏轼当以同情劝慰的态度来聆听,并极有可能以幽默的调侃来缓解贬谪之人的抑郁不平。苏轼所引舜民二诗与苏轼本人批判现实的诗歌是一样的,有着对诗歌内在政治价值的一致追求。

自黄州聚会后,二人交情进一步加深。舜民从郴州返京时再过东坡雪堂,苏轼已离开,舜民赋《再过黄州苏子瞻东坡雪堂因书即事题于武昌王叟斋扉》曰:"欹帆侧柁岭边归,重过东坡叩竹扉。床坐凝尘风自扫,江山无主燕空飞。"[10]以"风自扫"、"燕空飞"表达雪堂犹存,故人不见的失落之情。元祐二年舜民贬虢州,苏轼作《次韵张舜民自御史出倅虢州留别》云:"玉堂给札气如云,初喜湘累复佩银。樊口凄凉已陈迹,班心突兀见长身。江湖前日真成梦,鄂杜他年恐卜邻。此去若容陪坐啸,故应客主尽诗人。"[11]叙述舜民由被贬郴州到重新起任,召试馆职,擢迁御史的荣耀经历,追忆二人同为贬谪之身共游樊口,如今已为陈迹的感慨;对友人刚正直言的品格表达了钦佩,憧憬日后与之为邻相处,优游唱酬,以诗会友。"坐啸",用后汉汝南太守成瑨委事于功曹岑公孝的典故慰藉诗人,若能脱去此等束缚而悠闲坐啸,相交自然都是儒雅之士。"故应客主尽诗人",充分肯定了舜民的诗人身份,亦暗含对其诗歌的激赏。

二人同病相怜的处境,正直敢言的个性,以及对诗歌承担现实批评功能的认同,诸多共性决定了能够给予对方理解之同情。当然,处在贬谪期的苏轼也不可能再像以前一样对文字毫无警惕,肆无忌惮。既然不能公然大胆地去赞扬一个贬谪之人的作品,只好以调侃戏谑的方式表达似非而是的赞扬,给外人造成一种一般性评价的印象,也是在情在理的。况且,舜民中年诗歌也不乏精品,如《赐〈资治通鉴〉呈范淳父学士》《八月十五日夜清溪舟次》等。可惜的是,传播者只记住了"稍能诗"的表相,不假思索地转述强化了这种比较普通的评价。

二、从"稍能诗"到"工诗文"的转变

苏轼提出舜民"稍能诗",而清代四库馆臣以为"舜民工诗文"[12],何者更为客观呢?

检索苏轼诗文集、笔记等,"稍能诗"出现 1 次,"能诗" 2 次(《复次前韵谢赵景贶陈履常见和》"能诗李长吉"和《乘舟过贾收水阁》"能诗张志和"),"极能诗" 1 次(《与滕达道二十四首》其一"有贾收耘老者,有行义,极能诗")。相较宋人贾耘老、唐人李贺、张志和,舜民诗歌艺术在元丰后期尚且达不到与之比肩的水平。即使排除苏轼幽默式评价的心理动因,"稍能诗"还是一个肯定性评价,只是相对"能诗",程度有所欠缺而已。另外,前文所引孔凡礼的研究,这一评语的时限是舜民中年作品,所以苏轼的评价不能说不对,但是后人的转述却给舜民带来一些消极影响。四库馆臣的评价,应该说更符合舜民中年以后特别是晚年作品的成就。

(一)舜民诗艺的彰显度和影响力

斯蒂文·托托西指出"实际上经典化产生在一个累积形成的模式里,包括了文本、它的阅读、读者、文学史、批评、出版手段(例如书籍销量,图书馆使用等等)、政治等等"[13]。舜民作品的彰显,可以说这些要素参与了助力。

其一,文集的印刷与销售。由于名列元祐党人,崇宁二年(1103)其文集自然在禁毁之列。不过禁令的严格反而成为历史的补偿,《画墁集》百卷一度成为热销书。周紫芝《太仓稊米集》卷六七《书浮休生〈画墁集〉后》云:"政和七八年间,余在京师,是时闻鬻书者忽印张芸叟集售者,至丁填塞衢巷。事喧,复禁如初。盖其遗风余韵在人耳目,不可掩盖如此也。"[14]周氏的记载,足以说明舜民文集有广阔的读者市场,反映了宋人对元祐党人的笃厚情感,而本心仅针对舜民其人。

其二,目录书的著录与选本选录。百卷本《画墁集》,晁公武《郡斋读书志》卷一九、尤袤《遂初堂书目》、陈振孙《直斋书录解题》卷一七等均有著录,在宋元传承不衰,到明初始残阙不全。清编《四库全书》,据《永乐大典》辑成《画墁集》八卷。无论是官方色彩浓厚的奉敕编修选本,还是文人表现才情审美的类书题咏,都不同程度地关注了舜民诗歌。南宋初期著名的诗文选集《宋文鉴》,选录舜民诗歌 6 首,其中乐府、七古、五律、五绝各 1 首,杂体 2 首。南宋类书《全芳备祖集》,选其诗(包括散句)总计 37 次。元明时期舜民诗歌寂寥,清代又获重视。康熙四十八年(1709),张豫章等奉敕编次的《御选宋诗》录其诗 7 首:七古 1 首,五律 2 首,五绝 1 首,七绝 1 首,杂体 2 首。乾隆十一年(1746)成书的《宋诗纪事》选其诗 24 首:七绝 11 首,七律 7 首,七古 1 首,五律、五绝各 2 首,乐府 1 首。

其三,宋代诗话、笔记、文集对舜民诗作的引用赏叹。题为吴开的《优古堂诗话》曰:"李方叔喜吴可小诗:'东风可是闲来往,时送红梅一阵香。'殊不知张芸叟《醓醢》诗亦云:'晚风亦自知人意,时去时来管送香。'"[15]在吴氏眼中,舜民《醓醢》诗更加优胜。阮阅《诗话总龟》记载真州的由来以及胥浦潮水状况,援引舜民《真州仪真观》诗。[16]此诗将历史传说、自然景象与人文景观融为一体,流畅俊爽,气象开阔。葛立方《韵语阳秋》卷一八引用了舜民《荆公哀词》二首,赞赏其"深病人情之薄"[17]的勇气和胆识。宋代一些知名文人曾与舜民酬唱赠答,如苏辙、陈师道、孔平仲等,或赞诗艺,或颂人品,或叙友情。苏辙《寄张芸叟》云:"老矣张芸叟,亲编乐府词。才高君未觉,手战我先衰。点黜旧无对,吟哦今与谁。十年酬唱绝,欢喜得新诗。"[18]肯定舜民晚年诗才之高,表明自己甘拜下风。南宋廖行之《省斋集》卷四《读浮休诗有感·序》曰:"九月五日,夜观浮休张公诗,至《彭城君忌辰篇》云:'东房西舍语喧喧,旧事无人可共论。遗像展开多不识,独将哀泪对儿孙。'感吾嫔之早世适相类,用张韵悼之。"[19]可见舜民诗歌引起廖氏的共鸣,故而用其韵来哀悼亲人。感同深受中借用其语言形式来表情达意,某种意义上讲也是一种阐释,是一种精神层面的自由交流。无论是文集的印刷、目录书的著录、诗话笔记的关注,足以说明舜民其人其诗在当时具有不小的影响力;特别是苏辙的评价,表明"稍能诗"已经发生了实质性改变。

(二)舜民诗艺转变的策略与技巧

其一,转益多师,坚持自我。就诗歌风格而言,舜民取法白居易,以流畅清新见长,同时又能避免其俗,方回《瀛奎律髓》卷二七称舜民"诗学白乐天"[20]。舜民不仅与元祐诗人有着较密切的交往,而且对北宋其他重要诗人多有研读,提出了自己的诗学见解,《复斋漫录》载舜民评诗云:"永叔之诗,如乍成春服,乍热酸醅,登山临水,竟日忘归。王介甫之诗,如空中之音,相中之色,人皆闻见,难可着摸。石延年之诗,如饥鹰夜归,岩冰春拆,迅逸不可言。苏东坡之诗,如武库初开,矛戟森然,不觉令人神慑,仔细检点,不无利钝……"[21]这一印象式点评难免有偏颇,但总体而言还是客观的,宋代诗话等文献多有转载。同时,在对他人诗歌的揣摩中促进了自己诗艺的转变和提升。

《韵语阳秋》卷五载"绍圣初,以诗赋为元祐学术,复罢之。政和中,遂著于令,士庶传习诗赋者,杖一百。畏谨者至不敢作诗。时张芸叟有诗云:'少年辛苦校虫鱼,晚岁雕虫耻壮夫。自是诸生犹习气,果然紫诏尽驱除。酒间李杜皆投笔,地下班扬亦引车。唯有少陵顽钝叟,静中吟撚白髭须。'盖芸叟自谓也"[22]。舜民以"迂钝"执著的杜甫自比,不畏强权,不改其衷,表现出不逐流俗的诗人本色和孜孜不倦的创作精神,令人动容。

其二,取法经典,成就特色。舜民师法杜甫,表现出气势雄浑、锤炼精工的特点,如《中宫致斋》"林藏鹎鸠随莺啭,风引醓醢助酒香"[23],"藏"、"随"、"引"、"助"四个动词的传神镶嵌,韵味悠长,浑然天成。又如《题庾楼》"万里秋风吹鬓发,百年人事倚栏干"[24],明显模仿杜甫"万里悲秋常作客,百年多病独登台",苍凉慷慨,余味无穷。杜甫是宋代的诗学典范,对宋代最大的诗歌流派江西诗派影响深远,舜民积极模仿诗学典范,在研练中靠拢主流诗坛,使自己的诗艺保持在较高水平。

舜民部分作品以雄肆豪迈见长,与苏轼诗风相近,如《赐〈资治通鉴〉呈范淳父学士》"我投淮水五千里,君滞周南二十春"[25]等。因风格相近,有些作品误入苏集中失去了版权,周紫芝《太仓稊米集》卷六七《书浮休生〈画墁集〉后》云："前此当靖康间,天下哄然皆歌东坡南迁词,所谓'回首夕阳红尽处,应是长安'者是也。今临川雕浮休全集,有此词,乃元丰间芸叟谪郴州时,舟过岳阳楼望君山所作也……绍兴辛未,余来江西,至九江太守李中行置酒庾楼,楼上独有芸叟一诗……然后知东坡集中所载二诗,为不止于此也。"[26]周氏的评价,无疑为舜民其人其诗作了很好的宣传。《四库全书总目·画墁集提要》亦云:"盖由其笔意豪健,与苏轼相近,故后人不能辨别,往往误入轼集也。"[27]可见舜民诗歌艺术到了中后期,明显精进。

晁公武《郡斋读书志》卷一九论舜民曰:"最刻意于诗,晚作乐府百余篇,自序云:'年蹈耳顺,方敢言诗,百世之后,必有知音者',其自矜重如此。"[28]舜民以为,自己年蹈六十方敢谈论诗歌;而且坚信百世之后定有知音,既有自负之意,又有不遇之叹,更是说明不断提高诗艺的不懈努力。另外也说明,诗人晚年从"稍能诗"到"工诗文"的转变实现。

三、张舜民诗歌的艺术特质

舜民曾得到司马光、范仲淹、欧阳修等人的知遇奖掖,与文坛名士苏轼、晁补之、张耒等诗文往还,师从心仪理学家张载、李复等,又与书画名家沈辽、薛绍彭等情深意笃。广泛的交游,使其立身行事、诗歌创作受到某种沾溉。具体而论,舜民诗歌具有以下突出特质:

(一)干预时政,关怀现实,讽刺批判,颇见胆识

舜民为人刚毅果敢,对北宋时事政治颇为关注,直言不讳。如苏轼所评《西征回途中二绝》之二,以沉痛的笔调书写了将士保家卫国的巨大奉献与牺牲,讽刺朝廷用兵不当所致的重大损失。特别是"白骨似沙沙似雪",读来触目惊心,力透纸背。《渔父》曰:"家住耒江边,门前碧水连。小舟胜养马,大罟当耕田。保甲元无籍,青苗不著钱。桃源在何处,此地有神仙。"[29]戏谑的口吻讥讽王安石保甲法、青苗法、保马法不利百姓,此诗也启发了苏轼。陆游《老学庵笔记》卷一载"元丰中谪官湖湘时所作,东坡取其意为《鱼蛮子》"[30],可见苏轼对其诗歌的关注和认可。《打麦》是一首颇具特色的农事诗,其中"打麦打麦,彭彭魄魄。声在山南应山北,四月太阳出东北",运用重叠、拟声的手法,表现红红火火的打麦场景。以"鹎旦催人夜不眠,竹鸡叫雨云如墨",书写收割的时不我待。"大妇腰镰出,小妇具筐逐。上陇先持青,下陇已成束",描绘了丰收的喜悦忙碌与热火朝天,使人历历在目。"田家以苦乃为乐,敢惮头枯面焦黑。贵人荐庙已尝新,酒醴雍容会所亲"[31],对比手法淋漓尽致地展现了农家生活的艰辛不易以及分配不均的社会现实。此诗流畅通俗,形象生动,批判鲜明,入选钱锺书的《宋诗选注》。又如《扇诗》曰:"扇子解招风,本要热时用。秋来挂壁间,却被风吹动。"[32]写扇子热天带来凉爽,秋天自然闲置。但是扇子不能安然若素,又被秋风吹动。看起来是一首司空见惯的物理诗,其实用意深刻,揶揄由于政治反覆带来人事的频繁变动,那些迎合时政者起先得到任用,最终因翻覆的特点而被嫌恶。

(二)体贴物理,奇思妙想,拟人手法,深情婉转

舜民数次遭贬,诗歌因得江山之助而深情款款,多用拟人手法,贴切物理。如《八月十五日夜清溪舟次》云:"清溪水底月团圆,因见中秋忆去年。旱海五更霜透甲,郴江万里桂随船。

昔看故国光常满,今望天涯势似偏。只恐姮娥应笑我,还将只影对婵娟。"[33]今昔对比,故国天涯转换,以中秋之月寄两地愁思,饶具骨格,旷达洒落。《舟行湘岸见早梅盛开》曰:"为怜北客漂流远,偷报东君信息回。香气轻于新酿熟,襟怀重似故人来。"[34]拟人化的手法形容物理,由早梅的开放而联想其爱怜诗人漂泊久远而偷报东君春天到来的讯息。"轻"字绝妙,将早梅的芬芳与新酿熟好的气息对比,可谓奇思妙想。《酴醾》曰:"冰肌雪艳映残春,燠日熏风入四邻。任是主人能爱惜,也拚一半与游人。"[35]酴醾三、四月开放,具有冰雪之肌,清香沁人。诗中说,即便主人多加爱惜,它也会毫不吝惜将一半花香与美丽分享给游人,诗歌生动地描摹了酴醾旺盛的生长姿态。

(三)幽默诙谐,说理自然,用意深刻,表达清新

宋代文人多博览群书,涉猎佛禅,以期安顿身心,舜民亦如之,表现在诗歌中就是风趣旷达,说理自然。如《禅僧福公寄惠牧牛图答以问牛歌》云:"诃诃诃,栖岩老法师,寄我牧牛颂。我是人间百岁人,今朝却作婴儿弄。堪笑其间有一牛,满身变白尾犹黑。想君不是上上根,教人费尽闲心力。我昔有一牛,其毛元自白。如今牛已无,欲求不可得。蓑笠与鞭绳,同时皆弃掷。身心无住著,冷坐溪边石。却问山中人,闲寻牧牛客。"[36]这首题画诗诙谐横生,对禅师惠寄牧牛图规劝诗人调伏心意作了幽默机智的回答:诗人以为禅师自身修炼未臻上乘,劝导别人当然也是枉费心力;诗人自己没有执著之心,因而无需修心炼性,随缘任运即可,表现出自信通达与特立独行的气质。宋诗日常化、生活化特征明显,强调理趣,舜民诗歌尤其避免了枯燥生硬的说教,清新洒落,如《京兆安汾叟赴辟临洮幕府》,袭用王维《送元二使安西》诗意句词,描绘了动人的送别画面。相较于稚子牵衣、老者哭泣、行客辛酸,画中最独特的便是"唯有溪边钓鱼叟,寂寞投竿如不闻"。在诗人看来,此画的深意莫过于以渔樵自得之乐揭示世间的离别之苦缘于名利之求,"为道世间离别人,若个不因名与利"[37],用意不可谓不深,构思不可谓不奇。

(四)色彩明丽,画意盎然,工于炼字,形神兼备

舜民书画鉴赏家和创作者的双重身份,于其诗而言是大有裨益,其《跋百之诗画》云"诗是无形画,画是有形诗"[38],强调诗画间的互通性,这一理念贯穿在诗歌创作中。《东湖晚眺》曰:"白鹭双飞过女墙,两行高柳正斜阳。荷花满眼都无主,暗里风飘入袖香。"[39]双飞的白鹭、高大的柳树、艳丽的斜阳、红白的荷花,构成东湖晚眺的丰富画面和悠闲意境。《扳子矶》"石上红花低照水,山头翠筱细含烟"[40],红花翠竹明丽生辉,一下一上呼应成趣,"低照水"和"细含烟"旖旎柔美,风情无限。《秋日燕山道中》"一径幽花闹,千岩晚瀑明"[41],善于炼字,在"幽"和"闹"、"晚"和"明"的对立统一中彰显意趣,"一径"和"千岩"的对比中,自然的生机活力跃然纸上。咏物诗切忌粘皮带骨,须在不即不离间,舜民的咏物之作堪称佳品,形神兼备,如《柳花》云:"随风坠露事轻儇,巧占人间欲夏天。只恐障空飞似雪,从教糁径白于绵。"《樱桃》曰:"云阳初献满筠笼,黄蜡新衣色半红。今日岭边空对酒,偷将泪眼望秦中。"[42]在柳花"飞似雪"、"白于绵",樱桃"黄蜡新衣色半红"的姿态色彩、意趣生命的刻画中强化今昔对比,事事变迁、年华易逝、盛衰之感饱含其中。

舜民对自己的诗人身份极为看重,其诗说理言情,饶有风致;体贴物理,生动形象;善于炼字,不堆砌典故;虽有议论之长,而无悍犷之习,在宋代诗史上堪称有独特面貌的作家。

四、"稍能诗"歧义背后的影响因素

《复斋漫录》据"稍能诗"判断,以为苏轼大概不以善诗评价舜民;元人刘壎《隐居通议》卷六道"芸叟与东坡同时仕宦,然不闻盛名,亦不见有何伟作,今阅此评(前文所引诗评),似非碌碌者也"[43],可谓慧眼独具。舜民本人有"百世之后,必有知音者"的慨叹,说明文学创作欲求社会的广泛认同并非易事。诗人诗歌声誉的获得,与社会的整体评价,时人的审美取向,作者各个艺术门类成就的高低差异,以及某些评论被误读所造成的负面效应等息息相关,是诸种合力作用的结果。

(一)气节操守的重评对其文学评价的遮蔽与淡化

宋人对张舜民的评价中,刚正不阿、忠心国事、坚持本心、品节自高成为压倒性评语,有意无意地会淡化对其文学身份的认同。司马光《举张舜民等充馆阁剳子》论曰:"材气秀异,读书能文,刚直敢言,竭忠忧国。"[44]叶梦得《岩下放言》卷下云:"忠厚质直,尚气节,而不为名。前朝人物中,殆难多数……崇宁间以党籍废,居长安,关中人无贵贱以为父师。"[45]说明舜民以人品之高而备受尊崇。楼钥《跋黄氏所藏东坡山谷二张帖》,将其与黄庭坚、张耒相提并论,以为"黄太史、张右史、张浮休,皆一时人物之英……诵三公之诗,使人兴起也"[46],楼钥的评价当是综合舜民人品和诗文而言,绝对是不低的评断。

(二)散文、词作的突出成就对其诗名的掩映与消解

宋代全才型文人如欧阳修,文章、词、史学兼擅;苏轼,诗、文、词、书法绝妙;黄庭坚,诗、词、书法俱佳,带来社会评价的叠加效应。而其他文人,社会评断往往只注重最闪亮的地方;纵使文人自己最中意者,社会评价往往与之相左。舜民最看重其诗,且孜孜不倦地吟诵,可社会有时不买他的账,反倒是其词和文章的影响更大。《全宋词》收录舜民作品4篇,非关闺阁相思,无涉红粉佳人,聚焦吊古怀今,乡关羁旅,人所传诵。如《卖花声》(题岳阳楼),化用王维、杜牧、白居易诗句,伤感凄美中交织着故乡的眷恋,遭贬的愤闷,对君王的期待,"婉而不伤"[47]。《江神子》(癸亥陈和叔会于常心亭),化用杜牧、白居易诗句及李煜词作,有"天涯沦落"之叹。另有《朝中措》(清返台钱别)等,抒发去国怀乡、迁客骚人之情。舜民词作总体而言感慨深遂,与苏轼词风有相近之处,在北宋词史上独树一帜。虽数量不多,却篇篇精绝,容易被时代记忆。杨海明认为其词从题材内容上已跳出"艳科"的樊篱,真正脱尽柔靡之气,这一点甚至超过同时期的苏轼[48]。舜民文章,《全宋文》共收六卷,其中有赋、表、启、序、题跋、论、说、记、铭文、墓志等等,品类繁多且技巧突出。《宋文鉴》、《五百家播芳大全文粹》多有收录。《郡斋读书志》卷一九载:"庆历中,范仲淹帅邠,见其文,异之。"[49]孔平仲赞之:"关西子弟多习武,博学能文君最奇。"[50]晁公武评曰:"其文豪重有理致。"[51]如《长城赋》,乃作者元祐九年(1094)出使辽国途经燕山,登览长城而作。文章涉猎古今,兼具讽戒,写景悲壮,笔力千钧,"在平易中寓深刻,平淡中寓奇峭"[52]。《送游珪长官序》纡徐有致,情理交融,首尾呼应,文法细腻。《易论》、《兑卦论》等,引经据典,娓娓道来,饶有新意。《静胜斋记》,讲究章法,层层推进,自问自答,立意高妙。《题怀素归田赋跋》等,视野开阔,思致独到。因其在文章、词作上的突出成就,一定程度上影响了其诗名的传播。

（三）歧义评语误读的强化与放大

弗兰克·科尔穆德以为："阐释是经典形成过程中整合性的一部分。文本能否被保存下来取决于一个不变的文本和不断变化着的评论之间的结合。"[53]对张舜民而言，评价虽有变化，但其主流还是来自苏轼的影响视域，况且阐释行为本身就存在着理性与非理性。苏轼具有当世重名，这种文化权力使其评价极具发酵效应，其评语被片面误读辗转抄录，无疑强化了舜民稍稍能诗的文人印象，自然影响到作品传播的广度与深度，从前文所引宋人复斋、元人刘壎的评论，下文所述王若虚的观点就可以清楚地看出这点。金代王若虚《滹南诗话》卷三云："张舜民谓乐天新乐府几乎骂，乃为《孤愤吟》五十篇以压之，然其诗不传，亦略无称道者，而乐天之作自若也。公诗虽涉浅易，要是大才，殆与元气相侔，而狂吠之徒，仅能动笔，类敢谤伤，所谓'尔曹身与名俱灭，不废江河万古流'也。"[54]王氏对舜民其诗不以为然，对其人颇为不赏，认为是自不量力，这当然与王氏推崇白居易、苏轼的诗学观念不无关系。实际上，舜民诗歌亦是走主学白居易，兼法杜甫的路径，有时与苏轼诗风相近。

苏轼评价舜民"稍能诗"的负面影响，与他评价孟郊、贾岛"郊寒岛瘦"有相似之处。刘攽《中山诗话》评郊诗"寒涩"，魏泰《临汉隐居诗话》评曰"穷僻"，《沧浪诗话》论为"憔悴枯槁"，均没有苏评影响深远。直到清代，李重华《贞一斋诗说》、贺裳《载酒园诗话》、潘德舆《养一斋诗话》为孟郊正名。[55]又如苏轼对王维的评价"味摩诘之诗，诗中有画。观摩诘之画，画中有诗"被反复引用甚至夸大，以至得出王维最好的诗作是有画意这一似是而非的认知。钱锺书《中国诗与中国画》[56]、蒋寅《对王维"诗中有画"的质疑》[57]等对此有修正。可见天才横放杰出的苏轼，其印象式点评有时被误解夸大，这对苏轼和被评价的文人而言不能不说都是一种遗憾。

注　释：

* 本文系国家社科基金项目"岁时节俗与宋诗研究"（19BZW071）的阶段成果。
〔1〕 朱立元、张德兴等《西方美学通史》第7卷，上海文艺出版社1999年版，第309页。
〔2〕 《苏轼文集》卷六八，中华书局1986年版，第2139页。
〔3〕 曾慥《类说》，北京图书馆古籍珍本丛刊第62册，书目文献出版社1988年版，第183页。
〔4〕〔6〕〔21〕 胡仔《苕溪渔隐丛话》，人民文学出版社1962年版，第356、257页。
〔5〕 魏庆之《诗人玉屑》，上海古籍出版社1959年版，第415页。
〔7〕 李之亮《张舜民诗集校笺》，黑龙江人民出版社1989年版，第198页。
〔8〕 孔凡礼《苏轼年谱》卷二二，中华书局1998年版，第579—580页。
〔9〕 孔凡礼《宋代文史论丛》，学苑出版社2006年版，第33页。
〔10〕〔23〕〔24〕〔25〕〔29〕〔31〕〔32〕〔33〕〔34〕〔35〕〔36〕〔37〕〔38〕〔39〕〔40〕〔41〕〔42〕 《全宋诗》第14册，北京大学出版社1996年版，第9683、9707、9670、9707、9702、9683、9694、9669、9670、9695、9702、9678、9705、9687、9708、9687页。
〔11〕 《苏轼诗集》卷二九，中华书局1982年版，第1535页。
〔12〕 永瑢等《画墁录提要》，景印《文渊阁四库全书》子部第1037册，第155页。
〔13〕 斯蒂文·托托西《文化研究的合法化》，马瑞琦译，北京大学出版社1997年版，第44页。
〔14〕〔26〕 周紫芝《太仓稊米集》，景印《文渊阁四库全书》集部第1141册，第481—482页。

〔15〕〔54〕　丁福保辑《历代诗话续编》,中华书局1983年版,第258、526—527页。

〔16〕　阮阅编撰,周本淳校点《诗话总龟》前集卷一六,人民文学出版社1987年版,第185页。

〔17〕〔22〕　何文焕辑《历代诗话》,中华书局1981年版,第629、524页。

〔18〕　《全宋诗》第15册,第10139页。

〔19〕　《全宋诗》第47册,第29212页。

〔20〕　《瀛奎律髓汇评》,李庆甲集评校点,上海古籍出版社2005年版,第1195页。

〔27〕　永瑢《四库全书总目》卷一五四,中华书局1960年版,第1332页。

〔28〕〔49〕〔51〕　孙猛《郡斋读书志校证》,上海古籍出版社1990年版,第1012页。

〔30〕　陆游《老学庵笔记》卷一,中华书局1979年版,第3—4页。

〔43〕　刘壎《隐居通议》卷六,中华书局1985年版,第63页。

〔44〕　曾枣庄、刘琳主编《全宋文》卷一二〇六,上海辞书出版社、安徽教育出版社2006年版,第55册,第283页。

〔45〕　景印《文渊阁四库全书》子部第863册,第743页。

〔46〕　《全宋文》卷五九五六,第264册,第235页。

〔47〕　周煇《清波杂志》卷四,中华书局1994年版,第139页。

〔48〕　杨海明《张舜民和他的词作》,《光明日报》1984年2月28日。

〔50〕　孔平仲《承芸叟寄示新词一篇以此寄谢》,《全宋诗》第16册,第10962页。

〔52〕　刘培《面对雄关的沉思——读张舜民〈长城赋〉》,《名作欣赏》2004年第6期,第70页。

〔53〕　佛克马、蚁布思《文学研究与文化参与》,俞国强译,北京大学出版社1996年版,第22页。

〔55〕　葛兆光《唐诗选注》,人民文学出版社2007年版,第193页。

〔56〕　钱锺书《七缀集》(修订本),上海古籍出版社1994年版,第1—32页。

〔57〕　蒋寅《对王维"诗中有画"的质疑》,《文学评论》2000年第4期,第93—100页。

〔作者简介〕　成明明,甘肃天水人,西北大学文学院副教授,研究方向为宋代文学与制度文化。

《郝经集编年校笺》(上下)

(张进德、田同旭校笺,人民文学出版社2019年版)

　　郝经是蒙元时期著名的史学家、理学家、政治家、文学家,其在诸多领域都有重要建树;其对蒙元的社会变革,有着重大的贡献与深远的影响。本书共收赋15篇、诗467题731首(其中辑佚诗及残词4首)、文216题214篇(其中辑佚1篇),汇集郝经今存全部诗文作品,进行编年、点校、笺证,附录朝廷封赠、史传碑铭、祭奠题咏、遗事辑佚、诸家评介、年谱、杂剧等资料。

陆游蜀中三州诗歌中的地域感知与乡思样态

黄楚蓉

自乾道八年(1172)十一月离开南郑,"细雨骑驴入剑门"[1]的陆游于该年岁末抵达成都,就任成都府路安抚司参议官,直至淳熙五年(1178)春奉召东归,淹留蜀中六载[2]。以地域寓居、迁徙的角度来看陆游蜀中的仕宦经历,主要呈现出由成都到其他蜀中州郡、再回到成都的宦游轨迹。诗人在嘉州、蜀州、荣州任地方官时期,不同的地域特色及由此形成的地域感知,直接影响到诗人思乡、思归的情感,使其乡思呈现出不同的色彩与样态。

本文以陆游宦居蜀中三州的诗歌作为研究对象,对其不同的地域感知与思乡、思归情感进行探讨,借鉴人本主义地理学的相关概念和思路,以人与地的情感关系作为观照框架,注重诗人的具体"感知"[3]。对陆游在蜀中三州的地域感知及对乡思样态的影响进行探究,可以为深入了解其在三州宦居的乡思特色与书写方式,呈现一种文学地理学视角的研究尝试。

陆游在乾道九年(1173)曾权通判蜀州,不久后还成都,于该年夏季摄知嘉州事,直至淳熙元年(1174)三月初离开嘉州,权摄嘉州近一年,作于此地的诗作共120首[4]。结束完嘉州任期,陆游返蜀州,继续权通判蜀州,同年九月离开蜀州,这一次任职蜀州约半年,创作了110首诗歌[5]。离任蜀州这一年的冬天,陆游摄知荣州,第二年(1175)正月离荣州,留荣州约七十日,作诗21首[6]。嘉州、蜀州、荣州任上,陆游对三地的地域感知差异明显,这种差异也影响到了思乡之情的情感色彩与呈现方式。

一、边城嘉州的蛮荒之感与凄怨乡思

嘉州(今四川乐山市)地处成都的西南方,与成都府间隔着一个眉州,属于成都府路。作为犍为古郡,嘉州地灵人秀,有三峨之胜,在文教上仅次于成都与眉州。然而,由花柳繁华的锦官城来到此地的陆游,却强烈地感受到嘉州作为"边城"、"塞上"、"山城"、"孤城"的僻陋穷荒,这种地域感知被频繁地抒写着:"只今憔悴客边城"、"塞上经秋几醉醒"、"山城早得寒"、"西掠三巴穷夜郎"[7]、"山川荒绝风俗异"、"穷边草木春迟到"、"孤城小驿初飞雪"[8]。在这穷边之地,寒也来得早,春也到得迟。紧邻眉州的嘉州,被塑造得如同西域边塞般的穷荒,可见陆游与此地遥远的心理距离。

除了荒绝,这座边城经常萦绕着哀怨的巴歌:"边州客少巴歌陋"、"歌奏三巴忍泪听"、

本文收稿日期:2021 年 5 月 15 日

"欸乃声饶楚,咿唔句带蛮"、"竹枝歌舞新教成,凄怨传得三巴声"[9]。催人泪下的巴歌、楚蛮之风的方音、凄怨的竹枝曲,时常向诗人的耳畔传来,激起他陌生、异乡、僻陋的听觉感受,继续深化了他对此地蛮荒的地域感知。

对于由吴入蜀的陆游而言,蜀地本已远远落后于吴越,如今又由蜀中最繁华的成都来到了边城嘉州,其心理落差可想而知。所以,上述这种蛮荒的地域感知,又强化了诗人对于该地与吴越之地的距离感,也强化了他的天涯流落之感。蜀地处在南宋版图的最西端,而嘉州又处于西蜀边陲,当下权摄此州的流落处境,与昔日在朝中任史官,尤其是草檄西夏文书的荣耀境遇,形成了陆游人生轨迹在地理方位和人生境遇上的两个极点。所以诗人在嘉州宦居期间,经常由此地的荒蛮偏远回忆起自己在朝中的仕宦荣光:

> 早岁君王记姓名,只今憔悴客边城。青衫犹是鹓行旧,白发新从剑外生。(《醉中感怀》,第324页)

> 清班曾见六龙飞,晚落天涯远日畿。边月空悲新雪鬓,京尘犹染旧朝衣。(《感事》,第331页)

> 文德殿门晨奏书,归局黄封罗百壶。十年流落狂不除,遍走人间寻酒垆。(《蜀酒歌》,第376页)

> 嗟余久已去魏阙,梦想豹尾犹毵毵。过郊一月方拜敕,始知身落天西南。(《迎敕呈王志夫李德孺师伯浑》,第383页,以上卷四)

> 吴樯楚柁动归思,陇月巴云空复情。万里风尘旧朝士,百年铅椠老书生。(《秋思》三首其一,卷五,第443页)

荣耀的魏阙记忆与悲凄的流落之感,鲜明地并置于诗境中,昔日越荣光,越衬出今日零落[10]。嘉州"边城"与"日畿"、"魏阙"相距"万里",诗人遂有昔日"旧朝士"被抛掷在这"天西南"、"天涯"的凄苦与自怜,权摄穷蛮州郡的"憔悴"处境与"十年"前奏书、草檄的史官生涯,也相距万里一般,在吴蜀万里、今昔十年的阔大时空里,形成强烈的对比与反差。

虽然嘉州蛮荒僻陋的色彩很浓厚,但是嘉州的许多形胜,却舒散着诗人的羁愁。陆游经常游览与州城隔河相望的凌云寺,那里有著名的大佛像(即现在的乐山大佛),所以他时常"出郭幽寻一笑新,径呼艇子截烟津"(《谒凌云大像》,第313页),在那里酣醉遣愁,"玻璃春满琉璃钟,宦情苦薄酒兴浓"(《凌云醉归作》,第314页)。嘉州其它著名的楼亭、寺观,如望云楼、荔枝楼、万景楼、东丁院、西林寺等都是陆游常去登览游赏的去处。正如诗人在《雨中至西林寺》中所感叹的"胸中荆棘费鉏耘,正藉幽寻暂解纷"(第329页,以上卷四),流露出鲜明的遣愁的动机,诗人只是借助着寻幽访胜,暂时开解自己纷杂的愁闷与心结。然而这些登览,似乎效果甚微,陆游还是满眼的悲景,满心的悲凄之情:

> 夕阳明处苍烟合,栖燕归时画角悲。(《望云楼晚兴》,第306页)
> 唤作主人元是客,知非吾土强登楼。(《登荔枝楼》,第309页)
> 碧瓦朱栏已半摧,强呼歌舞试尊罍。(《荔枝楼小酌》其一,第305页,以上卷三)
> 病与愁兼怯酒船,巴歌闻罢更凄然。(同上其二)
> 落日楼台频徙倚,西风鼓笛倍凄悲。彭城戏马平生意,强为巴歌一解颐。(《重九会

饮万景楼》,第341页)

老觉人间无一欣,强寻高处看归云。(《雨后登西楼独酌》,第350页,以上卷四)

从诗句中频繁的"强"字来看,陆游是为了疏散烦闷愁思而着意地登楼引觞,然而登楼所见所闻的风景物事,如画角、落日、巴歌、笛声,因为诗人主观赋予的悲凄色彩,更增其登楼的愁绪。所以这些名楼胜景,也未能化解开陆游胸中的"荆棘"。

虽《登荔枝楼》诗中有"公事无多厨酿美,此身不负负嘉州"的感叹,但纵观诗人这一时期的所有诗作,便知道这不过是一种自我宽慰,终究吹不走这一时期诗人心底浓重的阴云。人本主义地理学家提出:"感知,既是对外界刺激在感觉上的反应,也是把特定现象主动而明确地镌刻在脑海中,而其他现象则被忽略或被排斥。"[11]嘉州虽然有以上这些名楼胜景,但穷荒异俗是嘉州给陆游最主要的"外界刺激",这种色彩被"主动而明确"地镌刻在诗人脑海中,以致于嘉州这些形胜与厨酿之美,都被陆游在某种程度上"忽略"了。

诗人胸中的荆棘,除了收复之志未酬的苦闷与"丈夫五十功未立"(卷四《金错刀行》,第361页)的焦虑感,还有很重要的一部分便是思乡之情。乡思,从入蜀任夔州通判开始,一直绵延于陆游的巴蜀诗作中。嘉州荒陋、异俗的地域特色使得陆游在嘉州的心境染上了一层凄怨色调,其乡思也笼罩着这样一种情氛:

暝入帘阴吹细雨,凉生楼角转轻雷。痴顽也拟忘乡国,不奈城头暮角哀。(卷三《再赋荔枝楼》,第310页)

急雨鸣瓦沟,尖风入窗罅。纱笼耿青灯,寂寂新秋夜。谁言簿领中,乃复有此暇。稍翻书册读,已念灰火跨。哪知是羁客,恍若在家舍。(《立秋后十日风雨凄冷独居有感》,第320页)

帘疏夜雨侵灯晕,枕冷秋风递角声。定许何时理归棹,酒狂犹解赋芜城。(《夜雨感怀》,第338页)

渡口耐寒窥净绿,桥边凝怨立昏黄。与卿俱是江南客,剩欲尊前说故乡。(《梅花》四首其二,第365页)

巾帽欹倾短发稀,青灯照影夜相依。穷边草木春迟到,故国湖山梦自归。(《独坐》,第387页,以上卷四)

这些乡思多抒发于诗人独居之时:他想忘却乡思,却抵抗不住细雨轻雷、哀怨暮角的刺激;秋夜青灯下读书的场景,让他产生"恍若在家舍"的幻觉,这种幻思像是宽慰急雨尖风带给诗人的凄冷之感;当风雨与角声在秋夜合奏,整理归乡船棹的想象便浮现于脑海;看到黄昏渡口耐寒凝怨的梅花,诗人便联想到自身和梅花一样的"江南客"的身份。夜雨、凄风、哀怨的角声、荒寒的气候,凝合成一幅孤寂凄怨的嘉州图景。这些"穷边"的特点越是突出,就越容易引发诗人的湖山归梦。

二、蜀州湖光映照出的梦中水乡

地域特色影响着地域感知,而地域感知又影响着诗人情感的基调,陆游离开嘉州后,继续任蜀州(今四川崇州)通判,其蜀州诗作展现出他对这一地域与嘉州截然不同的地域感知,也使得乡思呈现出不一样的情调与样貌。不同于对嘉州的厌恶与疏离感,陆游对蜀州更为亲切喜爱,更有认同感。

这种不同的地域感知源于两州在地缘特色、自然环境与景观、风俗等方面的差异,嘉州在地理位置上,"分巴割蜀"[12],且近诸蛮,地貌上多山,风俗上也有接近巴风的一面;蜀州紧邻成都,土地肥美,自然环境、风习与成都接近,所以诗人对蜀州的情感倾向不同于嘉州,更有一种眷恋之情。

陆游权知嘉州那一年的春季曾短暂出任蜀州通判,这次出任只留下《初到蜀州寄成都诸友》一诗,寓居时间虽短,但蜀州优美的风光给他留下了美好的印象。陆游来到"边城"嘉州,便怀念起了蜀州风光,《雨夜怀唐安》云:"归心日夜逆江流,官柳三千忆蜀州"(第326页),唐安即蜀州,蜀州在唐代曾一度改为唐安郡,诗人的归心早已溯玻璃江而上,直抵官柳繁华的蜀州了。任职嘉州时期,陆游还曾怀念起蜀州的罨画池和东湖,《秋日怀东湖》二首其一有"小阁东头罨画池,秋来长是忆幽期",其二则追忆起罨画池的垂钓时光:"罨画池边小钓矶,垂竿几度到斜晖。青蘋叶动知鱼过,朱阁帘开看燕归。岁晚官身空自闵,途穷世事巧相违。边州客少巴歌陋,谁与愁城略解围。"(第321页,以上卷四)罨画池旁惬意的官居生活在"边州"强烈的僻陋、凄凉之感中,充满了眷恋与渴思。这首诗生动地呈现了陆游对蜀州和嘉州截然不同的地域情感。

蜀州之所以让陆游怀念,与其绝胜的山水景致密切相关,除了州署内有罨画池,州署之西有西湖,州城东南有东湖,且"东湖夜月"乃蜀州八景之一,这些都是诗人官蜀州时经常游赏休憩的所在。陆游第二次通判蜀州所作的诗歌中留下大量的关于这些地方的游赏之作:

忙里偷闲慰晚途,春来日日在东湖。凭栏投饭看鱼队,挟弹惊鸦护雀雏。(《暮春》,第393页)

云薄漏春晖,湖空弄夕霏。(《晚步湖上》,第393页,以上卷四)

绣袂宝裙催结束,金尊翠杓共提携。(《雨后集湖上》,第402页)

官闲我欲频来此,枕簟仍教到处随。(《东湖新竹》,第409页)

茶灶远从林下见,钓筒常向月中收。江湖四十余年梦,岂信人间有蜀州。(《夏日湖上》,第414页)

硕果畦丁献,芳醪稚子斟。碧云遮日尽,归路更萧森。(《湖上晚归》,第422页)

乌纱白葛一枝筇,罨画池边遡晚风。(《池上晚雨》,第438页)

篮舆晚绕湖,乐此新秋凉。粉落竹方老,红凋荷更香。(《日暮至湖上》,第446页,以上卷五)

这类作于湖上、池上的诗作还有许多[13],从这些诗文和诗题可看出,在不同的季节、不同的时辰、不同的天气,诗人经常拄着筇枝或乘坐篮舆,兴致浓厚地前往东湖或罨画池游赏,其游赏东湖之频甚至到了"春来日日"的程度,且满溢着自足与喜悦。诗人于湖畔漫步、凭栏观鱼、把盏宴饮、赏荷纳凉、煮茶垂钓、酌醪品果,于赏心处铺上枕簟,饱览着东湖的春光、夏景与秋色,细赏着它的晴明雨晦、晨光夕霏。除了在湖畔林下寻幽赏景,诗人还经常在湖旁的一些斋阁游赏、休憩,如"侵床月白病全苏,掠面风清酒欲无"(《小阁纳凉》,第401页)、"今朝屏事卧湖边,不但心空兼耳静"(《病酒新愈,独卧蘋风阁戏书》,第412页)、"东湖仲夏草树荒,屋古无人亭午凉"(《怡斋》,第418页)。湖池斋阁的游赏与栖迟,排遣了天涯异乡的羁愁,满足了诗人的赏心诗情。

蜀州的风物经常触引起诗人往日游赏江南风光的记忆,如《雨声》:"暑气满天地,薄暮加烦促。清风吹急雨,集我北窗竹。竹声萧萧固自奇,况得雨声相发挥。令人忽忆云门寺,半夜长松堕雪时。"(第416页)不同于嘉州凄冷的夜雨,蜀州的雨声,相伴着萧萧竹声,让诗人感到欣喜,这种声响与清韵,让他想起早年游会稽云门寺时,夜半听到的积雪从长松掉落的声音。又如《同何元立赏荷花,追怀镜湖旧游》:

> 少狂欺酒气吐虹,一笑未了千觞空。凉堂下帘人似玉,月色泠泠透湘竹。三更画船穿藕花,花为四壁船为家。不须更踏花底藕,但嗅花香已无酒。花深不见画船行,天风空吹白纻声。双桨归来弄湖水,往往湖边人已起。即今憔悴不堪论,赖有何郎共此尊。红绿疏疏君勿叹,汉嘉去岁无荷看。(第416—417页)

诗人追忆起年少时在镜湖画船夜游,直至天明的快意情态,尽情的铺叙后,陡转入今日蜀州的憔悴,继而又转入了两重的自我宽慰:一是有何郎把盏共游,二是联想到去年任官所在的嘉州,连荷花都看不到,眼前的蜀地也就差可慰藉自己的客心了。

再如《池上见鱼跃,有怀姑熟旧游》:"雨过回塘涨碧漪,幽人闲照角巾欹。银刀忽裂圆波出,宛似姑溪晚泊时。"(第436页,以上卷五)由雨后罨画池鱼跃波面的景致,联想起入蜀西行途中经过太平州姑熟溪所遇见的相似景致,《入蜀记》中也存有相关记载:"十四日,晚晴,开南窗观溪山。溪中绝多鱼,时裂水面跃出,斜日映之,有如银刀。"[14]这些景致之所以会逗引起诗人对镜湖、姑熟旧游的联想和追忆,除了与诗人的主观感觉有关,也与东湖、罨画池所具有的与江南水乡风光相似的特征有关,正如诗人所感受到的"蜀州官居富水竹"(卷四《四月五夜见萤》,第395页),所以陆游在蜀州的整体心态较为舒畅惬意,蜀州风物引发的地域认同,让陆游感到熟悉、亲切,而连荷花都没有赏的嘉州自然要逊色多了。甚至在一些情境下,诗人沉醉于东湖的游赏宴饮中,认为东湖的风光都可以和东吴相媲美,"婆娑东湖上,幽旷足自娱。时时唤客醉,小阁临红蕖。钓鱼斫银丝,擘荔见玉肤。檀槽列四十,遗声传故都。岂惟豪两川,自足夸东吴。"(卷五《醉书》,第441页)清幽旷远的湖光、斫鱼擘荔的情景、存有故都遗声的乐声,多感官地构筑了一个不仅特出于两川而且足以向东吴夸耀的地景空间。

正是因为蜀州风光与江南风光的相似,加之陆游在东湖、罨画池频繁地游赏流连,对家乡江南水乡、若耶溪水、镜湖风光的思慕便被触引起来,成了这一时期思归、思乡之情极为常见的表现形式:

> 此身老大足悲伤,岁岁天涯忆故乡。安得画船明月夜,满川歌吹入盘阊。(《度筰》,第428页)

> 梦泛扁舟禹庙前,中流拂面风泠然。楼台缥缈知几迁,云物点缀多余妍。莲房芡觜采无主,渔歌菱唱声满川。梦中了了知是梦,却恐燕语来惊眠。(《记梦》,第439页)

何时却泛耶溪路,卧听菱歌四面声。[15](《月中归驿舍》,第432页)
露重倾荷盖,风尖蹙芡盘。新秋动归思,更觉五湖宽。(《凭栏》,第439页)
蓼汀荻浦江南岸,自入秋来梦几回。(《秋色》,第448页)
梦泛扁舟镜湖月,身骑瘦马剑关云。(《次韵师伯浑见寄》,第464页,以上卷五)

这种对家乡水乡、画船菱唱的思念,早在夔州时期就已频繁出现,夔州作为蛮瘴之乡的荒陋与落后,让诗人极为思念吴越的烟波水乡,如果说嘉州、夔州是因为自然人文景观与江南的强烈反差而刺激起诗人的乡思,那么蜀州则是因为风光的相似性,以同类联想的机制,启动着诗人的归思。《凭栏》诗正是创作于在东湖或罨画池的凭栏观赏,眼前的荷露与风中的芡实,作为吴越水乡的典型物产,触动了诗人的归思,使他联想到东吴阔大的太湖流域。

除了上述这种同类联想刺激的思乡模式,依靠梦境来承载归思是上引诗作中频繁出现的主题。归思被触引却不能归乡,所以诗人只能在梦中实现这种愿望。弗洛伊德认为梦的刺激来源有以下这种情况:"多个近期出现的、有重要意义的经历,在梦中被合成一个整体。"[16]在蜀州湖光水色中的日夜沉浸,刺激着陆游的水乡审美体验与相关记忆,扁舟、芡茈、荷花、菱歌等现实中或思念中的意象碎片,"合成"了一幅幅梦中水乡,使他可以多次穿行于镜湖、若耶溪的蓼汀荻浦。

三、夜郎城荣州的乡思书写转移

陆游淳熙元年(1174)结束蜀州通判任后还成都,同年冬,摄知荣州(今四川荣县)事,在荣州任上只有七十日,留有21首诗作,他在荣州也有不一样的地域感知。巴蜀地域在宋代主要指川峡四路[17],其中的"川"即"蜀",包括唐代的东、西川,东川主要指梓州路(南宋改为潼川府路),西川主要是成都府路区域,东川的自然条件与经济文化水平不及西川。荣州虽然在嘉州的东邻,但是属于梓州路,已属东川境内,诗人之前宦居的成都、蜀州、嘉州都属于成都府路,即西川,所以相比于嘉州、蜀州,荣州在行政区划上有这么一层特殊性。

陆游对于荣州的这一特殊性是较为敏感的,赴荣州途中经过眉州(属西川)时,作《戏咏西州风土》,西州即西川,此诗对西州的地形、气候、风俗、文教、景观等都流露出赞叹:"衍沃绵千里,融和被四时。蚕丛角歌吹,石室盛书诗。绿树藏渔市,清江绕佛祠。吾行更堪乐,载酒上蟆颐。"(第492页)眼前的西州沃野千里,气候宜人,文教昌盛,景色清丽明秀。行经曾权摄过的嘉州时,嘉州录事参军何预为其赠行,陆游有"嘉荣东西川,此别不为远。徘徊凌云寺,决去未遽忍"(《次韵何元立都曹赠行》,第496页)的感慨,嘉州与荣州相邻,所以"不为远",但分属东西川的差异似乎拉长了心理的距离,所以面对曾经多次游赏的凌云寺的风光,诗人不忍离去,"不为远"的自我宽慰似乎掩盖不住他对荣州的疏离与抵触,只是在诗中未明言而已。

综上可知,早在抵达荣州之前,荣州属于东川(所以比西川更为落后)的阴影就已投射在了陆游的心里。进入荣州境后,在作于赖牟镇的《赖牟镇早行》中,诗人自我打趣道:"老去有文无卖处,等闲题遍蜀东西。"(第499页)诗文从此由蜀西题到了蜀东,流露出无可奈何的自嘲。《醉中怀眉山旧游》诗后自注道:"汉嘉术者袁牧童谓予明年春分后当还西州。"(第

502页)可见诗人对于荣州全无归属与认同感,只有对返回西州的渴盼。

荣州的地理环境与风土,"夏人少,蛮獠多"、"其地四塞,山川重阻"[18],荒蛮的特色与嘉州相似,加之荣州相传乃古夜郎之国,所以荣州的荒凉落后之感向诗人扑面袭来,刺激和加深了他的流落客怀,"渺然孤城天一方,传者或云古夜郎"、"巴曲声悲怯断肠"、"夜郎城里叹途穷,赖有西楼着此翁"、"土瘦麦苗短"、"凭高愈觉在天涯……瘴雾不开连六诏,俚歌相答带三巴"、"病客情怀常怯酒,山城光景尽供诗。晚来试问愁多少,只许高楼横笛吹"[19]。这种"叹途穷"、"在天涯"的无望悲愁和偏远之感,与诗人在嘉州的地域感知非常相似,这里也是一座山城,也萦绕着悲凄的巴曲俚歌,不过荣州似乎比嘉州更为恶劣,土质贫瘠、瘴气弥漫,可以想见陆游此时比嘉州更黯淡的心境。

如果说嘉州、蜀州的地理环境,还能激起陆游浓烈的乡思的话,那么面对荣州这一更为贫瘠恶劣的地理空间,诗人连思乡都不愿意频繁地提起来了。陆游在荣州的诗作,极少抒发乡思,这当然与其在荣州停留的时间较短有关,因为时间短,他在此地的各种情感还没能充分展开。不过,这种情况和此地引发的地域感知和心境更为相关,诗人不是不思乡,而是用思念对象的转移来舒解和替代这份乡思。换言之,陆游以一种乡思书写的转移来寄托其在荣州的思乡之情。纵观荣州诗作,只有上引《晚登横溪阁》二首其一这首诗,在慨叹完荣州的瘴雾、俚歌后,直接抒发了乡思:"故乡可望应添泪,莫恨云山万叠遮。"诗人虽然说"莫恨",但这万叠云山无疑遮断了他的眺望和乡思。故乡既然不可望,诗人对家、对安定的渴盼,转向了对成都的眷恋与思念:"濯锦豪华梦不通,岿然孤迥乱山中"(《城上》二首其二,第501页)、"故乡不敢思,登高望锦城……想见东郊携手日,海棠如雪柳飞绵"(《醉中怀眉山旧游》,第502页)。可见,荣州给陆游带来的无望,便是故乡也不敢思,能返回成都就很满足了,所以他无比地怀念海棠盛开、柳絮纷飞的锦城。这种对繁华成都的依恋更为突出地体现于作于此时期的《斋中夜坐有感》一诗中:

> 荒山为城溪作壕,风鼓巨木声翻涛。鸱枭乘屋弹不去,狐狸欺人怒竖毛。雨来红鹤更可恶,争巢一似婴儿号。城孤屋老草木茂,正坐人少此辈豪。急呼五百具畚锸,欲掀窟穴穷腥臊。忽然语罢却自笑,残年何至与汝鏖。浣花江色绿如黛,春波瀲瀲浮轻舠。行当系缆柳阴下,仰听莺语倾香醪。(第504—505页)

山城人稀草茂,鸱枭、狐狸、红鹤等飞禽野兽在夜晚徘徊、鸣叫,诗人对之深恶不绝,他想念浣花溪的碧水春波,想念在柳荫莺啼中品酌着香醪。不同于蜀州、嘉州时期诗歌中对思乡思归的频繁抒发,这段时期,陆游转入了对成都的思念,成都在诗人长年的蜀中州郡宦游中,已经成了他在蜀中的故乡。

陆游在荣州的这种乡思转移,源于荣州带给他的地域感知与心境,荣州带给他更深的荒凉与无望感,一旦个体陷入较深的无望中,那么他对生活的期许和标准也会相应地降低,所以陆游的乡思之情也会退而求其次,降低到思念他在蜀中的故乡。除了这种地域感知的影响,频繁地权摄地方州郡的疲倦感,应该也是这一时期乡思书写出现转移的原因之一,在蜀中多地的宦游奔波,更强化了前路之黯淡、归乡之渺茫,所以诗人所求也随之降低。正如诗人在同时期所作的《自唐安徙家来和义,出城迎之马上作》中深慨道:"身如林下僧,处处常寄包。家如梁上燕,岁岁旋作巢。岂惟人所怜,顾影每自嘲。眼看佳山水,不得结把茅。"(第510页)陆游出荣州城迎接从蜀州迁徙而来的家眷,不禁慨叹自身"梁上燕"般奔忙不定的宦游生涯。自夔州而南郑,来成都后又辗转嘉州、蜀州、荣州,其疲倦可知,所以诗人见到"佳山水"便生出结茅而居的渴盼。不过从全诗来看,陆游并不是想结茅于荣州,他在这一时期对安定感的寄托主要是对返回成都的期待。

有趣的是,虽然思念成都,临别荣州时,诗人对荣州清闲自由的生活状态却流露出了不舍:"浮生岁岁俱如梦,一枕轻安亦可人。偶落山城无事处,暂还老子自由身。啸台载酒云生履,仙穴寻梅雨垫巾。便恐清游从此少,锦城车马涨红尘。"(《别荣州》,第511页,以上卷六)对于这种不舍,只能将其理解为诗人面对离别的惯用话语。因为相对于在这些荒僻州县的清游,陆游更愿意回到成都,即使在属于西川的嘉州和蜀州,诗人也抒发了对返归成都的愿望,如作于嘉州的《冬日》:"锦城花柳窟,归去看春回。"(卷四,第384页)诗人对成都的花柳繁华是极为眷恋的。所以从"流落夜郎天"(卷六《醉中怀眉山旧游》,第502页)的荣州返回到成都,陆游应该找回了某种程度上的安定感与归属感。

综上可知,陆游在嘉州、蜀州、荣州的地域感知与心境,鲜明地影响着他的地域情感,尤其是他的乡思与羁愁。边城嘉州的荒蛮之感给他的乡思染上了悲凄的色彩,地域的荒蛮反向刺激着诗人的乡思,越是荒蛮,越是让诗人思念故乡湖山;蜀州一片水色湖光的环境与景观,使得陆游得以朝夕、四季地游赏其中,以至于映照出诗人一幅幅瑰丽的梦中水乡;而地属东川、传为夜郎古国的荣州,因其贫瘠落后的地理环境与自然景观,使得陆游这一时期的乡思书写发生了转移,他不再频繁地思念镜湖、若耶溪,而是将思念和眷恋转向成都。

从地域感知与乡思样态的关联性来透视陆游在蜀中三州的诗歌创作,可以为更为细腻地观照陆游蜀中诗作的乡思主题、体认其蜀中生活与情感心态,提供一个新的切入视角。

注 释:

〔1〕 钱仲联《剑南诗稿校注》卷二,上海古籍出版社1985年版,第269页。下文引此书,仅于正文标卷数、页码,不再一一出注。

〔2〕 本文所指的"蜀中"乃"巴蜀"地域中的"蜀"地,即东、西川,非广义的"巴蜀"地域。若以"巴蜀"而论,陆游此时已入蜀八载(从乾道六年抵达夔州开始),在成都及成都附近盘桓六载,其作于淳熙四年(1177)的《江楼醉中作》有"锦城已是六年留"。

〔3〕〔11〕 本文所使用的地域感知的视角,受人本主义地理学启发。人本主义地理学是20世纪末形成的一个重要的人文地理思想流派,特指具有人本关怀的人文地理学,关注具体的人(而不是抽象的人)的环境感知、地理体验、空间意识等。这一学派的代表学者段义孚(Yi—Fu Tuan)在其专著《恋地情结》中详细讨论了地方感、地方认同等问题,并提出恋地情结是人与地之间的情感纽带。〔美〕段义孚著,志丞、刘苏译《恋地情结》,商务印书馆2018年版,第136页。

〔4〕 从《剑南诗稿校注》卷三《驿舍见故屏风画海棠有感》至卷四《离嘉州宿平羌》,共120首。

〔5〕 从《剑南诗稿校注》卷四《晚步湖上》至卷五《次韵师伯浑见寄》,除去通判任期中短暂的成都行所作诗作(作于旅途与成都的诗共8首),以及前往邻州邛州大邑县游赏而作的诗作(共10首),作于蜀州境内的诗作共98首。

〔6〕 从《剑南诗稿校注》卷六《入荣州境》至本卷《别荣州》,共21首。

〔7〕 按,陆游将嘉州误以为古夜郎国。据《舆地广记》卷二十九:"汉武帝开夜郎国置犍为郡……而汉史《地理志》夜郎故县乃属牂柯郡,则知今嘉州犍为县非夜郎故地。后世徒见嘉州名犍为郡,又领犍为县,遂以为本夜郎国。"欧阳忞撰,李勇先、王小红校注《舆地广记》,四川大学出版社2003年版,第848页。

〔8〕 分别出自《醉中感怀》、《初报嘉阳除官,还东湖有期,喜而有作》、《初寒》、《醉后草书歌戏作》、《独坐》、《十二月初一日得梅一枝,绝奇,戏作长句,今年于是四赋此花矣》,分别见《剑南诗稿校注》卷四,第324、342、348、377、387、385页。

〔9〕 分别出自《秋日怀东湖》、《初报嘉阳除官,还东湖有期,喜而有作》、《久客书怀》、《登楼》、《十月九日与客饮,忽记去年此时自锦屏归山南道中小猎,今又将去此矣》,分别见《剑南诗稿校注》卷四第321、342、341、355、362页。

〔10〕 这一类诗作还有《登楼》:"歌声哀怨传三峡,行色凄凉带百蛮。流落爱君心未已,梦魂犹缀紫宸班。"《醉后草书歌诗戏作》:"往时草檄喻西域,飒飒声动中书堂。一收朝迹忽十载,西掠三巴穷夜郎。"见《剑南诗稿校注》卷四第355、377页。

〔12〕 祝穆撰,祝洙增订,施和金点校《方舆胜览》,中华书局2003年版,第937页。

〔13〕 如《晨至湖上》、《月下作》二首、《小宴》、《湖上笋盛出,戏作长句》等,共20余首,见《剑南诗稿校注》卷五。

〔14〕 陆游《入蜀记》卷二,朱易安等主编《全宋笔记》第五编第8册,大象出版社2003年版,第176页。

〔15〕 此诗虽作于成都,但属于蜀州任期内短暂的赴成都之行,其心境、情感状态是与蜀州时期一致。

〔16〕 〔奥〕弗洛伊德著,方厚升译《梦的解析》,浙江文艺出版社2016年版,第164页。

〔17〕 从宋太祖乾德三年(965)灭蜀,置西川路,后经峡西路、川峡路的分合,于真宗咸平四年(1001),改为益州路(仁宗嘉祐四年改为成都府路)、梓州路(徽宗重和元年改为潼川府路)、利州路、夔州路,简称"川峡四路"("四川"之名由此而来),南宋沿袭了北宋四川四路的建置。可参看贾大全主编《四川通史》卷四(五代两宋),四川人民出版社2010年版,第74页。

〔18〕 王象之撰,李勇先校点《舆地纪胜》卷一六〇"荣州"条,四川大学出版社2005年版,第4855页。

〔19〕 这六首分别为《入荣州境》、《城上》二首其一、《西楼夕望》、《登城望西岫》、《晚登横溪阁》二首其一、其二,见《剑南诗稿校注》卷六,第497—498、500—501、501、503、505、506页。

〔作者简介〕 黄楚蓉,1989年生,女,湖南株洲人,长沙理工大学文学与新闻学院讲师,文学博士。

文学史的史学建构

——以宋人尤袤为例*

朱光立

一、文学声名之浮沉

"尤、萧、范、陆四诗翁,此后谁当第一功?"(杨万里《诚斋集》卷四一《进退格,寄功父、姜尧章》[1])作为南宋"中兴四大诗人"之一的尤袤,由于其身后个人文集的散失亡佚与史籍记载的语焉不详,造成了其文学成就评价的波动震荡(详下表)。

相关年代	诗文评价	文献出处
乾道五年(1169)	富于文词	汪应辰《荐尤袤札子》
淳熙九年(1182)	大类韩退之	赵蕃《呈尤运使袤延之五首》(其三)
淳熙十三年(1186)	尤之文温润	宋孝宗赵眘语(张端义《贵耳集》卷下引)
绍熙四年(1193)	斯文非独语言工	陈傅良《挽尤延之尚书》(其一)
绍熙四年(1193)	摛文兼丽典诰	袁说友《祭尤尚书文》
绍熙五年(1194)	文气如虹	陆游《尤延之尚书哀辞》
咸淳四年(1268)	雅正有体	史能之《咸淳毗陵志》卷一七
嘉靖间	绝妙	杨慎《升庵集》卷六一[2]
清初	长短句尤工	佚名《啸翁词评》[3]
康熙、雍正间	书厨尤氏最移人	厉鹗《南宋杂事诗》卷六
乾隆四十四年(1779)	未足定其优劣	《四库全书总目提要·石湖诗集》
乾隆四十六年(1781)	尚足与三家抗行 犹见龙鸾之章采	《四库全书总目提要·梁溪遗稿》 《四库全书简明目录·梁溪遗稿》

(一)享有盛名

尤袤出生于北宋灭亡前夕(关于尤氏生卒年的最新辨析,参见拙作《尤袤生卒新考》,《古籍整理研究学刊》2014年第2期),一生经历徽宗、钦宗、高宗、孝宗、光宗五朝,出仕高、孝、光三帝,而受知于乾道、淳熙之时。"德寿宫中撰册新,书厨尤氏最移人"(厉鹗《南宋杂事诗》卷六)。自乾道末身兼国史院编修官、实录院检讨官,尤袤即一直秉笔撰史;淳熙中,除太常少卿、权礼部侍郎,至绍熙年间而为礼部尚书,则又长期担任礼官。这与其学问该洽、通

本文收稿日期:2020年11月29日

于世务密切相关,同时也和他富于文词、议论详明密不可分。绍兴年间初入太学之际,尤袤就"以词赋冠多士,寻冠南宫"(《宋史·尤袤传》[4]);十八年(1148),进士出身,亦因"治诗赋"。[5]孝宗朝后期,尤袤身处文字之职,很多制册均出其手,而时人"皆服其雅正有体"。[6]如宋孝宗即以"温润"二字评之(张端义《贵耳集》卷下所引);而楼钥也曾以光宗的口吻称其"兼两朝制诰之工"(《攻媿集》卷三八《正议大夫尤袤转一官守礼部尚书致仕制》[7])。除却得到君王的赏识,尤袤的文名亦受到当时士人的认可。如果说陈傅良、袁说友、陆游等人的"盖棺定论"或有夸饰之嫌,杨万里、赵蕃等人在尤袤生前的论述,则可为史家的记录提供旁证。作为文坛后辈,赵蕃曾于淳熙九年(1182)秋日,拜会尤袤,两人论及诗学。赵蕃有《呈尤运使袤延之五首》(《淳熙稿》卷一)、《以近诗寄尤运使》(《淳熙稿》卷七)等作[8],认为尤袤的文风接近于韩愈、欧阳修等人("少年见公文,大类韩退之。集古一千卷,复楷欧少师",《呈尤运使袤延之五首·其三》),并欲学诗于尤袤。其后,赵氏又于江西庐陵得见尤袤、杨万里、陆游等人的诗歌钞本("季秋过庐陵,客有示新录。尤杨两诗翁,间以严州陆",《淳熙稿》卷一《赠尤检正四首·其四》),足以证明尤袤之诗名已然与杨、陆等人同为当世所重。而与尤袤多有唱和的挚友杨万里,则首次正式将尤氏列入"中兴四大诗人"之中。当然,无论是庆元六年(1200)的"四诗将"(范、尤、萧、陆)之称,还是嘉泰三年(1203)的"四诗翁"(尤、萧、范、陆)之论,都将杨氏自己排除在外,似有自谦之意。事实上,早在淳熙十六年(1189)一次与尤袤唱和的过程中,杨万里已然明确地用盛唐诗人李白、杜甫来直接评价彼此了("谁把尤杨语同日?不教李杜独齐名",《诚斋集》卷二五《延之寄诗觅〈道院集〉,遣骑送呈,和韵谢之》[9]);则其排序与标榜,当出公允。由此可见,尤袤之声名,乃是当时朝野上下、文坛内外一致推崇的结果。

"中兴四大诗人"的具体提法,实际上因人而异;后世研究者大都溯源至方回,或逆推到杨万里(如吴鸥《南宋四家诗研究》其第一章《"中兴四大诗人"考辨》第一节《"中兴四大诗人"的称号》:"根据目前掌握的材料,最早品评当时诗人,并把四人排列在一起的是杨万里。")今根据现存历史资料考证,并称之由,当肇始于赵蕃的论述:"尤杨两诗翁,间以严州陆"(《赠尤检正四首·其四》);而首次标举"中兴四大诗人",实际上就出自尤袤之口——淳熙十六年(1189),尤袤与姜夔论及诗体时曾言:"近世人士喜宗江西,温润有如范致能者乎?痛快有如杨廷秀者乎?高古如萧东夫,俊逸如陆务观,是皆自出机轴,岂有可观者,又奚以江西为!"(姜夔《白石道人诗集自叙》)依次提及了范(成大)、杨(万里)、萧(德藻)、陆(游)等四人。至于后世通行的"尤、萧/杨、范、陆"的序次,则确为杨万里、方回先后排定,而又以方回阐述为多。当然,两人所评并不囿于此四人,具体排名也不固定;或许"平、平、仄、仄"的排列更符合音节,故明、清两代袭用者夥。

(二)渐受质疑

摘得"中兴四大诗人"的桂冠以后,尤袤便于文学史上占有了一席之地。然而随着宋刻原本的焚毁、元刊孤本的罕传,直至清代辑本的寥落[10];面对近乎亡佚并且缺乏名篇佳作的诗文集,学界逐渐质疑其昔日的盛名。四库馆臣或认为"即今所存诸诗观之,残章断简,尚足与三家抗行,以少见珍"(《四库全书总目》卷一五九《梁溪遗稿》提要),"片羽一鳞,犹见龙鸾之章采"(《四库全书简明目录》卷一六《梁溪遗稿》提要);或又称"篇什寥寥,未足定其优劣"(《四库全书总目》卷一六〇《石湖诗集》提要),遂启后世疑窦。以近百年的文学史为例,无论是通史性质的著作,抑或是断代性质的专论,大多因为尤袤作品留下的太少而不再对其加以评论;其受到关注的程度,实在是难以再与杨、范、陆三家同日而语了——仅以笔者现今所寓目的专著而论,各家大略皆语焉不详(1927年胡适《国语文学史》,1961年陈受颐《Chinese Literature》,1955年陆侃如、冯沅君《宋诗简论》,1989年吴组缃、沈天佑《宋元文学史稿》,1996年章培恒、骆玉明《中国文学史》,1996年孙望、常国武《宋代文学史》),或一笔带过(1918年谢无量《中国大文学史》一句,1928年李维《诗史》一段,1930年胡云翼《宋诗研究》一段,1954年浦江清《宋元文学史讲义》一句,1959年吉川幸次郎《宋诗概说》一句,1999年程千帆、程章灿《程氏汉语文学通史》一段,2008年巩本栋《中国文学史讲义(宋元)》一句);一直到了程千帆、吴新雷《两宋文学史》(1988年),方以较大篇幅、较为全面的介绍了尤袤其人其作。当然,在具体章节的分布上,此篇《尤袤与萧德藻》,隶属于"第七章《爱国诗人陆游及其并世名家》"的"第三节《杨万里的诚斋体》",已然无法与另外三家相抗衡了;但是这样的处理,恰恰反映出了中兴四大诗人各自传世文献资料的多寡,也比前人更为真切地恢复了文学史实的原貌。此举后为《中国文学史新著》(2007年章培恒、骆玉明《中国文学史新著》)沿袭,该书于"第四编《中世文学·分化期》第七章《南宋诗词的衍化》"的"第二节《陆游及其同时代的诗人》"专论了尤袤。与此相对地,吴洪泽《尤袤诗名及其生卒年解析》(《文学遗产》2004年第4期),特别质疑尤氏声名;但更多的学者,则依旧选择了存而不论的方式。

二、文学特质之重审

尤袤传世之作,百不存一。其数量之少,涉及的内容势必显得逼仄;要还原其本来面目,实在非常棘手。现今笔者尽力搜罗,收拾尤袤文字于散佚之余,剩简残篇,尚能成帙。以之为样本进行统计,剖析其人,品评其文,旁证史籍记载,则又不仅在词翰之间:

(一)整体概况

笔者新辑本,合计收诗七十一题一百一十五首,文一百二十五题一百四十三篇。

1. 以体裁论——诗歌:凡五古三十三首,五律八首,七律五十二首,五绝一首,七绝十二首,六绝二首,歌行一首;其余六首,除《郊祀大礼庆成诗》外,均为七言。文章:凡辞赋一篇,诏令二篇,奏议五十二篇,书启二十三篇,序跋三十四篇,论说七篇,杂记十二篇,箴铭五篇,颂赞三篇,传状、碑志各一篇,哀祭二篇。除七古未见外,诗歌部分囊括了六绝在内的诸多体裁,可谓面面俱到。其中,七律超过总数的五分之二,五古占总数的三分之一,七绝占十分之一,足见是他的用力之处。依《全宋文》的十五种文体分类,除了公牍、赠序、祈谢三类未见外,其文章体裁的涵盖面也较为宽泛。其中尤以奏议(37%)、序跋(24%)、书启(16%)为主,从而能够反映出尤袤的理政之勤、学问之深、交友之广。

2. 以时间论——可编年之诗作,凡六十二题一百二首(包括存目三十四,残句十一);已编年之文章,凡一百一十三题一百三十五篇(包括存目四十七,残句六)。自绍兴十五年(1145)的《与汪端明书》、二十二年(1152)的《青山寺》起,讫绍熙三年(1192)的《石井泉次沈太守韵》三首、四年(1193)的《遗书》、《遗奏》止,可将尤袤的诗文创作大体上划分为绍兴后期(1145－1162)、乾道年间(1167－1173)、淳熙前期(1174－1183)、淳熙后期(1184－1189)、绍熙年间(1190－1193)等五个阶段,藉此大致能够把握其创作发展之趋势:其诗文成熟于淳熙年间——如下"甲图"所示,此时的作品最为丰富:凡八十六首诗歌(占总数的84%),八十九篇文章(占总数的67%)。前期居官地方,理政之余多诗歌吟咏;后期入朝为官,于立言直谏之外,不乏品评艺文之作。如下"乙图"所示,大体自淳熙十年(1183)后,其文章写作超过了诗歌创作。而是年,其恰自江东提刑,入朝为吏部员外郎兼太子侍讲。即所谓于"努力功名归报国"之际,亦借"思山月与林钟"以抒怀(《送吴待制帅襄阳二首·其二》)。

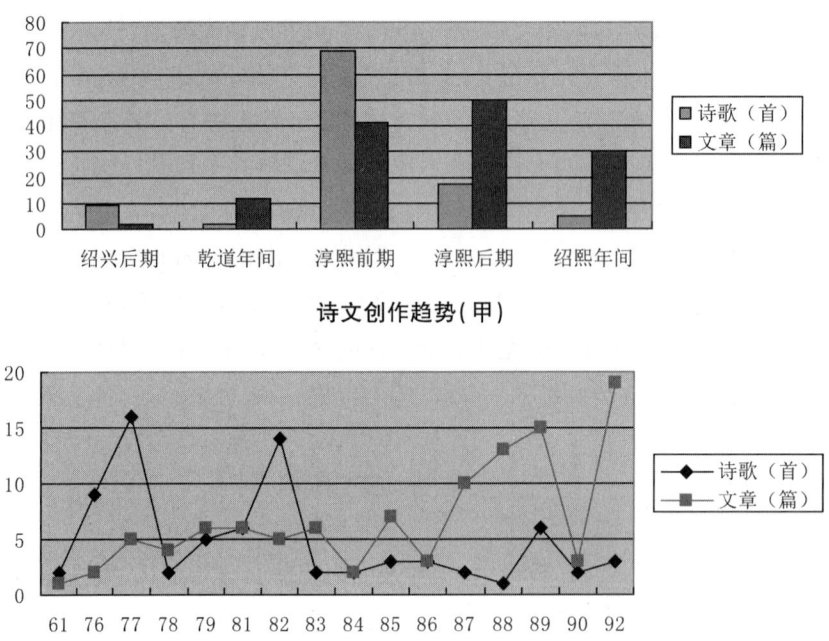

诗文创作趋势(甲)

诗文创作趋势(乙)

3. 以题材论——尤袤的诗歌作品,写景(四十一首,占总数的35%)、咏物(四十首,占总数的35%)、纪事(三十三首,占总数的29%)三类鼎足而立(其余,怀古一首,占总数的1%)。由此可见,"山月与林钟"式的写景、咏物之作,在其全部诗歌中占了较大的比例。其中,写景以人工建筑为主,亭台楼阁之属,凡三十七首,占九成之多;自然山水涉及张公洞、茅山、阁皂山等处,仅占一成。咏物之作,以雪、梅为主要对象:咏雪诗包括五律《雪》,七律《甲午春前得雪》、《正月二十八日夜大雪》、《入紫宸殿贺雪》等十八首(占该类总数的45%);咏梅诗包括五律《梅》(凡二首)、《和渭叟〈梅花〉》、《梅花》、《蜡梅》,七律《入春半月未有梅花》、《德翁有诗再用前韵三首》、《立春后一日和张功父〈园梅未开〉韵》、《落梅》、《次韵尹朋〈梅花〉》、《梅花二首》、《次韵渭叟〈蜡梅〉》(凡二首)等十六首(占该类总数的40%)。纪事类作品近三分之一都是送别诗,如五古《别李德翁》,七律《别林景思》、《送提举杨大监解组西归》(凡三首)、《送晦庵南归》、《送赵子直帅蜀,得"须"字二首》、《送吴待制帅襄阳二首》等。

(二)艺术承传

尤袤早年从汪应辰游,而汪氏学于吕本中;故其在文学方面的造诣,与江西派颇有渊源。此从尤氏《遂初堂书目》(别集类)在诸多公私书目中首次著录吕氏"《江西诗派》"一书,即可见一斑。而下表所列之艺术承传关系,在一定程度上亦能有助于说明该问题:

创作时间	诗文名称		体裁	艺术承(←)传(→)	
绍兴二十二年(1152)	青山寺		七律	首联	苏轼←
				颔联	毛滂、刘敞←
				颈联	→〔明〕逯昶(五律)
	听莺阁		五绝	李中、金昌绪←	
三十一年(1161)	易帅守		五古	杜甫←	
	淮民谣			孟郊←	
三十二年(1162)	大暑留召伯埭		五古	王令(七律)←	
				→〔明〕乌斯道(七古)	
	重登斗野亭二首(其一)		七律	首联	→〔明〕吕诚
				颔联	李频←
				颈联	杜甫、陈与义←
				尾联	杜甫
	雪		五律	首联	白居易←
乾道三年(1167)	龙图阁学士钱周材志铭		箴铭	苏舜元(联句)←	
淳熙元年(1174)	甲午春前得雪		七律	张元、李白、苏轼←	
				→〔元〕周巽(五律)、同恕、方回	
三年(1176)	玉霄亭		五古	杨冠卿	
	霞起堂			孙绰(赋)、陈师道←	
	次韵德翁苦雨		七律	颔联	杜甫←→方回
				尾联	刘子翚、白居易(五古)←
四年(1177)	入春半月未有梅花		七律	尾联	杜甫
	德翁有诗再用前韵三首	其一	七律	首联	苏轼
				尾联	杜甫
		其二		首联	→〔明〕李梦阳
		其三		颈联	魏野
				尾联	杜甫(七绝)←
	凝思堂		五古	杜甫←	
	别李德翁			黄庭坚(七律)←	
	别林景思		七律	尾联	陈师道←
	台州秩满归		七言	→〔元〕许有壬(七律)	

111

续表

创作时间	诗文名称	体裁	艺术承(←)传(→)	
六年(1179)	己亥元日	七律	颔联	杜甫←
	送提举杨大监解组西归		首联	欧阳修(五律)←
			尾联	陈师道←
	二贤堂记	杂记	→方回(箴铭)	
	临海县重建县治记		汪应辰←	
	报恩光孝寺僧堂记		黄庭坚←	
七年末(1181)	庚子岁除前一日游茅山	五古	程俱(五律)←	
八年(1181)	送晦庵南归	七律	颔联	元稹←
十年(1183)	游阁皂山	七绝	司空图(五言)←	
	题秋霜阁后山泉	七绝	李白←	
十三年(1186)	送赵子直帅蜀,得"须"字二首	七律	颔联	→黄希英(五律)
			尾联	苏轼
十五年(1188)	蒙杨廷秀送《西归》《朝天》二集赠以七言	七律	颈联	王安国(残句一联)←
绍熙元年(1190)	海棠盛开	七律	颈联	苏轼←
			尾联	郑谷←
三年(1192)	石井泉次沈太守韵(二)	七绝	白居易(五律)←	

　　就整体而言,除去上表所列,尚有未编年部分的作品,亦多承袭前人之处。根据笔者目前所掌握的文献资料统计,其诗文凡有五十四处踵武前贤(唐人、北宋各二十七处):杜甫最多,有十五处[11],占总数的近三分之一,涉及了五古、五律、七律、七绝等诗歌体裁;苏轼居次,有七处[12];其次是白居易、黄庭坚、陈师道,分别有三处[13];再次是李白、陈与义,各有两处[14];其余诸人,均为一处。[15]由此可见,无论是学习的内容、形式,还是总量、次数,以"一祖三宗"(即杜甫与黄庭坚、陈师道、陈与义)为代表的江西派,对尤袤的诗文创作,多所影响(占总数的43%)。这恰恰契合了历史对于尤氏的记载:"年八九岁,读杜甫长篇歌行,一过即能逆诵"(元人刘应李编《新编事文类聚翰墨大全·丙集》卷二),而《遂初堂书目》著录的历代别集,则是其转益多师的一个有力旁证。

　　就时间分析,其早期作品,即如下图所示,自绍兴末至淳熙初(1152—1177),步趋前人的痕迹较重。

　　具体言之,如《青山寺》首联"峥嵘楼阁插天开,门外湖山翠作堆",袭用苏轼《九日寻臻阁黎遂泛小舟至勤师院二首》(其二)"湖上青山翠作堆,葱葱郁郁气佳哉"成句;颔联"荡漾烟波迷泽国,空蒙云气认蓬莱",沿用刘敞《初雪朝退与诸公至西阁》"真有烛龙浮渤澥,却占云气认蓬莱"成句。《淮民谣》"谁谓天地宽,一身无所依"一句,移用孟郊《赠别崔纯亮》"出门即有碍,谁谓天地宽"成句。《甲午春前得雪》组诗中"残甲败鳞随处是,被谁敲折玉龙腰"

112

诗文承传趋势

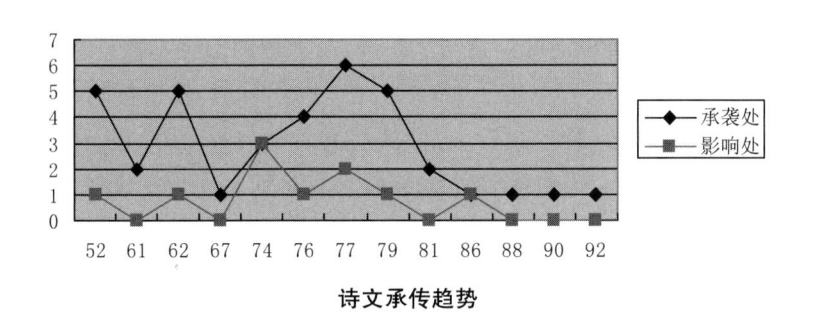

一句,化用北宋张元《雪》诗"战退玉龙三百万,断鳞残甲满天飞";而"寒窗莫怪吟声苦,举室长悬似细腰"一句,则出自苏轼《自昌化双溪馆下步寻溪源至治平寺二首》(其二)的"宦游莫作无家客,举族长悬似细腰"。

到了淳熙中后期,随着《遂初堂书目》编撰的深入,尤袤在学术上有了较多自得的新意;相应的,诗文作品也较少一味地拘泥于旧有程式,表现出一定的新变。如七律《送赵子直帅蜀,得"须"字二首》(其二)"应扫棠阴看画图"一句,化用苏轼五律《送周正孺知东川》中"为君扫棠阴,画像或相踵"句。七绝《石井泉次沈太守韵》(其二)"烟光混漾映林峦,井底新泉漱齿寒",袭用白居易五律《祭社宵兴灯前偶作》之颔联"夜镜藏须白,秋泉漱齿寒"。特别是一些妙语佳句,已被时人接受而成为后世学习的典范——曾经校勘尤袤文集的方回,崇尚性理之学,撰文皆崇正辟邪,议论平实;其谈诗则排西昆而主江西,颇为吕午、方岳所称道。理论上,方回评价尤袤之作,谓之"冠冕佩玉,度骚媲雅",揭示出其雅正的特征;创作中,他亦承袭这些合乎正统风教,无逸出常规之作。其《密斋铭》(《桐江续集》卷二九)一文中"补罅室隙,疏者密诸"一句,用尤袤《二贤堂记》"铲敝剔秽,补罅室隙"成句;《次韵汪以南教授美康使君新政,因及贱迹四首》(其四)颔联"川流决溃终归海,木德回环会守心",即源自尤袤《次韵德翁苦雨》之颈联"禾头昨夜忧生耳,木德何时却守心"。而元朝中期的易学家解蒙在其《易精蕴大义》(卷六)中所述的"先儒曰:一谦受四益",即出自尤袤《匡峰亭》诗"一谦受四益,是以能不危"。

(三)特色举隅

抽样统计的总数本身是有限的,因之得出的结论也是相对的。细读义本本身,我们却不难发现,现存尤袤早年的作品即已细润圆熟,饶有风致;在当时及后世,均产生了一定的影响。如写景之作《青山寺》:

　　峥嵘楼阁插天开,门外湖山翠作堆。荡漾烟波迷泽国,空蒙云气认蓬莱。香销龙象辉金碧,雨过麒麟剥翠苔。二十九年三到此,一生知有几回来。

该寺位于无锡惠山头茅峰南坡,居高乃绿树成荫之青山,临下则波光粼粼之太湖;尤袤诗中所描摹的风光,使之历历如画。其中颈联后来被明人逯昶化用入其五律《宿山中寺》之首联"山中有兰若,龙象辉金碧。"又如关怀国计民生之作——《雪》:

　　睡觉不知雪,但惊窗户明。飞花厚一尺,和月照三更。草木浅深白,丘塍高下平。饥民莫咨怨,第一念边兵。

前三联描写静谧之雪景,虽语不惊人,然细咀有味。而尾联一句,见雪故思饥民,又进一步关切到守边戍疆的兵士,更是委曲有味。这与欧阳修《晏太尉西园贺雪歌》(《文忠集》卷五三)末句"可怜铁甲冷彻骨,四十余万屯边兵"的寓意是一脉相承的,故被纪昀评为:"此论正大,能见诗之本原。"(《瀛奎律髓》卷二一[16])该程式后为袁说友所袭用,其《和程泰之阁学咏雪十二题》第十首《嘲雪》:"浪走娇儿意却痴,长安饿客最忧时。尤怜甲士寒侵骨,十万边兵政有辞。"即就此句申论成章。至于单篇入选《宋诗选注》的《淮民谣》,经由钱锺书先生的褒奖而成为今日尤袤诗文的"压卷之作",被众多诗歌选本著录(如二十世纪五十年代的《宋诗一百首》,八十年代的《宋辽金诗选注》,以及二十一世纪的《宋诗三百首全解》等)。该作因淮南置山水寨扰民,却不能以资防守;故借用当地百姓的口吻,揭发官吏乘机搜刮民财的劣迹。其细节鲜明,语言朴素,近于梅尧臣《田家语》等篇,亦有平淡之特色。而淳熙四年(1177)所作《台州四诗》(《万柳溪边旧话》、《宋史·尤袤传》均题作"《东湖四诗》"),自问世之初,即受到了宋孝宗的青睐;后亦为时所重,宋末蔡振孙的《唐宋千家联珠诗格》(卷一四)、祝穆的《方舆胜览》(卷八)均引其一,题作"《台州祷旱》"。

此外,淳熙十年(1183)夏,大旱,朝廷诏求阙失,尤袤因之上封事,其中列举了八种"致怨之道":

> 催科峻急而农民怨,关征苛察而商旅怨。差注留滞,而士大夫有失职之怨;廪给朘削,而士卒有不足之怨。奏谳不时报,而久系囚者怨;幽枉不获伸,而负累者怨。强暴杀人,多特贷命,使已死者怨;有司买纳,不即酬价,使负贩者怨。

针对当时民贫兵怨的现状,略尽细大之故;其亭亭正气,恺恺理行,由此可见一斑。故该篇悉数为《宋史·尤袤传》所登载,后又被明人杨士奇等收入《历代名臣奏议》(卷三〇六)。清康熙二十九年(1690)韩菼等奉敕纂《孝经衍义》,更是引以为据,并申论"诚能一一体究,改纪其政,与之更始,立之以诚,行之以信,斯《云汉》之诗不徒作矣",进一步将之比为描写周宣王忧愁炎暑的《诗经·大雅·云汉》之作。

自古能文之士,其姓名之隐显、诗文之存亡,或有幸与不幸。随着时间的流逝,声名自有变迁、升降。从尤氏残存的篇章来看,其诗颇能写景,其文清切平和,尚能体现其文学思想与艺术水平。后世之人,实在无需苛求所谓次第高下;特别是对于那些篇什散落者,更不能轻易根据今时残剩之余,随意论定当日评骘之确否。即以之为例,亦足以说明史学的基础性研究对于文学史建构的重要意义。

注 释:

　　* 本文系 2012 年度国家社科基金重大项目"唐宋文学编年系地信息平台建设"(12&ZD154)、2017 国家社科基金重大招标项目《全宋词人年谱、行实考》(17ZDA255)、2019 国家社科基金项目《宋代文学尊体破体理论与创作实践研究》(19BZW045)的阶段性成果。

〔1〕 杨万里《诚斋集》卷四一,《四部丛刊初编》本。
〔2〕 杨氏是评的具体时间难以确定,今据其生卒(1488—1559),姑系于此时。
〔3〕 该书转引自成书于康熙四十六年(1707)的《历代诗余》卷一一七,则当完成于此前。
〔4〕 脱脱等《宋史》卷三八九,中华书局 1977 年版,第 11923 页。
〔5〕 陈骙撰,张富祥点校《南宋馆阁录》卷七,中华书局 1998 年版,第 89 页。

〔6〕 史能之《咸淳毗陵志》卷一七,中华书局1989年《宋元方志丛刊》影印清嘉庆二十五年(1820)重刻本,第17页。

〔7〕 楼钥《攻媿集》卷三八,《四部丛刊初编》本。

〔8〕 赵蕃《淳熙稿》,台湾商务印书馆1986年影印文渊阁《四库全书》本。

〔9〕 杨万里《诚斋集》卷二五,《四部丛刊初编》本。

〔10〕 其作品集具体的编纂、流传情况,参见拙作《尤袤集考略》,《山东图书馆学刊》即将刊出。

〔11〕 《遂初堂书目》(别集类)著录了"杜甫《集》"。光立案:《和裴迪登蜀州东亭送客逢早梅相忆见寄》一诗两见,一为首联,一为尾联;《舍弟观赴蓝田取妻子到江陵喜寄三首》(其二)亦两见,其尾联被袭用了两次。

〔12〕 《遂初堂书目》(别集类)著录了"东坡《前、后集》"。光立案:《和秦太虚梅花》一诗两见,"江头千树春欲暗,竹外一枝斜更好"一句被袭用了两次。

〔13〕 《遂初堂书目》(别集类)分别著录了"白居易《长庆集》"、"黄鲁直《集》"、"陈后山《集》"。光立案:陈师道《过杭留别曹无逸朝奉》一诗两见,其尾联被袭用了两次。

〔14〕 《遂初堂书目》(别集类)分别著录了"李白《集》"、"陈简斋《诗》"。

〔15〕 见于《遂初堂书目》(别集类)著录者,凡"孟浩然《集》"、"李频《集》"、"元稹《长庆集》"、"司空图《一鸣集》"、"郑都官《集》"、"毛泽民《集》"、"刘原父《集》"、"王逢原《集》"、"欧公《集》"、"程俱《北山集》"、"王平甫《集》"、"子由《栾城集》"等。

〔16〕 方回选评,李庆甲集评校点《瀛奎律髓汇评》,上海古籍出版社1986年版。

〔作者简介〕 朱光立,1981年生,男,江苏扬州人,南京大学中国古代文学专业博士,南京师范大学中国古代文学专业博士后,中国人民解放军国防大学政治学院军政训练系副教授。

《廖燕全集校注》(上下,明清别集丛刊)

(蔡升奕校注,人民文学出版社2020年版)

廖燕是清初具有异端色彩的思想家、文学家,备受海外学者推崇。本书以收录廖燕作品最为完整的国家图书馆藏乾隆三年(1738)刻本为底本,再以他本及他书参校。本书所涉地名甚多,其中许多是县级以下的小地名,注释颇难,前人均未做出注释。本书校注者具有地理上的优势,在充分利用地方志等材料的基础上,对众多地名一一作出注释。关于廖燕诗文中的人物,参考同时代的著作,加以细致注释,着重人物背景、人物关系的梳理。另,注释方面着重对疑难字词、典故、引文出处,或易至误解之词句。

南宋释行海及其《雪岑和尚续集》考论*

巢彦婷

南宋诗僧释行海,号雪岑,浙江剡溪(今浙江嵊县)人,主要活动于理宗淳祐至度宗咸淳年间。行海一生作诗甚多,然原集已佚,今存《雪岑和尚续集》二卷(以下简称《续集》),为林希逸所编行海诗选本,我国仅存抄本一部,藏于中国科学院图书馆(《全宋诗》用为底本)。日本则存有五山版二部,分藏宫内厅书陵部及京都建仁寺两足院;还有江户时代宽文五年(1665)刊本数种行世。《全宋诗》编纂时已利用江户刊本修订文字,其后又有学者注意到五山版并加以研究利用。[1]而关于释行海本人生平与诗歌写作、《续集》的编选刊刻与流传、此书本身之文学与文化价值,则皆尚有未明之处,值得进一步探讨。

一、负笈而游,择人而依:行海的生平及交游活动

行海的相关资料极少,其人生平主要见于《续集》中行海咸淳七年(1271)自序以及林希逸所作的跋文。与此同时,《续集》中的诗题和诗歌本文也有助于了解行海的经历。卷上组诗《癸酉春侨居无为寺归云阁以十五游方今五十为题信笔十首终在五首》[2],癸酉为咸淳九年(1273),此年行海五十岁。李国玲据此考得行海应生于嘉定十七年(1224),咸淳九年(1273)五十岁以后卒。[3]然行海年寿不止于此,另有释教文献可予参证。黄溍《四明乾符寺观主容公塔铭》叙普容生平:

> 年十有四,出家于里之屿山。又十有三年,祝发于杭之昭庆。明年,受具戒于明之开元。依碧溪闻公于明之延庆、杭之集庆者,久之,从石林介公归延庆,得止观法门于桐溪济公。既历四行,雪岑海公为升座说偈,因以主观事。[4]

普容卒于延祐七年(1320),春秋七十,故应生于1251年,1264年出家,1277年落发,1278年受具戒,此后住锡多寺,又聆听行海升座说偈。故而行海至少在1278年时仍在世,入元后还生活了一段时间。《续集》中一部分诗亦作于宋亡之后。如卷下《湖上感春》:"西湖二月好笙歌,游女游郎半插花。忽对春风怀故国,不知新燕入谁家。"后两句应是在宋亡后怀念故国,发兴亡之慨。

行海早年出家,为天台宗二十三祖佛光法照(1185—1273)法嗣(志盘《佛祖统纪》卷十八)。行海曾住锡南宋教院五山之钱塘(今杭州)上天竺寺(《续集》卷上《寓归云阁怀上竺听

雨斋馨果二友》),淳祐十一年(1251)作《辛亥别湖上诸友》诗,咸淳三年(1267)四十四岁时奉檄住嘉兴先福寺(《续集》卷上《丁卯秋八月奉檄住嘉兴先福寺》)。其游踪主要在江浙一带,亦可能到过湖南、江西等地。[5]物初大观作有《送海雪岑东归序》,记述了与行海的相遇和送别经过:

> 一同人来前,或指以谓予曰:"此性具学者,会稽海雪岑也。探本宗余,喜吟事。"又云:"海不苟于去就,意有所不可,虽挽不留。"予方疑之,海曰:"负笈而游,择人而依,夜灯晓窗,冲栋汗牛,此吾所当勉。古也徇道,今也徇名。栀蜡谀闻,腾驾肤说,而又宴安易溺,器小易盈,昏昏而附者喜,昭昭而疏者忌。吁!吾何求哉?吾将携故书,返故庐,息意杜门,与同志者静而求之,何如?"予曰:"道系时,时系人,不可诬也……党与于是乎成,诟厉于是乎起。往往阶之为祸,而何道之求?凡此者,方今之通患也。能自拔于党与、诟厉之外,疾走而避之,知几守正者之事……子其归乎。归而求之有余师,吾庐可乐,吾志可励,穷源讨微,不厌不止,不彻不已。出处何常之有?吾恐会稽不能为子久留。若夫吟事,则寓乐之具,非吾所当专也。"(《物初剩语》卷十一)

行海自序所署之"剡溪"隶属于会稽,文中称其为"会稽海雪岑"十分自然。卞东波指出"性具学者"之性具学说正为天台宗教义,[6]但雪岑亦"探本宗余",旁涉其他佛教宗派之理论学说。《续集》卷上《归剡》五首与大观《送海雪岑东归序》较为吻合,可能即作于此次东归之后。

陈著(1214—1297)有《寄南湖主人海雪岑》诗,亦可为行海生平之参证:"别雪岑翁不记年,翁今来管四明天。看翁卷起南湖浪,洗尽浮尘结净缘。"[7]陈著为鄞县(今浙江宁波)人,宝祐四年(1256)进士,宋亡后隐居于四明山中。[8]行海可能于南宋灭亡后来到四明隐居,并以当地的南湖为号。

行海遍历各地,交游广阔,颇有诗名。作为佛子,他交往最多的还是佛门中人,且并无禅、教之碍,与禅宗禅师亦有交往。《续集》中提及僧人有宁雪矶、无作上人、清上人、隆上人、云太虚禅师、秋谷兰上人等,但多名不甚著,生平难以查考。行海交往的诗僧有昭樵屋(有《樵屋吟稿》)、俊癯翁等,最著名的是释文珦。卷上《怀珦潜山》云:

> 楚雨吴烟动客思,江梅发后失归期。传来踪迹浑无定,飘泊情怀已可知。鼓角每惊多事日,莺花空度少年时。与君如此长相别,苦乐同心更有谁。

释文珦,号潜山,生于1210年,是行海的前辈,早岁在杭州出家,游历多地后又归于杭州。"传来踪迹浑无定",指释文珦行旅各地,漂泊不定;而颈联上句提到国家多事,下句回忆早年论交经历,确是情真意切的怀人之作。

除与佛门中人往来以外,行海亦与当时江湖诗人过从甚密,从其诗作中可以略窥一斑。他自身的生活状态亦是"择人而依",容易与同样漂泊的中下层文人产生共鸣。如卷下《悼许梅屋》:"相伴梅花过一生,月香水影是肝肠。如今梅坏先生死,屋外春风吹夕阳。"许棐,号梅屋。行海以梅悼之,写其生平风骨,甚为痛切。又如卷下《湖上怀周汶阳》:"看了梅花看柳条,可怜斜日照蓬蒿。踏歌社里人无数,谁伴春风醉碧桃。"周弼,祖籍山东汶阳,1194年生,后期江湖派代表人物之一,卒于宝祐五年(1257)以前。行海与其论交,至迟在此之前。

"湖上"谓西湖,行海有《辛亥春别湖上诸友》诗,此后又有《湖上送志道归金华》、《湖上怀同少野》,可见西湖为其作诗交友的重要场所。又如卷上《留别陈藏一》:

> 君住江西我浙东,偶然相识在吴中。知名彼此非今日,爱客情怀有古风。历数山川游已遍,苦吟风月趣还同。不须惜我匆匆别,约在天街看菊丛。

陈郁(1184—1275),号藏一,是当时的文坛前辈。陈郁为江西崇仁人,行海为浙东人。二人"偶然相识在吴中",但早已互相知名。再如卷上《赠叶苔矶》:

> 养竹栽花住玉京,已将功业付闲情。太平世上无豪杰,大雅场中有老成。白日长思泉石趣,青楼空沸管弦声。冷观人事如棋局,谁肯忘机过一生。

叶元素,号苔矶,是一位奔走豪门干谒的江湖诗人。观行海此诗用语,似作于初见之时。诗僧与江湖诗人的社会身份和生平遭际颇有共通之处,因而诗歌唱和与现实交往皆较为频繁,容易产生共鸣。[9]

行海唱和的对象还包括为数不少的官僚士大夫。林希逸集中就有与行海唱和的诗歌。《续集》卷上有《和汤秘书见寄韵》,汤秘书为汤汉,以气节著称,为当时名臣。而《次徐相公韵十首》,更是一次与徐清叟、赵崇嶓、朱继芳、冯去非等朝中官员的大型唱和。其中徐清叟曾任参知政事,身份尊贵。由此可见,行海的交游范围十分广阔。友人中既有诗坛宿耆,亦有同侪、后辈;既有同为僧人的诗友,亦有江湖谒客和高官显宦。

值得注意的是,南宋中后期诗人大多处于庞大复杂的交际网络之中,行海的诗友亦往往彼此间有着密切的联系。行海与之唱和的叶元素,陈郁《藏一话腴》中对他评价很高,而陈郁亦曾与行海唱和。叶元素与柴望为文字交,淳祐六年(1246)柴望因上《丙丁龟鉴》放归田里,叶元素与朱继芳、赵崇嶓、曾原一、周弼、黄载、翁孟寅、郑震等赋诗为别。这其中的朱继芳、赵崇嶓、周弼,行海皆曾与之唱和。赵崇嶓与释文珦亦有交往,两人都曾与行海唱和。行海的见知于世,应主要出于诗友间的互相推扬引荐。

二、《雪岑和尚续集》的编选与流传

行海之诗颇有成就,得到了当日士大夫的普遍认可。五山版《续集》卷末林希逸跋言其长子林泳"改官后,自京师携其一小集归闽,数过起予者多",可见行海之诗在都城临安已有结集流传。林泳字太渊,别号方寮,为宝祐元年(1253)进士。宋制,选人磨勘改京朝官,初任须入知县。[10]林泳咸淳四年(1268)知安溪县[11],应即是自选人改官,其时林希逸已76岁。此前,景定四年(1263),林希逸"授中大夫兼国子司业,去国,提举玉局观,郊恩封福清县开国男";咸淳元年(1265),"除直宝文阁、湖南运判,提举冲祐观";咸淳四年,"再祠"[12]。按宋代祠禄官制度,林希逸早在景定四年就已回到家乡福清。林泳改官所任的安溪县正在闽中,亦与跋中"改官后,自京师携其一小集归闽"之语相合。综上,林泳应当是在咸淳四年改官回乡时,将行海的诗歌小集带给了林希逸。被贬里居的林希逸读到行海的诗歌,颇为赞赏,认为"数过,起予者多"。林希逸跋尾又称"盖喜余儿能择交于方外云尔",欣慰于林泳与行海的交游。林希逸还作有《题僧雪岑诗》:"本自无须学捻须,此于止观事何如。诗家格怕

118

无僧字,圣处吟须读佛书。得趣藕花山下去,逃名枯木众中居。早梅咏得师谁是,见郑都官却问渠。"[13]此诗以"止观"点出行海天台宗之宗脉,又突出其善写梅花诗。

咸淳五年(1268),77岁的林希逸入朝,除秘书监兼侍讲。王洧在此时拜访林希逸,"亦盛称其能诗,不在惠休、灵彻下"。王洧藏有行海诗更完整的集子,林希逸于是"因仙麓(王洧)得借其全编,常置于几案间。有暇必详味之,又随予所喜而选摘之"(五山版《续集》林希逸跋)。咸淳六年(1270),林希逸"兼权直学士院造朝,除起居郎兴祠,除秘阁修撰",又"提举冲祐观"(林泳《林希逸墓志铭》)。短暂地担任起居舍人,很快又被罢免。跋中称"未及尽卷,适拜起居舍人之命,寻又斥去,故此选才得二百余首",可见林希逸编选行海诗,正在咸淳五年至六年间。林希逸回乡之前,将所选的行海诗又交给了王洧,并希望自己日后能够续选,完成行海诗选集的编纂。林希逸的题跋,应也作于咸淳六年。可惜的是,回乡次年林希逸就因病去世于家中,享年79岁。这一工作最终没有在他的手中完成。

行海在诗集自序中称其诗创作时间的起迄为"自淳祐甲辰到今咸淳庚午",即1244年至1270年。行海的这篇自序,亦作于1270年。此时林希逸正在编选行海诗。林希逸在编选行海诗时,可能与行海有所交流。然而,《续集》中还有《壬申春寓旧馆偃山房有感而作》与《癸酉春侨居无为寺归云阁以十五游方今五十为题信笔十首终在五首》等诗。前者作于咸淳八年(1272),后者作于咸淳九年(1273),此时林希逸已去世,距行海作序亦已过两三年,这些诗显是后来编入的。《续集》应基本成于林希逸之手,在他去世后又经过他人增补,而非学界以往认为的由林希逸一人编定。林希逸跋中称"两百余首",《续集》存诗311首,增补篇幅大约数十首。增补者可能是林希逸托付的王洧,可能是林希逸之子林泳,亦可能是刊刻《续集》的书商。

行海之诗在1270年曾经过他自己的修订,自序中称"旋已删去太半,以所存者类而成集"。行海本人所编的是一部分类诗集,从《续集》中仍能看出类编的痕迹。如卷上开篇二十余首皆为送行诗,之后依次为寄赠、怀人等主题;卷下开端则为连续多首咏物诗。《续集》选诗时,可能保留了行海自编诗集原本的类编次序。就诗歌体裁而言,卷上纯为七律,卷下以七绝为主,杂有数首五绝。卷上、卷下的体裁之别,显属设计。

《续集》有诗311首,卞东波又从日本江西龙派《新选分类集诸家诗卷》中辑出其一首佚诗《桃源图》[14]:"淡烟深处是谁家,着意来寻路更赊。五百年来一残梦,赚人图上看桃花。"(《新选·画图》)此诗不见于我国抄本,亦不见于五山版与江户刊本。从《雪岑和尚续集》这一题名来看,此前可能有正集。此诗可能是正集中的一首,亦可能为未选入的集外诗。

《续集》之流传海外,很可能为日本入南宋求法僧之功。日本模仿南宋五山建立了彼邦之五山,日本五山诗僧来往两国间求法传道,在南宋诗僧诗文的刊刻、保存与流传过程中发挥了重要作用。行海之师佛光法照即曾为日本求法僧授业。"延庆、海顺二法师自日本来听讲所作《读教记》,绘师像归国。"[15]日本僧人从中国携归大量佛教经典与僧人文集,《续集》可能就是由他们带到日本。行海诗明白晓畅,毫不滞涩,又取得了一定的成就,很容易为日本读者所喜爱。先于五山时期刊刻,又在江户时代宽文五年(1665)由藤田六兵卫与饭田忠兵卫分别刊行。藤原惺窝(1561—1619)作有《次韵雪岑元日代人》:"经记三凤与十愆,山林花自笔头旋。诗脾清绝窗吹雪,不隔新年又故年。"(《惺窝先生文集》第五卷)则江户时期行海诗的多次刊刻,可能与藤原惺窝对行海诗的阅读与唱和有关。行海诗的忠孝主题,或恰与当时德川幕府提倡儒学的需求相适宜。

三、异与同:行海诗、僧诗、江湖诗

行海的生平经历与大部分江湖诗人相似,过着"负笈而游,择人而依"的生活。《续集》亦与江湖诗人的别集一样,留存着大量与他人的寄赠、唱和之作。但他的诗中并没有出现过江湖诗人常写的羁旅行役之苦,亦少见嗟贫叹病之悲。与一般意义上的江湖诗相比,行海诗的境界要来得阔大、超然。林希逸赞其"富赡而不窒,委曲而不涩滞,温润而酝藉,纯正而高远",可谓切中肯綮。

行海诗不乏佳句,但亦如江湖诗人一样容易自我重复。行海惯用数字作对。《续集》有七律约一百五十首,其中三十多联以数字作对,句法构思亦多有相似之处。如《送石居上人归别业》:"一枕落花终夜雨,十年芳草故乡春";《寄集庆寺瑞上人》:"一春箫鼓多成市,五色楼台半倚天。"《送希晋还云间》:"一帆风露官河晓,十月兼葭雁碛寒。"行海虽不多用典,但所用典故多重出。表现修佛参禅时皆用"青灯"一词,计有十余处。又喜用《诗经》、《楚辞》典故,且常以之属对。如《与中上人至云间话别》:"江乡雁过兼葭冷,雨馆人分蟋蟀愁。"《时在临云寄虎溪侃直山》:"数树绿烟铺薜荔,半池红露泣芙蓉。"卷上《哭王秀岩》其二:"雨听蟋蟀成商调,露采芙蓉发楚歌。"《诗经》对《诗经》、《楚辞》对《楚辞》、《诗经》对《楚辞》皆有。相较之下,《楚辞》典更多。《洞微翁挽章》:"凄凉木末搴芙蓉。"《壬子七月》:"夕菊朝兰宛转歌。"卷下《梅》之一:"湘累不敢和《离骚》。"虽然现存《续集》并非行海诗的全貌,但仍可见其作诗习惯于一斑。行海诗之自我窠臼,可能因为作诗过多且有感必发,故而容易重复自己;亦可能因僧人读书范围有限,用典时选择余地有限,用典方式也较为浅易直露。

僧人是一个特殊的社会群体,其诗歌创作因社会身份、生活状态的相似而高度趋同。行海的诗与其他僧诗相比,至少有两个突出的特点。其一为突出的创作热情和高度的文学自觉,其二为诗歌中显著的文人化倾向。

行海诗作《雪岑诗集》原有"十二巨编,凡三千余首",这一创作数量颇为惊人。目前存诗最多的诗僧为释文珦,其《潜山集》辑有 945 首诗(不包括偈颂赞铭等)。[16]这只是文珦创作的一部分,已足以超迈众僧。行海诗集之三千余首,在士大夫中亦为高产,在诗僧中更是一枝独秀。

行海作诗不仅数量多,体裁还极为广泛,自序中称"三四五六七言,歌行、谣操、吟引、词赋,众体粗备"。诗僧的创作多集中于五律、七绝等诗歌形式,如行海这般自觉地诗兼众体的情形极为少见。当时诗僧大量使用的俚俗口语[17],在行海诗中亦难觅踪迹。然而由行海本人"删去太半",又经过林希逸等编集的再次选择,目前已难以得见行海的多种诗体作品。但行海统计诗作数量时排除偈、颂、赞、铭的做法,对诗作的精心保存和主动删汰,"类而成集"的编集方式,以及主动远离僧诗"白话化"、"口语化"趋势的诗歌语言追求,都体现出了高度的文学自觉。这在诗僧中是不多见的。

行海以喜好作诗而著称。物初大观的同伴已知其"喜吟事",物初大观又以"若夫吟事,则寓乐之具,非吾所当专也"来对行海加以规劝。这一观点代表了僧人作诗所遭遇的合法性困境。行海本人亦于自序中表示:"余林下人,诗非所务,虽已体心于光景,而或技痒未忘,故于山颠水涯,风前月下,感情触典,形于永歌,亦一时蚓窍鸣耳。"在承认"诗非所务"的同时,将诗歌写作归因于感情触景之下的"技痒",亦即创作的冲动。

同时,他亦在自序中提出了对诗歌的审美要求:

> 大篇短章之节,古近正变之体,每一首中,各有句法;每一句中,各有字面。气不腻于蔬笋,味不同于嚼蜡。其写景也真,不事妆点;其述情也实,不尚虚浮。其势若水流云行,无一点凝滞。读之使人意消。要皆合于六义,而又归之于思无邪,固非予所及也。

行海提出"句法"、"字面",皆是对诗歌技艺的重视。他花了大量心力来"觅句"和锤炼诗歌语言。"句织天机字字难,冥搜长在寂寥间。""世无苟取心何愧,句自冥搜貌任癯。"(《续集》卷上《言诗》、《闲吟》)行海的作诗过程是极为认真艰苦的。而"气不腻于蔬笋,味不同于嚼蜡",更是超脱于传统僧诗写作程序的自觉追求。最终归之于诗教,又体现出鲜明的儒家传统影响。

南宋诗僧在诗作中流露出爱国情怀的颇有其人。如北磵居简《哀三城并引》拟杜甫《悲陈陶》、《悲青阪》,歌颂三城将士奋勇抗敌。又如淮海元肇《哀通城》,哀痛城破后民众之苦难。行海诗中亦不乏爱国之情,他的特点是写得极多、极频繁。如:

> 独住云边旧草堂,恨无微力答吾皇。又惊烽火交丁未,暗惜山河到靖康。塞马病衔秋草白,乡兵泣对野花黄。年来喜报残金灭,歌舜歌尧入乐章。(《丁未》)

> 吴楚经年杀气凝,艰难国步涉春冰。义旗东下谁相似,誓楫中流我不能。水到南徐围铁瓮,山从北固抱金陵。捷音尚隔苍茫外,貂尾良弓足股肱。(《纪感》)

此外,行海诗中还有大量关注宋军战况的内容。《庚午春作》其一:"相逢处处说干戈,又报天骄走渡河。"《天竺谢竹心陈通判见访》其一:"青琐玉堂殊有待,江淮何日可休兵。"《癸酉春侨居无为寺归云阁以十五游方今五十为题信笔十首终在五首》其二:"山林亦是吾君赐,日望官军荡白河。"其五:"周室黍离狼虎国,尧天花蔼凤凰城。"《秋日纪感》:"闻鸡击楫旧英雄,何处山河是洛中。"《送灵江住金华讲院》其四:"为报襄阳今日事,未应先向赤松游。"《送用上人》其二:"襄阳应有班师日,蟋蟀风传幪有乌。"《三月三日寒食》:"羽书未报江东捷,何日看花到洛阳。"行海如此频繁地提及战事、忧心国家,在诗僧群体乃至整个晚宋诗坛中都相当突出。

《续集》中,抒发爱国之情最集中、典型的是《次徐相公韵十首》,这是一组慷慨悲壮的唱和诗。行海在此诗序中说:"征伐之事,固非林下所当言,盖忠愤之心一也。"这组诗中,《老将》、《老马》、《少将》、《少马》、《出塞》、《入塞》六首写边塞行军,"金镮辔上红缨乱,火印轮中白汗干","箙留响箭机心在,袍损团花血点干","逐北蹄奔胡雪滑,嘶边鬣耸朔风寒",想象极为细腻,皆如身临其境。《刘锜》、《岳飞》、《李显忠》、《魏胜》四首写中兴名将,为岳飞抱冤,字字如凝血泪。

行海在忧国之余,亦惦念着家人。如《即事》:"江上烽烟杂战尘,凤城风景可怜人。白头老母关情切,眼见莺花不是春。"写母亲担忧自己,亦是在写自己担忧母亲。行海诗中的忠、孝主题极为突出，林希逸因而激赏行海诗，称其"平淡处而涵理致，激切处而存忠孝"。这是行海诗与其他僧诗相比的独特之处。

余　论

随着佛教中国化程度的加深与影响的扩大，渐渐出现了"文人居士化"与"佛徒儒士化"两种倾向。行海是"佛徒儒士化"的典型代表，其濡染儒家文化程度之深、作诗行事与士大夫相似度之高，在其所处的时代显得相当突出。行海有高涨的创作热情、高度的文学自觉、严肃认真的作诗态度，其诗歌中忠、孝主题的凸显亦引人瞩目。究其原因，当然可能出于行海的生平经历与个人性格，但由于文献阙失，难以进一步查考。

然则，行海诗歌的文人化倾向，是否可能与其出身天台宗有关？天台宗诗僧与禅宗诗僧不同，很早就开始文人化的生活方式，诗歌内容亦带有浓厚的世俗情调，常与士大夫交游酬唱、分题赋诗。[18] 同时，天台宗教义、宗旨中对僧人从事文学创作的态度，亦或与禅宗为代表的其他佛教宗派有异。禅宗诗僧物初大观对行海"喜吟事"的劝诫，以及同行者对行海的态度，似可为一旁证。

在对诗僧的诗歌进行研究时，似当注意其所属的佛教宗派。中唐以后，禅宗大兴，论僧诗者往往统以"禅诗"统称僧诗。"禅"的意义在语境中发生了变化，而这一变化则可能带来误读。尽管南宋诗僧往往同时受到禅、教的影响，但忽略其出身宗派而统一以禅僧目之，则可能导致更多文学史细节的被遮蔽。而从个案出发，逐步厘清诗僧的宗派及其文学创作情况，应有助于南宋僧诗乃至江湖诗的研究。

注　释：

＊　本文为华中科技大学自主创新研究基金项目"陆游诗歌专题研究"阶段性成果，中央高校基本科研业务费项目"陆游诗歌研究"成果（2020kfyXJJS032）。

〔1〕 日本学者川濑一马《五山版之研究》最早对《雪岑和尚续集》的五山版作了介绍。此后，许红霞《从南宋诗僧诗文集的刊刻流传情况看南宋诗僧与日本五山诗僧的密切关系》（《宋代文化研究》第十六辑）、杨铸《东传日本之宋元僧人诗集举隅》（《中国典籍与文化》2012年第4期）、卞东波《稀见五山版宋元诗僧文集五种叙录》（《文献》2013年第3期）皆对此书之五山版作了研究，金程宇编《和刻本中国古逸书丛刊》（凤凰出版社2012年版）影印了此书之五山版。

〔2〕 本文引行海诗，皆据五山版《雪岑和尚续集》，不再一一注明。无为寺，在浙江湖州归安县东南（据《舆地纪胜》卷四及《嘉泰吴兴志》卷十三）。行海五十岁时，住锡此寺。

〔3〕 李国玲《〈释氏疑年录〉宋代部分补考》，《宋代文化研究（上）》，四川大学出版社2006年版，第370页。

〔4〕《全元文》卷九七三，凤凰出版社1998年版，第30册，第271页。

〔5〕 参见许红霞《从南宋诗僧诗文集的刊刻流传情况看南宋诗僧与日本五山诗僧的密切关系》，第624页。

〔6〕 参见卞东波《日藏宋代诗僧文集的价值及其整理与研究——读许红霞辑著〈珍本宋集五种：日藏宋僧诗文集整理研究〉》，《古典文献研究》第十七辑上卷，2014年。上文中《物初剩语》引文点断亦参考

了下文。

〔7〕 《全宋诗》卷三三五八,北京大学出版社1998年版,第64册,第40121页。

〔8〕 《全宋诗》卷三三五五陈著小传,第64册,第40098页。

〔9〕 参见陈书良《江湖:南宋"体制外"平民诗人研究》(中国国际广播出版社2013年版)。按:"江湖诗派"概念向有争议,反对者有刘毅强《南宋"江湖诗派"名辩——简论江湖诗派不足成派》(《华东师范大学学报》1993年第3期)等。近年来,相关问题引发了持续讨论,如季品锋《江湖派、江湖体及其他》(《文学遗产》2006年第4期)、侯体健《"江湖诗派"概念的梳理与南宋中后期诗坛图景》(《文学遗产》2017年第3期)等。本文中亦谨慎使用"江湖诗人"这一概念,避免引发争论。

〔10〕 参见李焘《续资治通鉴长编》卷280,中华书局1986年版,第20册,第6861页。

〔11〕 《全宋诗》卷三四六八,第66册,第41302页,林泳小传。

〔12〕 林希逸仕宦经历据福建省福清县渔溪镇所发现《林希逸墓志铭》(《福州日报》2007年4月15日报道),作者为其子林泳。本文引述《墓志铭》据《福清文史资料》第27辑载林克文录文。

〔13〕 《全宋诗》卷三一一九,第59册,第37255页。

〔14〕 参见卞东波《稀见日本汉籍〈新选分类集诸家诗卷〉、〈续新编分类诸家诗集〉中宋人佚诗及其价值》,《国际汉学研究通讯》2012年第5期。

〔15〕 《杭州上天竺讲寺志》卷四,《四库全书》本。日本以外,高丽亦与佛光法照法师有过接触。《杭州上天竺讲寺志》卷四又载:"高丽崔丞相亦致书问佛法大旨,乞九祖图,且遗师漂薴钵盂及金观音、香药。"

〔16〕 参见林斌《释文珦研究》,南京师范大学硕士论文,2007年,第37页。

〔17〕 参见王汝娟《走向民间:南宋五山禅僧、"五山文学"与庶民世界、通俗文学》,《苏州科技大学学报》2020年第1期。

〔18〕 参见张艮《天台宗僧诗创作传统考论》,《中南大学学报》2018年第4期。

〔作者简介〕 巢彦婷,1990年生,江苏镇江人,南京大学文学博士,现为华中科技大学人文学院讲师,从事唐宋诗歌与域外汉籍研究。

《金代诗论辑存校注》(上下,中国古典文学理论批评专著选辑)

(胡传志校注,人民文学出版社2018年版)

金代诗论内容丰富,别具特色,以《风月堂诗话》、《滹南诗话》、《论诗三十首》等为代表。该选题努力汇集金代所有诗文评文献,加以注释。除了传统的诗话、序跋、论诗诗之外,还收集一次散见的资料,首次为元好问《中州集》作者小传、刘祁《归潜志》作者小传作注。

"元诗四大家"之成立考原*

石勖言

"元诗四大家"是元代文学史上最重要概念之一,被认为元诗成就的代表。现代学者对于元代文学中的一些重要课题,例如馆阁文学、"雅正"文风等的探研,往往以四家为基点展开。然而关于这一概念的产生始末,尚鲜有完整清晰的梳理。事实上,虞、杨、范、揭是否足以代表元代诗歌的最高水准,并非向来公认无疑。流行的文学史教材便有如此表述:"他们的诗歌典型地体现出当时流行的文学观念和风尚,所以备受时人称誉。其实他们的创作成就并不高,不但不能与前代诗坛的大家相比,就是在元代诗坛上也并不一定是最优秀的诗人。"[1] "对元四家,历来不乏'为有元一代之极盛'的评价,这其实是从'风流儒雅'这一类正统美学趣味而言的。如果单论诗歌写作的精致,他们确实是元代最突出的,但要说由热烈的抒情而形成的诗中的生气,则四家的诗比较前期、后期均为逊色。我们只能说它是元诗发展过程中的一个重要环节,而无法给予太高的评价。"[2]

文学评价具有多元性,评选任一时期最优秀的作者作品,皆取决于接受者的个人观念、时代趣味等因素,不可能达成完全一致的公论。"元诗四大家"也应被视为某种特定语境下建构的一个文学史话语。因此,在对"四大家"及元代馆阁文学展开讨论之前,实须首先对这一称谓的生成过程、内在理据进行考察,才能为进一步研究打下可靠基础。本文即欲尝试对此做出初步探索。

一、追本溯源:虞集评语及其语境

不少论者指出,"四大家"的产生,乃源于大德、延祐间一批东南文人先后在京任职,形成的一个文学圈。追本溯源,虞、杨、范、揭作为一个整体的初登场,出自虞集的一则著名言谈。这则言谈的细节,文献记载存在一些歧异,需要稍加整理。

传世文本中,此事始见于后至元六年(1340)揭傒斯所作《范先生诗序》:

> 范先生者,讳梈……年三十余,辞家北游,卖卜燕市……已而为董中丞所知,召置馆下,命诸子弟皆受学焉,由是名动京师,遂荐为左卫教授,迁翰林院国史编修官。与浦城杨载仲弘、蜀郡虞伯生齐名,而余亦与之游。伯生尝评之曰:杨仲弘诗如百战健儿,范德机诗如唐临晋帖,以余为三日新妇,而自比汉庭老吏也。闻者皆大笑。[3]

本文收稿日期:2021年4月1日

虞集的四个四字评语,后被广泛转载,或有异文。如陆友《研北杂志》记云:"虞伯生学士评诗,谓杨仲弘如百战健儿,范德机似唐临晋帖,揭曼硕似三日新妇,而自谓汉法吏师。"[4]元明之际的陶宗仪《辍耕录》、孙道明《广客谈》等笔记小说记载更加详细,补充了言论发生的背景。《辍耕录》云:

> 虞伯生先生集、杨仲弘先生载同在京日,杨先生每言伯生不能作诗。虞先生载酒请问作诗之法。杨先生酒既酣,尽为倾倒。虞先生遂超悟其理,继有诗送袁伯长先生榆扈驾上都,以所作诗介他人质诸杨先生。先生曰:"此诗非虞伯生不能也。"或曰:"先生尝谓伯生不能作诗,何以有此?"曰:"伯生学问高,余曾授以作诗法,余莫能及。"又以诣赵魏公孟𫖯诗,中有"山连阁道晨留辇,野散周卢夜属櫜"之句,公曰:"美则美矣,若改'山'为'天','野'为'星',则尤美。"虞先生深服之。故国朝之诗,称虞、赵、杨、范、揭焉。范即德机先生椁,揭即曼硕先生傒斯也,尝有问于虞先生曰:"仲弘诗如何?"先生曰:"仲弘诗如百战健儿。""德机诗如何?"曰:"德机诗如唐临晋帖。""曼硕诗如何?"曰:"曼硕诗如美女簪花。""先生诗如何?"笑曰:"虞集乃汉廷老吏。"盖先生未免自负,公论以为然。[5]

《广客谈》与《辍耕录》的文本存在同源关系,所载大体相同,惟云:"国朝翰林文物全盛时,称虞、杨、范、揭为四家诗"[6],相比陶宗仪所述,去掉了赵孟𫖯。

另外,旧题范椁的元代诗法著作《木天禁语》云:"编修杨弘曰:五言短古,众贤皆不知来处,乃只是选诗结尾四句,所以含蓄无限,意自然悠长。此论惟赵松雪翁承旨深得之,次则豫章三日新妇晓得,清江知之,却不多用。"[7]其中"杨弘"盖即"杨仲弘"杨载,"豫章"即揭傒斯,"清江"即范椁。文中直接用"三日新妇"指称揭傒斯,可见这些评语在当时已是众所周知的代号。

到明代,这则故事继续传播,且衍生出新情节。较早且重要的一处是明初胡俨的《虞揭诗记》:

> 虞文靖公尝作《范德机诗序》有云:"当时中州人士谓清江范德机、浦城杨仲弘、豫章揭曼硕及集四人诗为四家。且以唐临晋帖喻范,百战健儿喻杨,三日新妇喻揭,而集为汉庭老吏。"序出,适揭公归省墓,见之,大不悦,遂往临川访虞公。既相见,言及兹事,且曰:"傒斯与公京师二十年,未尝蒙公一言及斯。何别后乃尔?"虞公曰:"诚有之,非集之言,中州人士之言也。非惟中州人士为然,亦天下之通论也。"揭公咈然,遂即席辞别,虞公坚留不得,竟驾小车而还。既别去数日,揭公乃以"天历年间秘阁开"四诗寄虞公,中有"奎章分署隔窗纱"、"学士诗成每自夸"之句,盖为虞公发也。公得诗,谓诸门人曰:"揭公此作甚佳,然才力竭已。"就以所寄诗题其后答云:"今日新妇老矣。"后因送人,有寄揭公云:"故人不肯宿山家,夜半驱车踏月华。寄语旁人休大笑,诗成端的向谁夸。"未几,揭公趣召至都,竟以疾卒。此得之陈维新云,维新,豫章才子也。[8]

此处所述与元人记载颇有不同。首先是故事的缘起有异:在《辍耕录》中,虞集评论的语境是一场主客问答;而在胡俨的叙述里,该评语是出自虞集的《范德机诗序》。此序别无文献可征,或已失传,但也可能是胡俨因揭傒斯有《范先生诗序》而产生了混淆。其次是多出揭傒斯不满、两人较劲的一段新情节。从揭序看,揭傒斯是把这段故事当作趣闻讲述的,并无明显不满情绪,因此这段后话的真实性值得怀疑,或许是从揭序中的"改评"所演绎出来的委谈。此外值得注意的是,胡俨提到,在虞集评论的时候,"四家"的名号已是"当时中州人士"的公论,虞集只是转述;而根据揭、陶等人记载,四评语乃虞集原创;其中区别是耐人寻味的。自胡俨以后,明清两代诗话著作,如《怀麓堂诗话》、《诗薮》、《豫章诗话》、《尧山堂外纪》、《菊坡丛话》、《元诗纪事》等,对此事持续抄载,陈陈相因,大都沿袭着胡俨的故事架构。

虞集的四条评语,是"四大家"称谓形成的原点,因此当考察此事发生的时间。排比四人仕履可以发现,他们在京城共事、交游的时段并不长。从大德末年起,杨载与范梈都曾客游大都。杨载先是被南台御史周驰荐举之京,"俄以母丧去"[9]。范梈则于大德十一年(1307)客京,在中丞董士选家做西席,其间也曾一度归乡[10]。两人后来进入翰林院的契机和主要任务是修纂《武宗实录》。皇庆元年(1312)六月,仁宗敕令平章政事李孟博选中外才学之士任职翰林;当年十月,翰林学士承旨玉连赤不花等便进呈了顺宗、成宗、武宗实录[11]。实录告竣后,"居无何",杨载即"调管领系官海船万户府照磨,兼提控案牍"[12]。范梈则继续担任翰林编修直至延祐元年(1314)满秩,出为海南海北道廉访司照磨[13]。在此期间,虞集一直在朝中任职,他从大德十一年起任国子助教,旋丁内艰;至大二年服阕,仍为国子助教;四年,转国子博士,次年以病免;皇庆二年复为国子博士;延祐元年改太常博士[14]。四人中进京最晚的是揭傒斯,他于皇庆元年至京,先在程钜夫家中教馆,后于延祐元年成为翰林编修,从此终身任职于翰林院、奎章阁等词官部门。

因此,虞、杨、范、揭四家齐名的时候,亦即虞集的评论最有可能发生之时,当以揭傒斯的入京时间为上限,以杨载、范梈的离京时间为下限,确定为皇庆初年到延祐初年(1312—1314)之间。在这不长的几年中,四人成为大都诗坛上风头最健的作者。而他们的共同身份,都是游宦大都的南方人。

南人北游是贯穿元代的重要文化现象,自至元二十三年程钜夫访贤后,历经成、武两朝的发展,到仁宗儒治时期,南士在大都的势力日渐成长,形成了客游者的社群。其中少数人获得荐举,有幸以文学侍从等身份进入朝廷。自世祖朝以来,省台长期斥南人不用,惟翰林、集贤两院及后来的奎章阁一直使用南官,这是元廷平衡族群关系,缓和南北矛盾的举措,客观上则为南士打开了方便之门。同时荐士本是翰林院的职权,亦是官场惯习,借由先进者的汲引,更多南士得以陆续晋用,如虞集荐举了吴澄、欧阳玄、陈旅,程钜夫荐举了揭傒斯。在江南人看来,这些馆阁官员自然是南方菁英士人的代表。客寓大都的南士社群内,无疑包含着文学圈子,其中不乏"东南文章巨工"和后起文坛新秀[15]。黄溍《揭公神道碑》云:"仁宗践祚之初……东南文章巨工若邓文肃公文原、袁文清公桷、蜀郡虞公集,咸萃于辇下,公与临江范梈、浦城杨载继至,以文墨议论与之相颉颃,而公名最为暴著。"[16]名士以文学与地缘为媒介,在大都结成紧密的联系,虞集与袁桷、杨载与范梈的友谊都是典型的例子。虞集说:"大德中,予始至京师。海宇混一之余,中外无事,中朝公卿、大夫士敦尚忠厚,雅好文学,四方名胜萃焉。四明袁公伯长在翰苑,最为相知。"[17]《道园学古录》开篇所收《别知赋》便状写了两人在大都惺惺相伴的情谊[18]。杨载与范梈也在大都定交,范梈曾回忆道:"大德间,余始得浦城杨君仲弘诗读之,恨不识其为人,及至京师,与余定交……皇庆初,仲弘与余同为史馆,会时有纂述事,每同舍下直,已而犹相与回翔留署,或至见月,月尽,继烛相语。"[19]实际上,在入仕前,杨载、范梈、揭傒斯等人已是大都诗人圈中的活跃分子,有不少旁证可以说明,如道士危功远(危素叔父)入都,携来道观图记求程钜夫、元明善等名公、名士题咏,三人亦预其列。危素后来追述道:"当此之时,国家承平,以文物相尚,名人巨公毕集辇下,虽一诗之出,必各极其所长,期于必传而后已。故范公与太史浦城杨公仲弘、豫章揭文安公之诗,皆作于布衣之时,其后虽为显人,今读其诗,亦非率尔而为者。"[20]虞集也曾回忆:"大德中,文章辈出,赫然鸣其治平。集所与游者亦众,而贫寒相望,发明斯事者,则浦城杨仲弘、江右范德机其人也。杨之合作,吴兴赵公最先知之。而德机之高古神妙,诸君子未有不许之者也。"[21]皇庆、延祐之际,杭州道士张雨随王寿衍入京觐圣,结识了袁桷、马祖常、虞集等一众翰林、集贤名公,尤与虞集托交甚契[22],短暂地融入了大都文士交际圈,刘基在其墓铭中又转述了一则轶事:

> 开元宫王真人入觐京师,引外史自副。时清江范德机方教授左卫,以能诗播于朝。外史造范,范适出,有诗集在几上,外史辄取笔书其后,为诗四韵。守者见则大怒,趋白范,范惊曰:"吾闻若人,不得见,今来,天畀我友也。"即自诣外史,结交而去。由是外史名震京城,一时贤士大夫若浦城杨仲弘、四明袁伯长、蜀郡虞伯生皆争与为友,愿留之京师。[23]

张雨通过范梈而诗名播于杨、袁、虞等人之耳,可见当其到来之时,这一诗人交际网已然形成。此后,诸人为馆阁登用,得以在一段时期内留居大都共事,于是诗歌活动亦因之移于馆阁。

二、虞杨范揭的早期经典化过程

虞、杨、范、揭起初本是仁宗年间大都诗坛上的唱和友朋,后逐渐演变为"元诗四大家",其演变之踪迹,在元代中后期的诗歌文献中可寻得若干线索。通常而言,一种文人并称成为固定话语,意味着社会上读者的普遍承认,这种承认又必当伴随着相关作品与言论的广泛流播。而从元代中后期开始,坊间书籍业便出现了这样的征兆。

首先,四家的别集、小集在南方被密集刻印。今所知元代坊刻本朝诗人别集,据学者调查统计仅得六种,其中即包括了后至元六年(1340)建安刘氏日新堂分别刊行的虞集《伯生诗续编》和揭傒斯《揭曼硕诗集》[24]。同一年,庐陵孙存吾益友书堂也刊刻了范梈的《范德机诗集》。另外孙存吾还以"如山家塾"的字号刊刻过虞集的《新编翰林珠玉》。孙氏为庐陵乡绅,曾任学正,也是虞集友人,故其刻书往往被视作私刻本。但是根据其活跃的出版行为,以及《皇元风雅前后集》这样的商业性出版物来看,其书堂应具有一定的书坊性质。除此之外,至正元年(1341)建安虞氏务本堂还刊刻了与四家关系密切的赵孟頫的《赵子昂诗集》。

这些书籍在刊布后风行一时,甚至很快便流传到了海外。日本五山时期翻刻的元人别集,今所知有12种,其中7种是僧人别集,余下5种分别为赵孟頫、虞集、范梈、揭傒斯、萨都剌五家。其中虞、范集皆翻自孙存吾刻本,赵、揭集也很可能翻自建阳本[25]。这些刻本所依据的底本盖为入元日僧所携回,而日僧们的选购标准,必然受到坊间时尚的影响。可以说,在后至元、至正初年的一个时段内，虞、揭、范三家及赵孟頫等人的诗歌都是书籍市场上的热点，江南民间出版业已逐渐抬出了一个诗坛名家的阵容，反映了江南读者对他们怀有特别高涨的兴趣。

其二，元代的本朝诗歌选本也对四家诗作青眼有加。自顺帝初年起，出现了数种以元代全体诗歌为评选对象的选本，今存者有苏天爵《元文类》（约元统二年编成，1334），傅习、孙存吾《皇元风雅》（后至元二年，1336），蒋易《皇元风雅》（后至元五年，1339）。易代以后，这种总结性的选本又陆续产生了多种，洪武年间即有《元音》（洪武十七年，1384）、《光岳英华》（洪武十九年，1388）、《乾坤清气集》（约洪武中）等。下表显示了各书评选的诗人诗作数量的排名情况：

	苏天爵《元文类》		傅习、孙存吾《皇元风雅前后集》		蒋易《皇元风雅》	
一	刘因	55	陈野云	34	赵孟頫	95
二	赵孟頫	42	赵孟頫	34	杨载	66
三	虞集	37	范梈	30	杨奂	62
四	马祖常	31	杨载	28	范梈	61
五	杨奂	25	虞集	26	王士熙	57
六	宋本	14	揭傒斯	25	揭傒斯	55
七	王士熙	13	黄清老	20	黄清老	50
八	安熙	12	滕斌	20	虞集	47
九	李材	11	欧阳玄	19	揭祐民	39
十	陈孚	10	吴师道	19	彭炳	39
二十	范梈	4				
二四	杨载	3				
二九	揭傒斯	2				

	孙原理《元音》		许中麓《光岳英华》		偶桓《乾坤清气集》	
一	虞集	115	虞集	84	虞集	37
二	赵孟頫	69	张翥	39	杨维桢	32
三	张翥	47	释来复	38	揭傒斯	31
四	范梈	46	赵孟頫	29	李孝光	27
五	傅若金	45	傅若金	27	张翥	27
六	成廷珪	44	揭傒斯	21	郭翼	26
七	揭傒斯	42	杨载	21	杨载	24
八	杨载	42	范梈	20	范梈	23
九	陈旅	40	黄溍	19	傅若金	23
十	杨维桢	27	李隼	14	陈旅	20

选家对诗人、作品的取舍,受到编者搜集文献的能力、地域人际关系网、文学时尚等主客观因素限制。例如苏天爵出身真定,师承静修学派之学统文统,故《元文类》的选诗显然偏重中州诗人,其业师安熙、师祖刘因皆入选较多。而南方选本中,傅习、孙存吾的《皇元风雅》偏重江西诗人,蒋易《皇元风雅》则偏重福建诗人,都显示了地域倾向。并且,坊间选本多有旋得旋刊,持续出版的特性,编选条例未必十分严谨划一。但即便考虑到这些因素,仍可大致看出,从后至元年间起,四家诗歌在南方坊间选本里总是稳居前列的。

其三,题名四家的诗文评著作也在此时期大量出现。张健《元代诗法校考》收集的现存元代诗法、诗格类著作中,题名为四家者便包括虞集《虞侍书诗法》、杨载《诗法家数》、范梈《木天禁语》、《诗学禁脔》、《说诗要指》及揭傒斯《诗法正宗》等。值得注意的是,除了这几部作品外,其他诗法如卢挚、黄清老、陈绎曾等人的著作,大多文献可征,曾被同时代文人提及。而题名四家的以上诗法,几乎都没有明确可靠的作者证据,普遍被怀疑为托名伪作[26],惟有范梈的几种诗论可能与弟子杨中、傅若金等人有关[27]。无论如何,此类作品属于面向大众读者的诗歌教本,它们的涌现本身即说明四家在社会上业已拥有相当的号召力,足以成为鬻贩的招牌。另一方面,这些诗法的内容也对四家诗不吝赞美,推波助澜。如《诗法源流》一篇,以一位"尝亲承范先生之教"者的口吻讲述,其中谈道:

> 本朝有亘古所无之混一,故有亘古所无之气运。一时文人,如刘静修、吴草庐、姚牧庵、卢疏斋、元复初、赵子昂诸先达,固以名世矣。大德中,有临江德机范先生,独能以清拔之才,卓异之识,始专师李、杜,以上溯《三百篇》。其在京师也,与伯生虞公、仲弘杨公、曼硕揭公诸先生,倡明雅道,以追古人。由是而诗学丕变,范先生之功为多。曼硕揭公语人曰:"近年诗流善评论者,无如刘会孟;能赋者,仅见范德机。"豫章熊雪峤谓余曰:"范公诗如绝色妇人,净洗脂粉,与人斗妍,故无有及者。"渝川周静之谓余曰:"范公践履不愧古人,故其词翰亦不愧古人。要皆自胸中流出,不可强学而能也。"是可以观公论矣。[28]

在这一叙述中,虞、杨、范、揭已被置于元代诗史的核心地位[29],又因家法渊源的关系而格外强调范梈。《诗法源流》除述范梈诗论外,在论长篇古体时,分别引用了四家诗各一首作为范例。此外还有一种题为《当代名公雅论》的诗法著作,辑录了四家及李仲元、马祖常的论诗语。实际上,虞、杨、范、揭四人虽然享有时名,但他们关于诗歌的评论仅散见于序跋等文体,缺乏系统性(范、杨两人无文集传世,此类言论更为稀见),而通过这些来源可疑的诗法书籍的塑造,他们便不再只是著名诗人,而且无一例外都成为了重要的诗论家。

除诗法外,四家还与一些诗歌选本的编纂存在关联。虞集的名字作为"校选者"被挂在《皇元风雅》、《唐音》等选集上,而从序文看,他大概只是应命"题辞"而未必做了多少实际的校选工作,但也不排除对编选方针提出过某些意见。有学者如钱大昕等乃至于认为这些只是"假道园名以传"的伪作[30]。然而这在当时的南方书业内并非孤例。江西人周霆震观察到:"近时谈者尚异,糠粃前闻,或冠以虞邵庵之序而名《唐音》,有所谓'始音'、'正音'、'遗响'者,孟郊、贾岛、姚合、李贺诸家,悉在所黜;或托范德机之名选《少陵集》,止取三百十一篇,以求合于夫子删诗之数。一唱群和,梓本散行,贤不肖靡然师宗,以为圣人复起,殆不可易。"[31]至今尚存题名"范德机批选"的《杜工部诗》与《李翰林诗》,有元末刻本,前者并冠有托名虞集的序文[32]。明代又出现了所谓《杜律虞注》、虞集评点《杜工部诗》、《文选心诀》等作品。这些选本自然都是坊间产物,不过它们传达出的尊崇盛唐的诗歌观念,确与虞集等人所代表的馆阁诗风有着渊源关系。

以上这些作品的成书时间,可确知者惟有后至元二年(1336)的《皇元风雅》与至正四年(1344)的《唐音》。而今所见元代诗法,大多是经过明人重编的版本,唯一早于明代的是日本延文四年(1359)翻刻的《诗法源流》,其中包含了题名杨载的《诗解》。考虑到中日之间文献传播约有二十年的时间差[33],逆推上去,则其底本或问世于后至元末到至正初年,也正是坊刻四家别集的高潮时期。另外,如果杨中、傅若金传范梈诗论的说法可信,那么傅若金的卒年即至正二年(1342)也是一个可供参考的时间点。

通过对坊刻别集、选本、诗法的考察,可以发现顺帝前期似乎是一个重要的节点。此时,虞、杨、范、揭开始进入经典化的轨道,在民间逐渐确立了超越群伦的、本朝第一流诗人的地位。读者对四家诗给予最高认可,并以之为模范进行学习,如王逢所观察到的,"近代自虞文靖公近体诗行,天下霱然争效,竞袭恐后"[34]。于是"四大家"作为整体称谓的出现,便是顺理成章的事了。从至正年间到明代初年,诗坛上这样的言论渐趋清晰:至正七年张雨说:"东南士林之语曰:'前有虞、范,后有李、杨。'"[35]至正二十年左右,福建诗人蓝智已有"虞杨范揭名当代"的诗句[36]。至正末年,释来复叙述本朝诗史时说道:"逮及于元,静修刘公复倡古作,一变浮靡之习,子昂赵公起而和之,格律高深,视唐无愧。至若德机范公之清淳,仲弘杨公之雅赡,伯生虞公之雄逸,曼硕揭公之森严,更倡叠和于延祐、天历中,足以鼓舞学者,而风厉天下,其亦盛矣哉。"[37]贝琼亦云:"有元混一天下,一时鸿生硕士若刘、杨、虞、范出,而鸣国家之盛。"[38]可见,文人们对本朝诗歌大家的称引虽然仍不完全一致,但虞、杨、范、揭的地位,已经比较稳定突出。前引《辍耕录》与《广客谈》的文本,约产生于元明之际的同一时期,而前者称"国朝之诗,称虞、赵、杨、范、揭",后者称"虞、杨、范、揭为四家诗",则已明确提到"四家"一词。两则材料同一记述中的微妙差异,恰显示了从"虞、杨、范、揭"的并称到"四家"的合称的重要一步。

进入明代,伴随着人们对元代诗歌史的盖棺论定,"四大家"的地位愈加稳固,往往被执为话柄。木讷《归田诗话序》以诗史的视角写道:"余观历代工诗者,在汉、魏、晋则有曹、刘、陶、谢辈,在唐则有李、杜、柳、岑辈,在宋则有欧、苏、黄、陈辈,在元则有虞、杨、揭、范辈。诸贤诗刊行久,固足以为后学法矣。"[39]而瞿佑在书中记述四明王叔载之言也道:"元朝诸人诗,虽以范杨虞揭并称,然光芒变化,诸体咸备,当推道园。"[40]是在四家并称的前提下又有轩轾。同一时期,镏绩《霏雪录》在论范梈时也提及"世以虞杨揭范并称"[41]。朱权《西江诗法》论元诗云:"至元时,有四君子体(虞杨范揭也),马伯庸效西昆体,萨天锡工温李体,自赵子昂、欧阳玄而下诸公多鸣元之盛者,例谓之元朝体。"[42]"四君子"显然处于首要的位置,而将四人称为一"体",实际上是为了与前文一致而强名之的说法[43]。总之,至永乐、宣德年间,即瞿佑、镏绩、朱权等人著书的时代,四大家作为一个稳定概念,占据有元一代诗歌冠冕的地位,已经成为常识。此后明人谈元诗,亦多以四家为基点,如明中期都穆《南濠诗话》云:"元诗称大家,必曰虞杨范揭"[44]云云,此类言谈颇多,毋须缕举。

综上所述,"元诗四大家"概念的成立经历了几个主要时间节点:肇端于仁宗初年,因虞集的评语而并称;顺帝前期,四家初步显现经典化的趋势;元明之际,演化为"四大家"的固定称谓,遂成为有元一代诗歌最高成就的代表。

三、元人对馆阁诗的推崇:"四家"产生的思想背景

虞、杨、范、揭所以能成为元诗冠冕,固然因其创作和诗论上的成绩,对此学者已有充分阐述[45],本文则欲从时势角度进行若干补论。概言之,"四大家"代表的是元代馆阁诗人群体,故而从思想背景与文化心理上看,他们能够获致如此地位,实有赖于元人对馆阁文学的整体推崇。馆阁文学以雅正为特质,常被视为元朝正统文学的主流。这一价值取向及相关文论话语的来源,主要是以政教为核心的文学本体论,它既可追溯到源远流长的文学传统,也在元朝这一特定时期的士人阶层内普遍流行。

元代不少读书人皆抱有庙堂与山林文学对立的两分观,且两者存在等级之分。此类观念古已有之,如北宋吴处厚说文章分两等:"有山林草野之文,有朝廷台阁之文。山林草野之文,则其气枯槁而憔悴,乃道不得行、著书立言者之所尚也;朝廷台阁之文,则其气温润丰缛,乃得位于时、演纶视草者之所尚也。"[46]即是一个经典的表述。元人承此绪论者亦复不少,如元末戴良总结本朝诗坛图景云:

> 我朝舆地之广,旷古所未有,学士大夫乘其雄浑之气以为诗者,固未易一二数。然自姚卢刘赵诸先达以来,若范公德机、虞公伯生、揭公曼硕、杨公仲弘以及马公伯庸、萨公天锡、余公廷心,皆其卓卓然者也。至于岩穴之隐人、江湖之羁客,殆又不可以数计。盖方是时,祖宗以深仁厚德,涵养天下垂五六十年之久,而戴白之老、垂髫之童相与欢呼鼓舞于闾巷间,熙熙然有非汉唐宋之所可及。故一时作者悉皆馨淳茹和,以鸣太平之盛治。其格调固拟诸汉唐,理趣固资诸宋氏。至于陈政之大,施教之远,则能优入乎周德之未衰,盖至是而本朝之盛极矣。继此而后,以诗名世者,犹累累焉。语其为体,固有山林馆阁之不同,然皆本之性情之正,基之德泽之深,流风遗俗班班而在。刘禹锡谓八音与政通,文章与时高下,岂不信然欤?[47]

戴良举出的姚、卢、刘、赵及"四大家"等人,与岩穴江湖诗人为相对范畴,两者虽然"皆本之性情之正",但全文更加强调的显然是"鸣太平之盛治"的一类,指名列举的皆是馆阁诗人,山林诗人仅作为辅翼存在。张以宁也以为:"声由人心生,协于音而最精者为诗。缙绅于台合而诗者,其神腴,其气缛;布韦于草泽而诗者,其神槁,其气凉。"[48]庙堂、山林的气质差异可谓是时人共识,而在野文人也多以馆阁文学为审美标准。黄溍曾提到:"予闻昔人论文,有朝廷台阁、山林草野之分。所处不同,则所施亦异。夫二者,岂有优劣哉?今四方学者,第见尊官显人摛章缋句,婉美丰缛,遂悉意慕效之。"[49]这种慕效绝不仅是风格趣味上的喜好,实际上反映着社会心理,即文学权力位势差下的自然选择。

对"治世之音"的推崇也是元代通行的文学观念。"文章与时相高下"是儒家诗教的一般思想,推而极之者则认为,文章成就不是个人才性、努力的结果,而是世运的产物,如欧阳

修评价李白杜甫:"二物非能致太平,须时太平然后生。"[50]元代文章巨公亦多持此论,如黄溍说:"盖人才之生,必于兴运,其以文事与时而奋,恒在乎重熙累洽之余。"[51]杨维祯:"文章非一人技也,大而缘乎世运之隆污,次而关乎家德之醇疵。当世运之隆,文从而隆;家德之醇,文从而醇。"[52]此种思想所派生的论调之一,是对衰世文学的轻视。元人在颂扬本朝文学时,常将宋金季世文风立为反面。如杨维祯说:"诗之弊,至宋末而极。我朝诗人往往造盛唐之选,不极乎晋魏汉楚不止也……此岂人性之有异哉?世运否泰之异耳。"[53]相对于宋金的不振,大元盛世之下理应出现治世之音。欧阳玄《潜溪后集序》便是此类言论的典型:

> 三代而下,文章唯西京为盛。逮及东都,其气寖衰。至李唐复盛,盛极又衰。宋有天下百年,始渐复于古。南渡以还,为士者以从焉无根之学,而荒思于科试间,有稍自振拔者,亦多诞幻卑冗,不足以名家,其衰又益甚矣。我元龙兴,以浑厚之气变之,而至文生焉。中统、至元之文庞以蔚,元贞、大德之文畅而腴,至大、延祐之文丽而贞,泰定、天历之文赡以雄。涵育既久,日富月繁,上而日星之昭晰,下而山川之流峙,皆归诸粲然之文,意将超宋、唐而至西京矣。[54]

庞蔚、畅腴、丽贞、赡雄都是同义词,欧阳玄此处并不是在论列元代文章的发展阶段,而是将元代文章与前代相比较,以显示超越唐宋、追步西京的气象,本质上是在竭力宣扬元朝的国力,在其观念中,文运与国运是完全同一的。"四大家"的出现也具有类似的意义。至正八年杨维祯说:"我朝词人,能变宋季之陋者,称仲弘为首,而范、虞次之。"[55]洪武初年《元史》沿用了这一说法,称杨载"一洗宋季之陋"[56],以官方态度肯定了其作为一代诗坛风会转捩的关键地位。

盛世的极致,亦即元代文学的巅峰,则是延祐、天历时代,正是"四大家"所活跃的时间跨度("更倡叠和于延祐、天历中")。具体而言,"延祐"(代指仁宗朝)是四家共同经历的,"天历"(代指文宗朝)则是虞、揭二人大放光彩的时期,正是天历、至顺年间奎章阁内的令人瞩目的君臣文艺互动,才使得虞、揭的声名达到巅峰,从而也使"四家"的地位更趋稳固。元代文人眼中的盛世往往不是武功极盛的太祖、世祖之世,而是儒者最受重用的仁宗、文宗之世。许多人认为,这一时期的诗文摆脱了末世的衰气,形成了大元气象。如陈基说元朝的文章凡经三变,一变于中统、至元,"风气开辟,车书混同,缙绅作者,与时更始",其文充实有余;二变于延祐,"继体之君虚己右文",于是学士大夫铺张人文,盛极古今;三变于天历之际,作者中兴,"摆落凡近,宪章往哲,缉熙皇坟,光并日月,登歌清庙,气陵《骚》、《雅》,由是和平之音大振,忠厚之璞复还。其用力也如蔺相如抗身秦廷,全璧归赵。"[57]在其看来,元朝文章在天历之际完成了它的历史使命,使符合儒家审美理想的和平、忠厚之音重见于世。以延祐、天历为元代文学高潮在当时几乎是共识,如苏天爵认为,元朝国初犹有金、宋余习,文辞粗豪衰苶,延祐以来,由于虞集、马祖常等人的倡导,"雅正之音鸣于时,士皆转相效慕,而文章之习今独为盛焉。"[58]欧阳玄说:"我元延祐以来,弥文日盛,京师诸名公咸宗魏晋唐,一去金宋季世之弊,而趋于雅正,诗丕变而近于古。"所谓雅正,便是"诗不轻儇则日进于雅,不镂薄则日造于正,诗雅且正,治世之音也,太平之符也。"[59]林泉生也说"文章与世道升降",元初之文朴质雄古,"皇庆延祐以下益以醇正,典雅相尚,蔼乎治世之音,非近代所能及也"[60]。到明清两代,这样的说法被当作常识继承下来,例如顾嗣立所谓"虞、杨、范、揭一时并起,至治天历之盛,实开于大德延祐之间"云云[61],是屡被称引的评论。

元人对馆阁文学的尊崇还隐含着大一统的观念。在元人看来,大一统时代的诗文理应优于分裂时代。此思想至少可以溯源至刘禹锡所谓"八音与政通,而文章与时高下……夫政庞而土裂,三光五岳之气分,大音不完,故必混一而后大振"[62]。三光五岳之气意指国土的完整,它与时代文气存在神秘感应关系。而元朝正是结束了南北分裂而以国土广袤见称的时代。刘基便曾断言元代诗文"皆可垂后者,由其土宇之最广也。"[63]陈旅《国朝文类序》也阐述道:

> 先民有言曰:"三光五岳之气分,大音不完,必混一而后大振。"美哉乎其言之也。昔者,北南断裂之余,非无能言之人驰骋于一时,顾往往固于是气之衰,其言荒粗萎冗,无足起发人意。其中有若不为是气所围者,则振古之豪桀非可以世论也。我国家奄有六合,自古称混一者,未有如今日之无所不一,则天地气运之盛,无有盛于今日者矣。建国以来,列圣继作,以忠厚之泽涵育万物,鸿生儁老,出于其间,作为文章,庞蔚光壮。前世陋靡之风于是乎尽变矣。孰谓斯文之兴不有关于天地国家者乎?[64]

此种观念还延伸到俗文学领域。吉安人萧次膺主张散曲创作应放弃南方语音而学习中原话,其理据追溯及南齐沈约制韵,取所生吴兴之音为准,而"南宋都杭,吴兴与切邻,故其戏文如《乐昌分镜》等类,唱念呼吸,皆如约韵。昔陈之《后庭花》韵,未必无此声也,总亡国之音,奚足为明世法!惟我圣朝兴自北方,五十余年,言语之间,必以中原之音为正。鼓舞歌颂,治世之音,始于太保刘公、牧庵姚公、疏斋卢公辈,自成一家"。"予生当混一之盛时,耻为亡国搬戏之呼吸,以中原为则,而又取四海同音而编之,实天下之公论也。"[65]萧氏在此鲜明地表达了一种文化大一统的倾向,以至认为南戏是亡国之音,北曲才是足以匹配大一统时代的"四海同音",其主泉则是刘秉忠、姚燧、卢挚等馆阁名公。

因此,偏安朝廷的文化自然应被革除。金、宋文学各有偏弊,欧阳玄说:"宋之习近骫骸,金之习尚号呼,南北混一之初,犹或守其故习",元朝前期的诗歌,是从分裂走向一统的过渡形态,直到元朝中叶的文治时期,符合新朝气象的诗歌才形成,"至元间,山林遗老闲暇抒思之咏,一二搢绅大夫以其和平之气弄翰自娱,于是著论源委,益陋旧尚。近时学者于诗,无作则已,作则五言必归黄初、歌行、乐府、七言蕲至盛唐。"[66]欧阳玄构建的这个诗学演进过程正是南北文化整合的过程,也与南方士人逐渐认同并参与元代国家体系的历程同步。分裂时代的文学在大一统时代已显得不合时宜,在积极参政的士人看来,此时应该有一种统一的、与时代相称的诗风文风。要建设新时代的文学,"刮除近代南北文士习气"则成为必要的进路[67]。杨维祯评价杨载、范梈、虞集的诗"能变宋季之陋",便是在此种观念下做出的判断。而大都、馆阁作为南北人物交融之地,也就自然被视为"大元气象"的生成之所。

庙堂文学与山林文学的等级差异、"文章与时相高下"的信念、大一统文学的优越感,皆植根于正统政教色彩浓厚的诗歌本体论。在这些文学思想作用下,馆阁文学牢牢占据了元代中期的文坛话语权。虞、杨、范、揭四人正是以其馆阁诗人的身份,受到当世读者的特别重视,进而渐进地登上了"四大家"的宝座。

四、从馆阁诗人群内脱颖而出的"四大家"

馆阁文学既被元人标举为正音,元诗的最高代表属于馆阁诗人则几乎成为必然的结果。不过,元代馆阁官员人数众多,其中能诗者亦不少,虞、杨、范、揭能够从中脱颖而出,压倒群侪,亦当别有因缘。本文认为有两方面的因素或许值得考虑,其一是他们的族群身份,其二则是偶然性的缘故。

显而易见,虞、杨、范、揭都是南方诗人。宋濂曾说:"有元盛时,荆楚之士以文章名天下者,曰虞文靖公集、欧阳文公玄、范文白公梈、揭文安公傒斯,海内咸以姓称之而不敢名。"[68]此"荆楚"为南方代称,可见时人对这些馆阁名公的族群/地域身份有着清楚的认知。与"元诗四家"相对的还有"儒林四杰"即"虞揭黄柳",偏重于文章领域,也都是南人馆臣。在元朝中叶以降的文学史表述里,南人馆臣仿佛声势隆盛,名家众多,北方馆臣虽然拥有马祖常、元明善、苏天爵、宋本等名家,总体声势却不敌南人,这与馆阁内南北人的比例其实并不相称。袁桷曾说:"朝廷清望官曰翰林,曰国子监,职诰令,授经籍,必遴选焉始命,独东平之士什居六七……桷向为翰林属,所与交多东平,他郡仅二三焉,若南士则犹夫稀米矣。"[69]然则南士馆臣以稀米之数,却能在文坛上取得如此地位,洵为奇迹。此中固然有赖文士之造化,但决定话语形成的关键似应在于外部舆论场的动态。合理的解释毋宁是,这些关于文学史的说法,大体皆属于一种"南方话语",它们主要在江南言论场中流传,其始作俑者、传播者都是南人。上文所述馆阁文臣的诗文集、挂名的诗法著作大都是在江南出版的。而我们今天所见的元人关于本朝文学的总结,大多数也无疑出自南人之手。

元人评述本朝诗家时,常有不自觉的南北畛域意识,如戴良《皇元风雅序》所列:"自姚、卢、刘、赵诸先达以来,若范公德机、虞公伯生、揭公曼硕、杨公仲弘以及马公伯庸、萨公天锡、余公廷心……"[70]其中举出的诗人,显然分为南、北两支,而南人的代表便是四大家。又如刘基云:"元承宋统,子孙相传仅逾百载,而有刘、许、姚、吴、虞、黄、范、揭之俦,有诗有文。"[71]亦以南北分为两组。如前所述,仅就顺帝初年同一时期的选本而言,北方汉人、馆阁名臣苏天爵,与江南布衣文人傅习、蒋易等人,即表现出了迥异的评判眼光。

元代南方读者对南方诗人无疑更为关切,就中更含有特定政治处境下的特殊心态。元朝统治集团长期存在"内北人而外南人"的政治文化,"以至深闭固拒,曲为防护"[72],核心政权机构排斥南人,科举制度也仅为摆设。但是,接受儒家教育熏陶,并习惯于宋朝"与士大夫治天下"政治传统的南方士人,犹怀有齐家治国、得君行道的理想。于是,有元一朝南人北游的风气长盛不衰,如傅若金所说:"士者,身不至京师,不足于昌其道。"[73]赵孟頫入京时曾写道:"半生落魄江湖上,今日钧天一梦同。"[74]杨载到京师时也有"柳梢听得黄鹂语,此是春来第一声"[75]这样雄心勃勃的诗句,皆直陈其入仕的兴奋与高度的自我期许。科举重开后,南士大受鼓舞,如揭傒斯不无夸张地说:"自科举废,而天下学士大夫之子弟不为农则为工为商,自科举复,而天下武臣氓隶之子弟皆为士为儒。"[76]元代南士群体对于朝廷政治始终抱有热衷与渴望,因此,有幸执役馆阁的南方文士自然成为江南士林关注的焦点,他们身上所承载的光环当较北人馆臣更为醒目。

若干材料可以说明，当时的南方人确实是与"四大家"相关的文献的主要传播者，其中包括四人的门生弟子、乡党后学等。孙道明《广客谈》所辑虞集评语故事，乃松江钱应庚记录，钱氏云："仆平日颇好学诗，才浅识陋。又生长海隅，不获亲炙馆合诸老听讲明发扬，而技止此，每以为叹。往年客云西曹隐君，一日有虞先生门人下顾酒边谈及二事，因追笔于此，以奉一笑。"[77] 可见，是虞集的门人将这一逸闻传播到了松江，钱应庚、曹知白、孙道明、陶宗仪等松江士人才将之记录于书。胡俨《虞揭诗记》所叙情节，也是从"豫章才子陈维新"得来。四大家中除杨载以外有三位是江西人，都可算是陈维新的同乡，也不排除有师生关系。而范梈的弟子杨中、傅若金保存了其师的作品及诗论，已如前述。傅若金也是元代江西重要的作者，其诗集得到了范、揭、虞三家分别序引，堪称江西后劲（惟因短寿，卒年比虞、揭更早）。这些材料似乎表明江西文人在"四大家"成立的过程中起到了重要作用。虽然证据尚嫌不足，但可相对照的是，"儒林四杰"一说的出台，就与婺州士人的煽扬密切相关[78]。类似地，也许可以合理推测，元诗四大家的话语生成与虞、范、揭三家的门人后生有关，最初或许是从江西文人圈内开始流传。

南方读者出于地缘因素，论诗偏向南方馆阁诗人，对于马祖常、元明善、宋本、宋褧等著名北方馆阁诗人的关注也就相对较弱，故自后世观之，元代诗坛遂有北轻南重之局。然而，馆阁当中南臣亦复不少，四大家最终能够突出重围，还应有更直接的原因。这个原因盖即虞集的评语。虞集是有元一代馆阁中最成功的南人，拥有极高威望，同时这则评语非常具有趣味性，故不胫而走，被广泛转载，引为谈助。在流布过程中，评语的原始语境逐渐淡化，而"四家"的名号愈发凸显。实际上，即便只作为馆阁诗的代表，四家并称也存在显著的缺陷。范梈、杨载两人在翰林院任职时间很短，诗中台阁气味也较淡，在儒林中的影响力亦远逊于虞集与揭傒斯。如杨镰说，元诗四大家可以分为两组，"年辈略大的杨载、范梈都是'纯粹'的诗人，只有诗集传世，都没有活到六十岁，同时在馆阁任职的时间不长；而虞集、揭傒斯的年寿高得多，除了诗，文章也颇为着意，著述并不单一。同时，虞集与揭傒斯从政也更具成功感。"[79] 虞、揭卒后，都获得赐谥、追封郡公，范、杨则沉沦下僚，不得志以终，范梈晚年犹"清苦自持，家徒四壁"[80]。仅就诗歌风格与造诣而言，后世也不乏对"四大家"并称的质疑，如近代学者王礼培说："虞伯生、杨仲弘、揭曼硕、范德机，号称四家，亦称虞、杨、赵、范、揭为五家，加入赵孟頫也。均之流俗之评品，祗觉其不伦。伯生独立元代，主持风雅……余子无可倚其门墙者。""杨仲弘功力不厚，时露肤庸，非伯生之匹。揭曼硕比之于三日新妇，而自命汉庭老吏。然曼硕选句，亦伤矜。顾其禁籞台阁之作，尤多空响，人方以百战健儿称之，实则幽并慷慨之音，呼号满纸，其于天趣天韵，失之远矣。范德机歌行有格调，亦能放纵自如，但欠精卓功夫。总之，揭、杨、范三家之学古，学其格调之似而已，不能深造自得，庄生谓之'吾丧我'。不若道园力量博大，不徒在声音笑貌之迹，吾故曰三家未可比肩也。"[81]

"四大家"以虞集评语为基准，评语以外诗人便都成为了遗珠。仁宗年间，大都馆阁文学圈内的南士还有赵孟頫、袁桷、邓文原、张伯淳、贡奎、陈孚等人；此后进入馆阁的，则有柳贯、黄溍、胡助、欧阳玄、贡师泰、周伯琦、黄清老等人。且不论其各自的诗歌成就究竟如何，他们最终都因未被提及而失去了与"四大家"并称的机会。事实上赵孟頫、黄清老等人在元人选本中的被选数量也相当可观，甚至超过四家，足以说明他们在当世的诗名。特别是赵孟頫，在不少元人笔下，常与四家并置，且因其身为前辈，往往排在四家之前，隐然拥有更高地位。例如选《皇元风雅》的蒋易，在至正二十七年的一篇诗序中即提到："至大、皇庆以来，若吴兴赵子昂、浦城杨仲弘、清江范德机、蜀郡虞伯生、豫章揭曼硕诸作，沨沨乎，洋洋乎，雄深雅丽，翕然有开元、大历音韵。"[82]元明之际著名的雅集班头徐达左，在为张雨集作序时也说："当是时，以诗文鸣世者，若赵松雪、虞道园、范德机、杨仲弘诸君子，以英玮之姿，凌跨一代，谐鸣于馆阁之上，而流风余韵播诸丘壑之间。"[83]但是，自从"元诗四大家"说法定型以来，赵孟頫在诗史上的地位遂显著下降，后世多仅将其视为四大家之前的先导性人物。如胡应麟《诗薮》云："元人先达者无如元好问、赵子昂。元，金遗老；赵，宋宗枝也。元体备格卑，赵词雅调弱，成都诸子乃一振之。伯生典而实，仲弘整而健，德机刻而峭，曼硕丽而新。"[84]顾嗣立把赵孟頫当作元代南方诗坛的第一位大家，下启邓文原、袁桷与"四家"的高潮[85]。王礼培也称"赵孟頫有开物之功，实元代作者之先声"云云[86]。总体而言，赵孟頫的诗歌在后代获得的知音无疑比四家较少，文名更为书画所掩，于是乃有钱锺书"画第一，书次之，诗文尚未堪语于斯"的著名评价[87]。

小　结

如上所述，"元诗四大家"之说渊源于仁宗初年虞集的一时谑语，所指的是当时的一批馆阁诗人，并非整个元代的馆阁诗人，更不是整个元代的诗人。然而，以此为契机，虞、杨、范、揭四家在元代中后期开始逐渐被经典化，经过言论、作品、选本等口头与印刷媒介的反复确认，在元明之际形成了较为固定的"元诗四大家"称谓，这一过程大约历经了四五十年。以"四家"作为有元一代诗歌的最高代表，是文学史上一个有趣的错位。这个错位的造成，与南方士人社会中的文化心理与文坛权力关系有关。四大家代表了延祐儒治到天历文治之间的馆阁诗坛，其地位的建立，是馆阁诗人群主导了诗坛话语的结果。而他们从馆阁诗人中脱颖而出，则体现了南方文人、读者的特殊心态，和名人轶事传播的效应。"四大家"之名在元代的成立，是一个显示文学场中建构与筛选的典型案例，同时也说明，文学的经典化通常因应着时势的必然性，同时却也可能为特定情境下的偶然因素所左右。

注　释：

* 本文为河北师范大学人文社会科学研究基金项目"元代江浙文学群体生态研究"（S20B005）成果。

[1] 袁行霈主编《中国文学史》第三卷，高等教育出版社2003年版，第395页。

[2] 章培恒、骆玉明《中国文学史》，复旦大学出版社2004年版，下册第101页。

[3] 揭傒斯《范先生诗序》，李梦生标校《揭傒斯全集》文集卷三，上海古籍出版社1985年版，第287—288页。

[4] 陆友《研北杂志》卷下，明项德棻宛委堂刻本，第26a叶。

[5] 陶宗仪《南村辍耕录》卷四《论诗》，中华书局1959年版，第50页。

[6][77] 转引自张良《广客谈校注稿》，载沈乃文主编《版本目录学研究（第十一辑）》，国家图书馆出版社2020年版，第149—188页。

[7] 张健《元代诗法校考》，北京大学出版社2001年版，第161页。

〔8〕 胡俨《虞揭诗记》，程敏政《明文衡》卷五五，四部丛刊景明本，第11b—12a叶。

〔9〕〔12〕 黄溍《杨仲弘墓志铭》，王颋点校《黄溍全集》，天津古籍出版社2008年版，第476页。

〔10〕 吴澄《素轩说》云范梈自京师归，携皮溍入京（《吴文正公集》卷四，元人文集珍本丛刊影印成化二十年抚州刻本，新文丰出版公司1985年版，第116—117页）。按吴当、危素《吴文正公年谱》，大德十一年六月至十月，吴澄在皮溍家。袁桷《送范德机序》亦载："临江范德机，游于兹三年矣……慨然南归。"杨亮《袁桷集校注》，中华书局2012年版，第1163页。

〔11〕 宋濂等《元史》卷二四《仁宗纪一》，中华书局1976年版，第552—554页。

〔13〕 参见利煌《范梈的生平与交游》，暨南大学2006年硕士论文，第9页。

〔14〕 罗鹭《虞集年谱》，凤凰出版社2010年版，第35—48页。

〔15〕〔51〕 辛梦霞女史以"元诗四大家"等人为例，对仁宗朝大都文人集团的交游和诗文活动有所描述，见氏著《元前期大都文坛诗文活动考论》，花木兰文化出版社2012年版，第239—290页。

〔16〕〔51〕 黄溍《翰林侍讲学士中奉大夫知制诰同修国史同知经筵事追封豫章郡公谥文安揭公神道碑》，王颋点校《黄溍全集》，第682—683页。

〔17〕 虞集《为从子旦题所藏予昔年在京写冬窝赋手卷后》，王颋点校《虞集全集》，第451页。

〔18〕 虞集《别知赋送袁伯长》，王颋点校《虞集全集》，第275页。

〔19〕 范梈《杨仲弘诗序》，杨载《翰林杨仲弘诗》卷首，四部丛刊景嘉靖本，第4a叶。

〔20〕 危素《先天观诗序》，《危太朴文集》卷十，元人文集珍本丛刊影印嘉业堂刊本，新文丰出版公司1985年版，第469页。

〔21〕 虞集《傅与砺诗集序》，傅若金《傅与砺诗集》卷首，嘉业堂丛书本，第3b叶。

〔22〕 陶宗仪《南村辍耕录》卷九《漱芳亭》，第115页。其中所载京都名公还有谢端、吴善等。按张雨入京，乃皇庆二年至延祐元年春事，而谢端为延祐五年进士，似不应与此。

〔23〕 刘基《句曲外史张伯雨墓志铭》，彭万隆校点《张雨集》，浙江古籍出版社2015年版，第618—619页。按文中称范梈时任左卫教授，此官职在《范亨父墓志铭》中失载。

〔24〕 参见罗鹭《元人诗集的刊行途径及其文学意义》，《古典文献研究》第二十三辑上卷，凤凰出版社2020年版，第97—113页。

〔25〕 罗鹭《五山时代前期的元日文学交流》，《四川大学学报（哲学社会科学版）》2015年第2期。

〔26〕 明人许学夷、清人王士禛等都对这些诗法表示过怀疑，见许学夷《诗源辩体》卷三五、王士禛《居易录》卷七。今人之论辨，参见张伯伟《元代诗学伪书考》，《文学遗产》1997年第3期；及张健《元代诗法校考》中各篇解说。

〔27〕 范梈殁后，诗集即由杨中刊刻，揭傒斯《范先生诗序》提到："其诗道之传，庐陵杨中得其骨，郡人傅若金得其神，皆有盛名。"梁寅《傅与砺文集序》亦称傅若金在范梈隐居百丈期间"自少承其面论口传者为多"（傅若金《傅与砺文集》卷首）明初有题名若金之弟傅若川编刻的《傅与砺诗法》，包含了"傅与砺述范德机意"的《文法》（实际上即卢挚《论诗法家数》）、杨载《诗法家数》、揭傒斯《诗法正宗》、黄清老《诗法》和佚名《诗法源流》（在后来许多刻本中题为"傅与砺述范德机先生意"）、《诗宗正法眼藏》等，但据张健先生考证，恐亦是书坊假托傅若川之名编成（《元代诗法校考》前言第12—14页）。嘉靖间熊迻编《清江诗法》载录《吟法玄微》一种，即《诗法源流》之异本，其文中一段下有按语云"此庐陵杨中之说，本于范先生，而载友集，以为诗法玄微。"（《元代诗法校考》第266页）杨、傅两人所传范梈诗法，真伪难以定论，但影响很广，至少可以说，这是元明之际的江西文人集体传承的一套以范氏为名的诗论文本。

〔28〕 张健《元代诗法校考》，第238—239页。

〔29〕 但这一叙述还不是绝对排他性的，上引此段文本以五山本为底本，其中"其在京师也"至"诸先

生"一句,其他版本或增"仲容丁公"四字,或增"子昂赵公"四字,将丁复或赵孟頫与虞杨范揭并列。

〔30〕 钱大昕《跋元诗前后集》:"盖江西书肆人所为,假道园名以传。序文浅陋,亦未必出道园手也。"《潜研堂集》卷三一,上海古籍出版社1989年版,第565页。

〔31〕 周霆震《张梅间诗序》,施贤明、张欣点校《石初集》卷六,北京师范大学出版社2016年版,第140页。

〔32〕 参见唐宸《范椁批选李杜诗辨伪》,《中国典籍与文化》2021年第3期。

〔33〕 参见罗鹭《五山时代前期的元日文学交流》,《四川大学学报(哲学社会科学版)》2015年第2期。五山版《范德机诗集》、《新编翰林珠玉》较之其翻刻底本晚出二十年。

〔34〕 王逢《大雅集后序》,赖良《大雅集》卷首,光绪三十四年连平范氏双鱼室刻元人选元诗五种本,第2a叶。

〔35〕 张雨《铁崖先生古乐府序》,杨维祯《铁崖先生古乐府》卷首,《四部丛刊》景成化本。

〔36〕 蓝智《题清江碧嶂集追怀清碧杜先生》,《蓝涧诗集》卷六,原国立北平图书馆甲库善本丛书第700册影印永乐元年刻嘉靖五年补刻本,国家图书馆出版社2013年版,第148页。按此诗为凭吊杜本而作,诗中有"十年死别如朝暮"之句,杜本卒于至正十年,可知此诗作于至正二十年前后。

〔37〕 释来复《潞国公张蜕庵诗集序》,张翥《蜕庵诗集》卷首,《四部丛刊》续编景明刊本,第1ab叶。

〔38〕 贝琼《乾坤清气序》,李鸣校点《贝琼集》,吉林文史出版社2010年版,第7页。

〔39〕 木讷《归田诗话序》,乔光辉《瞿佑全集校注》,浙江古籍出版社2010年版,第401页。

〔40〕 瞿佑《归田诗话》卷下《退朝口号》,乔光辉校注《瞿佑全集校注》,第459页。

〔41〕 镏绩《霏雪录》,弘治元年张文昭刻本,第73a叶。

〔42〕 朱权《西江诗法·诗体源流》,载周维德辑校《全明诗话》,齐鲁书社2005年版,第65页。

〔43〕 按《西江诗法》此段实改写自《沧浪诗话》,严羽原文止于"杨诚斋体",这一句叙述元代诗体的内容应是明初人附益的,故承接上文,将元诗诸家径称为"体"。

〔44〕 都穆《南濠诗话》,丁福保辑《历代诗话续编》,中华书局1983年版,第1344页。

〔45〕 如王春庭《论元诗四大家》,《闽江学院学报》2003年第3期;查洪德《元诗四大家》,《文史知识》2008年第4期。

〔46〕〔70〕 吴处厚《青箱杂记》卷五,中华书局1985年版,第46页。

〔47〕 戴良《皇元风雅序》,李军、施贤明校点《戴良集》,吉林文史出版社2009年版,第325—326页。

〔48〕 张以宁《草堂诗集序》,李修生主编《全元文》,凤凰出版社1998—2005年版,第47册第488页。

〔49〕 黄溍《云蓬集序》,王颋点校《黄溍全集》,第258页。自然,黄溍的言论也表示了他对台阁、山林之文持同等看待,不分高下的态度。朱光明、左东岭等学者即据此认为,黄溍所代表的元代文学观念乃兼顾"台阁"与"山林",直到明初以后,因政治环境变化,论文者才逐渐重视"台阁"而轻视"山林"。(朱光明《从学派到文派:宋元时期浙东学派转型及其影响》,载《宋史研究论丛》第二十四辑,科学出版社2019年版,第365—378页;左东岭《"台阁"与"山林"文坛地位的升降浮沉:元明之际文学思潮的流变》,《文学评论》2019年第6期。)这样的观点揭示了元明之际文学思想的转变趋势。但本文认为,馆阁与山林的位势差,在元代亦是客观存在的现象,有许多材料可以佐证。黄溍此文乃为一位山林文人所作,实有人情成分在内。

〔50〕 欧阳修《感二子》,李逸安点校《欧阳修全集》,中华书局2001年版,第138页。

〔52〕 杨维祯《杨文举文集序》,李修生主编《全元文》,第41册第230页。

〔53〕 杨维祯《无声诗意序》,李修生主编《全元文》,第41册第314页。

〔54〕 欧阳玄《潜溪后集序》,魏崇武、刘建立校点《欧阳玄集》,吉林文史出版社2009年版,第78页。

〔55〕 杨维祯《西湖竹枝词》杨载小传,明末诸暨陈于京刻本,第4a叶。

〔56〕 宋濂等《元史》卷一九〇《杨载传》,第4341页。

〔57〕 陈基《孟待制文集序》,邱居里、李黎校点《陈基集》,吉林文史出版社2009年版,第200—201页。

〔58〕 苏天爵《书吴子高诗稿后》,陈高华、孟繁清点校《滋溪文稿》卷二九,中华书局1997年版,第495页。

〔59〕 欧阳玄《罗舜美诗序》,魏崇武、刘建立校点《欧阳玄集》,第83—84页。

〔60〕 林泉生《安雅堂集序》,陈旅《陈众仲文集》卷首,《中华再造善本》影印元至正刻明修本,北京图书馆出版社2005年版,第1ab叶。

〔61〕〔85〕 顾嗣立《元诗选》初集丙集,中华书局1987年版,第593页。

〔62〕 刘禹锡《唐故柳州刺史柳君集》,《刘梦得文集》卷二三,《四部丛刊》景宋本,第13b叶。

〔63〕〔71〕 刘基《苏平仲文集序》,《诚意伯刘先生文集》卷十五,《稀见明史研究资料五种》影印成化六年戴用、张僖刻本,中华书局2015年版,第8册第194页。

〔64〕 陈旅《国朝文类序》,苏天爵《元文类》卷首,《四部丛刊》景至正本,第7b叶。

〔65〕 周德清《中原音韵·正语作词起例》,俞为民、孙蓉蓉主编《历代曲话汇编·唐宋元编》,黄山书社2006年版,第273—274页。

〔66〕 欧阳玄《周此山集序》、《萧同可诗序》,魏崇武、刘建立校点《欧阳玄集》,第260、83页。

〔67〕 语出王守诚《石田文集序》,王媛校点《马祖常集》,吉林文史出版社2010年版,第1页。

〔68〕 宋濂《元故秘书少监揭君墓碑》,《宋濂全集》,浙江古籍出版社2012年版,第1705页。

〔69〕 袁桷《送程士安官南康序》,杨亮《袁桷集校注》,中华书局2012年版,第1210页。

〔72〕 叶子奇《草木子》卷三《克谨篇》,中华书局1959年版,第55页。

〔73〕 傅若金《送孔学在诗后序》,《傅与砺文集》卷五,嘉业堂丛书本,第3a叶。

〔74〕 赵孟頫《初至都下即事》,钱伟彊点校《赵孟頫集》,浙江古籍出版社2012年版,第140页。

〔75〕 杨载《到京师》,《翰林杨仲弘诗》卷八,《四部丛刊》景嘉靖本,第6a叶。

〔76〕 揭傒斯《送也速答儿赤序》,李梦生标校《揭傒斯全集》文集卷四,第310页。

〔78〕 "儒林四杰"一说肪于陈旅《宋景濂文集序》(《陈众仲文集》卷五),从至正到洪武初年,屡见宋濂、戴良等婺州士人言及,至《元史·儒林传》而固定为"儒林四杰"的表述。关于此说法的形成过程,可参陈雯怡《吾婺文献之懿:元代一个乡里传统的建构及其意义》,《新史学》第20卷第2期。

〔79〕 杨镰《元诗史》,人民文学出版社2003年版,第466页。

〔80〕 吴澄《赠清江晏然序》,《吴文正公集》卷十八,《元人文集珍本丛刊》影印成化二十年抚州刻本,新文丰出版公司1985年版,第3册第341页。

〔81〕〔86〕 王礼培《小招隐馆谈艺录初编》卷三,民国铅印本,第3b—4b叶。

〔82〕 蒋易《徐长卿望乡诗序》,李修生主编《全元文》,第48册第132页。

〔83〕 徐达左《贞居外史集序》,彭万隆校点《张雨集》,第647页。

〔84〕 胡应麟《诗薮》外编卷六,上海古籍出版社1979年版,第234页。

〔87〕 钱锺书《谈艺录》二六《赵松雪诗》,生活·读书·新知三联书店2001年版,第269—271页。

〔作者简介〕 石勖言,1991年生,文学博士,河北师范大学文学院讲师,研究方向为宋元明文学与文献学。

论元代上京纪行诗风物描写的新变

张慧颖

大都燕京和上都开平是元代两个重要的都城,同称为"帝京",从元世祖忽必烈中统年间到元顺帝后期上都被焚,其间的八十多年内实行"两都巡幸制",皇帝率领众臣往返于两都之间,推动了上京纪行诗的兴盛。近年学界对这一课题的研究颇多成绩,包括上京风物民俗、诗歌审美特质和文学地理学视角下的研究等各方面[1],基本都与元帝国广袤繁荣的时代背景相联系,认为其"艺术上风格鲜明,气象雄浑,充分显示出元诗特有的异质因素"[2],"元代诗人以和平玩赏之心题咏大漠风光,真切细腻地描绘塞外韵趣、草原风情"[3]。实际上,上京纪行诗的创作群体在地域、民族、信仰、文化程度、情感认同等方面都存在差异,"一个文学家是否接受一个地方的地域文化的影响,接受哪种类型的地域文化的影响,或者说,在哪一个层面上、哪一种程度上接受一个地方的地域文化影响,这与他的个人气质、生活经验等是有密切关系的"[4],因此其诗歌创作在艺术上也有着多元化的趋向。邱江宁[5]与李嘉瑜[6]对上京纪行诗中江南元素的提及便是一个研究的切入点,但未有更深入与全面的探讨。本文尝试转换视角,在元代诗歌崇尚"平易正大"、"青天白日之舒徐"、"名山大川之浩荡"[7]的整体风貌下,聚焦上京纪行诗中描写风物的诗作,探究其在元诗主流范围之外产生的新变。

一、大都—上都路段特点及诗歌惯常内容

由于元代统治阶级的特殊性,漠北始终是蒙古族的根基之地,他们以畜牧业为主,逐水草而居,不耐暑热,四时迁徙,因此两都制不仅是政治上的需要,也是生活上的需要,这一制度由来已久,基本形成了固定的模式,从大都到上都这一段路也有着以下特点。

一是路线固定,以驿站为节点。周伯琦在扈从诗中曾记载:"往来者有四道,曰驿路、曰东路二、曰西路。"[8]扈从大臣大多走驿路,这是通往上都最为重要的道路,沿途留下诗篇也最多,其主要路线为大都—昌平—新店—居庸关—榆林—怀来—统幕店—洪赞—枪竿岭—李老谷—龙门—雕窝—赤城—云州—独石口—沙岭—牛群头—察罕脑儿—明安—李陵台—桓州—上都。二是出行与返回时间相对固定,季节特征明显。根据《元史》记载,世祖、成宗、武宗、英宗、泰定帝的巡幸日期大致为三月到九月,而更习惯汉地生活的仁宗、文宗和惠宗缩短了巡幸的时间,有时候会延迟到四月或五月才从大都出发,早在八月就开始返回。总体来

本文收稿日期:2021 年 5 月 26 日

说,上京巡幸的时间一般为春末出发,秋天返回。三是途中时日较长。陈高华、史卫民根据《元史》对皇帝在途中的时间做了概括:"总的来说,来往里程虽然西路多于东道辇路,但所用时间相差不多,都在20—25天之间。"[9]大臣们的情况又如何呢?周伯琦在至正十二年(1352)的扈从中记载辇路日程:"为里七百五十有奇,为日二十四。"[10]袁桷在《开平四集》的序中提到了三次驿路日程,分别是"十五日始达开平"[11]、"不任鞍马,八日始达"[12]、"买小车卧行,八日至开平"[13]。与辇路相比,驿路时间已经缩短了一半甚至以上,但是从行文语气来看,一个"始"字仍叹久矣。

一般上京纪行诗中对塞北景物的描写有鲜明的地域特色,尤其是居庸关、龙门一带山势巉绝、石壁峥嵘,诗歌意境辽阔高远,风格雄浑豪放。柳贯的《度居庸关》写"层堑倒天影,半林漏晨光",层峦叠嶂倒映水中,如同从万里高空跌落水中,一缕缕晨光穿过林间树木;胡助《龙门》写"龙门两岸倚霄汉,禹凿神功壮九围",山峰高耸,直冲霄汉,禹凿龙门的千古功绩气壮九州河山。而到了沙岭,林木骤减,山坡轮廓清晰,便是周伯琦所说的"过此则朔漠平川如掌,天气陡凉,风物大不同矣"[14]。这时候诗人笔下是"连天暗丰草,不复见林木"(黄溍《担子洼》),"野阔天垂风露多,白翎飞处草如波"(贡师泰《和胡士恭滦阳纳钵即事韵五首》其二),"近山马昂鬣,远山凤腾羽"(袁桷《滦河》)一类视野开阔、气象宏大的诗句,近处的山层峦叠嶂,远方的山巍峨雄壮,阔大的空间、宏伟的景象都体现了塞北山川地理与景物的独特性。

浓郁的草原风情是上京纪行诗的主要审美特征,邱江宁提到:"与大都不同的是,上都完全保持蒙古旧俗,以联系蒙古宗王与贵族。所以,上京纪行诗中吟咏最频繁、最普遍的异域风情旧俗极富蒙古草原文化特色的风情乡俗。"[15]例如揭傒斯《偏岭作》其一:"已过泉子峰头路,荒甸茫茫碧草干。日暮不收牛马乱,青烟起处是营盘。"[16]辽阔的草原、牧养的牛马和军营中升起的炊烟都是典型的草原意象,还有"悲风绝幕回苍隼,落日穹庐卧紫驼"(傅若金《送孙伯起掾岭南》),"驼峰马湩美奇绝,金兰紫菊香轻盈"(伍良臣《上京》)等诗句都展现了异域的草原风情。

二、雄奇峻峭的风格倾向

随驾扈从的诗人每年都往来于驿路上,面对相同的路与相似的景,陈词滥调已不必再提,很多诗人另辟蹊径,选取新奇视角进行再创作,在有意识或无意识的"陌生化"创作理论下进行发挥,对熟悉的日常景物采取"陌生"的处理方式,使诗歌语言对主流与传统有一定的偏离,诗歌也呈现出雄奇峻峭的风格特点。

首先是运用一些生僻、拗口的字词,尤其是描绘地势的险峻,如"巉崿"、"谽谺"、"孤碓"、"山嵲"、"飞鞚"、"云巘"等,这里以欧阳南《度居庸关有怀旧隐七言三十韵》为例,诗中写景描物诗句有"巨灵挥斧劈山石,铁门吽开天府奥"、"宝髻珠簪翡翠屏,霓旌羽盖犁牛纛"、"一隼横空走兔藏,飞腾百尺啼猿眊"、"肠回藕断疑无路,箕踞鸱存奇石靠"、"储胥肃静金吾出,浮屠高峙阁黎耄"、"骊骎橐驼相似发,旗鼓穹庐连夜到"[17]等,其中"吽开"意为轰然而开;"纛",大旗;"蒙茸",杂乱无序的样子;"眊"指年老;"箕踞"是两脚张开,两膝微曲的坐姿;"储胥"泛指帝王宫殿;"阇黎"是佛教用语,即行为端正合宜的楷模之师;"驺骖"出自《山海经》,是一种状如马的兽类;"橐驼"即骆驼。整首诗遣词造句生僻拗口,诗人亦自言"牛鬼蛇神李贺诗,聱牙诘曲周人诰",但以厚重的历史感与充沛的思归之情贯穿其中,虚实相生,虽"奇"亦"浑"。反观王沂的《发赤城》在生僻词与典故的使用上则有过之而无不及,如"龙开苍阙石嶕峣,夜半何人挹斗杓"、"黄道中天停昼日,尾闾通海溢春潮"、"双壁矗云神禹凿,万炉积铁女娲销"等句,使诗歌蒙上了一层缥缈虚浮的面纱,晦涩难懂,陷入了"俄国形式主义流派在对陌生化'度'的把握上存在'过度'的问题"[18],极端地追求诗歌"陌生"的效果,内容、语言与情感都为此服务,终究是本末倒置。

其次是通过句法的变动达到新奇的效果,较为典型的是散文句法和倒装句法的使用。陈孚的上京纪行诗中常常有散文式句法,如《龙虎台》:"伟哉丹凤辇,驻此巨鳌山。"《李老峪闻杜鹃呈应奉冯昂霄》:"三月十九日,客行桑乾坂。"《怀来县》:"石桥百尺横,其下跨妫水。"这里以其《居庸关》一诗为例:

> 车棱棱,石角角。车声彭彭斗石角,马蹄蹴石石欲落。不知何年鬼斧凿,仅与青天通一握。上有藤束万仞之崖,下有泉喷千丈之壑。太行羊肠蜀剑阁,身热头痛悬度索。一夫当关万夫却,未必有次奇巇崿。吾皇神圣混地络,烽火不红停夜柝。但有地险今犹昨,我扶瘦筇息倦脚。欲叩往事云漠漠,平沙风起鸣冻雀。[19]

全文采用了长短句相间的句式,短则三字,长有八字。"不知"句以叙述的口吻惊叹山势高绝,此时已有几分散句的意味。"上有藤束万仞之崖,下有泉喷千丈之壑"则"以文为诗",此句仿太白《蜀道难》中"上有六龙回日之高标,下有冲波逆折之回川",从枝蔓蜿蜒、凌云高耸的崖顶到泉水喷溅、深不见底的渊壑,上下视野开阔,笔意纵横。全诗语言整散结合,恰如高崖深壑,曲折不平,与诗歌内容相契合,增强了感染力。与此类似的还有李裕《蚤次龙门》:"龙门石壁高千尺,下有流泉澈底清。"周伯琦《龙门》:"两山屹立地望尊,天作上京之南门。"以散文句法入诗,诗歌变化万千、张弛顿宕。

句法变化的另一种形式就是倒装。马祖常《还过龙门》中"荡摩日月昆仑坼,吐纳风云混沌开"与杜甫的"乾坤日夜浮,吴楚东南坼"意境相似,隐隐有盛唐风味,只不过马诗将动词前置,突出了极端天气下日月动荡、晦暗不明的变幻与狂风卷云、吐纳开阖的动态,增强了飞腾劲健的动感,而这令人魂悸魄动的气候环境和难于上青天的道路,又使诗歌在雄奇的风格上生发出一股峭拔险奇的意味。除了将动词前置,周伯琦在《九月一日还自上京途中纪事十首》中将名词前置倒装:"落日明驼背,晴沙响马蹄。"正确顺序是"驼背落日明,马蹄晴沙响",意在强调朔北地貌开阔,无所遮挡。再如马臻《龙门道中》"草枯行地鼠,风冷过天鹅"也采用倒装句法,突出萧瑟阴冷的环境。

最后是意象的陌生化组合。单一的意象只能调动一种感官感受,通过将俗常的意象进行陌生化组合,使景物之间具有跳跃性,留下供读者想象的空间,在诗人的语境中结合自身经历,这样既勾起人的共通感,又产生了一种陌生化的效果。如陈孚《云州》"夜雪青毡帐,秋烟白土房"一句,夜雪秋烟之凉与青毡土房之暖、清冷萧疏与温馨安适在诗中奇妙又和谐地统一。周伯琦《过居庸关二首》中同样将意象进行新的组合:"绝壁云霞龛佛像,连尘鸡黍聚人烟。"这里通过视角的切换来组合意象,前半句为远距离仰视,"绝壁"、"云霞"是自然意象,"佛像"是人文意象,云雾缭绕的崇山峻岭间,隐约可见几阁佛像,那一派庄严宝相又与山河云海的壮阔气势契合。后半句是近距离的直视,写俗常的人间景象,是热闹又真实的村落。联系末句"我欲登临穷胜概,西风五月倍凄然",春末夏初之际却西风怆然,营造出一种悲凉的氛围。全诗通过视角的转换,将风景意象与日常意象并置,具有跳跃性,交织着对壮伟景色的惊叹、家国一统的骄傲、对安稳生活的亲近与旅途颠沛不安的愁烦等情感,呈现出一种雄奇壮阔又冷峭黯淡的诗歌风格。

清人方东树认为:"去陈言,非止字句,先在去熟意:凡前人所已道过之意与词,力禁不得袭用;于用意戒之,于取境戒之,于使势戒之,于发调戒之,于选字戒之,于隶事戒之;凡经前人习熟,一概力禁之,所以苦也。"[20]可见"去陈言"涉及诗歌的"言"、"象"、"意"各个方面,字句成言、言象达意,通过用字、造句、意象方面的变化使用,共同营造出一种新奇险怪的诗境。

三、塞北景色的"江南化"

"陌生化"并非一味新奇,也可以是创作主体对生活的独特体验与审美感受,从而发现前人所没有发现的东西,使之前毫无新鲜感的景物事物变得异乎寻常。正如李渔在《窥词管见》中所说:"饮食居处之内,布帛粟菽之间,尽有事之极奇、情之极艳,询诸耳目则为习见习闻,考诸诗词实为罕见罕睹……言人所未言,而又不出寻常见闻之外……词语字句之新,亦复如是。"[21]在大都去往上京途中,很多南方诗人都用细腻的笔法来再现典型的江南景色,他们不用生僻字词,也不琢磨奇巧的句法,而是以最平淡易懂的语言来表达自身最真实的感受,上京纪行诗中风物描写"江南化"便是诗人们结合自身经历在创作中的另一种新变。

在大多数人的印象中,扈从上都途中的北地风光壮阔苍莽,居庸关、龙门、赤城的高崖深渊,沙岭以北的宽阔平整等都被反复摹写,而那些跳出上京地域特性的风景却另有一番特色。幽寂的李老谷、清朗的弹琴峡、明媚的玉泉山等地如同"塞上江南"一般,本身就具有婉约的江南气质,很多来自南方的诗人们将其与故乡联系,从而产生共鸣,这是"江南化"新变产生的客观基础。另一方面,扈从上都的文人们心态与前人不同,查洪德说:"漠北草原,在前代是异域敌国,是高寒难耐之地。在前代中原和江南文中的想象中,是神秘而可怕的。宋使臣出使辽金,也曾至其地。元人扈从上都,与宋人所见同,但所感所思不同。漠北风物,只有到元人笔下,才得以展现其美好,这需要的是元人才有的观察玩赏心态。"[22]元代疆域辽阔,上京虽远在关外,但就元代版图而言仍是内地,途中又有随驾的军队护卫,大臣们春末出发秋初返回,避开了关内炎热的夏季,在最好的季节领略最美的塞外风光,这是不可忽略的主观因素。从大都到上都,途中水草丰美,诗人们闲情玩赏,宛至江南,贡奎《枪竿岭》:"百折回冈势欲迷,举头山市与云齐。行经绝似江南路,落日青林杜宇啼。"[23]突出了岭上云雾缭绕的朦胧感,如同走在江南的小路上,"落日"、"青林"、"杜宇"具有江南婉约悠远的气质。胡助《上京纪行·见玉泉山下荷花》:"西山咫尺玉泉清,无数藕花香气生。立马岸边看不足,却疑五月到临平。"[24]临平隶属杭州,是典型的江南小城。玉泉山下池水清澈、荷花丛生,令诗人倍感亲切美好。廼贤《榆林》一诗中"美人秋水上,娟娟映芙蕖"亦是婉约明媚的水乡景象。

扈从北上固然有度假、游玩的心态,但一些常年生活在南方的诗人突然来到千里之外的草原,难免会有思乡之情,面对似曾相识的风物景观,诗人笔下又会有怎样的变化?李老谷是"江南化"最为典型之处,廼贤在《上京纪行·李老谷》诗题下注:"谷中多杜鹃。"[25]杜鹃常以"杜宇"、"子规"之名出现在诗歌中,这种鸟儿大多生活在温暖的南方,叫声极其哀切,常用以表达凄婉之情。李老谷内碎石遍布,气温骤降,旅途中较为艰难的行程从此开启,所以很多诗人在李老谷一带听杜鹃啼叫,难免情绪低迷,袁桷行至此处更是写下《子规词》反复吟咏"不如归去"。廼贤在《上京纪行·李老谷》一诗中运用了"微雨"、"烟林"、"霜叶"、"清涧"、"寒花"、"子规"等极富江南韵味的典型意象,又通过"杳窱"、"幽静"、"耿耿"、"落"、"媚"等形容词和动词来营造一种温婉静谧、凄清朦胧的氛围,末句"月落闻子规,怀归心耿耿"凄切缠绵,情景交融中强化了思归之情。廼贤(1309—1368),字易之,西域葛逻禄诗人,但祖辈早早地迁居至当时江浙行省庆元府的府城鄞县(今浙江宁波)[26]。北上羁旅漂泊令他疲累厌倦,因此李老谷中一声子规啼叫便牵动了心中郁结许久的愁绪。同样身为南方诗人的柳贯也在《李老谷闻子规》中写"响入树宵宵,啼垂血溅溅。想知岐路难,不惜躯命全。千声复万声,唤我归言遄",阵阵鸟叫响彻林间,杳然深邃,似啼血般凄哀,那一声声似乎催促着人不如归去……诗歌中对李老谷环境和子规啼叫的描写带有浓重的江南笔触,无论是杜鹃鸟还是杜鹃花,都是南方典型的意象。

四、"竹枝词"的漠北应用

在上京纪行诗中,很多文人采用"竹枝词"这种带有南方特色的诗体进行创作,"就地域分布而言,北方竹枝词作品数量较少。元代诗人的几种记述经历大都(今北京)与上都(今内蒙古多伦西北)之间行途感受的竹枝词作品,因此引起了我们的注意。这组竹枝词作品中所记述的内容,对于交通史、行政史,乃至生态史,以及长城地带区域文化的研究,都有值得珍视的意义"[27]。竹枝词是有浓郁地域文化特征的一种民间文艺样式,它起源于长江上游的巴南地区,沿着长江干道及沅湘水路自西向东传播开来。元代的竹枝词传播发展以杭州为中心,随京杭大运河一路北上,运用到漠北风物的描写中,令人耳目一新。上京纪行诗中比较著名的竹枝是王士熙《竹枝词十首》以及两位诗人的和诗——许有壬《竹枝十首和继学韵》、《柳枝十首》,袁桷《次韵继学途中竹枝词》、《次韵继学竹枝宛转词》,还有吴当的《竹枝词和歌韵自扈跸上都自沙岭至滦京所作》。

竹枝词与地域文化的关系复杂而深刻,反映当地的风物、风土、民俗等是其突出的特点之一,"咏风尚"是竹枝词最本质的审美特征。王士熙《竹枝词十首》中有"夜宿岩前觅泉水,林中还有子规啼"、"新雨霏霏绿罽匀,马蹄何处有沙尘"、"草间白雀能言语,莫学江南唱鹧鸪"、"山上去采芍药花,山前来寻地椒芽"、"土屋青帘留买酒,石泉老衲唤供茶"、"山前闻说有神龙,百脉流泉灌水春"等句,许有壬《竹枝十首和继学韵》中有"海青轻骑圆牌去,金犊香车翠袖啼"、"红黄簇簇野花匀,千骑胜骧不动尘"、"透空何处一声笛,浑似春风闻鹧鸪"、"野蕨堆盘见蕨芽,珍馐炫眼有天花"等句,袁桷《次韵继学途中竹枝词》诗中有的"毡房锦幄花簇匀,酥凝叠饼生玉尘"、"山后天寒不识花,家家高晒芍药芽"等句,吴当《竹枝词和歌韵自扈跸上都自沙岭至滦京所作》中"宫臣报道晓寒浅,有个黄鹂深树啼"、"山泉响似江南雨,林下不闻啼鹧鸪"、"马群弥野草连云,当年玉帐度秋春"等,诗中的"子规"、"白雀"、"芍药花"、"地椒芽"、"红黄野花"、"鹧鸪"、"黄鹂"、"马群"、"野蕨"、"芍药芽"展现了上京途中丰富多样的动植物,"新雨霏霏"、"百脉流泉"、"土屋青帘"、"石泉老衲"、"海青轻骑"、"千骑胜骧"、"毡房锦幄"、"山泉响似江南雨"等则较为全面地体现了途中的生态与人文景观,反映了道中风土民情。

除了内容上对当地风物、风俗的描写,艺术形式上也具有传统的民歌风味。袁桷《次韵继学途中竹枝词》中"迎郎北来背面啼"、"我郎南来得小妇",《次韵继学竹枝宛转词》中"闻郎腰瘦寄当归"、"倚门不肯送郎衣"、"郎去香奁手自封"、"郎在滦阳见得真"、"今夕定知郎到日",许有壬《竹枝十首和继学韵》中"阿谁能剪山前草,赠与佳人作舞茵",用"郎"、"阿谁"这类南方民歌中的俗语称呼,尤其是袁桷的《次韵继学途中竹枝词》其二与其四两首,反复出现"郎"字,一唱三叹,情意悠悠。还有"云州山如五朵云"、"闻道秋来三十日"、"后来才度枪竿岭,前车昨日到滦河"这一类近乎口语化的诗句,通俗易懂且便于传唱。一些民间俗语、谚语通过诗人的拟作与润色也被写入诗中,诗歌呈现出清新自然、浅易简洁的风格特点,具有乐府民歌的"采风"传统。

竹枝词与上京纪行诗的关系是密切的,将民歌风味的竹枝词运用到对漠北风物的描写中是上京纪行诗艺术形式、审美内涵的新变,同时竹枝词本身也在燕赵及其以北地域文化的影响下形成了北地竹枝词的独特魅力。元代统一后南北交流频繁,交通进一步发展,诗人们不再囿于自然地理的界限,全国范围内的文化交流更甚于前,竹枝词沿河流北上,夹杂在来往旅人的交谈、吟诵中,在居庸关外的广袤土地上焕发出新的生机与活力。钱晓燕云:"该地的竹枝词很有写实性和历史价值,既不像巴蜀和荆楚的悲凉哀恸,也没有吴越江西的普通民间的风土风俗,只是客观的描述诗人在此地的路途纪行和对驿站、北方少数民族生活的记录,具有史料文化价值和写实朴拙的审美价值,语言厚重质实,历史感较强。"[28]这是没有将元代竹枝词置于当时的社会背景下来看,忽视了元代南北文化交流的碰撞与融合。元代统一后南北在地理空间上再无隔阂,南方诗歌所崇尚的清丽秀婉与北方诗人"气骨超迈"的特色相结合,形成了一种尊情、求美而又较有力度的诗风,这种诗风的融合势必影响到竹枝词的创作。以袁桷《次韵继学途中竹枝词》为例,这十首唱和的竹枝词从居庸关写到上都,高度概括了途中所见所闻,其中"流水"、"古雪"、"清霜"、"急雪"、"水精"以及"酒"、"茶"是诗人着意对水进行突出表现,再加上"琵琶"、"芦笛"、"鹧鸪"、"芍药"、"南雁"等典型的江南元素,与代表北方的"檀板"、"土屋"、"寒风"、"马"、"沙"等意象结合在一起,使诗歌更少了几分厚实而多了些灵动感,江南的旖旎清润与漠北的辽阔苍茫在诗中巧妙融合。还有王士熙的竹枝词"新雨霏霏绿㶁匀,马蹄何处有沙尘",吴当"沙岭风清宿雨多,白云如雪夜陂陀"等诗句,既有竹枝本色又兼容北地气质。这些组诗在写景上仍是典型的北方场景,但是通过竹枝词这种艺术形式,融合了南方元素,采用通俗明快的语言进行叙写,诗歌清丽婉转、充满情致。

注 释：

〔1〕 参见刘宏英《上京纪行诗研究》，中国经济出版社2016年版；赵欢《廼贤双重文化背景影响下的上京纪行诗》，《北京工业职业技术学院学报》2019年第3期；李舜臣《楚石梵琦"上京纪行诗"初探》，《民族文学研究》2013年第6期；邱江宁《元代北游风尚与上京纪行诗的繁兴》，《文史知识》2015年第11期；刘扬《元上京纪行诗的繁荣与多元文化的融合》，《名作欣赏》2018年第6期；张颖《元代上京纪行诗的文化阐释》，南京师范大学硕士学位论文，2017年。

〔2〕 李军《论元代的上京纪行诗》，《民族文学研究》2005年第2期，第97页。

〔3〕 王玫珍《元代异域风情诗探析》，《人文艺术学报》2004年第3期，第79页。

〔4〕 曾大兴《文学地理学研究》，商务印书馆2012年版，第57页。

〔5〕〔15〕 邱江宁《元代上京纪行诗论》，《文学评论》2011年第2期，第135页；第138页。

〔6〕 李嘉瑜《不在场的空间——上京纪行诗中的江南》，《"国立"台北教育大学语文集刊》2010年第18期，第47页。

〔7〕 虞集《道园学古录》卷四十，《四部丛刊》影印明景泰本。

〔8〕〔10〕〔14〕 顾嗣立编《元诗选》（初集），中华书局1987年版，第1872页；第1872页；第1871页。

〔9〕 陈高华、史卫民《元上都》，吉林教育出版社1988年版，第60页。

〔11〕〔12〕〔13〕 杨亮《袁桷集校注》第3册，中华书局2012年版，第801页；第835页；第863页。

〔16〕 李梦生标校《揭傒斯全集》，上海古籍出版社2012年版，第72页。

〔17〕〔19〕〔23〕〔24〕〔25〕 杨镰编《全元诗》第35册，中华书局2013年版，第340页；第18册，第408页；第23册，第176页；第29册，第108页；第48册，第33页。

〔18〕 周兵《陌生化理论在中国的批评实践研究》，中央民族大学硕士学位论文，2018年，第42页。

〔20〕 方东树著，汪绍楹校点《昭昧詹言》，人民文学出版社1961年版，第218页。

〔21〕 吴战垒校点《李渔全集》第二卷，浙江古籍出版社2010年版，第509页。

〔22〕 查洪德《元代文学通论》，东方出版中心2019年版，第93页。

〔26〕 见刘嘉伟《元代葛逻禄诗人廼贤生平考述》，《西北民族研究》2010年第2期，第139页。

〔27〕 王慎之、王子今《竹枝词研究》，泰山出版社2009年版，第55页。

〔28〕 钱晓燕《地域文化视野下的宋元竹枝词》，河北师范大学硕士学位论文，2012年，第57页。

〔作者简介〕 张慧颖，女，1992年生，安徽师范大学中国古代文学专业博士研究生，研究方向为元代文学。

"虽终于布衣，而声价重一代"
——谢榛成名考论

黄昌宇

中晚明文坛有个很引人瞩目的现象，即"诗在布衣"。谢榛就是代表人物。《四库全书总目》评价说："当(七子)结社之始，尚论有唐诸家，定称诗三要，皆自榛发，诸人实师心其言也……虽终于布衣，而声价重一代。"[1]谢榛一生辗转谋食于各地藩府，生活困窘，却是文学史上赫赫有名的后七子之一，且在七人中成就仅次于李攀龙、王世贞，对明代文学有较大影响。那么他是凭借什么在诗坛获得如此高的声名？他如何获得李攀龙、王世贞的推崇，成为后七子之一的？其反映了嘉靖中晚期怎样的诗坛状况？这便是全文试图解答的问题。

一、从"歌名"到"诗名"

谢榛早年好词曲，以乐府曲词谋生，《列朝诗集小传》"谢山人榛"条云：

> （谢榛）喜通轻侠，度新声。年十六，作乐府商调，临、德间少年皆歌之。已而折节读书，刻意为歌诗，遂以声律有闻于时。寓居邺下，赵康王宾礼之。[2]

可见谢榛并非一开始就致力于诗歌，最早是以"乐府商调"成名于乡里，后来才转而作诗。此说出于谢榛的自述。《诗家直说》卷三记载：

> 予自正德甲戌，年甫十六，学作乐府商调，以写春怨……请正于乡丈苏东皋。东皋曰："尔童年爱作艳曲，声口似诗，殆非词家本色。初养精华而别役心机，孤此一代风雅，何耶？"因教之作诗。澹泊自如，而不坠厥志。迄今五十余年，皤然一叟，惟诗是乐。[3]

在中国传统中，诗乐由最初一体逐渐分离，至有高下雅俗之分。诗人和曲家地位高低判然，后者不免受到正统文人的白眼，故谢榛由"作艳曲"转向"作诗"恰好反映其早年自我认知和期许的变化，不再甘当一个艳曲作者，以诗歌谋求更大名声和更高社会地位。

所以嘉靖五年（1526），谢榛来到了明代文坛的中心北京，请谒名家，希冀提携。[4]其《怀杨邃庵阁老》诗云："忆昔杨元老，燕都识鲁生。扶筇还再拜，下榻见高情。"[5]杨邃庵阁老即杨一清，时为内阁大学士。此诗说明谢榛在京城得到了杨一清的赏识，这或许也是谢榛接下

本文收稿日期：2021 年 3 月 8 日

来"寓居邺下"并得到"赵康王宾礼之"的原因之一。虽然"扶筇还再拜,下榻见高情"的说法可能有夸大的意味,但不管怎样,这次入京可以说是谢榛以诗歌拜谒公卿,谋求诗坛地位的开始。

另一方面,虽然谢榛"折节读书,刻意为歌诗",但他获得赵王赏识的原因仍离不开乐府商调。潘之恒《亘史·贾扣传》记载:

> 适有传谢茂秦《竹枝词》十首至赵府,王令扣习之……过漳德……王复止众伎,独奏琵琶。方一阕,谢动容曰:"此异音也。"细审之,乃己所制《竹枝词》……王跽而前曰:"此先生自娱者,愿为不谷赋数章,以续其后,令贾姬弹之,不谷一侧耳而死不憾矣。"……明日,上《竹枝词》十四阕。王令贾姬习而谱之,合以律,不失纤毫。元夕,奏技便殿,王即盛礼而归贾姬于客次,烂其盈门。[6]

虽然自刘禹锡之后,《竹枝词》也成为文人诗的一种,但根据"贾姬习而谱之"可知谢榛所作《竹枝词》是用来配乐歌唱的,更接近歌曲而非文人诗。虽然谢榛只作词,并不度曲,但既然"合以律,不失纤毫",说明他也精通乐律。可见谢榛最初得到赵王的赏识可能更多是依靠乐府商调而非诗文。进一步推想,不论是"作艳曲"还是"折节读书,刻意为歌诗",其实本身都含有博取王公贵族青睐、藉以谋生的目的。所以,谢榛名声的初起离不开乐府新声的传播,其作曲的名气可能更胜于诗名。王兆云亦云:

> 初教制小令奸邑显人,因得见王,王稍资给之。然榛一目眇,体貌庸鄙,而口又涩迟不便快,王不甚礼。每因吴客顾天臣、郑若庸辈白事,时有陈乞,王达意尔已。已而学为诗,冥搜苦索,至彻日夜不寐。抵面见客,语怅怅若骇人,终席不自客所谓何。或偶触坚壁,跌足下坑,不觉也。以是诗益工。[7]

王兆云的记载虽有不实之处,如赵王对谢榛的态度,不免刻意贬低谢榛之嫌,但这段文字至少反映了两个事实:其一,谢榛最初得到赵王赏识依靠的是"作乐府商调",谢榛因"制小令"而"得见王"的说法应该不误;其二,谢榛在得到赵王资助而定居彰德后,继续刻苦学诗,"以是诗益工",逐渐完成"词人"到"诗人"的转变。尤其是嘉靖二十五年(1556)前后,谢榛出版了两部诗集,可谓真正完成这一过程。

二、依附赵王与名扬河北

嘉靖十三年(1534)左右,谢榛全家移居彰德府(今河南安阳),在赵康王朱厚煜的帮助下定居下来。此后十多年内,除了嘉靖二十一年(1542)曾短暂入京,谢榛大部分时间居住在彰德,间或漫游河北、山东、河南一带,时常为赵藩宗室子弟填词献诗,也与当地官员、士绅、布衣结社唱和。《艺苑卮言》卷七云:"谢茂秦曳裾赵藩,尝谒崔文敏铣,崔有诗赠之。"[8]崔铣字子钟,又字仲凫,河南安阳人,世称后渠先生,与前七子多有来往,可视为前七子复古派外围成员。崔铣赠谢榛之诗今已不存,但谢榛有诗《奉和崔后渠祭酒见赠》、《晚秋呈崔后渠侍郎》。可见谢榛在河北积极与当地名流交往密切,受其提携。赵康王《四溟旅人诗叙》又说:"乃于隐逸,爱取三人——孙太白、张昆仑、谢四溟……文至后渠,诗至四溟,其尽之也。"[9]对谢榛推崇若此。可见在此期间,谢榛的诗歌水平迅速提高,并且得到当地官员和宗室的推赏,在河北逐渐有了一定的名气。这是谢榛诗名小成的时期。

诗名小成的一个标志是,嘉靖二十四年(1545)至二十六年(1547)间谢榛出版了两部诗歌选集。其书虽不传,但据万历赵王府本《四溟山人全集》卷首所载赵康王《四溟旅人诗叙》可知,嘉靖二十六年冬赵康王朱厚煜曾为谢榛刊刻诗集。序中又云:"漫山曹均尤所爱重,从而刻其五言。"知此前谢榛已有一部诗集出版,根据李庆立的考察,是集刊刻时间当不早于嘉靖二十四年春。[10]谢榛这两部诗集的出版,说明河北宗室和官员对谢榛的看重,也说明他在这一区域内已经有了一定的诗坛地位和影响力。

虽然明代以来,诗文集的出版越来越泛滥,但对于布衣山人而言,出版诗文集仍属不易。他们无力自己出版诗文集,必须依靠达官贵人的帮助。实际上,他人赞助刊刻诗文集即对布衣诗歌水平的一种肯定,正如赵康王《四溟旅人诗叙》所言,若非"尤所爱重"不会"从而刻其五言"、"取其全集刻之"。到明朝中晚期,刊行诗文集已经成为文人扩大自身影响、提高文坛地位的重要手段。日本学者大木康说:"当时思想界的风云人物李卓吾,正是明末出版业隆盛的产物。"虽然河北的出版业远不如江南发达,没有建立起"那般以书籍(或印刷物)为媒介的大众传媒社会的雏形"[11],但谢榛诗集的出版和流传仍能有效促进其诗名的传播。苏佑《谢四溟诗序》云:"向李东冈司谏示予谢子五言诗,读而爱之,雅称作者,肖李、何矣。茂秦感于同怀,不远万里,以全帙寄至邺中。"[12]"李东冈司谏"即李秦,字仲西,号东冈,河南临漳人,大约嘉靖十三年与谢榛相识于彰德[13],其后一直往来频繁。苏佑字允吉,又字舜泽,山东濮州人,嘉靖二十四年至二十六巡抚保定。李秦给苏佑所示者大概就是"漫山曹均"刻本,可见这部诗集在流传中确实起到了传播谢榛诗名的作用。遗憾的是,这两部诗集都未流传下来,大约万历年间就已亡佚,可能它们的影响范围并不大,仅限于彰德一带。

当然,一位作家能够成名,若无开风气之功,必趋时俗之尚。此时的谢榛显然是后者。前七子的李梦阳、何景明、王廷相都是河南人,其中李梦阳晚年更是长期闲居开封,可见嘉靖初年河南文坛依然笼罩在前七子的复古风气中。[14]赵康王所推崇的崔铣(后渠先生)、孙一元(太白山人)、张诗(昆仑山人)都可被视为广义上的前七子复古派成员。赵康王还曾刊刻过崔铣的文集《洹词》,其文学偏好可见一斑。而谢榛能获得赵王的推赏,就证明他精于创作复古风格的诗歌。所以,不论是投赵王所好,抑或是受到区域文学风气的影响,谢榛之所以形成复古的诗歌风格和理论,都与赵藩的经历密不可分。或许可以这样说,谢榛在彰德的十来年,某种程度上成为连接前后七子的桥梁。

三、跻身"五子"及其对复古派的贡献

王世贞《艺苑卮言》云:"(谢榛)后以救卢次楩,北游燕,刻意吟咏,遂成一家。"[15]嘉靖二十六年(1547),谢榛再次入京,加入李先芳、吴维岳等人的诗社,结识李攀龙、王世贞。嘉靖二十七年(1548),李先芳外放,李、王、谢三人成为诗社的主要骨干,相与切磋诗艺并宣扬复古理念。二十九年(1549),徐中行、宗臣、梁有誉、吴国伦考中进士并入社。这是后七子扬

名诗坛,开始攫取文坛权柄的时期,也是谢榛确立诗坛地位的时期。问题在于,谢榛作为一介布衣,何以获得李、王等人的青睐,名列"五子"之中?换句话说,谢榛在后七子成名过程中又作出什么贡献,对复古运动的展开起到怎样作用?

谢榛《诗家直说》曰:

> 予昔游都下,力拯卢枏之难,诸缙绅多其义,相与定交。草茅贱子,至愚极陋,但以声律之学请教,因折衷四方议论,以为正式。及出诗草,妍亦不忌,媸亦不忌,此虚心应接使然。得以优游圣代,而老于啸歌,幸矣。[16]

谢榛为卢枏伸冤的侠义精神使他得到京师文人圈子及复古派其他人的赞赏和接纳。但这并非他被列入"五子"的主要原因,主因应该是"以声律之学请教,因折衷四方议论,以为正式",谢榛的诗歌创作和诗歌理论都得到广泛接受,不但与李、王等人"声气传合",更能"自成一家",成为后七子早期的代表。

《列朝诗集小传》谓谢榛"以布衣执牛"或许言过其实,但所谓:"当七子结社之始,尚论有唐诸家,茫无适从,茂秦曰……诸人心师其言,厥后虽争摈茂秦,其称诗之指要,实自茂秦发之。"[17]确属灼见。《静志居诗话》亦云:"七子结社之初,李、王得名未盛,称诗选格,多取定于四溟。"[18]后七子结社之初,李、王还没形成完整的复古理论,谢榛的诗论应该占据着重要地位。

《诗家直说》中有几则谢榛在京与李、王诸子论诗的记载:"因谈初唐、盛唐十二家诗集,并李、杜二家,孰可专为楷范……诸君笑而然之。""因谈诗法,予不避谫陋,具陈颠末……于鳞默然。"表明谢榛在与李攀龙、王世贞论诗时占据主导地位。另一处更是直接引李攀龙曰:"数年常闻高论,皆古人所未发,余每心服,可谓知己。"[19]这些当然只是谢榛一面之词,王世贞则说:"谢茂秦旧填乐府,颇以柳三变自居;与予辈谈诗后,惭恧不出,可谓'不远之复'。"[20]徐中行亦曰:"(李攀龙)比讲业阙下,王元美与余辈推之坛坫之上,听其执言惟谨。"[21],不承认谢榛的主导地位。但李攀龙却在《寄茂秦》中写道:"向来燕市饮,此意独飞扬。把袂看人过,论诗到尔长。"[22]可见谢榛论诗确实曾得到李攀龙的称许。折衷看来,在诗社成立之初,谢榛和李攀龙至少是"论诗不相下"[23],足以分庭抗礼,谢榛的诗论在京城和复古派中应有重要地位。

此外,《诗家直说》中有许多在京与人论诗的记载,所谓"以声律之学请教,因折衷四方议论,以为正式"并非虚言。这实际上也有利于复古理论的传播,有理由推测,谢榛与人论诗也是后七子复古理论早期传播的重要渠道。

"刻意吟咏,遂成一家"的诗歌也是谢榛受到推崇的重要原因。这在《五子诗》中就有体现,李攀龙《五子诗·谢山人榛》云:"韦布岂尽愚,咄嗟名士籍……遂令清庙音,乃在褐衣客。一出游燕篇,流俗忽复易。"宗臣云:"兴词日百篇,一一作者则。"梁有誉云:"用拙不求赢,忧在骚雅熄。穷来抱影居,澹词蕴古色。"哪怕后来王世贞有意贬低谢榛,也不能否定他的诗歌水平,《艺苑卮言》卷七云:"其排比声偶为一时之最,第兴寄小薄,变化差少。"《明诗评》云:"诗法宗法少陵,穷体极变,原旨推用,五七言律其十九,近时之麒凤哉!布衣风格,从古为有,孟浩然亦当退舍。"[24]李攀龙在写给王世贞的信中说:"昨一饷边使者为谢茂秦寄二诗见怀,似犹栖栖晋、代间。先是,得寄许殿卿者盈牍,如《五台山》辈不下数十首,并与《游燕集》一语不较。""谢茂秦见怀五言,视昔故不较。"[25]李攀龙虽然看不上谢榛嘉靖三十八年(1559)以后的作品,但依然认同《游燕集》的诗歌。

《游燕集》刊刻于嘉靖二十九年(1550)左右,收录谢榛在京三年的作品。王世贞《谢茂秦集序》曰:"又游燕诸篇,多从历下生更定。"在给李攀龙的书信中也说:"彼不记《游燕集》中力,真负心汉。"[26]可见《游燕集》的刊刻确实得到李攀龙的帮助。那么李攀龙为什么要帮谢榛出版诗集?固然出于同盟之谊,但可以推测,李攀龙或许也有将其作为复古派的诗歌模板推出,以扩大自身影响力的意图。郑利华认为《艺苑卮言》和《古今诗删》是复古派理论总结和诗歌模习范本,"有意向文学圈传导七子集团诗歌创作的风尚,充分扩展它的影响力,争取其在诗歌领域的复古楷模地位。"[27]沿着这一思路追问:两书出版之前,后七子派的理论纲要和诗歌范式又是什么?上文已述,复古派早期诗论大体出于谢榛,而诗歌范式很可能就是《游燕集》。

《游燕集》今已不存,但我们可以从《古今诗删》中窥见一斑。《古今诗删》则大约成书于隆庆元年(1567)至四年(1570),其所收录的后七子作品,主要创作于嘉靖二十六年(1547)诸子结社到三十七年(1558)李氏归乡之间,《游燕集》正好属于这一阶段。《古今诗删》卷二十三至卷三十四所选明诗中,谢榛有59首,虽然次于王世贞的69首、徐中行的60首,但相去不远,远高于吴国伦的32首、宗臣的19首、梁有誉的5首。其中五言律诗部分,收录谢榛诗27首,居后七子之首,与前七子领袖李梦阳持平,仅次于何景明的30首;五言排律部分,总共选明诗39首,谢榛就占去16首,远超过王世贞和吴国伦的3首、徐中行和宗臣的2首。[28]《古今诗删》成书之时李、谢关系已经破裂,但李攀龙仍选取了这么多谢榛的诗歌,可见他认为谢诗足以作为复古楷模,尤其是五律和排律。

因此,李攀龙等人称赞谢榛"一出游燕篇,流俗忽复易","兴词日百篇,一一作者则",纵有溢美,也足以说明《游燕集》确实作为复古典范也确实产生了矫正流俗的效果。这种强人的影响力不仅来自谢榛诗歌本身,也出自李攀龙等人包装和推动。李、王等人意识到,要想使自己倡导的复古运动能够获得更广泛、更深远的影响,光依靠"广引朋辈,互相标榜而名"[29]是不够的,还需要一套完整的诗歌理论以及诗歌范式供人学习。虽然李、王已经明确提出复古模拟并将盛唐诗树立成典范,但毕竟需要一个更为具体的诗歌模板——它既可以是古人的也可以是今人的。使用当代人的诗歌,可以更贴近时代,让时人切实了解当下应该如何学唐、怎样复古,学到什么地步。而用自己社中人的诗歌作为典范,又能够提高复古派的诗名和声望。

之所以选择谢榛,是因为当时李攀龙、王世贞、徐中行、宗臣、梁有誉都是文坛晚辈,声名不显,诗作也不丰。李攀龙虽然在中举前就"间侧弁而哦若古文辞",但直至嘉靖二十六年(1547)授刑部主事后才"大肆力于文词";[30]王世贞虽然"二十余遂谬为五七言声律",但结识李攀龙后"大悔,悉烧弃之。因稍劇剟上下,久乃有所得也"。[31]可见李、王二人的诗歌创作此时都还不成熟。而徐中行、宗臣、吴国伦、梁有誉都是嘉靖二十九年(1550)后才入社,资历不足。谢榛作为诗坛前辈,之前在河北一带就小有名声,也有过诗集出版,从诗歌数量和水平上看都是诸子中的佼佼者。所以李攀龙才会如此用心为谢榛删改诗作并将其结集出版。这并不仅仅是出于对谢榛诗歌水平的推崇,也有借势之意,利用谢榛的诗名来宣传复古派的诗歌观念,扩大复古派的影响。

四、李攀龙的排挤与谢榛的应对

嘉靖三十三年(1554),谢榛再次入京,与出守顺德的李攀龙交恶,随后李攀龙作《戏为绝谢茂秦书》,得到王世贞诸人的支持。嘉靖三十七年(1558)末至三十八年(1559)初,李攀龙重订《五子诗》,将谢榛除名。关于李、谢之争的大体过程及其原因,前辈学者多有叙述,本文不再赘言。[32]这是对谢榛诗坛地位的极大打击,直接将其放逐出诗坛中心。此后文坛开始进入李攀龙和王世贞南北主盟的时期,两人都极力排挤谢榛,试图抹去他在后七子复古运动早期的地位和贡献。但也有部分复古派成员仍然认同谢榛在复古派中的地位,如"广五子"之一的俞允文在《天目徐公诔》中说:"其所友善,才彦则陕西按察使济南李攀龙于鳞,南大理卿吴郡王世贞元美,福建按察副使广陵宗臣子相,山人临淄谢茂秦,与公为五人,时谓之'五子'。"[33]同为"广五子"的欧大任在《广陵十先生传·宗臣》中云:"与临清谢榛、济南李攀龙、长兴徐中行、南海梁有誉、吴人王世贞、楚人吴国伦结社燕中,为一时词人之冠。"[34]这些事实证明,虽然李、王等人极力排挤谢榛,但谢榛作为后七子之一到万历年间还是逐渐成为公论。

事实上,谢榛虽然被李、王排挤出京城主流文化圈,但在京城之外却名声大盛,诚如钱谦益所谓:"游道日广,秦、晋诸藩争延致之,河南北皆称谢榛先生。诸人虽恶之,不能穷其所在也。"[35]嘉靖三十九年(1560),赵康王去世,其曾孙朱常清嗣位,是为穆王。但是穆王对谢榛似乎并没有康王这么礼遇,所以谢榛晚年才去赵入晋。赵藩的文学风气和山人盈门的情况也逐渐消失。此后谢榛的交游中心由赵藩逐渐转向周藩和沈藩,尤其是后者。沈藩是嘉靖至万历年间文学风气最兴盛的藩国之一。嘉靖四十二年(1563)至万历四年(1576)间,谢榛长期客居山西,在潞安府与沈藩一脉德王孙宗室往来唱和,也与张佳胤、冯惟讷、周斯盛、孟养性、孔天胤、栗应麟、栗应宏等缙绅结社赋诗。从谢榛留下的诗作中,我们颇能看到他悠游诸王宗室间、诗酒唱和的情形,可见钱谦益的说法是接近事实的。

然而这在李攀龙等人眼中则是"栖栖晋、代间"的落魄。从明代文学地域格局来看,京城是绝对中心,其次为南京、姑苏一带,山西则被视为欠发达地区,谢榛到如此地步已经是被边缘化了。谢榛晚年主要活动于山西,既有被迫的因素,或许也是为了摆脱李、王影响而另辟蹊径。嘉靖三十五年(1556)后,谢榛与其余诸子再也不曾会面,不知是否是谢榛刻意回避。嘉靖三十七年(1558)李攀龙辞官归乡,三十九年(1560)年王世贞因父亲王忬之事归于吴下,徐中行、吴国伦二人也主要活动于南方(梁有誉、宗臣已于嘉靖三十三年、三十九年相继去世),所以山西是李、王等人影响力较为薄弱的地区,谢榛可以更为自如的与当地官员、藩王来往,提高自己名望和影响力。

嘉靖四十五年(1566),冯惟讷、孔天胤批校出版《适晋稿》,收录谢榛客游山西的作品。随后谢榛将其寄送王世贞、李攀龙。王世贞《得谢茂秦寄新集,时孔汝锡、冯汝言二公为刊定》诗云:"君看党锢中兴解,可忘龙门御李时?"[36]用东汉党锢之祸的典故,无疑暗示了自己

不再排挤谢榛,希望谢榛和李攀龙能够重修旧好。李攀龙也写信给谢榛说:

> 不佞在告,杜门伏枕,三年于此矣。足下高谊,乃能一介存故人。所辱新刻,辄以检列,即不必出;致之凡以为足下者,意则至矣。岂敢谓足下已老,勿厚望之。即示小词,取韵亦不妥。能做甘薄俗,过我论诗不?[37]

李攀龙于嘉靖三十七年(1558年)辞官归乡,"三年伏枕"或是约数而非实指,盖谢榛新集《适晋稿》刊于四十五年(1566年)。虽然李、王与谢榛的关系好转并不能根本改变他们对谢榛的贬抑态度,但这足以说明谢榛以漫游山西来应对李、王的排挤是有效的。它保证了谢榛的诗名和诗坛地位不被李、王完全掩盖。

五、对中晚明文坛的几点认识

从以上对谢榛成名过程的考察中,可以得到几点认识:第一,中晚明代出版业的兴盛对文学声望的传播及文坛地位的确立起到重要作用,尤其是为中下层文人提供了突破士大夫对文学权力垄断的机会,谢榛、李贽、陈继儒都是典型案例,更早的南宋江湖诗派也是如此。从谢榛到李贽再到陈继儒,下层文人逐步摆脱对政治权利依附,功名与文名渐渐分离。第二,尽管京城始终是全国文坛的核心,但地方文坛与京城文坛的互动并不是单向的,明初江西派对台阁体的影响就是如此。谢榛早年在河北获得的声誉与形成的文学思想促进了后七子的崛起,也是地方影响京城的一例。第三,谢榛案例的特殊性还在于,地方文坛与京城文坛的联系纽带不再只是宦游或致仕的官员,布衣山人的游幕也成为一股重要力量。《(乾隆)潞安府志》云:"沈府王、将军、中尉多工诗,由榛启之也。"[38]这个判断有其道理,游幕促进了文学的传播和发展。当然,山人风气之盛与地方文学的发展实际上相互促进的。第四,明代藩府素有崇尚文化艺术的传统,如明初的宁献王朱权、周宪王朱有燉、蜀献王朱椿。到明代中晚期,这种风气逐渐蔓延到其他藩国,如沈藩、赵藩、鲁藩、唐藩、辽藩、荆藩。吴国伦《大隐山人稿序》云:"大隐山人者,荆国樊山王自号也……寻筑大隐园邸旁,以待四方名公大夫与布衣之豪,至即倒履拥篲迎之,日治供具为高会,与之陈说艺文,唱和为诗歌。"[39]伴随宗藩文学活动的频繁,河北、河南、江西、山西等地各自形成以藩府为中心,包含王府属吏、地方官员、士子和游幕山人的文学交游圈,成为中晚明文坛的新势力。

注 释:

〔1〕《四溟集提要》,永瑢等《四库全书总目》卷一百七十二,中华书局1965年版,第1511页。

〔2〕〔17〕 钱谦益《列朝诗集小传》丁集上,上海古籍出版社2008年版,第423页。

〔3〕〔5〕〔16〕〔19〕 李庆立《谢榛全集校笺》,江苏古籍出版社2003年版,第1211—1212、385、1194、1209/1194/1227页。

〔4〕 李庆立《谢榛行踪考》,《谢榛研究》,齐鲁书社1993年版,第14页。本文关于谢榛生平、行迹,大多参考此书及赵旭《谢榛的诗学与其时代》附录《谢榛年谱简编》(中国社会科学出版社2013年版)。

〔6〕 潘之恒《亘史·外记·艳部·赵艳贾扣传》,转引自《谢榛全集校笺》附录二,第1375—1376页。但这则记载虽然在时间、人物上有不少讹误,如赠姬者是赵康王而非赵穆王,也不在万历癸酉(万历元年,

1673）而在嘉靖三十三年（1554）至三十九年（1560）之间，详见李庆立《赵王赠姬考》，《谢榛研究》，第21页。

〔7〕 王兆云《皇明词林人物考》卷九，周骏富辑《明代传记丛刊》，台北：明文书局1991年版，第17册，第457—458页。其中有不实之处，如赵康王对谢榛的态度。王兆云的说法大概源于李攀龙《戏为绝谢茂秦书》所谓"昔逮尔在赵王府中，王帷妇人而笑之，尔犹能涉漳河也"，但此书带有浓厚污蔑谢榛的色彩，许多记载未必属实，或者有所夸大，不能作为确证。一个很简单的推论，假如没有赵王的礼遇，谢榛是不可能移居彰德的。

〔8〕〔15〕 王世贞著，罗仲鼎校注《艺苑卮言校注》，齐鲁书社1992年版，第341、342页。

〔9〕 转引自《谢榛全集校笺》附录一，第1351页。

〔10〕 李庆立《谢榛诗作考述》，《谢榛研究》，第47页。

〔11〕 大木康《明末江南的出版文化》，周保雄译，上海古籍出版社2014年版，第69、67页。

〔12〕 转引自《谢榛全集校笺》附录一，第1352页。苏佑在此序末尾说其作于嘉靖庚戌（二十九年，1550）春，当时谢榛在李攀龙的帮助下出版《游燕集》，或许这就是《游燕集》的序？《游燕集》今已不存，姑备一说。又依《序》中所言"茂秦感于同怀，不远千里，以全帙寄至邺中"，此时苏佑当在河南彰德而谢榛外出云游，但彰德并非保定巡抚辖区（苏佑时任保定巡抚，下辖保定、真定、河间、顺德、大名、广平六府），苏佑何以越界而长留于邺？此不可解。合理的解释是，"至"乃"自"字之误，谢榛在河南彰德将诗稿寄给河北的苏佑。然而此篇《谢四溟诗序》不见苏佑《谷原文草》，仅见万历赵王府冰玉堂本《四溟山人全集》卷首，系苏佑手书，原文就作"至"，没有证据证明这是作者笔误。故暂且存疑。

〔13〕 李秦，嘉靖十四年（1535）进士，被选为庶吉士，十六年（1537）正月转刑科给事中。谢榛有《寄李内翰仲西》一诗，"内翰"指庶吉士，则最迟嘉靖十六年谢榛已经认识李秦。嘉靖十四年至十六年间谢榛未入京，所以两人只可能相识于李秦中进士之前。

〔14〕 可参刘坡《李梦阳与明代中州诗坛》一文，《江西社会科学》2014年第9期。

〔18〕 朱彝尊著，黄君坦校点《静志居诗话》卷十三，人民文学出版社1990年版，第386页。

〔20〕 王世贞《曲藻》，《中国古典戏曲论著集成》，中国戏曲出版社1959年版，第四册，第36页。"不远之复"出自《易经·复卦》："初九，不远复，无祗悔，元吉。《象》曰：'不远之复，以修身也。'"孔颖达正义曰："有过则改故也。"这里王世贞用来说明谢榛诗论浅薄，与李、王相识后自知惭愧而改过之。

〔21〕 王群栗点校《徐中行集》，浙江古籍出版社2012年版，第246页。

〔22〕 包敬第标校《沧溟先生集》，上海古籍出版社2014年版，第171页。

〔23〕 陈田《明诗纪事》己签卷二，上海古籍出版社1993年版，第1897页。

〔24〕 李攀龙《沧溟先生集》，第111页；宗臣《宗子相集》卷四，日本东京大学东洋文化研究所藏嘉靖三十九年序刊本；梁有誉《兰汀存稿》，台湾伟文出版社1976年版，第49页；《艺苑卮言校注》，第342页；王世贞《凤洲笔记》卷九，《四库全书存目丛书》集部第114册，第598页下。

〔25〕 李攀龙《与王元美书》、《与余德甫书》，《沧溟先生集》，827、794页。

〔26〕 王世贞《弇州山人四部稿》卷六十四，《明别集丛刊》第3辑第34册，黄山书社2016年版，第103页下；卷一百十七，《明别集丛刊》第3辑第35册，第18页下。

〔27〕 郑利华《前后七子研究》，上海古籍出版社2015年版，第377页。王世贞于嘉靖三十六年（1557）开始写作《艺苑卮言》，其初稿六卷刊于嘉靖四十四年（1565），其后有所增补，并于隆庆六年（1572）再版。《古今诗删》则大约成书于隆庆元年（1467）至四年（1570）。

〔28〕 据台湾商务印书馆《景印文渊阁四库全书》集部第312册《古今诗删》统计。

〔29〕 王世贞《艺苑卮言》卷八："大抵世之于文章，有挟贵而名者，有挟科第而名者，有挟他技如书、画之类而名者，有中于一时之好而名者，有依附先达，假吹嘘之力而名者，有务为大言，树门户而名者，有广引

朋辈,互相标榜而名者。要之,非可久可大之道也。"(《艺苑卮言校注》,第425页)

〔30〕 王世贞《李于鳞先生传》、殷士儋《明故嘉议大夫河南按察司按察使李公墓志铭》,见《沧溟先生集》附录二,第848、845页。

〔31〕 王世贞《上御史大夫南充王公》,《弇州山人四部稿》卷一百二十三,《明别集丛刊》第三辑第三十五册,第84页。

〔32〕 可参李庆立《后七子内部分化的一桩著名公案——李、谢之争考论》,《聊城师范学院学报》1995年第1期,亦收录于《谢榛研究》;赵旭《谢榛与李攀龙之争新论》,《社会科学辑刊》2013年第2期,其内容又见《谢榛的诗学与其时代》第一章第二节;以及杨遇青《明嘉靖时期诗文思想研究》(三秦出版社2011年版)与郑利华《前后七子研究》等专著的相关章节。

〔33〕 见《徐中行集》附录,第372页。

〔34〕 欧大任《欧虞部集十五种》,《四库禁毁书丛刊》集部第47册,北京出版社1997年版,第432页下。

〔35〕 钱谦益《列朝诗集小传》,第423页。李庆立《谢榛行踪考》考证谢榛并没有去过陕西,他结交的藩府主要是赵藩、沈藩、周藩、郑藩,而无秦藩。

〔36〕 王世贞《弇州山人四部稿》卷三十九,国家图书馆藏世经堂万历五年(1577)刻本。

〔37〕 李攀龙《报谢茂秦书》,《沧溟先生集》,第782—783页。谢榛能与李、王诸子修好,另一位山人顾天臣(字圣少,又字季狂)起到不小作用。他四处为谢榛奔走游说,相继拜访李攀龙、王世贞、吴国伦,试图缓和谢榛与他们的矛盾。

〔38〕 张淑渠、姚学瑛等《潞安府志》卷二十四,国家图书馆藏清乾隆三十五年(1770)刻本。

〔39〕 吴国伦《甔甀洞续稿》文部卷七,《明别集丛刊》第3辑第26册,第290页上。

〔作者简介〕 黄昌宇,男,广西南宁人,首都师范大学博士研究生,主要研究方向为中国文学思想史、明代文学。

《邓汉仪集校笺》(全三册,明清别集丛刊)

(王卓华校笺,人民文学出版社2019年12月版,1310页)

邓汉仪为清初著名诗人,其诗文集《慎墨堂集》已失传。本书全面辑录、笺注其诗文作品,收入《官梅集诗》一卷、《慎墨堂诗拾》九卷、《青帘词》一卷、《慎墨堂佚文》一卷、《慎墨堂笔记》一卷、《诗观诗人小传》三卷(其中三分之二的人物其生平仅存于该书,文献价值极大)、《苈心录》一卷。新辑诗作,据《慎墨堂诗拾》体例,辑入相应卷次,并在笺注中注明。笺注诗文作品涉及的当时人、事、典故、方舆地理、历史事件等,方便读者理解作品。附录邓汉仪年谱、传记资料、交游唱和诗及亲属遗诗。

光绪初年扬州词人群体述论*

尚 鹏

唱和是清代扬州词坛演进的主要途径与重要标志,学界对此多有关注,特别是康熙元年(1662)王士禛主持的红桥倡和、康熙五年(1666)曹尔堪等人的广陵唱和、乾隆初年邗江吟社的词体唱和、咸丰七年(1857)张安保等人的岳阜登高唱和以及同治二年(1863)蒋春霖等人的军中九秋唱和这五个典型的案例,都有较为详尽的论述[1]。其实,光绪初年扬州还活跃着一个以张丙炎、汪鋆、王荩、刘湉年、方濬颐、吴丙湘、黄锡禧七人为核心的词人群体,他们相互唱和、评点词作、撰写词序,融合浙、常两派词学思想,再现了扬州词坛的繁荣景象。

一、群体构成

光绪初年扬州词人群体由本地词人与寓居词人两部分构成。他们因同处扬州的地缘关系而绾结,通过唱和来沟通声气、研讨词艺。其中张丙炎、汪鋆、王荩、吴丙湘、黄锡禧、刘湉年、方濬颐七人为群体的中坚力量。

张丙炎(1826—1905),字午桥,号药农、榕园。江苏仪征人。咸丰九年(1859)进士,官至肇庆知府。著有《冰瓯馆词钞》,辑有《榕园丛书》。张丙炎为张安保子,光绪四年(1878)丁忧家居,遂不复出,与扬州文士诗酒唱酬,"悠游林下二十年"[2]。

汪鋆(1816—1890),字砚山。江苏仪征人。诸生。著有《十二砚斋随笔》、《十二砚斋诗录》、《梅边吹笛词》、《梅边吹笛词续存》,编有《十二砚斋金石过眼录》、《扬州画苑录》。汪鋆兼工书画,"师宋元,得其遗意"[3]。

王荩(1818—1888)[4],字小汀,又字受辛。江苏甘泉人。诸生。著有《受辛轩诗》、《受辛词》。王荩为王寿子,太平天国战乱后,生活困窘,鬻诗为生,方濬颐为其作《诗丐记》。

吴丙湘(1850—1896),字次潇,号瘦梅。江苏仪征人。光绪十六年(1890)进士,官至河南道员。著有《经说玉篇校异》、《南兖州记辑佚》、《瘦梅花馆诗文词集》、《潇碧词》,编有《蛰园丛刻》。吴丙湘为吴文镕遗腹子,承叔父吴文锡教导,好学嗜古,能诗擅文。

黄锡禧(1833—1892)[5],字子鸿,一字勺园,号鸿道人。江苏甘泉人。著有《栖云山馆词》、《栖云山馆词续存》。黄锡禧为嘉道年间两淮盐商黄至筠第五子,兼擅书画,太平天国战

本文收稿日期:2021年6月3日

乱后家道中落,生活困窘,曾赴浦口,入幕为生。

刘炘年(1822—1891),字蜀生,号树君、约园。顺天大城人。咸丰十年(1860)进士,官至潮州知府。著有《三十二兰亭诗钞》、《约园词》、《寄渔词话》,辑有《词鹄》。光绪七年(1881)解组,购黄氏故园,遂定居于扬州。

方濬颐(1815—1889),字饮苕,又字子箴,号梦园,晚号忍斋。安徽定远人。道光二十四年(1844)进士。官至四川按察使。著有《梦园丛说》、《二知轩诗文钞》、《忍斋诗赘》、《古香凹诗余》、《古香凹诗余续存》等,组织编有《梦园书画录》。光绪五年(1879)罢归后,寓居扬州、合肥两地。

此外,还有如孙楫、孙观、徐衡、殷如缵、郭晋超、王尚辰、姚正镛等,他们亦参与群体的唱和,但如昙花一现,仅可视为这一时期扬州词人群体的补充力量。

孙楫(1831—1902),字济川,号驾航。山东济宁人。咸丰二年(1852)进士。官至顺天府尹。著有《郼亭诗稿》、《郼亭词集》。光绪六年(1880)寓居张丙炎家,光绪八年(1882)赴雷州知府。他请人绘有《虹桥旧游图》,并邀南北文士题作。

孙观(1817—?),字国宾,号省斋。安徽歙县人。道光二十七年(1847)进士。官至直隶布政使。光绪八年(1882)参与约园展重九联句。

徐衡(生卒年不详),字圣秋。安徽歙县人。曾官两淮运判。著有《海慧庵诗稿》。光绪十年(1884)因方濬颐邀请,加入扬州词人群体的唱和活动。

殷如缵(生卒年不详),字侣琴。江苏甘泉人。

郭晋超(1819—1891),字湘渠。江苏江都人。太平天国年间,以军功累保至副将。著有《心莲盦诗词集》。《(光绪)续江都县志》载郭晋超"晚而奇贫兼病瞀,与寓公方廉访濬颐、刘观察炘年、郡人张学士丙炎等以诗词相唱和","绘《老去填词图》,海内名宿题咏迨遍"[6]。

王尚辰(1826—1902),字伯垣,号谦斋,晚号五峰、木鸡老人、遗园老人。安徽合肥人。贡生。官至翰林院典籍。著有《谦斋诗集》、《遗园诗余》、《虱隐庵杂作》。王尚辰亦受方濬颐的影响,加入扬州词人群体的唱和活动。

姚正镛(1811—1885后)[7],字仲海,号柳衫、渤海外史。辽宁盖平人。著有《江上维舟词》、《吾意盦长短句甲乙稿》。姚正镛随其父姚熊飞寓居泰州迟云山馆,太平天国战乱期间接纳了张丙炎、吴熙载等扬州文人。光绪四年(1880)移驻袁浦,与扬州词人的交流渐稀。

光绪初年扬州词人群体呈现出三个特征:一是词人的平均年龄已经超过六十,属于"老来填词"的人生阶段,丰富的阅历赋予了词作超脱一己穷愁的豁达。二是词人都未担任官职,他们与现实政治保持着一定的距离,词作的内容大多是日常生活中的游宴、雅集。三是词人具有较高的艺术修养,书画古董的鉴赏成为他们创作的重要题材。

二、群体活动

这个扬州词人群体兴起于光绪八年(1882),渐歇于光绪十二年(1886),他们的群体活动以集会唱和为主,评点词作、撰写词序为辅。

集会唱和是光绪初年扬州词人群体最突出的活动。这一群体形成的标志为光绪八年

(1882)张丙炎、刘淮年、方濬颐、黄锡禧、孙观、孙楫六人的展重九联句。方濬颐《栖云山馆词续存序》特别强调此次集会唱和的历史意义:"壬午夏重来广陵,起听琴社,其时榕园、驾航、圣秋、瘦梅、研山、小汀诸词友咸集焉。唯树君与予谢不敏,榕园再三飏予,因于树君约园,有联句之会,而广陵词社以开。"[8]值得注意的是,这里的"广陵词社",并不是规范的文学社团,它仅是一次集会唱和,并不具备词社的三项基本条件:突出的领袖词人、明确的词社规约与稳定的社集活动。在方濬颐的观念里,文人结社与集会唱和这两者几乎等同。这点在"听琴社"上即可验证。光绪八年(1882)方濬颐与堂弟方濬师、友人宋汝霖三人至兴教寺,听济川上人弹琴,以苏轼《听贤师琴》韵联句。后刘淮年等友人多叠此韵,酬赠往还。在方濬颐的叙述中,词社并未出现固定的、正式的名称,多是冠以广陵、邗上与扬州这样的地点来指称。而且在刘淮年、张丙炎、王荚等人的著述中也难见"词社"二字。如此,这个"词社"也就很难成立。扬州词人们仅可称为一个联系紧密的词人群体,并未形成一个规范的文学社团。

光绪八年(1882)与光绪十年(1884)的消寒会是扬州词人群体唱和的高潮。消寒会,是清代文人为消遣寒冬而精心组织的集会,以探讨诗词创作、鉴赏书画古董为主,呈现出文士超脱尘俗的高雅趣味。

光绪八年(1882)冬,张丙炎、吴丙湘、刘淮年、汪鋆等共举七场消寒会,分别为:第一集,张丙炎召同人集于榕园,题咏嵇康鹤鸣月夜琴。第二集,吴丙湘召同人集于梅花庵,题咏叶小鸾眉子砚。第三集,汪鋆召集同人,题咏刘淮年所摹兰亭小册。第四集,刘淮年召同人集于约园,为孙楫赴任雷州践行。第五集,张丙炎召集同人,题咏夏子鍚裕园图卷。第六集,黄锡禧召同人集于栖云山馆,题咏汤贻汾梅花图卷。第七集,刘淮年召集同人作苏轼生日会。同人迭为宾主,题咏书画古董,研讨填词之技,沉浸于友朋欢聚的氛围中。虽然方濬颐自展重九联句后即返合肥,与张丙炎等扬州词人分隔两地;但他们借邮筒传递的方式,仍然保持着密切的联系,"互相赠答,三月有余"。这次的消寒会,方濬颐亦得以厕身遥和,"得树君书,言邗上近开词社,拉予入局"[9],遂作有《金缕曲·十一月二十二日榕园主人五十九岁作消寒第五集谱此以寿午桥》。并且他还邀请合肥诗友王尚辰,加入同人的消寒唱和。王尚辰作有《击梧桐·张午桥观察约诸韵友于榕园结消寒词社以新得嵇琴分咏邮递索和用韵寄怀》,"刘树君、黄子鸿、张午桥、汪砚山、姚仲海、徐圣秋佥许为知音"[10]。

光绪十年(1884)冬,方濬颐、黄锡禧、刘淮年、殷如瓒等人连举十二次消寒会,进一步扩大扬州词人群体的声势。目前仅方濬颐《古香凹诗余》保存了全部的唱和词作,分别为《寿楼春·消寒第一集用梅溪韵》、《六丑·月当头夕至华招作小寒第二集子鸿以此调索予再赋黄月季》、《生查子·约园消寒第三集》、《氐州第一·季平消寒第四集食全猪》、《催雪·蛰园消寒第五集》、《留客住·一粟园消寒第六集于少芗适至以黄芽白见饷从京师方言成此》、《玲珑四犯·晏玮庵吹月轩消寒第七集赋鲋鱼》、《大酺·子鸿侣琴偕作消寒第八集》、《万年欢·约园梦园偕作消寒第九集梅花联句》、《古倾杯·栖云山馆消寒第十集》、《洛阳春三阕·砚山至华偕作消寒第十一集联句》、《永遇乐·子鸿侣琴瘦梅在吹月轩偕玮庵作消寒第十二集予因赴它约到迟闻有鲈鱼脍为之怅然辄拈此调》。相较于光绪八年(1882)的消寒会而言,此次的题目更加贴近生活,呈现出雅俗共赏的创作倾向。值得注意的是,"联句"成为这一时期扬州词人群体偏爱的一种创作形式,其中如《月下笛·本意联句》、《春从天上来·

长至前两日约园联句》《霜叶飞·冻豆腐联句》《暗香疏香·瓶中腊梅联句》等，遣词造句、切磋声律，反映出他们强烈的竞争意识。

光绪九年（1883）起，扬州词人相继刊刻词集，并邀友人撰写序跋、题词，从作者—读者—评者三个维度加强群体内部的联系。方濬颐光绪十年（1884）六月再至扬州，他在《栖云山馆词续存序》中记载："树君刊《约园词》，小汀刊《受辛集》。子鸿并劝予刊《古香凹诗余》，且以其续稿见示，乞予弁言。"他阅览了刘澍年的《约园词》、王茨的《受辛词》以及黄锡禧《栖云山馆词续存》的稿本，并在黄锡禧的劝说下刊刻了自己的《古香凹诗余》。其中王茨《受辛词》刊刻于光绪九年（1883），分为上下两卷，下卷主要收录光绪年间的词作。刘澍年《约园词》，光绪十年（1883）、光绪十二年（1885）先后刊刻两次，前者为两卷本，后者为四卷本，四卷本在两卷本的基础上增补了光绪十年至十二年间的词作。方濬颐《古香凹诗余》二卷刊刻于光绪十年（1883）年底，卷一为"壬午秋至癸未暮春"，卷二为"甲申六月"至十二月。张丙炎《冰瓯馆词钞》情况较为特殊，它因主人"不自爱惜，随手散弃"[11]，遂由友人王茨整理而成，刊刻于光绪十一年（1884），明显受同人刊刻词集风潮的影响。黄锡禧《栖云山馆词续存》虽未曾刊刻，但已编纂成集，所收为光绪八年（1882）至光绪十年（1883）间词作。唱和之作在这些别集中占据大量的篇幅，其中王茨《受辛词》下卷收词71阕，唱和之作36阕；刘澍年《约园词》收词302阕，唱和之作102阕；方濬颐《古香凹诗余》收词384阕，唱和之作121阕；张丙炎《冰瓯馆词钞》收词42阕，唱和之作18阕；黄锡禧《栖云山馆词续存》收词48阕，唱和之作20阕。唱和成为同人填词的重要动力，它有效地增强了群体内部的凝聚力。

撰写序跋、题词是光绪初年扬州词人间重要的文学交流方式。王茨《受辛词》卷前有方濬颐、刘澍年、黄锡禧、郭晋超的题词；方濬颐《古香凹诗余》卷前有刘澍年的序，刘澍年、王茨、黄锡禧、吴丙湘、殷如瓒、郭晋超的题词；黄锡禧《栖云山馆词续存》卷前有方濬颐的序，刘澍年、张丙炎的题词；张丙炎《冰瓯馆词钞》卷前有王茨的序。此外，在同人的词集中保存了许多题词，如张丙炎《梦芙蓉·点定子鸿近词既毕因赋此解》《兰陵王·题王小汀受辛词即用其刻成感赋原韵》，方濬颐《满江红·题约园词即用树君自题卷尾韵》。作序、题词，文人需要在通读全集、品味词意与玩赏字句后方能完成。义人以读者、评者的身份撰写的序跋、题词，饱含着他们对于词人创作的独特理解。这种群体内部相互撰写序跋、题词的举动，促进了词人们对作品的相互探讨、学习，使得词学风貌呈现趋同化的特征。特别值得注意的是，张丙炎《冰瓯馆词钞》收录了王茨、方濬颐、黄锡禧、刘澍年、汪鋆、姚正镛、吴丙湘与钱桂森八家的评点97条[12]，其中诸如王茨"直似梦窗"，黄锡禧"绝似坡仙"等评语，以类比的形式直观地反映出光绪初年扬州词人群体的词风取向与艺术特色。

光绪十二年（1886）后，唱和渐歇，随着光绪十四年（1888）王茨、方濬颐，光绪十七年（1891）刘澍年，光绪十八年（1892）黄锡禧的陆续下世，扬州词人群体逐渐消失在历史长河里。

三、群体艺术风貌

光绪初年扬州词人承"同光中兴"的荫蔽，从兵燹流离的战乱中重归到安定祥和的生活中，这种独特的生命体验让他们更为珍惜当下友朋欢聚的时光，游宴、题画、咏物成为他们创作的主要内容。尽管他们不主一家,呈现出包容多元的开放态度,但是受本地传统与师友相授的影响,词作带有"骚雅"、"清空"的浙派特征。

一是词作的情感基调由"郁"转"愉"。光绪初年扬州词人群体的平均年龄超过花甲,他们大多经历过咸同年间太平天国的战乱。自乱复治的世运深刻影响了他们创作的风貌,主要表现为其作品情感基调从咸同战乱的愁苦转向同光中兴的欢愉。张丙炎、汪鋆、黄锡禧、王荚四人是咸同年间淮海本地词人的代表,他们当时的词作流露出鲜明的"哀怨之音"[13],这是他们经历家园被占、流离迁徙的真实反映。同治六年(1867)后,扬州恢复稳定的社会环境,文人亦逐渐淡忘流离的苦痛,吴恩棠即言"吾扬自洪、杨乱后,休养生息将数十载,风尚文靡,民不知兵"[14]。特别是同光年间,两淮的盐业经济稍有恢复,毁坏的名胜古迹次第修复,与当时清廷提倡的"中兴盛世"相应和。

张丙炎、汪鋆、黄锡禧、王荚在这样的环境氛围中重拾词笔,明显与咸同年间的词作有所不同。张丙炎自咸丰九年(1859)进士及第后遂外出为官,中间鲜少填词,光绪四年(1879)"解组后,复稍稍为之"[15]。汪鋆在太平天国战乱后,更专注于书画创作,"将廿余年,此调绝未一弹"[16]。王荚、黄锡禧虽一直从事于填词,但《受辛词》下卷、《栖云山馆词续存》明显与《受辛词》上卷、《栖云山馆词》有着词人心态、创作风格上的差别。刘淮年、方濬颐则是从光绪八年(1883)开始涉足填词,优游林下的闲适生活很难让他们写出愁苦之言。吴丙湘在辈分上后张丙炎等人一代,属于扬州词人群体的后进,他未曾经历过太平天国的战乱。总而言之,光绪初年扬州词人群体的词作多为集会唱和的产物,他们书写的是雅集游宴的酬乐与鉴赏书画的风雅。词作生成的环境与创作的内容决定了他们很难有深沉的寄托,特别是联句之作,几乎只能以游戏之作来形容,如《春从天上来·长至前两日约园联句用玉田韵》:

> 共醉银槎。鼓胸中豪兴,看取吹葭。(忍斋)风紧云流,天寒地冻,江上滚滚飞沙。(树君)应喜频添弱线,计算著、孕满山茶。(小汀)不须嗟,且缓敲檀板,低拨铜琶。(忍斋)红霞。笔端缭绕,恰掩映新梅,印到窗纱。(树君)环佩来时,巡檐索笑,风光何异林家。(小汀)老去冬烘依旧,安排定、文字生涯。(忍斋)最清华。爇芸香起草,芦管生花。(树君)[17]

同人沉醉于友朋聚集的欢乐中,联句成为他们游戏的一种方式,时代的兴衰与个人的穷达在词中隐去,及时行乐成为他们创作的主题。

一是词作带有浙西词派的余绪。光绪初年扬州词人群体受扬州本地的词学传统影响,呈现出浙西词派"清空"、"骚雅"的特征,这种特征有着一定的"文化根性"。

清初尤侗曾言"维扬佳丽,固诗余之地也"[18],上溯鲍照的《芜城赋》,下追欧阳修的《朝中措》,强调名贤的风流雅事奠定了扬州"诗余之地"的文化土壤。特别是本地词人秦观、寓居词人姜夔让这片诗余之地奏响婉约柔丽的主旋律。这种主旋律其实与清代浙西词派提倡的"清空"、"骚雅"暗合。

浙派词人厉鹗、吴锡麒等人以师徒相授与友朋切磋两种方式,对清代扬州词学发展有着直接的推动作用。乾隆年间,厉鹗寓居扬州马曰琯、马曰璐兄弟的小玲珑山馆,与马曰琯、楼锜、张世进等人诗酒唱和,期间"以倚声倡从,而和者数家"[19],深刻地影响了扬州词坛的创作风貌,"此唱彼和,前喁后于,馆借秋声,谱传琴雅,于是乎倚声一道,特盛于维扬"[20],马曰璐、江昉等人的词作都有浙西词派的影子。吴锡麒"词学樊榭"[21]，是浙西词派后期的代表词人。他嘉庆十年(1805)后长期执教于安定书院，与扬州一地文人诗酒唱和，推波助澜，进一步加深浙派在扬州的影响。汪潮生"受法于吴祭酒"[22]，"所制词出入于南北宋之间，其小令独追南唐，风格舂容而绵邈，音安而句适，殆曼乎江湖、秋锦之席"[23]。其友人王僧保，"姜、张而后数百年，乃得一真替人"[24]。他们两人是嘉道时期扬州词坛的领袖人物，谭献即称"冬巢词粹美无疵，深入宋贤之室。同时抗手，有王西御《秋莲子词》"[25]，他们在常州词派日渐兴起的特殊时期，延续浙派"骚雅"的艺术追求。

光绪初年的扬州词人群体与汪潮生、王僧保有着密切的联系。王羲"为鹤汀之子，王西御之弟子，受知于汪冬巢"[26]；张丙炎为张安保之子、王嘉福之甥，他们在家学与师承上都带着浙派的基因。黄锡禧从吴熙载学词，吴熙载虽然"从常州派出"[27]，但是与"扬州之汪冬巢、王西御诸公论议"[28]，在师友切磋的过程中很难不受浙派的影响。汪鋆虽受张惠言《词选》影响，追求"意内言外，应弦遗声"[29]的审美境界，但词集《梅边吹笛词》的命名，源自于姜夔的《暗香》，这是浙派固有的习气，谢章铤就曾批判文人词集"不曰梅边吹笛，即曰月底修箫"[30]。这些扬州本地词人，他们以姜夔、张炎为师法对象，自觉追求"清空"、"骚雅"的词作风格，咸丰四年(1854)汪鋆《栖云山馆倡和诗词序》就明确指出他们"诗追三唐、六朝之长，词则撷石帚、玉田之韵"[31]。光绪年间他们的词作依然延续着这样的风格，如张丙炎《琵琶仙·怀忍斋》：

> 三载重逢，那堪又、执手匆匆言别。犹记前夕灯前，琵琶共凄切。抛撇下、鸥盟旧侣。怎忘了、玉人红靥。五岭蛮烟，三巴骇浪，前事如瞥。　　趁连日、风送轻帆，定归向、高斋对明月。窗外早梅初放，闲萧疏黄叶。重想起、扬州旧梦。忆故人、把盏愁绝。预订来岁佳期，杏花时节。[32]

光绪八年(1883)方濬颐返回合肥，张丙炎追念两人交谊，遂填此词。此词的主题与姜夔的《琵琶仙》相似，都有怀念往昔的况味。王羲称"声律在清真、石帚之间"，刘溎年称"此词有石帚之涩"，均是以之比附姜夔，表现出张丙炎词作的浙派倾向。

方濬颐、刘溎年两人填词受张丙炎等影响，亦以浙派作为重要的师法对象，最终获得"白石前身"[33]、"白石复生"[34]这样的比附性评价，他们的词作也表现出"清空"、"骚雅"的特征。这在二人选填词牌与所用词韵中即可窥见。刘溎年《约园词》中用姜夔自度词牌《疏影》15次(包含《绿意》2次)、《暗香》6次(包含《红情》1次)、《扬州慢》3次、《琵琶仙》、《徵招》、《角招》各1次；而用姜夔韵7次、张炎韵3次、史达祖2次。方濬颐《古香凹诗余》中用《疏影》4次(包含《绿意》1次)，《暗香》2次，《角招》2次，《徵招》、《琵琶仙》各1次；而用姜夔韵5次，王沂孙韵3次，史达祖5次，张炎韵7次，朱彝尊韵9次。姜夔、张炎的名篇成为两人学习、效仿的对象，在某种程度上承担词谱的作用。刘溎年、方濬颐两人在阅读、学习的过程中耳濡目染，所作自然也就带有石帚、玉田的风味。如刘溎年《暗香·落花声》：

> 课虚叩寂，问乱红著地，谁闻声息。莫是玉妃，环佩珊珊下琼席。莺燕于今渐老，正对语，相怜相惜。怕闲阶、夜雨催春，余响送凄恻。　　回忆。画楼北。怅五月江城，有客吹笛。彩幡谁立，铃索丁东替垂泣。不是萧萧木叶，也一样、窗纱不隔。唱缓缓，归去

也,那堪听得。[35]

全词聚焦于落花之声,从身边事到忆中景,层层递进,渲染出若有若无的愁绪,特别是他善于化用前人诗词,每句都有来历,然而组合在一起,却和谐地表现出清空、骚雅的面貌。这首词作得到扬州词人群体内部的推崇,黄锡禧、方濬颐等人都有和作,他们的词作都带有这种浙派的风味。

值得注意的是,光绪初年扬州词人群体,他们受本地传统影响的同时,还有意识地拓展取法对象,如黄锡禧"苏、辛、秦、柳门径毕窥"[36],王荬"苏辛秦柳,众美兼该"[37],方濬颐"不名一家,实兼有诸家之胜"[38],他们词作呈现多元化的风格,"清空"、"骚雅"仅为其中最为突出的一种。

四、群体意义

光绪初年的扬州词人群体,他们与当时词坛其他群体一样,"或分题拈韵,或同题共咏,或酬唱赠答,共同推动了晚清民国词坛风气的演变,发展为颇有特色的词人群体与词学流派"[39]。张丙炎、刘淮年、王荬、方濬颐、汪鋆、黄锡禧与吴丙湘这七人虽非当时词坛的一流词人,但他们以群体的面貌点亮了光绪年间扬州黯淡的词学星空,揭示了唱和对于词人创作、地域词风的重要影响。

光绪初年扬州词人群体,是清代扬州地域词坛最后的余响,它为清代扬州地域词学发展画上了圆满的句号。扬州一地,在清代词学发展中占据着重要的地位,康熙年间以王士禛为中心的广陵词人群体、乾隆年间厉鹗、马曰琯等邗江雅集文人群体和咸同年间的淮海词人群体都是清词嬗变的典型案例,反映了当时的词坛风会。嘉道后,扬州因盐业经济衰落与太平天国战乱的影响,逐渐失去东南一带文化中心的地位,扬州词坛也逐渐失去研究者的关注。从清代扬州地域词坛发展的完整性角度考虑,光绪初年的扬州词人群体是其中不可忽略的一部分。张丙炎、黄锡禧、王荬、汪鋆四人贯穿清代后期的扬州词坛,他们不仅是咸同年间淮海本地词人的代表,还是光绪初年扬州词人群体的中坚力量,他们的创作反映了时代与词心的相互作用。他们和方濬颐、刘淮年、吴丙湘共同构成的词人群体,是扬州词坛最后的光辉,在王荬、方濬颐、刘淮年、黄锡禧等人陆续谢世后,扬州词坛再也没有出现知名的词人与重大的词事。

光绪初年扬州词人群体,因唱和而绾结在一起,他们的创作经历揭示出唱和对词人创作、地域词风的正面作用,有利地驳斥了张炎"词不宜和韵"的论断。唱和对于光绪初年中的方濬颐、刘淮年来说,具有启发填词创作、提升词艺水平的重要作用,帮助他们实现从"门外汉"向"射雕手"的转变。方濬颐一直秉持庭训,"素不解倚声",光绪八年(1882)在张丙炎、黄锡禧等人"屡以新词唻之"下,遂一发不可收拾,以致"与诸词友更唱迭和,兴犹未尽,每夕辄自课一调,汔于岁暮"[40]。方濬颐《古香凹诗余》,"其豪放者似苏辛;绵丽者似秦柳;颖慧处似清真,又似梅溪;整练处兼似玉田"[41],囊括诸家之长。刘淮年"素不解倚声,偶读前人所作,仓卒间辄不辨句读"[42],在与张丙炎、黄锡禧等词友唱和后,不仅按谱填词,结为《约园词》四卷;而且辑录词话,编纂词选,俨然为词学之专家。张德瀛盛赞其词,称"如抱经老儒,棱角峭厉"[43]。他们两人的案例,充分验证了况周颐"初学作词,最宜联句、和韵"[44]之说。

光绪初年扬州词人群体的唱和，表现出创作实际与理论思想的背离，这也是晚清民国地域词坛相对普遍的一种现象。晚清民国忧患重重的社会现实，让文人重视起常州词派"经世治用"的主张，强调词有寄托。谭献即称"茗柯《词选》出，倚声之学，日趋正鹄"[45]，张惠言《词选》成为填词家的必备书目。然而创作与主张往往并不是完全吻合，甚至出现分道扬镳的现象，光绪初年扬州词人群体就反映出这点。他们在词学主张上多受常州词派的影响，如汪鋆"获购张皋文所辑《词选》，复读一过如晤故人，未免怦然又有所作"[46]；刘淮年"以皋文所选为蓝本"[47]，编选《词鹄》，"盖犹射者之有的"。然而前文已经叙及，光绪初年扬州词人群体的词作以"清空"、"骚雅"风格为主。这种背离还要从他们的生活状态中寻找原因。光绪初年扬州词人群体主要生活在"同光中兴"的特殊时期，社会相对安定，他们的词作多是集会唱和的产物，主要是为了"娱己"，局限于个人的生活，与外界相对隔离，这就决定他们的词作难有"寄托"。王尚辰作为光绪初年扬州词人群体的外围成员，在谭献的指导下，"始知贞淫美刺，与六义合。批风弄月、妃青俪白之侪，不足以言词也"[48]。这种文学思想与创作实况背离的现象，不止体现在光绪初年扬州词人群体中，在当时的地域词坛如金陵词坛、杭州词坛等处，都可窥见端倪。

结　语

光绪初年扬州词人群体性的创作，揭示出地域、时代与词心之间的微妙关系。扬州一地的词学活动，并未因扬州的衰落而消歇，还在与时代同轨，真实地表现词人的心绪。虽然他们在当时的整个词坛仅是一朵不起眼的浪花；但正是这些浪花涌动、攒集、汇合成中国词学发展的长河，研究者不能因其小而忽之。

注　释：

　　* 本文为国家社科基金重大项目"明清唱和诗词集整理与研究"（17ZDA258）阶段性成果。

　　[1] 目前对清初扬州词坛的研究已经相当成熟，其中李丹《顺康之际广陵词坛研究》（上海古籍出版社2009年版）、林宛瑜《清初广陵词人群体研究》（文津出版社有限公司2009年版）与刘扬忠《广陵词人群体考论》（《江西社会科学》2004年第7期）、张宏生《王士禛扬州词事与清初词坛风会》（《文学遗产》2005年第5期）对王士禛主导的红桥倡和都有详尽的论述，此外葛恒刚《清初词坛"广陵唱和"论略》（《南京师范大学文学院学报》2016年第4期）、《"江村唱和""广陵唱和"与清初江南词坛稼轩风的演进》（《江苏社会科学》2018年第5期）更是以唱和的角度动态分析清初扬州词坛的变迁。乾隆时期邗江吟社词体唱和研究见万柳的《清代词社研究》（中州古籍出版社2011年版）。咸丰年间的岳阜唱和与九秋唱和，陈水云《咸丰、同治时期淮海词人群体综论》（《武汉大学学报》人文社科版2007年第6期）、马腾飞、史哲文《地方·时代·词史：〈淮海秋笳集〉与道咸淮海本土词人群》（《扬州大学学报》人文社科版2017年第2期）与茆萌《咸同词坛淮海词人群体研究》（苏州大学2016年博士学位论文）都有细致的剖析。目前同治之后的扬州词坛尚未得到学界的关注。

　　[2][3][6] 钱祥保修，桂邦杰纂《（民国）江都县续志》，《中国地方志集成·江苏府县志辑》67，江苏古籍出版社1991版，第782、767、713页。

　　[4] 王焱，据徐兆英《梧竹轩诗钞》卷七《九月十八日王小汀上舍七十生日招饮即夕赋赠》，此诗作于

光绪十三年(1887),据古人的年龄计算方式,上溯六十九年,生年即嘉庆二十三年(1818);卷八《王小汀上舍挽诗》"寿诗赋毕挽诗催,元夕才过疆耗来",七十寿辰过后不久即谢世,卒年为光绪十四年(1888)。

〔5〕 黄锡禧生年见谭焱《手稿本〈栖云山馆词续〉考述》,为道光十三年(1833)。卒年见徐兆英《梧竹轩诗钞》卷九《哭黄子鸿司马》,注有"同社刘树君年丈亦于去春三月初作古",刘淮年卒于光绪十七年(1891),则黄锡禧卒年即为光绪十八年(1892)。

〔7〕 《泰州日报》2019 年 12 月 16 日 A06 版,载姚正铺生卒年为(1811—1884 后),据方濬颐《古香凹诗余续存》载《寿楼春·仲海用史邦卿韵枉赠拈此奉酬》、《丰乐楼·补阅清明联句用李耕客联句》(方濬颐、姚正铺、刘庠),方濬颐光绪十一年(1885)还至袁浦与其有唱和活动,故卒年应为 1885 年后。

〔8〕〔36〕 方濬颐《栖云山馆词续存序》,《忍斋文赘》,清光绪十二年刻本。

〔9〕〔17〕 方濬颐《古香凹诗余》卷一、卷二,清光绪十年定远方氏维扬刻本。

〔10〕〔48〕 王尚辰《遗园诗余自序》,冯乾《清词序跋汇编》,凤凰出版社 2013 年版,第 1663 页。

〔11〕〔15〕 王菼《冰瓯馆词钞序》,冯乾《清词序跋汇编》,第 1680 页。

〔12〕 刘深《〈冰瓯馆词钞〉词学评点辑录》,《词学》第三十三辑,第 367—373 页。

〔13〕 王之春著,喻岳衡点校《椒生随笔》,岳麓书社 1983 年版,第 25 页。

〔14〕 吴恩棠《徐园碑记》,朱明松《扬州碑刻辑考》,广陵书社 2020 年版,第 239 页。

〔16〕〔29〕〔46〕 汪鋆《梅边吹笛词续存序》,冯乾《清词序跋汇编》,第 1287、1286 页。

〔18〕 尤侗《延露词序》,冯乾《清词序跋汇编》,第 27 页。

〔19〕 王昶《江宾谷梅鹤词序》,冯乾《清词序跋汇编》,第 539 页。

〔20〕 吴锡麒《詹石琴词序》,冯乾《清词序跋汇编》,第 624—625 页。

〔21〕〔25〕〔45〕 谭献《箧中词》,人民文学出版社 2015 年版,第 123、183、165 页。

〔22〕〔24〕 包世臣《为朱震伯序月底修箫谱》,冯乾《清词序跋汇编》,第 899 页。

〔23〕 黄承吉《冬巢诗集序》,清道光十七年(1837)刻本,卷首。

〔26〕〔27〕 《续修四库全书总目提要稿本》第 16 册,齐鲁书社 1996 年版,第 438、514 页。

〔28〕 吴熙载《栖云山馆词序》,冯乾《清词序跋汇编》,第 1483 页。

〔30〕 谢章铤《赌棋山庄词话》续编卷五,唐圭璋《词话丛编》,中华书局 1986 年版,第 3569 页。

〔31〕 汪鋆《栖云山馆倡和诗词序》,扬州大学图书馆藏稿钞本。

〔32〕 张丙炎《冰瓯馆词钞》,张宏生《清词珍本丛刊》,凤凰出版社 2007 年版,第 192—193 页。

〔33〕 黄锡禧题《古香凹诗余》、《石湖仙》词有句"白石是前身",冯乾《清词序跋汇编》,第 1676 页。

〔34〕 刘淮年《寄渔词话》,孙克强、黄志维整理,《文学与文化》2016 第 2 期,第 141 页。

〔35〕 刘淮年《约园词》卷三,清光绪十二年刻本。

〔37〕 方濬颐《湘春夜月·小汀谱此题古香凹诗余即仿其体奉题受辛词》,《古香凹诗余》卷二。

〔38〕〔41〕 刘淮年《古香凹诗余序》,冯乾《清词序跋汇编》,第 1676 页。

〔39〕 袁志成《晚清民国词人结社与词风演变》,湖南师范大学出版社 2015 年版,第 1 页。

〔40〕 方濬颐自记,《古香凹诗余》卷二,卷末。

〔42〕 刘淮年《约园词自记》,冯乾《清词序跋汇编》,第 1665 页。

〔43〕 张德瀛《词征》卷六,唐圭璋《词话丛编》,中华书局 1986 年版,第 4184 页。

〔44〕 况周颐《蕙风词话》卷一,唐圭璋《词话丛编》,中华书局 1986 年版,第 4415 页。

〔47〕 刘淮年自记,《词鹄》,清抄本,卷首。

〔作者简介〕 尚鹏,1993 年生,上海大学文学院博士生,主要从事清代唱和诗词研究。

远与彭城溯一源
——论黄节对陈师道诗的接受

李　明

黄节（1873—1935），字晦闻，广东顺德人，为清末民国著名诗人，也是南社社员。黄节也是一位著名学者，早年受学于广东名儒简朝亮，后创办国学保存会，经办《政艺学报》、《国粹学报》，宣传反清革命；后执教于北京大学教授诗学，以讲诗、注诗为志业，曾撰《诗学》、《诗律》、《诗旨纂辞》、《诗旨变雅》、《汉魏乐府风笺》、《曹子建诗注》、《阮步兵诗注》、《鲍参军诗注》、《谢康乐诗注》等，可谓集诗人与学者之身份于一身。

黄节有《蒹葭楼诗》二卷，及集外诗，计六百余首[1]，其诗历来备受推许。汪辟疆称其"南北诗坛无人不知"[2]，张尔田称其"以诗鸣海内"[3]，陈三立评其"冥辟群界，自成孤诣"[4]，梁鼎芬认为"三百年来无此作手"[5]，而黄氏弟子吴宓也说："即论其诗法与诗学，研究之勤，造诣之精，以及所作之诗之深厚佳妙，在今中国亦咸推第一人。"[6]在当时诗坛乃有"章（炳麟）文黄诗"、"黄诗陈（洵）词"之并称，可见其诗坛地位之高。

关于黄节的生平、学术思想，前人皆有述论。对于黄节的诗，学者或总论其人其诗[7]，或考辨其佚诗[8]，或结合诗人心态分析其诗风变化[9]，或分析其艺术特色[10]，而对于黄节诗之师承渊源，仅有略论，而未及深入[11]。本文试从此入手，着重分析陈后山诗对黄节之影响。

一、黄节宗后山简论

论诗人的诗学渊源，原本是一件困难而难以定评的事。因为一个诗学大家往往转益多师、融液贯通从而成就自家之面目。黄节对于前代诗家，也是多所取材的。在作于1911年的《报宾虹寄画》中，黄节曾言："尔来我为诗，视子尤辛艰。朝叩少陵扉，夕抗昌黎颜。"[12]在1927年所作的《岁暮吟》中，黄节也说："我独治诗远思古，陈王阮公谢鲍句。上及乐府诗三百，发为文章用笺注。"如前所述，黄氏对于汉魏诸家诗皆有研究和笺注，对于顾亭林诗也有未完之笺注。在《诗学》一书中，黄节也曾对先秦至明代诗学皆有精当之评论。可见，黄节对中国诗学史上的诸家诸派是非常了解的。但若论黄节的诗学渊源，北宋诗人陈师道即陈后山被公认为是对黄节的诗风影响最著者。

本文收稿日期：2021年4月5日

关于黄节诗与陈后山之关系,民国以来的诗评家多有评论。黄节好友张尔田在《黄晦闻鲍参军诗注序》中谓黄诗:"历宋之后山、宛陵诸家,尽规其度。又浸淫于汉魏六朝古乐苑被声之诗。"[13]指出黄节诗规模众家,其中即包括陈师道。陈三立评黄节诗云:"卷中七律疑尤胜,效古而莫寻辙迹,必欲比类,于后山为近,然有过之而无不及也。"[14]钱仲联《论近代诗四十家》:"《蒹葭楼诗》有通嗣宗之神理而遗其貌者,盖得力于宋人陈后山诸家。"[15]郑方泽《中国近代文学史事编年》亦谓黄节:"诗宗宋诗,风格幽淡,着意骨格,语言凄婉,尤以陈后山为近。"[16]以上为持论较慎者。至于黄节好友马叙伦在黄氏祭文中云:"兄擅为诗,足媲后山。"[17]汪兆铭在祭黄节文中亦言其诗:"继轨彭城,参曹洞禅。"[18]又如当时诗人挽诗如黄濬《挽晦闻》:"君诗称后山,自况意高蹇。"[19]夏敬观《挽黄晦闻》:"岁寒诗卷松坛侧,拟办斋筵祔后山。"[20]又如木易所论:"晦闻乃专宗后山,别树一帜,与南社作风绝缘……近代学后山,最有名的当推黄晦闻,因为他的诗也是自苦吟得来。"[21](《黄节及其蒹葭楼集外诗》)张采庵《略论黄节诗》也说:"黄节专学江西诗派的陈后山,苦心孤诣,朝夕揣摩,自成家数。"[22]皆明确指出黄节之诗瓣香后山。

黄节自己在诗中也对陈后山屡次致意。黄氏有诗《读后山集时庚戌寒夜雪中》:"涪翁而后有彭城,天地孤怀往复倾。谁谓一篇当此夜,欢然相接若平生。熙丰朝右原多故,坛坫江西独主盟。却是诗名掩高节,岁寒风雪想峥嵘。"黄节在此诗中对后山表达了敬意,认为他的高节与诗名一样值得后人铭记。黄节又两句诗云"无己天下士,竟未挂世眼"(《予欲编后山年谱,久而未就,敷庵书来见促》),称陈师道为"天下士",并对其未为世所重表示惋惜。黄节又曾在《校梁节庵先生诗既毕追呈一首》诗中"垂没犹轻不世辞"句下自注云:"公(梁节庵)殁前数月为诗称节诗,有类涪翁称后山云语。"梁鼎芬临终前称赏黄节之诗,黄节认为梁氏的称赏就像当年黄庭坚称赞陈后山一样,可见黄节是以陈后山自许的。黄节又有诗《怀真长却寄》云:"差比后山忆淮海,强如子美梦青莲。"诗中黄节亦将自己比作陈后山。又《寒夜读白石道人集题后》诗云:"布衣同有后山才,只汝高吟未至哀。"对于自己学诗的取法渊源,黄节在《七月十六日雨中作》中有明确的夫子自道:"窅然涪水诗千首,远与彭城沂一源。""彭城"即陈后山也。

黄节曾制一印,上刻"后山之后",可见对后山之崇仰,事见郑逸梅《南社丛谈》:"他诗学后山,刻一印为'后山以后'四字,颇有自负之意。"[23]黄节又曾制作《陈后山年谱》,可惜未成,有诗《予欲编后山年谱久而未就敷庵来见促赋此答之》可证。民国三年甲寅(1914)十二月廿九日,黄节曾与诸宗元等京城诗人在法源寺为陈后山逝日设祭,黄节有诗纪之:"谡谡长松绕佛坛,致斋为位讵无端。顾兹一往相从意,益叹于今后死难。贤达同时天独啬,士夫明耻国犹安。流风已绝熙丰世,诗卷凭谁共岁寒。"(《十二月二十九日集法源寺为陈后山逝日设祭》)明年即乙卯(1915)同日,又有诗追忆此事《十二月二十九日与栽甫登江亭忆去年此日为后山逝日设祭法源寺与会者惟贞壮南归今此事亦不再矣因为诗寄之》:"二客江亭话去年,今朝吟祭后山篇。更无一事能经岁,可叹前人有独贤。忆子梦回湖上路,逭春冰解直沽船。残邮若递今朝讯,诗在芦根积雪边。"

由诗坛评论以及黄节自己的表述与行事,可见其取法后山之说应为定论。

二、黄节诗与后山诗之共通点

黄节诗与后山诗在诗风上的共同点可以分为几个方面来总结。

1. 诗情之真挚凄婉

陈后山诗为人称许的一点即在于情感的真挚。如清人卢文弨所言："后山之诗,于淡泊中醰醰乎有醇味。其境皆真境,其情皆真情,故能引人之情,相与流连往复,而不能自已。"[24]其抒写亲情之诗如《送内》、《别三子》等诗感人至深,向为论者所称。又如后山追悼其师曾巩的《妾薄命》:"有声当彻天,有泪当彻泉。死者恐无知,妾身常自怜。"[25]充满了悲哀之情。苏轼远谪海南后,后山有诗怀念:"未有平安报,空怀故旧情。斯人有如此,无复涕纵横。"(《怀远》)又如怀念远谪的黄庭坚:"默坐身如在,孤灯共不眠。暮年身万里,赖有故人怜。"(《宿深明阁》)都充溢着对师友的深情。后山诗中还有很多描写自己贫病生活的诗,如"平生忍欲今忍贫,闭口逢人不少陈"(《谢宪台赵史惠米》),又如"虚名不救饥肠饿,晚岁仍遭末疾缠"(《寄曹州晁大夫》)。扬弃悲哀为宋诗的一般特质,但后山诗正以多哀情为其特质,正如后山诗中自道:"孰知文有忌,情至自生哀。"(《寒夜》)

黄节诗亦以真挚感人见长。陈衍在《近代诗钞》中评黄节诗"语必凄婉"[26]。汪辟疆在《光宣诗坛点将录》中引用杜诗"一重一掩吾肺腑"来作黄诗定评[27]。汪氏又在《光宣以来诗坛旁记》中评论黄诗:"沉厚悱恻,使人读之,有惘惘不甘之情。"[28]且摘数诗以见之。如黄节写小儿夭折后诗:"鹤鸣失和只增伤,往复吟成鬓渐霜。历览死生元可了,岂知人世未能忘。荒畦野竹新添笋,落日僧寮已爇香。平日寻常经眼事,今朝惟有断人肠。"(《南归甫抵家门次儿绶华遽殇吟咏概绝两月有余小暑日独坐海幢寺后园得句》)悼友人诗如《元夜得闵孙奭赴为诗哭之》:"风雪催元夜,先成哭汝诗。春灯寒不焰,贤辈晚难期。体弱功多废,亲老语亦悲。岁阑相过说,今日付哀辞。"以上两诗哀感深情,皆类后山。写清贫生活者如"典衣原为买书贫,生事初怜渐苦辛。"(《春晚典衣购书数十部》)苦愁之态,亦类后山。又有抒怀诗如:"愁入蒹葭不可寻,闭门谁识溯洄深。江湖 往成回首,风露当前独敛襟。遗世尚多今日意,怀人空有百年心。凭君为写伤秋句,应与鸣条和独吟。"(《自题蒹葭图寄黄宾虹索画》)又如"歌哭且留他日泪,死生齐进此时情"(《生朝》)、"损性却缘情未了,欲归何故立多时"(《晚渡珠江岸侧未归》)等句,亦皆深情凄婉。酬赠诗则如:"绕道江皋计早纤,经行淞曲又旬余。无多怀抱将销歇,已换寒温问起居。听曲再来当暮雨,题诗还寄及春初。迟归别有沉绵意,难为临风一一书。"(《南归至沪寄京邸旧游》)陈衍在《石遗室诗话》中特别赏析了"无多怀抱将销歇"一句:"读第三句,使我慨叹无已。人之有怀抱者本已无多,而富有怀抱者更少;至怀抱无多,则一经顿挫,遂尔销歇矣。胥天下无怀抱之人,安能忍而与终古哉?"[29]其他各类题材中或直抒真情,或融情入景,情思绵邈之句,俯拾皆是。

但陈后山诗虽多哀怨,却能够"不失其身",这一点是黄节比较赞赏的。在《颜长道诗序》中,陈后山对"诗可以怨"发表了自己的看法:"故人臣之罪,莫大于不怨。不怨则忘其君,多怨则失其身。仁不至于不怨,义不至于多怨,岂为才焉,又天下之有德者也。"[30]黄节在《诗学》一书中引用了陈后山如上言论,并加以评论:"虽然平心而论,后山之诗不能谓之不多怨,喜其多怨而不失其身耳。"[31]陈后山一生气节凛然,"却章惇之见,以至终身不用,却赵挺之之裘,以至受寒而死","故有后山持身之义,则诗虽多怨而无害"。这是黄节对陈后山的评论,也是他的夫子自道了。

2. 诗格之淡

前人论后山诗,多以一"淡"字评之。平淡乃为宋人论诗普遍推许之风格,但在陈后山诗中得到了最典型的体现。"淡"之涵义多重,试论后山诗之淡,略有几层意涵。后山诗之"淡"的第一层意涵,为人格之淡雅。陈氏乃学黄庭坚诗,但黄诗多戏谑之作,如朱熹所说,尚有"许多轻浮底意思"[32];相比之下,陈后山诗则更为典重雅正。因此刘辰翁评论后山诗云:"后山自谓黄出,理实胜黄,其陈言妙语,乃可称破万卷者;然外示枯槁,又如息夫人绝世一笑自难。"[33](《增广笺注简斋诗集》卷首)明人杨一清也说后山诗"幽邃雅淡,有一尘不染之气"[34]。"淡"的第二层意涵,为意象之枯淡。陈诗很少雕琢景物,故历代诗评家有"枯淡"之评。蔡正孙《诗林广记》引当时人评语:"或言后山之诗,非一过可了,近于枯淡。"[35]方回在《瀛奎律髓》中评《寄外舅郭大夫》一诗时也指出了这个特点:"后山学老杜,此其逼真者,枯淡瘦劲,情味深幽。晚唐人非风花雪月、禽鸟虫鱼竹树,则一字不能作。"[36]陈后山诗之"淡"的第三层意涵,是诗语之平淡。黄庭坚诗好补缀奇字,押险韵,多用僻典。《王直方诗话》载,陈后山认为"鲁直晚年诗伤奇"[37],因此他提出"宁拙毋巧、宁朴毋华,宁粗毋弱,宁僻毋俗"的主张[38](《后山诗话》)。相比黄诗而言,陈后山诗多常语。尤其是写亲情、友情诸篇,皆以淡语含真情。

黄节诗也有类似的评价。陈散原评黄节诗:"格澹而奇,趣新而妙。"[39]郑方泽也在《中国近代文学史事编年》中评黄节"诗宗宋诗,风格幽淡"[40]。黄节与陈后山一样,都是纯粹的儒者。黄节诗中多忧国忧民、忧生忧世的沉郁典重之语,少风花雪月的旖旎之情。黄节论诗十分反对油滑的腔调。据其私淑女弟子黄稚荃在《忆晦闻师》中记载,黄稚荃初次拜见黄节时,曾以己诗为贽,而黄节评论道:"你的诗,我已看了,中了张船山、袁子才的毒,油腔滑调。若学此二人,即作诗两千首,也不能算个诗人。"[41]此为黄诗所体现人格之雅淡者。从意象上来说,黄诗同后山诗一样,都以情意为主,甚少直接刻画景物。即使写崇效寺牡丹诸诗,也未着语刻画牡丹花色,而是以抒情言志为主,如《崇效寺对牡丹作三首》其三:"违弃何堪赋改求,采兰屈子日繁忧。独哀芜秽洵吾道,自惜铅华为汝谋。顾景不常春易去,愿天为美雨旋收。稼轩原有飘零感,蝶恋花词只是愁。"从语言上来说,黄节诗并不突出奇字,而是锻炼常字。通过深刻的构思和简练的表达,常字也可以有生新的效果(参见下两小节)。从对仗上来说,黄节诗同后山诗一样,都以宽对为主,词性和结构都比较参差灵动,甚至有些句子是半对半不对,如"剩欲出门向谁是,坐看孤影与吾谋"(《七月二十日江楼晓起》)、"倘有世图宁恨晚,只愁天下渐殚残"(《即席送诸贞壮南昌之行》)、"百计安心殊亦误,有身为患适何从"(《病中》)、"去劫百年犹未复,烂泥诸佛竟谁归"(《过灵隐寺见洪杨劫后遗迹》)、"岂有恶声来午夜,欲持一寐了吾生"(《邻鸡》)、"来日艰虞应自惜,大伦朋友岂能遗"(《慰贞壮失子》)等。黄节诗还偶用拗句,如"苍云白雁自南北,浊酒素琴相起居"(《近状书寄广州何君选张筱文》)。以上都是黄节诗语言"宁拙毋巧"的表现。黄节在诗中对于自己诗有"枯"、

"拙"的一面,是有着清楚的认识的:"念枯每次微嘳,意拙宁多删。"(《报宾虹寄画》)

3. 诗语之精炼

陈后山诗追求以最简练的语言表达最丰富的意义,即他所说的"语少而意广"。《后山诗话》中载:"余登多景楼,南望丹徒,有大白鸟飞近青林,而得句云:'白鸟过林分外明。'谢朓亦云:'黄鸟度青枝。'语巧而弱。老杜云:'白鸟去边明。'语少而意广。"[42]在《诗话》中,陈师道还认为王维的"九天阊阖开宫殿,万国衣冠拜冕旒"不如杜甫的"阊阖开黄道,衣冠拜紫宸"[43],杜牧的"南山与秋色,气势两相高"不如杜甫的"千崖秋气高"[44]。由此可见,陈师道学杜甫句法的重要一点就在于"语少而意广"。

陈师道在创作时很好地实现了他对"语少意广"这种美学效果的追求。如《后湖晚出》诗三四句"青林无限意,白鸟有余闲",方回评曰:"'沧江万古流不尽,白鸟双飞意自闲',东坡赏欧公诗,谓敌老杜。后山三四一联,尤简而有味。"[45]又如吴聿在《观林诗话》中的摘句点评:"钱昭度诗云:'伯禹无端教鲜食,水中鱼尽不知休。'陈无己云:'谁初教鲜食,竭泽未能休。'便觉语胜。"[46]因此魏衍在《彭城陈先生集记》中称陈诗"简重"、"精妙"[47]。杨万里在《诚斋诗话》中也说:"诗有一句七言而三意者……有一句五言而两意者。陈后山云:'更病无可醉,犹寒已自知。'"[48]也是指出了陈诗言少而意丰的特点。元代刘壎在《隐居通议》中列举陈诗若干句后,将后山诗的语简而意长的特点总结为"缩地之法":"凡此语皆语而意长,若他人必费多少言语摹写,此独简洁俊俏,而悠然深味,不见其际,正得费长房缩地之法。虽寻丈之间,固自有万里山河之势也。"[49]

黄节诗亦有此特点。如《生朝》诗:"柳已成围事屡更。"桓温北征见昔年所柳树成围因而感叹"木有如此,人何以堪",黄诗用"柳已成围"四字隐括,咫尺而有千里之势。《中秋夜与李子沧萍张子友鹤观月社园》诗"晚托后生余客老"一句,隐括陆机《叹逝赋》中"托末契于后生,余将老而为客"两句,亦可谓至简有味。《送王秋湄》"南禽代马各依依"句,"南禽代马"四字隐括古诗十九首《行行重行行》中"胡马依北风,越鸟巢南枝"两句,以极简语言表达了思乡之情。黄节写景的诗句也都特别简练,如"积阴为雨计兼旬"(《十二月十七日偕崔劭南任子贞出东郊过息鞭亭小饮》)、"一雨化云春似海,早朝添浽水周堂"(《雨中与陈树人同坐湖舫》)、"数日积阴能敌暑"(《寓斋雨中》),往往用几个字就写出景物的变化。写人情之诗如《九日》"八口萧条鬼故新"句,"鬼故新"短短三字,蕴含无限人事变故。《即席送诸贞壮南昌之行》:"萧条飞雨秋兼别,磊落当筵慨且叹。""秋兼别"、"慨且叹",二语甚简。因黄诗用字极其简练,故每一句可以包含更多层次的语意。如《送人》诗中"见促旋离会日长"一句含有三层意思。吴宓在《空轩诗话》中评论黄节在民国十三年以后的诗的特点为"完全脱去陈言,删落芜词"[50],所谓"删落芜词"就是诗语的尽量简练,从而形成语少而意广的审美效果。

4. 用字的锻炼与沿袭

陈师道十分注重对用字的锤炼,曾经指出:"学诗之道,在乎立格、命意、用字而已。"并分析杜甫诗用字之精妙:"《赠蔡希鲁》诗云:'身轻一鸟过',力在一'过'字;《徐步》诗云'花蕊上蜂须',功在一'上'字,兹非用字之精乎?"[51](张表臣《珊瑚钩诗话》)陈诗用字十分精严。如"三更爽气侵危坐,万里风回逼发生"(《次韵黄生》)的"侵"、"逼"两字,"寒气挟霜侵败絮"(《早起》)的"挟"字,"河回杀急流"(《秋怀四首》)的"杀"字,"野润膏新泽,楼明纳晚晴"(《和寇十一同游城南阻雨还登寺山》)的"膏"、"纳"两字,均为句中之眼。

黄节诗也十分注重炼字。如"悠然天地日相盘"之"盘"字(《独夜》),"春尚造寒将易暖"之"造"字(《二月六日雪复过北海》),"强扶魂梦惜新晴"之"扶"字(《秋雨初晴得高天梅见怀诗还答》),"残炉烬落光初蜕"之"蜕"字(《病中》),"天与湖山纳遗句"之"纳"字(《题孤山放鹤亭》),"小楼乱点杀残更"之"杀"字(《邻鸡》),"动壁哀弦支独夜"之"支"字(《李茗柯属题〈寒夜听琴图〉三年未答春夜雨中成句》);又如"落日鱼涎拍拍红"之"拍拍"二字(《七月初六日赴沪海上大风》),"霜下归飞纂纂惊"之"纂纂"二字(《邻鸡》),"了了明灯煎灼地"之"了了"二字(《与马夷初登江亭晚饮市楼并寄贞壮秋枚宾虹子贞》),都十分生新警拔。

黄节诗中一些常用字是沿袭自后山诗的。如后山常用"负"字,如"十年为客负黄花"(《九日寄秦觏》)、"想负花前载酒来"(《和王明之见寄》)等。《蒹葭楼诗》中用"负"字达33句之多。其中如"负尽花时过春社"(《武林兵起有怀贞壮湖上》)、"尔来多负看花心"(《春尽日出游》)明显脱胎于后山诗。

后山又常用"回"字,如"疾风回雨水明霞"(《九日寄秦觏》)、"覆杯不待回丹颊"(《次韵晁无斁冬夜见寄》)、"稍回松色伸梅怨"(卷八《雪后》)等,仅七律中即多达20处。而检《蒹葭楼诗》,用"回"字竟达89句之多。如"清明野烧青回红"(《清明谒袁督师墓》)、"暴风回暝作吹凉"(《园坐》)、"强为故人回别泪"(《大连湾留别胡子晋》)等句,"回"字都特显神采。

后山又常用"作"字,仅七律中即达40多处。而粗检《蒹葭楼》诗中用"作"字达80处左右。"作"字本为常见之字,但在后山和黄节诗中,某些用句则显得生新不俗。如"作畔芦根袅袅支"(《雪中与刘三天如宪子登江亭作并寄贞壮》)、"暑风回暝作吹凉"(《园坐》)、"一波摇岸作澜渝"(《北海月夜作寄怀黄元白西湖》)等。

又如"著"字。"著"字是陈后山特别喜欢用的一个字。如"花边著语老犹能"(《寄晁无斁》)、"梅子梢头已著春"(《立春》)、"光气著人浑欲醉"(《张谋父乞花》)等。在七律《送苏迨》、《送赵大夫鹿鸣诗宴集》、《春怀示邻里》等诗中甚至都有两个"著"字:前诗"胸中历历著千年"、"随世功名小著鞭",中诗"鸿雁著行过渭水"、"三千著籍今为盛",后诗"断墙著雨蜗成字"、"却嫌归鬓著尘沙"。粗检后山集中,仅七律即用"著"字达30句左右。《蒹葭楼诗》中用"著"字亦特多,约有20多处。如"早枫著叶黄于水"(《登六和塔》)、"已著霜花近重九"(《晨过社园将夕乃归》)、"著语芳菲意莫传"(《崇效寺对牡丹作三首》其一)等。

又如"将"字。"将"字也是常用字,但后山诗中的很多"将"字用得不俗,如"宾鸿将子度微明"(《早起》)、"正将强健入新年"(《次韵寇秀才寄下邳家兄》)、"暮云将雨作催人"(《次韵关子容》)等。黄节诗中也袭用了"将"字的妙用。如"晚有好风将鸟至"(《和魏斋同游江亭》)、"片云将梦更萧森"(《闰五月朔日雨中》)、"远帆将鸟近旁洲"(《三月十九日发广州海上作》)等。

又如陈后山《早起》诗"残点连声杀五更"一句,用"杀"字甚新警,黄节诗中,除"小楼乱点杀残更"诗直接夺胎于后山诗外,还有多句化用"杀"字,如"挂柳残蝉已杀鸣"(《漫成一首寄区生得潜》)、"蝉噪无风欲杀金"(《逭热和瘿公敷庵》)等。

5. 善用虚字

陈后山诗有善用虚字的特点,这一点也是学习老杜而来。胡应麟曾言:"后山多用杜虚字。"[52](《诗薮》外编卷五)即是此意。如《立春》诗:"马蹄残雪未成尘,梅子梢头已著春。巧胜向人真奈老,衰颜从俗不宜新。高门肯送青丝菜,下里谁思白发人。共学少年天下士,独能濡湿辙中鳞。"方回《瀛奎律髓》卷十评曰:"此诗虚字上着力勾斡。"[53]又如《雪后》诗:"送往开新雪又晴,故留腊白待青春。稍回杉色伸梅怨,并得朝看与夜听。已觉庭泥生鸟迹,遽修田事带朝星。暮年诗力归持律,不是骚人故独醒。"方回评曰:"此诗第一句至第六句,皆出格破体,不拘常程,于虚字上极力安排。"[54]

黄节诗亦多用虚字。如《与潘若海步月归作》:"去去宁为燕雀知,海天无语独归迟。渐看襟袖生微月,已见蓬莱异昔时。回首朔风殊污我,呕心来日复如斯。似闻缓缓琵琶响,休问江边弹者谁。"诗中虚字如"宁"、"渐"、"已"、"殊"、"复"都是着力之处。又如《清明忆广州》诗颔联:"追寻少日原孤露,忽漫经春又落花。""原"、"忽漫"、"又"几个虚字让情绪显得有层次感。《南归甫抵家门次儿绥华邃殇吟咏概绝两月有余小暑日独坐海幢寺后园得句》诗颔联:"历览死生元可了,岂知人世未能忘。""元"、"岂"形成情绪上的转折,在矛盾中表现了诗人的悲哀之感。如此甚多,兹不俱举。

而且值得指出的是,后山诗中所常用的一些独特的虚字,在黄节诗中都有沿袭之迹。如"剩欲"一词,后山七律中曾 6 次使用,在黄节七律中也多次出现,如"剩欲出门向谁是"(《七月二十二日江楼晓起》)、"剩欲闻歌覆酒杯"(《春夜同栽甫过小素梅阁听曲》)。又如"孰知"一次,在后山诗中曾 7 次出现,在黄节诗中也重复出现,如"孰知吾道不能同"(《题郑所南诗集后》)、"恶饮孰知吾病渴"(《园坐》)等。又如黄节诗中喜用"不成"二字,如"南风三日不成雨"的"不成雨"(《为胡夔文题戴鹰阿山水画册十二首》)、"街南寒柝不成声"(《雪夜过剧园已辍唱归途口占》)的"不成声"、"岭云朝霁不成虹"的"不成虹"(《二月十四日东山寓楼》),在陈后山诗中有很多类似用例。如"呵手不成温"(《暑雨》)、"鸟起不成飞"(《雪》)、"度腊不成雪"(《早春》)、"点滴不成声"(《夜雨》)等。

6. 句法之拗折多变

陈衍在《近代诗钞》中指出黄节为诗有"笔必拗折"的特点[55]。黄节诗之"拗折",表现在一句之中诗意多转折,也表现在两句之间在语意上的张力。而此两点应皆与学习后山诗有关。

前文已论及后山诗有诗语简练和善用虚词的特点。因为语言简练,因此往往在一句之中可以容纳多层意思;因为善用虚词,词句之间往往多转折关系。如上文所举"更病可无醉,犹寒已自知"(《别负山居士》),即是五言含有两层意思。而且后山一句诗的两层意思之间常常有递进或转折的关系,如"巾鞍更觉霜侵鬓,语妙何妨石作肠"(《次韵李节推九日登南山》),此为递进关系。"十年作吏仍糊口,两地为邻阙寄声。冷眼尚堪看细字,白头宁复要时名"(《答晁以道》)、"末岁心存力已疲"(《绝句》),此为转折关系。就一联的两句而言,后山诗也往往存在意义上的张力。如"及兹去去翻为恨,向使常常肯谓多"(《送检法赵奉议》),为假设关系。"剩欲展怀因问疾,孰知相对只衔觞"(《上晁主客》),为转折关系。从对仗技法来看,同唐人诗句多工对不同,后山诗对句上下句之间往往虚实、轻重不等,句法灵动。后山《寄张文潜舍人》诗中有两句"车笠吾何恨,飞腾子莫量",方回在《瀛奎律髓》中评曰:"'车笠'二字实,以对'飞腾'二虚字,可乎?曰:老杜'雨露'对'生成',有例。(作者按:杜甫诗《屏迹三首其一》:"桑麻深雨露,燕雀半生成。")后山又有诗曰:'预知河岭阻,不作往来频。''声音随地改,吴越到江分。'皆是以轻对重。"[56]方回又评《次韵春怀》:"'老形已具臂膝痛',身欲老也,'春事无多樱笋来',春欲尽也。前辈诗中千百人无后山此二句。以一句情对一句景,轻重彼我,沉着深郁,中有无穷之味,是为变体。"[57]

  黄节诗之"拗折"也体现在这几方面。因句法简练,因此一句容多层诗意,如上文所举"见促旋离会日长"(《送人》)一句,即含有三层意思。而且很多时候,黄节诗一句之中的两层意思之间在语意上是陡折断裂的。如"古人渐远寻芳草,明月相看落酒杯"(《晚过东园独饮月上乃归》)的上半句,又如"人语桔槔鸣浅水,角声楼橹隐遥村"(《七月二十六日出北郭昌华亭晚饮节庵先生玉山草堂》)。就一联来说,上下句之间的语意往往不在同一平面上,而是多转折、递进,形成多变的张力。如"故国山川容静对,一时风雨与俱来"(《题陈云淙霜钟琴拓本》),上下句形成对比。有时候,上下句之间的意思并无联络,形成断裂,如:"古无创业残文教,水欲分湖涌翠微。"(《过灵隐寺见洪杨劫后遗迹》)又如:"午多怀抱将消歇,已换寒温问起居。"(《南归至沪寄京邸旧游》)从上下句的情景关系来说,黄节诗也多变化。一联上下句一情一景者如:"往事丛残争入眼,水窗明瑟共衔杯。"(《为黄诏平题绣角笺》)"人与沧桑同一醉,江随凫苇日相深。"(《中秋夜集小画舫斋与陈述叔谈诗》)"北客共忘家在乱,坝河初见水漫生。"(《上巳清明同日璱公敷庵约集坝河修禊》)"乱离未废论诗志,徙倚惟看过午阴。"(《社园送栽甫南归》)"怀抱略陈从得句,暄晴不定始成阴。"(《春尽日出游》)"十年北客伤离乱,双桥南街不断声。"(《中秋》)"不奇天下殚残尽,独对林花寂寞开。"(《晚过岭学祠》)两联均为上写人事,下写景物。《社园送栽甫南归》诗中"与子杯觞宜各尽,异时江海可相寻"两句则是意境一小一大。又如"丛菊晚华秋欲尽,九城寒气雨初沉"(《都门遇何剑吴》)两句,虽然都是写景,但也是一小一大。"北俗岁时异荆楚,南城灯烛动车旗"(《粤俗乞巧以六夕,戊午七月六日为阳历八月十二日,是夕宣南灯火灿然,不缘乞巧。予记以诗,分寄贞壮、宾虹》)两句中,前四字可以说是以虚对实,后三字可以说是以大对小。

  钱志熙曾对黄节诗句法多变的特点予以很高评价,并认为这一点与陈后山有关:"历观民国以来七律诗,句法变化奇警、清新雅健者,黄节之外,当推钱氏。而两家的渊源又都与陈后山有关。"[58]钱氏此文虽然意在表彰钱锺书诗,但指出黄节诗的这一特点,堪称具眼。

  7. 诗境之宁僻毋俗

  陈后山曾提出为诗要"宁僻毋俗",这一点也体现在他的诗中。陈诗有一些句子的取象与运思是很奇僻的,如"败絮不温生虮虱"(《次韵春怀》)、"危坐犹能作直身"(《次韵晁无斁冬夜见寄》)、"已觉庭泥生鸟迹"(《雪后》)、"寒气挟霜侵败絮,宾鸿将子度微明"(《早起》)、"断墙著雨蜗成字,老屋无僧燕作家"(《春怀示邻里》)。黄节诗也很多运思新僻不俗的句子,如"雨过车留碾石声"《秋雨初晴得高天梅见怀诗还答》)、"灌树拂车回曲巷"(《宣南秋夜过胡虔文明日简赠》)、"初日未窥凹仄径,晓寒还在暝髧枝"(《雪朝寄述叔》)、"睡起余魂尚满衣"(《雪朝过唐天如同登江亭》)、"林角飘灯光乱飐,草间盘蛤语交生"(《五月十三夜寄冷残索画》),等等。

8. 其他

除了以上几点，黄节在诗艺上学习后山的痕迹还有很多。比如黄节有些诗句直接从陈后山的诗句中夺胎而来，如上文所引黄节《邻鸡》诗中"小楼乱点杀残更"一句诗直接夺胎于后山诗外《早起》诗"残点连声杀五更"一句，又如黄诗《七夕园坐归途同裁甫》中"巧胜向人真奈懒"一句，是从后山《立春》诗中"巧胜向人真奈老"一句化用而来。

此外，陈后山诗因追求构词的生新瘦硬而偶有过于生硬晦涩的问题，在黄节诗中也是偶有存在的。如《送王秋湄》"冬来不减方秋味，江合无如一鸟飞"、《燕南重九后一日雪》"珪异今晨当自美，涅宁余黝看轻回"、"气尽阳当复，天空化许排"（《冬至》）等句，皆生硬难解。

三、人格气节之感通

黄节之远绍后山，除了诗艺上的学习，十分重要的一方面还在于对后山人格气节的钦敬。

"立格"是陈师道提出的"学诗之道"的首要追求。而陈后山诗的高格正来自于他耿介不俗的人格。陈师道一生仕途偃蹇，穷困潦倒，《宋史》本传言其"家素贫，或经日不炊"[59]，但他但却始终以气节自守，介然不群于流俗，不为了利益而改变自己的原则，甚至因为不满摒弃先儒传注的王安石新学成为科举考试之标准，因此"心非其说，遂绝意进取"[60]。元丰八年（1085），陈师道客居汴京，时任枢密使的新党人物章惇欲荐之于朝，后山因心非新党学说，予以婉拒。据本传记载，陈师道在京期间，傅尧俞知道他很穷，带了钱去拜访他，可听到陈师道在座间超俗的言论，钱都不敢拿出来。建中靖国元年（1101），时任秘书省正字的陈师道扈从南郊，因天寒需要棉衣，其妻从妹夫赵挺之处借得一件。赵挺之也是新党中人，依附蔡京上位，后来又攻击蔡京。陈师道因素恶赵挺之为人，不肯穿用，遂染风寒以死。孟子所说的"穷则独善其身"，可以说正是陈后山的处世原则。这样的人格映射在诗中，就形成了不俗的诗格。"朝下公门不曳裾，身宽心远等林居"（《和张奉议赠舅氏庞大夫》），"重梅双杏巧相将，不为游人只自芳"（《赠王立之二首》），"松篁有节元宜晚，桃李无蹊只白薰"（《寄亳州何郎中二首》），几句诗可谓正是后山诗格的写照。因此明人杨一清在《弘治袁宏本后山诗注跋》中评论道："自今读后山诗，固惊其雄健清劲，幽邃雅淡，有一尘不染之气。夷考其行，矫厉凌烈，穷饿不悔，则诗又特其绪余耳。"[61]黄节也有诗论后山云："却是诗名掩高节，岁寒风雪想峥嵘。"（《读后山集时庚戌寒夜雪中》）

因此，黄节在其著作《诗学》中指出，学后山诗不仅要学习诗艺术，更重要的是要学习后山的人格："魏衍又称其诗语精妙，未尝无谓而作，其志意行事，班班见于其中。是则读后山集者，尤当观其行及其际遇，以见其立言之旨，始为善学后山者耳。"[62]黄氏在《诗学》中还指出，后山诗虽然多叹老嗟卑的愁怨之词，但贵在"多怨而不失其身"、有"持身之义"："虽然平心而论，后山之诗，不能谓之不多怨，喜其多怨而不失身耳。观后山却章惇之见，以至终身不用，却赵挺之之裘，以至受寒而死，是岂少陵所能为者？故有后山持身之义，则诗虽多怨而无害。"[63]黄节甚至认为，陈后山在人格的层面超过了杜甫，可以说是极高的推许了。

观黄节一生行事，关键词正在"气节"二字。章炳麟谓其"为学无所不窥，而归之修己自植"[64]（《黄晦闻先生墓志铭》）。这一点可以从他的名号说起。黄节本名纯熙，其顺德同宗黄士俊为明代万历年间状元，并曾入阁担任宰辅，前半身清正自守，后来变节降清。为表示对这位同宗的鄙薄和自我警醒，他特意改名为"节"。而他自号"晦闻"，亦有《诗经·风雨》中"风雨如晦，鸡鸣不已"的君子奋起之义。从学术渊源上来说，黄节曾就学于广东名儒简朝亮，为九江先生朱次琦的再传弟子，而朱九江课徒的四句要领之一即为"崇名节"[65]。

在那个"世变既亟，人心益坏"的时代，黄节可谓独立不移、气节凛然者。黄节早年宣传种族革命之义，其师简朝亮欲行劝止，而黄持论依然；两江总督端方设宴欲赂之，而黄固不赴。袁世凯窃国称帝，黄节拒绝参与劝进，并多次以诗明志。友人刘师培等成立筹安会以鼓吹帝制，黄节以书往复与之争论，并致书北大校长蔡元培，认为刘氏"反复无耻"，耻于与之同事。因此汪兆铭在黄节祭文中评论到："袁氏窃国，义不帝秦。揭奸扶直，激切抗陈，言不为名，行无所饰，国家桢干，士林楷则。"[66]袁氏死后，军阀干政，黄节亦耻于与之同流合污，阎锡山、陈济棠等人先后邀请其主持地方教育，黄节均予以谢绝。黄节一生只担任过孙中山的大元帅府秘书长和受李济深盛情邀请所担任的广东教育厅长。而他在主持广东教育期间，亦反复申说道德教育之必要。于此诸端，皆可见黄氏之重气节。

而黄节的学术宗旨，亦在于通过诗教来砥砺气节。黄氏以弘扬诗教为己任，认为世乱之原由在于人心风俗之坏，而诗教可以正人心、扶风俗，关乎国之兴微。正如其在《阮步兵咏怀诗注自叙》中所说："世变既亟，人心益坏，道德礼法尽为奸人所假窃，黠者乃藉辞图毁灭之。惟诗之为教，最入仁深，独于此时学者求诗则若饥渴。余职在说诗，欲使学者由诗以明志而理其性情，于人之为人，庶有裨也。""天若命余重振救之，舍明诗莫由。"[67]因此，黄节特别看重诗人的人格和风节，因为只有诗中有气节，才能感发人心。因此，黄节对张煌言、顾炎武等抗清义士钦佩有加。他曾校订《张苍水全集》，并作《张煌言传》，并在晚年讲授顾炎武诗，并作《顾亭林诗注》，惜未完稿。

这种耿直崇高的气节一一体现于黄节的诗中。黄节曾有诗云："文章不朽关风节，士行从来乃国维。"（《简瘿公》）认为诗文与"风节"紧密相关。在他不同阶段的诗中，都可见气节凛然的诗作。如作于1906年的《与潘若海步月同归》中两句："回首朔风殊污我，呕心来日复如斯。"诗中"朔风"喻指清政府，当时两江总督端方正试图拉拢收买从事反清宣传的黄节，故言"殊污我"。1915年，试图称帝的袁世凯攀附明末名臣袁崇焕为先祖，黄节在《清明谒袁督师墓》诗中予以痛骂："时流无耻可足道，于公不啻莛撞钟。"袁世凯称帝，很多文人如刘师培等皆为鼓吹依附，黄节不肯同流合污，他在同样作于1915年的《生朝》诗中自言："五年作北客，志洁宁嗟穷。区区说名节，岂与王霸功。"表明了自己不肯阿附袁氏、坚守名节的心迹。他还劝好友诸宗元不与之合作，诸宗元毅然辞官南归时，黄节以诗送行，《送贞壮南归》云："瞠目绝尘知不返，举头当世未终降。冥鸿自远非无意，不为分携泪满腔。"称许好友的高风亮节。在1933年的《我诗》中，黄节则表达了群贼经国的愤慨："习苦蓼虫终不改，食肥芦雁得无危。伤心群贼言经国，孰谓诗能见我悲。"

观陈后山与黄节之平生言行，都狷洁自守，气节凛然。因此好友王秋湄在挽黄节诗中有句云："峻操吾识后山寒。"[68]因此，黄节之宗后山，人格气节层面之考量，固不可忽也。

结　语

本文从以上几个方面分析了黄节诗受陈后山诗影响的几方面。此处需要再次强调的是，黄节所受前代诗人的影响当然是多方面的，不止于后山一家。黄节的五言古诗有魏晋诗和梅尧臣的影响，近体诗如《无题和张孟劬韵》也有李商隐的影子。黄节少量的早期诗多奇情壮彩，更接近唐诗，丙午(1906)后才逐渐成熟。但就《蒹葭楼诗》中收存的绝大部分诗来说，其受陈后山影响最大，是当无疑义的。而且重要的是，黄节之接受后山，不仅仅在诗艺上，在人格上的推崇也是非常重要的一部分。在晚清民国的宗宋诗风中，学习后山诗者不乏其人，而黄节是其中成就最大的一位。关于陈后山诗在晚清民国的影响与接受，还值得继续去研究探讨。

注　释：

〔1〕 黄节诗众版本中，以马以君《黄节诗集》(中国人民大学出版社1989年版)为最全，含365题423首。

〔2〕 汪辟疆《近代诗人小传稿》，见王培军《光宣诗坛点将录笺注》，中华书局2008年版，第220页注引。

〔3〕〔4〕〔14〕〔15〕〔16〕〔21〕〔22〕〔39〕〔40〕 马以君《黄节诗集》卷首、附录，第1、4、4、306、304、306、309、4、304页。

〔5〕〔28〕 汪辟疆《光宣以来诗坛旁记》，辽宁教育出版社1998年版，第105页。

〔6〕〔50〕 吴宓《空轩诗话》，见《吴宓诗话》，商务印书馆2005年版，第187、188页。

〔7〕 如马以君《黄节和他的诗》，《华南师范大学学报》(社会科学版)1987年第2期；左鹏军《岭表诗坛一代宗师》、《漫议黄节的为人与诗作》，皆载《岭峤春秋：黄节研究论文集》，中山大学出版社2003年版。

〔8〕 如程中山《黄节集外佚诗七首考略》，《学术研究》2008年第6期。

〔9〕 如常云《心曲与对话：黄节的诗歌创作历程》，《华南师范大学学报》(社会科学版)2000年第4期。

〔10〕 如张解民《略论黄晦闻七律的艺术特色》，载《岭峤春秋：黄节研究论文集》第268页。

〔11〕 如欧初《讵向前人强学来——〈蒹葭楼诗〉师承之我见与黄节对教育事业的贡献》，载《岭峤春秋：黄节研究论文集》，第115页；陈庆煌《蒹葭楼诗论》(里仁书局2001年版)中对黄节诗的渊源有专章论述，但失之简略。

〔12〕 本文引用黄节诗均出自马以君《黄节诗集》，兹不一一注明。

〔13〕〔67〕 《黄节注汉魏六朝诗六种》，人民文学出版社2008年版，第714、第458页。

〔17〕〔18〕〔66〕〔68〕 见黄节弟子李韶清编《顺德黄晦闻先生年谱》，黄节《蒹葭楼自定诗稿原本》，广东人民出版社1998年版，第338、339页。

〔19〕〔20〕〔27〕 汪辟疆著，王培军《光宣诗坛点将录笺注》，第222、222、217页。

〔23〕 郑逸梅《南社丛谈》，上海人民出版社1981年版，第250页。

〔24〕〔33〕〔49〕 傅璇琮《黄庭坚和江西诗派资料汇编》，中华书局1978年版，第566、818、519页。

〔25〕 本文引用陈后山诗均出自任渊注，冒广生补笺《后山诗注补笺》，中华书局1995年版，以下不烦一一注明。

〔26〕 陈衍原文为:"余与晦闻相知久而相见疏。其为诗着意骨格,笔必拗折,语必凄婉。句如:'原草渐黄人亦悴,霜花曾雨晚犹存。''意摧百感将横决,天压重寒似乱原。'"陈衍《近代诗钞》,华东师范大学出版社2016年版,第2105页。

〔29〕 陈衍《石遗室诗话》卷二十七第二十一条,人民文学出版社2004年版,第418页。

〔30〕 陈师道《后山居士文集》卷十一,上海古籍出版社1984年影印宋刻本。

〔31〕〔62〕〔63〕 黄节《黄节诗学诗律讲义》,天津古籍出版社2007年版,第40、39、40页。

〔32〕 黎靖德编《朱子语类》,中华书局1986年版,第3334页。

〔34〕〔61〕 任渊注,冒广生补笺《后山诗注补笺》附录,第602页。

〔35〕 蔡正孙《诗林广记》,中华书局1982年版,第309页。

〔36〕〔45〕〔53〕〔54〕〔56〕〔57〕 方回《瀛奎律髓汇评》卷四十二,上海古籍出版社2005年版,第1500、548、376、889、1134、1144页。

〔37〕 魏庆之《诗人玉屑》卷十二,中华书局2007年版,第372页。

〔38〕〔42〕〔43〕〔44〕 何文焕《历代诗话》,中华书局1981年版,第311、315、304、307页。

〔41〕 见陈希《岭南诗宗黄节》,广东人民出版社2008年版,第135页。

〔46〕〔48〕〔51〕 丁福保《历代诗话续编》,中华书局1983年版,第115、137、464页。

〔47〕 "窃闻先生之文,简重典雅,法度谨严,诗语精妙,盖未尝无谓而作。"见任渊注,冒广生补笺《后山诗注补笺》,第18页。

〔52〕 胡应麟《诗薮》,上海古籍出版社1979年版,第215页。

〔55〕 陈衍《近代诗钞》,华东师范大学出版社2016年版,第2105页。

〔58〕 钱志熙《论钱锺书的旧体诗创作及相关理论》,《文艺理论研究》2020年第1期。

〔59〕〔60〕 脱脱等《宋史》,中华书局1985年版,第13115页。

〔64〕 见黄节《兼葭楼自定诗稿原本》附录,第264页。

〔65〕 朱九江治学汉宋兼采,"凡示生徒修行之实四:曰敦行孝悌、曰崇名节、曰变化气质、曰检摄威仪",见李韶清《顺德黄晦闻先生年谱》,《兼葭楼自定诗稿原本》附录,272页。

〔作者简介〕 李明,1986年生,男,西安交通大学人文学院中文系讲师,主要从事古代诗学研究。

浙学读本

(黄灵庚主编,人民文学出版社2019年版)

本书是以"浙学"的内涵为根据,通过选择南宋至近代浙江学者的经典性的论述来展示其内涵的普及读物。分为五个专题:一是较真务实,二是修己及人,三是勇于担当,四是广揽博收,五是吃苦勤学。每个专题前有"导语",对其当下价值意义作专门概述。每个专题选文10篇左右,每篇前有"解题",后有"注释"。选文避免艰深,注释不求繁琐,但求简明,以利于一般读者阅读。

《文镜秘府论》"江宁侯"新考

李腾焜

遍照金刚《文镜秘府论》南卷《文意论》有一段采自皎然《诗议》的论述：

> 论人，则康乐公秉独善之资，振颓靡之俗。沈建昌评："自灵均已来，一人而已。"此后，江宁侯温而朗。鲍参军丽而气多，《杂体》、《从军》，殆凌前古，恨其纵舍盘薄，体貌犹少。宣城公情致萧散，词泽义精，至于雅句殊章，往往惊绝。何水部虽谓格柔，而多清劲，或常态未剪，有逸对可嘉，风范波澜，去谢远矣。柳恽、王融、江总三子，江则理而清，王则清而丽，柳则雅而高。予知柳吴兴名屈于何，格居何上。中间诸子，时有片言只句，纵敌于古人，而体不足齿。[1]

其中"江宁侯"为谁，王利器、兴膳宏均以为未详，卢盛江罗列诸说，亦未加确论[2]。林晓光首先论证实为江淹[3]，陈丽娟提出质疑，认为应是王昌龄[4]。综合比勘，可知当是江淹。林、陈二文各有得失，需做进一步的确证。此外，这个问题还涉及唐代诗学、版本校勘等多个层面，其文学批评的内涵也长期未获揭示，今为新考，就两家观点随文辩证如下。

林文指出，除"康乐公"、"宣城公"为皎然对其先祖的尊称之外，此段称谓通例是"姓+某"，"江宁侯"是"姓+爵位"，其时的江姓大诗家最有可能是江淹。又据《梁书·江淹传》载江淹"谥曰宪伯"，则江淹可称为"江宪伯"，一如沈约可称"沈隐侯"。"宁"、"宪"繁体（寧、憲）字形接近，"伯"、"侯"同为高等爵位又易混淆，遂认为"江宁侯"实为"江宪伯"之误。陈文的质疑值得注意，他还指出书中其他地方未出现类似错误，从文献学的角度来说，这里两字同时讹误的可能性不高。

林文以"沈隐侯"作类比，实具只眼，但更准确的是，这种称谓结构并非"姓+爵位"，而是"姓+谥号+爵位"。据赵翼《陔余丛考》"两汉六朝谥法"条：

> 汉以来谥法，皆与其官爵并称。大者则曰某王，次曰某侯。盖犹春秋战国之遗法也……六朝时则又按其官位之大小而分别王公侯伯子。如王琳谥忠武王、刘秀之谥忠成公……凡谥皆连爵并称，非如后世但赐某谥也。[5]

"沈隐侯"正是这种谥爵并称。"江宁侯"在此文中，更为正常地也应是这种并称。关于江淹的爵位和谥号，《梁书·江淹传》载其晚年"封临沮县开国伯"，其年又"改封醴陵侯"，四年后卒"谥曰宪伯"[6]。点校者在校记中认为"醴陵侯"疑当作"醴陵伯"[7]，就是因爵位和谥号

本文收稿日期：2021 年 5 月 18 日

的记载出现龃龉,而更相信谥号。《南史》关于爵位的记载一致,谥号则只记"谥曰宪",可见史家意识到了《梁书》本传记载的问题,删掉"伯"字正体现其更认同"醴陵侯"的记载。点校者直接将原文改为"醴陵伯"是不妥帖的[8],虽然可能还原了事实,但却遮蔽了史家的观念。

可见,《梁书》和《南史》提供了不同的谥、爵并称,据前者是明确的"宪伯",据后者则应是"宪侯"。从读者接受的角度来看,赵翼《廿二史札记》"八朝史至宋始行"条指出《梁书》等南北朝正史"在有唐一代并未行世","惟《南》、《北史》卷帙稍简,抄写易成,故天下多有其书,世人所见八朝事迹惟恃此耳"[9]。可见,唐人基本当据《南史》称江淹为"江宪侯",《梁书》的记载或难以形成干扰。另据宋人王琢《风骚诗格序》,论南朝诗歌一段有"江宪侯之诗,如绮雾出吴,碧云堆赵,金柯玉叶,千变万状"[10],也有这样的称呼。如此,则与"江宁侯"仅有一字之差,便可以解释陈文的质疑了。

此外,既然"江宁侯"应是谥、爵并称的结构,就可从谥法的角度来作进一步的确认。据汪受宽《谥字集解》,以"宁"为谥在春秋秦宁公之后,仅见明清谥法中的四例,其中两例还是用于"列后尊谥"。以"宪"为谥则很常见,《史记正义·谥法解》载"博闻多能为宪"当是最为常用的用法。"博闻"又作"博文",诸家解释也都强调有才有学等方面。[11]可见从谥法的角度来说,"宁"字在此结构中是难以成立的,而"宪"字则相当适用于文人之谥,正可佐证形近而误实有很大的可能。

林文又指出此前学者对于"《杂体》、《从军》"没能很好地解释,这里应该对应江淹《杂体诗》三十首中的《李都尉从军》,并将"纵舍盘礴"解释为江淹拟古虽佳,但舍弃了原作的磅礴之气,恰可呼应"温而朗"的评价。陈文的质疑同样值得注意,指出如此则"鲍参军"一句夹在中间十分突兀,《李都尉从军》也称不上"殆凌前古"。但其解释则不免牵强,认为地名"江宁"+尊称"侯"可以指代王昌龄,"温而朗"可以形容王昌龄的诗风,这句话是后来抄者将遍照金刚的批注衍入正文,此后数句都是评价鲍照。

这里两家的解释都存在问题,使得"江宁侯"和"鲍参军"两句,总有一句会显得突兀。林文忽略了此点,陈文则直接归为抄者的错误。当尊重文献,原文结构较清晰,前面既有江、鲍的对举,则"《杂体》、《从军》"既不是全指江淹的诗,也不是全指鲍照的诗,而是分指两家的代表作。江淹的代表作正是《杂体诗》三十首,兴膳宏《文镜秘府论译注》也已对《从军》作出很好的解释,指出《诗品》序列举历代优秀五言诗就有"鲍照戍边",举《代出自蓟北门行》为例,江淹《杂体诗》也有以鲍照"戎行"为题的拟作[12]。江淹拟作参考了鲍照《代出自蓟北门行》、《代东武吟》、《代陈思王白马篇》等作品,前两首同样收入《文选》,是鲍照的名作,以此解释《从军》应是问题不大的。这些作为他们的代表作,正当得上"殆凌前古"的评价。

以上推论恰好能从当时的文献得到证实。皎然与潘述、裴济、汤衡有一首《四言讲古文联句》,历论远古至南朝的诗歌流变,其中有以下八句:

> 江淹杂体,方见才力。衡拟之信工,似而不逼。衡鲍昭从军,立意危苦。述气胜其词,雅愧于古。述[13]

这里不仅可见他们明确地将《从军》视为鲍照的代表作,也强调了他的"气";更重要的是,这里和皎然的评论结构完全一致,正可有力地证明"江宁侯"正是江淹。

关于"恨其纵舍盘薄,体貌犹少",陈文未作回应,但林文的解释也不够贴切,而这里恰恰是比较关键的,具有丰富的文学批评内涵。林文敏锐地看到"纵舍"、"盘薄"都出自《庄子》,可知"纵舍"并无误字,且指出常见于中古文献,表"宽大解免"、"放弃目标"之意。今按,"纵舍"亦可衍生出"宽纵不拘"之意,如《后汉书·乐恢传》载"河南尹王调、洛阳令李阜与窦宪厚善,纵舍自由",对窦宪的行径不加约束[14]。在艺术品评中又可通于"纵弛",如傅毅《舞赋》"纵弛殟殁",李善注"驰,舍也"[15];又如南朝宋虞龢《论书表》云"草书笔悉使长毫,以利纵舍之便"[16],正用来形容草书下笔之宽纵不拘。而"盘薄"一词并非典自《庄子·田子方》中意为脱衣箕坐的"解衣般礴",而是用《庄子·逍遥游》的"将旁礴万物以为一",取"混同"之意[17],与"纵舍"一样都是动词。

"体貌犹少"一句,学者多无清晰的解释,其实应结合皎然的诗学体系来理解。值得注意的是,在此之前,《文心雕龙·明诗》已有一段经典的论述:

> 五言流调,则清丽居宗;华实异用,惟才所安。故平子得其雅,叔夜含其润,茂先凝其清,景阳振其丽;兼善则子建、仲宣,偏美则太冲、公幹。然诗有恒裁,思无定位,随性适分,鲜能通圆。[18]

刘勰强调诗歌体貌因个人的才性而异,往往各得一隅,惟有曹植和王粲称得上是"兼善""通圆"。皎然《诗式》引述时略作改造,称"具体唯子建、仲宣"[19],即兼备诸种体貌。此外,《文心雕龙·体性》标举"雅与奇反,奥与显殊,繁与约舛,壮与轻乖"这两两相殊的八种体貌,在历数一众名家的创作个性之后,亦在最后表达了"八体虽殊,会通合数,得其环中,则辐辏相成"的期待[20]。《诗式》也有著名的"辨体有一十九字",标举高、逸、贞、忠、节、志、气、情、思、德、诚、闲、达、悲、怨、意、力、静、远这十九种体貌,以为"括文章德体,风味尽矣"[21]。皎然没像刘勰一样侧重强调体貌间的差异对立,而做了更为详细的辨析,使得十九体间看起来多可搭配兼具。他的这些推陈出新的辨体思想,是理解"体貌犹少"的重要语境。

综合起来看"恨其纵舍盘薄,体貌犹少",还应结合江、鲍的《杂体》《从军》。这两种代表作有一个共同的特点,即都是拟代之作。江、鲍正是南朝时期的拟作大家,而拟作本身,又是一个与大量不同的风格深入交流的过程。在梳理清楚具体词义,并能通贯理解之后,这则评论的确切意思便呼之欲出了:

江、鲍的诗歌体貌,在皎然所举的十九体中,恰有"词温而止曰德"、"风韵朗畅曰高"、"风情耿介曰气"等较为接近。他们的创作不拘于一家,而能遍拟诸家各体,但令人感到遗憾的是,却没能在这个过程中真正"混同百家为一"以丰富自己的体貌,其创作仍局限在"温而朗"、"丽而气多"这样固定的几种之中。这相比于皎然所罗列的多达十九种的数量,正可谓"体貌犹少"了。正因为江、鲍作为拟作大家,本身便主动深入地接触了大量风格不同的作品,并有相应的拟作实践,所以在皎然看来,他们更有可能做到兼收并蓄的"具体"。而正所谓期待越高,失望越大,所以才特别地表达了"恨"意,对其他诗人就没这种明显的遗憾之情。

张伯伟曾指出,唐代诗学的特点在于"规范",其要义在于"怎么写",完成了从"写什么"到"怎么写"的转变[22]。皎然着眼于江、鲍二人的拟作是一个广学诸家的过程,关注这种"训练"能对诗人自身创作产生什么样的正面影响,与李白"三拟《文选》"、杜甫"转益多师是吾师"等应是同构的,正体现出唐代"规范诗学"重视"怎么写"的特点。相比之下,钟嵘《诗品》对江淹的评价则是"善于摹拟"[23],可见当时对其拟作之似的推崇,南朝诗歌中也有很多以"效/学某某体"为题的作品,广泛存在摹拟前人某一特定体貌的创作风气。

与这种风气不同,皎然对于江淹、鲍照的不满,正体现出唐代诗人具有更为强烈的主体意识。仅以皎然为例,也有其他论述值得相互观照,如:

> 凡诗者,惟以敌古为上,不以写古为能。立意于众人之先,放词于群才之表。[24]

要实现这种境界,他尤其提出了"复古通变体"一说。《文心雕龙》也有《通变》篇,但其问题意识在于当时的文学"竞今疏古",所以更强调"还宗经诰"、"宜宏大体"的"通"的一面。[25]相比之下,皎然显然更重视"变"这一面,指出"若惟复不变,则陷于相似之格……以此相似一类,置于古集之中,能使弱手视之眩目,何异宋人以燕石为玉璞",直接批评摹拟前人特定体貌的风气,指出"复变二门,复忌太过",而相比之下,"夫变若造微,不忌太过。苟不失正,亦何咎哉"[26],态度倾向是相当明显的。可见,皎然强调学习前人不在于追求"相似之格",而是在此基础上有更大的新变,形成自己独特的文学体貌,正体现出唐代诗人不满足于酷肖前人,而有一种集大成以超越前代的创新性。

综上,从"姓+谥号+爵位"的称谓结构、谥法的应用,唐人对于江淹爵位的认识,与《四言讲古文联句》相同的评论结构,《杂体》与《从军》的代表作地位,以及后半段针对拟作的评价,可以合力论断此处的"江宁侯"确实指的是江淹,"宁"字当为"宪"字的形近之误,"江宁侯"一句后面的标点应为逗号,其文学批评的内涵值得重视。

流传的因素应是造成讹误的客观原因。对于江淹,又多称"江文通","江宪侯"用例很少,乍看起来真没有"江宁侯"来得熟悉。除了这个讹误之外,皎然整句评论并不存在明显的问题,实有较为严密的逻辑。至于陈文认为逮至盛唐已多鲍、谢相称,去掉"江宁侯"一句更符合唐人对于南朝文人的认识,实则不然。仅就唐代而言,江、鲍并称仍有很多例子,如《文镜秘府论》南卷《集论》"搴琅玕于江、鲍之树,采花蕊于颜、谢之园",皎然《诗式》也有"驱江、鲍、何、柳为后辈"[27],正可并观。又如杨炯《王勃集序》"申之以江鲍"、李白《经乱离后天恩流夜郎忆旧游书怀赠江夏韦太守良宰》"览君荆山作,江鲍堪动色"、杜甫《赠毕四曜》"流传江鲍体,相顾免无儿"、白居易《与元九书》"江、鲍之流,又狭于此"等等[28]。从这些文学大家的表述之中,正可想见当时一般性的文学史意识,亦可从时代的文学氛围作一旁证。

林文指出,在考证"江宁侯"为江淹之后,便获得了其诗"温而朗"这样一种新的批评材料,提醒我们需要进一步解读作品。基于上文的讨论,也能对相关问题有些新的探讨。如"江则理而清,王则清而丽"这两句,卢盛江出校记云:

> 二"清"字,原作"情",三宝、六寺、松本、江户刊本、维宝笺本同,据醍甲、仁甲、义演本改。[29]

作此校改,当是认为"情"字不是形容词,只能勉强解释为善于言情,而"清"字亦有版本可据,也更适合形容诗歌体貌。但是如前所论,皎然的评论实有一整套对于"体"的认识作为基础,十九体中也正有"情"之一体,其意并非善于言情,而是"缘景不尽"。理解这一点,"情"相比于"清"便不再有内涵上的劣势,反而因为契合皎然的诗学而更值得考虑。

180

要进一步确认这个问题,可以从版本的角度入手。按卢盛江的梳理,醍甲本、仁甲本的天、东、南、北卷,义演本的天、东、南卷恰好为一小支,基本未见"草本"、即空海自笔初稿本的痕迹,属于"修订抄定本"一系,是将空海在"草本"上删削修改后的内容抄定的本子[30]。大体可以认为,"情"字更为接近"草本"原貌,而"清"字则是醍甲本一系根据修订而抄定的。这种修订似乎不仅可能源于空海,还可能直接源于这一系的抄者。其修订的理由,或许也是认为"清"比"情"更加适合形容诗歌的体貌。所以,结合皎然诗学和版本系统来看,可以认为底本的"情"字是有道理的,应予尊重,不必校改为"清"字。由此,也可得到关于江总和王融诗歌的一种新的批评材料:皎然对他们的评价既不是善于言情,也不是清新,而是"缘景不尽",适可纠正此前相关研究的错误引用,开辟另一个考察文本的角度。

注　释:

[1][2][12][29][30]　遍照金刚撰,卢盛江校考《文镜秘府论汇校汇考(修订本)》,中华书局2015年版,第1330—1331页、1333、1334、1332、23—30。

[3]　林晓光《〈文镜秘府论〉"江宁侯"为江淹考》,《文学遗产》2016年第1期。

[4]　陈丽娟《〈文镜秘府论〉"江宁侯"为江淹说质疑与新解》,《北京社会科学》2019年第8期。

[5]　赵翼《陔余丛考》,中华书局1963年版,第306—307页。

[6][7]　姚思廉《梁书》,中华书局2020年版,第279、288页。

[8]　李延寿《南史》,中华书局1975年版,第1451、1464页。

[9]　赵翼著,王树民校证《廿二史札记校证(订补本)》,上海古籍出版社1984年版,第199页。

[10]　曾枣庄、刘琳主编《全宋文》,上海辞书出版社、安徽教育出版社2006年版,第135册,第280页。

[11]　汪受宽《谥法研究》,上海古籍出版社1995年版,第302—303、382—394页。

[13]　皎然《昼上人集》卷十,《四部丛刊》景宋钞本,第2a页。

[14]　范晔《后汉书》,中华书局1965年版,第1478页。这条解读感谢林晓光指正。

[15]　萧统编,李善注《文选》,上海古籍出版社1986年版,第800—801页。原书标点作"殟殁,舒缓貌……纵弛之际,又且舒缓弛舍也","舒缓"之后当点句号,"舍"是"弛"的释义。

[16]　张彦远辑录,范祥雍点校《法书要录》,上海古籍出版社2013年版,第27页。

[17]　郭庆藩撰,王孝鱼点校《庄子集释》,中华书局2012年版,第35—36页。

[18][20][25]　刘勰著,范文澜注《文心雕龙注》,人民文学出版社1958年版,第67—68、505—506、519—521页。

[19][21][24][26]　张伯伟《全唐五代诗格汇考》,江苏古籍出版社2002年版,第210、242、207、331页。

[22]　张伯伟《论唐代的规范诗学》,《中国社会科学》2006年第4期。

[23]　钟嵘著,曹旭集注《诗品集注》,上海古籍出版社1994年版,第306页。

[27]　《文镜秘府论汇校汇考(修订本)》,第1497页。张伯伟《全唐五代诗格汇考》,第345页。

[28]　祝尚书《杨炯集笺注》,中华书局2016年版,第249页。瞿蜕园、朱金城《李白集校注》,上海古籍出版社1980年版,第732页。仇兆鳌《杜诗详注》,中华书局1979年版,第469页。谢思炜《白居易文集校注》,中华书局2011年版,第323页。

〔作者简介〕　李腾焜,1992年生,南京大学文学院博士研究生。

端午五首的复写:试探梦窗词阐释新方法

王居衡

在古典诗词笺注中,"考证本事"与"解释辞句"是探索诗歌文本意涵的常用方法,前者为"考今典","即当时之事实";后者为"释古典","即旧籍之出处"。[1]古典、今典与作者、读者(本文均指后世读者)的对应关系颇为复杂:古典于作者、读者而言都是古典;今典于作者是今典,于读者却是古典。世殊时异导致的材料失传,使得作者与读者所获知的信息不对等,"吾人今日可依据之材料,仅为当时所遗存最小之一部。"[2]若不考虑材料佚失的程度差异,而预设读者与作者同处于古典的文本凝定期,则相对于古典来说,读者所获知的囊括作者所处时地的今典更少于作者。故"考证本事"往往较"解释辞句"更难。而读者又"欲借此残余断片,以窥测其全部结构"[3],于诗词阐释而言,仅据存世文献,是绝难实现的。

考索本事以求窥见作者意图,是读者兼注者在信息不对等的情况下的无奈之举,也是中国古典文学阐释学一个历时久远的传统。它由"知人论世"和"以意逆志"演化而来。然而,在文献不足征的情况下,"以意逆志"容易沦为"断章取义","知人论世"终究不免"以诗为史"[4],文献阙如的情况又时时存在。作者的意图与读者的阐释之间似乎存在着不可调和的矛盾,这是中国古典文学阐释学中难以自证之处。西人对此问题的看法颇见融通,柏拉图在《伊安篇》中提到诗人凭借灵感写作,尽管柏拉图将诗人的创作能力归为"神力",[5]看似不可言说,却仍触及了创作与阐释的问题。诗人电光石火般的灵感不可复制,时过境迁,甚至诗人自身都难以把握。[6]因此,试图还原作者意图的百般努力终是徒劳。意图的探求依赖本事,而本事又仅是创作时之时地情感原始形态的部分内容。即便探得本事,由于诗歌创作是一个复杂的融合艺术灵感与生存经验的过程,诗歌文本产生的语境以及诗人的意图还是会受到部分遮蔽。本文所采用的方法是在作者可靠的生平经历的基本框架下,更注重接收文本所传达的信息,于考索之外,更注重阐释。这种研究方法可称为"文学的考证",就词学而言,它考察的是"歌词自身内在的文本构造",最大特点是"能够互相参证的也只能是在不同词作文本之间或同一文本内部"。[7]

晚近以来,随着周济、戈载、朱祖谋等人的推尊,吴文英(号梦窗)词每为注家瞩目。但因梦窗"才秀人微,行事不彰",其词又"隐辞幽思,陈喻多歧",注家不免有"笺诗难,笺词尤难,笺梦窗之词尤难"的慨叹。[8]此外,梦窗词情感深挚,举凡酬赠、怀古、咏物、怀人,莫不是一往而有深情,然而作者情感流动并形诸笔端的过程不可还原,这无疑加大了梦窗词索解的难

本文收稿日期:2021 年 3 月 4 日

度。梦窗情词的界定以及其背后本事的探索,在梦窗词阐释史上乃是荦荦大者,夏承焘、杨铁夫的"苏杭情事"说与吴蓓的"骚体造境法"都极具参考价值,两者都是解读梦窗词可贵的尝试。[9]但是任何一种阐释方法都不过是提供一种解读模式,并非放之四海而皆准的通则,当一种阐释方法行之不通时,就需要新的阐释方法的提出。笔者在爬梳云霞满眼的梦窗词时,发现梦窗涉及端午的五首词在文本形态上保持着高度的统一性,词中涉及的名物地点可以组成一个彼此呼应、互相补充的整体,其异调同题现象值得研究。以此为例,或能探得梦窗词阐释之新法,即寻绎同一或相近主题的词作文本结构的异同,以类相求,在以整体论梦窗词的学术潮流下,以部分篇章为阐释单位,以符号之"点"勾勒出意涵之"线",以冀寻得潜藏在文本中的吉光片羽。

一、"苏杭情事"说与"骚体造境法":整体观照下的梦窗词阐释法

属于本事索隐法的"苏杭情事"说与"合肥情事"说交相辉映,是二十世纪吴姜词阐释史上的重要环节。[10]后者的建构由于作者姜夔大量使用小序,其文本证据似乎更为有力。但这也只是在一定程度上具有合理性,缺乏旁证的本事索隐终究不免走向从文本到文本的循环论证,[11]很难具有充分的说服力。

当然"苏杭情事"说并非统一的提法,诸家观点各异,也有不仅限于苏杭者,只是举其要者命名。陈洵的《海绡说词》侧重章法分析,偶尔论及本事,如其说《风入松·听风听雨过清明》一词云:"思去妾也,此意集中屡见"[12],实为"苏杭情事"之滥觞。嗣后夏承焘听闻周岸登新说:"考得梦窗有二妾:一名燕,湘产,而娶于吴,曾一至西湖,卒于吴。一为杭人,不久遣去,见于乙稿《三姝媚》、《昼锦堂》。又少年恋一杭女,死于水,见于《定风波》及《饮白醪感少年事》二词。"[13]其又于《吴梦窗系年》"以词中用事考之",得暗含本事者数十首,并下断言:"总之,集中怀人诸作,其时夏秋,其地苏州者,殆皆忆苏州遣妾;其时春,其地杭者,则悼杭州亡妾。一遣一死,约略可稽。"[14]杨铁夫在《吴梦窗词笺释》中对梦窗词逐首进行解读,认为其中牵涉情爱者达百首之多。其另有《吴梦窗事迹考》云:"梦窗一生艳迹,一夫姬,一故妾,一楚伎。"[15]后又经刘永济强化情事说:"淳祐三年秋冬间,始挈在苏所纳妾移居杭州。甲辰春,妾下堂求去,君特词集中多怀念之作。但妾缘何事求去无考(自注:以吴词度之,似妾自求去,非吴弃妾)。在杭别有所恋,似未成娶,集中亦有词记其事,后人或疑其有二妾,恐非。"[16]几成不易之论。[17]

需要指出的是,诸家提出"苏杭情事"说有两个基本前提。第一,梦窗其人与梦窗词需保持一致,这种一致不只是说梦窗在词中表现的感情应与其生平经历基本相符,更为重要的是,梦窗词中的时地与牵涉其中的女子也应一一对应,彼此绝不缠夹。第二,梦窗在各时期仅各有一位恋人,也就是说,不同时期的梦窗情词需有明确且单一的指向。但梦窗生平材料的奇缺使得关于本事的猜想难以坐实,仅据零散且不一定属实的文本信息无法获知有关梦窗情事的真相。再者,创作乃是一个复杂的思维过程,作者语言和个性的内在一贯性既难以保证,作者提炼材料进行创作、润色而成的成品内容或许有时会与事实相违。此外,读者往往忽视自身"所读的不是回忆的正身,而是它的由写作而呈现的转型"[18],岁代绵隔产生的

审美距离以及美化书写形象的需要使得作者往往过滤掉不利于自身叙事的因素,而把回忆展现得近乎完美无缺。梦窗词带有浓重的沉湎于回忆的感伤色彩,词中沉挚之情、凄婉之思亦可以消解读者对历史真实的怀疑。凡此种种,皆为读者接近梦窗其人的真实面貌布下迷障,也昭示了以本事索隐法释读梦窗词的局限性。

鉴于"苏杭情事"说的不足,吴蓓试图建构新的阐释法,即"骚体造境法",取楚骚"香草美人"和《人间词话》中"有造境,有写境"一语之意[19],意在新造本无之境以传情达意而出之以男女之情。吴书的前言以两首酬赠词为例,阐明梦窗"托身于女,或隐身其后,方便其事",借此表达昆弟之情、友朋之谊,其认为"骚体造境法"在集中被广泛运用[20],主要见于酬赠、感怀、咏物诸类,而其中大多被定位为情词或凭借被赠词者传情之词。

梦窗不少词作看似充斥着泛滥而无所依归的情感,这类词既难以指实情感,也不易归类和索解。"骚体造境法"的提出,改变了读者传统的以情爱统摄梦窗词阐释的思维定势,给某些酬赠、感怀、咏物词提供了一种更具合理性的解读模式。但遗憾的是,面对梦窗词中情词这个大宗,吴氏依然没有更好的释读方法。如吴蓓所说,梦窗词如《解语花·立春风雨中饯处静》等二十余首可以用"骚体造境法"来阐释,而对于梦窗情词,她却说"数量上并不太多"。[21]本文以为,梦窗情词为数不少,至于这些情词背后是否真有其事,则不在考察之列。

无论是"苏杭情事"说还是"骚体造境法",都是基于整体观的考察。前者将梦窗跨越数十年的写作置于同一视野中,把梦窗虚设成深情且专情的形象,而忽视了个体情感的复杂性以及创作手法的多元化。后者虽说弥补了前者在部分词作的解读上难以圆融之憾,但其实回避了前者以情爱为中心的考察,事实上,它在假设梦窗长年创作手法的一致性上也与前者如出一辙。以上两种方法都存在缺陷,症结在于阐释者企图以单一的阐释方法施加于梦窗大量或者全部词作,就难免左支右绌,甚至牵强附会。为了避免这些局限,本文在细读梦窗词文本的基础上,认为梦窗词有关端午的词具有某些相同的特征,可以归为一类,而复写是端午五首的重要特征,在这个基础上,本文尝试为阐释梦窗词提出一个新的方法。

二、异调同题:端午五首的建构

组诗是古典诗歌史上颇为常见的诗歌组织形式,杜甫集中即不乏此类作品,金启华认为老杜在不同时期有不同体裁的组诗,如安史之乱时期的五古组诗《羌村》三首、夔州时期的七律组诗《秋兴》八首,皆能代表一时之创作。[22]检视老杜的组诗创作,大体有如下两大特点:一是多为同一体裁写作,间有例外,如《题张氏隐居》二首,一为七律,一为五律。二是主题较为统一,如《咏怀古迹》五首,杨伦以为老杜"咏宋玉以文章同调相怜,咏明妃为高才不遇寄慨"[23],其余咏庾信、刘备、诸葛亮也都是借古人酒杯,浇自己块垒。

较之组诗,组词的数量比较有限。这种情况一方面因为诗词地位有高下之别,古人在诗上耗费的功夫远多于词,这导致罕有词人精心结撰规模较大、难度较高的组词;另一方面诗词体异,诗显而词隐,词在内容、形式上都更为深微隐曲,组词在形式上难以界定。如果将组诗特征移之于词,其中诗之体裁可以对应词调,则组词的构成只需不同词作之间在主题上相近即可,而不必斤斤于词调相同,因而可以认为异调组词与异体组诗可形成文体上的照应关系。然词体有其自足而完备的理论体系,编者或读者视野下的"组词"不过是同题之作而已,其早期形态的关联性与结构性能否体现作者意志,才是界定组词的关键所在。[24]故本文不将梦窗的异调同题之作视为组词,但某些研究方法如诸词之间的文本联系等是可以借鉴的,按类讨论的思维模式也并无二致。梦窗词按内容可以分为酬赠、怀古、怀人、咏物、节令诸类,其中节令一类多写于清明、端午、七夕、除夕等节日。梦窗对时令迁移极为敏感,又善于在词中伸缩时空,将往事今情反复盘旋说出,词之克制与张力并存不悖,故每每引来学者揣测词后本事。夏承焘云:"卷中凡七夕、中秋、悲秋词,皆怀苏州遣妾之作,其时在淳祐四年;凡清明、西湖、伤春词,皆悼杭州亡妾之作,其时在遣苏妾之后"[25],微觉武断,然而夏氏提及的节令诸词之间的文本联系,确实值得深入探究。

梦窗在节令词中往往反复言说,不避重复,正如江若水所说:"梦窗但凡重九登高,就一定要用到整乌帽、看茱萸。"[26]节令词写作必然涵盖极为有限的意象乃至典故,而诗词的魅力正在于翻陈出新,在尺寸之地反复言说,周回盘旋,可见出大气力。年岁的叠加可以将同一节令的历时性迁演压缩成更为丰富的集合,正如法国学者萨莫瓦约所说:"文学的写作伴随着对它现今和以往的回忆。它摸索着表达这些记忆,通过一系列的复述、追忆和重写将它们记载在文本中,这种工作造就了互文。"[27]通过接触"文学的记忆",可以清晰地看见文学表达的历时性变化以及情感的离合断续。梦窗的端午五首即是佳例,它们非是一时一地之作,在现存所有的梦窗词集版本中位置亦不相邻,但有一个共同的主题。录词如下:

满江红 甲辰岁,盘门外寓居过重午

结束萧仙,啸梁鬼、依还未灭。荒城外、无聊闲看,野烟一抹。梅子未黄愁夜雨,榴花不见簇秋雪。又重罗、红字写香词,年时节。　帘底事,凭燕说。合欢缕,双条脱。自香销红臂,旧情都别。湘水离魂菰叶怨,扬州无梦铜华缺。倩卧箫、吹裂晚天云,看新月。[28]

隔浦莲近 泊长桥过重午

榴花依旧照眼。愁褪红丝腕。梦绕烟江路,汀菰绿,薰风晚。年少惊送远。吴蚕老、恨绪萦抽茧。　旅情懒。扁舟系处,青帘沽酒须换。一番重午,旋买香蒲浮盏。新月湖光荡素练。人散。红衣香在南岸。[29]

澡兰香 淮安重午

盘丝系腕,巧篆垂簪,玉隐绀纱睡觉。银瓶露井,彩箑云窗,往事少年依约。为当时、曾写榴裙,伤心红绡褪萼。黍梦光阴渐老,汀洲烟箬。　莫唱江南古调,怨抑难招,楚江沉魄。薰风燕乳,暗雨梅黄,午镜澡兰帘幕。念秦楼、也拟人归,应剪菖蒲自酌。但怅望、一缕新蟾,随人天角。[30]

踏莎行

润玉笼绡,檀樱倚扇。绣圈犹带脂香浅。榴心空叠舞裙红,艾枝应压愁鬟乱。　午梦千山,窗阴一箭。香瘢新褪红丝腕。隔江人在雨声中,晚风菰叶生秋怨。[31]

杏花天 重午

幽欢一梦成炊黍。知绿暗、汀菰几度。竹西歌断芳尘去。宽尽经年臂缕。　梅黄后、林梢更雨。小池面、暗红怨暮。当时明月重生处。楼上宫眉在否。[32]

以上五首词按词题详略可分两类:前三首词题较为详尽,除"重午"二字外,还有时地等信息;《踏莎行》无词题,《杏花天》词题极为简略。考虑到宋本梦窗词早已失传,梦窗词的词题在流传过程中可能遭到擅改,况且宋代的类书编选思维可能催生了许多泛化的词题,清初的《词综》中大量充斥的"桂花"、"春梦"、"感旧"等泛化词题仍可见词选的类书化残留痕迹。甚至可以说,相当一部分词作的题目都可能在分类编选中失去了原本面目。因此《杏花天》的词题"重午"是出于作者之手还是选家之手,抑或是在传抄中阑入,还有待于新材料的发现方能确考。相比而言,较详的词题更具备稳定性,出自作者之手的可能性更大。无论如何,词题真伪总体上是不太确定的。故本文主要是从词作正文入手,加以研究。

三、复写释词法与文本信息

端午五首事关节令,将节令与所回忆的人、事绾合,显得深厚真挚,这种观感恐与其大量的复写不无关联。需要说明的是,复写手法乃是站在作者角度提出的,且脱胎于按类研究的思路。对读者而言,复写释词法便是审视诸词中重复的重要词句(包含意象、用事、时地等等)的作用,从表达重心的角度获知作者隐藏在文本中的信息。将上述五首词统而观之,不难发现重复字句甚多,这也是笔者将五首词归为一类的缘由之一。现将其罗列如下:

词作 意象	满江红	隔浦莲近	澡兰香	踏莎行	杏花天
萧(艾)	结束萧仙			艾枝应压愁鬟乱	
梅	梅子未黄愁夜雨		暗雨梅黄		梅黄后、林梢更雨
榴	榴花不见簪秋雪	榴花依旧照眼	为当时、曾写榴裙	榴心空叠舞裙红	
裙(重罗)	又重罗,红字写香词		为当时、曾写榴裙	榴心空叠舞裙红	
红丝(臂缕)	合欢缕,双条脱。自香销红臂,旧情都别	愁褪红丝腕	盘丝系腕	香瘢新褪红丝腕	宽尽经年臂缕
菰	湘水离魂菰叶怨	汀菰绿,薰风晚		晚风菰叶生秋怨	知绿暗、汀菰几度
梦	扬州无梦铜华缺	梦绕烟江路	黍梦光阴渐老	午梦千山	幽欢一梦成炊黍
玉			玉隐绀纱睡觉	润玉笼绡	
扇(箑)			彩箑云窗	檀樱倚扇	
窗			彩箑云窗	窗阴一箭	
黍			黍梦光阴渐老		幽欢一梦成炊黍
蒲		旋买香蒲浮盏	应剪菖蒲自酌		
鬟(巧篆)			巧篆垂簪	艾枝应压愁鬟乱	

如此密集的复写绝不可视为巧合,而是梦窗有意为之。文本拟从两个方面来加以探究。

(一)意象的复写

上文并未将"烟"、"雨"、"月"等重复意象罗列出来,乃是觉得此类意象过于常见,且在词中仅为背景设色之用,无关大局。如果说"萧"、"梅"、"榴"、"菰"、"黍"、"蒲"等意象的选取与端午习俗或节物相关,是一种泛化意象,词中更有一些特定意象不可忽视。其中一部分明显与女子相关:"榴裙"关合时令、女子,且两次提到在裙上题词,则题词一节,应有其事;两处"玉"的用意相近,都是指称轻薄织物后的女子胴体;"巧篆"形容女子发髻盘结如篆香,与"鬟"同义。这些意象往往与男女之情关系密切。"红丝"凡五见,是所用意象重复最多者,用来指证端午五首为情词最为有力,陈文华说:"梦窗盖于此事印象特深,故忆其人必书其事。然则,铁夫谓此是端午忆姬,乃可信矣。"[33]然而,杨铁夫欲将端午情事归于苏州去姬之下,因乏的证,稍嫌轻率。无论是泛化意象还是特定意象,端午五首的重复意象都是极为统一的,它们指向着情词应无疑义。其同一意象相近的处理方式暗示,端午五首所指向的书写对象应是单一且明确的。

以上意象可以称为显性意象,不需要深入探究便能明晰。另有一类隐性意象,可以引发对立足文本的"本事"的猜想。需要说明的是,这里所说的所谓"本事"只对文本负责,无关事实真相。如莲花意象潜藏在文本之下,词中并未明说,只在词调《隔浦莲近》出现,与内容形成呼应。"红衣香在南岸"一句气息幽渺,"红衣"可见而所怀之人不可见。作为莲花的替代语,"红衣"不仅在"衣"上拟人化,更因"红"字与榴红、红丝颜色相同而形成照应关系。"小池面、暗红怨暮"一句中,"暗红"显然也是荷花,但此处荷花在词中所处位置并非关键,而与"知绿暗、汀菰几度"中"汀菰"相近。总之,莲花与端午情词中的人、事,应有密切关联。

还有两个梦窗词中常用意象,在五首词中十分引人注目,需要单独列出来,这便是"梦"、"窗"。端午五首篇篇有"梦",总体上表达了一种迷离怅惘之情。思绎之下,可以发现它们各有不同:"扬州无梦铜华缺"有一种感情缺失的抽离感,"梦绕烟江路"表达的是仍在酝酿的微哀,"黍梦光阴渐老"暗含惯看秋月春风的镇定与通透,"午梦千山"则是恍惚之际目极八表的缩影,"幽欢一梦成炊黍"直写艳情不再的失落和空虚。梦窗善于写梦,可见一斑。窗是一个连接室内与室外、沟通当下与过去的装置,"彩箑云窗"、"窗阴一箭"两句中的"窗"均有此特性。"梦"、"窗"意象的运用,为端午情事增添了多视角的立体感和历史的厚重感,同中见异,为复写释词法提供了更多的侧面。

(二)地点的复写

相比于意象的复写,端午五首中地点的复写较为隐约。"扬州无梦铜华缺"一句混合了三个典故:其一是"破镜重圆",事见《本事诗》[34];其二,杨铁夫所引《国史补》载"扬州旧贡江心镜,端节日江心所铸也"[35],绾合节令,可见梦窗用典细密;其三,"扬州无梦"又用杜牧《遣怀》诗"十年一觉扬州梦"句意。[36]梦窗虽未必有意一语而涉三典,但这些关于端午、艳情的典故与扬州一地关系密切,阐释"扬州无梦铜华缺"一句,对此不应无视。另外,《隔浦莲近》的标题是"泊长桥过重午",朱祖谋《梦窗词集小笺》于此词下曾引《吴郡志》:"利往桥,即吴江长桥也。"[37]则长桥在江南苏州。词中云"红衣香在南岸",似是以莲花喻人,言香在南而人往北,而扬州正在苏州北面。又《踏莎行》云"午梦千山",所思颇远,则其后"隔江人

187

在雨声中",非仅言当下之景,亦或暗示所怀女子身处江北扬州。关于扬州的复写或现或隐,但都标志着此地的重要性,远非他地可比。

端午五首中意象、地点的重复绝非冗赘,也非梦窗"才薄思俭"所致[38],而是梦窗需要通过复写,不断强化文本记忆,将端午情事以较为稳定的方式表露出来。"真理只能栖居在内在言说即直觉和灵魂的回忆中,而不能栖居在文字这种不可靠的摹写中"[39],通过文字固然未必能寻到"真理",但复写为读者探寻"真理"提供了较为可靠的文字材料。

通过对端午五首中重复意象、地点的对比,可以获得若干文本信息,并可以做出两点基于文本的推测。第一,端午于梦窗和所怀女子而言颇为重要,是以梦窗端午作词必言其人其事。第二,两人分别之后,该女子可能寓居扬州,故而扬州成为情感投射的集中地。本文做出这两点推测并非是对本事释词法的重溯,只是在端午五首为艳情之词的基本判断下,以文本为依据勾勒出端午情事的大致面貌。

四、复写释词法的优势与适用范围

乾嘉以来,经学的考据实证渐渐移于史学、文学,以经史小学笺证诗词似乎更具科学性。然而,创作本身乃是以个体灵感为基石,其感性色彩不因科学笺释方法而愈加突显。正如颜昆阳所说:"经典已不再是主体存在经验及价值意义的文本,而只是一堆被当作客观知识的史料。除了考据实证而外,甚少有与经典作者互为主体的创造性阐释。"[40]无论是对应诗学上"以谱证诗"的本事索隐法,还是以比兴手法为本质的"骚体造境法",都缺乏与作者互为主体的交流,而企图以单一方法解决复杂的阐释问题。虽然本文所言的复写释词法也有其界限在,但却有以下几方面优势。

第一,复写并非简单重复,而是以"改变词义深度"的方式[41],呈现所用意象、典故的多个侧面,其外在之肌理历历可见,内在之筋骨亦可推想之。如此,读者看到的便不是平面的语言修辞,而是灌注作者生命体验的丰盈的语言情感组合形态。如"黍梦光阴渐老"与"幽欢一梦成炊黍"均用到了"黍梦",绾合黄粱一梦与端午食用角黍之习俗,两句各有侧重,"黍梦光阴渐老"侧重于黄粱一梦,因为词人此时客居淮安;"幽欢一梦成炊黍"则侧重于端午习俗,在端午年复一年的回忆中,"黍梦"已成为刻印生命流逝的标志。

第二,复写是作者强化自身记忆的修辞手段,也是读者阐释文本的有效途径,它为从作者到读者的信息传递提供了较为宽阔的桥梁。在作者意图不可探知、本事难明的情况下,文本信息是阐释的首选材料。复写有如强调符号,在浓圈密点之下为读者阐释提供便利。

第三,复写释读法不多外求而能自足,却也需要可靠的文本信息的支撑。复写回避了不甚可靠的本事,仅依靠地点、典故的考证,作为阐释的外证。如上文在推测"红衣香在南岸"一句的潜藏含义时,用到了《吴郡志》中关于词题"长桥"所在位置的材料,这类材料自然比对文本的言外之意的推测可靠。

以复写释词法释读梦窗的端午五首,有时似乎看到的是一些零星的片段,会有见木不见林之憾,可能会招致对梦窗"七宝楼台"的创作、阐释双重批判。然而词是典型的抒情文体,作者将一己之情注入词中,读者凭借共情能力、阅读经验等等主观条件所获知的感觉,通常也是碎片化的。何况梦窗生平资料奇缺,其词又难以索解,这种情况更为突出。陈寅恪有言:"其言论愈有条理统系,则去古人学说之真相逾远。"[42]大抵立说者所感往往仅是片段,所立之说的框架大体可靠,若执迷于充实其间的所有细节,则难免陷入主观臆想和无端揣测。夏承焘、杨铁夫构筑的"苏杭情事"说对此已然有所证明。

复写释词法适用于存词较多的词人,尤其适合其中不断重复同一主题的词作。在阐释梦窗词时,这一方法的特点是仅选取梦窗词中一小部分进行考察,就可以最大程度地保证梦窗词集内容的丰富性以及阐释的多元化,在一定程度上避免了传统的过多关注中心而忽略边缘的阐释法的弊端。梦窗词中,此类尚多,仍以节令词为例,如清明诸词:《渡江云三犯·西湖清明》、《西子妆慢·湖上清明薄游》、《风入松·听风听雨过清明》;又如重九诸词("八日"诸词亦多入重九事):《霜叶飞·重九》、《瑞鹤仙·丙午重九》、《蝶恋花·九日和吴见山韵》、《霜花腴·重阳前一日泛石湖》、《惜秋华·重九》、《惜秋华·八日登高飞翼楼》、《采桑子慢·九日》、《声声慢·和沈时斋八日登高韵》。它们和端午五首都有相近之处,就此展开研究,以复写释词法加以阐释,对梦窗词研究定会大有裨益。

余 论

端午五首乃至整部梦窗词都透露出很强的感伤色彩,梦窗也一直在回忆、在叙说,不惮其烦。梦窗为何选择这样的书写方式?他在现实生活中果真没有排解之术吗?正如田晓菲质疑庾信改事异朝又忏悔痛苦是出于一种表达策略的考虑,也就是说,没有暮年萧瑟,就不能"诗赋动江关"[43],对梦窗也不免作此揣测:如果梦窗情词大体与其生平经历相符,梦窗感情坎坷是否有主动选择的成分?记录历史与书写策略,两者在梦窗心中哪个更重要?梦窗词中情感的雷同表达是否受构思惯性的驱使?如果在未来此类关于创作过程的研究中取得很大进展,相信这对于文本研究一定会产生可观的互补效应。

注 释:

〔1〕 陈寅恪《柳如是别传》上册,生活·读书·新知三联书店2001年版,第7页。

〔2〕〔3〕〔42〕 陈寅恪《冯友兰〈中国哲学史〉上册审查报告》,《金明馆丛稿二编》,生活·读书·新知三联书店2001年版,第279、279、280页。

〔4〕 周裕锴《中国古代阐释学研究》,复旦大学出版社2019年版,第47页。

〔5〕 柏拉图《伊安篇》,《柏拉图文艺对话集》,朱光潜译,商务印书馆2013年版,第8页。

〔6〕 况周颐在论述年轻时"所历词境"时慨叹:"此词境也,三十年前,或月一至焉。今不可复得矣。"见况周颐《蕙风词话》卷一,唐圭璋编《词话丛编》第五册,中华书局1986年版,第4411页。

〔7〕 马里扬《内美的镶边:宋词的文本形态与历史考证》,上海古籍出版社2018年版,第288页。

〔8〕〔15〕〔35〕 杨铁夫著,陈邦炎校点《吴梦窗词笺释》,广东人民出版社1992年版,第1—3、36、21页。

〔9〕 孙虹《梦窗词集校笺》以传统的考证法力图重建梦窗生平之信史,与本文所述分属两个方向,故存而不论。其反对杨铁夫"泛'本事'化"的阐释法,亦与本文去"本事"的思路不同。见其《梦窗词泛"本事"化阐释献疑》,《文学遗产》2010年第4期。

〔10〕 刘少雄《南宋姜吴典雅词派相关词学论题之探讨》,台北:台大出版委员会1995年版,第208—233页。

〔11〕 详参徐玮《论夏承焘所考"合肥本事"与姜夔词的解读》,《经典之重写与重探:晚清民国词论集》,中华书局2019年版,第182—217页。

〔12〕 陈洵《海绡说词》,唐圭璋编《词话丛编》第五册,第4845页。

〔13〕 夏承焘《天风阁学词日记》,《夏承焘集》第五册,浙江古籍出版社、浙江教育出版社1997年版,第125页。

〔14〕 夏承焘《吴梦窗系年》,《夏承焘集》第一册,第466—467页。

〔16〕 刘永济《微睇室说词》,上海古籍出版社1987年版,第1页。

〔17〕 详参吴蓓《梦窗词"情事说"结构》,《浙江学刊》2008年第6期。

〔18〕 宇文所安《追忆:中国古典文学中的往事再现》,郑学勤译,生活·读书·新知2018年版,第136页。

〔19〕 王国维《人间词话》,唐圭璋编《词话丛编》第五册,第4239页。

〔20〕〔21〕〔28〕〔29〕〔30〕〔31〕〔32〕 吴蓓笺校《梦窗词汇校笺释集评》,浙江古籍出版社2014年版,第3—11、11、55、238—239、391、736、756页。

〔22〕 金启华《诗之阐微——论杜甫在成都的七绝组诗》,《江海学刊》1998年第5期。

〔23〕 杨伦笺注《杜诗镜铨》,上海古籍出版社2007年版,第649—650页。

〔24〕 关于组词的定义及其特性,可参叶晔《演事与题画:诗曲交侵下的组词类型及其形成》,《清华大学学报(哲学社会科学版)》2019年第6期。

〔25〕 夏承焘《梦窗词集后笺》,《夏承焘集》第二册,第160页。

〔26〕〔38〕 江弱水《在语言的魔障面前:梦窗词之再评价》,《浙江大学学报(人文社会科学版)》2008年第5期。

〔27〕〔41〕 蒂费纳·萨莫瓦约《互文性研究》,邵炜译,天津人民出版社2003年版,第35、29页。

〔33〕 陈文华《海绡翁梦窗词说诠评》,台北:里仁书局1996年版,第259页。

〔34〕 孟棨《本事诗》,丁福保辑《历代诗话续编》上册,中华书局2006年版,第4页。

〔36〕 冯集梧注《樊川诗集注》,上海古籍出版社2007年版,第369页。

〔37〕 范成大撰,陆振岳校点《吴郡志》卷十七,江苏古籍出版社1999年版,第247页。与朱氏引文并无出处,引文见朱祖谋《梦窗词集小笺》,朱祖谋辑校编撰,夏敬观手批评点《彊村丛书(附遗书)》第五册,上海古籍出版社1989年版,第4410页。

〔39〕 张隆溪《道与逻各斯:东西方文学阐释学》,冯川译,江苏教育出版社2006年版,第26页。

〔40〕 颜昆阳《李商隐诗笺释方法论——中国古典阐释学例说》,台北:里仁书局2005年版,第180页。

〔43〕 田晓菲《烽火与流星:萧梁王朝的文学与文化》,中华书局2010年版,第298页。

〔作者简介〕 王居衡,1997年生,南京师范大学文学院硕士生,研究方向为词学。

杜诗题赋:清代杜诗学的一条建构线索*

贾文霞

  清代赋学集萃众制,汇通群流,其昌明隆盛可谓"集周、秦、汉、魏、唐、宋、元、明之大成"(黄人《清文汇序》)[1]。自康熙帝诏举"博学鸿词"恢复前朝废置的试赋制度,书院课生、学政典试、地方"童生"、"生员"以至翰林院选士便率多用赋;帝主、朝臣、学者、赋家、古文家、骈文家、诗人、词人、士子、女性等身份的作家皆有染翰,佳构频传;编纂刊刻的总集、选集、别集等各类赋目也多至数百余种[2],作品容量几占历代总和的三分之二[3];以赋论专著、赋选品评为主要代表的赋学批评蔚然大观,卓以自立。检视史料,径直以前代诗题、诗句命篇的诗题赋创作就多达一千三百余篇,这又以唐诗题赋(六百三十余篇)、杜诗题赋(百七十余篇)最为引人注目,呈现出一种集群风尚。[4]

  从学理的角度看,诗、赋二体二学的渊系甚密,汉家献赋以"古诗之流"的经义思想为其功用所向,唐宋科举并以诗赋选士,"命句"与"构思"成为观觇才学的关键,沈作喆《寓简》云:"惟诗赋之制,非学优才高,不能当也……观其命句,可以见学植之浅深;即其构思,可以觇器业之大小。穷体物之妙,极缘情之旨"[5];尽管文体间存在着畛域界别,如"诗缘情而绮靡,赋体物而浏亮"[6],然不论汉赋用《诗》,取镕经义,六朝隋唐的辞赋诗化与诗歌赋化,还是宋元继起"六义入赋"的批评理路,诗赋间的兼体现象就一直潜流于大文学的演进中,至清诗题赋的繁盛又成一大显征。另一方面,如何界定并取舍辞赋的命题素材,意味着赋家对如何看待这一艺术表现形式及其所处身份位置是否有清晰的学理认知。以诗命题在某种程度上与"选"这一独特的传统文学形式类似,两者必须在有限的框架内进行择取,选择哪些文本反映了选者的文学理念,选择哪些诗题、诗句以命题则反映出赋家的赋学品味。应该说,以杜甫诗题或诗句命篇的杜诗题赋是清代科举试赋制度与文学自身发展以及杜诗学全面繁盛的综合影响下诞育的一种文学艺术样态,但又迥异于传统杜诗学的治学门径,绾合两者,觇其大要,则或可为清代诗题赋的创构机制与杜诗学的综合研究提供一条衍展线索。

一、摘句:批评与创作

  杜诗题赋共涉及杜甫诗歌约五十八首、七十一句,除《江南逢李龟年》、《遭田父泥饮美严

---

*本文收稿日期:2021年2月2日

中丞》数首是以诗题直接命篇外，绝大多数则是以杜诗中的某一诗句作为赋题，呈现一种"摘句"谋篇的创作范式。如以《茅屋为秋风所破歌》"安得广厦千万间"句为题的计十篇、以《小至》"冬至阳生春又来"（二篇）、"山意冲寒欲放梅"（七篇）、"吹葭六琯动飞灰赋"（一篇）句为题的计十篇、以《宗武生日》"熟精《文选》理"句为题的计十二篇。就"摘句"的内容倾向言，在赋题上大致分属丽题、理题二类，又以工于锤炼的丽题情景句为最，再如"春水船如天上坐"（《小寒食舟中作》）八篇、"竹深留客处"（《陪诸贵公子丈八沟携妓纳凉，晚际遇雨》）七篇、"修竹不受暑"（《陪李北海宴历下亭》）七篇、"读书秋树根"（《孟氏》）五篇等。就"摘句"的创作时间言，集中在杜甫晚年漂泊夔州、成都之时，多属"晚节渐于诗律细"的精熟之作。就赋篇体制言，多属律赋作品，且多采用"以题为韵"的限韵方式，如非"以题为韵"，其用韵也与诗意密切相关，如"俊逸鲍参军"赋以"飘然思不群"（同诗之句）为韵、"山意冲寒欲放梅"赋以"疏影横斜水清浅"（同物之句）为韵等。从"摘句"的角度理解杜诗题赋与杜诗学的关系，则主要落实在两者互为艺术"技法"（创作论）层面与审美"形式"（风格论）层面。

首先是"尚律尚辞"的艺术驱动。"摘句"作为古典文艺批评的经典样式，因缘唐宋闱场试赋，故自唐人《赋谱》、宋人《声律关键》等专题"赋格"、"赋谱"类著作出现起，就多以"摘句"作为品鉴赋体用语、造句、声韵、题材、结构、风格、承变、高下等主要讨论的文本载体形式，从而构成了以"句法论"为中心的谱法体系。[7]对越元、明而上法唐、宋的清人而言，其律赋创作与批评在功用（探究技法以供士子科考之用）、审美（提炼律赋本身的艺术因子）两面所展现出来的"尊唐"与"尚时"的思想纠葛，颇能反映其间"因承"与"自立"的文化心态，如赵光《竹笑轩赋钞序》："唐宋以赋取士，讲求格调，研究章句，后世言律赋者，靡不以唐宋为宗。我朝稽古右文，人才蔚起，怀铅握椠之士，铺藻摛文，几于无美不臻，骎骎乎跨唐宋而上之矣。"[8]侯心斋《律赋约言》："唐赋虽正，然而法疏而意薄，不必多读。本朝馆阁赋，略读近科数十篇以润词气，而活笔机，非谓取法在是也。炼局、炼意、炼格、炼调、炼句、炼字，皆须细研古人之法而运以新裁，岂可奉一二旧赋为丹鼎乎？"[9]如何在继踵唐赋、细研古法中克服其"法疏意薄"的弊病而超迈之，就成为清代辞赋创作必须直面的问题，王芑孙、路德等人遂倡"诗不可于诗求，赋亦不可于赋求"的兼综博取观，指出"杜诗称史、屈赋称经，经史之归，以古文为路，由是而赋"[10]的向上一径，路德评论李应台所作杜诗题赋——《细麦落轻花赋》后总言"寝食唐诗"的学赋旨归：

> 唐赋虽少完璧，而后来律赋之法，实自唐人开之。择其较为完善者，酌读十余篇已足，其余有句无篇者，取其节焉可也。但赋者，诗之流，与其多读唐赋，不如寝食于唐诗。盖唐人律赋，率系应试之作，作者不皆风雅中人，其才力多薄，其篇幅多窄，其字句多杌陧而不安。若唐一代之诗，超前轶后，洋洋大观，千变万化，无美不备。学者纵难多读，至少也必须读三二千首……能如此用功，方能入风雅一门。然后取近之馆课律赋阅之读之，眼底便觉雪亮。则而效之，不难矣。[11]

绾合对律赋、试帖诗、八股文等科考文体间的通合认知，如梁章钜《试律丛话》云："律诗面貌与律赋为近，律赋即与八股文为近，此较然可知者也"[12]，王家相《论律赋》云："律赋第一段之第一联犹制义之破题也，第二联犹制义之承题也……第一段笼起全题，犹制义之起讲也……第八段或咏叹,或颂扬,或从题中翻进一层,尤制义之结穴也"[13],则"少陵炼神"(刘熙载《赋概》)的艺术造诣与赋贵有法理念的投契乃是其间的关棙所在。

在揣摩、理解、化用诗句的过程中同时为破题起文造势,"摘句"命题的双重艺旨而兼具"赋题"、"赋句"两大表现功能,林联桂《见星庐诗话》云:"自来赋家,中权握要,必有聚精会神之处,如十指并出,如万花齐放,令人心眩神怵,应接不暇,所谓一篇之警策者也。"[14]先观"赋题"之义,余炳照《诠题》篇:"赋贵审题,拈题后不可轻易下笔,先看题中着眼在某字,然后握定题珠,选词命意,斯能扫尽浮词,独诠真谛……手无线索,定然乱杂无章,纵有新词丽句,说得天花乱坠,终是隔靴爬痒,于题何涉?"[15]由此"绘景"、"写情"、"体物"、"刻画"、"点醒"、"陪衬"、"串合"、"议论"、"映带"、"疑问"、"传神"、"撞法"、"搓法"、"旋风笔"、"前后着想"、"题前翻跌"诸法皆有程则,如路德评两首《细麦落轻花赋》:

> 凡作诗赋遇情景题,以能写情景为佳。正言庄论,原不可必。此题字字精妙,作赋颇难摹写,题系麦花,毕竟与他花有别。索性将麦花离开,即从此生出意思,使"落"字不衰飒,"细"、"轻"字俱有着落。(评阎敬铭赋)

> 从落花说起,不沾定"麦"字,却胜似沾定"麦"字。玩"大抵"以下六句,意自了了。此处看似宽泛,实则紧切。紧与不紧,切与不切,全在用意用笔,不在字眼话头也。题之要害,一眼注定;用意用笔,却要凌空,不凌空,不能紧切也。诸卷张口便说"麦",以下却敷衍宽泛,一味躲闪。学者能从此处参想,下笔时自有把握。不然,每得一题,惝怳游移,想来想去,毫无主见。虽不欲敷衍也,其可得乎?(评李应台赋)[16]

二赋评点皆就杜诗"细麦落轻花"每字斟酌看过,其间"细"、"轻"、"麦"、"花"、"落"的映衬呼应,既关涉着二赋的切题要害(立意)、全篇布局(谋篇)、敷衍成辞(用句),还可影响到二赋的情感基调与艺术风格("落"字的衰飒或轻灵)。再观"赋句"之义,王芑孙《读赋卮言》总论赋句之要:"篇则统前后而谋之者也,句则随时而谋之者也。随时而谋,义必统前后而谋,商量生熟,刻画分秒,斯固雕虫之业也。营篇既得,将增壮于数联;制局已乖,冀求援于几句。"[17]其精义内含技法与风格两面,前者"用语"、"炼字",有"赋贵琢句……笔用反正,加以锤炼,便觉出色"(浦铣《复小斋赋话》)[18],"诗家以炼字为主,惟赋亦然,句中有眼,则字字轩豁呈露矣。唐黄文江单讲此诀,词必己出,苦吟疾书,故能于帖括中自竖一帜"(李调元《赋话》)[19];后者"风格"兼"用意",有"唐人琢句,雅以流丽为宗,间有以精峭取致者……刻酷锻炼,皆所谓字去而意留者"(李调元《赋话》)[20]。赋家选杜诗句皆重其炼句之工、刻画之妙、诗味之厚、诗旨之远,如"五月江深草阁寒"句,胡应麟赏以"杜七言句中壮而古淡者",叶梦得誉以禅宗"超出言外,非情识所到"之"截断众流句"。再如"山意冲寒欲放梅"句,潘德舆《养一斋诗话》以是为赋梅最工之句:"梅诗最难工,即以千古名句论之……'疏影横斜水清浅,暗香浮动月黄昏',犹韶秀乏远神也。必求名句,惟老杜'山意冲寒欲放梅'……"[21]《诗人玉屑》则专以"子美托物"命之:"杜子美诗有'冷蕊疏枝半不禁',语固佳矣,不若'山意冲寒欲放梅'为尤妙……故梅之高放、荷之清净独子美识之"[22];《菊坡丛话》又感叹其诗风奇崛:"冬至之诗,惟杜子美《小至》诗云'……山意冲寒欲放梅'之句最为奇崛。"[23]

其次,"史"性句的缺席。与"尚律尚辞"的审美意趣相垺,以丽句、理句为代表的"清词丽句"成为赋家共同的选择尊尚,与之相对,最能代表杜诗现实性与思想性的"史"性诗题、诗句却被有意识地加以规避。对"清词丽句"的激赏与追摹固然有着艺术美学的经验希求,但"诗史"句的缺席则隐然内寓着文学与制度两面的复杂原因。就思想性言,辞赋因缘汉代献赋制度而被型塑为一代文学之胜,就已奠定起"或以抒下情而通讽谕,或以宣上德而尽忠孝"(班固《两都赋序》)[24]之"讽"、"颂"两端的政教功用观,诗赋取士制度的推行者尽管试图通过王权重新建构辞赋的诗教意识——倡导词章优美、义理闳深与经世致用以觇测士子的才学与器识,实际上却导致了辞赋"讽谕"之义的丢失而日益沦为"颂圣"的干谒工具。对读赵镛《六义赋居一赋》所谓"俲色揣声兼资乎比兴,指事征理必在于敷陈。以宣上德于遐陬,则颛蒙共喻;以抒下情于黼座,则幽隐必伸"[25],"而"、"于"二词的语意转换显然是将赋家的主体能动性置于王权政治的意志之下,这改变了班固赋意的内涵而成为为王代言的传声表达。就艺术性言,应试律赋因程文限制,多为短章,难以发挥辞赋"体物铺陈"、"义尚光大"的恢宏气度,故只能转向"义理"的巧辨与"技艺"的讲究。由此看杜诗"诗史"句的缺失,一者在以思想性著称而非单句巧构见长,二者诸赋创作的缘起与内容的书写皆围绕杜诗本事展开,故"诗史"句的叙事完整性对这一形制造成文意上重复,三者赋文"颂圣"基调对其选择构成思想压制,辄举文治、武功二例,十二篇"熟精文选理"同题赋无不取"隆古颂今"的结尾制式:

> 杜子美气夺曹刘,才高屈宋。训子情深,传家意重。读书法之宜精,必《文选》之能诵……惟其理之熟也,味之愈深,取之弥博……惟其理之精也,始以日游,久之心醉……我朝书罗百代,文综诸家。理归雅正,《选》谢浮夸。集玉堂而染翰,窥金钥于浣花。固已体备《雕龙》,陋梁代摘文之艳丽;况复祥徵仪凤,颂虞廷复旦之光华。(苏廷魁《熟精文选理赋》)

> 杜工部唐室词豪,襄阳名宿,锦绣罗胸,珠玑满腹。词场披藻,爰勖子以垂箴;学海翻澜,乃传家而式谷……惟其理之熟也,不待搜罗,任堪驱遣……且其理之精也,笼罩百家,旁搜诸史……方今圣天子文治遐敷,文风丕布,会集玉堂,宏开经库……此日词林殖学,匪徒骈四俪六之言;他时笔海穷源,不忘京两都三之赋。(胡凤丹《熟精文选理赋》)

> 杜子之示宗武以读《文选》也,客有疑而问焉曰:……苟未究文体之离合,悉文心之奥衍。虽日诵万言,吾犹谓其无当于斯选也。且夫篡组合,谓之文;经纬具,谓之理。孟坚长于铺张,相如巧为形似……况圣世教阐六经,文罗四库。释经识豳鼠之文,解字订鲁鱼之误。培根柴实,固已家富。菑畲抽秘骋妍,岂独人娴词赋。(赵新《熟精文选理赋》)

> 杜少陵一代宗工,三唐名宿,读书通万卷之神,下笔争千言之速。固已抗手班、扬,追踪潘、陆。而其示宗武也,觅戒彩衣,功资卷轴……则琢句雕章,窃恐浮华之未屏;纵薰香摘艳,终嫌实学之难成。盖有理焉。章成经纬,彩散缤纷。思皆锦织,义可条分……盖以文各殊途,理原一轨……方今圣朝宝笈星罗,瑶函锦护。谢靡丽于六朝,储菁华于四库。(薛春黎《熟精文选理赋》)[26]

《文选》学在清代的复振与辞赋创作的繁盛几乎是同步的,且二者皆得益于王朝博学鸿词科的开设与科举制度的革新。[27]张缙宗《文选后集序》载:"今天子好古右文,崇儒重道,以古今之文不仅科目制艺可以得人,己未之春既设博学宏词之科,擢居词苑,以副史局;而第次词臣优绌,时以诗赋考较铁材。于是天下向风,艺林有志之士罔不嗜古学、敦诗文,以成一代之盛。而《文选》一书复家弦户诵于天下。"[28]"熟精文选理"诸作自然深寓其间。诸作无不以"方今圣朝"、"我朝"、"圣世"、"方今圣天子"等颂赞文辞收束全文,以阐扬当朝文教敷丕的昌明政治。同时寄语士子或自我勉力,意图通过赋文创作实现"献赋待诏"的仕途价值,如"他时笔海穷源,不忘京两都三之赋"、"幸依金马门中,握管而凌云献赋"、"文章钜公,请献凌云之藻"、"数典难忘,枫笔献三都之赋"、"勉微臣之策励,效黼黻乎国华"、"曷惭广备选材,登金门而献赋"、"百篇有待于庚扬,拟再献杨雄之赋"等。再观武功一面,刘铭勋有取杜诗《诸将》(其三)"肯销金甲事春农"命篇,仇兆鳌注云:"此章为乱后民困,责诸将不行屯田。在四句分截。洛阳潼关,忆安史陷京。沧海蓟门,伤河北余孽……稍喜有二义:诸镇不知屯种,而缙独举行之,是为稍喜。缙素党附元载,此事在所节取,亦足稍喜也。"[29]此诗在暗讽诸将无用以致军不能自给、国不得安守,所言王缙功绩,因其人有疵而止以"稍喜"作慰解,刘赋却立足在唐朝治政昏暗与当朝治政清明的对比中,其末亦作颂辞:"我圣朝七德征歌,万邦告裕。土谷交修,金汤永固。井庐开衣食之源,帷幄息战之务。仰四推之耕藉,观田则九余三余;饬八法以平戎,讲武于六步七步。稼禾露积,愿呈流火之图;鲸鳄风清,请上止戈之赋。"[30]

二、赋形:文本的转译

诗题赋文体转译的本质是借助辞藻搭建起的语言艺术的桥梁,以实现诗歌"情境"、"意境"向辞赋"理境"、"物境"的转化,刘勰《文心雕龙·丽辞》篇云:"诗人偶章,大夫联辞,奇偶适变,不劳经营。自扬、马、张、蔡,崇盛丽辞;如宋画吴冶,刻形镂法。丽句与深采并流,偶意共逸韵俱发。"[31]从文学内部自身发展的要求看,清代诗题赋的繁盛是清人在创作、批评两面重构赋体美学观的结果。创作上"随物赋形"的题材自由度得到空前释放,强化了赋家对遣词造句、章法结构、声韵情境等技法技艺的细密化与精美化的追求,所谓"赋家之心,其小无内,其大无垠,故能随其所值,赋像班形,所谓'惟其有之,是以似之'也"(刘熙载《赋概》)[32]、"赋为敷陈其事而直言之,尚是浅解。须知化工之妙处,全在随物赋形"(李重华《贞一斋诗话》)[33],创作审美经验的集聚,为批评上尚辞、尚丽、尚律思想理念的形成,提供了源源不断的丰富素材,后者又在规范与引导中反作用于具体的实践。考察杜诗题赋的文本转译特质,兹别举数例赋作以概言之:

> 有杜少陵者,望东山而入咏,偕北海以同游。欲得清凉之界,适逢潇洒之候。笛吹小院,帘卷高楼……无一亩半亩之苔,有千竿万竿之竹。竹叶横斜,竹枝披拂。竹影参差,竹香沉郁。闲眠竹榻,当暑原自可人;静倚竹床,却暑更无他物……可以弄瑶琴,携美酒。觅高贤,邀胜友。径转三条,园临数亩。四围余阴,从无热客追寻;一味新凉,合让幽人消受……竹深留客,曾歌遇雨之诗;暑退凛秋,再拟凌云之赋。(田依渠《修竹不受暑赋》)[34]

昔子美避迹潭洲，移情烟水。为觅枝栖，聊将棹倚。心淡眉山卜筑，两载于斯；愿同泛宅浮家，一舟而已……无非艇放江干，眼豁马潭之界；要岂槎乘海上，身探牛斗之墟。胡为乎天光连水，水影连天。舟疑入汉，人似登仙。顿碧交浮，舷拍云霞之表；蔚蓝低衬，帆开日月之边……盖杜陵诗境，本具瑶池蓬岛之观；况云梦仙乡，类多红树青溪之渡。真觉去天尺五，汗漫来游；回看在水中央，溯回作赋。（许元锡《春水船如天上坐赋》）[35]

昔杜子美浪迹柴门，身辞魏阙。耽云水以逍遥，偕渔樵而出没。时有中丞严公者，折节而前，造庐相谒……话到诗天酒地，别有生涯；飘来梅雨蒲风，尽除热恼。识将军之礼数，枉劳车驾匆匆；容野老之疏狂，笑看须眉草草。无何烽火尘惊，山河景薄。震西蜀之甲兵，扰东京之城郭。天涯暌隔，怀弟妹而兴嗟；家室艰难，恨妻孥其谁托。犹忆小阁羁栖，荒江萧索……遥连巫峡巫山，倒浸空潭之影；何待秋风秋雨，始添水国之寒。（王赓飏《五月江深草阁寒赋》）[36]

此杜诗三句，诗艺各趣，皆乃清人热意赋题者，且同题者众[37]，颇有代表性。首先是炼字之妙。"修竹不受暑"句出杜诗《陪李北海宴历下亭》，天宝四年（742），杜甫与北海郡太守李邕游宴于历下亭时即席而作，诗虽五古，但"受"字极见杜甫炼字造语之工，颇受后人知赏，其"用'受'绝奇"（《容斋随笔》），有"自得之妙"属杜甫"酷爱"之字（《萤雪丛说》），范温《潜溪诗眼》"炼字"条载："'炼字不如炼句'，则未安也。好句要须好字……工部又有所喜用字，如'修竹不受暑'等，'受'字皆入妙。"[38]赋家与诗论家的焦点矢向相同，其铺陈之笔亦在"受"字上着墨，然"妙"意何在？在"暑不能入也"：一者赋形，盛言修竹广密，其遮天连阴之势使骄阳不入，使烦暑可息，如顾惺赋"若夫时值歊蒸，气当烦溽。矗竹箭以干宵，倚窗槛而映绿。亭亭直上，不畏夏日之窥林。谡谡寒声，似戛薰风而鸣玉。密如云布，非威风之能游"；二者赋意，渲染主客游兴雅致不得减碍，如周思绶赋"任他赤日行天，知乎独不。则有琴制桐孙，棋弹橘叟。竹罏试茶，竹叶浮酒。打头之竹屋无多，容膝之竹床自有。人谁是主，何送何迎"。吴齐贤《论杜》曰："读诗之法，当先看其题目。唐人作诗，于题目不轻下一字，亦不轻漏一字，而杜诗尤严。次看其格局段落，其中反复照应，丝毫不乱，而排律更精。终看其句法，前后相合，虚实相生，而诗之能事毕矣……有用'受'字者，'修竹不受暑'，暑不能入也"[39]，此杜诗之法所为赋家赋制。

其次是夺胎之妙。"春水船如天上坐"句出杜诗《小寒食舟中作》，大历五年（770），杜甫漂泊潭州时作，此句有本而被诸家推为杜甫擅用"古今句法"（《新刊履斋示儿编》）的佳构。《升庵诗话》"杜诗夺胎之妙"条载："陈僧慧标《咏水》诗：'舟如空里泛，人似镜中行。'沈佺期《钓竿》篇：'人如天上坐，鱼似镜中悬。'杜诗：'春水船如天上坐，老年花似雾中看。'虽用二子之句，而壮丽倍之，可谓得夺胎之妙矣。"[40]考"夺胎"之法，《诗宪》明言："夺胎者，因人之意，触类而长之。虽不尽为因袭，又能不至于转易，盖亦大同而小异耳。"[41]故王世贞称其乃"剽窃模拟，诗之大病。亦有神与境触，师心独造，偶合古语者。如'客从远方来'，'白杨多悲风'，'春水船如天上坐'，不妨俱美，定非窃也。"[42]由此见"夺胎"法的确切意涵，应为在吸收化用前人文辞内容的基础上，将其中的意蕴加以衍扩重构，包含字句与诗意两面内容，非单偏向"诗蕴"、"诗意"一面。此句是杜甫对前人诗句的夺胎，赋家们对杜甫此句的赋篇则可视作一种跨越文体间的夺胎创制。从字句看,有郑敦允赋"小坐船头,聊寄情于流水;恍来天上,承有脚之阳春"、许元锡赋"万顷晴波,行到船中之乐;一枝柔橹,坐移天上之身"、陈云桂赋"一篙碧浪,斜拖杨柳之烟;三尺春潮,半泛桃花之水。便向舟中坐啸,意惬飞湍;疑从天上浮来,欢生曲沚"等,此类赋句率多围绕杜诗这一譬喻单句,通过物象的类陈比列、譬喻的句式转换而作骈偶体以影摹之。从诗意看,赋家一改杜诗后句"老年花似雾中看"的暗自伤老及忧时伤世的情感基调,多从寒食节气物候、山光水色、泛舟赏览、畅想仙境、兴怀起思诸面极力雕画出一片逸兴遄飞、朗丽明快的春光嬉游图景。

　　最后是诗思之妙。"五月江深草阁寒赋"句出杜诗《严公仲夏枉驾草堂,兼携酒馔(得寒字)》,此诗作于宝应元年(762),有两解:一者认为此诗乃杜甫因韵作诗的勉力之举,方有律体失粘发生,仇兆鳌言其创制:"仲夏得寒字,殊难押。意中必先成此句,次以上句凑之。三联失粘,想亦由此耳"[43];一者认为此诗乃杜甫有意变化出奇,在夺人眼目,为七律变体,《诗人玉屑》"七言变体"条独以此诗言说:"七言变体律诗之作,用字平侧,世固有定体,众共守之。然不若时用变体,如兵之出奇,变化无穷,以惊世骇目。如老杜('五月江深草阁寒'诗),此七言律诗之变体也。"[44]二意之别集中在对"寒"字的体认上,前者以时令的物理逻辑解;后者则以诗思的心理逻辑解,且出奇不独变体,要在"不当寒而寒"的诗意委曲中,《潜溪诗眼》析辨杜诗用字例云:"有一士人携诗相示,首篇第一句云'十月寒'者。余曰:'君亦读老杜诗,观其用"月"字乎?……"五月江深草阁寒",盖不当寒而寒也……若十月之寒,既无所发明,又不足纪录。退之谓"惟陈言之务去"者,非必尘俗之言,止为无益之语耳。然吾辈作文,如"十月寒"者多矣,方当共以为戒也。"[45]赋家亦多在"不当寒而寒"处用心,如王赓飏赋着重刻画杜甫晚年漂泊孤苦、忧时伤怀的凄寒心境,寄寓"非时寒乃心寒"的感绪;周思绶赋则围绕"草阁"、"江深"之处,摄取五月清寒之景,"楝余廿四番风,梅送两三点雨"、"洲曲蘋聚,庭阴竹深"、"买宅而风吹茅屋"、"泛舟而雨急陂塘,秋何太早"等,摹绘其"寒境",表达"非时寒乃地寒"的理解;洪昌燕赋则谨据诗题止敷陈杜甫于草堂夜雨后的待客场景,"昔杜子卜居于草堂,适严公命驾于城府……极宾主之欢洽,误光阴之燠寒",言说"仲夏之寒乃一时之寒";孙清楫赋则又斜出"身寒"一意,"尽饶世外清凉,天开尺五。此少陵所以戏狎渔樵、情甘贫窭者也"、"既袖薄而衣单"、"那得万间广厦,庇我单寒",着力描画杜甫瘦削、身单、清贫的老者形象。诸赋对杜诗"心寒"、"身寒"、"景寒"、"境寒"种种诗意互有生发,客观上说,正是赋家通过对杜诗的二次艺术创构,才使得杜诗中本有的物象、景象、意象、境象与"言外之意"、"韵外之旨"得以在不同程度、不同层面上具象化,实现着杜诗思想的增值空间。

　　杜诗题既是以杜诗命题的篇什,对杜诗本事的演绎就构成题中的应有之义,因此杜诗本事的诗意不确指性带来的诠释张力,就成为杜诗题赋本事批评的显著特征。林联桂《见星庐诗话》云:"赋题字面固宜点缀清醒,而名手却将题中要紧之字层层点透,叠唤重呼。"[46]赋家以一己之思,用赋铺之法将杜诗诗旨形象化地确定下来,从而各自构成杜诗效果接受史的一个侧面,每一个侧面拼接又共同支撑起杜诗意涵的内在丰富性。"熟精《文选》理"诸赋就是杜诗题赋"选题虽定而立意各殊"的典型个例。"熟精《文选》理"乃杜甫《宗武生日》诗中句,因其涵盖扬誉《文选》与垂箴教子的双重内涵而广为后学注目,然杜甫并未就此明确作释,加上诗意的言外之韵,又致使后学试解而言人人殊,这种诠释的张力在此类赋作中得到明显体现。一类发挥"熟精《文选》"的现实功用,一类探寻杜甫所言"《文选》之理"的旨向。骆鸿凯《文选学》云:"唐以诗赋试士,所设制科,有博学造议、博通坟典、学兼流略、辞擅文场……时主雅重其书,乃至分别本以赐金城,书绢素以属裴行俭。风尚所趋,尤关轻重。故唐代士人之于《文选》,无不人手一编,奉为圭臬。"[47]在唐代科考的历史语境中,《文选》之学带有强烈的实用功利色彩且影响深广。另一面,联系"诗是吾家事,人传世上情"的上下语意,杜甫对勖勉宗武的目的则又指向了绍述家学与继承传统,如仇兆鳌释义:"此以家学勖宗武……公祖审言善诗,世情因而传述,故当精《文选》以绍家学,何必为彩衣娱亲乎?此乃面命之语。"[48]浦起龙亦言:"中四句,字字家常语,质而有味。由祖而来,诗学绍述,此事直是家业。人言传说有子,特是世上俗情耳。须得学问渊源,本于汉魏,熟精《文选》理,乃称克家。岂必戏娱亲,方为孝子?面命之语,如闻其声。"[49]这两种分歧亦成为赋家作赋立意的缘起,强调"熟精《文选》"则旨在指导当下科考的时文应制写作,如程履丰赋所言"精符琢玉,言言惊积玉之珍;精比炼金,言语羡镂金之技。囊中句真同锦织,精华快我思抽;天下才堪用斗量,精凿夸其味美",可知所谓熟精《文选》要在追求辞藻华美的行文技巧。强调"《文选》之理"则旨在探寻杜甫所言《文选》之理究竟乃何指,而非杜甫对《文选》之理解之"理",故赋家对"理"的敷陈主要集中在诸文体的演变及其辨体上,如薛春黎赋所言"其为理也,诗律谨严,赋材崎崛。仰诏策之皇皇,列箴铭之勿勿……读阮校尉之《咏怀》,师其闲雅;绎张司空之励志,乐彼从容"。

以上诸面可彼此观照、互为生发。从杜诗学的角度看,杜诗题赋以"摘句"为内核,以诗赋二体间的文本转译为表现形式,兼具"批评"、"创作"双重属性。赋家运用赋体敷陈体物的具象化文体表现形制,在"炼字"、"用句"、"诗意"、"风格"、"本事"诸方面寄寓了对杜诗的揣摩、拟效、化用与理解。又因科举制度的干预,赋家回避了杜诗中最具现实意义与史性品格的诗句,在追求声律化、技巧性的艺术审美体验的同时,丢失了赋体"丽辞雅义"中的诗教讽谕之义而强化了科举现实功用中的"颂圣"之音,这构成了清代杜诗学发展史上的一个独特现象。

注 释:

* 本文系2017年国家社科基金重大项目"辞赋艺术文献整理与研究"(17ZDA249)的阶段性成果。
[1] 霍松林主编《中国近代文论名篇详注》,贵州人民出版社1986年版,第280页。
[2] 许结《清赋概论》,《学术研究》1993年第3期。
[3] 据马积高主编《历代辞赋总汇·前言》计,共收赋家7400余人、作品三万余首,其中清代辞赋家4810人,辞赋作品19499首。湖南文艺出版社2014年版,第7页。
[4] 据《历代辞赋总汇》粗略统计,如马积高言"清代辞赋,我们虽收有作家四千余人,作品近两万首,但清人集部到底有多少,目前尚无精确统计数字,恐怕还有许多手稿未曾发现",加之计算过程中的疏漏,这一数据难免存在偏差,但大致可反映一个整体的趋势。
[5] 孙梅著,李金松校点《四六丛话》,人民文学出版社2010年版,第112页。
[6] 严可均辑《全上古三代秦汉三国六朝文》,中华书局1958年版,第4026页。
[7] 许结《赋体句法论》,《社会科学战线》2018年第1期。

〔8〕 孙清达辑评《竹笑轩赋钞》卷首,清咸丰三年(1853)聚盛堂刊本。

〔9〕〔13〕 程祥栋《东湖草堂赋钞》附录,清同治五年(1866)抱朴山房刻本。

〔10〕〔17〕〔19〕〔20〕 王冠辑《赋话广聚》,第3册,第312、324、48—49、28页。

〔11〕〔16〕 路德选注《关中书院课士赋》,《历代赋学文献辑刊》第79册,清道光二十三年(1843)刻本。

〔12〕 梁章钜《试律丛话》,上海书店2001年版,第546页。

〔14〕〔46〕 林联桂撰,何新文、余斯大等校证《见星庐赋话校证》,上海古籍出版社2013年版,第7、21页。

〔15〕 王冠辑《赋话广聚》,北京图书馆出版社2006年版,第5册,第48—49页。

〔18〕 浦铣著,何新文、路成文校证《历代赋话校证》,上海古籍出版社2007年版,第370页。

〔21〕 潘德舆著,朱德慈辑校《养一斋诗话》,中华书局2010年版,第77页。

〔22〕〔44〕 魏庆之著,王仲闻点校《诗人玉屑》,中华书局2007年版,第275、48页。

〔23〕 单宇《菊坡丛话》,《续修四库全书》本,第1695册,第42页。

〔24〕 萧统编,李善注《文选》,中华书局1977年版,第21页。

〔25〕〔35〕〔36〕 鸿宝斋主人编《赋海大观》,北京图书馆出版社2007年版,第4册,第240页;第7册,第25—26页;第6册,第386页。

〔26〕 马积高主编《历代辞赋总汇》,湖南文艺出版社2014年版,第16900、20877、18502、18613页。

〔27〕 详参付琼《清代科举与〈文选〉接受》(《求是学刊》2009年第6期)、王小婷《清代〈文选〉学研究》(上海古籍出版社2014年版)、曹虹《清代文坛上的六朝风》(《安徽大学学报》2017年第1期)等。

〔28〕 张缙宗《新刊文选后集》,清华大学图书馆藏康熙二十七年(1688)刻本。

〔29〕〔39〕〔43〕〔48〕 仇兆鳌《杜诗详注》,中华书局1979年版,第1367、2342—2347、904、1478页。

〔30〕 刘铭勋《三云书屋课艺》,民国八年(1919)石印本。

〔31〕 刘勰著,范文澜注《文心雕龙注》,人民文学出版社1962年版,第588页。

〔32〕 刘熙载撰,袁津琥校注《艺概注稿》,中华书局2007年版,第461—462页。

〔33〕 丁福保编《清诗话》,上海古籍出版社1978年版,第930页。

〔34〕 田依渠《课徒赋草》,《清代诗文集汇编》第637册,第702页。

〔37〕 "修竹不受暑"赋先后有顾惺、陶澍、周思绶、王先惠、胡佩芳、田依渠、沈堂等七人同作;"春水船如天上坐"赋先后有罗文俊、郑敦允、叶长龄、土文海、许元锡、陈云桂、杨福谦、佚名等八人同作;"五月江深草阁寒"赋先后有周思绶、朱兰、洪昌燕、刘国光、王赓飏、孙清楫、冯彦昌等七人同作。

〔38〕〔41〕〔45〕 郭绍虞辑《宋诗话辑佚》,中华书局1980年版,第321、534、320页。

〔40〕 杨慎撰,王大厚笺证《升庵诗话新笺证》,中华书局2008年版,第394页。

〔42〕 王世贞著,陆洁栋、周明初批注《艺苑卮言》,凤凰出版社2009年版,第66—67页。

〔47〕 骆鸿凯《文选学》,台湾华正书局1975年版,第71—72页。

〔49〕 浦起龙《读杜心解》,中华书局1961年版,第759页。

〔作者简介〕 贾文霞,1990年生,女,南京大学文学院博士研究生,主要从事赋学研究。

书画文献所见《沈周集》未收诗词辑补*

胡 炜 魏 刚

  沈周不仅是明中期的书画大家,开创了吴门画派,在绘画发展史具有深远影响,而且其文学创作也具有较高成就,甚至后人谓其"诗为画掩",故其文学成就同样值得后世关注。学界目前已出现一些从文学方面研究沈周的成果,较具意义的莫过于《沈周集》的整理。目前已整理出两部同名《沈周集》:一为汤志波点校、浙江人民美术出版社 2013 年出版,收入"中国艺术文献丛刊";一为张修龄与韩星婴点校、上海古籍出版社 2013 年出版,收入"苏州文献丛书第二辑"。相比而言,后者不仅校勘精良,且首次从《珊瑚网》等书画录文献中进行辑补。其不足是:源文献较少,同一源文献中也存在漏辑,且未对辑录诗词进行真伪考证。为此,本文在搜罗大量著录沈周题识的书画文献的基础上,对《沈周集》未收诗词进行辑补。虽书画作品真赝复杂,但此类书画文献中所著录的作品均经过编著者亲自鉴别,且编著者大多为鉴藏名家,所以使得著录作品本就具有较高的可信度;同时,笔者在辑录时又结合相关材料进一步考证,更加提升了辑录作品的可靠性。由此,兹将未见传世书画的题诗汇集(传世书画真迹的题诗将另行辑汇),剔伪除赝,得诗 154 首、词 4 阕,并得与《沈周集》文字差异较大的诗歌 2 首。

  杂体诗

题仿梅沙弥阔幅山水

  梅沙弥,梅沙弥,水墨真传世有谁?越水吴山开惨淡,墟烟云墅生淋漓。淋漓水无功,惨淡墨胡为。沙弥窃取造化巧,游戏三昧手不知。老夫年老鬓全秃,亦种梅花绕茅屋。五更忽梦见沙弥,急起敲冰写长幅。长幅虽穷意转豪,任渠楮颖日相嘲。沙弥化去不可作,携里荒烟今寂寞。

  按:辑自《嘉业堂丛书》本李日华《味水轩日记》卷四。据款时"正德丙寅秋八月三日",知作于正德二年,时七十九岁。

题松溪图

  长松青青不曾歇,清溪滔滔不曾竭。溪流之水深且长,松历之年岁连月。松耶溪耶两忘情,人兮物兮两相悦。忆昔豪观九里松,翠涛怒卷翻天风。又尝移棹道荆溪,太湖演

本文收稿日期:2021 年 7 月 14 日

漾波涵融。十年归来形梦寐,意欲想象丹青中。惜哉无人寄高兴,虎㘭幸见松溪翁。翁家虎溪胜西山,千松万松映虎㘭。虎㘭仍是浒溪名,南北帆樯来万井。采松花,酿松酒。钓溪鱼,拉溪叟。客至烹鱼不论钱,主宾醉乐无何有。养松看就栋梁材,溪鱼要化蛟龙种。赖翁子孙奕叶光,我诗我图相与传无穷。

按:辑自《味水轩日记》卷七。

题画重阳景

两只蟹,一瓮酒。为问东篱菊放否?把酒持蟹看菊花,一首诗成酒一斗。

按:辑自清内府抄本《石渠宝笈》卷三十八。

题画册

山叠叠兮云浮浮,石嶙岣兮草木殰。秋泛扁舟兮独往,采芳芝兮长洲。洲何长兮不可以即。聊短歌兮薄喑我忧。

按:辑自文渊阁《四库全书》本汪砢玉《珊瑚网》卷四十五,文渊阁《四库全书》本卞永誉《式古堂书画汇考》(下简称《书画汇考》)卷三十五相沿著录。

题水墨枯树图

草茸茸兮远连近,木濯濯兮非楠非楩。山空日长兮忘乎岁年,谁与我乎周旋。

按:辑自乾隆怀烟阁刻本陆时化《吴越所见书画录》卷三。

题蒲菊钰上人像

蒲瘦如天台山之绝粒圣僧,菊清似彭泽县超世依连。二物不生桃李场,草木千年同臭味。

按:辑自正德七年刻本张莱《京口三山志》卷六。"菊"字原作"镯"。据同书卷五录王阳明《题蒲菊钰上人山房》一诗,且乾隆二十七年卢见曾编《金山志》卷七改。

自题小像

七十四,八十三。我今在后,尔已在前。茫茫者人,悠悠者年。茫茫悠悠,寿夭偶焉。尔影于纸,我命于天。纸八百或者,天八百未然。生浮死休,聊尽其全。陶潜之孤,李白之三。杯酒相对,旷达犹仙。千载而下,我希二贤。

按:辑自清内府抄本《石渠宝笈三编》"延春阁藏"十九。据款时"正德己巳端午",知作于正德四年,时八十二岁(虚岁八十三),去世当年。

四言诗

题画册

驱云喷雾,倐哉神工。负山缩地,怪哉愚公。巃巃嵸嵸,开此华嵩。淋淋漓漓,元气攸通。回视吾笔,眇在握中。

按:辑自《珊瑚网》卷四十五,《书画汇考》卷三十五相沿著录。

题雪景长卷

飞雪满纸,寒气可掬。作此长卷,自谓不俗。谁能伴我,倚此钓竹。

按:辑自同治十年刻李佐贤《书画鉴影》卷六。

题唐六如像

现居士身,在有生境。作无生观,无得无证。又证六物,有物是病。打死六物,无处讨命。大光明中,了见佛性。

按:辑自《吴越所见书画录》卷五。

六言诗

题倪高士小山竹树轴

清閟当年风度,云林此日襟期。每向诗中见画,今于画里观诗。

按:辑自《书画鉴影》卷二十。谢正光认为,画赝作,沈周题识为真[1]。

题画册

溪深将谓人静,携壶问字忙忙。两翁方揖道上,一叟又过桥傍。

按:辑自《珊瑚网》卷四十五,《书画汇考》卷三十五相沿著录。

五言古

碧山绿树仿黄鹤山樵

碧山我所爱,绿树亦可坐。诛茅即其地,可以谢世过。匡床据白木,把卷时仰卧。鸣泉绕屋下,啼鸟或一个。闭户却来辙,林径叶自堕。未必终南山,隐计如此作。

按:辑自《味水轩日记》卷五。

题青绿山水图

秋江直如弦,秋空净如沐。秋树着微霜,新红变残绿。老渔操小舟,持此一竿竹。消遣岁月闲,岂但为口腹。放歌人不知,青山豁我目。

按:辑自《味水轩日记》卷八。

题南川高士图

连峰何窈窕,浚谷深且幽。中有高识士,乐兹逍遥游。长勤事竹素,抱志蹊其时。芙蓉制重襟,约以珊瑚钩。搴芳古桂林,翔声籍南州。凤鸟不可狎,乃在昆仑丘。矫首望光尘,退鄙即无由。信思聊致言,墨卿惭谬悠。

按:辑自《珊瑚网》卷三十七,《书画汇考》卷五十五、文渊阁《四库全书》本郁逢庆《书画题跋记》卷十一亦著录。后二家所录,末句"卿"作"墨"。据款时"癸巳",知作于成化九年,时四十六岁。

赠杨子诗

杨子劝秉良,攻诗略于琴。我劝并二者,手弹口还吟。琴诗本性情,渊渊入人深。推自三百篇,被乐为雅音。雅音宣其文,成古复成今。悠然南薰词,煦矣当舜心。

按:辑自《珊瑚网》卷十四,《书画汇考》卷二十四、《六艺之一录》卷三百八十八亦著录。

题仿一峰小障图

山叠气未迭,衍迤势巨穷。溪壑互中涵,草树发青红。缥缈神仙居,隐现金银宫。飞霞隔鸾鹤,丛笙思闻风。谁从此招手,度我逍遥翁。

按:辑自道光刻本吴荣光《辛丑销夏记》卷四。据款时"弘治辛亥九月下浣",知作于弘治四年九月,时六十四岁。

山水诗画卷

我生贫且贱,徒怀惠济心。捐金及指廪,此事非所任。所愿事医药,博施德滋深。七剂夺人命,床褥起呻吟。其术与愚庆,玄奥意但歆。宗尹擅方脉,早誉乡邑钦。比来徐工亚,假手起疴沉。归来遂休致,扶护同自南。兹当返医垣,如鸟辞故林。秋高健翩举,别酒喜再斟。丈夫慎厥术,医国振芳音。

按:辑自宣统庞氏刻本庞元济《虚斋名画录》卷三。

题送行图

流岁聿云暮,于时发华辀。祖彼西郭门,青云甫高游。游子庠序英,匪君有嘉猷。掇科等拾芥,云鹏气横秋。蹇予草泽姿,俯与斥鷃俦。因子致惭仰,临风搔白头。

按:辑自《春晖堂丛书》本缪曰藻《寓意录》卷三。据款时"甲午",知作于成化十年,时四十七岁。

七言古

题长卷

溪容泛暖春波动,蒲苇茸茸鸡鹍共。草阁风平碧幔开,高松盖偃青云重。睡余茶熟心冥然,采菊南山清入讽。阿谁艇子过湖来,短桡轻楫斜阳送。惟得君家似画中,坊头不到常飞梦。

按:辑自《味水轩日记》卷六。

题郭天锡云山烟树图卷

郭髯风流世无匹,闲写丹青致清逸。兴来落笔足奇趣,腕底神游任轻率。烟云顷刻变莫定,但觉楮尾气充溢。假令当日米老在,把臂应当共入室。只今披图如见公,墨沈淋漓犹昨日。

按:辑自稿本端方《壬寅销夏录》,据款时"成化乙巳三月既望",知作于成化二十一年,时五十八岁。

仙游词·题缥缈峰图卷

清晨理屐讨遗址,步入层巅眺千里。松壑崎岖石径斜,梵宫突兀凌霄起。潺湲玉液接溪流,暧靉鲜云映山紫。崦上人家崦下田,东村西落屋比比。屋上有山屋下湖,开门湖光净如洗。扁舟冲浪逞风帆,白鹭一行飞且止。销夏湾头晚市忙,渔郎打鼓卖鲜鲤。市散欣然沽酒归,采得鲜菱及菰米。呼儿酌酒漫高歌,一醉且眠芦苇底。别有人家住崦西,凭虚楼阁空中倚。山围水抱事农桑,乐土风光真画里。信知此地幽且清,玉辇金舆何迤逦。忆昔吴王游乐时,朝歌夜舞挟西子。荒淫已中越人谋,忠烈空教赐剑死。兴亡吴越今何在,惟有湖山只如此。

按:辑自《壬寅销夏录》,《过云楼书画记》卷四亦著录。识语有"甲子中秋",沈周一生经历两"甲子":正统九年、弘治十七年。又据识语中"与子畏、徵明相期同泛",唐寅生于成化六年,可知此诗此画作于弘治十七年,时七十七岁。

题枯木孤舟图

醉侩潦倒呼磨墨,墨浓如漆不足画。强拈枯笔扫乱石,两两枯株石间植。一舟横波压秋碧,仰看青天双眼白。醉侩尚道墨不浓,我已忘情笔都掷。

按:辑自《壬寅销夏录》。

题灞桥诗思图

江东频年雪不作,田禾不登民且瘦。今年雪作腊未穷,簌簌漫漫三日落。老夫喜貌大有象,呵笔终朝冷仍着。微踪惨淡觉有神,满纸纵横墨为垩。万里风云思不开,一色乾坤眼俱烁。溪山无乃失旧观,杳巘重峦成玉削。深村人家门不开,常怪飞花入帘幕。更见爪牙生瓦沟,笑信儿童敲洛泽。忽归冻檝自桥西,久住胶舟谁岸脚。僵木连林翻夜乌,亚竹当窗恋寒雀。假绘吾犹与化争,设奇吾亦令人乐。只恐清寒太逼人,展看还须拥狐貉。

按:辑自《壬寅销夏录》,亦见录于《穰梨馆过眼录》卷十六。

题余荫堂图

余荫堂高且古朴,中奉祖母安而乐。祖母孀居八十霜,五孙奉养堂中央。饮食衣服口体足,祖母不知身是孀。门前绰楔三丈强,身老名完节更光。

按:辑自《书画鉴影》卷六。

题老栝图

我家老栝堂之前,碧玉枝柯森百年。鬖髟五鬣叶幕幕,时有竽籁风泠然。秋深堕镈爱鳞甲,日出黛翠开云烟。商丘蔽牛何足数,徂莱新甫须比肩。托根到我似失所,气寒土瘠殊难便。昂霄之势就偃蹇,肮脏草莽悲遗贤。小人得意偶有地,君子委命常由天。余深无聊色作瘁,之才之美于谁怜。我持鸡酒祷司土,所假冥力回衰孱。固知广大能厚载,区区一植当私全。

按:辑自《吴越所见书画录》卷三。据款时"正德改元夏五月五日",知作于七十九岁时。

题石泉图

高人野居只青山,洁心洁体惟泉然。松风万壑杂其间,两崖白石如齿顽。高人日来卧松边,心游太古体自胖。泉声如诉石不言,掉头一笑擎其拳。三者意会友道全,日落青松眼在天。万事不理交百年,石泉若人人石泉。

按:辑自《吴越所见书画录》卷三。

题江山历览宗素图

老夫裹足蓬茨底,自愧江山如梦里。寻常向人歌远游,云梦在胸心万里。徐卿蓬矢三十年,眼真足到非徒耳。秋高倚剑太行云,夜来濯酒新丰市。有诗有画供行李,瓮天每为酦鸡耻。自期司马半天下,要究何山定藏史。今年来苏访老夫,巴蜀晋秦谈洵美。何当修语更为图,破费剡溪千幅纸。

按:辑自《吴越所见书画录》卷三。

题为陈三郎山水卷

佳山佳水传三吴,我本吴产曾解涂。依稀固是纸上待,磊魂向我胸中储。从人所好或吐出,就纸看有摹之无。三郎不来拜汝姑,乞画辄恼姑之夫。况持长卷费手腕,雨气昧眼成模糊。忆郎家在沙上住,门前潮水摇青蒲。我期一到待麦熟,吹风小鱼肥可哺。

按:辑自陆氏家塾刻本陆心源《穰梨馆过眼录》卷十六。据款时"弘治壬戌立秋日",知作于弘治十五年六月,时七十五岁。

题写生玉兰

作器种漆人皆嗤,种菊待食岁月迟。前年移栽此玉本,白发耰锄知自痴。今年小儿报花发,细雨时打风时吹。春痕冉冉折荀附,小白略出囊中锥。晴烘两日日色暖,莲腮笑见铅华滋。亭亭净质带香韵,秀拔平地何清池。品同君子亦奚愧,紫艳类俗惭辛夷。铜瓶欲折畏学堕,斗酒窃赏愁梅知。孤高不暇叶待从,真逸欲拓无徐熙。宛如群山隔云雾,菡苕露玉冠累累。老夫将寄缥缈思,倚树独自吹参差。衰年看花图见在,树艺只须年少为。痴期谁料亲落眼,亦信所开天所私。我于七十且活去,烂醉百年痴更期。

按:辑自清内府抄本《石渠宝笈续编》卷五十六。据识语款时"弘治壬戌六月二十二日",知作于弘治十五年,时七十五岁。

题菊花图

山中幽客悲秋草,一夜西风叶皆扫。愁来莫听乌夜啼,梦里却认羊肠道。科头早起绕东篱,篱边有花节妇姿。姿容色正贱桃李,凌霜傲雪无凝脂。花名一种西施白,西施卖色为吴客。又名一种杨妃红,杨妃倾城危马驿。二艳辱节安足奇,黄花清劲如男儿。陶令种情惟属此,白公曾动南宫思。我今爱兼陶与白,居室犹如扬子宅。松风明月日为朋,更喜秋容开满百。将杯酹地吸百钟,对此持螯兴正浓。花神酒思两相忏,独乐谁同白石翁。

按:辑自《寓意录》卷三。据款时"弘治二年九月",知时六十二岁。

五言绝

题春水新鹅图

春水绿于苔,新鹅黄似酒。独立在溪边,负却山阴友。

题溪居读书图

溪居久不到,落叶满阶除。爱是高人坐,清风乱卷书。

题金粟晚香图

一树黄金粟,秋风吹晚香。姮娥新折得,赠与少年郎。

按:以上三首,辑自《石渠宝笈》卷三十八。

题仙桃图

一开还一结,千岁只寻常。留得山翁在,何妨三度尝。

按:辑自《石渠宝笈》卷二十六。

题画鸡

百合吹香处,雄姿立晚风。吾行函谷道,人在晓鸣中。

按:辑自《味水轩日记》卷四。

题画册(四首)

青山间碧溪,人静秋亦静。虚亭藏白云,野鹤度幽径。
野树脱红叶,回塘交碧流。无人伴归路,独自放扁舟。
溪静风不过,树深啼鸟知。山人未来处,云气入茅茨。
独过溪桥去,闲寻佳句行。山亭虚白日,客思与秋清。

按:以上四首辑自《味水轩日记》卷四,《珊瑚网》卷四十五、《书画汇考》卷三十五亦收录。据识语款时"成化二十三年季冬十有三日",知作于六十岁。

题周公瓒山水

松巷深深地,亭惟水木阴。泉声与风响,不动老禅心。

按:辑自光绪刻本方濬颐《梦园书画录》卷九。

题仿元人山水

风候夜逾迅,高林惟鸟喧。空亭归杖屦,烟霭隔西原。

按:辑自咸丰十一年刻本孔广陶《岳雪楼书画录》卷四。画册共十幅,其中九幅题诗同《味水轩日记》卷四著录之"小册十二翻"题诗,作于"成化二十三年季冬十有三日"。此诗另出,故疑此画本为"小册十二翻"之一幅,亦作于成化二十三年,时六十岁。

题山水扇(二首)

高阁临山麓,方台近水湄。悠然会心者,野叟自应知。
一舟溪上泛,千岭雪连天。羡煞垂纶者,心闲身是仙。

按:以上二首,辑自清抄本陆绍曾《古今名扇录》。

题书窗晓鸡图

金家二学子,把卷俟天明。暗壁吹秋火,三声尔正鸣。

按:辑自《吴越所见书画录》卷五。

题秋葵图

闲庭无别草,一例莳秋葵。蜜色轻罗袂,临风欲舞时。

按:辑自《吴越所见书画录》卷十六。据潘中华《钱载年谱》,知钱载八十三岁时曾临摹此画并题原诗[2],临作现藏枫江书屋。

题松风白石图

趺坐对寒泉,悠然白石边。松风来万壑,清磬响中天。

按:辑自《石渠宝笈》卷八。据款时"己酉秋八月",知作于弘治二年,时六十二岁。

七言绝

题画

凤衔丹诏下天恩,鹊在君家喜白喧。准拟县官将布帛,蒋溪东觅旧旌门。

按:辑自《味水轩日记》卷四。据识语款时"成化五年四月一日",知作于沈周四十二岁时。

题荆溪雨山图

雨里荆溪叠叠山,湿云藏翠有无间。归来老眼模糊甚,水墨还消白日闲。

按:辑自《味水轩日记》卷五,《珊瑚网》卷三十八亦著录,识语款时"正德己巳",正德四年,去世当年。又《书画题跋记》卷十一亦录此诗,识语款时"成化癸巳夏",成化九年,时四十六岁,与诗中"老眼模糊"之意不合。

题小幅山水

夜半烧灯写画时,眼花零乱墨滴滴。青山却叹书生老,何苦穷吟惹鬓丝。

按:辑自《味水轩日记》卷七。

题新鹅垂柳图

茸茸毛羽洒黄时,信笔挥成宛娈姿。幼稚那堪工隽永,白头今欲一哇之。

按:辑自《味水轩日记》卷七。

题杜东原补谢葵丘山水

断崖绝壁杳难攀,好手真成谢叠山。更爱溪南添数笔,便移长树映柴关。

按:辑自《味水轩日记》卷八。据诗后款时"弘治丙辰",知作于弘治九年,时六十九岁。

题桃花书屋图

桃花书屋我家宅,阿弟同居四十年。今日看花惟我在,一场春梦泪痕边。

按:辑自《味水轩日记》卷八。据识语,知画作于沈周弟沈召(字继南)去世前两年,即成化六年;诗为其弟去世三年后补题,即成化十一年,时四十八岁。

题文仲小幅山水

矗云古树郁苍苍,堕碧危峦落手旁。记得西湖楼上立,好山多在赞公房。

按:辑自文渊阁《四库全书》本《御定历代题画诗》卷十三。

题刘完庵山水卷

青李来禽写未闲,又将墨法画溪山。疏云古木苍苍笔,犹出龙跳虎卧间。

按:辑自《御定历代题画诗》卷十五。

题赵松雪溪山渔钓图

天全存稿兰坡句,直是兰亭价可当。唯我与卿皆得宝,百年臭味莫相忘。

按:辑自王士禛《居易录》卷二十四,亦见于《带经堂诗话》卷二十三。据识语款时"成化甲辰",知作于成化二十年,时五十七岁。

题画册(六首)

鱼轩鹤影共清溪,细水桃花一树低。听鹤钓鱼仙者事,尽将风致倩人题。
白云或改青山色,黄叶还惊碧树秋。抱膝长吟人不识,夕阳西下水东流。
君舟我舫忽相逢,江上斜阳映碧峰。且钓且谈情未尽,白鸥飞处水融融。
林木萧条山水清,长滩浅濑互纵横。何人晏坐心无事,静看秋云隔峤生。
扁舟系缆清溪侧,步入云山路欲迷。林静寂然足音响,藤花零落竹鸠啼。
松荫盖路日迟迟,一蹇驮诗独去时。记得游仙有潘阆,三峰回首画中奇。

按:以上六首,辑自《珊瑚网》卷四十五,《书画汇考》卷三十五相沿著录。

题阳冈图

阳冈亭子真堪画,榉叶槐枝碧荫中。须要诗人相管领,不教风月四时空。

题关山积雪图

冻合千　雪意骄,山城落日路迢迢。此时行旅在何处,驴背西风酒正消。

按:以上二首,辑自《珊瑚网》卷三十八,《书画汇考》卷五十五相沿著录。

题云山图

侵晓溪山半是云,草堂亦许白云分。故人到此云相接,欲去还须云送君。

按:辑自《珊瑚网》卷三十八,《书画汇考》卷五十五相沿著录。

题方壶云林钟秀图

上清仙子本天仙,下谪来修水墨缘。闻道琵琶岭头月,照归黄鹤又千年。

按:辑自《书画汇考》卷五十三,文渊阁《四库全书》本高士奇《江村销夏录》卷一、《壬寅销夏录》、民国圣译楼本吴升《大观录》卷十九、《石渠宝笈三编》均著录。

题衡山横斜竹外枝图

瘦竹疏梅书法妙,妙通神处又通诗。老夫亦欲翻公案,品作文家玉树枝。

按:辑自《书画汇考》卷五十八。

题竹庄草亭图

老翁策杖过桥西,碧树笼云日影低。亭子幽人搜句趣,竹篱花落为莺啼。

按:辑自《梦园书画录》卷九。

题墨菊肥鹅图

一卷黄庭笔法深,风流传说到如今。老夫亦有临池兴,但向菊花坡下寻。

按:辑自《梦园书画录》卷九。据诗后款时"壬寅八月",知作于成化十八年,时五十五岁。

题仿古名画

雨过碧山苍霭霭,江浮新涨野桥低。一天绝胜何人领,策蹇高闲过水西。

按:辑自《梦园书画录》卷九。

题谢葵丘溪隐图

山上云生春雨后,树头花落午风余。道人兀坐碧溪石,下有流泉应读书。

按:辑自《江村销夏录》卷三。

题黄公望山水

风流千载大痴翁,点染丹崖造化工。道人月下吹箫处,知在天池石壁东。

按:辑自民国葛氏刻木葛嗣浵《爱日吟庐书画续录》卷一。

题桃源图

桃花源里自乾坤,鸡犬人家别一村。明世今非是秦世,世间在在有桃源。

按:辑自《书画鉴影》卷二十一。

题扇枫桥放棹图

酒滥频呼糟可丘,情缘三世好交游。疏林落照枫桥下,一枕相思逐去舟。

按:辑自《古今名扇录》。

题山水册(八首)

晚山忽忽看云生,山有云生乃有情。未必丹山重似尽,只于此处看天成。
□林霜重叶□□,篱落萧条静者居。问字客来山屐响,及门犹未掩残书。
隐居只在一舟间,与世无永独好闲。远放江湖读书去,还嫌耳目近青山。
松壑奔流日日狂,高怀静坐水之傍。千山万壑都非物,双耳冥然不觉忙。

危岸峭壁江天阔,日暮沙头□渡时。隔水橹声空轧轧,意慌偏觉进舟迟。
　　树里平桥秋日长,风丝掠鬓晚生凉。红尘有事满城郭,二叟还为静处忙。
　　骑驴旅食杜陵老,十载长安空白头。一掌岳峰青入眼,只于诗句写新秋。
　　朔风吹面雪晴天,客子幽怀似浩然。独棹扁舟载野鹤,段家桥北访狐仙。

按:以上八首,辑自《吴越所见书画录》卷三。据款时"弘治庚戌",知作于弘治三年,时六十三岁。

题杉溪远眺图
　　碧阑晴日荡江光,琴罢茶余更续香。吟得一联犹未稳,送春呼酒有多忙。

题老树晚栖图
　　三点五点落日中,一声二声高木风。隋堤汉苑渺何许,匹马长途西复东。

题静钓图
　　老大江河容静钓,清虚天地寄扁舟。竿头尽有存生地,渭水悠悠照白头。

按:以上三首,辑自《吴越所见书画录》卷三。

题临吴仲圭夏山欲雨图
　　溪抱山围静可家,一家水木自清华。日长晏坐书堆里,燕子飞来触栋花。

按:辑自《穰梨馆过眼录》卷十六。

题倪云林秋林远岫图
　　倪迂仙去几时还,留得溪亭对晚山。老我今为亭上客,啜茶闲试鹧鸪斑。

按:辑自《虚斋名画录》卷七。倪瓒诗后,有吴宽、文征明、祝允明、李东阳、沈周五人唱和诗和彭昉、杨循吉二人题诗,杨诗有"真迹在人间"之语。文、沈诗均为"奉和"之作,故知吴、文、祝、李、沈五人实为一次有序唱和。而《珊瑚网》卷三十四著录倪瓒《溪亭山色》,上有张宣、吴宽、卞荣、奚昊四人题诗,李诗作者为奚,沈诗作者为卞。奚为最后题诗者,考《云间志略》知其卒于"(成化)庚寅三月十五日"[3],而吴诗却题于"成化庚子",此时奚已谢世十年,故《珊瑚网》著录此画题诗乃抄改自真迹《秋林远岫图》[4]。

题刘完庵仿米南宫风雨山庄图
　　不从海岳庵前过,那识南宫笔底来。此是完庵神妙手,白云堆里数峰开。

按:辑自《虚斋名画录》卷八。

题山水册(五首)
　　远城溪水送归舟,舟上题诗散百忧。归去便　斜日里,绿萍洲渚起飞鸥。
　　青山出气却成云,漠漠云山两不分。试待云开山出色,芙蓉洗眼照秋曛。
　　横塘荷花美于玉,采花女儿争唱曲。声高调激风露多,两两鸳鸯不成宿。
　　爱此倪迂小笔奇,淡烟疏墨百年姿。中郎已矣虎贲在,我自低头人不知。
　　门前有雪深后足,踏冻归来冰满须。已喜梅花报消息,小桥头露一斜枝。

按:以上五首,辑自《虚斋名画录》卷十一。

210

题沧浪濯足图

重重烟树琐回岗,漠漠溪流漱野塘。最爱空山无俗客,有时濯足在沧浪。

按:辑自《寓意录》卷三,《虚斋名画录》卷八亦著录。

题仿叔明山居图

作伴林亭白日长,淡余风入鬓生凉。直须吟到诗成后,一任东山送月光。

按:辑自《寓意录》卷三。据识语款时"壬辰十月",知作于成化八年,时四十五岁。

题兔图

类聚东门旧姓毛,目光如电褐为袍。应知拔作非常用,凤沼春深待紫毫。

按:辑自《寓意录》卷三。

题蕉竹清阴图

蕉阴竹吹不胜凉,跂足休休白石床。明日更闲何处遣,特容溪鹤与商量。

按:辑自光绪八年刻本陶梁《红豆树馆书画记》卷八。

题万年青图

瑞草青葱冬夏鲜,岂随群卉逞娇□。□□□□□并,会借松烟毫颖传。

按:辑自《红豆树馆书画记》卷八。诗后落款:"成化辛未春日写于有竹庄。"

题谷林堂图

雨里林堂秋气凉,湿山飞翠满壶觞。老坡故事今重省,旧雨文章有耿光。

按:辑自《辛丑销夏记》卷五。

题万壑松风图

万丈高峰十丈松,香云瑞霭一千重。人间甲子何须记,只记瑶池会又逢。

按:辑自《大观录》卷二十。据诗中"人间甲子"之语,疑作于六十岁时,即成化二十三年。

题桃熟花开图

纵步寻芳入武陵,累累红玉映朝暾。老夫试笔非无意,留得余桃衍后昆。

按:辑自《大观录》卷二十。

题江阁图

路引渔梁斜接浦,水迎书阁大开窗。可携琴去写幽兴,风落桂花秋满江。

按:辑自《大观录》卷二十。据款时"弘治己酉岁",知作于弘治二年,时六十二岁。

题仿云林山水(二首)

随时逐节且追欢,酒满山樽瓜满盘。一种钝根谁乞巧,两肩诗骨自担酸。
奈多白发笼无帽,有好黄金买亦官。膝上抱孙天遣慰,不知星汉夜阑干。

211

按：辑自《寓意录》卷三，《石渠宝笈》卷六亦著录，列为上等，首句"欢"字作"观"。据识语款时"庚戌七夕"，知作于弘治三年七月七日，时六十三岁。

题江山送别图

百年忠孝江头话，千里关山别后思。云锦功成应有待，行看褒诏下丹墀。

按：辑自《石渠宝笈》卷六，《好古堂书画记》卷上亦著录。

题江亭待月图

溪雨乍晴秋水阔，夕阳犹在晚山明。江亭独坐月未出，白鬓翛然风忽生。

按：辑自《石渠宝笈》卷八。

题仿李晞古山水

竹杖纶巾白苎袍，松萝深处足游遨。倦来坐石青云起，泉壑翻疑涨雪涛。

按：辑自《石渠宝笈》卷二十五。据款时"弘治己酉"，知作于弘治二年，时六十二岁。

题山水画

不到天平经二载，每于图画写遗踪。何时倚杖寻春乐，坐看松头万笏峰。

按：辑自《石渠宝笈》卷三十九。亦见于故宫博物院藏文嘉《行书七绝诗》轴，"经二载"作"三十载"，"写遗踪"作"忆登临"，"寻春乐"作"苍松侧"，"坐看"句作"来看峰头万笏林"。

题听松图

风送涛声带草香，溪山深处任疏狂。放开双眼乾坤外，看遍浮云空自忙。

按：辑自《石渠宝笈》卷三十九。据款时"辛酉暮秋画"，知作于弘治十四年九月，时七十四岁。

题仿王蒙山水（二首）

千年流水寒逾碧，九月疏林霜染红。闲评消息资谈柄，又是斜阳明涧中。

枫叶萧萧溪水头，小桥流水路偏幽。青棱猎猎微风起，试为秋清一出游。

按：以上二首，辑自《石渠宝笈续编》卷五十六。

题写生蟹蜯图

湖田水干今少蟹，海沙潮枯蚌蛤多。老夫荐酒正须此，对之其奈馋涎何。

按：辑自《石渠宝笈续编》卷五十六。

题铜官秋色图

绘意吟情满纸张，妙于前辈见文章。义兴秋色铜官外，刊石谁能识不忘。

按：以上三首，辑自《石渠宝笈续编》卷三十一。

题画菜

滥食大官三十载，济人馑口一毫无。园畦过雨青青茂，但爱时时似画图。

按：辑自《石渠宝笈续编》卷六十六。阮元《石渠随笔》卷八亦著录，"畦"作"蔬"。

题写生画册

晴檐白发坐春风，随物度形吾纸中。八十年生太平世，吾生还与物生同。

按：辑自《石渠宝笈续编》卷六十六。据诗中"八十年"之语，应为八十岁作，时正德二年。

题画山水

石几平净苍苔合，高木空蒙接叶深。二叟清谈无俗事，亦应与许二同心。

按：辑自《石渠宝笈续编》卷十。

五言律

题溪山长卷（其一）

世外有仙迹，山中无俗情。流霞倒岸影，凉翠合溪声。倚杖孤鸿远，空亭独树清。行行总真乐，不是好逃名。

按：辑自《味水轩日记》卷二。

题画册（三首）

门前照溪影，墙后交竹枝。屋瓦多破碎，落叶相蔽亏。贫贱客不弃，堂中罗履綦。有酒愿客醉，此外无所知。

眺远累登顿，乔梢拂双凫。江长要天接，云懒欲风扶。落日在溪山，秀水横眉须。台高兴亦超，空歌激清都。

流水无停迹，静者临其傍。跳珠石触起，霏花衣沁凉。静听入希声，再漱空膏粱。淡然与心契，岂复嗟望洋。

按：以上三首，辑自《珊瑚网》卷四十五，《书画汇考》卷三十五相沿著录。

题幽谷秋芳图

清游到西墅，聊乐病余身。故故重阳节，骎骎六十人。看花虽满眼，把酒只沾唇。年与世情异，老夫惟任真。

按：辑自《书画汇考》卷三十七。据识语款时"甲辰九月"，知作于成化二十年，时五十七岁。

题仿马远怀鹤图

声清骨俊闲，鸾凤可追攀。已发樊笼外，当闻天地间。风云想仙驾，霜月满秋山。近接瀛洲信，知从霄汉还。

按：辑自《书画汇考》卷五十六，《大观录》卷二十、《石渠宝笈三编》"邵景轩藏"亦著录。据识语款时"弘治甲子春仲八日"，知作于弘治十七年二月八日，时七十七岁。

题许由弃瓢图

一物有一累,吾形犹赘然。区区此勺器,亦合付长川。浩浩天地间,吾亦一瓢耳。吾哉与瓢哉,大观何彼此。

按:辑自《珊瑚网》卷三十八,《书画汇考》卷五十五相沿著录。

题着色画

林壑超世想,静疑日月迟。疏桹漾溪碧,爱此清涟漪。岂不怀古人,逃名事书诗。于焉自朝夕,此外无能为。

按:辑自《吴越所见书画录》卷三。

题水墨山水

心远物皆静,何须择地居。赁畦还种药,过市每巾车。委巷藤梢乱,幽囱竹色虚。五禽多却老,双鬓未应疏。

按:辑自文渊阁《四库全书》本张丑《真迹日录》卷五,《穰梨馆过眼录》卷十六亦著录。据识语款时"甲申夏孟",知作于天顺八年四月,时三十七岁。

和宫谕过太湖

偶合故人语,仍嗟岁月流。老怀双鬓短,秋水万家浮。即醉还呼酒,欲开须倚舟。江湖今日意,知去远心留。

按:辑自《穰梨馆过眼录续录》卷六,《红豆树馆书画记》卷八亦著录。据款时"弘治壬子九月廿九日",知作于弘治五年,时六十五岁。

题春江送别图

文章忆前辈,相贶在临行。遗泽流三世,斯人去九京。青山亡故物,绿树有余情。小笔无声句,因之续有声。

按:辑自《大观录》卷二十,安岐《墨缘汇观》卷上亦著录。据识语款时"成化年岁舍壬辰鞠月廿日",知作于成化八年八月二十日,时四十五岁。

题溪居展卷图

溪居雅无事,展卷宜日长。秋霜忽已至,落叶半青黄。门静客不来,烟炉寂无香。老夫有高致,不识世途忙。

按:辑自《寓意录》卷三。

七言律

题蒲墩图

二姓争墩口舌干,解争今日尚须丸。新篇苦苦何多辩,此物堂堂已在官。左右置之皆得所,寻常就尔便能安。长髯学士高吟处,醉爱轻温软玉团。

按:辑自《壬寅销夏录》。画上有吴宽、沈周、吴一鹏、贡钦、文林等人唱和诗。第一首题诗为吴宽作于"庚子五月三日",即成化十六年。又沈周三首和诗(第一、二首已见于《诗钞》卷七)紧随吴宽题诗之后,故疑此诗作于成化十六年,时五十三岁。

闲居

扫地焚香习燕清,萧然一榻谢将迎。坐移白日花间影,睡起春禽竹外声。心远不妨人境寂,道深殊觉世缘轻。问奇尚有门前客,却怪青山不掩名。

按:辑自《珊瑚网》卷十四。《书画汇考》卷二十四、倪涛《六艺之一录》卷三百八十八相沿著录,《书画题跋记》续卷十二亦著录。而《石仓历代诗选》卷四百九十四、三十五卷本《甫田集》卷十二,均题为《静隐》。《珊瑚网》所录沈周《书七言律诸作》中,除此诗外,其余九首均见于"附录",其中一首自识:"辛丑牡丹烂开,余与允辉同赏,有此诗……因书前作以寄孤兴。"另《书画题跋记》著录《沈启南有竹庄闲居诗卷》第四幅所书即此诗,其余三首均见于《沈周集》。故此诗应为沈周作。据"因书前作"与《书画题跋记》著录均为书法作品来看,疑此书法在流传中被重组成《沈启南有竹庄闲居诗卷》,实际创作时间应为"辛丑",即成化十七年,时五十四岁。

题泛湖小景

归程迤逦出城东,春水重湖渺渺中。双眼尽明无物碍,一舟故在觉天空。鸟边山阁将西日,棹尾波催向北风。喜有许询同此快,笑凭杯酒吸云虹。

按:辑自《味水轩日记》卷八。据识语款时"甲辰仲春",知作于成化二十年,时五十七岁。

题画赠维德

报宋有心公不死,杀公无罪宋何名。事由家毁道济坏,祸实天为仲达生。华表那消新鹤语,东窗休怪旧鸡声。长林高冢万山里,风雨时时闻甲兵。

按:辑自《爱日吟庐书画续录》卷二。据识语款时"成化甲辰",知作于成化二十年,时五十七岁。

题山水卷

笔床茶灶绕壶觞,到此欣然百事忘。自笑频来无俗客,止愁难却是清忙。池塘听雨烦心静,庭槛迎风醉面凉。绿树绕垣啼鸟寂,更从何处觅江乡。

按:辑自光绪甘棠精舍刻本震钧《天咫偶闻》卷六。据识语款时"夏五月望日……弘治丙辰",知作于弘治九年,时六十九岁。

题文衡山画文信公像(四首)

异代怀贤迹若新,气魄游处有其神。心肝照日身当国,生死从天事在人。汉仙掌移金涕泣,鲁灵光在玉嶙峋。中唐寂历多松柏,时鲜飙风动帻巾。

先生辛苦指南诗,剩水残山空尔思。万古乾坤一人恨,五年风雨小楼时。孤忠耿耿宁无史,大义堂堂合有祠。柴市只今春日晚,杜鹃啼断血如丝。

西湖北望眼空明,禾黍东周漫有名。帝在一舟天蹙国,数穷四广海迁京。不知荡柝亡如在，自信忠贞死是生。再读伶仃洋里语，秋风激烈晚潮声。

行朝迁播始钱塘，无地无时讫小康。国事艰难尽吾分，兵家胜负是其常。一篇绝赞斯文在，六阕悲歌旧恨长。飒飒灵旗拂秋壁，令人再咏北风凉。

按：辑自《吴越所见书画录》卷三，"风"字原阙，《辛丑销夏记》卷五亦著录云"原脱风字"，据补。诗后款时"弘治庚申正月十九日"，知作于弘治十三年，时七十三岁。

送林郡侯雨中寓双峨僧舍

雨气津津薄火篝，故人喜会破僧楼。短窗纸脱风吹砚，高阁云沉漏咽筹。病为郡侯嫌少出，老于工部坐多愁。天晴明日还归去，栖亩吴粳尚未收。

按：辑自《味水轩日记》卷八。

题仿大痴山水

老去心情付漫图，时时弄墨手俱乌。因山便欲寻庐岳，借水还须濯太湖。满眼白云无长物，盖邻碧树有高株。一峰道者吾宗匠，辽海茫茫不可呼。

按：辑自《味水轩日记》卷八，《珊瑚网》卷三十八、《书画汇考》卷五十五亦著录。

答徐友送菊

烂漫移来露未干，见花应念种时难。还劳酒榼相兼送，已免家人别借看。秋正寂寥偏刺眼，老堪聊赖重凭阑。太平乐事还容我，待到春时要牡丹。

按：辑自文渊阁《四库全书》本曹学佺《石仓历代诗选》卷四百九十一。

题画

回溪濯玉波声破，人影倩然树影外。诗迟步缓自腾腾，况有凉飔写微醉。但教行乐清趣足，不在红妆恼山谷。

按：辑自《珊瑚网》卷四十五，《书画汇考》卷三十五相沿著录。

题三城王折枝桃花图

王孙好文谢裘马，日影官墙照彤瓦。铃斋晏坐春融融，过墙小桃新可写。墙头斜亚一梢红，纤毫写春天无功。露华半湿娇靥笑，金母西来呈木公。

按：辑自《书画汇考》卷五十四，陈田《明诗纪事》丁签卷十一有引。

题张敦礼盘谷图东坡书序卷

花木森森春雨香，碧山新筑小茅堂。当年事业名推重，今日归来味更长。绢素绘传驸马尉，文章写出翰林郎。丈夫得意还如此，更有渊明五柳庄。

按：辑自《梦园书画录》卷三。

和周院判元己上巳日登雨花台韵

上巳乘春上古台，登临不为昔人哀。青烟万井城中见，白练长江地底来。且遣天花作谈柄，莫歌桃叶恼心灰。老年再到应难卜，须尽浮生有限杯。

凤凰台

叹息凤凰招莫来,登临惟有此荒台。千年往事不复矣,一个虚名安用哉。飞絮游丝果何物,浮云落日且深杯。白头荷篠空归去,快睹心存首重回。

按:以上二首,辑自《爱日吟庐书画续录》卷二。

题临别赠言图

较饷南荒简近臣,便经故国似生春。暂逢不尽由衷话,即别难堪向老人。晓袂判风山对酒,秋韬随雨道清尘。烦君为报吴宫谕,白发全衰旧懒民。

按:辑自《吴越所见书画录》卷三。

题林堂思清图

林堂夜火炯凉更,独自微哦觉思清。庭角未休螀细细,帘衣忽动蝠轻轻。唤茶屡搅山童睡,戏墨聊随野衲情。阁笔起看河汉转,不知莎露漫晶荧。

按:辑自《吴越所见书画录》卷三。据识语款时"癸丑七月三日",知作于弘治六年,时六十六岁。

题水墨画

肺承湿火谓时行,咳引千声气莫平。疾痛欲呼天不近,痰瘿愁竭老何生。林庐未夜虫蛇乱,田穗先秋鸟雀争。如此恶怀无遣拨,起挑灯火坐余更。

按:辑自《吴越所见书画录》卷三,《过云楼日记》卷二亦著录。

题临巨然白云萧寺图(二首)

同是浮生有限身,随时行乐莫拘春。青山好在须闲日,白发多来少故人。沉醉话言狂更谑,久要滋味老偏真。东城北郭今伊始,看菊寻梅事事新。

忧患年来并老身,花开花落不知春。西风禾黍衰残业,斜日桑榆感慨人。诗思顿枯怀抱恶,鬓毛多改语言真。旧游因话多陈迹,只有樽前酒味新。

按:以上二首,辑自《吴越所见书画录》卷三。据识语款时"辛酉小春",知作于弘治十四年,时七十四岁。

题陆明本赠墨梅长卷

策策西风毳褐尘,两逢长至好怀春。蜡成短屐充游子,吊到名山为古人。咭齿诗兼梅蕊馥,滞唇酒带米芽新。江湖满地何通塞,野水扁舟在在津。

按:辑自《吴越所见书画录》卷四,陶元藻《全浙诗话》卷三十亦录此诗。

题思萱图

念母常看母种萱,只疑遗爱有归魂。当年人好花亦好,今日花存人不存。痛泪溅枝惊夜雨,清芳穿土触春恩。牡丹旧感东家物,但使繁华闹子孙。

按:辑自《虚斋名画录》卷三。

题李赞华射鹿图

东丹人马何超纵,鸣镝一声看鹿中。古今逐鹿几时了,天下纷纷几人哄。获鹿又笑批颊翁,得失公然一场梦。后人对画发三叹,欲辨题痕迷纸缝。

按:辑自《石渠宝笈》卷三十二。

题溪山欲曙图

长河半落天苍苍,开门汲井夜欲央。鸡声入语杳无际,落月曙色相为光。临风短发不受握,泣露碧叶微生凉。屋头日出万事集,借取静境聊徜徉。

按:辑自《味水轩日记》卷五。又见于文徵明《甫田集》卷三,题为《早起》,"长河半落"作"残更断续"、"借"作"惜"。据《味水轩日记》载,此画为某吴兴人携请李日华鉴赏,李日华谓"奇作也",知鉴为真迹。

词

唐多令·题赵仲穆临高房山越山图

江尽正分吴,山多绕越都。一望中,还见重湖。昔日伯图何在者,空云树,烟芜。

遥指废台孤,论兴亡一轨。迨如今,仍似姑苏。剩与后人传作画,王孙曾,有伤无。

按:辑自乾隆修补本李日华《六研斋笔记》卷二,《书画汇考》卷四十六、《江村销夏录》卷一、《大观录》卷十六亦收录。

卖花声·题临梅花道人秋江晚钓图

斜日映江皋,波影迢迢。怪他疏树叶萧骚。似伴老夫双短鬓,物弊人凋。　　放个小轻舠,顺落秋潮。笛声闲唱月儿高。料得无人来和我,且自逍遥。

按:辑自《吴越所见书画录》卷三。据识语款时"弘治壬子岁秋九月廿日",知作于弘治五年,时六十五岁。

鹧鸪天·题牡丹图

僧房春晚见红芳,新苞半敛还张。早朝露洗霞肪,出自天装。把酒临轩是可,插花舞袖何妨。眼前烂漫尽风光,傲杀平章。

按:辑自《石渠宝笈》卷八。据款时"弘治甲寅春日",知作于弘治七年,时六十七岁。

江南春·题画

山罨画,水授蓝。路绿林麓北,人过野桥南。个是阿谁能散逸,裹茶前坞试泉甘。

按:《珊瑚网》卷四十五,《书画汇考》卷三十五相沿著录。原未题词牌,据龙榆生《唐宋词格律》,知为单调小令《江南春》。

附录:与《沈周集》文字差异较大之诗歌

题画

路迂境自僻,遂与尘世冥。回溪带门次,澄波含石庭。悬崖引平坻,因以开新亭。丛蕉映人绿,竹吹亦泠泠。时复作孤往,抱琴倩僮丁。终少何标榜,聊自安此生。

按:辑自《珊瑚网》卷四十五,《书画汇考》卷三十五相沿收入。此诗见于集义堂本《石田稿》卷二,"石"、"悬"、"人"、"作"、"抱"作"户"、"县"、"入"、"欲"、"先",且"终少"句前多"居闲得清习,佚老无烦形"两句。

寄久客

封书断绝身漂泊,别日慈亲鬓已华。马上何时少乡使,门前满眼是天涯。客襟合有忘归草,闺烛应无报喜花。尽说杜鹃声最切,若教闻得定思家。

按:辑自《石仓历代诗选》卷四百九十一。与《沈周集》中《客有母老久不归省以此寄之》一首诗意相类,然文字大异,相比,此首文字较优,疑为修改之作。

注　释:

* 本文系四川省"地方文化资源保护与开发研究中心"重点项目"巴蜀地区'八景诗'搜集、整理与研究"(DFWH2020-001)、西南交通大学2020年本科教育教学研究与改革项目"以经典研读为核心,理论基础与实践能力并进的中文一流本科人才培养模式改革"(20201048)、教育部人文社科基金项目"明代文论与画论关系谱系研究(21XJC751002)"的阶段性成果。

〔1〕 谢正光《倪瓒〈霜柯竹石图〉之新赝与旧伪》,《中国文哲研究通讯》2012年第3期。
〔2〕 潘中华《钱载年谱》,上海古籍出版社2014年版,第407页。
〔3〕 何三畏《云间志略》卷九,明天启刻本。
〔4〕 自《珊瑚网》后多有将此诗视为卞荣所作者,如清人钱泳《履园丛话》、今人李杰荣《诗歌与绘画》等,实应据此改正。

〔作者简介〕　胡炜,1993年生,女,安徽阜阳人,四川大学文学与新闻学院博士生;魏刚,1989年生,男,云南曲靖人,文学博士,西南交通大学中文系讲师。

新见国图藏翁方纲早年诗稿辑录

赵宝靖

  翁方纲字正三,号覃溪,又因得宋荦旧藏《施顾注苏诗》宋椠本,而自号苏斋,是乾嘉年间著名的学者和诗人。翁氏生前著述颇为宏富,但是身后其手稿却散落海内外,如美国柏克莱加州大学东亚图书馆藏其经学手稿五种,澳门何东图书馆藏其四库提要手稿,中国台湾则藏其手批杜诗手稿以及诗、文、笔记手稿一百二卷;中国国家图书馆藏有翁方纲著述多种,包括其诗作的手稿本、抄本、刻本八种,八种之中,《翁苏斋手删诗稿》、《复初斋诗集》、《复初斋诗稿》、《苏斋遗稿十一种》等四种含有未刻诗184首,笔者已专文辑录。此处重点探讨的则是八种之中的《翁覃溪诗》(馆藏书号09440),此集国图网站上分为29册,但是仔细翻阅即可发现:第15册乃是翁氏手抄白居易、黄庭坚、虞集诗,第16册乃是手抄厉鹗诗;第1册和18册、2册和19册、4册和28册、5册和29册、6册和27册、7册和17册、8册和26册、9册和25册、10册和24册、11册和23册、12册和22册、13册和21册、14册和20册内容分别相同。根据笔迹可以判断,第1、2、4—14册是翁方纲手抄自己的诗,有钱载评点;第17—29册乃是钱载将翁方纲手抄诗及自己评语又过录一遍。唯独第3册,其中并无钱载评语,又以第3册笔迹与台湾所藏翁方纲诗稿相比较,同时根据第3册首尾内容,可断定第3册是翁方纲癸未年(乾隆二十八年,1763)所作诗歌的手稿。此时翁方纲才三十一岁,属于其早年之作。这部分诗歌既未收入刻本《复初斋诗集》,也未收入刻本《复初斋集外诗》,但对于了解翁方纲早年的诗歌旨趣、交游、行事等都具有很高的价值,故辑录如下,凡97首。诗稿原附他人和诗或原作、同作兹不录。

元日早朝
  轻阴欲散曙光融,鱼贯班分凤阙东。金鼎馥余新律暖,玉珂摇入旭云红。占风重译迎年至(新附回部随班朝贺),湛露零萧昨夕同(除夕侍宴保和殿)。臣似万年枝上鸟,春声先已效呼嵩。

新春郊外
  梅信风已过,处处飞纸鸢。昨宵踏青心,早到春灯边。春在野水际,轻冰断仍连。虽无丛树绿,已有村墟烟。村人赛鼓罢,新畬正开年。尔辈觉春早,较我诗犹先。荒陂及古刹,妙语都未传。须逢二三月,半趁阴晴天。

本文收稿日期:2021年4月6日

蕴山书至作歌寄之(集杜)

不道故人无素书,咫尺应须论万里。一声何处送书雁,念我能书数字至(叶)。数问舟航留制作,秋风萧萧露泥泥。瘧疠三秋孰可忍,寂寞江天云雾里。(蕴山自去年九月南来患瘧,至冬杪予始知之。)此时对雪遥相忆,药物楚老渔商市。(时蕴山以养疴暂住天津。)北来肌骨苦寒侵,诛茅卜居总为此。语罢还成开口笑,鱼知丙穴由来美。(予昨寄蕴山诗云"今岁津门鱼贱,切莫多食动风",今来诗云"他乡不作季鹰想,正为津门红鲙多"。)纸长要自三过读,与余问答既有以。安得送我置汝旁,且休怅望看春水。门泊东吴万里船,日籴太仓五升米。会送夔龙集凤池,揽环结佩相终始。与报惠连诗不惜,青眼高歌望吾子。

史馆夜宿(次日侍祝版班)

大祀趋班夜,煨炉听漏签。风疑来紫幄,月欲透毡帘。曙色暄先启,春阴薄不嫌。玉堂清切地,斋宿比森严。(五品以上始得与斋,六品尚不得与斋,故云。)

正月十二日上于太和殿视祈谷祝版侍班恭纪

正殿初开曙色浓,宸章遥捧瑞烟重。春过人日占先谷,帝念民天重在农。酿雪阴生昨夜琯,祥风韵到午门钟。侍臣忝预龙墀近,仿佛瑶坛庆已逢。(六品官不得与陪祭,而讲官得与侍班,故云。)

此日足可惜四首(正月十六日雪中怀人作)

此日足可惜,风雪忆直庐。打门订明日,何以慰踟蹰。如此春阴里,不得同抽书。(钱辛楣侍读。)

此日足可惜,滞我故人驾。空记昨夕语,绿酒春灯下。如此春阴里,不得欢连夜。(陆镇堂孝廉。)

此日足可惜,人隔直沽水。寄书前日去,犹恐未达彼。如此春阴里,不得通一使。(谢蕴山庶常。)

此日足可惜,窗户交浓云。曾为昨日约,相过意勤勤。如此春阴里,不得共论文。(钱敦堂编修。)

春夜喜雨和杜韵(正月十六夜)

夜来霁已遍,初不觉寒生。酒市楂仍绿,灯棚展有声。气和才雪化,云薄接天明。野草先知喜,催青入凤城。

同谢蕴山春夜对月之作

茅斋对影又新年,千里心仍一榻前。病起汝应同我瘦,语长月亦向人圆。记于春宿曾遥忆,如此闲阶肯早眠。今夜柴门鹊巢处,一枝已欲倚云边。

后夜复用前韵时蕴山将移寓

深谈为要补三年,可少清光到榻前。促膝倏惊春已半,移居喜值月仍圆。相期买屋延虚照,欲借联吟省夜眠。日夕相过应更密,好题多在绿窗边。

得雨三书即用其送客见怀元韵为寄

如君岂合感沉沦,为政功修况在今。万事只应随泛梗,一枝何必羡高林。月明凤沼生前梦,春入骊歌动客襟。寄语湖桥烟柳畔,更须韬养与年深。(雨三居处有小西湖、观、桥诸胜。)

试龙井雨前茶用东坡试院煎茶韵

茶经拣茶贵初生,或先雨降先雷鸣。一枪二旗竞分别,社前火后孰重轻。一山所产元无二,苍苍但取春山意。嫩叶固收老亦煎,一勺即用近市泉。莼记江南酱夸蜀,嗜好纷纷等珙玉。我病积渴如疗饥,谡谡闻响已开眉。似觉新致更清发,元气未剥幽香随。但愿好贮风日不到处,那复论及采焙岩间时。

德胜门外三首(二月二十九日)

小雨向晨疏复斜,马蹄轻不带尘沙。野人刚及入城早,压担一枝新杏花。

霜树红连淀水波,年年此路晚秋过。未如今日春才半,水际风来带绿多。

轻云映路漏朝暾,岸柳垂黄似水村。认取蓟门烟树意,春光合在北安门。(德胜门外小关稍有林木,燕山八景所谓"蓟门烟树"即此地也。)

野寺

杏花如夹巷,寺倚巷门开。时见野人服,一僧挑水回。地余讲让俗,(地名讲礼村在汤山南六里。)人为候銮来。却得安禅趣,宵分坐绿苔。

闱中小诗十二首

新辟龙门士气增,四千人赋善如登。不知拾级天衢者,谁到蓬莱第一层。(贡院新增东西二门,二场诗题"从善如登"。)

未碍檐门对榻开,新糊纸顶净无埃。垂帘只好邀明月,那得微风更入来。(帘舍惟纸顶,薄不禁风,今年新治甚佳,故云。)

学士清标似逊斋,敢从末坐拟秋厓。三年文字前因在,我与君偏触旧怀。(庚辰会试,《易》一房诸逊斋学士,《礼》二房边秋厓中允,今年同考中,庚辰旧人惟秦涧泉学士及予二人耳,涧泉《易》一,予《礼》二。)

隔坐吟哦彻晓晡,坐间亦似共街衢。德邻恰好经房并,分得孤经却不孤。(王兰泉与予邻居,兰泉《春》二,予《礼》二。)

叙齿联行更有人,八人丁卯五壬申。锁闱亦有同年会,不独新郎蕊榜新。(罗慎斋、秦涧泉、汪香泉、秦西岩、王良斋、张砚庐、王治堂,与予皆丁卯中式,内涧泉、西岩、良斋、砚庐,与予又皆壬申中式。)

号院频催卷未完,奎堂昼坐又春残。好花故作迟迟放,忍便匆匆走马看。(前辈论文云,场中阅文如走马看花,今科外帘进卷,自三月十四日至四月初二始毕,较每科迟数日,故云。)

馆课工夫阁几时,少吟总为退堂迟。输他前辈堪师法,锁院风清日课诗。(积粹斋前辈每日必自课试律一首。)

借得芳菲莫漫夸,隔篱红又透邻家。门墙那用多分别,同是春风上苑花。(有拨入本房者,又有从本房拨出者。)

魁卷编排付刻齐,蝇头小楷各分携。已烦亲手栽桃李,更要挥毫上枣梨。(今科魁卷皆出各房自书。)

骈体当时只自怜,三篇一律竟成缘。恍思十二年前事,衣钵谁知在此贤。(予辛未会试遗卷三篇,皆以单行作排偶,今所拟房首江南启十八之卷,亦以三篇皆作排偶单行之体,今科亦未年也,魁卷刊就,为校诵一过,恍然有悟,亦前定也,口占记之。)

含冤岂少出群雄,悔未专心读正蒙。把卷沉吟奈何许,始知此事属天公。(多以论误被落者。)

佳卷闽吴各擅场,领房要作破天荒。不知玉笋新班里,几个诗才似谢郎。(以福建、江南二卷同拟房首,此二省予向皆未经取士,故云,谢蕴山于庚辰房首也。定榜时以福建卷领房,拆名后乃长乐林生振彩,今林生刻试卷,以原诗呈改,适谢蕴山亦以拟作试题诗来呈,予赏其工,即以为林生借刻,追思前句,似亦有前定者,而蕴山隔一科后,复以一诗领房,亦一奇也。癸未五月二十九日并记。)

谢蕴山庶常于陶然亭治具,会己卯同榜诸君,即席有诗,遂次其韵二首

上林芳树共追攀,况复乘春主客闲。此日小亭成雅集,酒阑软语动乡关。红应绕砌添新卉,碧欲浮杯借远山。似否百花洲畔会,斜阳联骑未知还。

往时秋桂记偕攀,欢会年来几个闲。才似姚生犹未达(酉生),情如杨子最相关。(钝夫,蕴山与杨钝夫同郡。)八人蕊榜初联步(江西己卯诸君,今年得应廷试者八人),对榻京华好看山。只恐同年作前辈,酬樽更订探花还。

张松坪编修庭前新栽垂柳一株,钱萚石庶子绘为图,即用松坪元韵题之

体弱眉全妩,愁多绪半缄。雨如膏乍沐,池作镜开函。浑倚纤腰袅,初匀覆额鬖。描须窥浅黛,种不费长镵。最小偏饶态,余葩总拟芟。清幽依院宇,疏落出尘凡。带露低萝径,和云上苧衫。晓烟犹旖旎,春气正和諴。未碍花铃掣,应同绶带衔。才分丝濯濯,忍折手掺掺。傍殿人曾比,飞觞酒或监。栽非乞桤桦,格岂亚松杉。学舞风枝踠,催诗燕语喃。直怜题婉媚,那碍律森严。淡影空庭得,遥怀坐客咸。更烦钱舜举,添画涉江帆。

夏日端范堂

静院凉生鹊噪音,木天虚敞豁烦襟。砖花向午阴逾丽,带草经春绿更深。人自讲筵同下值(时予与朱东江前辈皆以讲官授中允),地无堂约喜招寻。(詹事府每五日为堂期,而坊局官不与。)昼长何以当箴诵,会有铿锵大雅吟。(堂有宋幔亭题句,朝诵夕箴云云。)

晓

满地碧云影,濛濛斜月光。气仍沾夜静,天欲似秋凉。下马入官廨,绿槐遮画廊。宫鸦千万树,都是向朝阳。

同图裕轩侍读、钱萚石庶子、博晰斋中允祖氏亭看荷,步寻水头村,晚饭黄氏田舍,憩大慈寺[1]

夙爱城西寺,今知到大慈。梧桐青覆院,薜荔翠成帷。御笔悬金薤,琅函写药师。何论香界字,刺绣至今垂。

送秦涧泉学士归觐江宁,时与令子慎之编修同行(集杜)

天下朋友皆胶漆,我独觉子神充实。孝经一诵看在手,百年未见欢娱毕。蓬莱织女回云车,彩服日向庭闱趋。报答春光知有处,春日兼蒙暄暖扶。夙昔一逢无比流,积善衮衮生公侯。江村野堂争入眼,琴瑟几杖柴门幽。秋风淅淅吹我衣,回船罢酒上马归。欲知世掌丝纶美,始觉屏障生光辉。吴樯楚柂牵百丈,缘云清切歌声上。知子松根长茯苓,芝草琅玕日应长。(涧泉寓舍前年生芝一本。)

六月初旬荷盛开矣,约与蕴山往游,阻雨不果,诗示蕴山

昔往看荷荷未盛,但有千丝柳相映。归来花事说满篇,只倚游人笔锋劲。今朝冒雨荷正开,西郊路滑转徘徊。花如有意亦饶笑,前度游人殊未来。我昨梦到西郊西,红云翠羽盖一溪。半亭蒲稗日杲杲,百顷穤稏风漪漪。松棚且可小车荫,鸥渚岂碍箑衫披。仗此欲成消暑会,不应却作苦雨诗。覆盎门边南塘水,雨后霑濡车没轨。遥想清晨种藕人,足踏深泥响乱苇。前日之游岂及此,我辈区区好名耳。

雨后郭外看荷晚憩大慈寺联句(六月初九日)

残云如浣衣(覃溪),宿雾乍披幔。习习新凉吹(蕴山),拍拍群鹭散。菡萏覆沼香(覃),徙倚

驻车看。错落银盘珠(蕴),纷披云锦段。翠扇眺风舒(覃),丹裳初日灿。十丈玉井同(蕴),尺五皇城畔。淤泥果不染(覃),丛苇遥相乱。万绿围深红(蕴),一碧洗炎汗。久坐畏桥欹(覃),垂纶喜鱼贯。薤箪两三人(蕴),密树阴晴半。尚少临水亭(覃),讵羡招凉馆。阵阵鸳鸯飞(蕴),时时鹁鸠唤。秧针刺云绿(覃),柳浪随波涣。方塘蛙鼓鸣(蕴),遥峰霞绮烂。隔溪亦有寺(覃),疏篱仅遮岸。煮茗呼野店(蕴),余花缀幽幹。堤草涨易浮(覃),畦菜瓮可灌。堆盘园丁瓜(蕴),近世村家馔。畏热不可留(覃),款扉亦何惮。高僧喜逢迎(蕴),梵语资问难。三车夸载书(覃),二谛空俗绊。妙偈参贝多(蕴),清谈恣翻澜。解带憩藤床(覃),开函瞻御翰。金粟留丹青(蕴),天花散几案。论诗复读画(覃),击节更三叹。岂厌尘缘烦(蕴),又将溽暑换。谁如禅榻闲(覃),聊博地主粲。题壁待重来(蕴),听钟到日旰。殷雷起城角(覃),曾阴低古观。野色苍然至(蕴),林花香不断。归来对胆瓶(覃),渺若隔银汉。清景唱复和(蕴),追摹夜至旦(覃)。

杨钝夫进士以养疴辟谷,三叠山谷韵遣怀,兼寄蕴山之作见示,且云求和韵以当策励,因以应之

杨子澹荡人,投闲不为病。辟谷喻尤非,毋乃画途径。附热与避喧,两者皆伤性。我欲拈花示,习气恐未尽。

赫赫京洛士,聚交盛意气。子独洗肝鬲,澹泊有至味。明月夜如水,照见方寸地。修治子自谙,药物焉能至。

昔作送子诗,险韵追竞病。(辛巳秋,与蕴山同限镜字韵送钝夫南归。)及兹春风里,香发蕙兰径。(今年初钝夫捷礼闱。)一笑搦君手,欢然见真性。苦言朋友分,有怀敢不尽。

於菟伏深山,已有食牛气。羚角挂高枝,曾无慕蚁味。鲲池与鹏云,变化各有地。需之以六月,奋翼终一至。

闭门卧长安,矻矻撼声病。岂免嘲寒饿,差幸未由径。凉风北窗来,陶然足颐性。子虽躯干小,腹笥贮无尽。

君友得小谢,交欢若同气。论古针砭情,殊俗酸咸味。诱人我独惭,卓尔恐无地。我方志下学,亦望君来至。

六月二十二日与蕴山晚步法源寺至夜始归二首

暂时瓜架下,心似道人闲。野径仍浇圃,僧寮未上关。花丛暮蝉出,松际乱鸦还。时有邻家火,穿来暝色间。

犹嫌四更月,未得到林边。水响蔬畦暗,虫听豆叶圆。坐余煎茗至,凉入打钟前。携手如君少,回头十五年。(予己巳、庚午间常与陆象星晚步金鱼池,至夜始归,因忆及之。)

庶常馆后堂欹器图[2](六月二十三日同蕴山赋)

玉堂天上图书府,独画此器照廊庑。我来再拜始敢观,上有宣尼诫盈语。似樽非樽甒非甒,欹者仰受盈者俯。转移挹注非偶然,扑满鸱夷焉足数。圣人制器本尚象,图绘尊彝意犹古。朴拙方为天庙器,明达信与瑚琏伍。昔我弱龄来肄业,始得循墙步伛偻。当时经师介(野园少宗伯)与刘(今诸城相国),如铿镛钟鼓昕鼓。至今不到经十载,此图挂壁若新睹。旁有随行子仲子,想释剑佩亲罦罝。陶冶本自赖师儒,斟酌况复中规矩。作鼎直同正考父,观射不徒矍相圃。形模千载尚宛然,后来宁借丁与杜。(宋仁宗令宰相丁度作侑坐之器陈于迩英阁,晋杜预亦尝造欹

器。)方今英才耀圭组,日敲珩璜扣钟吕。雄辩四筵敢轻侮,词源万斛要挹取。咫尺灵风来户宇,旁有典彝上雷雨。归来为君摹物象,我有豪语不敢吐。(朱子云,雷雨在上,典彝旁达。)

庶常馆后堂欹器图[3](六月二十三日以小教习入馆授课)

周庙器分正覆欹,孔子仲子尝观之。革容叹息鉴损益,若系卦繇占爻辞。测颇注以水,盈谦非仅意拟为。说书不独秦博士,仪同图且三卷垂。(隋上仪同临孝恭著《欹器图》三卷。)又闻鲁史注刘氏(见《隋志》),铜仪器准同一规。法本阴阳考算数,证南那得矜巧思。今观此图不但尔,复绘弟子从于师。恂恂冠佩俨礼意,神凝手斟入庙时。旁有守者亦悚听,想方进问盈所持。古人观物寓法戒,非止俎豆来习仪。嗟予童年仰看画,升堂今又十载迟。敢言皋比幸厕坐,芸窗凉日吹秋飔。(时予奉命教习庶吉士。)

汉敦煌太守裴岑祠刻石拓本

文曰:惟汉永和二年八月,敦煌太守云中裴岑,将郡兵三千人,诛呼衍王等,斩馘部众,克敌全师,除西域之灾,蠲四域之害,边境艾安,振威到此,立德祠以表万世。按《后汉书·西域传》,安帝延光二年,敦煌太守张珰上书,以北虏呼衍王常展转蒲类、秦海之间,专制西域,请以酒泉属国吏士二千余人,先击呼衍王。尚书陈忠议宜增四郡屯兵以抚诸国,乃以班勇为西域长史,将弛刑士五百人,西屯柳中,勇遂破平车师。顺帝永建元年,勇率后王子加特奴等,发精兵击呼衍王,破之。阳嘉四年春,帝令敦煌太守发诸国兵,及玉门关侯、伊吾司马合六千三百骑,掩击北虏于勒山,不利。秋,呼衍王复将二千人攻后部,破之。自阳嘉已后,朝威稍损,诸国骄放,其明年改元永和。今此碑既云二年,事与前史陈汤诛郅支相埒,史必不应失载。又桓帝元嘉元年,呼衍王将三千余骑寇伊吾。考《南匈奴传》,呼衍,单于部异姓也,呼衍王盖犹左右贤王之称,非单于可比,而至桓帝时尚有举兵之事,不得以父死子继为解。史于前后敦煌太守皆著其名,独阳嘉四年之太守阙,事皆可疑也。碑在今巴里坤城西北三里关帝庙前,诸左羲庶常得其拓文,癸未六月与钱萼石庶子、谢蕴山庶常同赋。

伊犁大道修且直,即古敦煌控西域。云有太守之遗祠,祠荒地尚留篆刻。汉与北虏争后部,五十五国视威力。前之阳嘉后元嘉,始终呼衍寇反侧。中间数年朝威损,太守为谁独未识。不知乃有云中裴,克敌全师纪功德。我思永元北伐后,远纳条支与安息。司马燕然名既垂,长史西域文犹勒。(《后汉书·西域传》皆安帝时班勇征西域所记。)永和出师无人知,班岂独传裴独默。秋草黄云拥大漠,历二千年文不泐。当时兰台岂乏人,不与甘陈共简策。圣朝拓疆逾二万,直过山离并乌弋。此地往来若户庭,嗤尔区区一片石。

立秋日雨四首(六月二十九日)

街头不怕潦雨淖,萧萧夜凉秋已到。河汉西流似有声,却出浓云一倾扫。晓来淋浪清我耳,竟日沾濡意岂料。更洗苔藓作深绿,欲浣衣裳待晴照。驱车官舍向晚归,净几疏帘复缭绕。正忆明河玉露中,昨夕篱根候虫叫。

俗言早秋谷多实,今年大田好秋日(卯时立秋)。我无稽事意转殷,只似蛰螽感寒律。小窗况复生秋早,屯云压檐凉瑟瑟。安能对雨兀然坐,转瞬又到朝暾出。

梧桐之一叶,尚能知岁功。何况瑽琤万珠琲,鼓以竟夜调刁风。感此向晨为起坐,却来邻寺松间钟。潦暑才隔夕,飒沓遂不同。君子有道故不穷,楚人之悲徒忡忡。

章台走马冲泥行，翰林湿薪爆竹声。境虽清寂韵转好，梧槐相戛如韶韺。爽气西山来，萧然枕簟清。沆瀣霏霏坠金茎，我思九皋召侣鸣。以阴雨兮励迈征，凉风吹衣起屏营。

十年前买得一石印篆曰"百年龙马旧乌衣"，常熟毛扆制也，今赠蕴山并附以诗

小时读书爱款识，卷尾每识琴川毛。汲古阁本已漫漶，校雠差谬争厘毫。当时阁中精篆刻，事与镂板同勤劳。尔来纸贵石亦贵，百年余物诚足豪。方寸之印为谁作，龙马取义将焉褒。四旁鬵缺露圭角，两行铓颖莹油膏。伊予买得何所用，摩挲但以文锦韬。乌衣之云或以姓，物有天合非空遭。自得谢生歌伐木，始将此印充投桃。江左清华溯奕叶，芝兰玉树真英髦。他山攻错予所愧，家世清芬子自操。区区雕篆岂足道，要涉万卷凌风骚。人生何者非夙定，不独文字关同袍。他日倘符吞篆梦，一笑相逢如孟郊。

苏文忠书醉翁亭记拓本

跋云：庐陵先生以庆历八年三月己未刻石亭上，字画褊浅，恐不能传远，滁人欲改刻大字久矣。元祐六年轼为颖州，而开封刘君季孙（集作滁守王君诏）请以滁人之意求书于轼，轼于先生为门下士，不可以辞，十一月乙未眉山苏轼书。乾隆癸未七月同钝夫、蕴山赋。

醉翁在颖如在滁，长共颖水清而姝。（苏诗"只有颖水清而姝"。）谁继高咏来西湖，有老门生太守苏。爱翁尚及屋上乌，聚星诗令尤堪娱。四十三年一梦耳，廿四桥月安可呼。（庆历八年至元祐六年，相去四十三年，欧公在颖有"都将二十四桥月，换得西湖十顷秋"之句。）坡公醉后兴更殊，乐哉当日滁所无。雪深蛟龙夜半吼，泼墨快泻千明珠。滁人之意不可虚，醉翁所刻谁敢摹。纸长字大意飞动，想浮大白倾百壶。得意江山天一隅，泉声鸟语犹当初。重携片石拂苔藓，又见老守苍髯须。颖人思翁更何如，十里洲尾开芙蕖。（秦少游诗"十里荷花菡萏初，我公所至有西湖"。）欧阳不来苏又去（明年二月东坡移知扬州），刻石自表孤亭孤。君不见刘君王守皆好事，展玩况到子与吾。泠泠晚风吹竹梧，为君急索邻家沽。

曝书同谢蕴山赋

君不见去年前年秋阴霾，终日飞雨如轻埃。蜗涎篆垣缀薜荔，湿云蒸础生莓苔。几案浸濡度白昼，枕簟霑靧成黄梅。纵有露萤可照字，对日展卷何由哉。今年立秋霖雨降，喷泻梧竹倾琼瑰。昨雨又逢秋甲子，城南池馆喧蟆蛙。岂知连朝却开霁，晓暾照院新磨揩。凉风翛翛洒露叶，清影时落榆与槐。衣桁晶明净如瀚，窗棂穿漏光如筛。满床残帙虽未整，随风已复阖且开。我昔贪多骛涉猎，五车四库无津涯。家少藏书购又窘，借读终未能偿怀。非无手抄与旧诵，如艺众卉初抽荄。翻见蠹鱼谓可喜，漫与邺架夸同侪。敝箧时复珍篋衍，传薪未忍遗莒藨。腹笥便便焉敢道，聊复尔尔真堪咍。方今馆阁富典校，绨囊玉轴陈兰台。清秘堂西刘井北，两壁锁柜高崔嵬。（翰林署中藏《永乐大典》数万卷。）丹铅文董已散佚，（内有董文敏、文衡山所抄二本，已失之。）次第甲乙犹编排。花阴八砖时共晒，藜火万卷谁能该。惟子与我同好古，日傍凤沼鸣雏喈。金书玉字未研勘，何以逊业端模楷。秋高爽气拂庭户，雨既润液晴亦佳。会当对坐书柜下，一一散帙挥尘堁。中秘琳琅吾辈职，非子勤敏谁当偕。不独抄归夸善本，但似朱十名其斋。（朱竹垞有曝书亭。）

题杨钝夫诗卷即送归大庾用韩文公送区宏韵

大庾杨生告我归，对酒逸思凌云飞。其时雨歇凉微微，忽感溽暑序又非。袖出一卷盈珠

玑,满坐静听客语稀。纸长字细乌丝围,有金石声出依俙。歌以慨慷留落晖,生起请我订所违。贤哉不弃荠与菲,我念诗教追前徽。宵雅早肄四牡騑,忠孝或受怨与矶。勿淫于乐伤于讥,譬自陬澨来郊畿。门户途径相沿依,理戒太俭词太肥。性情之正良所希,南有庾岭高巍巍。产材磊砢不受羁,珍禽翠树间紫绯。骚人迁客多歔欷,介子元孝与蒲衣。五色溦露光未晞,药亭乔生亦庶几。或如笙簧奏房闱,未免感叹同蚚蛼。人生笔力难强祈,有笔又须慎枢机。子有玉屑吐霏霏,文彩已见扬高翚。如琴鼓郐瑟鼓妃,怀芳未晚草不腓。和平可助仪与威,神之听之受福禨。寄我勿吝毫素挥,追逐李杜参陶韦。十年更订来顾顾,投诗重为开窗扉。

慈仁寺窑变观音(得瞻字)

天人化身百亿兼,女娲抟土犹纤纤。有如万川印一月,处处倒影皆明蟾。阴阳为炭造化冶,真容宝相森庄严。想当众工尽束手,青莲自涌非人拈。觉海波生趺足底,白毫光入宝髻尖。袈裟不烦云锦制,璎珞宁借天花添。净名大士古今寡,一二分合谁能觇。山清净身河长舌,妙义岂在埽与黏。自有此像传此寺,逾四百载灵踪淹。历元而明废复葺,几见岁月更凉炎。毗卢高阁既迁改,双松无复留堂檐。像独无言阅今古,现身聊可当针砭。慈竹修修荫万禩,天笔浣露春阴霑。佛菩萨语本一义,五字八韵挥霜缣(龛有御制诗并画竹)。往在徐州谒石像,花龛名播庐与灊。(徐州云龙山观音寺石像天成,己卯秋曾过寺瞻礼。)去岁正定瞻御藻,欲和力弱辞难占。(去年冬过正定,谒隆兴寺大佛。)居近城西傍兰若,朝钟暮鼓如锤钳。语落言诠未解脱,我愧肉眼红尘沾。慈云遍覆白月照,梧竹萧瑟秋满帘。旃檀婆律许参证,闻思欲问苏子瞻。(东坡《檀香观音像》诗"闻思大士应已闻"。)

初秋同蕴山游觉生寺

城角凉阴里,西山落翠浓。萧然两马去,系在寺门松。正值斋时到,初欣地主逢。最饶真实语,同听一楼钟。(寺僧秀山,予向闻其善卜,今始见之,听其谈命,亦未甚详,及言蕴山当敛蓄英华,以退让为要,并言他日处事,勿执偏见,须合情势。参之此语,虽不必定切蕴山,而其意却可取,即予听之,亦怵然,心志其言,故末二句云尔。)

恭和御制觉生寺大钟歌用沈德潜韵

寺门老树蟠虬龙,天花万片堆青红。中有满堂之梵响,觉众生而忏诸凶。华严法华半复满,三藏六部同非同。梦幻泡影现譬喻,佛语祖语开尘封。如是我闻意不尽,径去深院观灵钟。大千三千劫尘后,淘沙更以沙为铜。高逾方丈重八万,收须弥界如针锋。法力掣鲸不待吼,猛簴倚杵谁能舂。细字盘盘直到顶,梵文作纽蟠以虫。(钟上书《华严经》一部,里书《法华经》一部,底书《金刚经》一部,纽上复有梵书《心经》一部。)考古曾闻记万寿(钟原在万寿寺),警晨那羡聆恫忡。道衍所铸沈度笔,禅乘围绕何重重。四旁深檐护法界,旋梯攀踏摩层空。上方下方钟则一,如禅南北无分宗。以生无生觉有觉,周幕其外虚其中。此地宸光百灵仰,诸天瑞应纷来从。帝庸作歌振韶濩,洪钟大响悬隆隆。超踰声闻具众蕴,指示觉路开群蒙。德潜之诗虽镂刻,都入陶铸随化工。洞开重楼窗八面,其上万里来罡风。中梁屹立邱山重,独穿巨鼻撑琳宫。下望千家豁烟树,秋色一碧澄心胸。西山扫黛入天际,变现时共云蓬蓬。僧言秋凉日讲偈,听偈复有无量功。譬钟不语非不语,静参可警聩与聋。正学无为事炫耀,象教岂在徒威雄。同来词苑三四辈,作诗咏蹈瞻灵踪。福缘祈卜漫多事,投钱钟口随儿童。无言已领妙音去,大镛东序喈且雝。何以酬答喈且雝，和以管声哕哕鼓逢逢。

观苏文忠公墨迹卷

文曰：或谓居士："吾当往端溪，可为公购砚。"居士曰："吾两手，其一解写字，而有三砚，何以多为？"曰："以备损坏。"居士曰："吾手或先砚坏。"曰："真手不坏。"居士曰："真砚不损。"绍圣三年十月腊日，眉山东坡轼。（后有跋云：右东坡居士作，文集不载，真迹在项子京家，陈继儒持观。）

坡公昔歌龙尾砚，视砚与身无贵贱。晚谪惠州眼更空，物外之物焉肯羡。惠州诗中嗟岁暮，六十一年若飞电。非人磨墨墨磨人，寓物聊可观物变。购砚之请果为谁，想借其人示无恋。手两用一砚有三，世间万事阅已遍。即此足知定心定，岂复更借转语转。真手不坏砚不损，此有妙理非游衍。数语难罄舌澜翻，尺幅宁夸文藻擅。当其落笔不留意，而况端溪石一片。墨光点黦拂蛛丝，古色苍茫生素绢。摩挲绍圣三年字，飞动长髯尚如见。眉山之卷眉公题，千古文章相后先。径须同读食芋说，且莫泛览罗文传。（是年坡居惠州，除夕前两日有《记食芋说》，又有岁暮和陶诗云"我年六十一，颓景薄西山"。）

见厉樊榭诗集有和陈氏坤维卖元百家诗题后之作，因次其韵

深闺词笔世焉知，转以贫传卷尾诗。捻卖宁同杜陵语，（杜诗"尽捻书籍卖，来问尔东家"），别离直似牧斋悲。（钱牧斋宋本《汉书》跋尾云：此书去我之日，殊难为怀，李后主去国，听教坊唱别离歌，一段凄凉景况，约略相似。）不图巾帼偏留意，能恋琴书未是痴。亦有邻翁来待价，踌躇更为怅移时。（适邻人有持二十一史来卖者。）

书汪退谷瘗鹤铭考后

焦山石刻瘗鹤铭，流传拓本自海宁。东观之论广川跋，谁其考者汪文升。图列五本尺约九，七十七字罗华星。山阴爽垲西竹里，搜录可以补辍耕。（《考》云：新定图内"爽垲"上添"山阴"二字，"厥土"上添"西竹法里"四字，又"尔也何明"四字，《辍耕录》本易"尔其藏灵"四字。）考索远将追石鼓，辨证近欲同兰亭。得之壬辰考甲午，干支妙合如仙灵。（序云壬辰岁出石于京口，其作《考》则康熙五十三年甲午也。）仙人与鹤同羽化，余欲无言尔何明（七字铭语）。后人好事竞词费，陶耶顾耶测渺冥。郡名或援祭侄帖，诗句或拟黄庭经。纷纷曲说吾不取，好古泥古谁汝令。松南居士遂书法，一撇一拂皆典型。书法尽矣考未尽，尚留一二烦推增。江岸穷冬徙岩石，大者辘轳小腰绠。神物尽出功最钜，沧州太守知谁称。张君立石语尚在，为其事者反无徵。得毋亦仿真侣辈，但书官爵不书名。又云手欲摹此帖，快事髣髴开重扃。附考于后乃双美，曷不并俟奢石成。世人但传御服碑，笔致薄媚沿吴兴。此铭真赝阅千载，非公笔力谁肖形。秋窗竹树交瘦影，摩挲细字生光晶。他时倘逢退谷帖，真道同时须服膺。（东坡《墨妙亭》诗"还道同时须服膺"。）

潇湘过雨图（明弘治己未工部侍郎史琳为段珰作）

高丽纸出峰砐硪，翛翛竹叶动婀娜。映以千里之江光，悄然似鼓潇湘舵。湘灵瑟罢作暮雨，千岩草树肆掀簸。黑云卷浪去无迹，雨点都从竹梢过。森森万个肖奔逐，落落几竿安帖妥。深处不见山鬼啼，湿余或有暮花䑣。微凉黯淡望却无，浣笔淋漓势如破。但画墨竹不画斑，非师仲圭非与可。少司空诗墨荧荧，司礼监印红颗颗。惜哉移得烟水来，徒为阉珰盘礴赢。一纸乃阅三百年，岂知茅斋静对我。夜深怒欲破空去，惧有阴崖向人堕。

和王介甫明妃曲

竟宁之威满边竟,请婿宁关北虏盛。琵琶自抵长门赋,不比穹庐细君咏。紫台一去愁关山,新曲传闻马上弹。此声汉女造不出,合向大漠黄云间。曲中有语苦难告,杀一画史安足报。天子不留复谁辞,我所悲兮非远道。仰天太息意未申,好辞空仿石季伦。君不见乌孙远嫁传哀怨,锦车尚有冯夫人。(按乌孙公主乃元封中事,与竟宁中王嫱嫁单于事不同,建昭四年春,郅支单于传首藁街,因改元竟宁,亦非单于因盛请婚也。)

同积粹斋前辈、钱萚石庶子、谢蕴山吉士
泛舟二闸,游王氏园(八月二十七日)

东便门外柳阴匼,摇曳残黄覆群鸭。中有赁客之小舟,摇四五人向二闸。促坐稍释联车闷,牵缆况有利风挟。行渴先借茶充酒,衣寒初以绵换袷。芦花如雪扑面来,势与潺潺水声夹。傍岸小园聊一人,架石危亭亦不乏。舍之却叩王家墅,去舟而步意弥洽。地接东皋不谓孤(园东一区曰东皋),屋比南郊未为狭。(王氏旧有园在南西门外,今废。)铺簟脱帽忘少长,刘薪爇酒快一呷。落叶时拂坐人衣,倾怀自与林鸟狎。我辈淡交胸无物,袪尘不用麈与箑。白皮双松作涛飞,对此可以词倒峡。蒲稗影回日又斜,篱落色及霜未压。瑟瑟寒流马竞嘶,萧萧晚花仆争插。归倩为图共一纸,莫忘秋光似苕霅。明年还趁早春来,绿树生梯菜圻甲。(萚石云归当画之。)

九日约蕴山万柳堂看菊,遇雨不果,用韩文公游青龙寺韵

黄须万花镂金管,花瓣已长须尚短。园中花匠养渐足,街头花担挑未满。前过东城讯诸寺,早携雨笠支油伞。深深几丛含笑靥,一一如雏待破卵。拈花寺名不为花,赖有层坡胜垄断。曲池况复余凉漪,署月尚可销炎旱。兹辰登高古有例,茱萸缀囊菊浮碗。寻幽莫比陶潜逸,辟恶宁同长房诞。胡为巧值雨廉纤,得毋深妒句雕篆。吟想经旬岂忍虚,阴晴隔宿谁能算。忆昨馆中感风雨,和歌筵前动侣伴。不合早说近重阳,其时甫过月下浣。无酒可携犹足待,有诗不续毋乃懒。旧苔积阶已黯淡,落叶打窗更萧散。南山遥寄意转佳,东篱未往步先坦。坐失光阴昔者非,秋在襟袖知者罕。真交淡于水浛浛,妙笔轻如蜓款款。本非耳目夸取携,岂以晨夕别寒暖。东皋三径追前盟,迦叶一笑导大窾。明朝新霁倘可乘,走马邀迎未嫌缓(万柳堂今名拈花寺)。

次日同游复用前韵

登高不待命弦管,作歌岂计句长短。劝君补尽昨日欢,但恐芳樽斟不满。昨日苦阴今日晴,只携蛮樏不携伞。却笑前夕说餐英,譬若司晨嘲见卵。篱边霜信冷已催,檐际雨丝飞未断。岂知节早花则迟,早不关雨迟非早。道人养花非为花,招邀过客设茗碗。古寺同游聊破寂,看菊之语诚虚诞。堂即相墅可凭眺,壁有御题供记纂。(圣祖御书"简廉堂",又御制诗石刻数种皆嵌壁。)当时石林与河右,点缀烟云句无算。(乔莱、毛奇龄皆有《万柳堂赋》。)而我儿时此钓游,寺童渔子为同伴。尔来呼呼二十载,往事酸辛不可浣。每爱秋光畏独来,不忍触绪非辞懒。欲披径路少记识,不通名姓更疏散。高冈太觉远风吹,闲步且就微径坦。林坰鸟数声即佳,城市水一湾亦罕。有树可坐席无次,有竹可题字无款。芦花团团扑人飞,似欺客衣絮未暖。翻胜阻雨自闭关,此虽解嘲颇中窾。联镳敲镫吟且归,须似看花踏缓缓。(是日予与蕴山皆初习骑马,故云。)

读吴天章莲洋集四首，末章有怀杨钝夫进士

昌黎固合爱卢仝，亦在吞书一笑中。不用韩门弟子法，自骑騄駬上虚空。
莲花洋边深复深，河声岳色两知音。若人岂辨王与赵，却是饴山苦用心。
刻成篇什尚嫌多，不独抄誊款式讹。未得新城亲手定，不知手定却如何。
曾将杨子拟清才，一卷何曾得共开。购得书成人又去，几时重许扣扉来。

奇石蜜食歌（回语绿蒲萄）

圆匀绿颗堆琉璃，佳种来自西域西。累累初看八月熟，含风压露千枝低。小于靺鞨中逾莹，赐比醍醐甘共携。月氏碧须未足道，高昌马乳安能齐。盛宜于阗绿玉碗，远随大宛骏马蹄。自然广志无此色，要是张骞所未赍。忆昔植在布哈尔，荒寒蔓衍无町畦。距京万里复万里，隔叶尔羌与伊犁。岂知移根禁林下，大官时果名同跻。太平雨露本一气，秋当结实春当荑。无子亦知不在子，但附土泽皆成蹊。崖蜜未似石蜜似，圣德无外周狄鞮。当取译名付史馆，以为珥笔作赋之新题。（时以《绿蒲萄赋》课新科庶常。）

南石槽道中读曹能始诗集二首

石仓诗句逼秋清，吟傍山溪落叶声。未免疏林萧瑟甚，看山亦厌太分明。
一辈林（古度）吴（兆）契自亲，虞山鉴赏更谁伦。清才冠代王司寇，却与斯人作后身。（王阮亭自谓与先生相去一甲子，无不吻合。）

同蕴山永乐庵看菊三用青龙寺韵

花事佛事不相管，结习未尽佛所短。堪笑道人爱招客，花未开时人已满。旧闻拈花寺里种，紫丝绣球黄罗伞。培根接枝方法多，如蓄鸭雏护胎卵。亦有法源二百盆，花匠浇治（平声）无间断。右安门外复近水，王家园畔宁忧旱。此皆层台复叠薹，高于栏杆大于碗。维摩一室讵要此，花作道场毋乃诞。我居正傍听钟处，妙偈无言已可篡。窃意会心一微笑，早抵冒雨开无算。花灿于金祇树林，人淡于秋印友伴。驱车何妨小巷僻，叩扉聊尔尘思浣。黄鞾应缘浮盏侧，绿垂那复嫌妆懒。（菊有名侧金盏者，有名懒梳妆者。）半院斜阳映高下，一窗野色坐萧散。僧言此地供客读，殿宇闲敞阶除坦。不闻经声闻书声，如此僧寮见亦罕。曲廊延步境清幽，小童侍立貌悃款。留连庵主意颇厚，问答名姓相寒暖。我来本为访花耳，随意拈诗触邻窾。花已忘言何论僧，禅榻机锋事且缓。

闻象星用力七古月余矣，而不吾示，何也，用苏文忠孔常父见访韵调之

不饮谁与浇瑰奇，看君黄气已发眉。妍唱未肯付雪儿，自有奇笔自不知。郁郁肝鬲磊落辞，可怜亦复不自持。我有劲弩思发机，气酣耳热神已驰。试借我读固未痴，劝君莫吝日出卮，三人同行有我师。

太一老人青藜杖歌

枕中鸿宝诞不经，岂知乃有青藜青。昼览经传夜观星，不待叩户户不扃。黄衣植杖谁所令，可惜未暇叩丁宁，但惊秘论伏阁听。却谈邃古书未记，事有条贯语有类。可补洪范五行志，宝焰照汝益汝智。曳杖铿然曙河坠，大星芒寒尚照地。昨日陈农采书至，起叩殿门奏封事。

送李鹤亭检讨假归滇南二首

对雪四年意，看云万里心。只应君寡合，遂谓我知音。面淡拙生事，装轻称素襟。公车

旧风味,直不减如今。

昔来风雪里,君始冠于乡。捧诰春如昨,还朝日更长。此行勤定省,邻舍有辉光。为讯张君后,同门谊不忘。(君以己卯乡试第一人贡礼部,时予分校,得君与张君登鳌,张与君同里。)

和傅谨斋大鸿胪移居之作

访公始到邻寺东,忆昨共听城南钟(先生前寓景忠庵)。和公新诗诧幽绝,却兹来踏长街月。长街老屋自数间,自言居此多高贤。邻皆有德不嫌独,里本名仁亦非卜。轩窗窈窕树画图,草堂合属傅尧俞。退食于中寄清啸,馆下诸公继高调。高调云似田纶霞,可有墙角山姜花。(此屋旧为田子纶侍郎所居。)

董文敏书十洲记并临颜鲁公乞米帖

共一册(十洲止书其四,跋云"鲁公《乞米帖》想见忠义廉节千载生气"云云)

筋骨变化成云烟,纯乎其董纯乎颜。千载生气自合并,世间忠义皆神仙。我疑前后止一笔,达观岂待十洲毕。一笑香光老居士,我梦已到画禅室。

代书五百字寄杨钝夫

杨子吾党才,诗笔俊无敌。告归忽数月,悠悠我心恻。书来慰远思,上言慎眠食。宛如共秋窗,啸咏而赏析。下言谢子诗,反覆吾所惑。使者尚在门,对之不能默。子与谢子交,晤言匪昕夕。彼诚今世秀,天马空冀北。以我为伯乐,而愿受羁勒。顾我何所有,敢邃云集益。朋友以道合,所贵尽其力。凡今心交少,谁肯相扶植。古者教声诗,天籁早中律。十三学舞勺,划若黍与尺。离经更知类,尚待徐践迹。矧我下学人,群言富采摭。是皆有条理,得不深究极。(来书论谢蕴山诗,谓先生循循善诱,宜稍宽绳尺云云,殊不知诗必先由研细而入,乃能中节,况吾辈少时已不若古人之学有根柢,尤必以讲求法律为先也。)雄哉拔鲸牙,或擘大海碧。或艳如兰苕,亦不辞洗涤。凤皇十二管,细自分寸积。羿射必至彀,百发俱中的。正惟挟千钧,不可轻一掷。焉有始弗慎,终乃克有获。且当发轫时,未见正路辟。后来悔欲追,翻苦辙莫易。以此为鼓舞,吾未知所适。白也逾清新,许生谁翦剔。精锐正无前,高坚虑太亟。(来书云蕴山天才旷逸,宜先鼓舞之,至欲罢不能之候,再以细律绳之,此言尤非,正惟才大者必从法律中洗炼而出,乃为真才,且此数月来,蕴山于法律既能研究,而才调日益发越,钝夫乃譬诸望道未见之辟,殊为过虑。)感子深缱绻,念子少阅历。向来论未详,况今去我侧。(蕴山日与予商确研炼,予信其必有成,所虑者乃转在钝夫耳。)昔拟子之才,可与莲洋匹。买书子已去,不得共搜择。斯人渔洋徒,风骚莽推激。五言果仙才,天葩去雕饰。国朝盛雅颂,王氏最超逸。余或扬厥波,而不沿其格。万古中条下,河声与岳色。毓秀于玉溪,西昆此同脉。所以泄精华,郁勃不可抑。奇情弄花草,英气散金石。得其情与气,浩落出胸臆。胸臆虽浩落,又贵细紬绎。毋嬉肆自足,毋便安自溺。家居少切磋,尚友须卓识。谢子书昨往,寄子以一册。爱子真如兄,期子手弗释。子宜慎所从,淘汰出新得。(予尝谓钝夫诗似吴天章,然天章之诗,才情肆发,须得其气,而更自加炉锤,不宜专袭其貌也。新购得刘氏刻本,而钝夫已归,昨蕴山为印一本寄之。)南安有二子,相望若双璧。谢子与我居,日见培羽翮。独子留东南,因书怅增忆。

腊八日粥联句

北风吹雪敲檐冰(覃溪),纸窗刺刺衣生稜(蕴山)。厨烟正照朝暾升(覃),淅米如脂气如蒸(蕴)。今日下直招良朋(覃),坐拥凭几围氍毹(蕴)。宝典月令故事徵(覃),不数寒食餐冬凌(蕴)。稻粱菽黍枣栗菱(覃),维锜及釜豆与登(蕴)。裁红晕碧堆层层(覃),屑桂镂姜中馈能

(蕴)。或以荐福供尝烝(覃),亦闻礼佛施山僧(蕴)。邀亲馈友俗相仍(覃),未若啄句与可乘(蕴)。暖不起沸寒不凝(覃),入口胜挹酒如渑(蕴)。如汤沃雪波微兴(覃),可浇肺腑消凌兢(蕴)。放饭流歠何必憎(覃),一瓯甘滑神骞腾(蕴)。白粥三伏君家称(覃),立雪幸得程门登(蕴)。去年念汝思不胜(覃),前年临别贻我曾(蕴)。推敲肯惜挑寒灯(覃),嗜好淡泊宁须惩(蕴)。炊熟又觉韶华增(覃),月明起共松窗凭(蕴)。

送杨立山之长汀令弟官舍并戏柬令弟彤三明府

童稚情亲事未赊,飞腾爱尔富声华。近年得第翻如客,有弟为官便作家。腊后尚看驱马去,闽南且莫说天涯。不同仲氏音书杳,早晚来看上苑花。

腊月二十一日恭奏记注纪事六首

捧书待漏记经年,几卷螭头带瑞烟。又到液池冰壮日,一轮月挂竹埠边。(是日于瀛台奏事。)

纂修职业在于勤,体例商量不厌频。珥笔追随前辈侧,切磋功更与年新。(方与馆中诸公商定记注例略。)

分卷同修任最专,同时精选属才贤。更应勤慎心同矢,不为虚名挂简编。(新定协修记注以四员为数。)

卷尾希描日月光,少詹词藻琢琳琅。换从细字钞誊过,为要臣名缀一行。(后跋向俱不书纂修臣名,今年酌定于跋尾书"起居注官臣某某等恭跋",跋文字较书文小一半,以志恭敬。今年跋文汪持斋少詹事所撰也。)

翰林墨妙比渊云,钞罢都应百和熏。金匮封题来小吏,亦能笔笔作颜筋。(例用庶吉士缮写正本,今年馆吏徐以愿颇能书,封柜时命写书签,故云。)

黄纸缄包石室深,卿云长护紫薇阴。香传辟蠹新添贮,芸阁名应更肖今。(送阁时于卷内加贮芸香。)

除夕次内子韵四首

淑气迎来院宇新,才霑湛露侍钩陈。携回赐馔皆春信,好伴椒觞夜达晨。(是日巳刻保和殿侍宴。)

散雪花犹拂画檐,烧松香更透重帘。喧哗可待林鸦报,取次春风入口占。

涵养身心渐涤除,与年俱进意何如。每于腊尽春回日,尔我绅裾更共书。

朝退深闺和小诗,盍簪喧处少人知。因君饯岁心翻壮,努力春华莫更迟。(内子原诗有"正应黾勉务新知,明日开端未算迟"之句。)

随月行(入癸未稿)

孙康雪,武子萤,齐女徐吾汉匡衡。明明有月不来就,让与握书升屋之江生。西南楼,东北墀,鲍家咏月亦未知。左氏庄边春星草堂带,捡书杜老何足奇。太虚为室月为烛,突兀谁家见此屋。牖中孰与显处亲,未许南人笑北人。(支道林云:北人观书如显处视月,南人学问如牖中窥日。)

以上诗作从元日到除夕,大致按时间先后排列,透漏了翁方纲在本年的交游和行事信息。沈津撰《翁方纲年谱》、陈纯适撰《清儒翁方纲年谱》对于翁方纲乾隆二十八年的行事记载大同小异,极为简略,寥寥五六条,均本翁氏自撰《翁氏家事略记》,多是其任职流转之情况。兹据癸未年诗作将翁氏本年行事略述如下,依例称翁氏为先生。

正月初一日,先生早朝,见新附回部随班朝贺。昨日除夕,先生侍宴保和殿。

正月十一日,先生史馆夜宿。

正月十二日,皇帝于太和殿视祈谷祝版,先生侍班。

正月十六日,雪,先生有怀朋友四人,即钱大昕、陆廷枢、谢启昆、钱敦堂。夜有雨,先生和杜韵。

二月二十九日,先生路过德胜门外,作诗三首。

三月,先生充会试同考官,分校《礼记》二房,本月十四日至四月初二日在闱中阅卷。

五月二十九日,先生记闱中所作小诗十二首。

六月初旬,荷花盛开,先生约谢启昆往游,阻雨不果,诗示谢启昆。

六月初九日,先生与谢启昆雨后郭外看荷,晚憩大慈寺,二人联句成诗。

六月二十二日,先生与谢启昆晚步法源寺,至夜始归。

六月二十三日,先生以小教习入庶常馆授课,教习庶吉士,与谢启昆同赋庶常馆后堂之欹器图。

六月下旬,见汉敦煌太守裴岑祠刻石拓本,与钱载、谢启昆赋诗。

六月二十九日,卯时立秋,雨,先生作诗四首。

七月,先生见苏轼所书《醉翁亭记》拓本,同杨钝夫、谢启昆同赋。

初秋,先生与谢启昆同游觉生寺。

八月二十七日,先生同积粹斋、钱载、谢启昆泛舟二闸,游王氏园。

九月九日,重阳,先生约谢启昆万柳堂看菊,遇雨不果,用韩文公游青龙寺韵赋诗。

九月十日,先生与谢启昆同游万柳堂,二人皆初习骑马。

腊八日,食粥,先生与谢启昆联句成诗。

腊月二十一日,先生于瀛台奏事,恭奏记注,有纪事诗六首。

除夕,先生尸刻在保和殿侍宴,退朝后次夫人韩氏韵四首。

注 释:

* 本文系山东省社会科学规划重点项目"翁方纲诗集辑校"(19BWTJ41)阶段性成果。

〔1〕 诗稿中该题下诗作四首,《复初斋诗集》卷一刻三首,余一首辑录于此。

〔2〕 该诗页眉书"另改"二字。

〔3〕 该诗即前诗另改之作,手稿二页,阑入《翁覃溪诗》国图网站所公布的第4册中,兹为辑录。

〔作者简介〕 赵宝靖,1988年生,文学博士,丽水学院中文系讲师,专业方向为清代文学与文献。

加拿大不列颠哥伦比亚大学藏《五律英华》薛雪批校辑考*

韦胤宗

加拿大不列颠哥伦比亚大学亚洲图书馆藏有一部清康熙年间刻唐诗五律选本，八卷，题为《五律英华》，为清初岭南诗人王隼（1644—1700，字蒲衣）选编。书中有大量朱笔批校，或评诗论人，或校勘文本，颇有见地，而且书法有苏轼风格，据批者题跋及书前藏书者清末王尚辰（1825—1902，号谦斋）的题跋可知，批校者为清代著名的医学家和诗论家薛雪。薛雪在诗学方面以《一瓢诗话》闻名，但仅一卷，读者往往意犹未尽。此《五律英华》中，薛雪关于唐代五律的批评议论有数百条，皆为《一瓢诗话》所未有者，往往妙见迭出，值得学诗者细细玩味。因此，本文将考述此一《五律英华》的选诗状况和薛雪批校的特点与价值，并将薛雪批校全部辑出，希望对进一步研究薛雪的诗学乃至于清代诗学发展的样貌有所助益。

一、《五律英华》的基本情况

《五律英华》编者王隼生平，略见于书前王尚辰题跋。王尚辰大致撮述张维屏《国朝诗人征略》卷十四关于王隼的记载，较为详备，此不赘述。此书有清初岭南诗人梁佩兰（1630—1705，字药亭）撰序，半叶五行，行十字，字大如钱。正文，半叶十一行，行二十一字，小字双行同。字体风格为明末清初刻本所常见，"常"、"深"、"校"等字皆阙末笔，或因避明代之讳。王隼《凡例》云"吴江顾氏《七律英华》，津逮海内有年"，所指当为明末清初学者顾有孝（1619—1689，字茂伦）所编之《五朝诗名家七律英华》三十六卷，今上海图书馆、天津师范大学图书馆等处皆有藏本，其书刻于康熙二十六年（1687），据此可知《五律英华》当成书于其后数年，应可定为清康熙年间所刻。此书传本较少，又无翻刻，故不列颠哥伦比亚大学所藏之本具有极高的文献价值。

据《凡例》，其书初有四十卷，然"是集全帙数十万言，简编浩繁。寿梨岂易，穷山屡空，资斧既难，歧路纡儿，干之不忍，仅拔尤八卷问世"。卷一选初唐诗，录26人79首；卷二、卷三为选盛唐，录32人253首；卷四、卷五录中唐41人196首；卷六、卷七录晚唐45位155首；卷八选17位僧人46首及6位女诗人9首。全集总共选唐代167人738首。其中选诗最多者为杜甫，共有85首；其次贾岛36首，王维30首，李白28首，孟浩然27首，刘长卿27首；再则岑参18首，张九龄17首，卢纶16首，皎然16首，曹松13首，杜审言11首；其他皆在十首以内。每一卷前皆有诗人小传,题为梁佩兰、吴文韦(字山带)参辑。

王隼本工于诗,又能选诗,他曾选辑清初岭南三家(屈大均、陈恭尹、梁佩兰)之诗成《岭南三大家诗选》二十四卷。关于王氏的五律选本,梁佩兰序赞其:"选一体诗出选诸体之手眼,定之,大毋弗涵,纤毋弗现,精取其浑,朴取其完,能使读者见选者之心与作者当日之心相遇。"王尚辰题跋亦称其选诗"工力之深"。然薛雪却对王氏选诗颇多批评,应因二人的诗学观念略有不同,详见下文。

二、《五律英华》薛雪批校的特点与价值

薛雪(1681—1770),字生白,号一瓢老人,吴县(今江苏苏州)人。清代著名医家,与叶天士齐名,在温病学说方面有突出贡献,编著有《湿热条辨》、《医经原旨》等。薛雪曾从学于诗论家叶燮,工诗文,擅评鉴,著有《一瓢诗话》一卷(二百三十条)。薛雪同时因医、诗著名,因此舒位《乾嘉诗坛点将录》中称其为"神医薛一瓢"。[1]同时,薛雪书学苏轼,画工墨兰,皆有可称。[2]《五律英华》薛雪批校颇有东坡笔意,可见其学苏确有所得。

与《一瓢诗话》类似,薛雪的批校基本围绕诗之功用、创作、阅读鉴赏几个层面展开讨论,其基本的诗学思想也与《一瓢诗话》一脉相承,可作为其诗话的补充与发展。同时,由于批校乃直接施于诗选,因此批校中又有诗文校勘、选诗标准等内容。

薛雪论诗,特重诗中的"风人之旨"。比如他评王无兢《巫山》:"如此等诗,深得风人之旨。"评刘眘虚《贬乐城尉日作》:"五六有风人之旨,可以怨也。"评杜甫《春夜喜雨》:"有风人之妙。"薛雪所谓的"风人之旨",乃是儒家诗教观在具体的文学批评中的体现。《一瓢诗话》开端云:"诗以道性情,感志意,关风教,通鬼神,伦常物理,无不毕具。"[3]又说:"平生最爱随笔纳忠,触景垂戒之作。"[4]即认为诗当承担一定的社会功能,要能有所讽谏,有所怨诽,又能引导和感发人的性情与志意,同时,以诗为教又不能过于直白,沦为说教,而应含蓄温婉,《一瓢诗话》中说:"温柔敦厚,缠绵悱恻,诗之正也;慷慨激昂,裁云镂月,诗之变也。"[5]薛雪评张谓《送裴侍御归上都》诗"温润和平,小得风人之旨",可见温润和平乃风人之旨的重要特征。薛雪批校称李商隐诗"于风人最近,其蕴藉处,胜于浣花,其忠爱之心,则相向索笑者矣",又评李商隐《夜出西溪》:"一篇忧谗畏讥之心,掬出纸上,又蕴藉,真风人之遗也。"是说李商隐表述较为含蓄隐晦,表达感情有所节制,即有"乐而不淫,哀而不伤"的"风人之旨"。《五律英华》中薛雪批戎昱《咏史》"大非风人之旨,诗家仔细,勿以此为口实",则是因戎诗议论太多,不够蕴藉之故。

薛雪此一诗学观念也影响了他对诗人的总体评价,也影响了他对《五律英华》选诗的看法。在薛雪看来,要使得诗作具有"风人之旨",学诗当"取材于古人",并以《诗三百》为正,即"原本于《三百篇》、楚辞、浸淫于汉、魏、六朝、唐、宋诸大家"[6]。薛雪强调学古,但反对拟古,学古是学习古人的"学问"、"品量"与"心术",而非仅字句、声调、体裁或者格式。《一瓢诗话》中说:"作诗必先有诗之基,基即人之胸襟是也。有胸襟然后能载其性情智慧,随遇发生,随生即盛。"[7]此一观念乃从其师叶燮处继承而来。与其师相同,薛雪也推尊杜诗,主要原因即为杜诗有"胸襟",薛雪说:"千古士人推杜浣花,其诗随所遇之人、之境、之

事、之物,无处不发其思君王、忧祸乱、悲时日、念友朋、吊古人、怀远道,凡欢愉、忧愁、离合、今昔之感,一一触类而起,因遇得题,因题达情,因情敷句,皆因浣花有其胸襟以为基。"[8]此段是对杜诗的总体描述,《五律英华》中选杜诗最多,薛雪评语亦最多,其评语多处发掘杜诗中之委曲、讽谏、情意,则是通过细读文本发见作者胸襟。

除"胸襟"以外,《一瓢诗话》多处论述诗人当有"品格",有"志气",[9]都是强调诗歌的文本应是一个圆融的统一体,反映作者自身的风神气度。因此,他极为重视诗歌整体的艺术表达,而尤其看轻有佳句而无佳篇的一些晚唐诗作与僧诗,甚至对于《五律英华》的选诗标准提出尖锐的批评。《五律英华》选贾岛诗三十六首,薛雪称其诗"无谓"、"恶俗"、"率"、"庸",甚至斥其为"伪作",其原因盖有两端:一是贾岛诗过于雕琢,且重视炼句,而往往与整首诗不相协调;二是贾岛诗风格幽僻苦寒,不合"风人之旨"。比如,贾岛《忆江上吴处士》有名句"秋风吹渭水,落叶满长安",薛雪批曰:"只作得十个字。"是因其佳句与篇章不协。《送无可上人》第三联"独行潭底影,数息树边身",号为名句,薛评曰:"此首是真作,五六固佳,未免用意太刻。"虽称为"真作",却仍对此两句颇有微词,嫌其过于雕琢,使得整首诗不够圆融。《哭柏岩禅师》"写留行道影,焚却坐禅身",薛雪批曰:"此二句倒像禅语,其实恶俗。"则是对于涉禅风格较为厌恶。即使是贾岛名作《题李凝幽居》,薛雪亦曰:"此僧一生只有此完全佳作,又蒙韩公订定一字,可称'三十九字诗人'也。"可见薛雪对贾岛诗歌创作成就评价较低。而《五律英华》所选颇多,薛雪自然对于王隼的选诗标准颇为不满,《石门陂留辞从叔谟》诗旁薛雪批曰"庸俗入选,我所不解"。又如于邺《王将军宅夜听歌》,薛雪批评此诗:"一起十字是诗,可惜以下不作矣。率笔乱涂,如何使得耶? 害杀十字不少。"又云:"既操选笔,必须具眼,不关作者,选手无择故耳。"类似者不一而足。与之相反,薛雪对李商隐诗评价较高,而《英华》仅录李诗六首,因此薛雪批曰:"此公(李商隐)诗无一篇不佳,选之与不选,无择无谓,昔有人作《五经节纂》,同一妄也。"又云:"玉溪五言近体无篇不佳,仅选此六首,真不可解也。"同时亦指出罗隐、韦庄、司空图等人之诗选录太少。薛雪这些见解有一定的合理性,后人选诗、评诗,理应参考。

薛雪在《一瓢诗话》及《五律英华》批校中多次肯定诗歌当有多种风格,阅读与评鉴者不可对不同风格有所偏见,但薛氏似乎却极为厌恶僧诗,《五律英华》卷八薛氏评诗僧齐己《剑客》一诗曰:"无秃子气,故佳。"此可略见薛氏对僧人之态度。《五律英华》卷八为僧人和女性的诗选,薛雪批校极少,且在卷七末曰:"本不是选家,选到此公止可也,何必更添蛇足!"卷八末薛雪题跋甚至怀疑《五律英华》并非王隼所选,而是"他人所嫁名者",足见薛雪对僧人与女性创作偏见之深。

薛雪《五律英华》批校最丰富的是对具体诗文的评点。薛雪评诗,重视字句、章法,是在文本细读基础之上对于诗文的鉴赏与评价,很多内容可与《一瓢诗话》照应互补。比如,《一瓢诗话》第一七三条曰:

> 老杜善用"自"字,如"村村自花柳"、"花柳自无私"、"寒城菊自花"、"风月自清夜"、"虚阁自松声"之类,下一"自"字,便觉其寄身离乱、感时伤事之情,掬出纸上。不独此也,凡字经老杜笔底,各有妙处。若止"自"字,则李义山"青楼自管弦"、"秋池不自冷"、"不识寒郊自转蓬"之类,未始非无穷感慨之情,所以直登老杜之堂,亦有由矣。[10]

《五律英华》批校亦对"自"字颇为留意,比如杜甫《遣怀》"寒城菊自花"薛雪批曰:"'自'字妙。"此与《一瓢诗话》所言相同。杜甫《滕王亭子》、《日暮》等诗中亦有"自"字,薛雪亦皆点出其妙。李白《宫中行乐词(绣户春风暖)》"罗绮自相亲",薛雪批曰:"此'自'字亦用得好,李、杜二公皆善'自'字,后惟玉溪生亦善用之。"又如卢纶《酬韦渚秋夜有怀见寄》"露下鸟初定,月明人自闲",薛雪批曰:"此'自'字虽不及浣花,亦下得妙。"此是评论诗人炼字炼句的精工。

与一般的诗文评点家类似,薛雪也对诗歌起、承、结等章法方面的特征极为留意,时时会点出其优劣,虽往往不作解释,然足以引起读者的注意,引导读者的鉴赏。比如温庭筠《题卢处士山居》一诗,薛雪有两则批语,皆称其章法较好。此诗的主题是于山林拜访处士卢岵。第一联发端,诗曰"西溪问樵客,遥识楚人家"。第二、三联写山林之景:"古树老连石,急泉清露沙。千峰随雨暗,一径入云霞。"薛雪有评语曰:"中四句从第二句写得者,此法极便。"是说两联从第一联中出,承接极为自然。尾联作:"日暮飞鸦散,满山荞麦花。"薛雪评曰:"一结之妙,不但能之者少,知之者亦不可多得。"前人多评二、三联写景工致,然薛雪称其尾联高妙,确有独到的眼光。本诗第一联为寻访卢处士的过程,是为起;二、三联写卢处士山居之美景,生动、斑斓,有万物生长的热闹,写的是动景;尾联出句写飞鸟散去,既表现了时间的推移,又暗示了写作对象与描写方法即将发生转换;末句写荞麦的香气,是与前文视觉听觉的描写所不同的嗅觉描写,而且是入夜之后万籁俱寂时的静景,但这个静不是死寂,而是充满荞麦花香气的恬静,饱含生机,仿佛把前面喧闹、升腾的万事万物全都化开,冲淡了,散入了夜色之中,有非常值得玩味的平淡却悠长的韵味,确实使得全诗意境更为高远。

除赏析之外,《五律英华》批校还会结合具体的诗人与作品,对于诗歌的发展过程略作钩沉。比如,初唐诗人褚亮《在陇头哭学士》第二、三联失粘,薛雪于文中以朱笔勾出,并批曰:"此等缘近六朝之习,粘处不合调耳,无足怪也。"类似者在初唐诗中并不鲜见,薛雪一一勾出,却并未因其不合律而苛责作者,他在李颀诗的书眉批曰:"六朝无近体律诗,初唐作近体,犹破六朝之法为之,故不入声调。盛唐从初唐而来,犹未尽洗古调。所以后人编诗,不能深辨古今二体者有之,不是作意要带古也,其时风气未尽也。"是以历史发展的眼光来看待诗歌风格、体裁之演变。同时,薛雪提醒后生学诗,应当具备此一历史的眼光,要善于寻找学习的对象和角度。《五律英华》卷二首页眉批说:"后生学诗,毕竟当以盛唐为则,初唐非不佳,无奈章法声调不脱六朝习气,古诗不妨,近体则不可,盛唐法律已备,无美不具也。"这是在诗史研究的指导下学习创作,值得学诗者仔细体味。

总体来讲,《五律英华》中薛雪的批校,有关于诗史的论述,有对于具体诗人、作品的赏鉴与分析,也有对于王隼选诗的批评,是清代中期诗歌批评与诗学理论的重要文献。

三、《五律英华》薛雪批校辑文

以下题跋、批校,系从哥伦比亚大学藏清康熙间刻本《五律英华》中辑出。书衣、书前、目录页与各卷的题跋与批校,依据原书顺序,依次呈现。正文中每条批校先录作者,再录诗题,再摘录所批之正文,再录批校;若所论者仅为作者,则不录诗题诗文,他皆类此;一诗之中若有多条批校,则以"○"区隔。
书衣

唐诗五律英华_{孝岳题}

　　王蒲衣选,薛一瓢批点,吾乡王谦斋先生旧物,今归丰顺李氏高斋。

卷前

　　是本为薛生白先生手评,道光壬寅,辰始学诗,先大夫检以授辰,常置座右。兵乱,藏书悉毁,而此编随身独存。因思庭训,恍似儿时。渺矣音容,伤哉手泽,谨属后人,其珍藏之。光绪丙戌九月二十日三鼓,久旱忽雨,雷电交作,兀坐遗园,泣书数语。王尚辰志,时年六十有二。"辰"(白文方印);"谦斋"(朱文方印);"遗园"(朱文方印)

　　王隼,字蒲衣,广东番禺人,与陈元孝、梁药亭并称岭南大家,著有《诗经正讹》、《岭南诗纪》、《大樗堂集》、《琵琶楔子》。娶潘梅元女孟齐,能诗,倡随拈韵,雅相得也。女瑶湘,亦能诗。蒲衣律句如"夕阳多在水,残烧不归山","忆山添懒态,入世减狂怀","有鹤云依树,无人月占楼"等联,张南山司马犹入《诗人征略》。观其所选《五律英华》,益信工力之深。己丑三月望日,谦斋录。

目录页

　　卷之二　常建　是集中"常"字每缺一直,不知何人为补之,恐非蒲衣本意。

卷一

　　勘至失粘处,以一画记出。初唐多近六朝,非不佳而画之,观者莫误。
　　太宗皇帝　《守岁》　神完气足,自是人主之文。
　　褚亮　《在陇头哭学士》(第二、三联末画一)　此等缘近六朝之习,粘处不合调耳,无足怪也。然吟之乏趣,不可为训。
　　王绩　《野望》　字字题神,一结有不尽之感。
　　王勃　《铜雀妓》　毕竟不同。
　　《别薛华》　一二写穷途,笔力甚矫。承此,三四令人一唱三叹。
　　《麻平晚行》(第二三联失粘,薛雪于二三中间画一)　贱性最不喜此等。既不协音,何以入律。
　　《郊兴》(一二联失粘,中画一)　六朝陋习。不协律何以为律?在彼时,原不是律诗,后人自误也。
　　骆宾王　《在狱咏蝉》　通体名作,五六尤佳。
　　刘允济　《怨情》　全不似律。谚云"强舌根,两头蛮",蓝青官话是也。
　　王无竞　《巫山》　如此等诗,深得风人之旨。○婉娈逐裹王　"娈"字误。○(王尚辰曰:)娈,力衮切,《诗》"婉兮娈兮",婉娈,美好貌,一瓢作平声误矣。
　　陈子昂　《晚次乐乡县》(一二联失粘,中画一)
　　《送客》　杨柳春风生　"春"字不妨。"南"字却来不得也。
　　《送客》(三四两联失粘,中画一)

238

《送著作郎佐郎崔融等从梁王东征》(三四两联失粘,中画一)

杜审言　初唐惟此公可学。○律体直至此君方始纯粹,他人浑不是也。

《和韦承庆过义阳公主山池》其二　鹿麋衔妓席　"衔"字误。

其三　锺惺云:"必简数诗,开诗家齐整平密一派门户,在初唐,实亦创作。"锺老知言。

李峤　《送李邕》　落日荒郊外,风景正凄凄。(此联失对,薛雪于两句中画一)一作:"风景正凄凄,荒郊落日低。"

宋之问　《江亭晚望》　晚归沙有迹。　晚望。

崔湜　《婕妤怨》　妙在一气呵成,不贾推敲,情致宛转。

张说　《幽州夜饮》　正所谓可以怨。

《岳州宴别潭州王熊》　丝管清且哀,一曲倾一杯。　一作:"一曲倾一杯,管弦清且哀。"

张九龄　《晨出郡舍林下》　复见林上月。　一"上"字犹是积习未除。

《园中时蔬尽皆锄理……遂赋二章》　如此等诗,全失风人之意,切不可学。

《初发曲江溪中》　不减前作(《春江晚景》),后半稍拙。

胡皓　《蔡起居山亭》　垂露和仙药。　"垂"字误。

《送友人尉蜀中》　此等作最妙。

孙逖　《送越州裴参军克使入京》　用韵不稳,故不入律。

卷末　乾隆癸酉除夕,烧烟点读一过。扫叶老人,时年七十有三。

(王尚辰:)吴门薛征君雪,字生白,号一瓢,诗出叶已畦,书仿东坡,写墨兰亦精妙。长托于医,得食以养二人。后母氏年既高,晨夕侍奉。有司欲荐之出,不应。与沈归愚尚书、哀简斋大令交最密。所著有《扫叶庄诗稿》。是编为老年点定订,评论精当,目光心力直接古人。尝见其自题画兰句云:"我自挥毫写《楚辞》,如何人唤作兰枝?风晴雨露君看遍,一笔何尝是画师。"可以觇其襟抱矣。

卷二

后生学诗,毕竟当以盛唐为则,初唐非不佳,无奈章法声调不脱六朝习气,古诗不妨,近体则不可,盛唐法律已备,无美不具也。

玄宗皇帝　《经鲁祭孔子而叹之》　锺惺云:"八句皆用孔子实事,不板不滞不砌,人不可以无笔。"　锺老知言。

刘昚虚　《江南曲》　徘徊双明珰。　"双"字,一本作"弄"字。"弄"字佳于"双"字。

《寄江滔求孟六遗文》　在日贪为善,昨来闻更贫。　"在日"二句无限委曲。"贪"字炼得新奇,故妙。

《贬乐城尉日作》　五六有风人之旨,可以怨也。

储光羲　《霁后贻马十二巽》　渐脱初唐,渐觉整齐。

《题山中流泉》　第七映带第二作结,律法细密。

《寻徐山人遇马舍人》 如此等虽犹带初唐声调,然已正盛唐格律矣。

《答张田舍》 前脱初唐,后开中唐,凡属风气,先有朕兆,迤逦而来,不可强也。

王维 《从岐王过杨氏别业应教》 兴来啼鸟缓 "缓"一本作"换",一本作"唤","唤"字佳。

《早朝》 此诗似有所谏。

《酬虞部苏员外过蓝田别业不见留之作》 锺惺云:"后四句似不沾题,映带蕴藉,妙在言外,此法人不能知。" 此老知说不着。〇后四句立言不肯落庸境,以致于题不相发也。

《送丘为落第归江东》 千回百折,一气呵成,乃有此作。

《送孟六归襄阳》 锺惺云:"极真极厚,不作一体面勉留套语,然亦愤甚,特深浑不觉。" "愤甚"二字知言。

《初出济州别城中故人》 一二直写,三四自应如此周匝,不则怨矣。

《登裴秀才迪小台》 学得此诗,头头是道。

《过香积寺》 三四是未到寺中语,五六是已到寺中语。

《秋夜独坐》 平生最怕读此诗,不知何意,忽忽又欲读之。

孟浩然 《同卢明府饯张郎中除义王府司马》 贤王甲(原注:一作"邸")第开 "甲"字响。

《与诸子登岘山作》 此诗妙在通体无粉色,又妙在通体高古,所谓悲慨者,此也。

《游精思观回王白云在后》 锺惺云:"一首陶诗,却入律中,妙妙。" 律诗致此方称入格,锺老究竟外行语也。

《过故人庄》 此首章法极整,且绰然有余。

《永嘉上浦馆逢张八子容》 廨语邻蛟室 "蛟室"恐当作"鱼"旁为是。

李颀 《寄镜湖朱处士》 锺惺云:"律诗带古,惟盛唐诸人能之,如小楷兼隶法也。太白五言律,编诗者多入古诗内,皆不达盛唐诗法之过。" 此言雅是,然非盛唐人有心拟古,不可印定眼目。〇六朝无近体律诗,初唐作近体,犹破六朝之法为之,故不入声调。盛唐从初唐而来,犹未尽洗古调。所以后人编诗,不能深辨古今二体者有之,不是作意要带古也,其时风气未尽也。锺言如此,恐太凿矣。

岑参 《岁暮碛外寄元撝》 宛似短札,故妙。

《送张子尉南海》 君子赠人以言,所以七八二句措辞如此,读者多错会其意。

《初授官题高冠草堂》 可见古人为官仰禄为养,今之为官养在禄外,可叹。

《题虢州西楼》 此诗虽率,坐此病者不少。

《巴南舟中夜书事》 炼字颇工。

崔曙 《奉试明堂火珠》 虽为诗谶,却是名句。

张谓 《送裴侍御归上都》 此公诗温润和平,小得风人之旨。

刘方平 《梅花落》 此格极佳,所差一结气尽。

《秋夜泛舟》 此诗甚佳,三四尤为无敌,真名句也。

殷遥 《山行》 红燕引雏飞 "红"一作"巢"。

史青 《应诏赋得除夜》 颇有禅味,一结更妙。

朱琳 《开缄怨》 三四七八,无人能到。

卷三

李白 屈翁山善学青莲,而笔尖稍有烟火气。

《宫中行乐词(柳色黄金嫩)》 此一结不可学。

又(卢橘为秦树) 此一结必宜学。

又(绣户春风暖) 官花争笑日,池草暗生春。 争宠求媚之情活现纸上。○罗绮自相亲 此"自"字亦用得好,李杜二公皆善"自"字,后惟玉溪生亦善用之。

《送友人》 起首将所别之处一提,随手落出下文,何等充足,何等轻快!不是仙才,谁能如此耶?○送行诗,如此首可谓百法具足者矣。他首亦佳,觉得无出此作之右。

《江夏别宋之悌》 如此等便觉未露端倪,已含中晚。

《夜泊牛渚》 恨古人不见我。

《访戴天山道士不遇》 此首通体有仙气。

杜甫 《春日忆李白》 如此李白岂得令人不忆?引而不舍,将忆字从后半首托出,却从前半发来,亦是一法。"春日"字面竟从诗中点出,甚为简古。杜公之法,其妙如此。

《陪郑广文游何将军山林》 此诗妙在匀趁。

《冬日有怀李白》 智章呼李为谪仙,杜公往往用仙家语赠之。

《月夜》 身在此处,手写彼处,思乡之作,亦是一法。

《春望》 通体所感,皆从首句发源。○无一字落虚,雄浑悲壮处,学者宜细心体会乃得。

《喜达行在所三首(西忆岐阳信)》 己之憔悴,却从所亲眼中看出,死生久矣置之度外也。

又(愁思胡笳夕) 俱是情真意切语,公何尝作诗,不知遂成如此好诗。

又(死去凭谁报) 一起二句真是死灰复然,已下皆是复然后语也。

《收京》 惊天动地之作,自比稷契不为过也。○此诗公早已窥其微矣。

《春赠王中允维》 诗忌议论。五、六二句,议而不议,所以公诗上薄风骚。

《秦州杂诗(东柯好崖谷)》 落日邀双鸟,晴天养片云 "养"字之妙,知之者绝少,前人多是瞎解,不可信。余于闲中得之,始知其妙。○一碧长空,有白云一片,凝然不动,竟日不灭,非能静观者不知也。

《遣怀》 愁眼看霜露,寒城菊自花。(诗末有葛常之云云) "自"字妙,葛云甚是。

《天河》 此宛似初唐。○诗不可无谓而作,况公之诗耶!向后俱有所指者,不必牵合强解,但看我圈句体会可也。

《捣衣》 尽己之为忠。

《萤火》 活画小人身分。

《苦竹》 言无用之材,幸托于此,即加剪伐,亦何敢辞。

《废畦》 与《苦竹》之意略同。

241

《送远》 三、四,十字十点血。

《空囊》 此诗磊落可师。

《铜瓶》 遥想沦落,久已付之无可如何矣,然犹可有取也。

《野望》 此题之作,与王绩对看,便知初、盛之分。

《遣兴》 天远暮江迟 "迟"字无人下得。○"天远暮江迟"学诗者得此五字,终身受用不尽。

《春夜喜雨》 有风人之妙。

《村夜》 诗在题中,思在题外。○如此等最宜师法。

《后游》 一起便掣清题面,三、四再足,便觉有神,结句完固,法律森严。

《草堂即事》 一起一结,无限即事在内。○今人作即事诗者甚多,解得如此作法否?

《赠别何邕》 羁旅之人,见故知而增感,有不可言语形容者,故后解如此。

《鸂鶒》、《花鸭》 此二首忧畏之思,掬出纸上。

《远游》 迷方之人,谁其知之?"似闻",无确信;"问京华",露出圭角也。七、八两句之妙,如此失喜者,忍不住也,妙!

《水槛潜心》 澄江平少岸,幽树晚多花 与王湾"潮平两岸失"同一炼法,各称其题。

《屏迹》 五、六二句写穷途至此,令人思路俱绝,一"从"字一"任"字上得神,不可不省。

《怀旧》 唠唠叨叨,一片真情,昌黎作文,每有此法。○一死一生,泾渭自行,故妙。

《不见》 不但怀之,而且忧之,公之惜李侯至矣。七、八两句有《招隐》之情耳。岂如伪撰《彰明逸事》耶?

《客夜》 天何尝不肯明,自睡不着,毅然谤天,妙绝。

《客亭》 此诗全在第七句,然后见第八句之可痛可悲也。

《悲秋》 家远传书日,秋来为客情 十字一泪染成。

《有感》 微词婉讽,时事可叹。

又(丹桂风霜急) 不用琯,实忌诸王也。忌诸王,实弱国势也。公之救琯,实救国也。公亦黜禄山,逴矣。三、四二句,千古良言。

《滕王亭子》 古墙犹竹色,虚阁自松声 "犹"字"自"字承上句来,故不虚用。

《别房太尉墓》 太尉相业在欲用诸王,以琴棋累之,枉矣。

《禹庙》 堂堂八句,禹功在目。他人岂能辨此!

《旅夜书怀》 平平望去,非公作,更有谁作?

《暮春题瀼西新赁草屋》 久嗟三峡客 "久嗟",何人嗟公,公自嗟耳,哀哉!○此公不得行其道,所闻所见,一片苦心,无人能会。直将结尾十字和盘托出也。

又(彩云阴复白) 此章不知是公嗟世,抑嗟公也,悲夫!

《课小竖锄斫舍北果林枝蔓荒秽净讫移床》 日斜鱼更食,客散鸟还来 不由静观,不得此联。○天涯稍曛黑,倚杖更徘徊 一结十字,不历此境,不知其情。

《滟滪堆》 沈牛答云雨,如马戒舟航　蜀谚有之,堪喻实事。

《洞房》 一、二,宫室萧条,七、八,陵寝荒凉,所以然不敢明言。○唐汝询云云　总叹宫室萧条,陵寝荒凉,不忍明言耳。

《江汉》 片云天共远,永夜月同孤。落日心犹壮,秋风病欲疏　此"日"、"月"字,虽不碍,后学宜推敲之。

《日暮》 风月自清夜,江山非故园　此"自"字下得苦,何也?盖谓下句之苦也。

《向夕》 深山催短景,乔木易高风　浮生可念。

《孤雁》 一气委曲。

《麂》 二首一轴。

《登岳阳楼》 一饭不忘之义。

《哭李常侍峄二首》(青琐陪双入)　情真意挚。

《过故斛斯校书庄》 重在第七句,故有是作。

甲戌正月初五日扫叶老人点阅一过。时年七十又四。

卷四

刘长卿　人知文房为"五言长城",而不知其出于浣花,绝无浣花之形迹。以沉着痛快,一变而为隽永,人不能偏师,仰而攻之也。其为长城,不亦宜乎?

《碧涧别墅喜皇甫侍御相访》　章法楚楚,字字隽永。

《酬张夏》 孤舟且莫去,前路水云深　如此结句,其不大佳!

《穆陵关北逢人归渔阳》　王世贞云:"刘随州,五言长城,如'幽州白日寒'语,不可多得。"　自有近体律诗以来,微随州,吾谁与归?

《送张匦司直归越中》　脱去古意,全成近律,不得不推此公为祖也。别人尚有失律处。

《赴巴南书情寄故人》　直道天何在　"何在"二字,传写之误。

《经漂母墓》 题面写得湛然如水,结写得题意悠然。

《松江独宿》 第二句承第一句,三、四承二句,下解俱承上解。

钱起　此公远不逮随州。

《送元评事归山居》　水宿随渔火,山行到竹扉。寒花催酒热,山犬喜人归　两"山"字宜校。○应是"饥犬"。

郎士元　此公工于起,而拙于结。

《长安逢故人》 马上相逢久　"相逢"当是"别来",宜校。

《石城馆酬王将军》　此首五、六胜于前首五、六(按,前首为《盩厔县郑义宅送钱大》)。第四胜于上句,奈何?

《赠万生下第还吴》　结句拙极。

顾况　诗不在一二警句,要通体无遗恨,乃为入格,如此等是也。○逋翁毕竟不同。

韩翃 《题荐福寺衡岳暕师房》　人皆取三、四,我独取五、六。

包何 《赋得秤送孟孺卿》　幼嗣本不及幼正,选此诗吾不解。

包佶 《对酒赠故人》 即此已胜令兄多矣。

皇甫冉 《送刘兵曹还陇山居》 章法率。

皇甫曾 二皇亦是弟胜。

《秋兴》 独鹤暮何群 一本"何群"作"同群",是。

韦应物 请看左司之作,毕竟不同。愈到收局愈炼,不肯塌冗了事。

《送元仓曹归广陵》 后半甚细,在第七句上醒出,五六不是随笔句也,一结不似落套。始耐人吟咏。

《期庐嵩枉书称日暮无车马不赴以诗答》 聊以代简,亦不率。故妙。

《淮上喜会凉州故人》 浮云一别后,流水十年间 "浮云"二句,至今我闻其吟声,七、八亦然。

卢纶 《酬韦渚秋夜有怀见寄》 露下鸟初定,月明人自闲 此"自"字虽不及浣花,亦下得妙。

《夜中得循州赵司马侍郎书因寄回使》 宛然絮语,语淡而意深。

耿湋 《春日即事》 余昔有"路远愁难尽,囊空仆渐骄"之句,同人极赏。今见拾遗此作,始知同一杼轴也。

李端 《送客赋得巴江夜猿》 三、四太刻意,反成隐语矣。○楚人皆掩泪 "楚"字一作"离"字,佳。

颜维 《酬刘员外见寄》 五、六即绝妙词也。

司空曙 《贼平后送人北归》 他乡生白发,旧国见青山 言无人物也。

《云阳馆与韩绅宿别》 乍见翻疑梦,相悲各问年 痛定思痛也。

崔峒 《江南回逢赵曜因送任十一赴交城主簿》 长处在宛如老妪诉家常,句句带泪而出。

《送薛良使往越州谒从叔》 自然幽雅。

章八元 《新安江行》 五、六略见烹炼,否则一往率成,如何使得?

戎昱 《咏史》 大非风人之旨,诗家仔细,勿以此为口实。

姚伦 《感秋林》 三、四甚佳,下解不称,五律不易作如此。

于鹄 《送客还边》 稍嫌三、四、五、六不换笔法,遂有腐气。

刘郇伯 《早行》 镇静人犹寝,天高月自凉 一作"天高气自凉",为是。○一星深戍火,残月半桥霜 读"一星"二句,始见太原"鸡声"二句不如也。

戴叔伦 《除夜宿石头驿》 一年将尽夜,万里未归人 名句。○通首皆妙。

甲戌春前五日,泊舟娄东,点阅此卷。

卷五

王建 此公长于乐府。

《冬夜感怀》 一夜不闻语,空房惟有灯 鬼气逼人。

《原上新居》 寂寞思逢友,荒凉喜见花 真挚,故妙。

又(近来年纪到) 移石入幽林 "入"一作"贴"字,佳。

《昼居池上亭独吟》 宾客颇有好诗,独选此首,何也?

张籍 《江南春》 瞻前顾后,用以缜密,粗心人不易读得。○必如此,方是佳作。

《律僧》 三、四、五、六,扣定律字,稍觉板腐些。

《宿江店》 一起流利,通体流利。近体必宜如此。

《水》 虚明入远天 只作五字足矣。

《雪溪西亭晚望》 微风细浪,荡漾扁舟之致。○此首饶有佳趣。

贾岛 《哭柏岩禅师》 写留行道影,焚却坐禅身 此二句倒像禅语,其实恶俗。

《送邹明府游灵武》 率意之至,只宜落去,何以选之?

《赠王将军》 马会金镞中 俗。○身有宝刀瘢 俗。

《哭孟郊》 寡妻无子息 俗。○诗随过海船 俗。○斜日下寒天 无谓语。

《送崔定》 秋江待得月 庸。○夜语恨无僧 不成语。

《寄白阁默公》 石室人心静,冰潭月影残。微云分片灭,古木落新干 "残"、"干"两韵俱收得不稳定。

《送无可上人》 此首是真作,五、六固佳,未免用意太刻。

《寄无可上人》 月入草堂秋 只作五字足已。

《雨夜同厉玄怀皇甫荀》 秋钟到梦迟 "秋钟"句内"到"字也,要请教韩公大教乃妥否,则抹矣。

《题李凝幽居》 此首是真作。○此僧一生只有此完全佳作,又蒙韩公订定一字,可称"三十九字诗人"也。

《荒斋》 五、六无谓,七、八恶俗。

《寄钱庶子》 率极。

《忆江上吴处士》 秋风吹渭水,落叶满长安 只作得十个字。

《石门陂留辞从叔谟》 庸俗入选,我所不解。

《怀博陵故人》 村学究语。

《夕思》 我忆山水坐,虫当寂寞闻 庸。庸。

《泥阳馆》 废馆秋萤出,空城寒雨来 只作得十字。

《雪晴晚望》 就不及前首(《秋暮寄友人》)三、四矣。

《暮过山村》 怪禽啼旷野,落日恐行人 此十字自然得妙,下半绝恶矣。○"日"、"月"、"夕"、"烽"、"烟火"。

《鹭鸶》 恶诗之祖。

《宿孤馆》 此首亦是真作,余所斥者,伪作也。人不知之。

张祜 自有诗人风味,不似伪贾岛之恶俗可厌。

《题万道人禅房》 处士系吴人,毕竟不同。若果是清河人,则与范阳人同其草率也。作小传者失考耳。

《题松汀驿》 风雅可挹。

《题金山寺》 先虚唱,后实写,作一小波澜。○此等作法,当令贾岛愧杀。

顾非熊 老夫所○者,诗在字外,故有一联单○一字者。

周贺　贺本浮图,与贾岛同出,故诗笔两人如一出一手,所谓同穴无异土者也。

《入静隐寺途中作》　不是诗料。

《送幻法师》　住久白发出　不成句。〇讲长黄叶深　无谓。〇自已和上出身赠僧人诗俱是俗套话,所以不成诗也。

唐人重科名,视一第如生天,所以惜名节者少,通关节者多,其为恶俗,可鄙,可鄙。

甲戌上元前五日舟过鹿城,灯下读竟此卷。七十四老人寒崖白雪识。

卷六

李商隐　此公诗无一篇不佳,选之与不选,无择无谓,昔有人作《五经节纂》,同一妄也。〇王荆公惟"学杜当从义山入"一语是千古名言。〇玉溪发源于浣花,无奈限于时世,有不可易者。如昌黎"文起八代之衰",至于诗,则不免元和风气也。〇玉溪五言近体无篇不佳,仅选此六首,真不可解也。〇玉溪于风人最近,其蕴藉处,胜于浣花,其忠爱之心,则相向索笑者矣。〇今人惟繁缛琐碎,自以为学温、李,正好未曾梦见温、李者也。温尚不逮李,况于尔等乎?

《落花》　此诗一起,便无人能作,是思维真正微妙法音。〇钟惺云:"俗谓温、李作落花诗,不知何纤媚,讵意高雅乃尔。"　钟老真可名惺矣,一笑。

《夜出西溪》　一篇忧谗畏讥之心,掬出纸上,又蕴藉,真风人之遗也。

温庭筠　《题卢处士山居》　中四句从第二句写得者,此法极便。〇一结之妙,不但能之者少,知之者亦不可多得。

《商山早行》　三、四句世人相习称之,老夫嫌其板实。〇槲叶暗山路,枳花明驿墙　槲叶黑,枳花白,所以写早,字有次序,远取诸物也。

《送人东游》　通体持重整齐,何减大历诸君。

《题造微禅师院》　必有所指,以题禅院兴起耳。〇唯忆湘南雨,春风独鸟归　此非题外作结法也。乃专在此二句惜意抒情耳。

许浑　《寄题商洛王隐居》　描写隐居,安分得情。

《示弟》　中唐卢允言有"少孤为客早"之句,可见为客不是乐事。〇一结应题,章法不弛。

喻凫　《冬日寄友人》　律法不细,缘第六句犯第三句。〇落日一钟深　"落日"二字误。

姚鹄　《晓发》　云居尚有佳者,何独取此?〇两"南"字究竟不佳。

刘威　《冬夜旅怀》　酒无通夜力,事满五更心。　只作得十字。〇"通"一作"终"。

项斯　《题令狐处士豀居》　真率,故妙。

《荆州夜与亲友相遇》　别来何限意,相见却无辞　作得十字是诗。

马戴　《楚江怀古》　猿啼洞庭树,人在木兰舟　诗在字外,故佳。〇云中君不见,竟夕自悲秋　"自"字亦用得妙。

《寄终南真空禅师》　此首一气贯成,章法井井,人所不及。〇有五、六两句,三、四两句始有用处,不然是死煞写景也。

《灞上秋居》 落叶他乡树,寒灯独夜人 最怕两句,此外便没塌煞也。

《将别寄友人》 此以七、八呈五、六之意。

《夕发邠中路却寄舒从事》 鸟栖人独行 夕发。

《春思》 此绝佳,惜不入律。

赵嘏 《东归道中》 草草百年身 惜上句不及。

刘沧 《秋日旅途即事》 五、六得题神,故妙。

刘驾 《早行》 马上续残梦,马嘶时复惊 起法甚妙,乃通首得力处。

李廓 《落第》 贱性最不喜人落第诗,多是不事者,岂是君子哉!

李频 睦川诗为晚唐极当行者,建人至今祀之。

《秦园早望》 燕掠平芜去,人冲细雨来 五六诗中有画。

储嗣宗 储诗本佳,晚唐中一杰也,学者往往失之。

《赠别》 东城草虽绿,南浦柳无枝 三、四于赠别最近风人,晚唐杰作,知之者少。

《经故人旧居》 此诗后解亦佳,三、四不免习气,亦复佳。

于邺 《西还》 此公之诗,可以怨矣。

《孤云》 通体不知是云,不知是人,不知是泪,不知是诗。○因风离海上 不得已。○伴月到人间 徒自苦。○洛浦少高树 无所依。○长安无旧山 无可归。

《过侯王故地》 释氏所云勘破了也,结句之妙如此。

《赠隐者》 飞来南浦树,半是华山云 盛唐之音。

《路旁草》 恶习。○大中风气如此粗率,时势使然,何堪再读!

《江楼春望》 恶习。三、四差可。○已上二首,不类一手所作。

《秋夕闻雁》 一结有余味。

《王将军宅夜听歌》 朱槛满明月,美人歌落梅 一起十字是诗,可惜以下不作矣。率笔乱涂,如何使得耶?害杀十字不少。○既操选笔,必须具眼,不关作者,选手无择故耳。○已上三首,亦复不类。

方干 《镜湖西岛闲居又(世人如不容)》 率意成篇,一挥可就,百余首徒劳纸笔。

许棠 《早发洛中》 树隐上阳遥 一首得五字。

《江上行》 三、四不自然,知炼字不知炼句故也。

《洞庭》 略加烹炼,使尔警策,因此成名。可见文章自有定价。○第五句欠佳。

司空图 表圣本多佳作,仅选一篇,具何肺腑?

《下方》 雨微吟思足,花落梦无聊 千古名句。

李昌符 岩梦诗篇篇令人吟绎不尽。

《书边事》 隐讽穷兵,不详。

《远归别墅》 马省曾行处,连嘶渡晚河 题面清迥。○忽惊乡树出 见惯。○渐识路人多 熟路。○乍归犹似客,邻叟亦相过 乡曲至情。○"毫末无遗恨,波澜独老成。"此二句惟岩梦足以当之。

《夜泊渭浸》 远处星垂岸 近月无星,远则尽见。

《旅游伤春》 曙分林影外,春尽雨声中 千古名句。

《送人游边》 五、六亦非无经济者能到。

周繇 《每望》 五、六佳句也。

《多景楼》 第六句佳句也,结归题面亦好。

又(每日怜晴眺) 三、四佳句也。

卷七

张乔 《送友人归宜春》 前解一气贯注,故妙。

李山甫 此公颇有好诗,不收何也?

杜荀鹤 《春宫怨》 人皆称五、六,吾独取三、四。

《送人宰吴县》 宰人无异术,至论不如清 "人"字当作"民"。

皮日休 此公为吴郡,知重天随子,则为上天守也可知矣,诗之工拙何足论?

郑巢 《春日》 第六乃千古名句。

崔涂 《除夜有感》 此诗亦见《浩然集》,观笔意,非礼山所能,恐仍是浩然之作。○世人称其五、六,我独取三、四。

李洞 此公诗入选,一奇。又选诗多,二奇。浦衣居然选诗,又名英华,三奇。

《送远上人》 如此等诗,何以入选?

罗隐 《秋浦》 法律齐整,声调洪亮,绝无率俗之病。○此诗固佳,但江东岂止此首佳哉?而仅录一篇耶?

刘畋 《晚泊汉江渡》 此之谓率俗也。

韦庄 端己佳章亦岂止此一首耶?

林宽 《哭栖白供奉》 琢诗方到骨,至死不离贫 此等诗,本谓之诗魔。此魔却有魔趣,取其十字,以备别用。

韩偓 《欲去》 致光岂独此篇入彀?

张蠙 《登单于台》 沙漠景象轻轻写尽,全不费力。

孙鲂 《润州金山寺》 本不是选家,选到此公止可也,何必更添蛇足!

卷八

齐己 《剑客》 五、六稍俗。○无秃子气,故佳。

《听泉》 诗忌实写,实写何尝是诗。

无可 《秋日寄厉玄先辈》 秋城忆远山 "秋城"一作"愁城",亦是。

页7b眉批:竟失刻第八页也,非误一页也。

崔仲容 《赠所思》 肠断不经春 "经"一作"禁"。

卷末

岭南诗人推屈翁山、陈元孝、梁药亭,如方蒙章亦皆称大家。王蒲衣颇有诗名,意其生长岭南,必与诸大家相上下,今见此选,去取并非具眼之人,恐非真本,为他人所嫁名者。不然,何选至衲子妇人?尤取短而弃长,甚不可解。偶为点阅一过,作恶数日。

乾隆甲戌始春识于南园扫叶山庄，一瓢老人，时年七十又四。

注　释：

* 本文为国家社科基金重大项目"北美汉学发展与汉籍收藏的关系研究"（18ZDA285）阶段性成果。

〔1〕 舒位《乾嘉诗坛点将录》，周骏富辑《清代传记丛刊》影印光绪三十三年长沙叶氏刊本，明文书局1985年版，第19册第546页。

〔2〕 关于薛雪生平，参见冯金伯《国朝画识》卷十，《清代传记丛刊》第70册第665页；蒋宝龄《墨林今话》卷一，《清代传记丛刊》第73册第58页；赵尔巽等撰《清史稿》卷五百二，中华书局1977年版，第13876页。此《五律英华》卷一末又有王尚辰题跋一则，撮述薛雪生平，亦可参考。

〔3〕〔4〕〔5〕〔6〕〔7〕〔8〕〔10〕 薛雪著，杜维沫校注《一瓢诗话》，人民文学出版社1979年版，第90、123、103、91、91、91、141页。

〔9〕 参见王英志《薛雪〈一瓢诗话〉初探》，《学术月刊》1982年第2期，第52—58页。

〔作者简介〕 韦胤宗，1986年生，亚洲学博士，武汉大学文学院古籍整理研究所特聘副研究员。

《陈恭尹集》（明清别集丛刊）

（郭培忠点校，人民文学出版社2019年版）

陈恭尹（1631—1700）与屈大均、梁佩兰并称为明末清初的"岭南三大家"。本书校点以康熙五十七年陈氏晚成堂刊本《独漉堂集》为底本，参校康熙十三年刻本《独漉堂稿》，另据宣统本增补续篇。又据《独漉堂稿》、《岭南三大家诗选》、《明三十家诗选》、《艺文丛谈》、《陈岩野先生文集》、《选选楼集》以及书法作品等辑补28首诗、19篇文。附录行状、传记、年谱等。本书可谓资料完备的陈恭尹诗文全集。

金兆燕集（清代诗人别集丛刊）

（吕贤平辑校，人民文学出版社2018年12月版）

金兆燕（1719—1791），字钟越，号棕亭，安徽全椒人。清代著名诗人、戏曲家。其诗文创作奇崛雄伟，名震淮扬。本书整理以国子先生全集》四十三卷为底本，包括《棕亭古文钞》十卷、《棕亭骈体文钞》八卷、《棕亭诗钞》十八卷、《棕亭词钞》七卷，总计30余万字，其中古文一百二十七篇，骈体文九十九篇，诗一千三百二十二首，词四百十首，附严长明词二首、王箟高词一首。附录有相关传记、评论资料、主要人物小传。

《全清词·顺康卷》及《补编》拾遗 30 家 280 首
——据唱和诗词总集《素心集》辑补[*]

王 凯

《素心集》不分卷,清孙鋐等撰,康熙三十三年(1694)刻本,三册。每半叶九行,行十九字,白口,单鱼尾,四周双边。现藏于国家图书馆。卷首有张庚、王世纪、卢元昌、张彦之四人序,董含题辞一篇。钤"张庚之印"、"西厓"、"王世纪印"、"朗斋"、"思美庐"、"卢元昌印"、"九上三人"、"彦之字洮侯"、"赘客"、"董含印"、"榕庵"印。是集为清初上海地区著名社团素心吟社的社集,所收作品是素心吟社成员在康熙二十四年(1685)至三十三年间的唱酬之作,共计诗词 1007 首,包括诗 701 首,词 306 首,涉及唱和活动 36 次,唱和人员 91 人。在这 306 首词中,有 26 首已被《全清词·顺康卷》(下简称《顺康卷》)[1]及《全清词·顺康卷补编》(下简称《补编》)[2]所收,其余 280 首均未被收录。今拟对这 280 首词作一梳理,以供学林采择。文章分三部分,第一部分"补词",即其人已见《顺康卷》与《补编》,而词作仍有遗漏;第二部分"补人",即《顺康卷》与《补编》失收之词人,而这些人实有词作传世;第三部分考究该集词作失收之原因。限于篇幅,词作均只列词目,不录全文。

一、补词

(一)林企佩(《顺康卷》第十七册 9759 页),31 首

《素心集》存其词 32 首,《梦横塘》(风吟败叶)1 首另存于《青浦诗传》,《顺康卷》据收。现据《素心集》补 31 首。

《望江南》20 首,词目依次为《青溪即事》(青溪好,残腊饯朝寒)、(青溪好,灯火闹元宵)、(青溪好,阵阵卖饧风)、(青溪好,挨近百花朝)、(青溪好,相约浴兰汤)、(青溪好,四月会城南)、(青溪好,竞渡淀湖滨)、(青溪好,避暑唤游船)、(青溪好,新祀小姑神)、(青溪好,钉饳劝先尝)、(青溪好,蓉蟹糁红虀)、(青溪好,泽国最宜秋)、(青溪好,鞭柳记重阳)、(青溪好,廿里剪吴淞)、(青溪好,万卷拥残书)、(青溪好,约趁嫩晴凉)、(青溪好,最是小春天)、(青溪好,渔火杂星多)、(青溪好,游宴记相从)、(青溪好,百里系相思)。

按:作于康熙三十一年(1692)前后,为与素心吟社诸君的唱和之作。本次唱和有 15 人

本文收稿日期:2021 年 4 月 6 日

参与,以《望江南·青溪即事》为题,陆祖麓24首,陆纬8首,王维汉20首,王毓任12首,林企佩20首,孙鐩8首,陈坦10首,邵崑10首,唐璟10首,孙鋐24首,雷左才10首,黄朱苐10首,雷维馨10首,王穆10首,叶承任10首。凡196首。[3]

《御街行》3首,词目依次为《张子天农见示生朝词和赠》(寒蛩切切吟荒砌)、《秋感仍用前韵》(纷纷落叶空堆砌)、(野花昨夜飘残砌)。

按:作于康熙二十五年(1686)秋,为与素心吟社诸君的唱和之作。本次唱和共有4人参与,张德纯生日,用范仲淹《御街行·秋日怀旧》韵,作《生朝用范希文韵》3首,后又作《哭姊仍用前韵》2首。其余3人次其韵和之。孙鋐作《张子天农见示生朝词和赠》3首,王毓任依前题作3首,林企佩依前题作1首,又另作《秋感仍用前韵》2首。

《满江红》1首,词目为《泛泖,用迦陵词韵》(千尺寒涛)。

按:此词作于康熙二十五年秋,为与素心吟社诸君的唱和之作。本次唱和有9人参与,依次为范超、王灏、王毓任、林企佩、潘肇振、孙鋐、袁载锡、张德纯、黄朱苐。范超用陈维崧《满江红·梁溪顾梁汾舍人过访赋此以赠兼题其小像》韵,作《满江红·泛泖,用迦陵词韵》,其余8人依其题次韵和之,皆作《泛泖,用迦陵词韵》,各1首。

《沁园春》4首,词目依次为《咏蟹》(尔亦何为)、《咏鲈》(歌罢沧浪)、《咏芡》(淮汜之滨)、《咏莼》(久勒图经)。

按:作于康熙二十七年(1688)秋,为与素心吟社诸君的唱和之作。本次唱和有10人参与,依次为范超、王灏、邵崑、孙鋐、黄朱苐、林企佩、唐琯、张德纯、汪仕桢、潘肇振。由范超首唱,作《沁园春》词4首,分咏蟹、鲈、芡、莼四物,其余9人依其题各作4首和之。

《惜余春慢》1首,词目为《送春日与孙雪窗书》。

按:作于康熙三十一年(1692)春,为林企佩、孙鋐的唱和之作。林企佩以词代柬,先作《惜余春慢·送春口与孙雪窗书》1首,孙鋐次其韵作《答林北亭书》回赠。

《春风袅娜》2首,词目依次为《与盛悔亭、孙雪窗夜话》、《送别悔亭》。

按:作于康熙二十六年(1687)仲春,为与素心吟社诸君的唱和之作。本次唱和共有6人参与,依次为柏古、盛晋、陈坦、孙鋐、黄朱苐、林企佩。是年春仲,栢占与盛晋等5人于优昙庵小憩,栢古用丁炜《春风袅娜·暮春,汪悔斋蛟门东川招集邸斋话别》韵,先作《春风袅娜·春仲,同盛悔亭、孙雪窗、林鹤招、黄奕藻、陈平夫南郭晚步,小憩优昙庵即事,用紫云词韵》[4]1首,盛晋、陈坦、黄朱苐三人次其韵各和1首,林企佩和2首,孙鋐和4首。

(二)邵崑(《顺康卷》第十八册10673页、《补编》第三册1809页),6首

《素心集》存其词16首,《望江南·青溪即事》(青溪好,小暖及春晴)、(青溪好,雨过晚凉移)、(青溪好,雅事趁时新)3首另存于《青浦诗传》,《顺康卷》据此收。《望江南·青溪即事》(青溪好,忆得是新年)、(青溪好,月色近元宵)、(青溪好,时节正端阳)、(青溪好,正是早秋天)、(青溪好,城市又中秋)、(青溪好,帘幕护霜风)、(青溪好,除夜巧安排)7首另存于光绪《青浦县志》,《补编》据此收。现据《素心集》补6首。

《望湘人》1首,词目为《午日夏至》(正麦寒乍减)。

按:作于康熙二十八年(1689)夏,为与素心吟社诸君的唱和之作。时15人参与:陈坦、陈尹、范超、邵崑、袁载锡、曹泓、雷维馨、孙鐩、王毓任、唐璟、孙鋐、高以照、张德纯、黄朱苐、

汪仕桢。由陈坦首唱,作《望湘人·午日夏至》1首,其余14人依其题和之,各作1首。

《沁园春》4首,词目依次为《咏蟹》(候潮往来)、《咏鲈》(邺下多波)、《咏茭》(鸥渚移根)、《咏莼》(吾爱吾吴)。

《瑞鹤仙》1首,词目为《瑞鹤仙》(金茎花正放)。

按:作于康熙三十一年(1692)秋。是年十月,许尧衢婚礼,素心吟社诸君俱作"花烛词"相赠。本次征诗活动共有28人参与,依次为陆庆臻、陆广、程化龙、朱衮、杨烈、王原、范超、王毓任、陈旭照、陆纬、汪文辉、邵崑、陆祖麓、袁载锡、唐璟、孙鉉、唐瑗、叶承任、黄弘宪、王穆、唐琯、方大礼、冯王献、黄朱苐、王维汉、潘肇振、雷维馨、蒋廷梅。他们或作诗,或填词,皆以"花烛"为主题,但用韵、用调多不相同。28人共得诗词37首。

(三)唐璟(《顺康卷》第十九册10863页),11首

《素心集》存其词12首,《望湘人·午日夏至》(想柳眠堤上)1首另存于《青浦诗传》,《顺康卷》据此收。现据《素心集》补11首。

《望江南》10首,词目依次为《青溪即事》(青溪好,闲与话街坊)、(青溪好,忆得上元城)、(青溪好,何处记相同)、(青溪好,纤手尽松轻)、(青溪好,胜景一时新)、(青溪好,佳味及秋尝)、(青溪好,秋月又东风)、(青溪好,机杼万家催)、(青溪好,说着便生春)、(青溪好,团坐说椒樽)。

《传言玉女》1首,词目为《传言玉女》(宝镜夌开)。

按:康熙三十一年(1692),许尧衢婚礼,作该词赠之。[5]

(四)孙鉉(《顺康卷》第十册6022页),35首

《素心集》存其词41首,《满江红·泛泖,用迦陵词韵》(杨柳村边)、《望江南·青溪即事》(青溪好,泽[6]国挂帆时)、(青溪好,往迹两佘峰)、(青溪好,游兴几曾赊)、(青溪好,北望海潮浑)、(青溪好,秋月满庭梧)6首另存于《青浦诗传》,《顺康卷》据此收。现据《素心集》补35首。

《望江南》19首,词目依次为《青溪即事》(青溪好,北郭尽逍遥)、(青溪好,到处好彷徉)、(青溪好,野趣足流连)、(青溪好,前哲最倘佯)、(青溪好,晴日野花香)、(青溪好,杨柳漾薰风)、(青溪好,荡桨唱沧浪)、(青溪好,颐浩水沧茫)、(青溪好,粳稻恰登场)、(青溪好,载酒木兰船)、(青溪好,摩诘最耽吟)、(青溪好,秋色丽南城)、(青溪好,高刹挂长幡)、(青溪好,荡子逐嬉游)、(青溪好,乐部按宫商)、(青溪好,张绪亦风流)、(青溪好,红女遍清闺)、(青溪好,秋兴满城闉)、(青溪好,天马石嶙峋)。

《御街行》3首,词目依次为《张子天农见示生朝词和赠》(梧桐流露摇荒砌)、(悲秋莫把愁城砌)、(欲教蹑屐登阶砌)。

《梦横塘》1首,词目为《询天农病用刘莒溪韵》(酒浇月苦)。

按:作于康熙二十四年(1685)秋,为孙鉉与林企佩、张德纯的唱和之作。孙鉉、林企佩去慰问病中的张德纯,二人用刘一止《梦横塘》(浪痕经雨)韵,各作《询天农病用刘莒溪韵》1首,张德纯作《酬雪亭、寄亭慰病》1首回赠。

《望湘人》1首,词目为《午日夏至》(正薰风帘幕)。

《沁园春》4首,词目依次为《咏蟹》(彼公子兮)、《咏鲈》(芦叶声凄)、《咏茭》(是蕊珠

仙)、《咏莼》(采采移舟)。

《惜余春慢》1首,词目为《答林北亭书》。

《春风袅娜》4首,词目依次为《春风袅娜》(惜春风过半)、(正花娇柳弹)、《花朝邀悔亭、寄亭同作》、《花朝送雪耘归枫泾、悔亭归海上》。

《十二时》1首,词目为《寄陈晓苍和璨蛣词韵》(望天涯)。

按:作于康熙二十六年(1687)秋,为与素心吟社诸君的唱和之作。本次唱和有5人参与,依次为孙鋐、陆纬、王毓任、汪文辉、张德纯。孙鋐用尤侗《十二时慢·观猎》韵,先作《寄陈晓苍和璨蛣词韵》(望天涯)1首赠陈旭照,其余4人次其韵、依其题各作1首。

《于飞乐》1首,词目为《于飞乐》(蕊珠宫开)。

按:康熙三十一年(1692),许尧衢婚礼,作该词赠之。孙鋐另作《催妆诗》(青螺为髻玉为台)、(乌衣巷里管弦齐)。

(五)黄朱苔(《顺康卷》第二十册11816页),16首

《素心集》存其词17首,《望湘人·午日夏至》(正炎风炙柳)[7]1首另存于《青浦诗传》,《顺康卷》据此收。现据《素心集》补16首。

《望江南》10首,词目依次为《青溪即事》(扬帆处,横泖一溪风)、(寻幽去,蹑屐上崔巍)、(村墟步,绿野遍农讴)、(堪泛宅,鲑菜足湖溃)、(柴门启,节近眼花天)、(青龙镇,遗迹话蕲王)、(河豚上,泖水带风腥)、(秋气爽,把酒兴宁微)、(云间道,钟贾石多顽)、(波千顷,帆挂夕阳低)。

《满江红》1首,词目为《泛泖,用迦陵词韵》(风急秋高)。

《沁园春》4首,词目依次为《咏蟹》(渔火村村)、《咏鲈》(在藻依蒲)、《咏芡》(浅浅揉蓝)、《咏莼》(狄老青疏)。

《春风袅娜》1首,词目为《春风袅娜》(对拍翻舞蝶)。

(六)雷维馨(《顺康卷》第十五册8669页),9首

《素心集》存其词11首,《望江南·青溪即事》(探芳信,雪霁紧东风)、(寻春去,好趁冶游天)2首另存于《青浦诗传》,《顺康卷》据此收。现据《素心集》补9首。

《望江南》8首,词目依次为《青溪即事》(登城望,峦翠湿衣襟)、(闺中课,轧轧午鸡啼)、(城濠步,指点景偏饶)、(寻乡味,飞跃与山蔬)、(兰桡发,炎暑却非难)、(横云路,片席挂秋风)、(朱溪上,高阁敞清华)、(郊原外,樯橹绕城壕)。

《望湘人》1首,词目为《望湘人·午日夏至》(正鸾闱佩彩)。

(七)张德纯(《顺康卷》第十八册10447页),11首

《素心集》存其词13首,《满江红·泛泖,用迦陵词韵》(谷接华亭)、《望湘人·午日夏至》(是仙蒲㗖酒)2首另存于《青浦诗传》,《顺康卷》据此收。现据《素心集》补11首。

《御街行》5首,词目依次为《生朝用范希文韵》(离离菊蕊香分砌)、(长空漠漠寒烟砌)、(霜雕柿叶红堆砌)、《御街行·哭姊仍用前韵》(斑斑堕血枫摇砌)、(深宵络纬鸣寒砌)。

《梦横塘》1首,词目为《酬雪亭、寄亭慰病》。

《沁园春》4首,词目依次为《咏蟹》(小字蟛蜞)、《咏鲈》(潜慕渊深)、《咏芡》(百子池头)、《咏莼》(非雾非花)。

《十二时》1 首,词目为《寄陈晓苍和璪蛣词韵》(忆当筵)。

(八)王灏(《顺康卷》第十二册6751页),5 首

《满江红》1 首,词目为《泛泖,用迦陵词韵》(欲荡秋悲)。

《沁园春》4 首,词目依次为《咏蟹》(郭索蹒跚)、《咏鲈》(弹铗归来)、《咏茭》(水溢金塘)、《咏莼》(霜渚抽英)。

(九)潘肇振(《顺康卷》第十五册8670页),4 首

《素心集》存其词 5 首,《满江红·泛泖,用迦陵词韵》(断堑连天)1 首另存于《青浦诗传》,《顺康卷》据此收。现据《素心集》补 4 首。

《沁园春》4 首,词目依次为《咏蟹》(咨汝介虫)、《咏鲈》(秋到莼乡)、《咏茭》(向日花开)、《咏莼》(散雾湖凉)。

(十)盛晋[8](《顺康卷》第十七册9919页),1 首

《春风袅娜》1 首,词目为《春风袅娜》(记寻花拍蝶)。

二、补人

(一)陆祖麓,25 首

陆祖麓,字次梅,亦作紫湄,号鲈乡,江苏华亭(今属上海)人。清康熙十四年(1675)诸生。[9]著有《鲈乡集》。

《望江南》24 首,词目依次为《青溪即事》(青溪好,风景是新年)、(青溪好,三月赛神忙)、(青溪好,水涨鳜鱼肥)、(青溪好,人向细林游)、(青溪好,春暖昼初长)、(青溪好,立夏景初幽)、(青溪好,膏壤遍桑麻)、(青溪好,重九快登临)、(青溪好,小馔最堪夸)、(青溪好,曙色散城鸦)、(青溪好,争说辋川庄)、(青溪好,重到小金山)、(青溪好,玉律动新年)、(青溪好,二月是花朝)、(青溪好,三月艳阳时)、(青溪好,四月景清和)、(青溪好,五月戏龙舟)、(青溪好,六月日长时)、(青溪好,七夕景偏佳)、(青溪好,八月露华浓)、(青溪好,佳节又重阳)、(青溪好,最是小春天)、(青溪好,子月更如何)、(青溪好,腊月不胜幽)。

《洞天春》1 首,词目为《洞天春》(银河低转漏悄)。

按:康熙三十一年(1692)许尧衢婚礼,作该词赠之。

(二)陆纬,10 首

陆纬,字星聚,号婳轩,江苏青浦(今属上海)人。县学廪生,数试不遇。工诗古文,彭开祐"联文会于大雅春藻堂,以纬为翘楚"。[10]晚年隐居于佘山西麓寻乐山房,年六十六卒。子陆晟、陆晁具有文名,同为素心吟社社员。著有《中吴轶史》《陶诗注》《婳轩类稿》。

《望江南》8 首,词目依次为《青溪即事》(元宵近,乐事满晴街)、(春将半,晴眺海门高)、(初夏景,麦秀酿微寒)、(薰风度,端午倍喧阗)、(新秋好,鲈鳜又肥鲜)、(中秋节,几处夜香亭)、(小春候,红叶雨丝丝)、(三冬近,密雪正飘扬)。

《十二时》1 首,词目为《寄陈晓苍和璪蛣词韵》(记临时)。

《凤栖梧》1 首,词目为《凤栖梧》(才子高阳斑管丽)。

按:康熙三十一年(1692)许尧衢婚礼,作该词赠之。

（三）王维汉，20首

王维汉，字云昭，昆山人。康熙四十五年（1706），圣驾南巡，行在召试，取中一等人员。[11]

《望江南》20首，词目依次为《青溪即事》（青溪好，点易有高台）、（青溪好，二陆旧时村）、（青溪好，东畲未全荒）、（青溪好，古墓识高风）、（青溪好，萧瑟北来哀）、（青溪好，杉桧不胜情）、（青溪好，佳气郁葱葱）、（青溪好，摇曳杏花风）、（青溪好，高浪拍天浮）、（青溪好，古庙傍荒坟）、（青溪好，九点草堂山）、（青溪好，破屋数间新）、（青溪好，小凤试毛飞）、（青溪好，结得小亭顽）、（青溪好，高阁俯清湾）、（清溪好，结构宛东皋）、（清溪好，近郭有茅堂）、（青溪好，绕屋尽新篁）、（青溪好，人可是袁安）、（青溪好，宗子构名园）。

按：此组分咏家乡青浦附近的20种景物，包括点易台、平原村、顽仙庐、三高士墓、酒瓶山、衣冠墓、嘉树林、杏花村、淀山湖、泖淀里、九峰草堂、陈晓苍（旭照）啸歌茆屋、孙思九（铉）凤啸轩、思九雪亭、黄奕藻（朱苇）爽阁、奕藻东皋草堂、雷吟壑（维馨）芳润轩、唐师蕶（瑗）竹坞、袁心友（载锡）卧雪草庐、君家辋川别墅。以上涉及诸人均为素心吟社成员。

（四）王毓任，19首

王毓任，字东序，华亭人。诸生。[12]

《望江南》12首，词目依次为《青溪即事》（江南忆，最忆古由拳）、（江南忆，三泖泛扁舟）、（江南忆，薛淀喷洪涛）、（江南忆，经阁耸云霄）、（江南忆，古刹忆青龙）、（江南忆，桥忆海门高）、（江南忆，孔墓拜衣冠）、（江南忆，村舍忆金溪）、（江南忆，东郭忆崧村）、（江南忆，胜事辋川收）、（江南忆，五浦大瀼深）、（江南忆，白鹤忆南翔）。

《御街行》3首，词目依次为《张子天农见示生朝词和赠》（桂花和露飘苔砌）、（长空卯色鱼鳞砌）、（五湖波縠纹如砌）。

《满江红》1首，词目为《泛泖，用迦陵词韵》（一叶扁舟）。

《望湘人》1首，词目为《午日夏至》（问罗江此日）。

《十二时》1首，词目为《寄陈晓苍和璪蛄词韵》（问陈琳）。

《菩萨蛮》1首，词目为《菩萨蛮》（暖香和露轻鬖绻）。

按：康熙三十一年（1692）许尧衢婚礼，王毓任用"回文体"作该词赠之。

（五）孙鐩，9首

孙鐩，字罙九，号啸台，青浦人。诸生，例监州同知。[13]

《望江南》8首，词目依次为《望江南·青溪即事》（西泾去，暮景画图看）、（寻胜去，何处好浮槎）、（骑龙堰，风送晓钟愁）、（神山道，开凿费神功）、（荷花诞，柘泽好盘桓）、（潜龙洞，淀岭雾还腥）、（重阳近，烟月好平分）、（秋云淡，皓魄散清辉）。

《望湘人》1首，词目为《望湘人·午日夏至》（见风蒲猎猎）。

（六）陈坦，12首

陈坦，字平夫，青浦人。[14] 与兄陈墅各以诗名，二人均为素心吟社成员。

《望江南》10首，词目依次为《青溪即事》（青溪好，地本是华亭）、（青溪好，山列九芙蓉）、（青溪好，三泖浩无边）、（青溪好，风俗近繁华）、（青溪好，逊凯旧封侯）、（青溪好，佳味可充庖）、（青溪好，明月上元宵）、（青溪好，上巳艳阳天）、（青溪好，长夜暑全忘）、（青溪好，九日景堪描)。

《望湘人》1首,词目为《午日夏至》(正天中佳节)。

《春风袅娜》1首,词目为《春风袅娜》(见舟飞回鹳)。

(七)雷左才,10首

雷左才,字枚一,青浦人。县学生。[15]

《望江南》10首,词目依次为《青溪即事》(登阁望,景色正悠哉)、(寻古渡,郭外树阴中)、(春雨过,佳产趁时添)、(城阙外,烟景画应难)、(郊行去,香韵自盈襟)、(村农喜,赛会值清和)、(春阴好,触景自生情)、(笙歌起,杂剧乱崧村)、(谷雨后,黄紫盛南关)、(人可访,人在辋川头)。

(八)王穆,10首

王穆,字静渊,号云间,江苏娄县(今属上海)人。岁贡,康熙五十一年(1712)至五十九年任西乡县知县。其时,西乡经吴三桂之乱及庸吏苛政,民逃田荒。王穆莅任后,除虎患,广招徕,清理田粮,抑制土豪,实行合理负担,使西乡经济迅速得到恢复。他还倡议筹资修城垣、浚五渠、修建书院、创办义学,士气文风为之一振。曾纂修《西乡县志》《城固县志》。亦擅诗文,部分作品载入《西乡县志》传世。[16]

《望江南》10首,词目依次为《青溪即事》(青溪好,好景在佘峰)、(青溪好,薛淀漾晴波)、(青溪好,风古是朱溪)、(青溪好,丰簏水痕多)、(青溪好,指点杏花村)、(青溪好,江上恣遨游)、(青溪好,幽绝古塘桥)、(青溪好,春色到包庵)、(青溪好,风雅重东南)、(青溪好,处处合梨园)。

(九)叶承任,10首

叶承任,字简在。生平不详。

《望江南》10首,词目依次为《青溪即事》(三吴胜,佳丽五茸城)、(青溪好,泮水镜光浮)、(登临地,一点淀山高)、(江萦绕,白浪蹴蟠龙)、(蒸溪美,墓表濮阳王)、(扬帆去,柘泽亘虹桥)、(繁华处,角镇并双泾)、(寻幽僻,涟水碧波深)、(烟岚耸,尤胜是神佘)、(名胜地,游览正无穷)。

(十)范超,6首

范超,字同叔,号秋柳,青浦人。工诗词,善隶书篆刻,兼通医画。曾作《秋柳八首》,人呼为"范秋柳",与诸嗣郢为忘年交。入国学,应京兆试,为徐乾学、韩菼所欣赏,而"卒无遇合,故自称布衣"[17]。为人"和易洒落,招饮辄往"[18],后以醉酒暴卒,年六十二。族弟范逸亦有才名,二人同居黄渡,并称"黄溪二范"。著有《同叔诗学》。

《满江红》1首,词目为《泛泖,用迦陵词韵》(鼓棹中流)。

《望湘人》1首,词目为《午日夏至》(恰昼长小院)。

《沁园春》4首,词目依次为《咏蟹》(骨相权奇)、《沁园春·咏鲈》(嗟汝鱼乎)、《沁园春·咏茭》(绿刺攒流)、《沁园春·咏莼》(忽荐溪毛)。

(十一)袁载锡,3首

袁载锡,字心友,号南楼、卧雪,青浦人。生而颖异,陈麐、诸嗣郢皆目为"神童"。汤斌、于成龙、靳辅皆以"国士"目之,欣赏甚至。父亲病故后,服丧三年,不曾见齿,丧母亦如之,乡人皆称其孝。[19]康熙四十七年(1708)举人,明年取内阁中书舍人,改江都教谕。后卒于任上,年七十九。著有《见闻庞记》、《奏云堂诗钞》。

《满江红》1首,词目为《泛泖,用迦陵词韵》(击汰扬舲)。

《望湘人》1首,词目为《午日夏至》(看榴花喷火)。

《菩萨蛮》1首,词目为《菩萨蛮》(镜开奁影妆云鬓)。

按:康熙三十一年(1692)许尧衢婚礼,袁载锡用"回文体"作该词赠之。

(十二)陈尹,1首

陈尹,字莘野,号云樵,青浦人。少时从学于华亭李藩。工诗词,尤擅丹青,以画人物、山水、花鸟为长,"初甚工细,后入疏老,有青出于蓝之目"[20]。王原评其画:"前无十洲,后无章侯,可入神品。"[21]有石刻孔子《圣迹图》。陈尹绘画之技,后为蒲谷、陈炳、金曜三人所传。

《望湘人》1首,词目为《午日夏至》(恨湘流到此)。

(十三)曹沄,1首

曹沄,字霞城,号仙客,居纪王镇(今属上海)。府庠生。精研于《易》,工诗,"人有丐其诗者,以佳酿招之,必往,往必醉,醉则百篇可立成"[22]。为人落拓不羁,不事生产,曾周游南北各地。晚年厌世,隐居梵刹。年近七十,赴吟社,酒醉堕水而卒。著有《仙客诗》。

《望湘人》1首,词目为《午日夏至》(笑蒲塘鸳浴)。

(十四)高以照,1首

高以照,字王受,一作王绶,号湛然,青浦人。诸生。[23]

《望湘人》1首,词目为《午日夏至》(忆从前端午)。

(十五)汪仕桢,5首

汪仕桢,一作汪士桢,字宁依。生平不详。

《望湘人》1首,词目为《午日夏至》(乍蒲泛红卮)。

《沁园春》4首,词目依次为《咏蟹》(托处蟫堂)、《咏鲈》(归去来兮)、《咏芡》(一片雷池)、《咏莼》(雨没凫头)。

(十六)唐瑄,4首

唐瑄,字来虞,一作莱嵎,号怡斋、复堂,青浦人。雍正元年(1723)举人。七年应浙江闱聘,官当涂教谕、太平府教授。与兄唐璟、唐瑗皆有文名。康熙三十年(1691)仲夏,唐瑄与璟、瑗共举素心吟社,"放舟小镜湖,分赋五言古二章,同社者十九人,璟为之跋"[24]。著有《老子注》、《庄子集解》、《怡斋唱和集》、《冬荣居诗稿》。

《沁园春》4首,词目依次为《咏蟹》(曾戴狼铠)、《咏鲈》(自古相传)、《咏芡》(春户前身)、《咏莼》(菰米沉云)。

(十七)汪文辉,2首

汪文辉,字藻六,一字韦轩,青浦人。[25]

《十二时》1首,词目为《寄陈晓苍和璜蛣词韵》(正衔杯)。

《侍香金童》1首,词目为《侍香金童》(绣縠雕鞍)。

按:康熙三十一年(1692)许尧衢婚礼,作该词赠之。

(十八)程化龙,1首

程化龙，字禹门，一字从王，号念劬，休宁籍，移居青浦。少失怙，以孝闻。从学于王九徵。康熙九年(1670)进士，授内阁中书舍人。不久，以事谪归。兄含文殁于广东，"化龙往寻骸骨于蛮山瘴水间，不得招魂设祭，闻者哀而义之"[26]。从叔周量，兵乱卒于官，出赀治丧而还。年七十卒。著有《开卷楼新旧稿》。魏学渠云："禹门《闽粤游草》，体无不备，而眷令之思，宿草之慕，二篇中三致意焉。"[27]邓汉仪云："禹门容貌词气，蔼若春风，固山巨源、刘真长一流人。其诗上者真挚，次亦轻脱圆美，风格在右丞、随州间。"[28]

《柳梢青》1首，词目为《柳梢青》(海内英才)。

按：康熙三十一年(1692)许尧衢婚礼，作该词赠之。

(十九)王原，1首

王原(1646—1729)，本姓蔡，初名深，字仲深，又字令诒，号学庵，晚号西亭，青浦人。幼聪颖，十二三岁即能古诗文。康熙二十六年(1687)中举。二十七年中进士，未及用，从刑部尚书徐乾学修《一统志》。三十三年，任广东茂名知县，补贵州铜仁县。四十一年，行取试授工科给事中，"益抒所学以为敷奏，遇事抗论，不避豪贵"[29]。王原早岁受业于陆陇其、汤斌之门，"精研理道，一以濂洛为宗"[30]。罢归后，领袖骚坛，"郡中为古学者皆折衷焉"[31]。生平著述繁富，有《学庸正诠》、《论孟释义》、《历代宗庙图考》、《西亭文抄》、《学庵诗类》等。

《永遇乐》1首，词目为《永遇乐》(金屋婵娟)。

按：康熙三十一年(1692)许尧衢婚礼，作该词赠之。

(二十)蒋廷梅，1首

蒋廷梅，字西清，一字汝和。生平不详。

《临江仙》1首，词目为《临江仙》(妆阁春浓明月上)。

按：康熙三十一年(1692)许尧衢婚礼，作该词赠之。蒋氏《临江仙》词后跋云："尧衢社长先生嘉礼伊迩，郡邑先达暨诸同学投赠'花烛词'，领异标新，何异天孙云锦。余不揣固陋，缪附数言，续貂贻诮，奚堪雅唱。正所谓'载布鼓而过雷门'，殊愧其勿任也。幸有以教之。壬申小春上浣，同学教弟蒋廷梅顿首跋。"[32]

三、失收原因

《顺康卷》与《补编》失收《素心集》30家280首词作之原因，大抵有三个方面。

第一，《全清词》编纂所涉文献浩繁，工程极大，仅别集一类，《清人别集总目》[33]就著录了近两万人的约四万部诗文集。再加上总集、选集、方志、笔记、家乘等，任何一类，都是一个庞大的数量。短时期内，"网罗放佚，使零章残什，并有所归"[34]殊非易事，不免有遗珠之憾。

第二，与《素心集》结构及流布有关。《素心集》是一部诗词混合型唱和总集，共三册，前两册皆为诗，第三册为诗词合编，且诗词杂糅于一起，若不细加辨别，极易被误判为一部仅有诗作的唱和诗总集。此外，传世的《素心集》目前仅见国家图书馆，或为孤本。学界并无专门研究《素心集》的著作或论文，其他文献也罕有涉及。

第三，与清代唱和及唱和诗词总集不彰的文学史地位有关。唱和素来不为学界所重，由唱和孕育而成的唱和诗词总集也被忽视。据笔者近年从事"明清唱和诗词集整理与研究"所考,有清一代唱和诗词总集数量约八百种。可是因为传统偏见,却鲜有人扎根这一领地拓荒,以致其文献整理与研究存在巨大缺憾。这间接导致了《全清词》失收。李桂芹《从唱和词集为〈全清词·顺康卷〉补目》[35]辑补词作 274 首,也是有力印证。就经眼的清代唱和诗词集来看,顺康、雍乾、嘉道、咸同、光宣各个时期都不乏《素心集》般诗词混合型唱和总集,其间零星夹杂部分词作,累积起来不在少数。鉴于此,今后《全清词》的编纂与补遗,应充分重视唱和诗词总集的文献价值,加大摸排与考察力度。惟此,方能成就更"全"的《全清词》。

注　释:

* 本文系国家社科基金重大项目"明清唱和诗词集整理与研究"(17ZDA258)阶段性成果。
[1] 《全清词·顺康卷》,中华书局 2002 年版。
[2] 《全清词·顺康卷补编》,南京大学出版社 2008 年版。
[3] 下列各家《望江南·青溪即事》创作时间与背景,皆同此处,不另作说明。文中他处遵此体例。
[4] 该词已收入《顺康卷》,第二册,第 910 页。
[5] 详情见邵崟部分,下文同。
[6] 《顺康卷》作"择",见第十册,第 6022 页。
[7] 《顺康卷》作《望湘人·午日立夏》,见第二十册,第 11816 页。
[8] 盛晋,即《顺康卷》所载之"盛兆晋",字宾三,号悔亭,松江人。见第十七册,第 9919 页。
[9][12][13][14][15][23] 姜兆翀编,上海市松江区博物馆编校《松江诗钞》,上海书店出版社 2019 年版,第 444、451、498、872、532、523 页。又,该本《松江诗钞》将高以照字"王受"作"壬受",疑误。
[10][26] 乾隆《青浦县志》卷二十九,第 26、12—13 页。
[11] 《圣主五幸江南全录》,第 28a 页。
[16] 西乡县文史资料委员会编《西乡县文史资料》第六辑,第 187—188 页。
[17][24] 光绪《青浦县志》卷十九,第 24、26 页。
[18][19] 乾隆《青浦县志》卷三十,第 7—8、10 页。
[20][21] 乾隆《青浦县志》卷三十一,第 3、3 页。
[22] 嘉庆《嘉定县志》卷十五,第 52b 页。
[25] 汪文辉生平不可考,但孙鋐曾将汪氏列作"吾邑中人",可知汪氏亦为青浦人。参见王昶著,周维德校点《蒲褐山房诗话新编》,人民文学出版社 2011 年版,第 265 页。
[27][28] 王昶《青浦诗传》卷十八,清乾隆五十九年刻本,第 14b、14b 页。
[29] 王原《西亭文抄》,清光绪十七年不远复斋刻本,第 1 页。
[30] 王昶《春融堂集》卷六十四,清嘉庆十二年刻本,第 11b 页。
[31] 乾隆《江南通志》卷一百六十六,第 9 页。
[32] 孙鋐《素心集》,清康熙三十三年刻本,国家图书馆藏。
[33] 李灵年、杨忠《清人别集总目》,安徽教育出版社 2000 年版。
[34] 《四库全书总目》卷一百八十六集部三十九·总集类一,第 1685 页。
[35] 李桂琴《从唱和词集为〈全清词·顺康卷〉补目》,《殷都学刊》2008 年第 2 期。

〔作者简介〕　王凯,男,1992 年生,河南鹤壁人,上海大学文学院博士研究生。研究方向为明清诗词唱和。

上海图书馆藏姚光稿本《倚剑吹箫楼诗话》十则

刘慧宽

姚光(1891—1945),一名后超,字凤石,号石子,又号复庐。江苏金山县(今上海金山区)张堰人,是近现代著名的文学家、革命家、藏书家和地方志编纂家。姚氏为高燮(高吹万)之甥,是南社首批社员之一。1918 年,姚光继柳亚子主政南社,时人以"前有柳亚子,后有姚石子"誉之。著作有《浮梅草》、《荒江樵唱》、《倚剑吹箫楼诗集》、《复庐文稿》等,经后人编辑为《姚光全集》(社会科学文献出版社 2007 年版)。上海图书馆藏有稿本《倚剑吹箫楼诗话》一卷,据考当为姚氏晚年结集并手录。《姚光全集》未收。张寅彭《新订清人诗学书目》、蒋寅《清诗话考》等诗话书目皆未著录。该稿名为诗话,实为诗词合评。除了姚氏族人、南社诸同志以及部分革命烈士的诗词作品外,诗话还保存了清代及民国时期诗文名家如吴梅村、龚自珍、陈蜕等及其亲眷、特别是女眷的诗词佚文。作者阅读交游广泛、视野开阔;征引文献来源明确、脉络清晰。此稿对书籍版本、藏家藏址、异文轶事乃至印章排布均有详细交代,是一部兼具文学、史学和文献学意义的诗话作品。据考证,稿本《诗话》前十五则曾刊于《太平洋报》(1912 年 5 月 28 日—8 月 26 日)。而后十则由于时间跨度长(最晚一则写于 1940 年),从未完整刊布。此十则除了评点诗文名家与姚氏友朋作品之外,还对朱彝尊的《风怀》诗做了详细考辨;同时收录了宋本《苏诗施顾合注》的二篇跋文,具有显著的文献价值。值得一提的是,诗话所载姚氏与革命同仁的长篇联句作品,对考察晚清革命文人的心态及其活动方式亦有帮助。作者还辑录了晚清数学家李善兰的多篇诗词作品,爱见"学问中自有性情"。兹经点校整理,以备学界同仁取资。

一

陈蜕盦先生诗文俊逸绝伦,遗稿甚富,以诗为尤夥,近方编辑络续付印。其夫人暨女公子亦均多才艺,工韵语。兹得其零章断句,为记于此。元配袁氏善隶书,临韩勑碑能得其意,遗句有"情怀春最恶,风雨夜偏长",又"碧窗明月落,天气晓来寒"。《诀绝词》云:"莫把闲情付别人,他生要作再来身。"继室庄氏性妙悟,通音律,能撅笛,不择好竹而音韵自异。偶习书画,出笔婉秀。年二十二即卒。有绝句一首云:"翠色满山眉懒画,一池春水似衫痕。若将人

本文收稿日期:2021 年 5 月 29 日

力天工比，花样何须日日翻。"长媛撷芬女士当海上《苏报》案起，先生入狱，女士至公堂力争。早以能言时务蜚声，兼善诗词书画，所作八分隶恪守汉魏人家数。有《题桃溪雪传奇》云："三十里坑花落处，比将桃雪更何如。衣冠多少和戎辈，可有闲情读此书。"又为其师潘兰史妇梁佩琼夫人《飞素阁遗集》署签，而题于签侧一绝云："南天风雨送香来，始叹闺中有此才。偏是好花都早落，东皇何用教花开。"又自撰楹联书寄兰史香港云："我欲喜浮海之从，愧非仲氏；师既以无类为教，肯让随园。"其余所作不多见，凡此所记，当亦知先生者所欲知也。

二

文雪吟先生名浚，湖南醴陵人，蜕庵友也。余等创国学商兑会，蜕庵绍介先生入会，尝称其学有根源。又为余言，先生家在铁江口南竹山，风景至佳，本高赀富室。先生于数十年前即已湛深各科学，以独立开矿，倾其家。民国纪年之年，余访蜕庵海上。蜕庵为绍介得识先生，时年六十有三矣。婆娑白发，与人谈，娓娓不倦，蔼然可亲。言家藏孤本书籍、书画、彝器不少。如《周官礼》《仪礼疑义》各书，天下无第二本，允付会内印行。今蜕庵已作古人，先生亦不知漂泊何处，其所藏法物更不可问矣。思之怅惘无已。检蜕庵遗著，偶得其《蜕庵北上别后寄忆》诗一首，急录存于此。诗云："客中送客难为别，君去思君无已时。车马场前书一卷，春申江上柳前丝。黄金散尽周人急，白璧求沽待价迟。我羡行歌往燕市，片言都作万民师。"

三

忆岁在甲辰，余年十四。在高氏舅家，与南溟、卓庵、平庵及庄君达联句，限七古、顺完七阳百韵。今南溟久作古，其稿亦以为不可问矣。为君深检南溟遗著，忽得以相示，盖其当时录存于日记中也。爰著之于此见一时豪致。诗曰："中原万里余斜阳平。风景不殊萧萧杨南。汉月惨淡胡尘扬石。独有霜菊存孤香达。生来不慕曾湘乡卓。手提日月振国光平。二十世纪民权昌南。警钟撞破燕雀堂石。男儿何用备勋章达。忍看猎网重重章卓。咄哉何物专制王平。民气畏缩如蜗房南。安得自由花开芳石。震旦文明赖以长达。捍御外族如捍塘卓。金瓯破碎带泪妆平。泣麟歌凤亦寻常南。秋风起兮天苍凉石。铁骨百炼经风霜达。毋负七尺身昂藏卓。笑看宝刀向沙场平。客帝兮犹据中央南。曼殊势力大风泱石。同仇莫羡双鸳鸯达。好好锄去非种秧卓。物各为类鱼浅孀平。哀哉亚陆走豺狼南。会入虎穴登胡床石。威加海内振四方达。手搏虏酋裂脑浆卓。收刀立尽一巨觞平。小丑何敢肆跳梁南。女侠亦有公孙娘石。洗净红粉严以庄达。还我正色皇后黄卓。聚米无量成太仓平。合力补天效娲皇南。笑他和平惧武装石。有如狡狐吸脂肪达。寄语同胞作国殇卓。九世大仇奋赞襄平。民族主义腾龙骧南。举世蚩蚩谁与相石。无怪屈原痛投湘达。沉沉恨水白似缃卓。冥心闭户坐空厢平。《心史》一卷出铁箱南。读之刺激心有创石。光复盟言安敢忘达。十年磨剑剑生芒卓。独上昆仑向东望平。朝朝悬胆千回尝南。庶几吾志其可偿石。挥刀直欲就鲨鳇达。破万里浪乘风樯卓。载将万枝毛瑟枪平。冒险谁达纪念坊南。哥伦麦克气括囊石。蛙居盖杀田舍郎达。辟新大陆宁荒唐卓。优胜劣败天行狂平。世界惟有强权强南。彼社会党真侠肠石。梦想大同非小康达。振衣独立千仞冈卓。道虽不遇正气苍平。即今危局多扶匡南。虚无党起破天荒石。独夫胆落食不遑达。森森剑戟空成行卓。断头裂腹云何妨平。铁血洒落飞海棠南。爆裂之弹任翱翔石。狙击何处无张良达。欲渡苦海须慈航卓。瞻彼西方神飞扬平。春秋大义其谁倡南。可恨汉儿为虎伥石。若崩厥角拜氐羌达。弹冠虏朝欢相庆卓。田常窃国齐非姜平。为牛为马走且僵南。我宗船山累名姜石。辣性傲岸脱羁缰达。手持长锄白木擂卓。相率还我旧封疆平。不教兰艾滋蔓苌南。饥餐匈奴血充粮石。二百余年汉不穰达。明明种性当输将卓。嗟哉同族动阋墙平。眼看家国经沧桑南。百折不回效金刚石。买丝我绣文天祥达。文献纪载历历详卓。雪耻拟翻太平洋平。淫雨连绵何日旸南。努力前进莫徜徉石。我言非狂亦非佯达。唤醒千载梦黄粱卓。"

四

《龚定庵集》近以国学扶轮社所刊诸名家评点本及顺德邓氏所刻魏默深、龚孝拱手定本为最佳。其诗文词皆别饶风调，七言绝句回肠荡气，尤不厌百回读也。某说部中有定庵诗一首云："未定公刘马，先宰郑伯羊。海棠颠未已，狮子吼何狂。杨叛春天曲，蓝桥时夜霜。微云才一抹，佳婿忆秦郎。"又《题友人扇》一绝云："女儿公子各风华，争羡皇都选婿家。三代以来春数点，二南卷里有桃花。"二诗皆为两书所不载，前作旧藏蒋剑人家，后归王紫铨。蒋、王皆与定庵子孝拱友善，决为龚诗无疑。后作情辞惝恍，非定庵亦无此思想笔墨也。又定庵尝自言前身本为一天台老僧，曾至其前生圆寂之地。有诗数首，为王某书扇，集中亦未载者。今但传"到此休论他生事，今生未必胜前生"二句。凡此单辞片句，亦弥可珍已。

五

钱塘毛华孙名承基，曾寓居张堰，精篆书。余得其楹联一副，大有石鼓笔意。近又见其踏青词两阕，极清丽芊绵之致。一调寄《卖花声》曰："烟际草痕迷。绿遍苏堤。踏青深怕路高低。和问郎君低语道，扶过桥西。　　风试剪刀齐。恰试春衣。绿阴阴处听莺啼。悔把凤头鞵子换，浣了春泥。"一调寄《临江仙》曰："一带树荫如画里，寻芳到处勾留。东风未免忒风流。吹开裙百褶，露出玉双钩。　　行尽沙堤芳草软，夕阳红上枝头。小姑生性太贪游。长途行不得，唤渡趁归舟。"

六

海宁李壬叔名善兰，学擅天算。辞章不多见，曾流传诗四首，署则《古昔斋初稿》，为录存于此。其诗蓄意缠绵，词华清艳，以此知学问中自有性情也。《白桃花禁体》二首："不与天台艳冶同，铅华洗尽态偏工。依稀有恨含残雨，寂寞无言倚晓风。蝶影寻来春总幻，禅心悟彻色俱空。清溪渡口人初去,闲吊斜阳一抹红。""弱质亭亭瘦不禁,微云连日护轻阴。薄寒似水春愁重,小浣无莺午梦深。流水一湾人寂寂,东风三月昼愔愔。天然国色休唐突,诗格还须禁体吟。"《端甫由浙中带来越酿甚佳正值蟹肥同人于阁中小饮缦云先生有诗次韵求正》:"入手双螯莫厌迟,女儿酒到恰同时。衰颓尚喜薆腾醉,疏懒惟愁唱和诗。青嶂无云捐瑗碌,秋花带露秉军持。酒阑忽动江湖思。明日烟波埋钓丝。""妄念难除似积逋,醉乡深处见真吾。天涯云散怀游子连年阁中唱和诸同人大半他乡矣,阁上星团剩酒徒。檀板空思歌曲艳,金尊狂倒笑声粗。秦淮弦管飘零尽,浪说清溪有小姑。"

七

世传朱竹垞《风怀》二百韵实为其小姨而作。考竹垞娶于冯,其妻名福贞,字海媛;妻之妹名寿常,字静志。诗中所云"巧笑元名寿,妍娥合唤常"者,分藏其名,已极明显,而狂更以静志名所居邪?闻太仓杨云璈叔温氏著有《水仙缘》小说,叙述此事甚详。稿尚藏其邑人陆彤士处,惜未刊布。余友姚鹓雏亦有《燕蹴筝弦录》之作,以演其事。至竹垞之《闲情诗》固亦《风怀》之遗音,《曝书亭集》中刻八首。冯登府辑《曝书亭集外诗》又刻十三首。冯氏注称"先生《闲情诗》分平水韵共三十首,有自序。今检《石楼集》麓缮零纸中完好者仅十三首,合已刻共二十一首,以未得全豹为恨。一序尤为计甫草击节,无从搜录矣"云云。然余于平湖葛氏传朴堂见冯登府旧藏《石楼集》稿本,共计残存十九首,有轶出刻本之外者。此稿当为冯氏辑外集刻成后而续得也。今以每首之首二字次第如下,计:一"使君"。此首上半首已残,此为末二字,未刻出。只存"朝云。罗敷只在高楼住,甘向城南待使君"十六字。二"蕙草"。此首刻外集。三"帘外"。此首下半首已残,未刻出。只存"帘外东风□□□,□□□荡曲阑干。红丝乍系迎飞燕,金镜"十七字。四"北山"。此首上半首已残,此为末二字,未刻出。只存"林乌宁有从君意,空自张罗堂北山"十四字。五"邂逅"。此首刻正集,与刻本有不同。诗曰:"邂逅重门露翠钿,娉婷不嫁惜芳年。曾闻巧笑名孙寿刻本作'徒劳暇日窥香掾',漫想横陈得小怜。洞口桃花何灼灼,江南莲叶更田田。鄂君绣被香烟歇,青晗舟中怅独眠刻本作'输他三户人侥幸,载上胭脂汇畔船'。原注:胭脂汇在槜李,相传范蠡载西施处。"六"四角"、七"城中"、八"大道"、九"长眉"、十"白石"、十一"翡翠",以上六首均刻外集。十二"秦家"。此首未刻出。诗曰:"秦家好女素聪明,学得箫声似凤声。南国佳人矜绝世,西邻名士悦倾城。何缘珠树成连理,便拟香车驾六萌。尽道小姑真窈窕,无郎偏得可怜名。"十三"画作"、十四"几年",两首均刻外集。十五"舍后"。此首刻正集。十六"花映"。此首外集。而末二句先作"从今大海相思绝,不用双珠玳瑁簪",后乙去,改为"林乌宁有从君意,空许飞归并命禽"。十七"群玉"、十八"闻道"、十九"荷叶",以上三首均刻外集也。后盖"秀水朱十"白文方印一印。又冯氏藏印有四,一曰"嘉兴冯柳东氏著书处曰石经阁藏金石处曰羊金室填词处曰种芸仙馆莳花处曰勺园"三十字,朱文方印分布六行;一曰"勺园在小长庐之南殳史山之东东西峡石大小横山之北"二十三字,朱文长方印分布三行;一曰"小长庐旧史冯氏手校"九字,朱文长方印一行;一曰"某里冯氏勺园收藏印"九字,朱文长方印一行。其印文甚有致,爰备记之。

八

闻山阴俞国琛纂有《风怀镜》四卷，以"齐意心耦"四字相分，亦即曝书亭《风怀》诗注也。嘉庆丁丑年刊，余未之见。余藏有华亭王庆麟澹渊氏手校之朱氏《江湖载酒集》（《浙西六家词》刊本），于竹垞小姨之事笺注甚细，并时引《风怀》诗中句与词相印证。兹遗录数则存之。

麟按：先生《静志居琴趣》八十三阕，始于顺治二年乙酉之春，年十七，赘居碧漪坊冯氏，卷中《四和香》、《清平乐》诸作可证也。断乎于康熙六年丁未之夏，年三十九，客山西布政王显祚幕，以《慢卷袖》一阕终焉注卷首。《清平乐》。顺治二年乙酉，先生年十七，春赘冯教谕宅，夫人年十五，其小姑年十一耳，当从别本，作一十二三年纪按词中作十四五年纪。《洞仙歌》。己丑先生年廿一，移居梅会里，诗中所云"疏棂安镜槛，斜桷顿书仓"笺："书床镜槛，记相连斜桷"句。计年十五笺："新来窥宋玉"，字十三行按：玩其诗句及词之一自凌波去后，怅神光难合，安知内人心中不道及小姨踪迹邪。《朝中措》。乙酉之夏，先生随外父徙练浦，《塘东》诗所云"飘转又横塘"也。按，词之首句为"兰桡并载出横塘"。《点绛唇》。按，此词《江湖载酒集》内不载，系庆麟依《曝书亭稿》补录者丙申之夏游岭南，先生年廿八按，词之首句为"万里ời行"。《鹊桥仙》十一月八日。按，月日系庆麟所校补按，先生三十岁自粤还移居梅里，十一月初八日也。诗所云"同移三亩宅，并载五湖航"。个人年二十四矣笺：恰添了"个人如画"句。《唐多令》。先生诗云："朝露凝远岫，春渚得归艎。古渡迎桃叶，长堤送宵娘。"此词盖忆甲午春初事。《青玉案》。诗所云"轻帆先下雪，歧路误投杭"笺："到来忍下前溪路，月黑频催送柔橹，及至前溪人又去"句。《祝英台近》过废园有感。按，词名下所题五字庆麟校乙去。此感旧之作。《婆罗门令》九日。诗所云："九日登高阁，崇朝舍上庠。者回成偃侧，此去太怆惶。"《芙蓉月》。此在岭南记梦之词。先生于戊戌十一月初八日移居梅里荷花池上笺：词后半阕。《梦芙蓉》。此己酉秋归自大同作。《无闷》雨夜。此丁未八月自宣府入都后作，但此人已于是岁四月殁矣，先生殆未知邪？《三姝媚》行三笺：词名。此亦追忆之作。此指其妇也笺："月姊窥侬也，劝饮深杯稠迭"句。《望湘人》。诗中所云："新来卓女婿。"笺："记恁时卓女含情，女比我相如词赋"句。已嫁也笺："到香径重寻，只有碧桃千树"句。《慢卷袖》。那人于丁未闰四月殁，先生客大同。至己酉秋归里，作此词也，于是《琴趣》八十三阕成。先生诗中"慢卷袖空迭"指此词也。冯家在练浦塘东笺："西渚波千迭，见十里横塘"句。言梦中也笺："而今剩有啼痕类颊"句。《金缕曲》初夏。此癸巳后作。《金缕曲》。闹娥争入市，响屧独循廊。梯已上初柁笺：《记全家元夜看灯》"小楼帘幌，暗里横梯听点展，知识潜回香阁"句。梅阴难结子，瓜字尚含瓤，是此词注脚笺：词后半阕。

九

朱竹垞、吴梅村二氏同以诗鸣于清初，并有子克传其学。顾朱氏子西畯昆田之《渔笛小稿》附刻于《曝书亭集》后，流行甚广。而吴氏子元朗暻之《西斋集》虽有刻本，世不多见。余得其书，为青浦王昶春融堂旧藏集，乃其子献可霈所编刻。计古今体诗十卷。有康熙癸酉其侄翊原序、泽州陈廷敬序及乾隆辛卯吾郡沈大成后序。大成与献可友,序即撰于刻集时也。平湖葛氏传朴堂藏曹希文集,同人诗书画册中有元朗所书《和归园田居》六首,为集内所不载,录存于此:

> 三吴古泽国,秋水纯浸山。与子去乡里,相对忧凶年。东华亦苦潦,没骹如坠渊。栖迟复何味,但恐归无田。孤身类王微,门屋寄一间。书史润案上,承尘落床前。不分巷南北,暗雨飞寒烟。活活数尺泥,羸马污白颠。吾曾事开卷,聊喜十日闲。悠哉梦故园,松竹俱萧然。

> 我非避粗官,心颇厌尘鞅。惟求一闲曹,不作廊庙想。小室弄笔砚,闭户寡来往。空庭记花竹,物理观消长。文章因仕进,妙悟逢客广。深求古人意,斯道不榛莽。

> 平生少朋好,会合良已稀。浙西有二士,相继各告归悔余亦将东归。应忆别时路,秋萤犹坐衣。寄声查浦生,春风莫相违。

> 去年牡丹期,斗酒为客娱。携手尚书园,猿鹤哀遗墟。定是百载后,谁为达者居。风流不可见,松菊犹数株。出门向萧寺,幽意各自如。花径忽分散,挂帆春雨余。归来扫宾榻,寂寂吟窗虚。岂知千里月,复此赠文无。

> 西湖月随人,入与朱阑曲。扁舟拂烟柳,归兴粗自足。鼓吹有文社,功德在酒局。从兹山水游,劝君勤秉烛。石上亲题名,草书似张旭。

> 君看田间人,止识东西陌。盖头一把茅,浊酒酬自适。妻子无别离,所知只晨夕。红尘冠盖游,岁月等驹隙。劳劳毕浮生,徒为车马役。退居后疏受,养亲愧陆绩。不如归去来,舍此百无益。

> 乙亥七夕在京师,吾友曹子希文将归,和陶靖节《归园田居》诗见贻同志。因即用其韵送之。西斋弟吴暻。印四,江左吴郎白文方印,吴元朗朱白文方印,西斋居士白文方印,水北山人朱文方印。引首印一桐华西阁朱文圆印。压角印一麟白文方印。

葛氏又藏西斋与曹希文诗册稿本,其中《东山杂题》十绝句,集内虽载,而语句微有出入,兹亦校记附焉。刻本第一首"缓步寺门寻落句,不知吟过翠峰松",稿本作"缓步寺门吟落句,销他三五翠峰松"。第二首"渔家蓑笠水云空,铜斗歌中理钓筒"作"渔家蟹舍限空蒙,杨畔歌中理钓筒"。第三首"将军宅废橘花明,太守船空蔓草生"作"将军宅废野花明,太守船空春草生"。第四首"琼浆珠颗已成尘,十里溪翁买作薪"作"琼浆珠颗欲成尘,唐贡千奴买作薪"。又注"冬寒积雪"作"午冬严寒积雪"。第五首"雕阑香草碧芊芊"作"雕阑芳草碧芊绵"。第六首"最忆玉人相并坐"作"忆杀玉人相并坐"。又注中"见先公诗集"五字,稿本无有。第七首"帘旌芳气结氤氲"作"花陈芳气结氤氲"。第八首"文定尚余茗战帖"作"文定卷中茗战帖"。第九首"小寺红莲出水低,花宫芳草夕阳迷"作"梵唱钟声小队齐,袈裟褊袒白蜻蜓"。诗册后题云:"辛未二月,晤希文道兄于洞庭之东山。甲戌,清和复访余西斋,出此册索书,即录杂题断句还之。东仓吴暻。"印四江左吴郎白文方印,家在锦溪之北白文方印,水北山人朱文方印,西斋居士白文方印。引首印一桐华西阁朱文圆印。前后压角印二心摹手追白文方印,问奇斋作白文方印。

十

庚辰夏日在沪，于乌程张氏见宋椠本《苏诗施顾合注》。是书辗转流传，在湘潭袁氏时曾遭火劫。今残存者，只共二十卷。计总目下卷第三、卷第四、卷第七、卷第十、卷第十一、卷第十二、卷第十三、卷第十五、卷第十七、卷第十八、卷第十九、卷第二十、卷第二十八、卷第二十九、卷第三十、卷第三十二、卷第三十三、卷第三十四、卷第三十七、卷第三十八，卷端经名人题识殆遍。往藏大兴翁氏当最久，故苏宅之笔墨尤多。余既浏览一过，摘其冯应榴、阮元二跋，以实诗话："余以汇萃苏文忠诗王、施、查三本注而订其舛讹，删其重复。因借翁覃溪阁学所得不全宋刊施顾注原本校对，乃知邵青门删补之本全失施顾真面目，其中纰缪最甚者，已详见余合注本，而施氏原注之重复太甚，间有舛讹，亦不能无小疵。传氏楷法固精，然讹写颇不乏。甚矣！注书难，刊书亦岂易易哉？披览是编，益不敢自信矣。庚戌春正，桐乡冯应榴题。""昔乾隆间，冯星实先生辑苏诗注，曾访于余，余略举一二事告之。嘉庆间，余购得宋画册，内有团扇一幅，南宋画院画风水之景。岸树枝皆右偃，水中一舟右行，帆甚饱满，扇背绢有宋高宗题苏诗二句云：'平生睡足连江雨，尽日舟行擘岸风。'今施注本亦作'舟横旦引莱公诗'，与画意题句皆不合。况此诗前一首有'送客今朝西北风'之句，是'横'字大错，注时已然，思陵所写尚是不误之本。附识于冯跋之后。"此事在冯公殁后始看出，故冯本仍误。

〔作者简介〕　刘慧宽，1989 年生，上海大学中华诗词创作研究院特邀研究员。主要研究方向为诗词学、文章学和现当代旧体文学。

《撷芳集校补》(全四册)

([清]汪启淑选辑，付琼校补，人民文学出版社 2019 年 4 月版，2582 页)

《撷芳集》八十卷，是乾隆末年成书的清代女性诗歌总集。编者汪启淑（1728–1798），官至兵部车驾司郎中，是清代中叶著名藏书家、印学家和诗人。《撷芳集》现存乾隆三十八年汪启淑飞鸿堂自刻本。收诗人 1853 家，诗作 6029 首，是第一部大型清代女性诗歌总集。其最大优点是汇集了大量女诗人的传记材料，并将这些材料逐项隶于各诗人小传之后，少则数百言，多则数千言。其数量之巨，来源之富，为历来诗歌总集所不及。整理者以三百余种清代女诗性诗歌别集和数十种清代诗歌总集为据，对诗集作了细致的校阅；并辑补了诗人生平和诗集版本方面的大量材料，系于原诗人小传之后，于诗人生活时代等方面的考证用力尤勤，创获亦多，颇具学术价值。

庞石帚《养晴室遗集》补遗

冷浪涛

  白敦仁纂辑、王大厚校理之《养晴室遗集》，要为庞石帚先生行世文集之最完整者。原乎此集之校理，先生门弟子白敦仁、王仲镛、屈守元、王文才等用力最勤，而由白敦仁总其成。白敦仁纂辑先生之著述，举凡先生之诗、词、联、文、书信、笔记、简端记等，一应搜罗，汇为一编。俾先生之零篇断简，俱不失坠，又斥资自印500余册，广其流传，其功甚伟，其情可感。然此集编纂，上距先生下世已十有余年，则容有失漏。笔者从事石帚诗研究，搜罗相关文献，取与全集比勘，共辑得先生诗十五首、联三副、书信五通、论文两篇。先生高文博学、片言只字，皆极珍贵。如所辑诗《呈石遗翁》等，可考其交游；《挽章太炎》等，可考其学术次第；《致李炳英》等，可考向宗鲁逝世之情状；《广雅堂诗小笺》，可窥其治学蕲向，要皆未可轻忽。又，自报刊杂志辑出者，即注明年份、期次；自同时学人著作中辑出者，则注明著作之名及其版次，以便覆案。此外，或有部分文献因岁久而文字漶漫难识者，皆不敢臆补，而俱以□示之，以免厚诬前辈。

佚诗(15首)

曾孝谷大兄枉诗见投时曾方有买臣负薪之感因作奉答并示哲生

  十年所闻曾公子，平生非隐亦非仕。蕉萃青衫锦水滨，相逢一笑干戈里。招我时作花市游，酒阑感旧心悠悠。三岛繁樱五陵树，承平年少令人愁。眼中肉食谁敢鄙，识字乃为忧患始。丝竹忘情自偶然，丹青作痴亦老矣。蓬蒿笑我支离人，遇人往往遭骂嗔。不怪百回来扣户，却道门前多杂宾。李生长材无不可，城里知君复知我。新诗共赏物外情，深谈暂得花前坐。徒怜意气傍风尘，老觉名山事可亲。唤将碧玉小家女，来作红窗捧砚人。然脂暝写春宵短，五十之年公始满。翁子歌吟声自凄，沟头流水今看断。人生婚宦少年时，冷暖衰年只自知。劝君满意吟娇女，顾盼屏风对左思。

（辑自《学衡》杂志1926年第53期）

旧京遇雨僧先生即席赠句次韵奉酬

  积惨刘琨得暂欢，江湖牢落尚诗坛。披云真见挥毫乐，对酒都忘出峡难。不拟胡琴矜伯玉，似闻空箪感潘安。十年海水飞仍疾，契阔看君苦挽澜。

（辑自《吴宓诗集》，商务印书馆2004年版）

秋阴病起偶述

泛鸭方塘衰草侵,闲坊扫叶昼愔愔。薄寒中处秋刚半,小病来时例欲寻。茶熟正须闻客至,城居一似入山深。蝉边柳外偏宜步,飒飒萧萧雨意沉。

(辑自《国立成都高等师范国文学会学刊》1926年第1期)

莫愁湖拜曾文正公画像

残霸湖山夕照红,隐忧都在两眉中。横流五十年间事,何地苍生哭谢公。

和子才草堂人日之什

题诗人日不胜情,唤起东风拂面轻。笼竹桤林仍识路,废池乔木厌言兵。酒中谁比苏司业,雁后难归薛道衡。好与剑南评世味,杏花春雨在江城。

(以上辑自《华西学报》1935年第3期)

呈石遗翁

入蜀吟豪古有之,乱离犹及见须眉。会传蛮布夸梅叟,胜裹干鱼拜武彝。雅废夷侵谁会者,狖啼鬼啸此何时。应怜饭颗牢愁语(时余方止酒),山谷前头敢说诗。

次韵纕蘅乙亥重阳独游贵阳东山之作

驺从挥除爱沴寥,却从山郭忆江皋。城头政尔貑姑在,眼底依然天界高。秃管文书纤至计,穷阎襦袴省寒号。黄花战地岷峨远,更感饥乌为客豪。

答陈古枝秘书桂林见赠

歇浦秋潮一笑逢,酒醒梧幕廿年空。批根肯为田蚡屈,泛宅行追少伯同。句律早窥仙井派,虞衡新志粤人风。嗟余田舍犹无计,敢与元龙角长雄。

花市

浥浥盆兰泛,毵毵垆柳遮。联车如美眷,过雨放新花。杜牧春应在,韩维日易斜。如何红湿处,吹绿便天涯。

(以上辑自《华西学报》1936年第4期)

为陈中凡题画像

飘泊干戈□写真,永嘉名士尽流人。何时看草中兴颂,归去秦淮赋冶春。斠玄先生命题画像,时敌机来袭,风鹤中悲愤万端,其芜拙可知矣,己卯春暮。

(辑自姚柯夫编著《陈中凡年谱》,书目文献出版社1989年版)

天府颂四首

红旗何处不东风,玉垒云开日正中。尽把河山装锦绣,主人只费十年功。

汽笛鸣时人似潮,红房突兀映青郊。健儿身手知无敌,西海鱼龙不敢骄。

醉别少城花满楼,车茵暖处忽渝州。何须疏凿夸神禹,山自低头水让流。

秦岭云驰车更奔,青天蜀道是陈言。往来谁忆千年事,杜甫空伤垂老魂。注:杜甫《木皮岭》:"对此欲何适,默伤垂老魂。"

(以上辑自《星星诗刊》1959年第10期)

铭章中学校歌歌词

圣有明训,夷不乱华。桓桓将军,式遏豕蛇。花开似银,血化为碧。人孰无死,国有与立。乃建黉宫,桂湖之濆。英风伟烈,来者投袂。所学何事,秉彝受中。勖哉吾党,教思无穷。

(辑自刘旭东主编《铭章英烈耀千秋》,四川科学技术出版社2015年版)

佚联（3 副）

挽廖平

殿三百岁之终,造述未休,乃闻呼起起;

翻十二经以说,会归有极,其余从同同。

案:此联为祝屺怀(同曾)与先生二人共同署名。

(辑自《廖平全集·六译先生追悼录》,巴蜀书社 2015 年版)

挽章太炎

春秋大九世复仇,当东胡乱政时,义无贰顾;

学术为两浙后劲,于南雷著书外,放出一头。

(辑自王利器《往日心痕——王利器自述》,山西人民出版社 1997 年版)

吴君毅宅题联

曾作九州游,不虚邹衍谈天学;

居然乔木好,便署延陵季子家。

(辑自四川省政协文史资料委员会编撰《四川近现代文化人物》,四川人民出版社 1989 年版)

书信（5 通）

致李炳英两通（1941 年）

一

炳英吾兄:

十九日午后三时,奉到来札,盼此眼穿矣。宗鲁过此,弟留之住数日,云□与□李诸人见面,则辞以事迫心慌。又留其过重阳,亦执不可,乃于初七日送之上车。俟车发,饯后归。此次宗鲁月余无消息,心悬悬未一日放卜。故□见则悲□交集,□为出涕。第一日,则与之宿于成都饭客,第二日则与之宿于华大学舍。弟大醉为二年所未有,宗鲁亦□兴大谈。第三日送之上车,意恋恋不忍别。宗鲁痔疾,弟屡劝其割治,但非住成都不可。暑假空袭太多,不可在城。寒假有五六周之暇,便有余时。至于住处,朋友皆已疏散,且此事非至熟之友亦必不方便。因念宗鲁有相亲之学生,侍其医药,则此事非不可了。宗鲁未来时,偶与白敦仁、雷保泰、郭石尊、王沛诸君言之,敦仁即愿接向先生住于其家,有成约矣。宗鲁既来,因以此告,约其寒假来省,宗鲁意为之□,三日之中,数次谈及,俊暗喜其或可成功。

良以朋友之事,性情学问,二者兼之。此番相见,俊谓事业学问,一切皆是第二义,但当保此穷命,白头相守,不使夭枉,乃第一义耳。何意暂别两星期,乃有此事。弟星一到校,王沛见弟,口中欲言复止,亟叩其说,乃言适在车站遇廖履中,且亲见电文,决非误传。闻言惊痛,急索《新新新闻》,果已载出,泪簌簌不能自制。弟近年悭于出泪,屺怀之亡,心虽伤悼而泪不出,挽屺怀诗,曾记此语。良以屺怀之病久矣,其死虽出意外,又在意中。宗鲁即何为及此乎,哀哉宗鲁!恸哉宗鲁!哀哉吾友!恸哉吾友!三日以来,车中枕上,触处汎澜,此生岂复得此朋友。若论学问,可以八面受敌者,求之侪辈,未见其人,杜子美之诗曰"乘黄已去矣,凡马徒区区",伤哉伤哉!弟此次与宗鲁相见,特别有一种悲哀之感,不知何故,岂真有先兆耶?九月中偶作数词,中有一首,有"故人甚处"之语,计之则是。

宗鲁垂死之日,屈指旧交日日愈少,此番宗鲁医药棺殓,一切皆赖兄料理,劳困摧伤,奈何奈何。平生朋友,可以推襟送抱、通梦入魂者,不遇两三人。宗鲁此变,最为痛彻心肝,伤入骨髓,兄之难堪,何以想见。当此情形,不得妄思安慰,但当痛挥酸泪,无人处放声大哭耳。弟持兄函读之十数过。医药性所以不解,稍缓或告中伦,使评其究竟有无错误。遗书遗稿,兄必负责保持,毋避嫌疑。至于学校方面,如何议卹,望公当思有以对吾友。当此奇痛之事,朋友生徒,皆拭泪以观学校所为而已。

俊上
十一月二十日

二

炳英我兄:

得廿七日信,伏读感怆,宗鲁峨眉之行,本非其意,独以事关大局,故宁舍逸而就劳。弟亦不忍以朋友私爱,妨其志业。当其过成都时,自言暑假课儿之乐,慨然勒游,而世事相迫,终无杜门之望。若从此点言之,其幽忧困郁,受病盖已不浅。庄生有言"吾命有在外者",吾意宗鲁惟有不出,而后可以不死也。然世人岂能伏处岩穴?今兹不幸固非独吾兄之咎,天实为之,愿更勿以此恨恨也。白敦仁归,具述山中一切,此君一闻宗鲁噩耗,即夜来乡舍,相向而泣,惟吾宗鲁平日肝胆照人,故能感动如此。

又承示研究所事,诸君子方欲恢张遗绪,以承先师之志,闻之神王,如是则宗鲁不死矣。后有成议,略示一二,不胜幸甚。王君利器,远来运枢,后事所赖,尚非一端,此君亦弟所素知,不独能传本师之学,其至性过人,亦使闻者感叹,此乃古人风义,此一事也。国脉所以不绝,人伦所以不灭,于是乎在。弟于宗鲁之殁,触处流泪,自有朋友以来,伤心断肠,未有如此次之甚也。复见白君、王君之义,心感之极,则又继之以泪,日来目为之枯,叹逝者于无穷。兄见王君,愿更以区区感慰之情告之,不胜幸甚,耑此

草草奉复,即问起居,不一。

弟俊顿首
十二月四日夜

附上鄙词一首,哭宗鲁之所为也,千言万语,不知如何说起,勉自约束,仅能成此,阅后请于宗鲁灵前焚之。

木兰花慢 宗鲁殁于峨眉,忽已二旬,倦枕寒宵,怆然赋此

傍青烽望远,乱云外,故人稀。似海燕飘零,荒橡愁寄,残社须归。征衣。对花溅泪,梦羌村何地浣粗缁。眼暗黄垆葱影(谓屺怀之殁),鬓添明镜新丝。 峨眉。多事买筇枝。山鹤讶眠迟。剩灯床乱帙,礼堂谁写,縹帐空披。凄凄。一棺冰驿,费侯芭双袖万行啼。魂断平羌片月,屋梁来鉴虚帏。

(以上辑自《国立四川大学校刊》1941年第9期)

致陈中凡一通(1941年)

斠玄先生左右：

垂示《说诗》大篇，浣诵一过，辨章流别，如数家珍。《诗话》诸条，皆关肯綮，其于启迪来学，非小补也，倾服倾服。《诗话》左右采获，若前数条，皆用瓯北本语，似宜仍照尊作《凡例》，条条注出。其间标举篇句，有杂用诸书若《艺苑名言》之属，似宜无妨注明，以归一律。过承雅命，辄就鄙见奉闻，未知是否允中？不尽区区，少暇当更趋教也。先此奉覆，即颂著祺，不庄！

弟庞俊再拜
九月十七日

(辑自《清晖山馆友声集——陈中凡友朋书札》，江苏古籍出版社2001年版)

致田楚侨一通(1944年)

楚侨学兄：

赐称过谦，非所敢当。俗事扰扰，校中今日乃考试，恐须数日内课务扫清，庶得偷闲二三十日。今冬川大诸同学欲将拙词付印，醵得六七万元，然今日物力艰难，更得此数，犹不足供。抑又思之，古人胜我百倍，湮灭不传者多矣！世乱人忙，重以种种窘迫，此之不成，曾何足惜？前嘱撰韦先生墓表，未敢遽应者，缘下走不与韦公相识，又未知其行事，题目剧易，初不可知，何敢漫然应之乎？尊处如先将事略寄来，乘此休暇，或当一竭鄙人之思。拙词既未示人，闻成都某报有载之者，(由学生等转抄，重庆《国民文苑》亦载之)蜀人不欲自襮，非敢傲也，彼既视之木木然，则此之揭揭然者，适足为笑于四方。(为识者所笑)深藏若虚，亦欲与同志互相慰勉耳。前岁除日，偶得一词，以吾兄好善之雅，辄以奉呈。(拙词既无印本，不克奉致，若非课毕，即奉覆亦艰难，此情惟贤达能谅之耳。)计适在馈岁守岁之际，赐览之顷，或当更有兴会耶？拙词附后：

水龙吟 癸未除夕作

涨林兵气漂残，(杜诗：兵气涨林密)换年村鼓郊扉悄。(时在苏桥村舍)竹柁寒水，鸡豚小市，惯欹衰帽。汉腊依稀，众雏烂漫，梦华空好。甚夷歌野哭，钟鸣漏尽，都不放，春声到。(时禁爆竹) 牢落无心卜镜，耿南枝背人红早。(村舍有梅花二三株)映帘灯火，一回照影，一回人老。彩胜羞簪，屠苏后饮，是何怀抱？算今宵几辈，葡萄美酒，卧沙场笑！

醉中写此，妄自圈识，非恃相知之深，亦不敢纵浪至此。即乞吟正！

弟俊再拜
一月二十三日灯下

(辑自《书简杂志》1947年第8期)

致刘世南一通

世南先生：

昨天从四川大学转到尊函一件，捧读之下，十分惶悚。千帆先生大概因为事忙，嘱您写信远道来问，其实我还是忙，并且闻见固陋，恐不免辜负盛意。您信里的两种诗，仔细地拜读了，颇为清奇，是不肯走庸熟蹊径的，无任佩服。所提问题八条，因尊示诸语，没有标明题目，又有几个并非全句，此刻手边无《文木山房诗》，也无暇去寻找，仅就所问略为奉答，不知当否,还请您自己斟酌。

一、"梁清、云翘",似用梁玉清、云翘夫人典故,梁玉清是织女侍儿,云翘夫人是樊夫人之姊,皆女仙也。"梁玉清"见《太平广记》卷五十九,"云翘夫人"见裴铏《传奇》"裴航"条。

二、"汤提点"即装开水的壶。宋人有所谓茶具十二先生,"汤提点"即其一,见茅一相《茶具图赞》(此书在明刻《欣赏编》内,《丛书集成》收有此书)。

三、"佛菻"形恐是"拂菻",拂菻即古大秦国,见《新唐书·西域传》。

四、"叠垛"即是堆垛、堆积之意。

五、"捕蛇诗句清",此句须知题目乃可作答。

六、"千岁虆为藆蒏藤",王念孙《广雅疏证·释草》考证最详。

七、"奏绩付诗奚",意为但有作诗之功耳。绩,功也。诗奚,用杜牧《李贺小传》。

八、"鸿书",此语亦须见其全文,乃可作答。

庞石帚
3月6日

(辑自刘世南《在学术殿堂外》,九州出版社2018年版)

《广雅堂诗集》小笺(17则)

1、《济南杂诗》:"门生不称苏和仲,曾到欧公画舫斋。"

笺:东坡一字和仲,出子由所为墓志铭。《画舫斋记》,见《居士集》卷一十九。

2、《四生哀》:"独有拙书等罗赵。"

笺:东坡《石苍舒醉墨堂》诗云:"下方罗赵我亦优",王注:《晋·卫恒传》:"罗叔景、赵元嗣与张伯英并时见称于西州,而精巧自与,众颇惑之。故伯英自称上比崔杜不足,下方罗赵有余。"邵注:《三辅决录》:"赵袭与罗辉亦以能草,颇自矜夸。"冯注:《法书要录》:"罗辉、赵袭,并京兆人。"

3、《携家住桂湖》:"虽非平泉木,固胜拙政茶。"

笺:《平泉草木记》,见《唐人说荟》;《拙政园山茶》诗,见《吴梅村集》。

4、《误尽四首》:"德寿才催临禊帖,阜陵又赏选唐诗。"

笺:陆游《老学庵笔记》:"高庙临《兰亭》赐寿皇于建邸",后批云:"可依此临五百本,盖两宫笃学如此。"叶绍翁《四朝闻见录》:"孝宗从容清燕,洪公迈侍,上语以宫内无事,则编唐人绝句自娱,今得六百余首。公对曰:'以臣记忆,恐不止此。'上问有几,公以五千首对。上曰:'若是多也,烦卿为编集。'洪归,搜阅逾年,仅得十之二三。至于稗官小说神怪女子之诗,皆括而凑之,始以进御。上固知不追其所对之数,亦嘉其敏赡。"

5、《武昌西山》:"四麂北拒喧腾过,草棘寻幽到二苏。"

笺:吴信辰(镇)《赤壁怀古·玉蝴蝶》换头云:"胡卢。昔年此地,虹消霸气,电扫雄图。折戟沉沙,忽然携酒到髯苏。"与广雅不谋而合。

6、《族侄瑞荫入学与其父子青宫相同岁赋诗为贺》:"传家灏固汾阴榜。"

笺:梁灏、子固,见《宋史·二百九十六》。

7、《谢周伯晋翰林惠黄州鸡毛笔》："新意缚鸡氀,三钱非鄙吝。"

笺:山谷《跋李资深书卷》云:"用三文买鸡毛笔,书此。"

8、《封印之明日同节庵伯严实甫叔峤登凌霄阁》："准年许大犹骏顽。"

笺:王巩《闻见近录》:"寇忠愍知永兴军,于其诞日排设如圣节礼,晚衣黄道服,簪花,走马承受具奏寇准有反心。真宗惊,手出奏示执政曰:'寇准乃反邪?'先文正熟视笑曰:'寇准许大年纪,尚骏耳,可劄与寇准知。'上意亦解。"

9、《正月初二日同杨叔峤登楼望余雪》："悯牛谁诵河东赋。"

笺:《牛赋》见《柳柳州集》卷二。

10、《易实甫以司马温公残帖砚见赠》："独惜《通鉴》稿,细书失充栋。"

笺:马端临《文献通考·经籍考》:"先公曰:'张新叟言,洛阳有《资治通鉴》草稿盈两屋。黄鲁直阅数百卷,讫无一字草书。(原注:见《李巽岩集》)'。"

"幸免佞人污,壶卢未押缝。"

笺:《清河书画舫》:"贾师宪所藏书有'悦生'葫芦印",悦生,贾堂名也。

11、《焦山观宝竹坡侍郎留带》："玉局开先继石淙,竹坡游戏作雷同。"

笺:明杨一清号石淙,有《石淙类稿》,苏、杨皆曾留带焦山,竹坡又效之。

12、《和茗楼南河泊之作即用九佳韵》："致仕何妨被硬差。"

笺:周密《齐东野语》:"世传鲁直爱苦笋,和东坡诗云:'公如端为苦笋归,明日青衫诚可脱。'坡得诗,戏语座客云:'吾固不爱作官,鲁直直欲以苦笋硬差致仕。'"

13、《过琉璃厂》："毕董残毠有吉金,陈思书肆亦森森。"

笺:《三朝北盟会编》:"毕良史,字少董。以买卖古器书画之属,出入贵人之门,又号毕骨董。陈思箸《宝刻丛编》,尝刊《江湖小集》,思所刻书,书尾皆云'刊于临安府棚北大街陈氏书籍铺'。"又有陈起字宗之,号陈道人,开书肆于睦亲坊,箸《芸居乙稿》。二人皆南宋末年书贾,叶氏《书林清话》考二人事最详。

14、《八月初一日奉德音明年万寿不许铺张……》："深宫却贡非无意,十论还期献美芹。"

笺:《宋史·辛弃疾传》:"弃疾论南北形势,及三国晋汉人才,持论劲直,不为迎合。作《九议》,并《应问》三篇,《美芹》十论,献于朝。言逆顺之理,消息之势,技之长短,地之要害,甚备。"

15、《读题名录》："文采能铭克敌弓。"

笺:王明清《挥麈三录》:"洪景博兄弟应博学鸿词科,以《克敌弓铭》为题云云。"

16、《读盛伯熙集》："密国文词冠北燕,西亭博雅万珠船。"

笺:元好问《中州集小传》云:"密公,字子瑜,兴陵之孙,越王之长子。百年以来,宗室中第一流人物也。少日学诗于朱巨观,学什于任君谟,遂有出蓝之誉,文笔亦委曲能道所欲言。朝臣自闲闲公、杨礼部、雷御史而下,皆推重之。资雅重,薄于世味,好贤乐善,寒士有不能及者。明昌以来诸王法禁严,诸公子皆不得与外间交通,故公得穷日力于书。读《通鉴》至三十余过,是非成败,道之如在目前。越王薨后,稍得出游,文士辈亦时至其门。家所藏法书名画,几与中秘等。客至,贫不能具酒肴,设蔬饭与之共食,焚香煮茗,尽出藏书商略之。谈大定、明昌以来故事，或终日不听客去，风流蕴藉，有承平时王孙故态，使人乐之而不厌也。所居有樗轩，又有如安（当作庵），自号樗轩老人，其诗号《如庵小稿》。围城中以疾薨，年六十一。"

钱谦益《列朝诗集小传》云："睦㮮，字灌甫，周定王六世孙，号西亭。灌甫被服儒素，覃精经学，从河洛间宿儒游，奉手抠衣，执经函丈。受礼于睢阳许先，三月而尽其学。年二十，通五经，尤邃于《易》、《春秋》。家故饶财，僮奴数百人，皆逐赢车屑麦，执业自给，逐十一之利，其家益大起。访购图籍，请接宾客，倾身游贵显间。通怀好士，内行修洁，筑室东陂之上，延招学徒，与分研席，用是名声籍甚。万历中，为周藩宗正，修《河南通志》，撰《中州人物志》，又撰《五经稽疑》若干卷，《授经图》及《传》一卷。《大明帝系世表》一卷，《周国世系表》一卷。又作《逊国记》，《褒忠录》五卷，校正《谥法》一卷，《韵谱》五卷，其诗文有《陂上集》二十卷。又云海内藏书之富，近代推江都葛氏，章丘李氏，灌甫倾资购之，竭四十年之力，仿唐人四部法，用各色牙签识别，凡一万二千五百六十卷。起万卷堂，讽诵其中，圈点校勘，丹铅历然。"

胡应麟《诗薮》云："明宗室攻古文词者，嘉隆间唯灌甫最博洽，饶著述。"

17、《屡有旨整顿部务……》："六房纲目何年定，且劝三杯厚朴汤。"

笺：《温公诗话》云："文德殿，百官常朝之所也，宰相奏事毕，乃来押班。守堂吏卒，好以厚朴汤饮朝士，朝士久无差遣者，厌苦常朝，戏为诗曰：'立残阶下梧桐影，吃尽街头厚朴汤。'"亦朝中之实事也。广雅用事精切如此，不得目以烦碎，自文其腹笥之俭。

案：《养晴室遗集》中收录有庞石帚批点张之洞《广雅堂诗集》简端记七十三条；而《斯文》杂志（1943年第1期）上刊有《广雅堂诗小笺》一文，取与比对，除有部分相同外，发现《遗集》有十八条失收，今谨据《斯文》杂志补入。

释杜语(11则)

1、《从人觅小胡孙许寄》："人说南州路，山猿树树悬。举家闻若咳，为寄小如拳。预哂愁胡面，初调见马鞭。许求聪慧者，童稚捧应癫。"

案：因人远游，乞食不暇，何意乃有此作，真所谓不失赤子之心，思之失笑。又第八句与第四句互易。

2、《石柜阁》："蜀道多旱（一作草）花，江间饶奇石。"

案："旱"字极稳，好。"草"错。

3、《上兜率寺》："江山有巴蜀，栋宇自齐梁。"

案："有"字、"自"字，直到圣处。江山之胜乃有巴蜀，不游则客不能知也。栋宇之古，本自齐梁，愈久而寺更有名也。

4、《严氏溪放歌行》："费心姑息是一役，肥肉大酒徒相邀。"

案：言用心与此等贵人周旋，直是役夫。

5、《将赴成都草堂，途中有作，先寄严郑公五首》之四："常苦沙崩损药栏，也从江槛落风湍。"

案:"从"字恐是听从之义,江槛因风水剥蚀而已颓坏,已既未归,听之而已。观后《水槛》诗可证。又栏损槛落,松竹芜秽,皆是去后无人照管,又绌于财力故也。

6、《赠王二十四侍御契四十韵》:"洗眼看轻薄,虚怀任屈伸。"

案:《世说·宠礼》:"许玄度停都一月,刘尹无日不往。乃叹曰:'卿复少时不去,我成轻薄京尹。'"诗当用此,以言己与侍御往还之频,注家皆不知也。

7、《弊庐遣兴奉寄严公》:"还思长者辙,恐避席为门。"

案:"长者"有三义,此以尊贵言之。

8、《次晚洲》:"摆浪散帙妨,危沙折花当。"

案:此当字似即俗写攩字,阻遏之意。言欲折岸花而沙不可履。如《杜臆》,则"危"字无着。

9、《咏怀二首》之二:"万古一死生,胡为足名数。"

案:《史记·万石君传》:'关东流民二百万口,无名数者四十万。'《索隐》小颜云:'无名数者若今无户籍。'《汉书·孔光传》:'徙名数于长安。'师古曰:'名数,户籍也。'杜甫《投赠哥舒翰》:'茅土加名数。'亦谓封户。此处亦当指户籍言,意谓老病蹉跎,死生一贯,不欲定居齿于编氓也,细玩上下文自见。

10、《催宗文书鸡栅》:"未似尸乡翁,拘留盖阡陌。"

案:阡陌非树栅之地,墙东隙地,不可谓之阡陌。末二句似就自己言之,与起句相应,言己之拘留于夔,盖为生事所牵,往来阡陌,非如尸乡翁混迹人间也。"拘留盖阡陌"犹"淹留为稻畦"耳。

11、《聂耒阳书致酒肉》:"人非西喻蜀,兴在北坑赵。"

案:朱注承用旧说,实亦未安。凶徒虽有罪,歼厥渠魁而已。"杀人亦有限",子美平日所志如此,宁老而忘之乎?"人非"二句,皆就自己而言之。兴,疑当为衅,其意盖谓己无长卿草檄之才而有长平并坑之惧,揆之上下文义庶无抵牾。故志之以诒知者。

案:以上辑自张志烈《立雪短札——记庞石帚先生释杜语》(《草堂》1982年第2期)。据张氏自述,文中所释杜语皆由先生平日讲授,录出时又参以其手批,是为其杜诗研究之成果,白敦仁、王大厚编校《养晴室遗集》,皆未录入。张氏此文于先生观点外又附有自家解说,并可参看,此处仅将先生个人观点辑出,以补全集之缺。另此文中尚有释"此物"、"桃栽"二条,已见于《养晴室笔记》,今不复辑录。

〔作者简介〕 冷浪涛,1995年生,现任职于昆明文理学院,主要研究晚清民国诗歌与诗学。

体大思周,纵横深广

——王友胜《历代宋诗总集研究》述评

彭 敏

新时期以来学界对宋代诗歌研究不断升温,研究内容逐渐细化与深化,宋诗总集已成为热门研究对象,相应成果多,但问题与局限亦多,呈现出"三多三少"的失衡格局,即:个案剖析多,系统全面研究少;共时性的静态研究多,探讨宋诗总集传播与接受过程的动态研究少;研究宋诗总集与编选者多,分析读者参与总集接受的成果少。可喜的是,王友胜《历代宋诗总集研究》[1](下引仅标页码)以自觉的学术史意识对宋诗总集作综合考察与研究,以横向共时研究与纵向历时考察相结合,辅之具体的个案剖析,极大地突破了当今学界对于宋诗总集研究的局限。全书前有导论,后列附录,中间主体部分设为三编:上编"综合研究"三章,分别从宋诗总集的理论形态、价值及编纂语境三方面展开论述;中编"分期研究"五章,先后对宋诗总集编纂发展之两宋形成期、元明过渡期、清代繁盛期、民国转型期及新时期集成期共五个时段进行历时性考察;下编"个案研究"九章,分别对《诗家鼎脔》、《濂洛风雅》等九部宋诗总集作具体探讨。著作内容丰富、格局宏大、材料扎实,十分厚重。

一、综合研究:仰观俯察

《历代宋诗总集研究》的综合研究主要体现在上编。这一部分以宏观视野对宋诗总集的诸多理论问题予以全面论述,分析了宋诗总集的理论形态,发掘了宋诗总集的文学、文学批评及文献价值,阐释了宋诗总集得以生成的政治、教育及诗学语境。作者仰观俯察、高屋建瓴,为宋诗总集的具体研究奠定了理论基础。

在梳理了诗歌总集起源与发展的基础之上,从所辑诗歌的时限、内容及编写目的、历史等不同角度,将宋代诗歌总集厘定为相应的类型。在宋诗总集的编纂体例上,概括为分类编排、分体编排、分家编排、分集编排、分韵编排以及纪事体与诗话体共七种,每种体例的总集对应不同的功能。此外,将宋诗总集的局限与通病归纳为八种,并举例释证:失于剪裁,重出误收;宽严不一,漏收滥收;编排失当,眉目不清;体例不一,前后矛盾;诗人小传有误或失考;误署诗题,随意简省,或将诗序羼入诗题;随意删削原注或题序。凡此皆全面客观、准确到位,科学地揭示了各种类型、体例的总集各自不同的特点,提醒读者在利用宋诗总集时应注意的问题。

总集是编者表达文学思想的重要史料。方孝岳在强调诗文总集的价值时有言:"研究文学批评学的人,往往只理会那些诗话文话,而忽略了那些重要的总集。其实有许多诗话文话,都是前人随便当作闲谈而写的,至于严立各人批评的规模,往往都在选录诗文的时候,才锱铢称量出来。"[2]《历代宋诗总集研究》对此则开宗明义,指出宋诗总集具有五个方面的文学价值,包括:选诗、辑诗体现了编者的诗学观;评语与圈点具有丰富的文学批评价值;序跋与凡例具有重要的诗学史、诗学批评价值;诗人小传与附录的诗人事迹、诗歌本事等具有重要的诗歌史料价值;对宋诗流派的形成有着积极的促进作用,等等。目前学界对总集的文学及批评价值偶有论及,然多是对单部总集的个案讨论,不曾形成体系。该著则是全面分析与系统总结,既为宋代诗学拓展了新的研究空间,让学者能在诗论、诗话、笔记等文献之外,更多地关注总集中蕴含的诗学观,也为学界对总集的研究提供了新的切入角度。

总集产生于特定的文化语境。在现实的操作中,总集的选诗标准会受到多方面的影响。作者认为就宋诗总集的编纂而言,政治、教育、诗学语境的影响最为突出。在政治语境的影响下,一方面会出现代表着帝王文治思想或主流诗学观的总集,也会出现倡导儒家诗教传统,确定诗学典范,以风化臣民为主的总集;另一方面,代表着帝王与封建秩序维护者的反面,遗民士大夫、封建秩序的叛逆者或受害者,往往借编纂总集委曲表达自己的政治情绪,而这类隐晦表达政治情绪的总集,也可能因受到当权的打压、禁毁而难于流传。关于宋诗总集产生的教育语境,作者将之阐释为科举语境,即根据科举内容编选的以供童蒙、学子等研习的宋诗总集,这类总集虽多为蒙学教材,然其编纂、刊印与流传皆极繁荣,至今仍有部分总集如《千家诗》、《宋诗三百首》等在民间广受追捧,足见其影响深远。诗学语境是指宋诗总集中所表达的编选者的宋诗观,持以不同的宋诗观,即处于不同的诗歌语境,能让宋诗总集呈现出完全不同的多样面貌。编选者借用宋诗总集的编选或宣传选家的理论主张,或对某一理论缺失进行纠偏补阙。而诗学语境的不同,一方面受到时代风气的影响,即历代宋诗总集各有时代特征;另一方面亦可受到编选者个人风格偏好的影响,即同一时代不同编选者的宋诗总集亦各具特色。

二、分期研究:探源溯流

在纵向的分期研究中,《历代宋诗总集研究》突出的成就在于其创新性的整体研究思路与综合考察的研究方法,扭转了以往宋诗总集研究中多片断式的个案研究而少系统性整体研究的失衡局面,将各时段的宋诗总集加以纵横比较,揭其特征、考其源流、析其异同,并探讨了编者的文学观与历代文艺思潮之间的互动关系。

首先,该书以宋诗总集为一个特定的生命体,探察其起源、衰盛、流变与各阶段的生命特色,以一种历史的、发展的眼光来审视其生命历程。有宋一代,印刷术普及,士人文化高度发达,诗歌创作日常化,文集需求扩大化,让宋诗总集在诞生之初便达到了鼎盛状态;元明时期则因诗学观点普遍"宗唐黜宋",宋诗总集的编纂有所衰微;及至清代,诗坛尊唐派、宗宋派双峰并峙,兼受乾嘉朴学影响,宋诗总集的编纂、笺注盛况空前,形成了一个新的高峰;民国政治、文化环境复杂,中西碰撞,新旧交替,宋诗总集的编纂数量虽不太多,却呈现出新的选诗主张;新中国成立之后,尤其是改革开放以来,宋诗总集的编纂主要在求全上有新的成就。作者因从整体上对历代宋诗总集的发展历程有此清晰认识,故能建立起一个跨度千年的叙述空间,为后续案例分析的深入打下基础。

其次,在分期的考察中,具体剖析不同时代宋诗总集的特征,分述各个时代具有代表性的宋诗总集之编者与编选背景,探求其编选与时代风气的关系,以彼时与当下的不同角度评价各总集之优劣,无不可见著者对各种文献的深刻理解与周密的叙述逻辑。是著在对不同时代总集的整体评价中,灼见迭出,如第97—98页对明代宋诗总集之编纂评价,客观全面,明了透彻,而这个结论的得出则必须建立在对历代宋诗总集的全面占有与了解的基础之上,绝非就某一部或某几部明编宋诗总集的探讨便可轻易定论。

第三,在案例举隅中,改变了过去总集研究仅注重文本研究的单一模式,将宋诗总集与编者、作者、读者联系起来进行综合考察,探讨其互动关系,总结从作者、编者到读者的文学传播与文学接受过程。传统学界对总集的研究多集中于其文献价值的运用与挖掘,而正如著作在上编所指出的,宋诗总集的功能不仅表现于其文献价值,更重要的其对宋诗的阐释与研究、对宋代诗学的批评,甚至对宋代诗学体系的建构,皆有直接影响,具有宝贵的文学价值。然宋诗总集的文学价值并非皆直接体现于总集所著录的文本当中,而是与作者的创作、编者的选辑评点及读者的接受密切相关。因此在分期研究的案例举隅中,该书将编者、作者、读者与文本联系起来作综合讨论,思虑全面而完备,往往能得出较为明晰的结论。如第七章评述民国熊念劬所编《宋人如话诗选》,谓此本与《宋元明诗评注读本》"融选、注、评于一集,或彰显诗旨,或指导初学,是民国时期出现的两部颇有特点的宋诗总集"(第141页)。"如话诗"是熊念劬自拟之诗学概念,指明白如话又格调高雅之诗。以此标准,熊氏所选诗歌以杨万里、陆游、范成大、戴复古、苏轼为多,以南宋自然清新诗风力压北宋才学议论诗风,可见其诗学主张。作者对熊氏不拘一格的选诗标准给予了正面评价,第143页云:

> 从嗜好如话的语言,又融入时代的审美趣味出发,他敢于打破诗歌批评史上的传统看法,对一些过去不受重视,甚至名不见经传的诗人给予高度评价……张九成、汪元量、戴昺诗均因自然天成、通俗浅易,没有藻饰与做作,从而得到他的赞赏与表彰。

将编者的诗学观点与宋诗创作实践相联系,以展示该总集的独特风貌与审美趣向。而对读者与文本的关注,则集中体现在后人对前人编纂总集的评议与续作的探讨,如第八章细述《全宋诗》之后诸种订补工作,则是从读者接受与传播的角度对《全宋诗》的得失作出印证。

三、个案研究:钩玄提要

下编在每时段各选一至两部宋诗总集作个案剖析(涉及共九部),重点考察总集的编纂缘起、编选宗旨、编辑体例与学术成就等,兼述与其它总集之间的关联与异同。该著对案例的择取并不完全以宋诗总集成就高低为标准,而旨在凸显问题意识,即书中所深入剖析的每一个案,均重点解决一个不同的问题,代表着宋诗总集不同的面向。

南宋后期佚名所编《诗家鼎脔》,虽取境不宽,编次无伦,又偏重收录近体诗,但其大量收录其他总集未存之诗人与作品,故而此著着重探讨其文献辑佚价值。南宋后期理学家金履祥所编《濂洛风雅》,专选两宋理学家诗歌,故而着重探讨其门派意识,指出其对理学诗歌传统的开创,对理学流派形成的价值与意义。元明以降七部宋诗总集皆是各时段相对优秀的代表性总集。元代陈世隆所编《宋诗拾遗》,存录大量无名小诗人,并对部分诗人作简传,故而着重探讨其以诗存人的文献价值。明代李蓘所编《宋艺圃集》,在普遍冷落宋诗的明代,代表着明编宋诗总集的最高成就,故而不仅探讨其文献价值,亦探讨其时代局限。清初吴之振所编《宋诗钞》,志在存宋诗,存真宋诗,其规模宏大,取境较宽,大气包容,引发后人不断删评、增补,故而重点考察其续作及其在诗界选坛强大的学术影响力。清中叶厉鹗所编《宋诗纪事》堪称最优秀的纪事体宋诗总集,续作颇多,故重点考察其对诗人诗作、诗歌本事及背景材料的辑录与保存,亦探讨其后续辑补、纠谬之作。民国陈衍所编《宋诗精华录》,以诗论见长,代表着社会转型期宋诗总集编纂与诗学观点的新动向,故而对其选诗宗旨与评点中所表现的诗学思想作重点考察。钱锺书所编《宋诗选注》和金性尧所编《宋诗三百首》皆是新中国成立后的宋诗总集,却呈现出不同的风貌与传播度、美誉度,故而重点对二集的差异进行比较。凡此,作者皆能以问题意识为基,发掘每部总集的得失,并非一味聚焦总集的优长,亦客观地审视总集的局限与不足,避免了一般研究者乐于拔高研究对象之通病,显示出理性的学术态度与精微的辨别功力。

个案研究中,以对钱锺书在"非常"时期受命编纂的《宋诗选注》的探讨着力最深,可作五十年来学界有关《宋诗选注》研究的学术史。《宋诗选注》的选目、注释及评析较之其它宋诗总集皆有独到之处,已远超一般普及读本,允称学术经典。作者于前三节重点剖析"钱选宋诗"、"钱注宋诗"与"钱评宋诗",探其特点、究其缘由,抽丝剥茧、探幽洞微,以见总集反叛传统、不拘一格的学术个性。之后讨论《宋诗选注》的写作特色与研究方法,以彰显其在宋诗选编上的范式意义。最后一节"研究走势与对策",以小见大、一叶知秋,是钱锺书整体学术研究理念与路径的极好诠释与经典案例。然而,作者并未回避研究对象的问题,指出"《宋诗选注》对诗人的家世、家室、籍贯、生平乃至著述的文字甚少,且囿于史料的限制,其中颇多错讹疏漏者"(第256页);提出钱锺书一生重点研究宋诗,"为什么旧体诗写作近'唐音'而鲜有'宋调'",以及"《宋诗选注》中讥讽、贬评宋人"(均见第257页)的疑问,发人深省;指出将《谈艺录》、《管锥编》、《宋诗纪事补正》与《宋诗选注》中讨论同一宋诗问题的言论加以摘抄,以让读者贯通互参的研究对策,皆予后续研究者以启发。

关于宋诗总集异同比较研究,除体现在各章节的论述中外,作者还设专章比较钱锺书的《宋诗选注》与金性尧的《宋诗三百首》,指出二者编选中具有唐宋并重与视域开阔的共性。作者重点分析二者的差异性,认为总体来看,钱选在学术态度上棱角分明,而金选则中规中矩。选目上钱选囿于特定的政治环境,不可全出己心,而较侧重于政治题材;金选成于改革开放时代,所选诗歌具有广泛的代表性。论评与注释上,作者从双方所处语境和所具学养两个维度,即时代背景与教育经历,来阐释形成差异的缘由,的确引人深思。

四、总集目录搜罗完备

除了研究思路、方法、对象的创新性贡献外,《历代宋诗总集研究》在文献材料搜集、整理、运用及呈现上的成绩亦值得称扬。作者萃编了历代宋诗总集序跋、凡例,编制了历代宋诗总集研究论文索引(囿于篇幅,未刊出)。而作者遍检群籍,对千年以来存世或已佚的宋诗总集进行了系统的考述,以附录形式列出历代宋诗总集版本目录一览,为后续研究者提供了可靠的文献线索与可深耕的方向。

此书通过检索数十种目录著作与相关文集,搜集到北宋迄今共398种宋诗总集(宋代122种、元代8种、明代31种、清代159种、民国至今78种),列出全部目录,注明书名、卷数、编者、出处以及馆藏存佚等信息,尤其是对域外文献的著录,体现出较宽广的学术视野。"现存域外的宋人别集、总集善本的数量,见于各种书目著录的,韩国在两百种以上,日本则有五百八十多种,具有重要的文献价值。在这些别集和总集中,不乏仅存于域外的孤本、珍本。"[3]对于这些域外的宋诗总集,作者的《历代宋诗总集目录》之凡例云:"所录仅限中国大陆地区,台、港、澳及海外的宋诗总集从略"(第261页),但对中土存世或存目的宋诗总集,在参考他著的基础上,尽可能载录其域外版本。如其对现存北宋《西湖莲社集》著录云:

《西湖莲社集》2卷,丁谓编并序,《秘书省续编到四库阙书目》、《通志·艺文略》卷七十、《国史·经籍志》卷五著录1卷,韩国藏残本《杭州西湖昭庆寺结莲社集》。(第262页)

著录了《西湖莲社集》四种不同的版本,其中韩国所藏残本尤为稀见而珍贵,亦可见作者搜辑范围之广。又《唐宋千家联珠诗格》著录云:

《唐宋千家联珠诗格》20卷,原称《诗格》,仅3卷,于济编,蔡正孙扩充为20卷,有明弘治十五年朝鲜刻本、日本正保三年吉野屋权兵卫刊本。(第266页)

不仅对该集的发展源流作出考述,且在此本国内已佚的情况下,载录日、韩两国的不同版本。宋代去今已远,宋诗总集多有亡佚,对于部分总集只能载录其存目,元、明、清及民国以来的宋诗总集则著录各种版本。如元代《月泉吟社诗》载录云:

《月泉吟社诗》1卷,吴渭编,有明天启崇祯间毛氏汲古阁刻《诗词杂俎》本、清康熙五十五年吴宝芝刻本、清抄本、《粤雅堂丛书》本、《金华丛书》本、《四库全书》本。(第267页)

清代因离今未远,所录更详,所有宋诗总集按朝录出,分为"顺治、康熙、雍正三朝"、"乾隆、嘉庆二朝"、"道光至宣统五朝"三段,此亦与正文论述中清代宋诗总集编纂的初、中、晚三个不同时期相呼应,如对康熙朝的《宋十五家诗选》载录云:

《宋十五家诗选》16卷,陈訏编,有康熙三十二年刻本、康熙五十六年刻本、日本文政十年刻本、《续修四库全书》本、《四库全书存目丛书》本。(第270页)

均载明出版时间,以此形式为清代宋诗总集系年者凡121部,而"清代无法系年宋诗总集"则另外单独列出,共38部,泾渭分明。

从总集目录的编纂难度与价值来看,要载录一部文集的不同版本尚且不易,要集齐北宋以来近400种宋诗总集的不同版本,谈何容易?没有长年的访求、搜罗、勘比,绝不可完成,单据此附录，已足见作者心血。而其对不同版本信息的悉数刊出，无疑为学界在此领域的深入研究奠下良基。

任何学术著作皆难于尽善尽美，所提之观点难于全无质疑处，此书亦如是。如囿于闻见，对个别稀见宋诗总集的搜集与叙录尚有遗漏，又如宋诗总集在编纂与流传过程中如何影响诗人与诗歌之经典化，此论题在书中虽偶有论及，然远非充分，尚有可深掘之处。

注　释：

〔1〕 王友胜《历代宋诗总集研究》，北京大学出版社2021年版。
〔2〕 方孝岳《中国文学批评史》，生活・读书・新知三联书店1986年版，第5页。
〔3〕 巩本栋《宋集传播考论》，中华书局2009年版，第80页。

〔作者简介〕　彭敏，1987年生，文学博士，西南石油大学国际汉语教学中心讲师，主要研究唐宋文学。

《尚书释读》（上下）

（程水金著，人民文学出版社2020年版）

本书以阮元校刻《十三经注疏》嘉庆刊本为底本，参考道光重印本等诸本，充分吸收前贤研究成果，设计解题、释读、绎文、后案等。不仅揭示今文《尚书》每篇经文的述作之意及其流传背景，运用传统朴学方法对各篇经文做了切中肯綮的疏释与注解；在经学义理方面，也有不少度越前贤的思想发明。作者以文章学的方法，将《尚书》的每个篇目视为自我完足的内在言说系统，通过文章自身的前后关联及其相互照应的自我诠解性，解决了不少历来经注家未能解决的疑难问题，也纠正了不少因袭已久的曲说与误解。

考据工夫与思想视野

——《尺牍·事行·思想：朱彝尊研究论集》读后

李 程

自1920年梁启超撰成《清代学术概论》初稿，清代学术史的研究迄今已历百年。继梁启超之后，钱穆、张舜徽、陈祖武、陈鸿森、王汎森等学者在这一领域均有卓越贡献，他们以各自的著述体式和思考方式开疆拓土，建构起清代学术史研究的基本框架与纲领，呈现着清代学术思想的魅力。

回顾已有的清代学术史研究，前辈学者多具宏观视野，阅读他们的著述，如同披览《千里江山图》，画卷展开，波澜壮阔、层峦叠嶂，三百年学术演进尽收眼底。具体到清代学术史中代表性学者的个案研究，如黄宗羲、顾炎武等，虽亦有精细集中研究如工笔细描，然而多依循固有的研究模式，清代学者的个体面目仍然是模糊的。清代学术史的研究表现出宏观格局已定、微观研究略显单薄的现状。

张宗友以清初著名学者朱彝尊《经义考》的研究为起点，在清代学术史领域沉潜精进，先后完成并出版《〈经义考〉研究》《朱彝尊年谱》等论著，发表了一系列相关研究论文，学风质朴，厚重扎实，受到学术界称誉。《尺牍·事行·思想：朱彝尊研究论集》即是其近年来在此一领域成果之汇集。从这部论文选集来看，作者有意开辟一条属于自己的清代学术史研究的路径，与清人论学所言考据、义理、辞章三个层次相契合，此书的三卷内容包括了基础文献的考订（考据）、学术与文学思想的阐发（义理、辞章），三者融会贯通，集中体现了力图进入历史语境的学术史研究意识，其研究旨趣如作者所言："文献研究是基础，建构其上的必然是学术史与思想史的追问与考索。"[1]

一

在清代灿若星辰的学者群体中，朱彝尊以"博综"著称，在经学、史学、文学等方面均有建树，"彝尊文章淹博，初在布衣之内，已与王士禛声价相齐。博识多闻，学有根柢，复与顾炎武、阎若璩颉颃上下。凡所撰述，具有本原。"[2] 他的学术研究，典型地代表了清代带有总结意义的学术史趋向。

本文收稿日期：2021年6月9日

朱彝尊学术思想的形成、学术活动的展开与他的家学以及友朋密不可分。此前学者论及朱彝尊家世、生平，在其本集之外，主要引据清人陈廷敬《竹垞朱公墓志铭》、朱桂孙与朱稻孙《显祖考竹垞府君行述》以及杨谦《朱竹垞先生年谱》三种文献，使用时又多未加考订直接引用。作者不仅在广泛搜集整理卷帙浩繁的清代一手文献的基础上，编纂完成《朱彝尊年谱》一书，对朱彝尊生平事迹详加考证，条目细致具体到月日，成为学术界研究朱彝尊以及清代学术史的案头必备，又具有极强的文献敏锐性，着意关注新近发现刊布的朱彝尊尺牍，悉心释读，卷一所收3篇长文《竹垞十通尺牍考释》、《竹垞老人晚年手牍考释》、《新见竹垞书札释证》，对共计44通竹垞尺牍进行了考释，或疏通其中史实始末，或补充已有研究论断，为观察清初学术活动提供了更为丰富的细节。卷二的6篇文章直接关涉朱彝尊生平事行，其中，《杨谦〈朱竹垞先生年谱〉订误》、《〈清史稿〉朱彝尊本传辨正》两篇为纠谬订误之作，用力极深，所考订辨正之处，有理有据，研究者使用此两种文献之时，不可不习焉不察，皆应以此作为重要参考；《朱彝尊年谱新考》、《朱彝尊事行新考》、《朱彝尊事行续考》、《朱彝尊事行三考》四篇则以《朱彝尊年谱》为核心，精益求精，通过对新发现文献的考释、竹垞诗文的反复研读，增益修订，对朱彝尊的生平事行作了进一步的细致考索。

梁启超论考订编撰年谱对于文史研究的重要性，指出："做年谱的动机，是读者觉得那些文、诗感触时事的地方太多，作者和社会的背景关系很切。不知时事，不明背景，冒昧去读诗文，是领会不到作者的精神的。"[3]然而，前人编撰的年谱未必毫无差错，如果不加考辨直接使用，则容易产生错误。清人杨谦所撰《朱竹垞先生年谱》用力极深，仍不免有误，《杨谦〈朱竹垞先生年谱〉订误》订正其中讹误11条，涉及朱彝尊生平行事、诗文本事的诸多细节，其中如第二条："杨《谱》顺治十三年（一六五六）：'夏游岭南。海宁杨公（雍建）知高要县事，以币聘先生课其子（中讷），即晚研先生也。'"[4]此条述朱彝尊早年入岭南杨雍建家塾事，时间上记为"夏"。作者以朱彝尊粤行诗集《南车草》所存录诗篇之中的秋天意象的语词为据，指出"知其入岭南时已入秋"[5]。诗作考释与生平史实相证，为判断朱彝尊粤行时间和相关诗作的诗意解读提供了确实可靠的论证。作者在其《朱彝尊年谱》的基础上，继续从事竹垞诗文及其生平行事的考索，不断修订补充，使之更加完善精密，其中如《朱彝尊年谱》53.7条："三月三日，同毛奇龄等谦集万柳堂，同和冯溥诗。"[6]引据朱彝尊、冯溥、毛奇龄等人诗作。《朱彝尊年谱新考》（十六）条指出："冯溥时任文华殿大学士，对应征鸿博诸儒皆倾心结交，多次召集宴咏，但每次与集人员，并不固定。考严绳孙有《上巳日宴集万柳堂奉和开师冯易斋先生韵》诗，按其诗乃本年之作，知严氏也参加本次宴集，当据补。"[7]朱彝尊此年由康熙钦点，同汤斌等八人充日讲官，知起居注，与在京文人多有雅集唱和。这一补充考证，对于考察朱彝尊应征鸿博后的交游活动提供了更多的细节参考。

此集诸篇对于朱彝尊尺牍的考释文字亦颇能见深厚的考据功力，从尺牍的细致释读内容中可以看出朱彝尊日常生活和学术交游、学术活动的丰富性。如《竹垞老人晚年手牍考释》共考释朱彝尊晚年尺牍12通，其中多有涉及抄书活动的文字。朱彝尊抄书成癖，不仅因此被弹劾罢官，晚年归乡以后依然频繁借抄友朋藏书，至八十高龄依然抄书不辍。《考释》第三通是写给好友马思赞的日常书札，其中的主要内容就是借抄书籍。考释文字中指出："朱彝尊表达晚年能与马思赞图书往还的惺惺相惜之意。"[8]且具体考证书籍名目："重午则指端午节(五月五日)。朱彝尊拟于此时出游,希望马思赞能于四月底前来,并希望能借阅《铁网珊瑚》、《书画汇考》二书。"[9]《新见竹垞书札释证》(四)《竹垞致漫堂书札》第一通是朱彝尊写给宋荦的书信,作者不仅根据朱彝尊集内诗作考定这封书信的写作时间,且对于其中所涉抄录《声画集》之事亦有详细阐发:"宋氏盖因此向朱彝尊求孙氏《声画集》,朱彝尊遂录副本以赠。盖朱彝尊游吴、和诗在前,录副本在后。"[10]

《清史稿》系在民国年间修纂成书,具有史料的权威性,也是研究清代学术史经常使用的文献。就其中的文苑传所书写的朱彝尊生平事迹,《〈清史稿〉朱彝尊本传辨正》订误其中表述未确之处。《清史稿》朱彝尊本传述其早年行迹言曰:"家贫客游,南逾岭,北出云朔,东泛沧海,登之罘,经瓯越。"[11]此篇考证综合多种文献与历史地理知识指出:"朱彝尊两次专门之游,历沂州、青州、莱州、东平州、莒州等府境,但并未进入登州境,遑论'泛沧海,登之罘'。"[12]且考证《清史稿》致误之由在于王士禛《竹垞文类序》和李元度《朱竹垞先生事略》层累的表达错误。这一辨正文字提示须谨慎使用《清史稿》。

二

梁启超《清代学术概论》将清初视为清代学术的"启蒙期",经过这一时期的酝酿和准备,清代学术"由启蒙到全盛"。[13]王国维在评价清代学术时曾说:清学有三变,清初之学大,乾嘉之学精,晚清之学新。[14]朱彝尊本人崇尚博学,他在《五经翼序》中说:"守一家之说,足以自信,不足以析疑。惟众说毕陈,纷纶之极,而至一者始见。故反约之功,贵夫博学而详说之也。"[15]他的学术研究,亦以博综著称。对朱彝尊学术思想的考察,既要从明清学术思想演变的总体脉络进行审视,又要具体到作为起点的家学影响,此集卷三《"多文之谓儒"——以〈原教〉篇为中心看朱彝尊之"文章尔雅"》、《朱彝尊与清初文献传承》、《朱彝尊家学考》等论文皆是立足于此。

朱彝尊集前明遗民、没落贵胄、抗清志士、落拓文人、寄食幕客、博学鸿儒、翰林检讨、归田太史等多重角色于一身,何以著作等身,成为文坛宗主、经史名家?学术界略有论及,但较少深入探析。《朱彝尊家学考——兼论竹垞文学与学术之起点》以多种文献综合对朱彝尊的早岁就学、家学渊源进行细致考论,指出他在文学与学术上取得令人瞩目成就的原因在于:"除本人超群之禀赋、不懈之努力、非凡之际遇外,还得益于秀水朱氏家族所能提供之资源与教育。"[16]秀水朱氏家族的文化精神,使朱彝尊树立起勤勉治学、崇儒传道的人生职志。以家族文化的视角,回到朱彝尊文学与学术的起点,这篇论文对于思考清初学术有着多方面的启发。

明亡后,朱彝尊一直以"布衣"身份自居,游幕四方。康熙十八年(1679),朱彝尊应"博学鸿词科"之试,以一等录取,授官翰林院检讨,充《明史》修纂官。他在明史馆修史期间,曾七次上书总裁,讨论《明史》的修纂体例,见解多被采纳,同时撰写了多篇明代人物传拟稿。康熙二十三年(1684),朱彝尊因私自携小吏入史馆抄书被弹劾降职,未能继续参与《明史》的修纂。朱彝尊一生著述宏富,除最为后世学者重视的《经义考》外,还有《尚书古文辨》、《日下旧闻》等,在诗籍整理和词籍整理方面,分别编撰有《明诗综》和《词综》。朱彝尊的文献编撰、整理与传承活动,是其史学思想及学术观念的具体实践,极具典型意义。《朱彝尊与清初文献传承》一文具体论述了朱彝尊编撰、整理文献的业绩,数量之丰富,成就之高,博涉四部,蔚然称盛,分析其影响在于:"对于清代文献传承而言,朱彝尊编撰、整理之著述,大大丰富了古代文献的内容;朱氏也以其繁富之著述,跻身清初文献大家之列。"[17]且指出朱彝尊之学术对其后乾嘉学风的导源之功。

顾炎武在《广师》篇中言:"文章尔雅,宅心和厚,吾不如朱锡鬯。"[18]研究者往往引此为赞誉之语,而未加详考"文章尔雅"之所指。《"多文之谓儒"》将其文学和经史成就,结合其生平事行,以《曝书亭集》卷五十八《原教》篇为基础进行综合考察,贯通其"儒"与"文",指出朱彝尊的经学思想是其史学、文学等领域主张和实践的内核与理论依据。从考定《原教》篇的成篇时间入手,揭示出此文的重要意义:"《原教》之成篇,标志着朱彝尊思想转变的完成,即从以抗清为职志的前明显宦之后,转变成为儒家之道(儒家文化)的传承者、故国文献的整理者;其志意所在,已非一家一姓之朝代更替,而是儒家文化与学术传统的承续与弘扬。"[19]从思想史与文学史交汇的视野之中指出了朱彝尊的文儒新典范意义。

作为由明入清的文人学者的典型代表,朱彝尊的行迹、交游与心态,在他的诗文之中也有更为具体的表现,其中也有不少隐微表达。此集诸篇论文将朱彝尊诗作置于诗史互证的学术传统下予以观照,以多种代表性诗注"比义",既为进一步注释朱彝尊诗作提供了必要的借鉴和探索,也为细致考究朱彝尊的心态和思想做出了多种有益的尝试。《朱彝尊〈漫感〉诗三家注比义——兼论朱氏诗作之汇注与新释》、《"谁怜春梦断","相期作钓师":朱彝尊的江湖之行、仕宦之旅与难归之隐》、《文本、禁忌与心态:读〈题十五完人墨迹〉》等篇即是对这一方面的讨论和展开。

宇文所安在其《微尘》一文中说:"偏爱文本细读,是对我选择的这一特殊的人文学科的职业毫不羞愧地表示敬意,也就是说,做一个研究文学的学者,而不假装做一个哲学家而又不受哲学学科严格规则的制约。无论我对一个文本所做的议论是好是坏,读者至少可以读到文本,引起对文本的注意……文本是一个学者和世界及外因会面之处,是历史与思想的交界点。"[20]从这部论集中的文字来看,作者同样是偏爱于文本细读的。思考朱彝尊的江湖之行、仕宦之旅与难归之隐,作者从对丁朱彝尊《白禁垣徙居宣武门外》、《为魏上舍坤题水村图二首之二》两首诗作的细读提出问题。将朱彝尊热爱家乡的赤子之情、落拓江湖的生存困境、困守京师的心理期待一一揭示。《文本、禁忌与心态:读〈题十五完人墨迹〉》也是一篇精彩的文本细读之作,通过作者的条分缕析,这篇跋文之中撕裂与弥合的禁忌、追悔与度越的心态逐渐浮出历史的地表,《题十五完人墨迹》也"因此成为解读朱彝尊晚年心境、思想历程,以及观察清初政治走向、士人身份认同、文化认同的一个样本"[21]。

此书所涉文献浩繁,为清代学术史的研究提供了切实可靠的文献考订和广阔的思想视野。其中,亦有细微之处可以进一步考订。如卷一《竹垞老人晚年手牍考释》第六通,是朱彝尊在年近八十之时写给好友马思赞的,信中言及《明诗综》编撰细节:"《朝鲜诗》有目,妙极。月山大君,刊《诗综》时稍有疑义,然亦未当。"[22]作者详加考订,指出:"《朝鲜诗》,指吴明济(字子鱼,会稽人)《朝鲜诗选》。《明诗综》卷九十五载月山大君婷《古寺寻花》诗一首,即据《朝鲜诗选》采录。朱氏诗话云:'婷诗一首,见吴子鱼《朝鲜诗选》。钱受之云:应是朝鲜女子……《采风集》收婷诗,婷上冠以月山大君字,当是东国尊称,殆非民间女子也。'信中所谓

'稍有疑义'者殆指此。"[23]《明诗综》卷九十五上、下"属国"类目中以收高丽、朝鲜诗人诗作为最多,此卷《诗话》谈及诗人生平事迹的时候,《高丽史》《朝鲜诗选》《采风集》是经常被作为评论、考证的文献依据,但清初文人对于朝鲜王朝诗人的了解较为有限,常有疑义。就"月山大君婷"而言,根据朝鲜王朝《成宗实录》等文献,其生平如下:李婷(1454—1488),字子美,号风月亭,谥孝文。德宗长子,成宗之兄。深得世祖宠爱,七岁封为月山君。成宗时晋封为月山大君,册录为二等佐理功臣。酷爱书史,文章出众,诗尤著名。著有《风月亭集》。朱彝尊极具文献敏感,推测"婷上冠以月山大君字,当是东国尊称",确乎如此,而所言"殆非民间女子也"则即是其此信所言"稍有疑义",月山大君婷不仅非是民间女子,亦非女子,而是男子,且尊位极高。"大君"为朝鲜王朝国君嫡子之封爵,犹中国太子之外皇帝诸子之称王。限于当时的文献条件,朱彝尊指出此处存有疑义是很有见识的,此篇考释文字于此处仅言"信中所谓'稍有疑义'者殆指此",而未指出"疑义"具体所指,现有的文献便利则可以对诸多的细节有更为丰富而准确的把握。

张舜徽在其所撰《清人文集别录》中对于朱彝尊的学术成就有这样的论述:"论者或谓当时王士禛工诗,汪琬工文,毛奇龄工考据,独彝尊兼有众长。余则以为彝尊之所以大过人者,在其学问功力深厚,不仅非王、汪所能望,即毛氏抑犹逊其笃实。盖奇龄才胜其学,而彝尊学副其才,斯又两家之辨也。至于根柢庞固,文辞渊雅,有学而能宣,能文而有本,又远出并世诸儒之上。"[24]这一评价不可谓不高。作为在经学、史学和文学等领域皆有卓越建树的学者,朱彝尊研究对于清代学术史而言具有典型意义。本书诸篇论文在考据工夫和思想视野上的研究实践,探索出一条新的清代学术史研究路径,对于推动此一领域的研究有着多方面的意义。

注释:

[1][4][5][7][8][9][10][12][16][17][19][21][22][23] 张宗友《尺牍·事行·思想:朱彝尊研究论集》,凤凰出版社2020年版,前言第3页,第101、101、128、39、41、71、111、289、251、232、346、46、47—48页。

[2] 《钦定四库全书总目》,中华书局1997年版,第1135页。

[3] 梁启超《中国历史研究法》,上海古籍出版社1998年版,第210页。

[6] 张宗友《朱彝尊年谱》,凤凰出版社2014年版,第271页。

[11] 《清史稿》卷四百八十四,中华书局1977年版,第13339页。

[13] 梁启超《清代学术概论》,上海古籍出版社1998年版,第26—29页。

[14] 王国维《沈乙庵先生七十寿序》,《观堂集林》卷二十三,上海书店1992年版。

[15] 朱彝尊《曝书亭集》卷三十四,《四部丛刊》本,上海商务印书馆1922年版。

[18] 顾炎武《亭林文集》卷六,《顾亭林诗文集》,中华书局1983年版,第134页。

[20] 宇文所安《他山的石头记:宇文所安自选集》,田晓菲译,江苏人民出版社2006年版,第245页。

[24] 张舜徽《清人文集别录》,华中师范大学出版社2004年版,第51—52页。

〔作者简介〕 李程,男,1986年生,安徽砀山人,文学博士,华中师范大学文学院副教授,主要研究方向为中国古典诗学、明清文学与文献。

清代乾隆时期诗学的新发现与再认识
——评《清诗话全编·乾隆期》[*]

张宇超

  清代诗学文献数量庞大，体例繁复，这是其远过于前代诗学的两个最突出的特征。民国时丁福保开始汇编整理首编《清诗话》，收书43种；上世纪八十年代郭绍虞的《清诗话续编》，收录34种；本世纪张寅彭又辑《清诗话三编》，收入95种。三书共收诗话174种，有清一代之诗学精华，大致得以呈现。2012年，张寅彭始编辑《清诗话全编》（下简称《全编》）这一大型丛书，成立点校团队，进入了全面整理清代诗学文献的新阶段。

  "诗话"是中国古代文学批评的一种传统形式。[1]清代诗学文献不仅包括诗话，更有诗评、诗法、论诗诗、摘句图、点将录等多种形式。丁福保编《清诗话》即用"诗话"泛而言之，《全编》亦沿用这种做法，虽名"诗话"，其实乃一并收录清代诗学各种体例之"勒为专书"者。又以"自撰"与"汇辑"为标准，分成内、外两编，内编按清代十帝次第，划分为顺康雍、乾隆、嘉庆、道光、咸同、光宣等六期，外编按题旨内容分为断代、地域、诗法三大类。[2]顺康雍期收书89种，2018年由上海古籍出版社出版。2020年，又推出乾隆期，收书103种，其中包括《清诗话》已收11种，《清诗话续编》已收10种，《清诗话三编》已收17种，新增之作达65种。乾隆期也按成书先后次序。既有常见的《带经堂诗话》、《随园诗话》、《雨村诗话》，也有稀见的《鸿爪录》、《范金诗话》、《忆旧游诗话》、《此木轩论诗汇编》等书。在突出《全编》之"全"的同时，又讲究别裁，将历来书目著录的《槐堂诗话》等书剔除，列入"存目"，并将《古今诗麈》等移入外编。近五百万字的文献点校工作，主要由刘奕一人承担，整理质量堪称精当。如此大批量的按照现代学术标准整理的诗学文献的整体推出，对于全面深入开展乾隆时期的诗学研究，无疑具有重要意义，值得详加评介。本文拟从选目、版本与提要三个方面，对其价值作一简要述评。

一、选目之精审

  确定乾隆期诗话收录的书目，这是第一步要进行的工作。《全编》所收以张寅彭《新订清人诗学书目》为主，参以蒋寅《清诗话考》。就乾隆期的选目确定而言，包括如下四个方面：

本文收稿日期：2021年8月20日

(一) 考订成书时间

由于《全编》按成书的先后次序排列，首先需要考定所收各书的成书时间，结果颇有与此前各家书目著录不相一致的情况，既有原为乾隆期者而遭剔除，亦有原为其他时期者而被纳入。前者如袁若愚《学诗初例》，此前学界皆据乾隆二年（1737）刊本，收入乾隆期中。此次因在西南大学图书馆新发现有康熙五十四年（1715）刊本，始知乾隆本实为翻刻本，故此书改入《全编》康熙期。后者如蔡家琬《陶门诗话》，卷末自识云成书于道光元年辛巳（1821）[3]，乃蔡氏晚年之作。由于新发现浙江图书馆藏有蔡氏早年的《诗原》一书，此本有乾隆五十七年（1792）序，因此根据《全编·凡例》"一人有一种以上著作者，按最早之一种排列，其余接排于下"的原则[4]，《陶门诗话》提前收入乾隆期。类似情况尚有若干种，最典型的莫如翁方纲，他的《渔洋杜诗话》成书甚早，其他五种接排于后，以至于他的位置，反列在年辈较他稍大的袁枚之前。这种以书为主兼及作者的编排原则，大抵还原了乾隆时期诗学次第发生的实际过程。

依据成书时间排序，但也有少数成书时间不明者，又需尽量考索其他因素，以酌情确定其位置。如黄任《消夏录》，虽著录有乾隆三年（1738）初刊本，但据今存乾隆四十年（1775）刊本之余文仪序，此本才是初刻本，黄氏生前并未付梓。黄任卒于乾隆十三年（1748），故编纂者不采乾隆三年初刻疑似之说，转据其卒年排列，列在成书于乾隆十五年的纪昀《玉溪生诗说》前。又如马鲁《南苑一知集》有论诗二卷，写作时间无法确知，便以其乾隆二十五年（1760）中举的时间为据，置于乾隆二、三十年间。全期一百馀种，都尽力做到排列有据。这也就是《全编·凡例》强调的"编年"法，是最为朴素、可靠的传统之法。《全编》其他各期也采用此法，读者和研究者如果从头顺次读下来，一部乾隆诗学史、乃至有清一代诗学史的渐次生成展开，便如在目前和了然于胸了。

(二) 考订内容

考定成书时间以确定其是否合乎乾隆期的"身份"，另有一个更为基础的"资格"审查，是各书内容的真伪精粗。如南京图书馆有何元锡旧藏钱塘姚石愚节录《槐堂诗话》，各种书目根据字号"槐堂"，定为乾隆时著名诗人汪沆所著。此次整理，发现该书全部抄自宋长白《柳亭诗话》，而且抄得漫无体例，故不予收入，黜入存目。又如方起英辑、张希杰增订之《古今诗麈》，篇幅巨大，仅有乾隆十四年（1749）稿本，藏于台湾"中央"图书馆，后由台湾广文书局收入《古今诗话续编》，影印出版，堪称难得之书。但复核下来，实际上抄自蒋一葵《尧山堂外纪》。《全编》以其抄得还算有所旨意遂据其汇辑的性质，移入"外编"的"诗法类"中。[5]这种抄袭他书的现象在清代诗学文献中经常出现，极具隐蔽性，应该小心甄别考辨。[6]

其次，摘取节录他书者，原则上亦应当剔除，以避免重复。如王士禛、袁枚等诗学大家，乾隆朝诗话中多有节录、摘抄者。如王廷铨辑《诗法正宗》、张宗柟辑《诗答问》等书，均取自王渔洋及张笃庆、张实居的《诗问》一书。《诗问》刊刻最早的康熙本已收入《全编》康熙期，故上述诸书不再收录。袁枚《随园诗话》卷帙浩繁，时人多有删繁摘要之举。[7]如中央民族大学图书馆藏梁同书《随园诗话摘钞》，书法虽精美，显然也不在收辑之列。

再次，两书题旨、内容同一者，往往需要比较优劣、判定关系来确定或存或汰。如山东省图书馆藏安浚德辑《渔洋诗话拾唾》稿本,按诗体分类汇集王士禛著述中的论诗之语,大不如张宗柟所辑的《带经堂诗话》,故收张书而不收安书。又如南通市图书馆藏钱思敏、白璧、钱国琛合辑的《增订诗法》四卷,乾隆三十四年(1769)古琅金石社刊本,乃是增订顺治间叶弘勋《诗法初津》三卷而成。名义上是"增订",实际上篇幅反较叶氏原书减少,改订文字也较为草率,绝无发明,不及叶氏《初津》远甚,因此《全编》顺治期收入《初津》,而乾隆期不收《增订》,正是选目去取严谨得当的一例。

第四,逐一审慎区分诗话与选本、笔记等书的界限,最是确定收辑与否的难点和用力之处。如纪昀《玉溪生诗说》上卷选诗160余首,虽有解说,而颇似李商隐诗选本,下卷却又为不选的360余首逐一说明理由,而并不录出诗作,则又是标准的诗评体,因而不容不收录。[8]而如王元启《读韩记疑》十卷首一卷,嘉庆五年(1800)刊本,虽有被著录入诗文评类者,其实为韩愈诗的选本,所以不予收录。再如翁方纲的《杜诗附记》夏勤邦钞本删去诗作,合乎诗评体例,而台湾师范大学藏有的翁氏杜诗批本,却未脱别集形式,故一收一不收。此类选本与诗评的甄别,《全编》各期所在都有,是一次必要而有益的实践。

(三)有名无实之书

各家书目中著录的清人诗话,有不少并无其书。如安浚德辑《渔洋诗话》一卷,著录为"山东省图书馆藏稿本"。此次经编纂者实地查访,实际上并不存在,可能是当时著录时,与安氏的《渔洋诗话拾唾》相混淆。再如廖景文的《古檀诗话》,著录有"南京图书馆藏钞本",实是他的《罨画楼诗话》、《罂花楼诗话》的别称,也无其书。廖景文另有《小青遗真记》传奇一种,藏国家图书馆,后附《诗话》数则,乃是从《墨稼丛谈》、《羑行偶笔》、《竹屏涉笔》、《峭厓杂录》等书中摘录的关于《遗真记》的评论,其中也有几则署"古檀诗话",以示廖氏所撰,也并非表示有《古檀诗话》一书。[9]

总之,经过内容实勘,乾隆期也一如既往,继顺治、康熙、雍正期后,又一次将历来书目之名录准确化,变得可信、可用。

二、版本之良善

《全编》乾隆期入选的每一种,版本的选择自然也极为讲究,尽力选取善本,作为点校底本。这一工作主要表现在以下几方面。

(一)选择善本,替换通行本

诗学文献,最为流行的是丁福保的《清诗话》与郭绍虞的《清诗话续编》,其中尤以丁书流行最广。但该书使用的底本大多不善,《全编》基本予以替换。如黄子云《野鸿诗的》,《清诗话》所据为《昭代丛书》本,"一曰诗言志"一则,缺最末之"方今圣人御世"一段,而乾隆初自刊《长吟阁诗集》本最早且最全,因此以之替代《昭代丛书》本。再如查为仁《莲坡诗话》三卷,载乾隆八年(1743)刊《蔗塘外集》,而《清诗话》据《昭代丛书》本合并为一卷,并对原书条目多有删削,又删去杭世骏序。《全编》即改用《蔗塘外集》本,成为第一个恢复《莲坡诗话》原貌的整理本。又如翁方纲《小石帆亭著录》六卷,《清诗话》将前五卷各自独立,而未收第六卷《渔洋先生书目》,此卷定渔洋著述四十二种,是翁方纲极具用心之作,《全编》即补录此一卷,恢复了六卷全帙。

郭绍虞编《清诗话续编》,未标明所据底本出处,《全编》在编纂时重新调查确定,并对郭书有所调整补益。如杨际昌《国朝诗话》,郭书所据实为乾隆二十四年(1759)似园刊《澹宁斋集》本,乃最善本,《全编》即以浙江图书馆藏本为底本校核,转据该本收入。又如方世举《兰丛诗话》一卷,郭书实据乾隆间刊《春及堂诗钞》所附者,《全编》据安徽省图书馆藏乾隆刻本校核,并参考了同馆所藏抄本,也并非直接收录《续编》本了事。

名家、大家之作流传广,版本多,版本的选择更需要用心考究。如张宗柟《带经堂诗话》以汇集渔洋诗学的集大成之作,向来为人熟知,人民文学出版社戴鸿森点校本据同治十二年(1873)广州藏修堂重刻本整理,最为通行。据校点后记称,整理时曾删去渔洋语意相同而措辞不同的条目,以及张宗柟的部分附注、夹注。[10] 张宗柟"附识"向被清人张宗泰、李慈铭等推重,可以加深对渔洋诗学的理解,故不宜轻加删削。[11]《全编》则据乾隆初刻本,保存了全部文字,完整地呈现了《带经堂诗话》的原始面貌。再如袁枚《随园诗话》十六卷补遗十卷,反复刊刻,确定其底本的工作十分困难。据郑幸考证,现存清刻本多达三十余种,分家刻本与坊间刻本两大系统。家刻本多有袁枚本人历年的多次增订,可见内容逐年成型的过程,故正编、补遗初刻虽分别始于乾隆五十五年(1790)、五十七年(1792),但后印之本记事直至嘉庆二年(1797)逝世之年,当出自其最后增补之举,而其他翻刻本的文字差异则不足为凭。[12] 因此,《全编》以乾隆五十五年、五十七年小仓山房家刻增修本为底本,底本原阙补遗卷六最后四则,及补遗卷八至卷十,则据嘉庆十四年己巳(1809)本补足;卷九末二十七则,另据北京大学图书馆藏乾隆本补足,形成了一个既可靠又完备的最善本。

(二)稀见本与稿抄本

有些诗话虽有刻本,但传世极尟,向来罕见。如谢鸣盛《范金诗话》有乾隆五十四年(1789)刊本,仅见江西省图书馆有馆藏著录。又如冯一鹏《忆旧游诗话》有乾隆十五年(1750)刻本,黄裳先生曾有收藏[13],但今不可见,惟台湾大学图书馆藏有一册。《全编》分别与当地学者合作,先录入文本,再悉心校核,使向来罕觏的二书得以重见天日。

相对于稀见的刻本而言,稿本、抄本更为罕见。清代诗学文献中的稿抄本保存至今者甚尟,大多具有唯一性。如周大枢《鸿爪录》六卷首一卷,收于会稽徐氏初学堂《群书辑录》丛书中。该丛书为抄本,仅存上海师范大学图书馆,现已扫描成图片,只能通过电脑查阅,整理难度较大。再如上海图书馆藏徐逵照辑《此木轩论诗汇编》八卷,亦系抄本,仅此一部,篇幅较大,辨识整理也十分不易。而沈钟《梦余诗话》二卷,有台湾"中央"图书馆藏《毗陵沈氏杂著》清钞本、中国科学院图书馆藏底稿本两种,《全编》得以台湾本为底本,参校中科院本,如其中"冷玉娟"一则原脱,即据中科院藏本补全。此类稿本、抄本往往字迹潦草,书写零乱,辨识度低,整理者需格外投入精力,方能完稿毕功。

(三)域外藏本

在彻底调查、搜集国内各地庋藏的清代诗学文献之外,海外所藏自然也在所不遗,《全编》顺康雍期所收之魏裔介《兼济堂诗话》,即得自韩国首尔大学奎章阁图书馆。此次乾隆期收入的邵履嘉《耘砚山房诗话》,是美国哈佛大学燕京图书馆的藏本。邵书乃抄本,此前各种书目未见著录,此次得以首次标点整理面世。

要之,《全编》乾隆期所收各书,版本皆择善而从,从根本上保证了此套丛书的学术价值。

三、提要之精湛明通

《全编》乾隆期每种诗话之前,一如既往,都有张寅彭撰写的提要,考订作者生平、版本异同之外,更以勾稽内容、揭示诗学观点为重心,充分展现了张教授数十年浸淫清代诗学的精湛功力与明通见识。

考订方面的发现,如《此木轩论诗汇编》作者焦袁熹生卒年有1661年至1736年及1660年至1735年两说,后说实出《清史列传》卷六七,提要据张廷玉撰墓志铭定为前说。再如《莲坡诗话》三卷所据乾隆八年刊《蔗塘外集》,实有先印后印之别。提要指出《续修四库全书》影印本少末两则[14],似为先印本,颇为罕见,便于读者进一步研究。

最值得重视的是论述乾隆诗学方面的内容,提要借助评介每一部著述的机会,具体谈到了乾隆时期诗学的诸多大小问题。如翁方纲《石洲诗话》的提要达两千余字,指明覃溪诗学从渔洋入,又从渔洋出的实质,揭示覃溪如何转"神韵"为"肌理"的形迹。又独具只眼地指出,其说与稍后潘德舆《养一斋诗话》"质实"的命题,实际上殊途同归,可当一篇简明扼要的清代前中期诗学史。又如这一时期袁枚的"性灵"说一般都耳熟能详,但谢鸣盛《范金诗话》论及吴乔、赵执信的"诗中有人"说,"诗之中还须有我在","我有我之性情、我之学识、我之登览吟眺"。[15]改"人"作"我",成为"诗中有我"。提要指出,这一字之易,正与"性灵"同调,可以窥见乾隆盛世之下个体意识复萌的新气象。当时诗话中虽然盛行此种自我表现意识,如吴镇《松花庵诗话》也有"今人作古诗,不患不古,而患不今,极今而自古"云云,[16]但都不如谢氏这一"我"字表述正式。其后嘉、道诗话中"有我"之说便大行其道了。[17]

王渔洋诗学的走向,也是乾隆时期诗学的一个重要话题。一般认为渔洋诗学在乾嘉以后便"不闻继响"[18],但从《全编》来看,涉及渔洋诗学的材料可以说俯拾皆是,提要多留意予以指出。评论渔洋最充分的自然是翁方纲,他的所有诗学文字,几乎处处都有渔洋的影子。其他人或褒或贬,往往两极。如焦袁熹《此木轩论诗汇编》大贬《渔洋精华录》,逐一点评,半数被斥为"扯淡"[19],如此全盘"恶评"渔洋诗,尚属罕见。[20]崔迈《尚友堂说诗》、李重华《贞一斋诗说》、乔亿《杜诗义法》、朱宗大《杜诗识小》等,或对渔洋诗,或对其诗学,都表示不满。但与贬斥相对,乾隆时期还存在着大量渔洋诗学的支持拥护者。提要指出田同之《西圃诗说》虽然标举乃祖田雯之说,但实际上通篇主微妙蕴蓄,重唐轻宋,又由宗唐而对明诗表恕词,引七子王世贞等为同调,这些看法都偏于渔洋诗学一路,而与山姜诗学稍有差别。杨际昌《国朝诗话》以王渔洋为一代宗匠,盛世承平日久,诗风由变趋正,故以"正宗"、"大方"作为录诗的宗旨,多录体制和雅、描写太平风俗之作。雷国楫《龙山诗话》颇不以吴乔攻击渔洋为然,而能识渔洋诗学之精微。更有甚者,郭兆麒《梅崖诗话》为渔洋辩护,乃至摘取赵执信《并门集》中一二诗句,以为同样是"无人"之作。[21]而这些大都成为了乾隆诗学的正面建树。

提要注重揭示每部诗话的特点,勾稽其内容,往往在不经意间凸显出了各家诗话的地域特色,关系到地方诗学的建设。如蔡显《红蕉诗话》记载松江当时学诗者率宗李义山,可补诗史。陈梓《定泉诗话》多论浙人浙诗,其中摘句颇以宋、元人诗及近人诗之咏生活者为主。雷国楫《龙山诗话》记乾隆间吴地诸县诗人甚详,录诗多可观,实为承平时期富庶地区人文之写照。汤大奎《炙砚琐谈》概括各地诗风,有所谓"关中雄、燕赵快、齐鲁骏、河内闳、楚茂、蜀严、晋确、江西洌、浙赡、吴和"的说法。其他如吴镇《松花庵诗话》多表彰秦地之能诗者,伍宇澄《饮渌轩随笔》多记阳湖地区诗人等。而周春以寿长,他的《耄余诗话》所记六十年间诗事掌故,细致详备,多关乎乾嘉间主流人物,又不限于一地。

乾隆期诗话体量最大之作无疑是袁枚的《随园诗话》,提要着重指出了它的这一形式意义,即改变了从欧阳修《六一诗话》到王士禛《渔洋诗话》以自我为中心的传统写作模式,以数倍乃至数十倍的篇幅,全方位地展示出乾隆盛世各地普通百姓的日常"诗生活"。李调元模仿随园,他的《雨村诗话》,也以十六卷补遗四卷的篇幅,广泛记载了他所亲历的乾隆诗坛的实景。廖景文《罨画楼诗话》、《盥花轩诗话》皆属同类性质。他有意模仿袁枚,兴建园林,晚岁也好远游,都是太平盛世文人的娱乐消遣方法。乾隆时期长篇诗话的产生,与盛世新的生活方式是相辅相成的因果关系,诗话竟然回归了"采风"的功能。

结　语

大规模的古籍整理工作,头绪纷繁,难免存在各种艰辛与遗憾,最困难的可能就是原始文献材料的搜寻与采集。就《全编》乾隆期而言,就有几种已知存世与具体馆藏信息的诗话之作,未能寓目而未予收录。如黄立世《柱山诗话》一卷(山东省博物馆藏清钞本辨蟫居高氏写本《齐鲁遗书》卷十八收录)、王煜《渔洋诗话汇编》十六卷(山东省博物馆藏稿本)。前书石玲在论述高密诗派时曾予征引[22],后书则有蒋寅《清诗话考》提要介绍,谓其"似随读随抄"性质[23]。确切知道馆藏信息却无法浏览阅读,这也是当下古籍整理面对的普遍性问题。笔者对此虽然充分理解,但也希望并相信随着学术生态的日趋优化,定能得以改观。

西方文化微观史学家主张通过历史资料的重新挖掘与整理,运用大量细节的描述,从而分析重建微观化的个人、家族或社群,发现精英与大众在历史中的相互关系。[24]《全编》乾隆期集中提供了直接记载乾隆时期社会、文化、文学等现象的大量第一手新材料,可供读者对乾隆时期诗学进行微观化的分析,可以触摸到具有多种样相形态的乾隆诗坛实景。而在注重细节的同时,又需要防止导致"碎片化"的倾向,故西方史学界近年又有反对短期主义,提倡长时段的整体性审视[25]。在乾隆诗学中,王渔洋的接受问题正是这样一条长时段的主线脉,可供具体观察和把握清代诗学的走向。其他如对七言古体、七言律诗等文体形式的深入探讨,也是唐后诗学持续实践和探索的对象,而在乾隆期诗话中在在可见,达到了普遍成熟的程度。相信《全编》这一时期的出版,一定能促成乾隆诗学的再发现,达成新的认识。

注　释:

*　本文系国家社科基金青年项目"清代中后期渔洋诗学的接受研究"(18CZW028)阶段性成果。

〔1〕　张伯伟《中国古代文学批评方法研究》,中华书局2002年版,第440页。

〔2〕〔4〕〔5〕〔8〕　张寅彭《清诗话全编·凡例》,《清诗话全编·乾隆期》第一册,上海古籍出版社2020年版,第1、2、4、3页。

〔3〕 蔡家琬《陶门诗话》,《清诗话全编·乾隆期》第十二册,第6830页。

〔6〕 如宋顾乐《梦晓楼随笔》实乃摘录王士禛《带经堂集》中部分内容编选而成。参见张东艳《清代诗话〈梦晓楼随笔〉作者与著作权考》,载《中国文学研究》2020年第4期,第94—99页。

〔7〕 如嘉庆间袁洁云:"余嫌《随园诗话》太冗,曾为去其芜杂,存其精华,另成一帙。"袁洁《蠹庄诗话·序》,张寅彭辑《清诗话三编》第五册,上海古籍出版社2014年版,第3591页。

〔9〕 孙爱霞编《清代诗学文献汇编》(北京燕山出版社2019年版)第九十四册即据《遗真记》附录径题《古檀诗话》影印收录,实未及细察。

〔10〕 王士禛著,张宗柟纂集《带经堂诗话》,人民文学出版社1963年版,第867页。

〔11〕 王宏林《张宗柟〈带经堂诗话〉"附识"考论——兼论渔洋在乾隆诗坛的影响》,《纪念王渔洋诞辰380周年全国学术研讨会论文集》,齐鲁书社2016年版,第233—244页。

〔12〕 郑幸《〈随园诗话〉的版本层次及其文献价值》,《中国诗学》第27辑,人民文学出版社2019年版,第13—24页。

〔13〕 黄裳《清代版刻一隅》(增订本),复旦大学出版社2005年版,第220—221页。

〔14〕 《清诗话全编·乾隆期》第一册,第275页。

〔15〕 谢鸣盛《范金诗话》卷下,《清诗话全编·乾隆期》第八册,第4679页。

〔16〕 吴镇《松花庵诗话》卷一,《清诗话全编·乾隆期》第六册,第3237页。

〔17〕 如成书于道光元年的蔡家琬《陶门诗话》亦有"作诗必有我在,诗情始活"之论,见《清诗话全编·乾隆期》第十二册,第6828页。再如道光时盛大士《竹间诗话》卷三谓:"学明七子诗易落窠套。若诗中无我而专仗门面语,以为音节宏亮,则惑矣。或又多作感愤牢愁语,以为余法杜陵,则惑之甚者也!"则谓"诗中无我"。朱洪举、张宇超点校《清道光朝诗话六种》,吉林大学出版社2021年版,第315页。

〔18〕 郭绍虞《中国文学批评史》,上海古籍出版社1979年版,第522页。

〔19〕 丁晏曾过录焦袁熹评语,辛德勇购得丁晏批本,并将其视为丁氏批语。参见辛德勇《丁晏批本〈渔洋山人精华录训纂〉》,《读书与藏书之间》,中华书局2005年版,第183—190页。

〔20〕 周兴陆辑录数种《渔洋精华录》批点,其中最早的是乾隆二十年(1755)姜恭寿批本。焦本实早于姜本。见周兴陆编《渔洋精华录汇评》,齐鲁书社2007年版,第585页。

〔21〕 郭兆麒《梅崖诗话》,《清诗话全编·乾隆期》第十一册,第6482页。

〔22〕 石玲等《清诗与传统——以山左与江南个案为例》,齐鲁书社2008年版,第549—550页。

〔23〕 蒋寅《清诗话考》,中华书局2007年版,第286—287页。

〔24〕 周兵《新文化史:历史学的"文化转向"》,复旦大学出版社2012年版,第89页。

〔25〕 (法)弗朗索瓦·多斯著,马胜利译《碎片化的历史学:从〈年鉴〉到"新史学"》,北京大学出版社2008年版,第Ⅴ—Ⅵ页。

〔作者简介〕 张宇超,1986年生,重庆人,文学博士,现为上海大学文学院副教授。研究方向为清代诗学。

《中国诗学》撰稿格式

一、来稿请用4A页面排;除特殊需要,全文用简体字;正文用5号宋体,独立引文用5号仿体。

二、一律使用新式标点符号。除破折号、省略号占两格外,其它标点均占一格。书名和论文篇名均用《》,不用引号和单书名号。并列书名、引号,中间加顿号。

三、引用文献应据可靠版本,所有引文均需核实无误。独立引文用仿体,首段前空四格,回行前空二格。

四、注释采用篇末注,括码如[1][2]标示在标点符号前上方,体例如下:

(一)引用常用古籍(如"二十四史"、《资治通鉴》、《全唐诗》等),需标明书名、卷数和篇章,如:

[1]《三国志》卷一《魏书·武帝纪》。

引用一种易见文献次数众多时,首次引用注明版本,以下可随文注出卷次、页码,不另出注。

(二)引用古籍,需标明作者、书名、卷数、篇章和版本信息,稿抄本或稀见刊本需注明收藏处所。如:

[1]方象瑛《报朱竹垞书》,《健松斋续集》卷四,民国十七年方朝佐重刊本。

[2]陈瑚《顽潭诗话》补遗,中国社会科学院文学研究所藏缪荃孙钞本。

(三)引用新版古籍,首次出注时需注明作者、整理者(包括校注、校笺、校释、点校者)、书名、篇章、丛书名、出版机构、出版日期、页码等项,再见时可省去丛书名、出版机构、出版日期。如:

[1]徐熊飞《修竹庐谈诗问答》,周维德辑注《诗问四种》,齐鲁书社1985年版,第263页。

[2]孔颖达《春秋左传正义》卷一五,中华书局影印阮元校刻《十三经注疏》本,1980年版,第1816页。

(四)引用今人论著译著,首次出注时需注明作者、篇名、书名、译者、出版机构、出版年、版次、页码等,再见时可省去出版机构和出版日期。如:

[1]程千帆《张若虚〈春江花月夜〉的被理解和被误解》,《古诗考索》,上海古籍出

版社1983年版,第85—101页。

〔2〕钱锺书《谈艺录》,中华书局1984年补订本,第234页。

〔3〕青木正儿《清代文学评论史》,杨铁婴译,中国社会科学出版社1988年版,第138页。

(五)引用期刊论文,首次出注时需注明作者、文章名称、刊物名、刊期、页码等,再见时可省去刊物名和刊期。由出版社发行的连续出版物,需注明出版者、出版年月。如:

〔1〕傅璇琮《李白任翰林学士辨》,《文学评论》2000年第5期。

〔1〕周勋初《元和文坛的新风貌》,《唐代文学研究》第3辑,广西师范大学出版社1992年版,第307页。

(六)引用外文论著,可依照中文格式,论著名使用斜体,如:

M. I. Finley, *Politics in the Ancient World.* Cambridge University Press, 1979, pp. 11—12.

五、文章所涉及的中国古代朝代年号,一般在第一次出现时括注公元纪年,公元前纪年加"前"字;二位数以内的公元纪年,数字前加"公元"二字。如:

建安元年(196),元狩二年(前121),建初四年(公元79)。

六、中国古代朝代年号、古籍卷数等采用中文数字,序数一般用简式,如:

《全唐诗》卷一三七。

年号、卷数一般用繁式,如:

唐玄宗开元二十五年,《豫章黄先生文集》三十卷,《外集》十四卷,《别集》二十卷。

公元纪年、期刊卷、期、号、页等均用阿拉伯数字。

七、注释之下请附录〔作者简介〕,包括生年,学位,工作单位,职称,研究方向等。

八、请附文章题目的英文翻译,注意实词首个字母要大写。

九、最后请附详细地址(若有变动,请及时通知)、电话、电邮地址等,以便联系。

八、请作者提供电子文本,文件格式为.doc,通过网络寄发电子信件。同时,若文章有造字或手写字等复杂情况,须提供简体字打印稿。稿件请寄蒋寅(华南师大文学院,广州市番禺区外环西路广州大学城华南师大文学院,邮编:510006),电邮地址:jiangyin@cass.org.cn)、巩本栋(江苏省南京市栖霞区仙林大道163号南京大学文学院,邮编210023,电邮地址:gongbendong@hotmail.com)。